青山

鲁凯 著

内蒙古出版集团
远方出版社

图书在版编目(CIP)数据

青山/鲁凯著.--呼和浩特:远方出版社,2016.9
ISBN 978-7-5555-0749-9

Ⅰ.①青… Ⅱ.①鲁… Ⅲ.①长篇小说－中国－当代Ⅳ.①I247.5

中国版本图书馆CIP数据核字(2016)第221071号

青山

作　　者	鲁　凯
责任编辑	云高娃
装帧设计	查日苏
出版发行	内蒙古出版集团　远方出版社
社　　址	呼和浩特市乌兰察布东路666号　邮编 010010
电　　话	（0471）2236471总编室　2236460发行部
经　　销	新华书店
印　　刷	湖南省誉成广告印务有限公司
开　　本	710mm × 1000mm　1/16
字　　数	450千
印　　张	31.5
版　　次	2016年9月第1版
印　　次	2016年9月第1次印刷
标准书号	ISBN 978-7-5555-0749-9
定　　价	48.00元

如发现印装质量问题，请与出版社联系调换

目录

目录

目录

自序

在商品买卖中，时常有假冒伪劣、以次充好、短斤少两的奸商。对文化界这个行当来说，作为一名读者，时常买一本书回来总会有上当受骗的感觉。这个现象，在附庸风雅、营销当道、相互站台的今天，尤为显著。

对于那些不法商贩我们可以谴责、追责，对于那些不以字数跟内容成书，而以增加排版空间跟纸张厚度使其看来像一本书，甚至中文行文习惯都没有掌握的作者，他们的职业操守是不合格的，读者也是可以声讨的，可是除了声讨，恐怕也难有什么具体的追责措施，掏出去的钱已经打了水漂，再也追不回来了。这恐怕是文化界这个行当最大的优势！

在鱼目混珠的当下，在随便有点名气的人都要出书标榜的当下，我最大的心愿是读者翻开书后不会有上当的感觉。如果读者看的时候感觉还有点阅读的快感，看完后觉得买到了消费者剩余的话，那谢天谢地了！当然，如果您觉得上了当，那我先在这里向您致歉。如果能找到补过的方法，我一定尽全力弥补您。

言归正传。白居易在《与元九书》中有两句话：“文章合为时而著，歌诗合为事而作。”他主张写文章应该把握时代脉搏，倾听时代的声音，主张文艺作品应该反映社会现实，反映最广大人民生活的酸甜苦辣，这本《青山》应该是符合白居易提出的为文标准的。

《青山》写你、写我、写社会大众、写天下苍生，写变迁中的中国社会，又写永恒不变的人的感情，既包罗万象，又有所侧重。是小说，更是一部社会变迁史。在时代的浪潮中，大部分人应该可以在这本书中找到自己或是身边人的身影。

黄遵宪评梁启超的文字用“是谓人人意中所有，却为人人笔下所无，虽铁石人亦应感动”这种句子，这本《青山》算是心血之作，以我个人的阅历跟阅读面来说，可能也配得上这句话。

出版界似乎每年都会出很多书，鉴定是不是好书的两个标准，一是读者看完第一遍后会不会再翻翻，第二是在历史的长河中能不能经得起时间的淘洗。愿青山不老，青山长存，希望《青山》能带给您应有的感动。

秘魔崖月夜

胡适

依旧是月圆时，
依旧是空山，静夜；
我独自月下归来，——
这凄凉如何能解！

翠微山上的一阵松涛，
惊破了空山的寂静。
山风吹乱了窗纸上的松痕，
吹不散我心头的人影。

一

一九九四年正月下旬，冬寒尚未过去，枯败萧索的田野里、山坡上已依稀钻出了嫩芽，冒出了新绿，预报着春的气息。时令已过雨水，惊蛰再过几天就要到了，但天边的云雨层积得还不够厚，偶尔响过的几声闷雷没能炸开云层带来几场酣畅的春雨。庄稼人盼望着、盼望着，盼望着春风抚绿一冬的枯草，春雨浇灌霜冻的大地。

楠竹林里蛰伏了一冬的笋子，等着春雨挥洒来冲破泥土，冒出笋尖，以感受这阳光风雨的世界。春雨一至，农忙就要开始，除草、犁地、下种，农俗一年之计在于春嘛。只有稻田里的绿肥在这春尚未至、冬寒瑟瑟的时节里，长得青青翠翠，还开出了水红色的小花，伴着微风摇曳。春耕开始后，绿肥便化作春泥，滋养新种的秧苗。

大茅坪这个村庄三面绕山，虽不是枝繁叶茂的季节，春风、春雨也未酣畅而至，但这南方的小村庄，远望去还是一片墨绿的色彩，青山环绕。春、夏、秋、冬周而复始，青山不依季节的轮转，永葆长存的青色！

村庄里有几十户人家，房子都是泥砖砌墙，黑瓦盖顶，灶堂里刚烧过火的人家屋顶上还冒着淡淡青烟。山坡上，枯枝败叶遮盖下的杂草已冒出草尖，散落的耕牛俯首啃着嫩草，吃饱了的抬头哞哞哞叫起来。玩闹的年轻人听到这声音，停下打闹，吹起肩背上挂着的牛角，声音绵长而悠远，久久地回荡在村庄里。偶尔有不规矩的牛要跨过菜园的篱笆，他们则赶紧跑过来勒住缰绳，但也不抽它们，傍晚还要骑牛背上回家了，这可是天大的乐趣！

村庄靠着条坑坑洼洼、极不平整的泥土路连接着邻村。队里地少人稠，缓坡开垦出梯田，地势更高处，引水灌溉不到的地方，村民则一锄头一锄头挖出来做菜地。每家每户都养有鸡、鸭、猪，而牛只有条件好的人家才买得起，千百年来自然经济的缩影。

刚过完年不久，正是农闲时节，一些人聚在地坪上、屋檐下打牌，输急了的人骂娘声不绝于耳，这是农村的热闹与习俗，骂的虽难听，但没人会较真，牌桌上还是其乐融融。准备盖房子的人赶着春耕还没开始，在田里用模子做着泥砖。间或也有人扛着锄头，提着鱼篓在田里挖泥鳅、鳝鱼。还有村民忙着往田里灌满水，田地经水浸润，牛耕起来可省些力气。田垄上虽还只是一片浅绿，但偶尔也有勤快的堂客们提着篮子在田垄上掐蒿子，这个时候蒿子刚刚长出嫩芽，做出来的粑粑最好吃。一些闲不下来的人，戴着斗笠，披着蓑衣，已经赶着牛开始犁田了。这精打细算、面朝黄土背朝天的日子啊！

这一天下午，天色阴阴沉沉，毛毛细雨和着风声淅淅沥沥地下着。村里的小学第六节课下课铃响起，这也是放学铃了。不一会儿，成群结队、三三两两的小学生欢呼雀跃地喊叫着、奔跑着出了校门。天空虽然下着细雨，但孩子们也不撑伞，雨丝打在脸上是沁人的凉意，这对儿童是一种别致的欢乐。泥泞的公路上一时人声喧哗，直到散开一百多米后，孩子们分别走上叉路、田垄，欢闹声才渐渐稀散在这广漠的田野，校园一天的喧闹也平静下去了。

相比村民的泥砖房，校园依地势高低而建的两排教学楼是红砖砌成的，虽未粉刷，但在村子里也是足够气派。村民节衣缩食集资盖起了学校，校园寄托着村里人最淳朴、最迫切、最实在的愿望，自己在田里、山里摸爬打滚、操劳耕耘一辈子是服了命，但下一代总不能全在地里刨吧，也许穷困的地方，翻身的机会只有教育吧！

七岁半的高翔今天没有和同队同班的徐钦、高大齐及低一年级的徐俊同行。徐俊跟高翔是上下屋的邻舍，比高翔小一岁，刚上一年级，他父亲徐福生，母亲刘美凡在队里算是和善人，但不是热心人，队里拉帮结派他们从不参与，有什么不公平的事只要不涉及自己的利益也从不关心，属于事不关己与我无关，安心过着自己日子的人。高大齐父亲高余是副队长，是队中一霸，在外面经常被人打，回来却爱逞角色、耍威风，队里人慑于他家两兄弟（他跟他弟高量都是人高马大），没欺负到自己头上都是不管闲事。他在乡亲们面前逞能，还欺负过几次高翔父亲，由于高翔父亲老实，事情往往都是不了了之。虽有个蛮横的爹，但高大齐性情却安静得多，甚至可以说是胆小，学校里从不张扬挑事，很多时候都是一个人安安静静的。徐钦有个年龄相差不多的哥哥徐祝，他父亲徐满军是队长，对队里的争执纠纷也是睁只眼闭只眼，只要不关涉他的利益，事情都是高高挂起。高翔家经济条件虽不如他们，但他学习好，头脑灵活，是他们中的孩子王。

今天上六年级的大姐高玉兰，上三年级的二姐高春兰午休时过来跟他说家里有事先回去了，看她俩神色，怕是有什么事，不过高翔也懒得想那么多。今天他跟陈建平值日，放学后得擦黑板、打扫教室，这可不能马虎，班主任王老师检查过后才能回家了。

两人嘻嘻哈哈整理好一切，陈建平叫王老师过来检查，高翔忙着收拾书包。王老师象征性地看了一眼，说道："你们可以回去了。"说完这句话就往办公室走，走了几步又折回来，把高翔跟陈建平吓了一跳，难道老师还有任务布置？不料王老师只是说道："高翔，下周有次小考，你加把劲，考个年级第一，老师奖你一本笔记本。"

王秀梅老师跟高翔都是前进组的，但高翔答话间完全没有邻里间的随意与散漫，他声音不高，毕恭毕敬地应答了。对小学生来说，父母的话往往多是耳边风，而老师说的都是圣旨，但谁又不是从小学过来的了，那些天真烂漫的日子啊！

王老师又叮嘱陈建平叫他回家好好写作业，并且跟他说他爸爸前几天托付他伯父陈世亮买的化肥已经买好，叫他爸爸天气好了去镇上拖回来。王老师说完后，两人就背起书包出了校门。毛毛细雨随风飘着柔柔密密地洒下来，不一会儿头发就潮润了。

“陈建平，咱们赛跑吧，看谁跑得快。搞卫生又晚了，得快点回去，不然爸爸会说我被老师留下来了。”高翔说着。

陈建平本应上三年级，他跟高翔二姐是同班，上学期一下课他们班男同学在水泥筑的乒乓球台上跳上跳下，一不小心跳坍塌了，结果就他没躲得及，压断了一只胳膊，休息了好几个月。因为王老师是他伯娘，他降级就降到这个班跟高翔成了同学，个子比高翔高了半个头，此时他就得意地俯视着高翔。

陈建平没有应声，走开一步，从头到脚打量着高翔。

“怎么了，看不起人？”

“怕你跑不过，我让你二十秒吧。”陈建平意气风发，神情得意地对高翔说着。

“谁怕你不成，要比就公平点，要不输了你又要耍赖。”高翔气势上没输给陈建平。

“好好，那就这样讲好了。”

两人坐着同桌，课间休息玩游戏，陈建平背着高翔与其他同学拉扯、碰撞，背着的人被拉下来就输了，他们俩从没输过。现在，这对朋友的较量在同一时、同一点上。

“我们就跑到往我家去的那条叉路口那。”陈建平道。

“一、二、三，开始。”高翔数到三，两人同时冲了出去。

风声在耳畔呼啸，飞奔之下毛毛雨迎面扑过来，眼睫毛上都沾满了雨珠。

一开始不相上下，交替领先。但一段距离后，陈建平个高腿长的优势就出来了。高翔跑步虽然不差，但个子矮了些，而且今天穿着大了一码的鞋（妈妈怕脚长得快，都是买大一码的鞋），走路不觉得，但跑起步来松松垮垮，被陈建平慢慢拉开了距离。

高翔奋力追赶，但脚下的鞋限制了速度，他索性停了下来。陈建平领先了就边跑边歇，不时地往回看。他看高翔停了下来，乐呵呵地喊道：“这么快就认输了，没劲！”说完转过身得意地甩着手走起来。

高翔停下把鞋脱下来装进书包，风驰电掣般在坑坑洼洼的泥石路上奔跑起来。冬寒未去，春暖未至，光脚踩在地面上冰凉的。路面铺着大小不一的砂石跟鹅卵石，光脚板踩在上面硌得火辣辣地疼，但也正因为如此，跑开了后脚板心就发热了。高翔就这样驱散了赤脚的冰寒，健步奔跑着……

高翔超过陈建平了！高翔超过陈建平了！得意之情在他胸膛洋溢起来。

高翔跑到前面去了，陈建平有些措手不及，但他马上迈开步子紧追上来，两人不相上下，陈建平在后面扯着高翔的衣服哈哈哈笑着，最后几乎同时到了叉路口。

高翔挥着衣袖揩着额头上的雨水跟汗水，嚷道："我赢了！我赢了！"陈建平不服气地跳起来高声喊道："是我赢了，你输了。你犯规，不穿鞋脚轻多了，当然跑得快。这次胜负不分明，再跑一次！"

"明天再跟你跑，回去晚了爸爸会骂人。"

陈建平拐上了小叉路，高翔沿着公路直走，心里一直嘀咕着："没输，我没输，我还赢了，哎呀，脚板心真疼啊！"

等陈建平走远了，高翔坐到田垄上把袜子脱下来，脚板心破了好几块皮，但这点皮肉伤对从小就山里来水里去的孩子来说，算得了什么！高翔穿上鞋往回走着。田野绕着翠绿的群山，水塘里、沟渠中断断续续地传来几声蛙鸣，春天就快到了。

高翔走得不急不缓，边走边往路边清可见底的沟渠里丢石头，流水淙淙，石头落下的刹那溅起水花，小鱼飞速散开，等水面的波纹平下来，躲进水草中的鱼儿才又纷纷冒出来在溪流中来回游串，这对高翔是莫大的快乐。

"还在玩，还不赶快回去。"

迎面走过来的是村长胡建明。今天是阴雨天，胡建明趁这点时间到各队走了一趟，一来打发无聊的时间，二来为修整水渠，顺便找各队队长商议并交代了大致的任务，公私兼顾。

高翔抬起头看了他一眼，不知这个平常看起来威武的村长今天怎么会跟他说话。

“高冬九死了，还不快回去！”

村长穿着比一般人家要好些，仪表上带着威严跟神气，高翔还是没有搭理他。

等胡建明走过身后，他才愣了一下：高冬九死了，爸爸去世了？这几个字是什么意思？又意味着什么？高翔只是迷惑与不安，爸爸早上还给他们做了红薯粉煮饭，怎么村长说他去世了？

高翔还是按先前的速度往家走着，可怜七岁半的他还不知道那几个字是什么意思！

二

高翔顺着公路走着，拐过一个山湾，前进组就一览无余了。一切似乎都很平静，大公鸡不甘寂寞伸着脖子接二连三地啼鸣着。邻舍各自忙着自家的事，生活依旧，像是什么都没有发生。

高翔进到屋里，今天天色不好，也没开灯，屋子里很暗。又是雨天，但好在只是细雨绵绵，屋顶上几个漏雨的地方还没漏下雨来。大姐二姐坐在灶屋里沉闷着脸一声不吭，妈妈躺在床上，被子蒙住了头，气氛沉寂压抑。这个情形，今天玩是不可能了，高翔搬个凳子准备写作业。

“妈妈还没吃中饭，你叫妈妈起来吃了饭再睡。我们叫了好久都没用，妈妈最爱你，你去叫。”二姐低着嗓音跟他说着。

高翔走到床头，饭碗放在床头柜上。

爸爸出事后，伯娘陈秀珍中午去学校把大姐二姐叫回来照顾妈妈，高翔一来小，二来怕耽误他学习，就没叫他，饭是两个姐姐做的。

高翔扯着被子叫妈妈吃饭，大姐二姐脸色肃穆，眼眶泪水盈盈。高翔不由一阵心酸，一股悲怆盈塞了心间，他哽着喉咙带着哭腔喊妈妈起来吃饭，但妈妈像是睡着了，一点反应也没有。

妈妈并没有睡着，这猝然的打击太沉重了，一个人如何承受得起。今后三个孩子得指靠她了，不能在他们面前掉眼泪，妈妈捂着被子说道："妈妈不饿，你写作业去。"

高翔还是轻扯着被角叫妈妈起来吃饭，最后妈妈探出了头，拍拍他脑袋道："写作业去，今天学了什么知识，妈妈饿了会起来吃的。"妈妈红肿着眼，里层的被子给泪水润湿了。

高翔趴在凳子上写着作业，家人的情绪使他慢慢朦胧地意识到爸爸去世是怎么一回事，又意味着什么！今天早上爸爸还给他们姐弟三个做了红薯粉煮饭，怎么下午回来就不在了？高翔的思绪飘到了幼年的记忆里。

记忆的第一片段：大概两三岁吧，具体几岁高翔也记不清楚，那时候爸爸妈妈天不亮就背着锄头干活去了，经常天黑了还不回来，有电还好，有时停电了屋里就是漆黑一片，高翔怕黑，就哇哇哇哭着要爸爸妈妈。两个姐姐年龄也没比他大多少，她们心里也害怕，但弟弟更小，她们就要好好带着他，大姐一边哄他，二姐一边划火柴照明，经常一盒火柴划完了爸爸妈妈也没有回来。

第二片段：记得模模糊糊的，那时候爸爸大概做生意去了，好长时间不在家。有一天吃过晚饭，有人敲门，开门是爸爸回来了。这个情景高翔记得清清楚楚，爸爸穿着背心，晒得黝黑黝黑的，肩膀上皮都晒裂开了，扁担在两个肩膀上压出了深深的凹痕。爸爸经常挑着一担子货物在外面吆喝着做买卖，高翔忘了爸爸做的什么生意，肩膀被扁担压得一边高一边低。那天爸爸回来后妈妈不怎么高兴，什么原因，高翔不知道，也许是做生意折了本吧，反正那天爸爸妈妈一直吵架，记得熬到好晚他们三个才去睡觉。

第三片段：家里的副业是织箩筐，有次织了几十担箩筐，爸爸挑到市里去卖，还答应带他们三个去市里玩。临去的前几天三个小孩别提多高兴，兴奋得睡不着觉。但当他们坐上班车后不久，新鲜感与兴奋感就消失了，三个人都晕车，吐了好几次。到市里后，爸爸挑着箩筐去卖，小孩走不快，爸爸要他们三个在一家医院那等着他，不要走开，他卖完了就过来接他们。把他们留医院门口，三个孩子很害怕，但只能听爸爸的安排。那天过了好久爸爸也没回来，还以为爸爸不要他们了！中午到了，肚子都饿了，爸爸不见踪影，姐姐忍住了，高翔饿得哭起来。后来医院里有个老爷爷见他饿哭了，给他泡了杯黄米粉子。下午太阳快落山时爸爸才回来，时间晚了，玩不成了，也没买什么好吃的，爸爸带着他们三个又坐车回去。坐车太不舒服，头晕不说，还吐得不行。

第四片段：高翔四五岁时在队里的井边玩，有好几次掉水井里去了，井并不深，不够一米，但他不高，每次掉下去哇哇哇叫起来，爸爸总是能从家里赶来把他从井里拉起来。

高翔搜索着幼年记忆里的零零碎碎，关于父亲得到的只有可怜的这么一点点！

作业写完，天色昏暗下来，父亲过世，他似乎也感到了沉痛，再也没有玩的心思了！

天色一点点黑下去，妈妈躺床上，他们三个就那么坐着，沾亲沾故的亲戚来了几个，但跟妈妈说不上话又都走了。直到天完全黑下来，十几个人到了高翔家，伯伯高正堂、阿姨高华华、爸爸的堂兄弟都过来了，还有高家族里几个管事的长辈，家里的灯全部拉开，亮堂堂的。

这些当家人安排着爸爸的丧事，高翔坐在一边听着默不作声。

事情大致安排得差不多后，大概父亲的一个堂兄弟说道："咱们难道就这样算了？要不要报警？"

大人的眼光齐刷刷地看着高翔，高翔不知何解。

伯伯高正堂说道："志远，你只在家待十多天又得回部队，我们这些人能有什么办法。高翔，这里没你事了，你出去吧。"

高翔出了房间，门立马被关上了。他走到妈妈床前，妈妈还是蒙着被子躺在床上。高翔坐了一会儿后大姐在灶屋里叫他去烧火，经过伯伯他们在的那间房时，高翔像是听到了激烈的争吵声。

灶里的火烤得脸发热，心情却是冰冷冰冷的。

那天很晚很晚人才散去，屋里一晚上都有没关灯。

第二天上午设好了灵堂后开始做道场，中午亲戚邻坊过来吃饭，高翔没人管，随便坐了一桌吃饭，那桌也坐着高余，高翔心里想着两家大人不是有意见吗，怎么他来了？高余喝着酒吃着肉在桌上大声吆喝说着话，那桌他是主宰，一边说笑一边得意轻蔑地看着高翔。爸爸去世了，高余对着他笑，桌子上的人也都应和着他的话吃得似乎是喜气洋洋。那个时候高翔是小，也许是不太懂事，但也不是完全不懂事，这一幕情景高翔牢牢刻在了心底，多少年还记忆犹新，一切仿佛就在昨天，在眼前！

第一天过去了，高翔也不知道怎么过去的，闹哄哄的，妈妈娘家有没有来人他没看到，姐姐干什么了他也不知道，妈妈还是在床上躺着没起来。

第二天一大早，高翔早早被人叫醒了，他是男孩，所有的丧礼都要他做，高翔什么也不懂，叫他做一样就做一样。吃过早饭后，爸爸被抬进了棺木，棺盖也盖了上去，但没封上，高翔站棺木边上看着爸爸肃静苍白的面容，头脑里空空的。

快到中午时，墓地挖好了，棺柩要抬到墓地去，主事的把棺盖缓缓滑过去，高翔注视着父亲的面容，慢慢地越来越小，越来越小，最后棺盖完全合上了，爸爸再也看不到了！

墓地选在金盤山山地里，四周苍翠，树木葱茏。墓穴边上堆着刚挖出的黄土。等棺柩放到挖好的墓穴里，就办起了法事，扶柩的人同时用铁锹把一抔一抔黄土盖在了棺柩上。高翔站边上看着，爸爸就这样被泥土一点点给盖住了。但他毕竟年纪还小，不能完全理解这些事情，这是永别啊，跟爸爸永别了，但他似乎觉得父亲只是跟往常去外面做生意一样，到远方去了，迟早有一天会回来的。一铁锹一铁锹的黄土下去，不久就隆起了土丘，细雨还在下着，黄土都是湿漉漉的。主事的做完所有程序后，高翔被拉着往回走，走到山下，他还不时回头看着父亲的新坟。

也不知道过了多久，高翔才意识到父亲是一张照片都没有留下！多年后，他甚至记不太清楚父亲是什么样子！

三

1985年，家庭联产承包责任制落实才几年。农村一派热火朝天，给自己干活，日出而作，日落而息，生活是辛劳的，也是充实幸福的。

这一年，高冬九大女儿三岁，小女儿一岁。虽然经济拮据，但相比联产承包责任制落实前的饿肚子，现在不愁吃，不愁穿，又有两个可爱的女儿，生活还有什么不知足。

父母年事已高，每个月在两个儿子家吃轮供。一到月底高冬九就去兄长家把父母接过来，到下月月初，再把父母送回兄长家。兄弟两家住得不近不远，平常各自生活，几乎也没有多少来往。但这每月固定的两次碰面，总会在心里引起些波澜。

每月的两次会面嫂子陈秀珍总是当着母亲大着嗓门喊道："冬九，你堂客什么时候给你生个儿子，女儿只是赔钱货了，嫁出去的女儿，泼出去的水，现在计划生育抓得越来越严，还能生吗？"说完看着干娘得意地笑。

陈秀珍育有三个儿女，两个儿子，这是她在高家骄傲的资本。王丽华只生了两个女儿，无形中她的地位又比王丽华高了很多。

老母亲常常听到这样的话，每听一次，总要长吁短叹几句。在老母亲这一辈人的眼里，儿子才是传宗接代的。儿媳妇接连生了两个女儿，现在计划生育又越来越严，想抱上孙子的愿望显得有些难。于是，无形中老母亲跟堂客的磕磕碰碰越来越多。

小女儿出生后，乡政府下派的办事员说违反了计划生育，硬是把一个房顶的瓦片掀了。如果再生，恐怕整个房子都会被拆掉。政策执行得越来越严，经济又不宽裕，看来要第三个孩子不大可能。村里生过两个孩子的妇女很多被村干部强行架到卫生院结扎了。

然而，生活就是有些出乎意料，王丽华怀孕了。

一个月，两个月，日子安然无恙地过去。

三个月，四个月，王丽华肚子一天天显露出来，遮也遮不住了。消息先是传到了队长徐满军耳里，他立马报到了村里。马上，村干部纷至沓来。

最先到的是妇女主任张秀琴。

妇女主任先是板着面孔晓以大义说了一番政策，接着又说了一番后果：罚款、掀瓦、拆房子，超生的孩子不能上户口，队里也不分田分山。说完这些，她又脸色和气地说道："多一个孩子经济负担会加重，现在的社会不是旧社会，男孩女孩都一样……"

妇女主任一番言论后，王丽华说道："主任懂得这么多，自己还生了四个！"

张秀琴涨红着脸道："我们家可罚了不少钱，你们这情况？"

她扫视屋里的摆设，心里嘀咕道："穷得叮当响，还要生，不配合我妇女主任的工作。"

能做到妇女主任，那也是村里的能人。张秀琴换上笑脸说道："丽华，我来跟你说这些，你不要生气。是上面指派我来的，你知道妇女主任根本决定不了什么事，充其量只是个跑腿的。今天我说这些话，你听着有些不高兴，但这都是上面的意思，我就一个传话筒而已，你不要放心上。作为过来人，给你提点建议，国家政策要配合！"

张秀琴见高冬九夫妇无动于衷，只得走了。

村里的干部隔三差五踏上门来，一开始还温和客气，随着王丽华肚子一天天大起来，村干部的脸色一天坏过一天。

不知不觉，日历翻到了1986年。

一天，两辆三轮摩托车开进了村口，发动机的轰隆声吸引了全队人的目光，是哪个大干部来了？

载着全队人的目光、三轮摩托车停在了队里的路口。

是村长胡建明，妇女主任张秀琴，另外还有几个不认识的外村青年。计划生育这种事，往往需要外村人出面下手。

很快，队长徐满军、副队长高余赶来了。

队长、副队长领着村长和妇女主任等一行人进了高冬九的家。

高冬九吃过午饭后去山里插红薯苗去了，这个时节正是插红薯苗的好时候，不能耽搁时间。

王丽华挺着大肚子哄着两个女儿玩着，七八个人闯进了家门。

马上，王丽华明白了什么，躲是来不及了。她下意识地捂着肚子，脑子里飞快运转着怎么化解眼前的局面，硬来是不行的。

王丽华挂上笑脸道："你们上门来，稀客啊，坐。"边说边搬着椅子。胡建明接过椅子，板着的脸不得不和善起来。

"你们先坐会，我给你们煮一碗茶。"

胡建明忙说道："不用，我们今天是来找你谈工作的。"

张秀琴把灶台边的王丽华拉了过来。

胡建明瞄了几眼妇女主任，张秀琴开口了。

"王丽华，昨天上面开会出了指示，超生了再次怀孕的一律到卫生院引产。今天我们过来就为办这事，你也配合一下我们的工作。"

王丽华听了这话，捂着肚子退到了床边，两个女儿看这么多不认识的人进了家门，不知出了什么事，哭嚷着要妈妈抱。

胡建明接着说道："会是昨天开的，本来我们也不必这么急着来做你的思想工作。你性子比较犟，工作难做，我们都知道。就因为这个，今天先做你的工作，希望你起个表率，给队里村里带个好头。形势逼迫下，一个也跑不掉。那些超生又怀孕的村里都是知道的。我们今天来也是为你好，你肚子比她们的都大，再拖下去，到时引产恐怕会有危险，也是为你考虑。我们为你着想，你也体谅一下我们。"

王丽华捂着肚子，心里慌得不得了，眼前这个局面怎么化解？想着肚子里的孩子，她额头上沁出了汗珠。

她顿了顿说道：“今天高冬九不在家，我要跟他说一声，你们改天过来吧。”

胡建明、张秀琴、徐满军、高余脸上瞬间掠过几丝不快。

妇女主任马上说道：“高冬九去哪了？你们先带她去卫生院。我留下告诉他。”

王丽华白了一眼张秀琴道：“你妇女主任能生四个，我们生三个还不行！这什么世道！”

胡建明挤出笑脸说道：“王丽华，咱们也是按上面指示办事，不是来跟谁逞强，也不是我们村干部专门跟你过不去。我们也是大老粗，没多少文化，只认国家政策。”

徐满军、高余随声应和着。

胡建明见王丽华没有表示，感到这事不好办了。他毕竟是村长，脑子里转着弯，这个恶人他可不想做。

胡建明说道：“满军、高余，村里的领导工作已经做到位了，这是你们队里的事。你们队员违反政策，你俩看怎么办？”

胡建明说完转身到地坪里抽起了白沙烟。

徐满军、高余对视一眼。徐满军道：“王丽华，做这事我也难抹开情面，但这是上面的意思，我们也没办法。”

王丽华望了眼徐满军，“队长，冬九不在，等他回来说吧，我一个人做不了主。”

徐满军咽了口唾沫噎住了。

这时高余怒目圆睁大声道：“你这婊子，村里领导都给你讲好话了，你也不给个面子。今天你是答应也得去，不答应也得去，我们可不是白上门来的！”

胡建明背着众人吐着烟雾，听到高余这么一吼，心里轻快了许多，眼睛笑得眯成了一条缝，你们队里的事你们自己解决去吧。

他猛抽了几口烟，还没吞下去就剧烈地咳嗽起来。

“我扯了队里后腿？你家的婊子怀的也不是第一胎，你要做乖，要先进，先把你家的带去卫生院。”

高余咆哮道：“老子罚得起钱，你这个破屋，没一点值钱的家什，还生！生了又要分队里的田，队里的山，告诉你，生了也没有分的，全队人不答应！”

徐满军扯了扯高余衣角道：“大家不是来吵架的，声音大压不死人，说话和气一点。”

高余瞟了眼徐满军道：“跟他们这穷家有什么客气讲的，只有两个赔钱货，一辈子翻不了身。跟他们讲客气，那不是有点蠢吧！”

“王丽华，这可是上面的指示，不是我高余为难你。”高余边说边用右手食指指着王丽华的鼻头。

“你要做工作，把你自家的做了再说。老子跟你说，就你这狗腿子，不要在老子屋里耍威风！”

两个女儿不知大人为什么吵架，吓得哇哇哭了起来。

高余瞥了眼两个小女孩，“没本事，就两个赔钱货。”

徐满军走到屋外跟胡建明耳语几句又折回屋里。

“王丽华，僵在这里也不是办法。这事躲不掉，你也看电视的，新闻里都这么说。早点去做了，对你好点。”

“这婊子敬酒不吃吃罚酒，来，把她架上车去。”

高余边说边走向前来，妇女主任已经拽住了王丽华的一只胳膊。

王丽华挣扎着摆脱，高余上来一把反扣了她双手。王丽华叫嚷着，咒骂着，滚滚的热泪滑过了脸颊。

高余神气地反扣着王丽华的手，妇女主任叫跟随来的几个陌生青年拥着王丽华上了三轮摩托车。

见妈妈被人绑走，两个小女儿一边喊着妈妈一边嚎啕大哭起来，哭声响彻了村庄。

张秀琴按着王丽华坐到车斗里，双方一番争斗，妇女主任显然制服不了她。

胡建明看了看高余道：“摩托车开起来不能乱动，小心翻车！”

高余心领神会，对张秀琴说道：“让我来，看她有多大的劲！”

高余反扣着王丽华的双手，王丽华马上动弹不得，她怒睁着眼，牙齿咬着下嘴唇，脸上淌满了热泪。

高余得意地把前后左右的人看了一遍："这堂客们在我手里一点也动不了，只管开车。"

吵闹声早惊动了队里的人，大家都站着围一块低声谈论，但没有一个人上前来。

两个女儿见妈妈被押上了车，跑过来要拉着妈妈。

胡建明走过来说道："王丽华，你放心，不要有心理包袱，孩子我给你送你嫂子家去。"

胡建明又说道："满军，你开三轮摩托车最稳，车由你开，张秀琴坐后座，在卫生院把事情办好后回来给我说声。"

"好了。"高余应和着。

"村长，给我传个话，叫我弟高量帮我把停在供销社的拖拉机开回去，今天回来恐怕是晚了。"高余大笑着。

三轮摩托车冒着黑烟，轰隆隆地颠簸在泥土路上。车轮扬起厚厚的黄尘，上了山坡，拐了一个弯就消失在视野。

胡建明脸上飞快地闪过一丝笑意，自己说漂亮话就把事情办好了。他回过头对围着的人群说道："大家回去吧，这事不是我想做的。上面逼得紧，没办法。村里人丁兴旺，多好的事，真不懂现在的政策，但我们也只能奉命办事。"

胡建明发完这番感慨，围观的人纷纷点着头，叹了一口气散开了。自己都保不住，哪里还能管别人。也许爱莫能助还是一个深怀善意的词!

三轮摩托车一路颠簸着到了乡卫生院。

高余架着王丽华进了医院，等医生过来，他就出来坐在三轮车上歇着了。反正车停在卫生院门口，你跑，看你跑哪里去!

进了卫生院，不能吼了，让医生难看。王丽华只是低声啜泣着，对肚子里的孩子无能为力，心从来没有这么痛，泪水都哭干了。

"你先平静一下，先冷静一下。"医生低声和气地说着。

过了好久，王丽华稍稍平静了下来。她双手捂着肚子，进了卫生院意味着就要失去肚子里的孩子，痛心不已又毫无办法，人生是这样无助！一个母亲保护不了自己的孩子，一时难过得气都喘不过来！

“来，你先填一下个人资料。”医生把笔递了过来。

王丽华瘫软着身子挪到桌边，手像打摆子颤抖起来，她颤颤巍巍地填完了个人信息。

医生接过去浏览一下道：“护士带她先去做个检查。”

护士扶着王丽华去科室做了相应的检查，之后又回到医生办公室。

“好医生，我想要这个孩子。好医生，求求你了，求求你了……”王丽华哀求着。

医生伏案翻着报纸，来卫生院引产的妇女见得多了，都看麻木了。一般都是先进来嚷几声，等检查开始后也就认了。这个妇女现在还不罢休，医生抬起头，摘下眼镜道：“你家几个孩子？”

王丽华听医生跟她说话了，抬起头说道：“两个，但还想要一个。”

“两个了还要一个，两个都是女孩？”

王丽华点了点头说道：“没个男孩没地位，一辈子受人欺负。”她边说边把被高余勒得瘀青的手给医生看。

“我想把这个孩子生下来。”

医生看着手臂上的瘀青，打量这可怜的妇女，叹了口气道：“也不是我们医生昧着良心下手，但这是政策，是上面的意思，我们这些微不足道的人除了执行还能干什么。”说完目光回到了书本上。

十多分钟后，护士把检查结果送过来了。她出了办公室又折回来把门推开一条缝道：“王医生，手术准备好了。”

听到这句话，王丽华吓得颤栗起来！

医生边看边念着检查结果：“身体健康，胎儿发育正常……”

最后他瞟一眼王丽华，像是不经意地轻声说道：“是个男孩。”

王丽华倏地站起来，现在大喊大叫是没有用的，只会把高余他们都招进来。她走到医生办公桌前，扑通一声跪在了医生面前。

“好医生，求求你，帮我留着这个孩子吧。医生，求求你，好人有好报了……”

医生赶紧站起来，王丽华这举动吓到他了。

“你先起来，你先起来，有话好好说。”医生作势要扶她起来。

王丽华拉着医生的手，已是泪眼婆娑。

“好医生，求求你，求求你了，帮我留着这个孩子吧，求求你……”

哀切之声触动了医生的某根心弦。他锁着眉头，这怎么办？虽然见多了这种事，但这个妇女此刻的哀求还是让他的怜悯心涌了上来。

王医生蹲下来拍着王丽华的后背，“你先冷静一下，我看怎么办？”王丽华揩着泪水怔怔地看着医生。

医生停了几秒后说道：“你们村干部在前面等着是吧，那你可以试试从后门走。”

孩子有了希望，人生似乎从来没有过这么大的喜悦！一时不知说什么好，怎么感谢这位好医生！

“你出了办公室门往左走，过了医务室右拐直走，走到尽头，再往右走十来米，有个小门。”

“王医生，你是好人，王丽华感谢你，感谢你一辈子……”

医生截断王丽华的话说道：“时间紧，那些话就不要说了。我只能帮你到这，其他的也做不了。你出了后门，看能不能跑掉，要不就找个地方藏起来，这都看你自己。等他们发现你不见了肯定会去找你的，如果他们找到你，你可不能说是我帮你……这可以吧？”

“嗯，感谢你，好医生，感谢你，谢谢，谢谢！”王丽华接连说着。

“我们也做得像一点，等下你去上洗手间，我声音会大一点，让其他医生护士都听到，知道你是去洗手间了。”

“好，多谢王医生，多谢你。”

“好了，你挺着个大肚子跑得动吗？不行就先躲起来，知道吗？”

怎么报答这位好医生？王丽华不知说什么好了。

“王丽华，要去趟洗手间是吧，还有十五分钟开始动手术。”王医生大声说着。

他又出了办公室问道：“护士长，都做好准备了吗？”

走廊里传来“已经做好准备”的声音。

王丽华出了办公室走了几步，又折了回来。

“王医生，你叫什么名字，我们家好好感谢你，这孩子长大了好好来报答你。”

“快走，别耽误时间。我什么也没做，今天如果帮上了忙，算良心上的一点补回，你快走。”

王医生把王丽华推到了门口，时间紧急，再也不能耗了。

王丽华往左走到医务室，右拐是一条长廊，这二三十米的长廊走得胆战心惊。她不断地回头张望，到了尽头，从右边拐过去是个小木门。她拉开门栓，打开门，阳光迎面照来，走道里一下亮通通的。

她赶紧出了门，从外把门合上了。

现在出了卫生院，心怦怦直跳。她左手托着肚子，快步走了起来。

卫生院后面是一块菜地，穿过去是乡中学。王丽华穿过菜地，走进了校园。校园在山脚下，另一边被稻田围绕，春耕还未开始，灌满了水的稻田里可见一茬茬的稻草根。穿过学校，出了后门是狭窄逼仄的田垄。王丽华不时回望，这路走得急不可待又心慌意乱。总算，一百多米的田间小路后就到了公路边。王丽华在路边的灌木丛前蹲下来，这样从卫生院那边就不容易看到她了。

一路走得心急火燎，现在蹲下来，才感到肚子一阵阵地疼痛。她抚了抚肚子，对着肚子说道：“我们总算跑出来了！”

接下来去哪里？找个地方躲起来？他们发现没？有没有追过来？王丽华思绪飞速运转起来。

远处去市里的班车开了过来，王丽华边思索着边不断地往后张望。

班车开得慢悠悠的，乘客上上下下，不远的距离，停了又停。

高满军、高余抽着白沙烟谈论着队里的事，张秀琴插不上嘴，来来回回不知走了多少回。在这一个人无聊，不如进卫生院坐会。

张秀琴进了卫生院推开了王医生办公室的门，只见医生一个人低头坐着看报纸。

“医生，王丽华了？”妇女主任在医生面前态度显得恭敬。

医生调整着表情回过头看了她一眼，又转了过去，“去洗手间了，你去外面等着吧。”

“洗手间在哪？我也要去。”

医生脸已涨得通红，“你去问护士。”嗓音都沙哑了！

张秀琴在洗手间叫着王丽华，喊了好几声没人应，大概王丽华在恨她吧。于是她自言自语道：“跟我生气，不要怪我啊，是高余把你架过来的。我只是个陪衬，当了妇女主任不可能不走个形式吧。”

这话说完后几分钟，洗手间里没一点动静，她又喊了几声，还是没人回应。张秀琴逐个推开卫生间掩着的小门，都是空的。人了？人去哪了？

她慌忙跑到医生办公室，急促地说道：“王丽华不在洗手间！”

医生勉强从容地说道：“那是护士带去准备手术了。”

张秀琴快步走到手术室，门敞开着，她拉住身边的一位护士，“里面有人在准备手术吗？”

护士瞟了她一眼，没好气地说道：“没有。”

人了？人了？这时，刚开始的预感似乎在进一步印证。

她又回到医生办公室，慌张地说道：“没看到王丽华！”

医生转过身，“没看到？你们没看着她？是不是护士带她到二楼休息了？”

二楼跑了一圈，还是没看到人。这时，张秀琴几乎确定王丽华不在卫生院了。

她飞奔到卫生院门口，对徐满军、高余喊道：“还在闲谈，王丽华不见了！”

徐满军、高余连忙冲进医生办公室问医生王丽华去哪了，医生只是反问道：“你们没看好她？”

争执已无济于事，几个人赶忙查看了卫生院的角角落落，没看到一点踪影。

“这婊子跑了？我们一直在门口守着的，没看到她出来。她是藏哪个角落里去了？”高余怒气冲冲地说。

“卫生院有后门吗？”徐满军问道。

护士带着他们到了那个小后门，门栓是打开的。

“平常这门都是栓上的，今天怎么没栓？”护士自言自语。

“看来是从这里跑了。走，我们赶快追。妈妈的，真是给老子添麻烦。”高余边说边用拳头砸了下墙壁。

护士忙挡住他们道：“你们就都走了？还没结账？你们这谁负责？”徐满军、高余、张秀琴面面相觑。

“人跑了，但检查的费用你们先出了再说。你们去追可以，留下个人来负责。”

三人你看我我看你，都往门口挤。

高余抢先说道：“张主任，我们跑得快，你先留这，我们一定把这婊子绑回来。实在不行，你先把钱垫上。”

这话说出来，张秀琴恼火的不行。但又不好反驳，面子上的功夫要做到。本来以为是高余把王丽华架过来的，自己并不是直接的恶人，将来王丽华恨的不会是她，如意算盘还没打完，现在却要她在卫生院付账。

徐满军一行人对护士使了个眼色表示张秀琴负责后，护士把门让开了。

一行人穿过菜地，穿过学校，四处张望。

到了学校后面的操场，视野宽大了许多。

“这三八不会是藏到山里去了吧？应该跑不远的，我们追。”

正当这一行人要去山里的时候，班车的喇叭声传来。在难得见到汽车的年代里，这喇叭声自然吸引了他们的注意力。

几个人转过身，望着公路远处开来的班车。这时，王丽华也在望着开过来的班车。

“这是今天去市里的最后一班车吧？”

“什么时候能去市里逛逛，开开眼界，听说市里的楼高到戴着帽子看帽子掉下来都看不到顶！”有人说着。

几个人七嘴八舌议论着，哄笑着，目光聚焦在开过来的班车上。

班车停停走走，人载得越来越满。这看着不远的距离，王丽华等得焦躁不安。

班车越来越近，一行人的视线随着班车走着。

这时，高余猛然大嚷一声道：“看，公路边上的是不是王丽华？”

众人的目光扫了过去，有个邻村青年说道：“不是她是谁！”

“快追。”

一行人气势汹汹上了田垄，高喊着朝公路奔来。

王丽华回头一看，奔涌过来的这些人像是猛兽咆哮着向她袭来。

怎么办？班车快点开过来吧！先前走得急，这会肚子一阵阵疼痛，她还是向前挪开了脚步，对肚子里的孩子来说，这是生死存亡的时刻！她忍着阵痛，强迈着脚步，心急如焚！

王丽华尽可能快的向前走着，但对身后追来的那群人，相隔的距离是越来越近。如果班车被他们拦下来，那今天是跑不了了，肚子里的孩子也跑不了！

这就是人生？这就是生活？怎么会这么艰难！这么残酷！王丽华来不及感叹，对命运的不屈服成为脚下最坚实的力量。脚步越来越快，肚子也越来越痛，泪水混着汗水落在了尘土飞扬的公路上。

徐满军、高余一行人跑得气喘吁吁，他们得赶在班车经过前把车拦下来。

班车高鸣着喇叭，车尾扬起的灰尘飘得好远好远。

班车在靠近，徐满军一行人离公路也越来越近。

高余边跑边挥手吆喝着示意班车停下来。

喊声传到了司机耳里，他斜眼瞥了一下田垄上跑来的人，车速慢了下来。

王丽华看着慢下去的车速，这慢下去的车速等于在了断她所有希望！看来是没有办法，看来是跑不掉了，孩子啊，妈妈没能保护好你……悲伤、绝望原来是这个滋味！

售票员看了看田垄上跑过来的这群人，又往后看了眼车厢，车厢里人贴着人站得满满的。

“这么多人，六七个人根本装不下，懒得停吧。前面我还有三个熟人要坐车了，前几天跟我说了的。”女售票员手里拿着一叠零钱，边打票边说道。

“你还有熟人要坐车？”

“嗯。”

司机看车厢里人确实很难挤下人又加快了车速。在开过田垄上赶来的一行人时，司机照常摇了摇手示意已经载满，向前开了过去。

“妈妈的逼，这个畜生，蠢得死啊，不停车！”见班车开了过去，高余骂开了。

“快点，快点，跑快点。”高余催促着前面邻村的青年。

发动机轰隆声越来越响，王丽华回头一看，徐满军、高余一行人还在田垄上，原来班车没停！

什么是人生最大的喜悦？看到那群人还在田垄上，班车已经开过了他们，肚子里的生命有了希望，从来没有哪个时刻的心情能跟这一刻相比！这就是一生中最高兴的一天！

王丽华转过身，对着开近的班车招起了手。

一个人，又是一个大着肚子的堂客们，司机把车停了下来。王丽华上了车，暂时脱险了。

四

徐满军、高余一行人赶到公路上，班车扬起的灰尘已经回落。公路弯弯延延，升向无尽的远方。

“追不上了。”徐满军无奈地说。

“怎么追不上了，追不上，我们要负责的。回去骑上三轮摩托车追去。”高余嚷着。

一行人又往卫生院赶去。

张秀琴独自留下来负责相关费用，她也是有口难辨，更没料到会吃这个暗亏，付钱就得负责，可是事情没有办好，付了钱到时候怕是要自己贴！

“你把相关费用付一下吧。”财务室人员尽量和气地说。

钱是在她手里，但事情没办好，花了钱恐怕回村里交不了差，到时这笔钱还得她个人掏腰包。

于是她双手一摊，道：“我没钱，我只是妇女主任。管钱的是队长。你让我先回去吧，家里四个孩子等着吃饭了。”

“四个孩子？四个孩子你还有资格抓别人来引产？”

“医生啊，押我在这里不起半点作用，还得麻烦你们管饭。”

“你倒想得好，还管饭！没钱，跟你一块来的那几个人还会过来吧？”

“会的，三轮摩托车还停外面了。”

“摩托车停外面？”

“嗯。”

“那你看这样，你留在这也无济于事。卫生院把摩托车扣下，等补上相关费用后再还给你们。这样你也不用留在这里，早点回去吧。”

一听能走人，张秀琴满口答应道：“你们去把摩托车锁上吧，这两辆车，值不少钱。”总算把刚刚徐满军、高余把她留下来付钱的这口恶气出了出来。

财务处工作人员锁上三轮摩托车后，张秀琴抄小路往回走了。

徐满军、高余一行人赶到卫生院发现摩托车被锁上了，气冲冲地跑进卫生院财务室论理，管财务的只是说把钱付了就给开锁。

“怎么把车锁了？妇女主任没有结清费用？”徐满军问。

“结清了就不会扣你们的车了，她说钱在队长身上。哪个是队长，去财务室把费用交了吧。”

徐满军一头雾水，道：“钱分明在她手上。”

“不要这样相互推脱吧？这意思你们没钱？没钱没关系，你们只管回去，摩托车先留着。”

他们跋扈的气焰在财务人员面前马上熄了火。高余赔着笑脸道：“钱确实不在我们身上，有的话我们就给结清了，没必要在这里赖着。这钱估计也不多，我们两辆摩托车都被锁了，这有点说不过去。锁了我们的车，我们办不成事，也不能回去拿钱。你看这样好不好，押一辆车在这里，这车价钱不低。另外一辆我们骑着去追王丽华，追到后再回村里拿钱，这样两不误。”

听起来确是如此，对于高余的提议，财务员请示过卫生院院长后允诺了。

“你们说这婊子能去哪里？”

有人说道：“她娘家好像是在王家村，估计会去娘家吧。”

“只有一辆车，谁跟我走？”

如果不上三轮摩托车就得走路回去，十几里的泥土路不好走。那几个邻村的青年抢着说道：“我们去，我们去。”都像占了便宜似的抢着坐上了车。

“下来一个人，徐队长没地方坐了。”高余望着徐满军说道。

徐满军忙说道：“他们去就他们去好了，我就走路回去啦。”

有车不坐，你愿意走路回去你走吧。高余暗笑着发动三轮摩托车往王家村开去。

看着远去的三轮车，徐满军忍不住叹了一口气。

高正堂家在山坳里，胡建明嫌远，他把两个小孩托付给了住村口的高立春家。趁着高冬九还没有回来赶紧走，虽然高冬九不敢对他怎么样，但如果再不走等到他回来，那怎么说，仇恨的种子会结在他身上。现在赶紧走，等会邻舍们只会说是高余、徐满军、张秀琴把王丽华架去卫生院的，断然不会扯到他头上。胡建明心里打着如意算盘，走得脚下生风。

王丽华的名声是很泼辣的，现在这个棘手的问题解决了，而且他也没直接做恶人，总算了结了一个事，今后村里的计生工作应该好做了。

从心底里讲，他看不起高余这种人，但作为村长，手下不能没有这样的得力打手，不是所有事都能靠说话就能办成的，不能对所有人都哈哈笑着做烂好人吧。作为一村之长，就得有爪牙。只是这种爪牙只能当打手，千万不能让他得势。胡建明晃悠悠地回到了家。

高冬九插完最后一根红薯苗，还有大半块地没有插完。明早再来插吧，他心里这样想着，扛起锄头往回走。

翻过山顶，村庄有的人家亮起了灯火。多数的妇女开始做晚饭了，灶屋里的灯火亮通通的。

高冬九朝自家望去，屋里没有亮起灯。这堂客，这个当家法，太节省了，灯都舍不得开。高冬九这样思想着，幽怨中夹带着几丝幸福。

离着屋门口几十米的距离，他喊起了两个女儿的名字。喊了几声，没有人应答，要在平时，两个女儿早跑过来了。今天怎么了？她们去哪了？

等他打开家门，才发现屋里空荡荡的。人了？怎么一个人都不见？

他放下锄头，向上屋的徐福生家打问去。

徐福生正忙着整理秧田，还没回来。他堂客刘美凡在灶前炒菜。高冬九道：“我堂客、小孩去哪了？”

刘美凡用抹布擦了擦手，从灶屋里走出来道：“你堂客被村干部架到卫生院去了，小孩在高立春那。”

堂客被架到卫生院去了！丽华怎么样了？肚子里的孩子呢？从来没有如此地心悸，高冬九不自主地颤抖起来！他木然立了几秒，追问道：“几点被架去的？

“下午两三点吧。”

两三点去的，现在天都快黑了，肚子里的孩子呢？那肚子里的孩子估计……高冬九不敢想下去，心里一阵沉痛，他赶忙往高立春家跑去。

见爸爸来了，两个小女儿哭着跑了过来。

“爸爸，抱。妈妈被坏人绑走了，爸爸赶快去把妈妈救回来。”

高冬九拉着两个女儿的手说道：“你们在立春伯伯家待会，爸爸去把妈妈接回来，妈妈没事的。”

高立春从堂屋里走出来，满带着同情说道：“你放心去吧，等会高铁林跟高敏敏就回来了，能带她们玩了。你赶紧去卫生院看你堂客怎么样了。”

高立春一儿一女，一个上二年级，一个上三年级，成绩一般，但是高立春夫妇也不怎么管。高立春哥哥高至春上完高中后被招进了市里的麻纺厂，现在据他自己说当着一个小官。儿女今后学习好的话就考大学，学习不好的话读个初中、中专，到时候叫哥哥把他们招到麻纺厂上班就好，这可是个能端一辈子的铁饭碗。哥哥现在已经是个小官，等儿子女儿长大那必定会有一定级别，到时候招两个人进去那是小菜一碟。

高冬九说了几句客气话后快步向陈世宝家走去。陈世宝是陈建平父亲，他是村里的委员，管着农田建设基金，还开了小卖部，光景在村里是比较好的，他家有单车，去卫生院得借他的单车。

高冬九借上单车后，心急如焚地往卫生院赶去。

夜幕已经完全笼罩下来，公路边上的山里间或传来几声鸟叫声，昆虫在幽夜里奏起了夜曲。

高冬九在夜色中朝卫生院赶去。三月，温度还没升上来，但贴身的衣服已经汗津津的。

单车飞速前行，马路两边的田地飞快地后退。前面有个人影，像是有点熟悉。等单车骑近，原来是妇女主任张秀琴。

就是这个人把堂客绑着去引产的！堂客现在怎么样了？肚子里的孩子呢？带着仇恨的怒火，高冬九把张秀琴拦在了路中，他真想冲上去扇她几个耳光。

张秀琴见平常一向老实的高冬九满面怒容，不知道他会做出什么行为，忙先开口说道："你堂客在卫生院跑了，不要怪我，她已经跑了！已经跑了！"妇女主任讲话有些哆嗦了。

跑了？真的还是假的？高冬九琢磨了几秒，看张秀琴的脸色不像是讲假话。堂客跑了？王丽华没事？孩子保住了？绝望中亮起了一点希望。

他铁青着脸追问道："跑哪去？是你们把她绑卫生院去的，你给老子交人。"

"我也只是给上面跑腿了，王丽华是挺着肚子跑了，肚子里的孩子好着了。徐满军、高余追去了。你快点赶去卫生院吧，万一他们追上了又把她带到卫生院了。"

"你要是骗了老子，老子喊应你脱不了干系！"一向老实的高冬九凶狠地说道。

"不会的，不会的，你快去卫生院看看吧……"

张秀琴话还没落音，高冬九骑上单车猛踩着向卫生院赶去。

挺着个大肚子能去哪里，想来想去，只能去娘家了。王丽华在王家村下了班车，到娘家不久，高余开着三轮摩托车也到了王家村。

摩托车开在小路上，引得村民观看。这是去谁家？谁开得起摩托车？村民一阵纳闷又一阵羡慕。

高余一路打问着，在村民的指点下，三轮摩托车逐步往王丽华娘家开来。

"等下抓住那婊子，两个人负责押着她上车，另一个人走路回去，车装不下，你们得积极一点，谁押住她谁就坐车。”

那两个水堤坝的青年马上抱怨了。

王丽华到娘家后，妹妹王丽文见姐姐没吃晚饭去菜园摘菜了。现在轰隆的摩托车声传来，声音越来越近，马上三轮摩托车的灯光出现在夜色中。

是高余追来了！王丽华惊得不知所措。

娘家周围都是平地，一望无垠，再跑是不可能的，躲哪里好？

这时，王丽文在菜园里摘了一篮子苔子菜回到了堂屋。

“抓我的人追来了！”王丽华跟妹妹说着。

往门外一看，摩托车闪着车灯疾驰而来。

“姐，跑是跑不了，赶紧藏起来。”

说完两人赶紧看遍屋里的角角落落，藏哪里好？

没有一个好的藏身处，没有时间给你考虑，摩托车的轰隆声越来越响。

两个人转着圈不知如何是好，藏哪？人生似乎没有了退路！

“姐，没地方好藏了，藏谷仓底下吧。你藏在谷仓底下，藏进去了我再搬几袋子谷来把旁边封住，这样应该就找不到你了。”

王丽文赶忙把王丽华扶到放稻谷的那间屋门口。门一打开，浑浊、灰蒙的气味直扑过来。

王丽文赶紧把门掩上，又把谷仓边上一袋袋的稻谷挪开，王丽华蹲下身，身体侧到地面，慌忙往仓底下挪。

谷仓底下黑黢黢的，已是初春，地面湿漉漉的散着霉味。王丽华刚挪进去一点，几只老鼠吱吱叫着跑了出来。她弓腰缩身，手撑着潮湿的泥土地挪到了谷仓底下。仓底的高度刚好够挪进去，王丽华头靠着双手，整个身体贴到了潮湿的地面上。

“姐，你在里面躲着，我搬几袋稻谷来把口封上，你得忍一会儿，等他们走了我再叫你出来。”

仓底的进口封上后，仅有的一点光亮也阻隔了。谷仓底下漆黑一片，昆虫、老鼠在仓底下不停地窸窸窣窣。好一会儿，眼睛才适应了仓底的黑暗，仓底的角落布满了尘网，叫不出名的虫子来回爬着。

王丽文刚关好谷仓的门，三轮摩托车停在了门口。

“这里是王丽华娘家吧？”这是在外村，高余口气规矩了许多。王丽文瞥了一眼没理他们，作势提着菜篮去灶屋。

“我们是来找王丽华的，我是前进组的队长，王丽华在里面吧，你把她叫出来好吗？”

“我姐不是在前进组吗，这么晚了怎么会在这。”

邻村的一个青年不客气地插嘴道：“她从卫生院跑了出来，上了班车，肯定就在这，不然她还能去哪？”说完往堂屋里走去。

“你们这是干什么！干什么！”王丽文拦在堂屋门口。

“你们把我姐带到卫生院，现在找不到人，你们可得负责！”

“小四，你先过来。”听高余这么说，打算硬闯进去的小伙退到了身后。

“妹子，在不在你让我们进屋里看看。”说完走过来贴到王丽文耳边低声说道，“妹子，给个面子，走个过场，他们几个人都看着，回去交不了差。我也是村长叫我来的，就算她真在这，我把她带回去还嫌麻烦。让我们进去看看，看看就走，能交差就好。”高余满脸堆着笑看着王丽文。

他们只是来走走过场，那干嘛还叫姐躲在谷仓底下受这份罪。这队长看起来也不是那么凶神恶煞，都是同一个队里的，屋前屋后，说不定还真能网开一面。王丽文刚准备张口说姐姐是在这里，但一瞬间她还是把这念头打住了。

“那你们进去看看吧，我姐真不在这。”

你姐不见了，如果不在这里你会不着急？进了堂屋，高余给手下人使个眼色，几个人翻箱倒柜搜起来。

一看这阵势，王丽文马上喊道：“你不是说就走个形式看看吗？怎么乱动东西？”

都进屋里来了，高余恶狠狠地说道：“给我搜，一定要把王丽华找出来！”

王丽华在谷仓底下听到高余的声音，胆战心惊！

门背后，米缸，厕所……所有的角落翻了一遍没看到人。

高余在屋里绕了一圈，指着放稻谷的那间房道：“这间屋怎么锁上了，打开让我们进去看看。”

“这间屋里放的都是稻谷。”王丽文急忙走过去阻拦。

“打开让我们看看。”高余声音高了起来。

“钥匙在我弟手里，平常家里都是他去打米的时候才开这门。”

高余不再说话，沉着脸一脚踹了上去，门板一下子裂开了。

门被踹开的声音吓得王丽华冷汗直冒，高余这个畜生闯进来了，看来今天躲不过了，啊，人生怎么会有这样的苦难！立马，肚子里的孩子像是感应到了眼前的局面，踢了她肚皮好几下。一股悲情开始盈溢在心里，哎！

门被踹开后，王丽文拦在门口要阻止，但被一个青年一把推开了。马上杂沓的脚步走了进来。

王丽华屏气凝神，大气也不敢出。他们会找到仓底下吗？如果找到了该怎么办？肚子里的孩子怎么办？难道孩子真的保不住了？头脑里乱哄哄的，到了这个时刻，只能祈求上天的眷顾了！

高余在屋里扫视了一圈，道：“这娘们肯定藏在谷仓里，你们去把仓板卸下来。”

一块块的仓板马上卸了下来，谷仓里的谷灰呛得人喘不过气来。

“进去看看，这娘们肯定在里面。”

水堤坝的年轻人捂着鼻子憋着气，进仓里摸了一圈。

“没有，仓里没人。”三个年轻人大口喘着气说。

没人？怎么会没人？人去哪了？高余纳闷着，他站到仓口，抓起一把一把的稻谷朝里面扔去，然后又叫人拿来木棍朝看不清的黑暗处挥舞，木棍撞击着仓板砰砰作响。

高余边挥着木棍边说道：“妈妈的逼，这个婊子到底藏哪去了？你们拿扁担往稻谷里戳戳看。”

王丽华在仓底已经吓得魂不守舍。这时候，她只期望被黑暗完全笼罩，黑暗本让人恐惧，但现在只有在完全的黑暗中她或许还能多一份希望。

“今天怎么来这么多人？都在干什么？”一个高音男声。

王丽文转过身，“弟，你总算回来了，这伙人在屋里闹。爸妈了？”

“爸妈在后面。你们在干什么？”王国栋大声呵斥道。

高余一行虽有四个人，但这是在外村，他们不敢嚣张。

高余换上笑脸道：“村里要王丽华坐我们的摩托车回去，找她了。”一边使着眼色和另外三个人退到了堂屋里。

“你们找人，怎么把这东西都翻乱了！”

看这阵势，王国栋大概知道是怎么回事了。他又接口说道：“下午我姐就没来。你们快出去，快出去，这里不欢迎。”边说边推着高余往门外走。

高余一行人无奈，站到了地坪里，现在他们再也不能进屋里搜了。四个打一个是打得过，但打了还能出这个村吗？

高余赔着笑脸道：“都是村里叫我们来的，我们也不清楚。你姐不知去哪了，你们赶快去找找，找到了也给我们村里捎个信。”

他又转过身对另外三个人说道：“我说了不在这，村里偏要我们来看看，这次看了没人，我们走吧。”

三人唯唯诺诺，连忙点头。

王国栋怒视着他们，直到高余发动了摩托车。

等摩托车的尾灯消失在黑夜，王丽文赶紧叫上王国栋：“弟，大姐躲在仓底下，过来，快去把稻谷挪开让姐出来。”

一袋袋的稻谷挪开，光亮一点点地照到了仓底，这次的光亮，给她带来了重生。王丽华试着挪动身体，腿脚早就麻了，好久才从仓底下把头探了出来。

“他们走了？”她仰起脸惊恐地看着弟妹。

“走了。”王国栋说道。

“快出来吧，姐。”王丽文蹲下去帮着她往外挪。

“我先不出来，你们再去外面看看，看他们会不会再回来？”王丽华惊魂未定。

直到过去了好久，王丽文跟王国栋再三保证高余那群人已经走了，王丽华才从仓底下挪了出来。她摸着肚子，喃喃自语道：“这一劫应该过去了，孩子应该是保住了吧。”

“我们直接回村了还是去卫生院？”高余边开着车边问道。

“那辆车还在卫生院了。”有人应声说。

“去卫生院吧。卫生院现在应该下班了，摩托车锁在那里，我们拿把钳子把锁撬了开回去就行。”

摩托车车灯在黑暗的路面上照出一线光亮，发动机的声响在乡村的夜晚里显得格外轰隆。在乡集市的单车修理铺，高余借上钳子往卫生院赶去。

高冬九从单车上下来，急冲冲地进了卫生院。

值班的医务人员听了他的讲述，轻淡地说下午确实有个叫王丽华的跑了，然后又低下头看着报纸。

堂客真的跑掉了！这么说孩子保住了？高冬九将信将疑，但绷紧的神经也稍稍放松下来。

丽华暂时脱离了危险，但又去了哪里？高余他们还在找她，会不会被他们又抓回来？问题接踵而至！

怎么办？是在这里候着，还是去找她？找又去哪里找？高冬九琢磨着难拿下主意。

还是在这里等着吧，万一高余他们把堂客找到了呢！

夜色深沉，卫生院大多的灯光已经熄灭，只剩大厅的日光灯散着冷色调的白光。不一会儿，值班的医务人员趴桌子上开始打盹。

高冬九坐在走廊的座椅上，寒气穿透薄毛衣向人袭来。白天山里忙了一天，晚饭也没吃，又踩了这么久的单车，身体困乏。

不久，发动机的声响传来，接着卫生院的道路上出现了光亮，有车开过来了，是不是堂客又被他们抓来了？高冬九赶忙往外走去。

“赶快，轻点声，拿钳子赶快把锁夹断。”声音听起来有些熟悉。

出了大厅，夜幕下是高余一行人，高冬九怒火马上燃起来了。

“你们干什么？我堂客了？你们把她绑哪里去了？”

一开始高余先以为是医生被发现了，吓得不知怎么办。等听到第二句话，回过头见是高冬九，仓皇的神色马上变得笑嘻嘻的，他瞥一眼高冬九，气势汹汹地说道：“你堂客跑了，跟人跑了，你这个没本事的窝囊废！”

“谁叫你今天把老子堂客绑到卫生院来的？”高冬九迎上前来。

“哎呦，你这阵势，要打架嘛，我怕了！”说完嬉皮笑脸地看着旁边三个人。

高冬九马上走到了高余跟前。

高余块头比高冬九大，他瞄了眼高冬九，轻蔑地说道：“你看这个角色要打架！”

水堤坝的那几个二流子不可一世地轻笑着。

“这个人，儿子都没有，不用跟他客气。”高余说完转身拿钳子去撬锁链。

他刚转过身，一只拳头打到了脸上。

高余摸着被打的脸，嘴角挂着冷笑。

“你还敢打人？”

“打的就是你这畜生！”

“你再给老子讲一声畜生！”高余食指指到了高冬九鼻尖上。

“把手给老子拿开。”

高冬九挥手打开了高余的食指，高余一把扑过来，两人斗到了一起。

高冬九块头比高余小，很快被绊倒了。

高余坐着压住高冬九，左手卡着他的脖颈，右手一拳拳地砸在高冬九身上，嘴上还不依不饶地骂着。

高冬九回击着拳头，势头、力量弱了许多。

“小心打伤人，不要再打了，外伤可有证据的。”不知是谁说道。

高余本来落在额头脸上的拳头马上打在了胸口上，骂声不断，旁边三个年轻人的轻笑声在这夜色中显得惊心动魄。

“你们干什么，干什么？”值班医生跑了出来。

高余一骨碌站起来，“没什么，没什么。”

“你们还带着钳子？”值班医生追问道，边说边看着锁着的摩托车。

“你们可不要打这主意，摩托车即使开走了也会通过乡政府找到你们村里。”

高余赔笑着赶忙否认。

“知道就好，不要再打了，再打给派出所报警。”

“好了，闹着玩了。”

值班医生转过身，高余又踢了几脚。

“走，回。”高余发动摩托车呼啸而去。

高冬九不知道什么时候爬起来的，或许是夜里的寒气逼迫着他不得不站起来。他用衣袖擦了擦脸，拖着疼痛的双腿坐到了卫生院大厅里。

堂客了？虽然不知道堂客现在在哪里，但总算高余没有找到她。先在这里等着吧，万一再被抓到卫生院他总能阻拦。

第二天一早，卫生院穿梭的脚步声叫醒了他。高冬九完全忘了全身的酸疼，他直问卫生院工作人员晚上有没有一个叫王丽华的过来，得到否定的回答后稍松了口气，但是堂客到底去哪里？挺个大肚子还要躲躲藏藏，哎！

高冬九在卫生院等到了中午，盘算着要不要回家看看，两个女儿还在高立春家。丽华既然跑了，她现在藏在哪里，会不会托人带消息回来？高冬九稍作考虑后艰难地骑上单车回了家。两个女儿嚷叫着要妈妈，急得他不知怎么办好。

下午，提个小木箱走乡过县的理发匠刘三经过家门口，他正是从王家村走过来的，王丽华让他带来了口信。堂客在娘屋里，心里悬着的石头终于落地了。

四个月后，正是夏收农忙时节。炙热的阳光烤晒着大地，稻田里打稻机踩得隆隆响。打谷、犁田、晒谷、插秧，村民常常累得直不起腰来。

一片繁忙之中，又添了件喜事，王丽华生了，生了个儿子！

田间地头，总有人接口相语：“生的男孩还是女孩？”

“男孩。”

又一个月后，王丽华抱着孩子回了家。

孩子已经出生了，除了不上户口，不分田分山，村里也不能怎么样了，只是这次会把屋顶的瓦片全掀了吧！高冬九抱着孩子，眼眶盈满了泪水。

“孩子还没取名字，你取个名字。”王丽华望着高冬九说道。

为了给儿子取名字，高冬九翻了好长时间的字典。他说道：“姓高名翔，叫高翔。展翅高翔，一定会有片广阔的蓝天！”这可是字典里面的造句跟解释啊！

五

一九九二年十月，高翔上一年级。上学以来，他的成绩名列前茅。

秋收后，把稻草晒干，田里一年的劳作就结束了。冬天的蔬菜都已下种，萝卜、白菜甚至都已长出了嫩芽。霜降之后，又是去山里摘茶籽、柿子、毛栗子的时节，春华秋实，收获的季节让一年的劳累有些欣慰。

秋收刚过去不久，田里晒满了稻草。放学后，队里的孩子们成群结队在田里打闹嬉戏，顺便还能捡些稻穗回来喂鸡喂鸭，灵巧一点的孩子还能抓到泥鳅、鳝鱼。高翔领着村里同龄的孩子奔跑在田野，到家常常衣服都汗湿了。

八月份的时候，乡里召集各村村长开会。在村长胡建明的争取下，乡里把大茅坪村跟邻村李家村的地界重新划定，把有争议的几亩荒山划归大茅坪村。胡建明之所以能得到乡政府的支持，大部分原因在他弟弟胡建功在市税务局当干部，一个村里能吃上国家粮的没有几个，更何况一个队。每年收农业税的时候，乡里如果不能按时收上来，乡长陈红军总要找到胡建明家来要他给他弟弟给市里说好话，宽限段时间或减免部分税收。对于这种事，胡建功也乐意应承，这表示他们家在乡里吃得开。因为有个在外当干部的弟弟，胡建明次次连任村长，有些事他做得让村里人并不满意，但是如果换成其他人，村里恐怕什么事也做不成。这次跟李家村争地，胡建明赢了，又洋洋得意了几天。

对这多出来的几亩山怎么分？全村分不大可能。前进组跟李家村搭界，理所当然的，这几亩荒山应当属于前进组。但在前进组里又怎么分，胡建明把这个问题交给了徐满军。

稻田承包经营权按人口分配。林木生长周期长，山地承包经营权三十年不变。现在多了几亩荒山，怎么个分法？徐满军琢磨来琢磨去，觉得最好还是在这十年内讨了堂客而没分山地的几家间分配，这样他弟弟徐福生也能分得一块。盘算下来，队里有三家合格，除了徐福生外还有高冬九、高余。

徐满军在队里召集会议宣布这一决定，有人不满，但不满又没有足够的理由反驳。最后确定具体的分法是把几亩山地平均分成三块，最后摸柁决定。摸柁的结果高冬九抓到了中间那块山地，高余、徐福生分别抓到了旁边的两块山地。

第二天，徐满军带着高冬九、高余、徐福生当场去山里丈量面积。对抽签结果，本来都没有意见，但当真到了山里的时候，高余脸都气红了。他抽到的右边那块山地连着李家村，旁边山地的村民把山里的细碎石头全扔了过来。本来就是一片荒山，现在又布满了碎石，根本下不了锄头，这怎么能开荒！

高余立马变脸，“队长，这不成，得重新摸柁。”

徐福生、高冬九看着徐满军，徐满军道：“都摸过柁了，队里开会当着全队人的面已经做了决定，还打什么主意。要有什么不满意，你们内部商量商量看能不能调换。”

队长口气强硬，看来是不能更改。确实，全队开会决定的事怎么说改就改了。高余闷着头完成了山地丈量。为确定地界，高冬九、徐福生沿着扯直的墨线挖出了垄沟。

傍晚，三个小孩趴在凳子上赶着天黑前把作业写完，高冬九正在灶屋里炒菜，高余上门来了。

“在做晚饭啊?”高余一反往常的倨傲，面带笑容打着招呼。

气氛有些尴尬，但高余带着笑脸，高冬九也就含糊应说着。

这时，王丽华提着一篮子芋头回来了。

高余竟然进了家门，王丽华一腔怒火升了起来。

“你来有什么事，这屋里不欢迎你。”

“也没什么事，都晓得这屋里是你当家，要不我早回了。来想跟你换一块地方，就今天分的山地，我那块得跟你们换一下，反正地方都是一样大。”高余口气是不容拒绝的。

为什么要换一下，王丽华还不知道其中的原因，但高余的为人清楚得很，跟他打交道只有他占便宜的。王丽华想也没想说道：“不换。”

“地方是一样大的，换一下也没关系了。”

“反正是一样大，那不换也没关系吧，要换你找徐福生换。”。

“我来也不是跟你们白换。前几个月你们把地坪砌了层水泥，有没有占到队里的路?反正自成你们砌了层水泥后，我的拖拉机都不好跑了。你们砌地坪占了公家的路，搞得我车都跑不了，今天话丢在这，要是跟我把山换了这事就算了，不跟我换的话，我就把你们砌的水泥敲掉，你们自己看着办!”

“砌水泥是刨掉了层土后再砌的，高立春看得清清楚楚。你敢敲，有本事你就试试!”

“你这个母老虎还真不晓得好歹，老子好声好气跟你说不行，敬酒不吃吃罚酒，你等着瞧吧!”

王丽华再不想跟这人说话，高余气恼着走了。

“你怎么跟这个人还讲客气!”王丽华对高冬九很不满意。

蒸气从锅盖里冒了出来，王丽华揭开锅盖，“今朝炒的菜喷香的，以后还是你做饭，你比我做得好。”

高冬九嘿嘿笑了。

“妈妈，我的作业做完了。”高翔跑进了灶屋。

“做完了好，等会儿就吃饭。肚子饿吗?”

“肚子都饿扁了。”高翔掀起衣服给妈妈看肚子。

“晓得了，快把衣服放下去，等下感冒了，就吃饭。”

“妈妈，刚刚高大齐爸爸来我们家干嘛？”

“来跟我们换新分的那块山。”

“这块山是分给我的吗？”妈妈经常笑他说他没户口，队里不给他分田，吃的是家里的大锅饭，高翔敏感地问道。

王丽华看着儿子期盼的神情，说道：“是了，是分给你的，那块山就是你的。”

听妈妈这样说，高翔终于有了点家庭主人翁的感觉，大概妈妈以后再不会开玩笑笑他吃的是家里的大锅饭了吧。

“你在妈妈肚子里的时候，就是这个人押着妈妈到卫生院去引产，还好妈妈跑掉了，要不就没有你。”

押着妈妈去卫生院引产？高翔听不明白，但是朦朦胧胧中，看妈妈的脸色跟口气，不是什么好事。

“还好碰到个好医生，让妈妈跑掉了，你啊，长大后要好好去感谢那位医生。”

“高余押着妈妈去引产，幸好妈妈跑掉了，要不就没有我。”声音回荡在耳边，隐隐约约，高翔似乎又懂得了一些。他追到地坪里，迷惑地盯着高余走远的背影。

高冬九家的地坪在公路旁边，下雨的时候地坪上的泥土常被冲到公路上。长久下去的话，不但地坪上的泥土会越来越少，连带房子的地基都会受影响。为了预防这个事情，高冬九就把临马路的地坪刨掉一层泥土，然后用水泥、钢筋砌了起来。

金秋十月，是收获的季节。打完稻谷，摘完茶籽后又把地里的红薯挖回来了。冬春的蔬菜早已下种，这个时候到了一年农闲的时节。但勤快的人也闲不下来，去外面做点小生意，把自家的农产品担到乡里集市去换点零钱，再有的就是把山里的楠竹砍回来劈成篾片织些箩筐，买卖人每隔一段时间就来取货。劳动的核心都是为了生活。

相比往年，这个时候高冬九没有出去做生意。这些天来，他跟王丽华每天起早贪黑在山里开荒。趁着秋天下雨少，把荒山先挖一遍，来年春天就能种树。高冬九挥着锄头挖着地，王丽华清理着泥土间的树根、石头，两人协作得有模有样，劳累但也惬意。

大清早进山，这会太阳到了头顶。

“歇会儿气吃饭吧。”王丽华说道。

高冬九把锄头扔到一边，坐了下来。王丽华走到山脚下把保温桶提了上来。早上等孩子们上学去后，他们就用保温桶带上午饭进山了。高冬九从王丽华手里接过保温桶，大口吃了起来。

看着他狼吞虎咽的样子，王丽华凑了过来，“分点饭给你，我吃不了这么多。”说完把高冬九的保温桶拿了过来，分了一半给他。

“给我这么多，你自己会吃不饱的。”

“你多吃点，挖土费力，我捡捡石头、树根，根本不费劲。”

高冬九憨憨笑了。

“这山挖出来栽什么树？”

“栽杉树吧，杉树好做家什。”

“家里家什都有了，还做什么家什，我看不如栽点果树。”王丽华不以为然地反驳。

“这山离屋里有点远，栽果树自己能吃几个，还要管理，还得懂种植技术。不如栽杉树做家什，你将来不讨媳妇？”

“高翔才六岁，就想着讨媳妇？”

“早点打算好。现在六岁，树长大要十几年。现在种了杉树，十几年后高翔二十多岁，刚好可以砍了做家什。”

高冬九说到这，王丽华也就应许了。

“哎呀，你们这块山挖得快来！”高余扛着锄头站在山脚。

高冬九、王丽华朝山脚瞥了一眼没有作声。

高余走到右边的山地，锄头挖下去，时常碰到大大小小的碎石，没几下锄头就缺口了。转过身看着高冬九一块好好的山地，高余一腔怒火，开始骂骂咧咧起来。

骂了一会儿后，他把锄头一扔，走了过来。

“前几天跟你们说把这块山换一下可以吧？”

“没有人跟你换。”王丽华看也不看他说道。

“今朝我再来跟你们谈这事，不是我求你们换，你们水泥砌地坪，占了队里的公路，这个事看怎么解决？如果跟我换这块山就算了，不换的话，你们占了公路可不行，我的拖拉机都不好过身了。”

“当时砌水泥是刨掉了一层土再砌的水泥，根本没占公路。”

“占没占不是你说了算，反正我的拖拉机是不好跑了。我看你们还是识相点，跟我换了这块山什么事都没有。”

“你还以为你想换就换，以为自己是什么角色！”王丽华声音高起来。

“高冬九啊，你也不要这么没用，什么都要堂客拿主意，我看你还是跟我换了，懒得扯那么多麻烦。”

“堂客的主意就是我的意思，这块山是全队开会摸朼定的，我当初要是摸了你那块，我就认。”

“呵呵。”高余一声冷笑，“看来你还真是给脸不要脸，那就怪不得我了，明朝看不把你砌的水泥全部敲掉！”

高余说完，扛起锄头扬长而去。

“这个人你跟他客气干嘛，这种人就是个狗腿子，欺软怕硬，千万不能顺着他来。”

王丽华嘴上说着这话，心里琢磨着如果高余真来把他们新砌不久的水泥铲掉该怎么办？这个人仗着有点力气，一向在队里蛮横，怎么对付他，王丽华不得其解，吃过饭稍歇了一会儿又干起了活。

第二天是星期天，不用上学。三个孩子在饭桌上嚷着要跟爸爸妈妈去山里，王丽华想让他们在家里写作业，但推就不过，只好答应了。

刚准备出门，高余拿着钢钎、锤子、锄头朝这边走来，身后还跟着李家村的几个二流子。

昨天在山里碰了壁后，高余咽不下这口气，回家把锄头一放就到了徐满军屋里。徐满军是队长，队里有什么事总得告知他一声。高余一进门就气冲冲地说道：“高冬九占了公路，我现在拖拉机都不好跑了。”

“不至于吧，路面好像没变窄。”徐满军轻淡地说。

“走路是不觉得变窄了，但我开拖拉机，每次经过那车尾差不多碰到水泥墙上去了。咱们正副队长，这事要不要管一管？”

“怎么个管法，就算真占了公路有什么凭证？之前路面宽度有丈量？何况，我看你每次回来拖拉机开得挺快的嘛。”

“那是我技术好，这事怎么处理？”

“你要处理？没凭没据，我是不敢处理。你要处理，你自己找办法。”

“要处理高冬九还找什么办法了，没权没势，打架还打不过。我来你这里是请示你队长一声，只要你松了口，我就好办了。”

徐满军没有回话，只是嘴角抹过了一丝笑影。对高余说的事，他拿不准到底是不是真的，他也没兴趣去追根问底，只要不把他扯进去，他就两边都不得罪，你们要怎么弄你们自己去弄，反正与我无关。事做好了，有我的功劳；弄砸了，与我无关。他听到高余这个话时，心里还有几分暗笑。高余仗着能在外面赚几个钱，很多时候不把他这个队长放眼里。现在他要去得罪人，让他去吧。

得到徐满军这个态度，高余就再无顾忌了。于是当天下午，他又花钱请了李家村三个在外面打流的二流子当帮手，第二天一大早朝高冬九家走来了。

“又去开山去啊？你们只管去，我今朝来把你们占的公路再腾出来。”高余一脸的嚣张。

王丽华看了看他手中的钢钎、锤子，“你有本事今朝就给动动看！”

“这话说的，我还怕你了！”高余说完看着身后的三个二流子，同声笑了出来。

“咱们也不耽误时间，这就动手吧。”高余对着二流子说道。

二流子把钢钎插到水泥墙上，然后用锤子在钢钎上面锤了起来。几锤子下去水泥墙就裂开了。

“你们这是干嘛，还有没有规矩。”王丽华上来抢他们的钢钎，二流子冲上来一把把她往后推。

“你们这是搞什么！”高冬九从里屋出来了，他瞟一眼高余，马上明白了是怎么一回事。

“这新砌的水泥根本没占公路，再撬就不客气了！”

高余轻蔑一笑，“你不客气，你有什么本事对我不客气！”

这时候，王丽华拿着竹篙从屋里出来了，三个小孩跟在后面站在屋柱旁。

“再不住手老子拿竹篙打死你们。”

话音刚落不久，一个二流子马上把竹篙抢了过去。

钢钎戳在水泥上，锤子在钢钎上锤击着，水泥砌上的墙一下子裂开了很长的口子。高翔站在屋檐下，对眼前的一切，不解又有些害怕。高余为什么要把我们刚砌不久的水泥墙戳掉？看他那气势汹汹的样子，像是这个村里从今以后都没人能动他！

眼前这个阵势，打架是打不过的。大哥高正堂出去搞生意了，碰上这种事，除了兄弟，还能指望谁！

几个二流子不停手，锤子击打着钢钎哐当作响，水泥墙裂开后拿钢钎一撬水泥就掉下来了。

高余的经济情况在队里是上等，他跟他弟弟高量都长得人高马大，平常在队里是蛮横惯了，队里人大多拿他们没办法。现在欺负到了自己头上，高冬九不知怎么办才好。他在高余面前说着好话，高余嘴角带着肆意的笑影睥睨地看着他。

清晨，山坳里的人家多半在村口的水井边洗菜洗衣服，这个时候，太阳已爬上了山尖，在水井边忙完的人们担着水往回走。高余带着人戳高冬九新砌的水泥墙引得一些人驻足旁观，大家窃窃私语地看着热闹。

高余见队里人站着一边围观，得意之情溢于言表，“他们地坪上了层水泥，占了队里的路，我给队里做好事了。”一边还跟他的几个堂兄弟指指点点。

打不过他们，不能让他们停手，王丽华、高冬九颓丧地跟站着看的人说着理，大家七嘴八舌，但没人指责高余。高翔站在屋檐下，对于眼前的一切，他有些害怕。父母的无力，高余的跋扈就此种进了他的心灵！

“你们这是干嘛？”一个高亢的声音响起。

看热闹的人掉头一看，是高立春。高立春大清早就到山里割红薯苗去了，红薯差不多可以挖了，先把红薯苗割回来喂猪。

王丽华赶忙走过来说：“立春大哥，你作证，我有没有占公路？砌水泥时是不是刨掉了一层土再砌的？”

高立春把肩上担着的农具放到地上，“高余，这是干嘛了，刚刚砌好的地坪，你来破坏！”

高立春的哥哥高至春六十年代是村里少数几个高中生，国家经济建设在农村招工时进入了城市，作为队里第一个走出去的，平常他是村里大人训斥孩子要好好读书的榜样。高至春招工进城后在城市立下脚来，据村里人传说在外面混得很好，穿的皮鞋都几百块钱一双。有一个在外吃得开的兄长，高立春在队里的地位自然提升了一级，大家也都尊敬他，给他面子。他又比高余大了六七岁，说话的分量明显大了许多。

对高立春的责问，高余支吾着说道：“他砌水泥占了公路，我拖拉机不好过身。”

“这样，有没有占路我们也不清楚。这事我看得村里来决定。你卤莽动手何必了。要是真占了路，村里肯定处理，何必要你费劲。”

这话听起来不偏不倚，甚至像是对自己有利。但高余知道他的借口有些牵强，他也拿不准有没有占公路。只是立春大哥这么说，他不好再强来。

“好，说的也是。村里要是早动手，我又何必干这得罪人的事。”

他又对三个二流子说道：“你们先休息会，看村里怎么处理。”

“冬九，你去把村长喊来，叫他来看看你们到底有没有占公路。”

高冬九借上陈世宝的单车，往胡建明家赶去。几十分钟后，胡建明开着三轮车到了高冬九屋门口，之所以开三轮车，他想着办完事后顺路把凉席送到乡里去。

胡建明一到，混乱的局面立刻平静下来，大家都等着看村长怎么处理这个事情。

王丽华先迎了上来，“胡村长，你来评评道理，高余把刚砌不久的地坪撬坏了怎么处理他？”

胡建明道：“先不急，这到底是怎么一回事？”

“他们往地坪上砌了层水泥，占了公路，搞得我拖拉机都不好过身。”高余立马说道。

“冬九，你有占路吗？”

“没。砌水泥时是先刨了一层土再砌的，当时就是怕扯这麻烦，立春大哥可以作证。”

高立春站在外面，胡建明招手把他喊了过来。

“立春，他的地坪砌水泥时，你看到他们有刨掉一层土吗？”

“当然，是刨了一层土。当时他堂客还开玩笑说怕扯麻烦，特地要我看看，做个证人。”

胡建明扭过头看着高余。立春大哥、胡建明在，他不敢太放肆。他嘀咕地说道：“自成他们砌了水泥后，我的拖拉机就很难过身。”

“现在还能过身吗？”

“有时会刮到水泥墙上。”

“要不你现在把拖拉机开过来，看到底能不能过去。”

高余无奈，只好把拖拉机开了过来。

“你把拖拉机停到水泥墙边看看。”胡建明吩咐道。

高余把拖拉机停下来，胡建明走了上去。

“高余，拖拉机停水泥墙边，这个路面还有蛮宽的嘛。”

王丽华凑了上来，“胡村长，你当面看着的，他这拖拉机要过身完全没有问题。高余把我们新砌的水泥撬碎了怎么处理？”

胡建明缓缓地说道：“王丽华，你也不要太动气。我看这是一场误会。高余应该也是想给队里办事，现在，也许是他疏忽，我看这事就这样做个了结，你们不要再争执，和气生财。”

胡建明这和稀泥的话，想着既解了高冬九的围，又给了高余退路。

“那不行，既然我们没占公路，高余撬碎的水泥墙就得给我们归原，不归原那不行，这世上难道就没有公道？”王丽华抢着说道。

高冬九见事情有了转机，堂客这么一说怕这矛盾又会重新激起，高余是不好跟他斗的。他扯着王丽华衣角，“算了，算了，就这样算了。”

王丽华回过头轻声说道：“什么算了，你就这么好被人欺负，都被人夹裤裆里过日子了！”

胡建明的盘算是事情就此了结，这样两边都得到了他的恩惠。高余不用负责，高冬九的水泥墙也基本保住了。

王丽华突然冒出的这句话，他愣了下马上接口道：“丽华，高余也许是无心之过。你大人有大量，宽容宽容。都在一个村里，抬头不见低头见，都把心放开一点，不要计较这么多。”

胡建明这样说，王丽华听出了他要当和事佬的态度。是啊，村长怎么会主持公道了，我们没钱没势，现在各退一步就是最好的结果。王丽华转身回到了屋里。

“冬九、高余，这事就这样了结，你们不要再闹矛盾，我还要去乡里送凉席，先走了。”

胡建明走到公路边上了三轮车，往乡里赶去。

见事情不会再闹下去，看热闹的村民纷纷担起水，提起菜篮往回走，这清早的闹剧似乎意犹未尽，收场收得太快了。

高余看着高冬九，洋洋得意，高冬九没跟他逞能默然地回屋里了。

父母都进了屋里，高翔从屋檐下走到地坪里，高余正收拾着钢钎。他似笑非笑地看着高翔，钢钎抽出来前还把边上裂开的水泥撬了几下。高翔看在眼里，没有作声。他只是站在地坪上，若有所思地盯着高余……

这样的事在村民看来见怪不怪，高余兄弟的跋扈，村里人早就习惯了。只要事情没到自己头上，关自己什么事。

众人散去后，立春大哥到了高冬九屋里。

“冬九，你就暂时忍了这口气。”

“立春哥，你还有水泥吗？借我点把墙补好。”

“补什么，别补了。”王丽华插嘴道。

立春大哥、高冬九转过来看着她。

“别补了，你没看儿了站在那一动不动吗？”

三个人的目光朝地坪上看去，高翔紧咬着牙关，蹲在砸烂的水泥墙边默然不语！

秋天时常的艳阳高照，不到一个月，荒山开垦过来了。但高冬九并没有歇下来，趁着晴好的天气，他又赶着去另外的山里砍冬天烧的柴火。

翻过年坎不久，绵绵春雨接连而至。三月份刚到，高冬九把杉树苗买回来，顺带买了几棵果树，高翔嚷着要跟爸爸去栽树。

细雨绵绵，高冬九、高翔戴着斗笠在雨丝中忙碌着。

高冬九先把栽树的坑一个个地挖好，高翔就在挖好的的坑里放着肥料。

“一个坑的肥料不要放太多。”高冬九说着。

“为什么，不是肥料多树长得快？”高翔反问道。

“肥料太多不好，吃饭吃太饱舒服吗？”

高翔像是意会了没有作声。

“爸爸，我知道怎么判断树的年龄。”高翔骄傲地说着。

“你怎么知道的？”

“学校里学的。”

“干活累不累？”

“一点点累。”高翔直起腰甩了甩手臂。

“你要好好读书，书读好了，才能出人头地，才能骑到别人头上去，到时就不用干这些事了。人没本事，会受人欺负，不要跟爸爸一样。”

高翔没有听太懂，哦了一声。

“你在学校表现怎么样？成绩好吗？”

“好了。”

“这个学期当班干部没？”

“当了小组长，我们组的书都在我这里背。”

“嗯，还可以。你要争取当个班干部，小组长太小。你们一个班的高大齐、徐钦怎么样？

“高大齐成绩还好，但在学校都不怎么说话。徐钦成绩很差，他力气大，跟他哥哥一样喜欢打架。”

“你好好学习，不要学他们。你什么时候当了班干部，爸爸给你买个新书包。”

新书包对高翔的诱惑太大，他恨不得马上能拿到手。

“爸爸，王老师说期中考试后会重新选班干部，那时我一定上去选。爸爸，为什么要我当了班干部才买书包？”

“当了干部买书包对你是个奖励。从小就要争取做个领导者，不要跟爸爸这样窝囊，受人欺负。爸爸现在这个性格也改不了，你从小就要做个强者。去年高余要跟我们换这块山地，没跟他换就把我们地坪的水泥墙戳坏了，他这样子欺负我们，还不是仗着我打不过他。所以，你要争取比你同龄的孩子都强。”

高翔像是听懂了，默默地点了点头。

春日的细雨越来越浓密，斗笠遮不到的地方早已浸湿。

坑挖完后，高翔把每个坑都放好肥料。

高冬九叫高翔扶正树苗，自己在一边飞快地培土。

“爸爸，栽这么多树干什么？”

“十几年后树长大了做家什给你讨堂客。”高冬九带着笑脸望着儿子。

讨堂客？声音轰隆隆地响彻在耳边，高翔似懂非懂，脸马上羞得通红。

“男子汉长大了都要讨堂客的，不要害羞，不过现在你要好好学习。”

高翔听着没有作声。

“先栽杉树，果树我们栽到山顶去，山顶太阳多点。”

父子俩协作栽完了杉树。风雨中，幼小的树苗在新的土壤里重新扎根。

高冬九跺着雨靴上的泥巴，指着满山的幼苗说道：“现在还是树苗，十几年之后，等你长大时，树也长大了，到时候这树正好可以给你讨堂客做家什，我们回。雨是越下越大了，今天不用浇水，要是出了太阳，爸爸还要带上水桶、瓜瓢来浇几次水。”

高冬九把大斗笠取下来给高翔戴上，自己戴着高翔的小斗笠，父子俩一前一后回了家。

六

爸爸去世后，妈妈一直躺在床上。

葬礼两天后结束了，细雨依旧绵绵不断，阴霾的天气丝毫没有放晴的迹象。逝者已去，生者得鼓起勇气面对艰难破碎的生活。

对王丽华来说，一个妇女要养活三个孩子，这个负担她能扛下来？

刘美凡就上过好几次门，建议她一走了之回娘家，这三个孩子是高家的人，还怕高家不管？

王丽华只是苦笑。高家是个什么情况了，干娘七十几岁了要赡养；高冬九的兄长高正堂当不了家，事情都是由嫂子做主；高冬九的妹妹高华华嫁在外乡，家境虽然殷实，但照以往的交往来看，不大可能会照顾侄儿侄女。没有可以依靠的力量，一切都得独自来承担。

这个月干娘在高正堂家吃轮供，但这几天提着小烘笼上了好几次门了。儿子去世使这个老人又添了白发，活到这个岁数，虽然看多了身边人的离去，但儿子的遽然离开还是让她好几天没吃下饭。儿子走了，三个孙子怎么办？她已日薄西山，不像以前带大儿子的孩子一样能把孙子带大了，媳妇会不会回娘家一走了之？

口头上说来看看孙子孙女，但最主要的是来看王丽华在不在家，三个孩子还有没有人管，同时顺便看看她有什么打算。这一点王丽华也察觉到了。

干娘、媳妇能相与为善，毫无龃龉的也许不多。干娘认为王丽华不够贤惠，经常跟泼妇似的对儿子指指点点；王丽华又认为干娘偏心，高正堂的三个孩子都是吃她饭长大的，而对这三个孩子不问不管。婆媳之间虽没有直接冲突，但心里总是隔着距离。好在几次试探后，王丽华并没有要回娘家的意思，这也使这个老人稍慰于心。

爸爸去世了，书还得继续读。以前起床爸爸早把红薯粉饭做好热在锅里，现在每天的早饭都是大姐二姐做。上课照常上，但是课余时间高翔安静了许多。而且刚开学不久，学费还没交上。开学时爸爸说等他把秧田搞熨帖后出去做点买卖赚了钱给他们交学费，现在这个学费什么时候能交上？不交学费，老师不给发教材！王老师虽然也是前进组的，但她也不能破坏学校的规矩。

每个班每天放学老师都会当着全班同学的面念一遍没交学费的学生的名字，这个时候交了学费的同学总是神情轻扬，被念到名字的一个个蔫头耷脑。一开始念的名字还比较多，夹杂其中不觉得有什么问题。慢慢的名字越来越少，高春兰、高玉兰、高翔在各自班上显得越来越孤单，而且老师念完后差不多总是会重复他们的名字，这个时候，全班的目光都落到他们身上，同学们也许没什么恶意，但起码的自尊心让人不敢面对他们的目光，羞愧、丢面子，每天放学的这个时候，高翔总是低头看着地面。原先每天都是期待着早点放学，现在却开始害怕放学的这个时刻。

每天回来妈妈都是躺在床上，高翔再也不敢跟平常一样磨蹭偷懒，一回家马上写作业，写完作业后又找着干家务。希望妈妈看着他好的表现，能从打击中快点恢复过来吧。

这些天来，王丽华不知道时间怎么过去的。她才三十多岁，今后的日子怎么过？她一个人怎么养活三个孩子？高冬九赚钱虽不多，但好歹吃喝不缺，现在钱从哪里来？先不要说钱了，春耕马上要开始，节气不等人，以前农事她只是打副手，并不是太熟悉，现在全落到了她一个人身上，这么多的农活一个妇女能干得过来？

不管能不能干得过来，已是这样的情况，处在这个位置，还能怎么样？生活没有躲闪跟选择，悲痛得沉淀下去，再苦再难都得用双手去征服。

阴雨天总算停下来了。气温回暖，谷雨、雨水，一个个指导农耕的节气接踵而至，春耕得着手开始准备了。农业，错过一个时节，等于错过一季收成。庄稼人又开始了起早贪黑的农忙时节。王丽华不得不从悲痛中站起来！

春耕开始，先得备好种谷，耕好秧田。种谷去年收晚稻的时候已经备好，现在得把田犁出来。去年秋收后，为了晒稻草，田里的水全放干了，一个秋冬，田里的泥土都晒得开了裂，犁田先得把田里放满水，好把泥土润湿。队里能犁田的只有有牛的几户人家，把田里的水放好后，王丽华到了对面山坳的徐通家。

离徐通家还有二三十米，只见徐通堂客毛勤勤拿着簸箕往地坪里撒谷喂鸡，谷撒完后她又嚯的一声把鸡吓得老远，出壳不久的小鸡飞快地藏到了母鸡翅膀下。等她走远几步，黄茸茸的小鸡又迅速从母鸡翅膀下钻出来聚到谷堆前啄起谷来。

“嫂子，今年又孵了好多只鸡？”王丽华问着。

毛勤勤正准备进屋，听见有人说话，转了过来。

“哦，今年孵了三十多只。”

“那喂到过年又能卖蛮多钱。”

毛勤勤嘿嘿地笑了笑，王丽华走到地坪上了。

“嫂子，通哥在屋里吗？想问下看他什么时候得空帮我把田犁了。秧田还没动手，节气不等人。”

“在屋里，春天雨水多，天气潮湿，他风湿又犯了，这几天都躺着没动。”

毛勤勤这么一说，王丽华也不知道徐通是真风湿痛还是怕她出不起钱，她琢磨着看来今年得找别人了。但这几年来，田都是徐通犁的。她又立马说道：“嫂子，今年工钱不知涨没，如果没涨的话还是完工就给钱，不该你们的账。”

听王丽华这么说，毛勤勤马上接口道：“妹子，你怎么这么说。你的田放心，肯定给你犁好。徐通确实是一忙起来就喊风湿痛，我都不晓得他是真风湿痛还是得了懒病。这样，他不行的话我两个崽派一个去给你犁田咯。这两个家伙，快二十岁的人了，天天游手好闲，没有事干，给他们找点事干也好。本来我说中午吃了饭帮我去看下牛，结果他们理都没理又跑乡里游戏厅去了，也不知什么时候回来。这样，哪天天气好我就要他们给你去犁。我也不能跟你多说话了，两头牛在山里吃草，等下又跑到别个的菜园里去了，我得去看着。”

“好，你去忙你的。”

“妹子改天再来坐。”毛勤勤说完，转身往山坡上走去，一路还哼起了九九艳阳天。

前进组三面都是丘陵，村民依山脚而居。最上首的位置在“大跃进”时期挖出了个水库，就这个水库的水，通过大大小小的沟渠引到田里保障着每年的收成。高冬九家跟徐通家在两边的山脚下，中间隔着几百米的梯田。由于隔得远，两家平常交往不多，大多开始农忙的时候两家才会有所交往。

徐通人算实在，家境在村里算是不错，从不恃强凌弱，对人永远都是一张笑脸，在庄稼人中头脑算是灵活的。他跟他弟徐达两人一人学泥瓦匠，一人学木匠，村里哪家要盖房子、做家什都被他们包揽了。靠着这点手艺，他们时常去外面打些临工，实在没事做时又出去搞搞生意，光景日月过得比村里大多数人家要好。前几年徐达去广州送了次家具，在那边找到了机会，这几年来老婆孩子相继都去了广州，据说在那边赚了点钱。徐通了，现在两个儿子都长大了，大儿子徐吉茂今年二十，小儿子徐吉盛还等几个月也满十八。两个儿子都上了初中，但高中没考上。这几年，刚初中毕业时还觉得他们小，看着只是孩子，没事干就没事干。现在两个都人高马大，除了农忙时能使上一点劲，平常游手好闲，不知干什么好。徐通看在心里，作为父亲急啊。儿子的出路在哪里，能找点什么事干?

他三番五次地跟儿子说要他们跟着自己学泥瓦匠，但他们理都不理。孩子大了，有自己的想法，他也不好再强迫他们。这些天躺在床上，脑子里常常考虑着这个问题。虽然他在队里光景算不错，但他跑生意经常走外面的世界，他知道就他这点本事只能在村里显，在外面什么都不算。儿子的出路在哪里？活了几十年，他可从没有像现在这样心焦过。

接下来的几天，天持续放晴。毛勤勤不失所约，派大儿子徐吉茂给王丽华把田犁了。因为母亲特意嘱咐，徐吉茂把犁还下得比较深。全部犁过田之后，先把做秧田的田地耙了几遍，余下的田地等插秧的时候再耙两次就行了。

秧田已经耙好，剩下的就是播撒种谷。

往年都是高冬九做的事，现在都落到了王丽华的肩上。王丽华虽然耳濡目染，但并没有真正下过种。为此，她打问了好久才弄明白。育秧苗的第一步是把种谷浸清水里，这样秕谷会浮上来，就能去掉；第二步是浸种催芽，把种谷放水里使其达到正常发芽水量的百分之四十，采用间隙式浸种或热水浸种可以提高发芽率。这两个做好之后，最后就是把种谷播撒到秧床上了。

这天是周日，接连几天的阳光把秧床晒暖了。

王丽华本想提前两天下种，但下种后的秧床得盖地膜，没有帮手，根本干不了。她只有等到星期天儿女不上学时来下种，他们多少也能帮点忙。

清晨，太阳刚刚露出了半边脸又隐到云层后面，像是多天的晴日已经厌倦了似的。早先明亮的天地开始变得灰暗，东边的云层叠得越来越厚。这个时候，王丽华已从地里割了几大把红薯藤往回走了。红薯苗刚插过不久，剩下的红薯藤多半用来喂猪。早间从小道上走过，裤脚已被露水打湿。黎明时看着东边透亮的天空，她以为是照旧的晴日，现在这个天色，恐怕将会下雨，今天还准备把秧田搞熨帖，怎么天色变这样了。王丽华拖着红薯藤快步往家里走着。

等她进门，高玉兰、高春兰在灶台上忙着做早饭，王丽华看在眼里，心里暖暖的。早饭很快煮好了。菜还是昨晚的剩菜，辣椒萝卜、腊八豆子，再用米汤打了个酸菜汤，也不用炒，饭煮熟之后放锅里热一下就好了。

“还不起来，吃早饭了。”高玉兰喊着还在床上的高翔。高翔起床洗漱好以后，一家人开始吃饭。碗里就那么一点点坛子菜，而且家里的油也不多了，这些天炒菜油是尽可能少放，之所以还放油，是因为不放油的话菜会粘锅。这一周来，都是这样的生活，妈妈跟姐姐不急不缓地吃着饭，高翔端着饭碗，久久没有下筷子。

“快吃饭，多吃点，吃完给妈妈帮忙去。”王丽华看着儿子不下筷子一阵心酸，菜里没有油水，都吃一个星期了，她都快受不了，何况儿子。

“玉兰，你去做个蛋汤，三个鸡蛋，你们一人一个。”王丽华说道。

家里的鸡蛋大多数时候是用来换零花钱的，听妈妈说做鸡蛋汤，高翔原本愁眉苦脸的表情马上舒展开来。好久好久没有吃过鸡蛋了，他的精神马上打了起来。

吃过早饭，大姐二姐去菜园里拔草，高翔跟着妈妈去了秧田。

种谷很快在秧床上撒好了，余下的是支起拱架，给秧床盖好地膜。

天公不作美，天很快阴沉下来，天空中开始夹杂着雨丝。雨丝绵绵柔柔，很快把头发打湿了。高翔跟妈妈分别站在秧床的两边，妈妈把拱架插到泥里，然后把拱架压过去让高翔拿住插在另一边的泥里，母子俩协作着。

雨丝不知什么时候开始越来越大，高翔跟妈妈的衣服全湿了。最初的凉意似乎被雨水洗净，身上开始热乎乎的。刚赤脚下田时还打着寒颤，现在身上开始热气腾腾。

人雨中，人姐撑着伞送来了斗笠。

“你快回去，别落湿了。”大姐正准备卷起裤脚下田，被妈妈喝住了。

她见妈妈、弟弟确实全身已经湿透，带来的斗笠又带了回去。拱架已经插好，剩下的是盖地膜。等高翔跟妈妈协作着把地膜盖好，瓢泼似的大雨打得人眼睛都难睁开。

“好了，你快到沟里把脚上的泥巴洗了回去。”王丽华对儿子说着。

但高翔没有听妈妈的，他还是站在秧田里跟妈妈一样检查着地膜有没有被泥巴压严实，今天之所以这样，因为他心里还有其他事，得在妈妈面前好好表现。检查两遍后，母子俩才相跟着往屋里跑。

大雨中快步跑着，高翔突然拖住了妈妈的手，王丽华不知何故，看着儿子祈盼的眼神停了下来。高翔自认今天表现不错，可以跟妈妈提点要求。

“快点走，雨越落越大了。”

“妈妈……”高翔拖着妈妈，目光踌躇地看着她。

雨点打在身上已是全然不觉，王丽华停下来不解地看着儿子，今天是怎么了？有什么事？

“妈妈，我得……”高翔欲言又止，话到了嘴边又咽了回去。

儿子的表情似乎有难言之隐，王丽华蹲下来拉着儿子的手，目光中带着鼓励，“你有什么事说给妈妈听，妈妈能做的一定尽量做到。”

高翔又来回犹豫了几次，说道：“妈妈，能不能给我把学费交了，没交学费王老师天天点名。”说完低下头，像是提了过分的要求感到羞愧难堪。

开学一个多月了，三个孩子的学费还没有交，做娘的心里也焦急得很，但什么办法也没有。家里钱不多了，先得应付春耕。春耕要是错过了，饭都会没的吃。

儿子这样难为情地在她面前提这个要求，看来在学校里真受了不少委屈。王丽华一阵心痛说道：“好，妈妈回去跟两个姐姐商量下好吗？”

高翔恳切地看着妈妈，他是希望妈妈不要跟姐姐商量而是先给他把学费交了，但这过分的想法他实在不好意思说出口，他只得点了点头。

一进门，身上腾腾的热气更加明显。不过先前雨中感到的温热马上被凉意替代，王丽华、高翔赶忙换了衣服。

中午吃的还是早上的菜，只是用米汤打了个酸菜汤。饭吃到一半，王丽华说道：“你们学费没交，老师是不是天天点名？”

三个人你看我，我看你，都没有作声。

“马上要春耕，犁田、买化肥都得花钱。家里现在钱不多，只能先交一个，你们看谁先交？”

三个人又你看我我看你，高玉兰用袖子揩了下眼角，端起饭碗走开了。高春兰见大姐走开了，她又看了看弟弟，夹了几根辣椒萝卜去房间里吃去了。这个情形，王丽华豆大的泪珠泛了出来，她匆匆扒完了碗里的饭。

“玉兰、春兰，你们过来。”

高玉兰、高春兰从房间走了过来。

“先交一个，剩下的等春耕后妈妈再想办法。你们谁先交？”

三姐弟还是都没有作声。

“你们都不说话，那就石头剪刀布，谁赢了谁先交。”

高玉兰、高春兰低着头吃饭，高翔看着姐姐的表情，也没有吭声。

“高翔最小，先给他交吧。”沉默许久，高玉兰说道。

高翔看着大姐，这个时候，他为先前只想着自己把学费交了有些羞愧，想说什么，但什么也没说出口。

“给弟弟先交吧，他小。我们老师催得不急。”高春兰接口说着。

两个女儿的退让让王丽华五味杂陈，一来为儿女间的感情欣慰，另一方面又为这困难情况下表达的感情难过，哎！

王丽华看了看高翔说道：“你们谁也别让，还是石头剪刀布。”

“给弟弟交吧，我们老师催得不急，慢点交没事。”高玉兰说完又起身到了房间里，高春兰夹上菜搬着椅子到屋檐下吃去了。

两个女儿都退让，这是孩子们间的一份珍贵感情，王丽华也不好再说什么。

当天晚上吃过晚饭，王丽华把钱给了高翔，高翔接过妈妈手中的钱放到了书包里。

“你看，两个姐姐都让给你，你一定要好好学习。妈妈有些事情想让你知道，但现在还不是时候。等将来你有出息了妈妈再跟你说，不然跟你说了只会增加你心理上的负担。你一定要好好学习，跟你志远叔叔一样，他考上了军校，毕业留在部队，多好啊。你一定要向他学习，争取有出息。如果你长大了没有出息，妈妈就不说了，就当妈妈什么都没说过，那些事就都烂在心里吧！”

高翔纳闷妈妈是要跟他说什么事，还得等他有出息后再说？但在明天可以交上学费的喜悦下他马上把这个疑问抛之脑后了。

就这样，在姐姐的退让下，周一高翔交上了学费。交完学费，全身的压力卸了下来，他一下子活泼了许多，放学时王老师再没点到他的名字，这个时候他才感觉自己跟其他同学是一样的。

十几天后，秧床上黄绿的秧苗慢慢铺满了秧床。秧苗越长越高，温度也在缓缓上升，得把地膜揭开一点，好让秧苗透透气。等到秧苗完全健壮起来，那时地膜才可以全部揭掉。

时光总是不期而至，很快到了农历三月。

三月的第一天，奶奶从伯父高正堂家搬来了。奶奶在两个儿子间吃轮供，每家一个月的轮转。

奶奶来的第二天早上，高玉兰、高春兰照常起床准备做早饭，但等她们到灶台边揭开锅盖一看，饭早做好热锅里了。奶奶在的这一个月，高玉兰、高春兰不用早起做饭，每天可以多睡半个小时。

几场大雨过后，天气彻底回暖。柳树黄绿的嫩叶已是青青翠翠，山沟小溪里流水哗啦啦的，已是插秧的时候。

徐通照旧是派大儿子徐吉茂来给王丽华耙田，田耙好后，就是插秧。

每天放学，三个孩子写完作业后立马跑到田里去插秧。平常劳动强度没这么大，吃那油水不多的菜勉强挺得过去，现在每天在田里劳动几个小时，晚上看到灶台上的菜，饭都不想吃，但不吃行吗？吃饭吃得愁眉苦脸，没油水的菜吃得人心慌。

这天，高翔先做完作业后到了田里。插了一轮秧后，高翔忍不住跟妈妈说道："妈妈，今天晚上要不要跟奶奶说做饭时做个蛋汤？"

王丽华看着儿子的目光，点了点头。

她插完手里的秧，直起腰说道："要不等下回去你跟你奶奶借点钱去买点油，你是孙子，好开口，她会借的。你堂哥堂姐都是她带大的，你们了，她几乎没管过。"

王丽华虽然说的是事实，但那个时候奶奶毕竟年岁没这么大，而且那时爷爷也在，自然能够带孙子。现在，爷爷去世几年了，奶奶也老了，她还有什么精力带孙子？以前还能做些副业赚些零花钱，现在最多只能帮着做做饭，至于收入来源，基本上都是过年过节时晚辈给的。

趁着天色还早，高翔插完一排秧回了家。这个时候借到钱，到供销社还来得及把油买回来。

高翔进门，奶奶正在掐蒜苗准备做晚饭。

“奶奶，能不能借我们一点钱？”平常听妈妈说奶奶怎么怎么偏袒堂哥堂姐，高翔心里对奶奶不怎么恭敬，这个借钱的要求他说的一点也不犹豫含糊。

“你要钱干什么？又要买零食吃？一双嘴巴看得这么重要，就是不想着多搞学习。”

奶奶这样看他，说他要钱是为买零食吃，高翔心里大为不悦！他抬高声音说道：“不是吃零食！”

“你是要买本子还是铅笔？我这里有一块多钱，你拿去。”奶奶掀开外衣，手伸到里面的口袋里准备掏钱。

一块钱能买什么油。高翔马上接口说道：“不是买铅笔本子，屋里没油了，跟你借点钱去买油。妈妈说等插完田打几担米，到乡里卖了就还你。”

奶奶掏出口袋里的钱，一张一块的，还有几张分票。她听孙子这么一说，目光黯淡下来。本来以为孙子要钱买文具，她能满足这要求还有几分高兴，现在孙子说要借钱去买油，她身上根本没这个钱。怎么办?

奶奶掐着篮子里的蒜苗，好久都没有作声。高翔站一边越加对奶奶没有尊敬之心了！

等菜掐完，奶奶见高翔还在旁边站着等她，说道．“奶奶没这个钱，奶奶就靠着过年过节那点钱，平常自己还要开支。”

听到这个说法，高翔相当不高兴。

“妈妈说了，等插完田后就还给你，暂时借一下而已，何况你自己又不是不吃！”

“奶奶真没钱，有钱就给你了。”对高翔的口气，奶奶显得有些无奈。她一个老人，能有什么办法，再也没有什么威严了。

“你拿这一块多钱买铅笔本子去，好好学习。”

“还说没钱，堂哥堂姐不都是你带大的，我们了，你什么时候照顾过我们！”高翔边说边顺手把奶奶手中的钱接了过来。

孙子这样说自己，奶奶满带着委屈站起来到里屋去了。

高翔拿着钱又跑到了田里。他刚走到田垄上，王丽华问道：“你奶奶借了多少钱给你？”

“没，她说没有。”

听儿子这么说，王丽华很意外。

“真的没借你？”

“没。”高翔想着那一块多钱自己留着买文具跟零食会惹同学们羡慕，反正奶奶没借买油的钱，他就瞒着不说这一块多钱。

“我说了她不爱你们吧，她怎么会没钱，过年过节那么多人看她。原来你堂哥堂姐天天吃她的，你们什么时候吃过她一点东西！”王丽华说完又弯腰插起了秧，高翔听在心里，越来越觉得奶奶不公道。

晚上的时候，妈妈姐姐都还在灶屋吃饭，高翔洗完脚后把脚搭在另一把椅子上看电视，这几乎把门堵住了。奶奶刚好过来要去灶屋里拿烘笼上的棉鞋，高翔搭着的腿把路挡得严严实实。

奶奶站在面前，示意要过去，高翔看着电视机理也没理。

奶奶轻推了几下他的腿，高翔显得很不耐烦，也没有让开。奶奶抬起袖子擦了擦眼睛，什么也没说，只好折回去坐到椅子上。过了好久，直到妈妈姐姐进房间，他才把腿收了回来，奶奶趁着这点时间才走了过去，在灶屋里换上烤暖的棉鞋。

在阳光春雨的滋润下，插下去的秧苗长得越来越粗壮，远远望去，稻田里一片青翠，能见到的水面越来越少。

马上快期中考试，学期快过去一半，两个女儿的学费还没有交上，只能去找陈世宝借了。陈世宝是村里的支部委员，管着村里的农田基建资金，或许能贷点钱。就算不能贷公家的款，跟他私人借一点应该也有可能。陈世宝开着小卖部，堂客刘楠基本上天天都去镇里做小买卖，他们家的经济情况在村里是很不错的。当王丽华把这要求说出来，陈世宝二话没说就接口答应了。拿到钱后，王丽华先去了徐通家。

这天，还没走到徐通家地坪，就听见屋里响亮的谈话声。王丽华进门，徐通一家子围坐着，另外几个不认识的人聊得不亦乐乎。

见王丽华来了，徐通马上站起来迎了出来，一边还吩咐毛勤勤去泡芝麻豆子茶。

“通哥，风湿好了吧。”王丽华边说边把钱掏了出来。

“妹子，你屋里情况我晓得，要紧张不急了，我现在又不急着用钱。”

“那不行，说了不拖欠就不拖欠的。”王丽华把钱塞到了徐通手里。这时，毛勤勤端着芝麻豆子茶过来了。

王丽华接过茶，徐通又接着说道：“心里没事，人就好得快。这坐我屋里的是我老弟。在广东家具厂做事，平常回来得少，你可能不认识。我正愁着两个崽没有事做，这回我老弟说广东那边很多工厂招人，我跟他们商量了下，他们也觉得在屋里游手好闲不如去广东找点事做。两个崽有事做了，我就放心了。”徐通情绪高昂地说着。

“是啊，能找到事做就好了。”

王丽华喝完茶，闲聊了会回去了。当天晚上，她把学费给了两个女儿，高玉兰、高春兰拿着钱，之后的半个学期终于可以安心学习了。

几天后，徐通、毛勤勤喜气洋洋地把两个儿子送上了到市里的班车。第一次去电视里常听到的广东，徐吉茂、徐吉盛跟着叔叔徐达亢奋不已。他们到市里下了班车，当天晚上上了去广东的列车。一路上看到什么都是新奇。

广东那边是什么样子，钱真像听来的那么好赚吗？等待他们的又会是怎样的生活？

七

爸爸去世了，老师放学前接二连三地点没交学费的学生名字，久而久之，高翔在村里的孩子们间一下子失去了很多威信，大概二年级的学生也知道金钱的分量了吧。放学后徐钦、高大齐不再等高翔，在路上碰到，徐钦的哥哥徐祝常用嘲讽挑衅的表情看着高翔。徐祝比高翔大了好几岁，打不过他，这个时候高翔往往是稍有些胆怯地避开徐祝的眼神。如此几次之后，本来在高翔面前毕恭毕敬的徐钦也越来越放肆了。

每天六节课，搭了餐的学生中午在学校吃一顿饭。米是开学时报名搭餐的学生从家里背来交到学校的，食堂管学生的饭，至于下饭菜，经济宽裕一点的家庭的孩子一般是花一两毛钱在学校买一份菜，大部分学生都是早上出门时从家里带菜到学校，第三节课下课时把菜瓶放到蒸饭的蒸笼边上热一下，到第四节课下课吃饭时菜就热了。没能把菜瓶放在最贴近蒸笼的孩子则只能把菜拌在热饭中，这样饭的热量总能把菜里的油融化。

班里的同学根据人数分成小组，每组选出一个席长，席长负责拿着木制的饭票去食堂取饭。饭蒸在一个长方形的铝制容器里，取饭时食堂师傅用模子在饭上一按，印出深深的印痕，这算是把饭分匀了，然后又根据饭票显示的数额多少来增减饭块。席长端出饭后，同组的同学在席长的监督下围着盛各自的饭。学校只有一个水龙头，吃完饭后，学生们经常为抢水洗饭盒挣得不可开交。

家里伙食油水越来越少，萝卜白菜，清汤寡水，实在难打起胃口。但在学校中午这一餐，高翔却能改善生活，陈建平是从家里带菜来学校，中午吃饭时，有什么好吃的总会分给他吃。他爸爸是陈世宝，生活条件当然要好得多。

陈世宝是支部委员，先开了个小卖部，使他家成了方圆几里内的中心。赚了钱后，又买了当时村里少有的打米机，这样一来，本来村里打米都得去供销社，现在他把一部分生意揽下来了。靠着小卖部跟打米机，农闲时还能去外面跑点生意，陈世宝的光景可能是村里最好的。何况他堂客刘楠还时常在镇上做小买卖。于是在别的孩子基本上吃辣椒萝卜的时候，陈建平常带到学校里的都是腊鱼腊肉。

一开始，陈建平把好菜分给高翔后两个人站一块边吃边聊，但高翔总是吃得很慢。陈建平以为菜不合高翔口味，时常还开玩笑说他妈妈就这个手艺，明天争取做好吃一点带来。朋友的好意，高翔当然是衷心感谢，但这原因他实在不好意思说。直到有次陈建平发现高翔的目光老是看着他两个姐姐，此后，分完菜后陈建平就一边吃去了。

大姐高玉兰上六年级，二姐高春兰上三年级。每次陈建平有好菜，高翔的眼睛总在找着两个姐姐，以前他基本上还只想着自己，自从两个姐姐把学费让给他先交后，他再也过意不去了，于是之后陈建平给他什么好菜，他总要给两个姐姐分一点。

一天，第四节课下课铃打响了，高翔赶着算几道数学题，去食堂打饭就晚了。他想去晚点也没事，饭会有的，虽然同学们盛饭时基本都会盛到模子刻出的痕线之外，但今天徐钦没来上学，而徐钦又和他在同一席，今天多出一块饭，晚点去盛饭也不急。

高翔算完那几道题，端着饭盒进了食堂，他们席的几个人围着在一块吃着。陈建平见高翔来了，把瓶子里剩下的菜倒到他的饭盒里，菜盖在下面容易热。

长方形的铝制饭盒里剩了一大块饭，但也明显不够两块。同学们知道徐钦今天没有来，基本上都多挖了“墙角”。高翔弓下腰把那块饭盛到饭盒里，没等他站起来，有人拍了他后背一下。高翔回过头一看，是徐钦哥哥徐祝，刚刚席长跟他说饭在这里他就过来了。

徐祝盛气凌人又带着几分蔑笑问高翔：“我弟弟的饭了？”旁边站着个留着分头的高年级学生，至少五六年级吧，冷眼看着高翔。

见他们气势汹汹，高翔尽量客气地说道：“我不知道，我盛的是自己的饭。”

徐祝侧跨一步，对着分头的高年级说道：“原哥，他们席长说饭在这里，我一过来，什么都没有。”

徐祝本来没有想要这块饭，李原中午没回家，徐祝刚好见到他，于是就想靠这机会巴结巴结他。李原上六年级，在别的学生都是平头的时候，他已经留着分头，在学校额外打眼，而且学生们之间如果有什么争执跟纠纷，只要一方提到李原，另一方都只能善罢甘休。徐祝现在把李原拉了过来，但饭却没了，他急得脸通红。

徐祝对着席长说道：“饭了？我弟弟的饭了？”

席长支支吾吾，什么也说不出来。

学生们见留着分头的李原在自己班这边，纷纷围了过来。

这时，高大齐像是若无其事地说道：“这饭盒里还有一大块饭的，我们打完后还有一大块，谁最后一个盛的？”说完看着徐祝，与徐祝目光相接后又斜眼瞥着高翔。

徐祝想着李原都被他叫过来了，如果这样让他丢面子，以后在学校可不好混。他怒目圆睁，对高翔说道：“你怎么把我弟的饭都盛了！”

“我没盛，我盛的是我自己的。”高翔提了提嗓音。

徐祝猛然间往前迈了一步，一把把高翔手中的饭盒抢了过去。高翔没反应过来，他又接口说道：“原哥，这饭刚盛的，还没吃，倒给你。”

李原把手里的饭盒递过去，徐祝把饭倒到他饭盒里，陈建平给的菜翻到了上面。

“哟，原哥你看，这个没爹的家伙伙食还不错，还有腊肉。”徐祝边说边把倒满了饭菜的饭盒给李原，然后把高翔饭盒狠狠掼在了地上。

饭盒掼在水泥地上的声音马上把操场里吃饭的学生吸引过来，大家纷纷过来看这边发生了什么事。

徐祝把他的饭盒掼在地上，高翔一腔怒火燃了起来，但徐祝旁边还站着李原，李原打架厉害在学校里可是出了名的，偶尔还看到他跟一些染黄头发的社会青年混在一起，高翔不由得有些怯火。但是当着同学们的面受了这么大的羞辱，他还是迎上去推了徐祝一把，徐祝比他大了好几岁，高翔这一推徐祝脚都没动。

“把我的饭盒给我捡起来！”高翔大声说着。

“你还敢推老子！”徐祝上前一步，左手抓住高翔的衣襟，右手指着高翔鼻子。这时，围观的人越来越多了。

徐祝右手放在高翔鼻尖上，说道：“你们看，这是我们队的杂种，没有爹，他爹死了。”

说完张狂地左右张望，围观的人群发出了奚落的笑声。

当着这么多的人被他羞辱，高翔怒火中烧，想用脚踹他，但徐祝马上把他脚按住了。

“你还踹老子，谁叫你把我弟的饭盛了。你没有爹，饭还没的吃啊！”徐祝像是道理在他那边一样向围观的人盛气凌人地数落着。

高翔班上的同学也围在旁边，有人似乎想出手，但看到留着分头的李原站旁边，就都没这胆量了。

陈建平见自己的菜倒到了李原的饭盒里，他怒不可遏，但有什么办法了，李原站在旁边，他绝对打不过他们，而且一旦动手，将来还能安心上学吗？他紧握着拳头，不知如何是好，班里的同学这个时候都忘了叫老师。

“走，吃饭去。”碗里有了肉，李原很满意了。

徐祝扯着高翔的衣襟狠狠往后一推，高翔差点摔倒。

“算了吧，不要推搡了。”李原继续说着，口气硬了一些。

“看原哥的面子，今天放过你。”徐祝带着笑脸转过身，李原接着得意地笑了。就徐祝这句话，在这么多人面前证明了他李原是学校里的老大。

“你就个婊子崽，畜生！”

徐祝转过身，“你骂的什么，再给老子骂一句？”他扬起手要过来扇高翔耳光。

“走，吃饭去。”李原有了饭显然不想把事闹大，虽然他不怕老师，但事情要闹大了，老师找他那也是多了一个事。

“爹都没有，杂种！”徐祝跟在李原后面，边往教室走边骂着。

已无戏可看，学生们又纷纷散开了。

高翔抹着眼角的泪水，回到教室趴在课桌上。

教师里闹哄哄的，但外面的一切都与他无关。泪水夺眶而出，当着那么多人的面被骂没有爸爸，这个屈辱给心灵刻下的是什么样的伤痛！高翔突然格外地想念父亲，父亲要是健在，就不会有今天这番羞辱了。他又想起小时候父亲用粗壮有力的双手把他抱在怀里的感觉，现在不再有父亲的怀抱，艰难困苦都得自己去面对，一时泪水盈眶，委屈，难过，徐祝嚣张跋扈欺负他的的情景永远印在了脑海！

人群散去后，陈建平捡起高翔的饭盒、瓢羹，洗干净后放到了高翔的课桌里。作为朋友，没能帮上忙他很过意不去，他只能默默地、无言语地用他的神情跟眼神来表示对朋友的关爱跟同情。

这个事不了了之，高翔也没有去告老师。告老师有什么用？受过的屈辱能弥补吗？何况要是把李原扯进来，今后别想安心读书了。

日子一天天去过，高翔被徐祝欺负这个事也藏到了同学们记忆的某个角落里，大家都没有再提起。半个月后，艳阳高照，已快六月份，青翠的禾苗已经开始抽穗。

这天，下午有体育课。

准备活动后，老师宣布解散。同学们飞快地冲到体育器材袋子前抢着各种体育器材。有皮球、乒乓球，这些玩意儿对小学生有很大的乐趣。

陈建平行动慢了什么也没有抢到，没办法，能干什么了？没抢到器材的同学纷纷走到沙坑旁边的竹竿边爬杆比赛，一开始兴致昂扬，但几次之后就意兴阑珊了。

玩什么？有人在沙坑里挖起了陷阱。

这个时候，陈建平对着高翔耳朵轻声说着什么，高翔听后马上跟他一拍即合。

陈建平站到跳板上试着跳了几次，大致掌握了自己的落脚点。

“我们就在这边上挖坑，一边一个，看谁挖得快挖得深。”陈建平指着离自己落脚点一步多的距离说着。

陈建平说完，两人蹲下身挖起坑来。

沙坑是用做跳高跳远用的，沙子又刚翻松不久，沙质松软，一开始用手很快扒出了深度。但是深一些后，沙层板结了，高翔就从楠竹林里捡来小木棍把沙层戳松，然后把松了的沙子掏出来。深处的沙子一层层地刮下来，不一会儿就挖出了两个大深坑。

“快下课了，不挖了吧，差不多了。”陈建平说道。

“好。我们放些什么在坑里？”

“我先给你挡着，你撒泡尿在里面吧，你撒完我再撒。”

陈建平这个主意，高翔笑了出来，但又很不好意思。他前后左右看了看，见没有人注意这边，躲在陈建平身后把尿撒在了坑里。接着他给陈建平挡着，陈建平把尿撒在另一个坑里。撒完后两个人都有做了坏事后的得意。

“咱赶快去捡些小木棍、再在上面铺上树叶，再用沙子盖上，他就看不出了。”陈建平说着。

两个人很快捡来了小木棍，树叶。小木棍横支在坑口，又盖上树叶，在树叶上铺上层沙子之后大功告成了。

两人拍干净手上的沙子，相视一笑。

“你去叫他过来，我叫不会来的。”

“好，谁叫他上次说你是最后一个盛饭的了。我去叫，咱们好好教训他一回。”

陈建平跑到人堆里，叫了两三个人过来。

“咱们比跳远，看谁跳得远，谁要是赢了我，我给他颗棒棒糖。”

陈建平家里开小卖部，他父母给的零花钱又多，棒棒糖之类的零食他常有。

叫来的三个同学哈哈笑着答应了。

“咱们谁先来？”有人问道。

“这样，我先来，然后是高大齐，然后是你们，行吗？”

陈建平纵身一跳，刚好越过了刚挖的两个沙坑。

轮到高大齐，高大齐站到跳板上，陈建平、高翔相视一笑点了点头。

“我喊一、二、三就跳。”

“好。”高大齐爽朗地说着。

陈建平喊完一二三，高大齐摆着双手跃了出去，这用尽全力的一跳，腾空划出条完美的弧线，高大齐甚至在空中还瞟了左右的人。但在落下的刹那，只听得扑通一声，高大齐屁股坐在沙子上，两条腿都陷在沙子里。旁边几个人马上哈哈笑了出来。

这预料之外的跌落，高大齐屁股摔得痛痛的，鞋子里灌满了沙子。他无奈地看了看同学，手撑着沙地，脚好不容易才从沙子里拔出来。

“你脚有股尿骚气。”有人赶忙捂着鼻子退后。

高大齐坐到水泥地上脱下鞋子，鞋子不但有沙子，还被沾湿了，一股浓重的尿骚味扑鼻而来，他颓废地坐着，怎么办，鞋子上有骚味，还要上一节课才放学！

“这是怎么回事？你双脚怎么到沙子里去了？这次不算，你都坐到了沙滩上，再来。”陈建平说道。

“不来了，不来了。”高大齐挥手回绝道。

“你们还来吗？”

高翔、陈建平跟另外两个同学一番比试，陈建平最终是第一。照理他没输不用给棒棒糖，但他还是在提着篮子卖零食的老奶奶那里给每人买了颗棒棒糖，高大齐也没有少。当高大齐拿着棒棒糖言谢的时候，陈建平礼貌性的笑脸后转过身对着高翔得意地笑。陈建平力所能及帮他出了口气，高翔心里真是感谢这个朋友。

最后一节课是图画课。

高大齐鞋上的尿骚味在教室散发开了，一开始大家只是轻声议论，随着气味越来越重，忍不住的学生举手跟老师报告。

当老师叫高大齐站起来问尿骚味是不是他的鞋子发出来的时，高大齐羞得无脸见人。点头承认后，老师吩咐他搬着课桌到走廊上去画。他到走廊后，陈建平、高翔强忍着差点笑出声来。

大庭广众之下全班同学知道自己的鞋子上有尿骚味，还被老师分配到走廊上美术课，太丢面子了，以后怎么面对班里的同学！

看到自己出来后同学们神色变得轻松，更有几个同学把他旁边好几扇窗户关上了。他是这么讨人嫌，不招人待见，这次全班同学都记住他了，以后够他们奚落了！

高大齐随手画着画，心绪全不在画笔上。体育课发生了什么事，想起来有些蹊跷，但也想不通问题在哪里。下课铃响后，高大齐如释重负，王老师过来简单地强调了几句要回去好好写作业的话就放学了。

一到放学，学校一下子欢腾起来，学生们三两成群跟各自的好朋友一块走着。陈建平、高翔兴高采烈地走在前头。

“你今天这个主意真好。”高翔说道。

“得让他吸取点教训！”

“是不是太过分了？”

“这有什么过分的。上次徐祝来要他弟弟的饭，如果不是他在旁边说是你最后打的饭，徐祝能抢你的饭？打不过李原跟徐祝，对付他我还是绰绰有余。”

两人谈笑着走在公路上，公路两边稻田里的禾苗正在抽穗，阵阵轻风拂过，禾苗随风摇摆着。

走出校门，全校的学生散往四面八方。高大齐、徐钦、徐祝走在后面。

“你今天是怎么回事？”徐钦问高大齐。

“他怎么了？”徐祝接口问道。

徐钦把下午发生的事给哥哥说了一遍，徐祝听完若有所思地哦了一声。

“也不知道怎么的，体育课陈建平叫我去跳远，结果一跳落在沙滩里的陷阱里，那两个陷阱还撒了尿。”

“陈建平叫你去跳的？”徐钦在前面的人群里寻找着陈建平。

“嗯，他叫我去的。”

“你看，陈建平跟那个高翔走在前头。”徐钦手指着前面。

“是不是他们俩陷害你？”徐祝随口说道。

“不至于吧，我没得罪他们。”

“可你爸欺负过高翔家，前段时间我去要我弟的饭，你在旁边帮我说了话。”

“哦。”高大齐恍然记了起来。

“上体育课时我看他们挖的沙坑，后来我走开了，没想到他们竟然是骗你去踩那陷阱，我要在就帮你收拾他们了。”徐钦说着。

“真是他们俩挖的？”

“是的，亲眼所见。”

“难怪陈建平那么热心叫我去跳远，还说谁赢了他有棒棒糖吃。”

“你看怎么办，高翔害你在班上丢了这么大的丑，回去鞋子有骚味，怎么跟你妈妈说？”徐钦接着说道。

高大齐没作声，他也不知道怎么办。

这时，徐祝说道：“要不等下去打他一顿。等下他跟陈建平分开后你去打，放心，你个子比他高，肯定打得过。就算打不赢，还有我跟我弟，我们肯定给你帮忙。”徐祝信誓旦旦地说着。之所以要等高翔跟陈建平分开后才去打，他也知道陈建平家在村里是上等人家，他是不敢欺负陈建平的。

听起来是个好主意，高大齐也不想就这样被人白白欺负，他略微想了想后点了头。

于是徐祝、徐钦、高大齐在后面盯着前面的高翔、陈建平，等陈建平上了岔路后，他们快步追了上去。

高翔走得不急不缓，他悠然地一边欣赏着田里的稻花，一边在手里把玩着小石头，直到背后一块石头落在脚下，他转身一看，高大齐、徐钦、徐祝冲着他跑来，徐钦、徐祝边跑还边向他扔着石头。

高翔马上明白了是怎么回事，他按住爸爸给他买的单肩黄布书包，撒开腿飞奔起来。

高翔跑得气喘吁吁，但没跑多远，徐祝赶到前头拦住了他。

往前不能走，后面高大齐、徐钦追了上来，高翔不知如何是好。很快，高大齐、徐钦追了上来。

徐祝对追上来的高大齐说道：“打吧，只管打，打不赢我们帮你。”说完看着高翔嚣张地笑。

高大齐把书包给徐钦，逼了上来。他作势要推高翔，高翔躲开了。他又迎了上来，这下推到高翔，高翔往后退着，徐钦、徐祝的笑声越来越放肆。

在他们没警觉的片刻，高翔放开腿狂奔起来，他想起跟陈建平赛跑的情景，腿迈得更快了。

于是四个人前后追赶着拐过了山脚，前进组一望无余。

到了自己队里，熟人多，徐祝、徐钦不敢再那么明目张胆，但他们仍怂恿着高大齐。高大齐隔着距离往高翔扔着石头，好几次都差点打到人了。

既然到了队里，高翔也不像开始那样惧怕他们，高大齐向他扔一块石头，他就回一块过去，高大齐连跳着躲开了。

这时，不知谁的声音在队里响起：“高翔、高大齐在打架了，你们大人管不管！”

徐祝、徐钦听到喊声，赶紧往前走了。

喊了几声后，各家各户的大人都从屋里走出来张望着。

王丽华在地坪里看到儿子跟高大齐站路上相持着喊道：“高翔，快回来，别打了。”

高翔回头看妈妈时，高大齐趁机扔了块石头砸到了高翔腿上。高翔刚准备回去，火气又引发了，这个时候徐祝、徐钦已经走开，他已不是那么害怕。

高翔对着高大齐回了块石头，高大齐躲开了。

“躲什么啊，直接上去打他。上去打，还怕打他不赢啊，你比他高了那么多！”高余在自家地坪里看到了这幕，大声喊着。

队里的人看着路上的高翔、高大齐，又听着两边大人的喊声，纷纷从家里走出来聚到了水井边。与此同时，王丽华、高余也赶过来了。

高余站在人群中，对着王丽华高声说道：“小孩子打架，大人不插手，打死了各埋各的！”说完得意地看着左右的人，似乎高大齐必胜。

王丽华听高余说要打，众人面前，当然不能示弱，这要示了弱那以后还得了！

王丽华喊道：“他们要打你就打吧。”

两边大人都表了态，高翔，高大齐把书包放到了路边。

他们握着拳头，隔着三四米的距离怒望着对方。水井边的人越来越多，大家纷纷过来看这两家的好戏。

高余又嚷道：“这可不是我们父子欺负他们母子，小孩的事自己解决，大人不插手。”

高余豪气地说着，他琢磨着高大齐比高翔大了几个月，个子又高了半个头，还怕打不过！

人群里有人应和道：“对，这样公平、公正。”

这个时刻，高玉兰、高春兰已经到家了，她们见弟弟在路上跟高大齐对峙，想要帮忙。但井边那么多人看着，女孩子不好出手。

隔着三四米的距离，双方互有进退，但都不敢轻易下手。他们试探性地僵持了几分钟。队里的人几乎全出来了，水井边越来越热闹。

高余见井边围了这么多人，这次是赚面子的好机会。他高声喊道：“大齐，动手，别跟他磨蹭。”喊完对着身边的人哈哈大笑。

高大齐听了高余的喊话，冲过来推搡着高翔并且一下子箍住了高翔的脖颈。

两人缠到了一块，身高差距更是明显。

脖颈被高大齐箍住，挣脱是不大可能。高翔扬起右手，搭到高大齐右肩上，左手握住右胳膊用力往下压，这下高翔把高大齐的脖子也箍住了。

高大齐块头大，高翔以为他力气也会比较大，缠搂到一块才发现他并没有多大力气。高翔用尽全力狠狠把他往下压，高大齐被勒得更紧了。他脖颈被勒痛了，箍着高翔的双手力量小了些。高翔再往下压，高大齐高出的半个头被压在了身下。

高翔双手箍着高大齐甩了两圈，他几乎没有反击的力气。

高翔又站定下来，用狠劲勒住他。他又把右腿放到高大齐身前，勒着高大齐往右边摔。高大齐承受不住高翔的力量，慌乱中又被高翔右腿绊了一下，顺势往右边摔了下去，高翔借势压在了他身上。

这时，人群中有人轻声地议论起来。

倒在地上，双方又是一番缠斗。高大齐挣扎着要甩开高翔，高翔压在他身上，牢牢地把他控制住了。几番争夺，双方都有些疲惫。

高翔压住高大齐双肩，坐到了他肚子上。高大齐试着要掀开，但毫无办法，局势已经完全确定下来。

儿子处了下风，高余脸气得通红，他真想冲上去扇高翔的耳光。但刚刚自己夸下了海口，他高余不要脸，还不敢在众人面前这么不要脸！

这时，徐满军站到王丽华身边说道："不要打了，不要打了，不要得势不饶人。"

"是高余喊要打的。"王丽华看也没看徐满军说着。

后面突然传来一阵叫骂声。

众人回过头一看，高大齐妈妈姚红喜抓着高春兰的手，边扇着她耳光边骂着。

王丽华慌忙过去把女儿拉了回来。高翔见姐姐被姚红喜打了，左手压住高大齐，右手来回扇了他几个耳光。

围观的人群更加喧嚷了。

高余心急火燎，儿子在全队人面前打输了，这脸往哪搁！自己又夸下海口大人不管，现在急得脸红一阵绿一阵。队里看着的人多是窃窃私语，没有人主动上来管这两家的事。

"不要打了，不要打了。"一个沙哑的嗓音传了过来。大家转过身一看，是高立春。

高立春跑到高翔、高大齐身边。

"翔伢子，别打了，起来，冤冤相报何时了。"高立春以为他们打架是因为高余撬了高翔家地坪上的水泥。

上次高余撬他们家水泥时的时候，立春伯伯给他们说过话，现在他说不要打了，高翔抬头看了他几眼，一把站了起来躲到他身后，高大齐马上爬起来了。

高余见儿子解了围，既然打不过，就不能再打了。他赶忙喊道："大齐，快回来。"

高大齐拎起书包，想怒又不敢再怒地看着高翔。

高翔气不过去，要再追上去，立春伯伯赶紧拉住了他。

“不要追了，不要追了。”

“翔伢子啊，算了。”

井边的人见戏将收场，又都忙自己的事去了。

立春伯伯给高翔提着书包，他又从包里拿出书来翻看着。

“字写得蛮工整。翔伢子，你要好好读书，不要打架，打架是地痞流氓干的事，有什么出息。读书读好了，以后日子过得比他们都好，那才是正路。你要争口气，不要让人看不起！”

听到这几句话，高翔不由得抬头多看了立春伯伯几眼。

“林哥跟敏姐今天什么时候回来？我有不懂的题目想去问他们。”

高立春儿子高铁林、女儿高敏敏上初中，高翔两个姐姐有不懂的问题都时常去问他们，现在立春伯伯说了这关心他的话，他就这样问道，似乎是为了把话能接下去。

“他们应该也快回来了，有不懂的问题就应该多问，书读在肚子里谁也抢不走。”

这次打架事件后，高余在全队人面前输了。但既然是他自己夸的海口，他也就不敢把王丽华怎么样。

自此以后，高大齐见到高翔眼光都不敢跟高翔发生碰撞，但徐钦、徐祝还是依旧嚣张跋扈，高翔大多时候对他们兄弟俩都是退避三舍。

八

高翔、高大齐那场战斗后，队里人议论几天后也逐渐平弭下去了。世间的事，像烟雾一样，总会消散。高翔、高大齐再没有说过话，狭路相逢，高大齐目光总是张望着别处。徐祝、徐钦兄弟虽没再直接动过手，但他们的目光总是带着威风跟挑衅。

大自然一枯一荣就是一个年头，时间过得飞快，高翔已经从书本里学到燕子、蜻蜓低空飞行的话那天就快下雨了。家里经济煎熬，日子难过，但时间总是如约而至的过去了。双抢时王丽华带着三个孩子每天起早贪黑，踩打稻机，把打卜的稻谷担回去，这些男人干的活都落到了她身上，每次扁担压在肩膀上，高翔看到妈妈都是紧咬着牙关。为了不耽误农时，得赶紧把稻谷打完，王丽华每担还装得特别满，就是一个壮年小伙子担着恐怕也不轻松。打完谷后，又是犁田撒化肥，田犁好后每天天不亮就起来扯秧，双抢搞得劳筋伤骨，生活是如此不易！

经济已经崩溃，时常有段时间菜里没有油水。如果说在家里没有油水还能填饱肚子，但每个学期开学交学费的那段日子，高玉兰、高春兰、高翔都有些打退堂鼓。不去学校又能干什么？但去了学校，放学前老师当着全班同学点名催学费，这是伤面子的事，而且不交学费不发教材，上课只能共着同学的看，每天坐在教室里是个煎熬。高翔由于成绩好，王老师给他找了套旧书。有了旧书上课不用看同学的，但当同学们拿着报纸或是花花绿绿的纸张兴高采烈地给新书包书皮时，高翔还是显得那么孤单。

初秋已至，冬春的蔬菜已经下种，趁着天气好，王丽华又把冬春的柴砍好。忙完这些事，家里也就没什么事做了。这个时候，家家户户的堂客们大多聚在一起打牌，勤快一点的在胡建明的凉席厂拿来凉席片串凉席，虽然串一个凉席工钱不多，但闲着也是闲着啊。

对王丽华来说，像别的堂客们那样串几个凉席根本不够贴补家用。她们有男人在外面赚钱，串凉席纯粹只为不闲着而已。自己了，生活开支，儿女的学费都是问题，怎么办？天天在家里操劳，虽不至于饿肚子，但钱从哪里来？而农忙一过，也就没什么忙的了。开学有段时间了，儿女的学费还没交上，每天看着他们无精打采地去学校，做娘的急得心痛，这实在不是滋味。但有什么办法？之前在陈世宝那借的钱还没有还掉，这次又去借吗？这怎么开口！王丽华琢磨着能不能去外面赚钱？虽然她也不知道出去干什么，但去外面找找机会总比在家里毫无希望强吧？这样想的时候，每当三个孩子回到家里又把这心思打消下去了。如果她出去了，三个孩子怎么办？留他们三个在家里，晚上睡觉会不会害怕？没人管束会不会学坏？这样一想，王丽华就不忍心把孩子留家里而她出去赚钱了。生活没有两全，生活也许就是单项选择题！王丽华琢磨不定，有时早上在水井边洗衣时跟刘美凡聊天，这样聊着聊着，王丽华打算去外面找事做的风声在队里的堂客们中间已经不是秘密。

天天守在家里，儿女能有个照应，但把他们照顾得再好，又能怎么样？何况天天捉襟见肘，能说是照顾得好吗？生活能改善？学费能交上？下定一番决心后，王丽华打算跟儿女们谈谈。

当王丽华说出打算出去找点事做的时候，三个孩子都没有作声。如果妈妈出去找事做，那家里只有他们三个，田里、土里所有的一切能照顾得过来？更何况长这么大从来没有大人不在家，三个孩子一想着妈妈要出去，不由得恐慌！王丽华对他们做了很多解释，说她出去是赚钱，已是家徒四壁，再守在家里不出去赚钱日子过不下去了！妈妈说的有道理，三个孩子心中的恐慌跟不舍只能藏在心里，物质上的生存总是第一位的！

一天， 高玉兰放学回得早，王丽华把她叫到了房间里。

“玉兰，你最大，家里没一点收入来源了，妈妈再不出去赚钱，生活就过不下去了，你能理解妈妈吗？”

高玉兰看着妈妈点了点头。

“妈妈出去了，弟弟妹妹你能照顾好他们吗？”

“妈妈如果真要出去找事做，那我一定照顾好弟弟妹妹。”高玉兰说得都快哭了。

王丽华强忍住情绪，接口说道：“如果你能照顾好弟弟妹妹，那你也帮妈妈做做他们的工作，让他们同意妈妈出去找事做。”

“嗯。”高玉兰转过身擦掉涌出的泪水到了灶屋。

在高玉兰的解释劝说下，当妈妈再问起高春兰、高翔的态度时，他们俩都默然地点了头。妈妈出去赚钱，家里只有他们三个，这会是什么样的日子？想想都让人心慌，但又有什么办法了！

做好儿女的思想工作后，王丽华开始做出门的打算。虽然已经打定主意要出去，但又放心不下三个孩子，于是她就拜托刘美凡尽可能地照应下他们。刘美凡原本以为王丽华是开玩笑，听她这么说才知道是当真的，一时既诧异又佩服。王丽华没打算对干娘说，如果跟她说肯定不会同意，但风声还是传到了干娘耳里。

老太太一听儿媳妇要出去找事做，心里立马着急起来，王丽华是真出去找事做，还是打算就此脱离这个家庭不再回来？一想到孙子孙女，老太太急得眼泪都出来了，如果王丽华真的不再回来，三个孩子还这么小，孤苦伶仃，怎么办呀！老太太听到这个传闻后马上拿着拐棍，慌慌张张上了王丽华的家门。

没到月初干娘就上了门，王丽华以为她有什么东西落在这里。

“忘了拿什么东西，妈妈？”王丽华问道。

“没忘拿东西。”老太太停了一会儿支支吾吾地说道，“听说你要出去找事做？”

干娘怎么知道了？王丽华有些不得其解，但既然知道了就只能照实说。

“嗯，出去赚几个钱。家里没一点收入，都揭不开锅了。”

“你出去能干什么事？”

“出去再找。”

“恐怕外面的钱也不好赚。你出去了三个孩子怎么办？我也一大把年纪了，老了，不像以前一样能操劳了。”

“不出去赚钱怎么办？油买不起，孩子的学费还没交。”

“你不会就这样出去不回了吧？你出去了，孩子没人教育怎么办？现在要我管，我怕也管不住他们。”老太太急了。

“我都跟他们交代好了，他们能照顾好自己，不用你操心。”

“丽华，我求你还是不要出去，我这个做干娘的以前要是有事没让你称心希望你多担待一点。”说完颤颤巍巍地从里面的口袋掏出一叠十块五块的票子。

“这是我省下来的，你先拿着用，我只求你不要出去，三个孩子没妈妈在家照顾不行。钱的事，钱的事，我……学费的事我看看能不能想想办法。”老太太掏出手帕擦了擦眼睛。

王丽华没有接钱，这点钱从老人家最里层的衣服口袋里拿出来的，她怎么好意思接。

“妈妈，我不出去没一点收入来源，拿了你这点钱又能过多久。”

“这点钱你先拿着用，三个孩子不能没有妈妈在家。丽华，负担全在你一个人身上，高家欠你的。你在家里，生活再苦也不会饿肚子。至于其他开支，走一步看一步吧。你出去了，孩子就野了，高翔会读书，你不在家，他要是不好好学习怎么办？”

“我不出去找点事做，在屋里只能喝西北风！”王丽华不想再听干娘啰嗦下去。她说的虽都有理，但有理也得先有钱解决问题才能说。

老太太见不能说服儿媳，把钱放到电视机柜子上回了大儿子家。儿大不由娘，老太太想着让大儿子支援下三个孙子的学费，但大儿子本身也不宽裕，他不主动开口，做娘的吃儿子的饭怎么好说。怎么样才能打消儿媳妇要出门的这个决定？她又想到了女儿高华华，高华华在学校教书，经济条件在农村说起来是不错的，能不能叫女儿支援下侄儿侄女的学费？这个话不好开口，但为了三个孩子，老太太还是想着哪天去女儿家走一趟。

第二天下午，老太太迈着细碎的步子走在公路上，路上碰到她的人问她到哪里去，她说去供销社打煤油。

一路走得慢吞吞的，老太太在学校门口停了下来，供销社离学校不过几十米，看来她是走累了。

老太太站了一会儿，学校里的铃声响起了。很快，三三两两的学生从学校冲了出来，放学了。

老太太揉了揉眼睛，盯着校门里出来的一个个学生。她视力不好，往往孩子们走得很近才看得清楚。

身前一个个孩子飞快地走了过去，老太太没有漏过一个，她生怕没看到高翔。

这时高玉兰、高春兰跟同学走出来了。高玉兰、高春兰老远就看到了奶奶。等走近，她们俩走了过去。

"奶奶，你在这干什么？"

老太太见是两个孙女，说道："去供销社打煤油，高翔没回去吧？"

"要不要我们去给你打？"高玉兰说道。

"高翔还没回去，他跟同学在后面。"高春兰接口说道。

"不用你们打，我自己去。"

高玉兰、高春兰听奶奶口气坚决，就跟上同学走了。

不久，高翔同陈建平、徐俊从校门出来。高翔一眼看见了奶奶，但他没有想要跟奶奶打个招呼，他心里认为奶奶对他们不公，偏爱堂哥堂姐。

等高翔走到不远的距离，老太太才看清走来的是她孙子。本以为孙子看到她会走过来，但高翔视而不见，从她身前走了过去。

老太太急得转过身喊道："翔伢子啊，我有话跟你说。"

这明显是在喊他，高翔不好意思当作不认识。

他停住脚步，有点不耐烦地高声反问道："有什么话跟我说？"

“你过来，我有话跟你说。”

高翔走了过去。

“你帮我去供销社打一斤煤油，再打半瓶子雪花净。”老太太边说边把钱掏了出来。

高翔看奶奶掏出来是张十块的，打煤油跟雪花净根本用不了这么多钱。他对陈建平、高俊说道：“你们先回去吧，我帮奶奶打煤油去。”

陈建平、高俊往前走了，高翔拿着钱得意地往供销社走去。

十块钱，煤油跟雪花净完全花不了这么多钱，又能买零食了，他一直想要的新钢笔也能有了。高翔像中了奖似的走得意气昂扬。

打好煤油跟雪花净，高翔买了两包情人梅，两包芒果，又称了二两瓜子，然后还买了支英雄笔，这英雄钢笔明天在班上会吸引多少同学的目光啊！他把这三样放进书包里，又拿了一块钱夹到书里，一手提着煤油跟雪花净，一手拿着剩下的钱到了校门口。

“这是剩下的钱。”高翔伸手把钱给奶奶。

奶奶说道：“钱你拿着。奶奶没什么钱，要不再多给你一点。你拿这点钱买些铅笔本子，好好读书。”

高翔听着有些不可思议，奶奶把这钱给他了？他生怕奶奶反悔，立马把钱放到了口袋里，同时也为自己私买零食跟钢笔，还藏了一块钱感到不好意思。

学生们都已走上回家的小路，弯弯曲曲的公路空荡荡的。

奶奶这样对他，高翔感受到了一点温情，他再不好对奶奶那么不恭敬。但他又想到妈妈说的堂哥堂姐都是奶奶带大的，心里还是有些不平。

高翔提着煤油跟雪花净，脚步尽量跟随着奶奶的节奏。

“翔伢子，你妈妈要出去找事做你晓得吗？”

高翔侧眼看了看奶奶，“晓得。”

“那你同意你妈妈出去吗？”

“家里没钱，妈妈说要出去赚钱。”

“你妈妈要出去了，你们怎么办？外面钱也不好赚的。”

高翔听奶奶说着，没有出声。

“你们不能让你妈妈出去，外面钱本身不好赚。她出去了你们怎么办？她要出去了再不回来了呢？”

奶奶说到最后一句，高翔听得胆战心惊！刚刚还在为奶奶给了他钱窃喜，一下子慌得不知如何是好。他瞟了奶奶几眼，沉着脸思索起来。妈妈怎么会不回来？很快他得出自己的结论：“妈妈说出去给我们赚学费。”

“那她跟你们说去哪了吗？”奶奶追问着。

高翔摇了摇头。

“翔伢子，奶奶怕你们三个今后没人管，你妈妈说要出去，你最好是不要让你妈妈出去，知道吗？”

“为什么？”

“奶奶担心你妈妈就这样出去了，不再回这个地方，到时候你们三个怎么办啊！”奶奶掏出手帕擦了擦红肿的眼睛。

高翔听得迷迷糊糊，既迷惑又害怕。他回想起这些天来妈妈屡次跟他们说要出去的事，而且这几天家里伙食都好了些。奶奶的这几句话把高翔平静的心搅得天翻地覆起来。他不再作声，心绪乱得跟一堆稻草似的。

走到山湾，高翔突然记起大概三四岁的时候，那个时候爷爷还健在。高翔跟爷爷奶奶从新桥河赶集回来，那次爷爷奶奶给他买了好几个白糖包子，他吃得津津有味。回来的路上听奶奶对爷爷说这段时间她又瘦了，掉了好几斤肉，高翔连忙追问奶奶肉掉在哪里，他去帮奶奶捡回来。他这一问，把爷爷奶奶逗得哈哈大笑。想到这，高翔心里涌起一片温情，他侧脸看着奶奶，奶奶已是满头银发，奶奶颠着个小脚走到学校跟他说这事，原来奶奶是关心他的。

走过山湾，村庄一览无余。

“翔伢子，千万不能让你妈妈出去了。你们学费的事，奶奶看能不能想想办法，去找你阿姨借借看。你们绝对不要让你们妈妈出去了，一定记住啊。”

高翔看着奶奶慈祥的面容，点了点头。

“你先走，不要管我。记得要留着妈妈，不要让她出去。你也不要说是我跟你说的，你先走吧。”

看来奶奶怕妈妈知道她跟自己这次对话，高翔迈开步子说道：“那我先回去了。”

“嗯，你先走。”

走出去一段距离后回头看着奶奶颤颤巍巍的身影，这个时候高翔开始对奶奶带着一份感情。

听了奶奶的话，回到家观察妈妈的一举一动，似乎没什么异常。但他有了这个心结，妈妈每说一句话他都要揣摩一阵。在家里他也是沉默寡言，两个姐姐逗他他也不理，搞得她们怀疑是不是学校里有人欺负他。

第二天早上吃过饭，大姐二姐早出发去学校了，高翔却磨蹭着迟迟没有动身。

王丽华见儿子还不去学校说道：“怎么还不动身，都要迟到了。是不是作业没写完？”

“作业写完了。”高翔声音有点低沉。

“作业写完了就快点去学校，等下迟到了。”

“妈妈，你哪天出去？”高翔走上来拉着妈妈的手。

“妈妈还没决定，决定了跟你说，大概是这个星期天。你快上学去，这么没精神，男子汉得有点朝气。”

王丽华把黄布书包挎到高翔肩上，推着他出了门。

“走快点，不然迟到了。”

高翔不紧不慢地走着，心结萦绕不去，整个人都轻松不起来，接连几天上课都是无精打采。

周末如期而至。

这天早上吃面，妈妈给每个人煎了两个荷包蛋。好久没有吃过荷包蛋，但高翔毫无胃口。

吃过面，收拾好碗筷，妈妈把他们三个叫到了一块。

“妈妈打算今天出去，你们三个在家里要相互照顾，不要打架。家里油还能吃一段时间，昨天妈妈又打了一担米，吃完了你们自己去陈世宝那里打。担不起一担就两个人用扁担一箩筐一箩筐地抬过去。谷在仓里，还能吃大半年。”

三个人都没作声。

“你们在家里，晚上睡觉前记得把门拴好。不要跟别人打架，好好读书。菜园里的菜这个冬春都够了。周末天气好时去把草拔掉，松松土。妈妈该交代你们的都交代好了，今天妈妈出去，赚了钱就回来。”

三个孩子低着头，没有说一句话。

“妈妈早跟你们说了的，怎么了？玉兰，你最大，照顾好弟弟妹妹。”高玉兰点了点头。

王丽华从床铺上提起一个袋子，走到了屋檐下。

“妈妈走了，赚了钱就回来，你们在家照顾好自己，妈妈跟你们说的你们都要记住。”等高玉兰、高春兰答应后，王丽华转过身不舍地迈开了脚步。

看着妈妈要离开的身影，高翔咬着牙关，心里满是苍凉，他犹豫了几秒，立马从屋里赶了出来。

“妈妈，你是去哪里？”高翔站到屋柱边喊道。

王丽华转过身，“去哪里妈妈还不知道，哪里能赚钱就去哪里，你在屋里要认真搞学习，不要辜负妈妈。你一定要好好学习，好好学习今后才能出人头地，等你有出息了，妈妈还有些事情等着告诉你。这个事是你的责任，只能你去完成，不过你要是没出息的话妈妈就不说了，我们就这样世世代代被人欺负吧！”

“嗯。”高翔点了点头。到底是什么事现在不能说？这句话妈妈说了好几次了！

“你回去吧，妈妈不在屋里，你不要跟姐姐打架。”

高翔看着妈妈，奶奶说过的话在耳边响起，心头涌起一阵悲凉。

妈妈转过身往前走了。

走出几步回过头看高翔还站着看她又招呼儿子回去。这时，高翔强忍住的感情迸发了。他跑上前去，跟三四岁的孩子一样箍住了妈妈的大腿。

高翔一个膝盖贴着地，双手箍着妈妈的大腿，仰起头央求着：“妈妈，你别出去！你不在家里我们怕！”

王丽华低头看着儿子恳切的目光，心里酸酸的。作为母亲，怎么舍得把三个孩子放屋里没一个大人照顾？但生活如此艰难，又有什么办法！

王丽华摸着儿子的头，“你松开，妈妈出去给你们赚钱，赚了钱就回来。”边说边试着挪动脚步，但高翔把妈妈的腿抱得更紧了。

“怎么了，妈妈不是早就跟你们说好了的？你也点头答应了，男子汉说话要算数。”

“妈妈，你不要出去。”高翔紧箍着妈妈的大腿，脸贴在妈妈腰间。高玉兰、高春兰看弟弟拉住了妈妈，她们也过来了。

“妈妈，弟弟舍不得你，你就别出去了。”

“我们都舍不得你出去。”

王丽华来回看着儿女，感动又无奈。高翔搂着她的腿，王丽华迈不开脚步，只能原地站着。

坚决走还是留下来？走的话前面是条未知的路，在外面还会带着对儿女的牵挂。留下来了？虽不至于饿肚子，但钱从哪里来？孩子还这么小，总不能让他们不读书吧！左右为难，儿女低落恳求的眼神看得她心痛！

太阳爬上了山尖，初秋的薄雾慢慢散去，水井、池塘上的水汽还在腾腾升起。井边的堂客们都快洗好衣服了。

“妈妈，你还是不要出去了，你出去我们都不放心。”高玉兰边说边拉着妈妈的手。

高立春担着水走过来了。

“你们这是在干什么？”他开玩笑似的说着。

“我想出去找点事做，他们不让我出去。”王丽华苦笑着说道。

见三个孩子的神色是在求着母亲不要出去，高立春把担的水放下说道：“你出去，他们三个怎么办，没人管，你放心？”

“不出去赚钱手里没得半分钱，大哥。”

“没个大人在家里，你能放心？钱迟早能赚到的，屋里没个大人不行啊。”

刘美凡一手拿着脚盆，一手提着洗好的衣服走过来了。

“你们一屋人在这里干嘛？”

不等王丽华开口，高立春说道：“王丽华想出去赚钱，孩子舍不得她出去。”

“你怎么能出去了，他们还这么小，你怎么能放心。”

有人在边上帮腔，高翔紧张的神色舒缓了些。

儿女的不舍，立春大哥、刘美凡的建言，王丽华捉摸不定。山色青翠，稻田里的禾苗长势喜人，一草一木似乎都在挽留人。

王丽华叹了口气，摸着儿子的脸颊，“你起来，妈妈不出去了。”

高翔将信将疑。

“走，妈妈不出去了，回屋里去。”

妈妈真的不出去了？高翔站起来，宽慰中带着疑虑。

“这就对嘛。”高立春弓身把水担了起来。

走过王丽华家，他又折了回来。

“王丽华，跟你说个事，我哥哥至春说他们麻纺厂食堂每个月都要皮蛋，要不你学着做皮蛋，我哥哥包你的销路，有多少收多少。”

王丽华没有应声，她还不知道做皮蛋的门道，更不知道到底能不能赚钱，何况本钱在哪里？

“你不用担心，做皮蛋利润不高，但还是有些小收益的。你要愿意，我先替他把订金给你。做皮蛋的鸭蛋也可以先去我那里拿，等皮蛋卖出去后你再给我钱就好。”

这几乎打消了大部分的顾虑，高立春这么照顾人，王丽华琢磨着答应了下来。

就这样，在儿女的挽留下王丽华打消了出门去找事做的计划，三个孩子在黑夜跟无助时总算能有妈妈的陪伴跟依靠。

老太太那几天天天上王丽华家的门，后来看到王丽华不再说起出去找事做，她也就放心了。之后的某一天，她拿着拐棍走到供销社坐胡致富的“慢慢游”到了女儿高华华家里。老太太提出要女儿照顾下侄儿侄女，高华华一开始推脱着，但母亲开了口总不好完全拒绝，虽不情愿但还是拿出了几百块钱。回来后，老太太把从女儿那拿来的钱给了王丽华，王丽华这次是把钱平分成了三份给孩子们，虽然学费还没完全交清，但这点钱也给孩子们解了燃眉之急！之后他们在班上再也不是学费全部没交，而只是拖欠了一小部分，这在每次放学老师点名的时候，他们的名字总算不那么突兀了！

在高立春的提议下，王丽华真学着做起了松花皮蛋。一般每个月月尾高至春单位的人会上门来收一次皮蛋。除去耗损，每月能有一点点收入，钱虽不多，但好比干涸的大地，能下几滴雨那也是喜人的！

很快一个学期过去了，考完期末考试，拿过通知书后马上就是年关。

已是年底，小年二十四号，天气阴沉沉的。这天王丽华去供销社买上两斤肉算给儿女过小年，高翔用上次奶奶给的钱偷偷买了冲天炮，背着大人跟徐俊玩得不亦乐乎。村里的堂客们都盼着出几天好太阳，把被子衣服翻洗一遍。这些天下雨，村里一片空寂，大多数人都围着烘笼或者火炉消闲着。

当天煞黑后，原本阴沉的天空变得清朗，吃过晚饭星月露出了面目，在地上撒上层银色的光辉。第二天一大早，推开门寒气袭来，天地一片明亮，山尖上带着淡淡的薄雾。田里的水大多结了层薄冰。今天天色好，终于开天了。王丽华把高翔喊起来去井里提水烧水洗被子，高翔提着桶到井边，水井上冒着热气。他把手探进去，井水暖暖的。等提完水，太阳的光芒已经照出来了。

不一会儿，各家各户都到井里担水，等太阳更高一点，妇女提着烧好的热水到井边泡起了被子衣服。一时，井边人声鼎沸。

不到十点，家家户户的竹篙上都晒满了被单、衣服。下午，李家村的瘸腿剃头匠刘三提着工具箱来到了队里。年底，大多数男人都会剃个头过年。经过王丽华家门口时，王丽华叫刘三给高翔剃了个头，头发从脖颈落到衣服里，痒兮兮的。接近年关，家家户户都是喜气洋洋。

年关一天天逼近，接下来的日子，妇女们成群结队地去镇里备年货，原本平静的道路一下子尘土飞扬。刘美凡把喂养了一年的鸡鸭在市场上卖了好价钱，每天笑逐颜开。王丽华带着三个孩子去镇上备好了年货后，又急忙把浸好的糯米用水桶提到陈世宝的小卖部。陈世宝有队里为数不多的磨，过年了，当然得做些糯米粑粑。没进陈世宝的门，就看到七八个妇女站他家地坪里闲聊着，这时候磨糯米浆也要排队。

做好糯米粑粑后，王丽华又用今年新出的清油炸了几罐红薯片，只是炸好的红薯片现在不能吃，得等到过年的那天。过年能有这么多吃的，三个孩子笑得嘴都合不拢，他们每天都在盼着大年三十的到来。

二十九号下午，春耕后跟叔叔去广州的徐吉茂、徐吉盛出现在山湾的转角，一时吸引了全队人的目光。

两兄弟都留着分头，穿着黑皮鞋、喇叭裤，像是从另一个世界回来。走到村口，两兄弟见人就发糖果，队里人吃着糖果，兴高采烈地围着他们，心里都琢磨着这两小子在广州发财了？

照徐吉茂、徐吉盛的说法，广州厂里的工资高得很，一个月能拿六百多，包吃住，六百多是纯收入。队里人马上给他们算账，这两兄弟今年赚了多少。众人心里琢磨着他们这一年赚了上万块。原来有些人心里暗笑徐通两个儿子负担重，难讨媳妇，现在都羡慕得不得了，照这个算法，再有两三年他们就能盖楼房！

高翔见他们发着糖果，他也跑到了马路上。徐吉茂先抓了一大把水果糖，然后又从长袋子里拿出两根彩色的纸棒棒给高翔。高翔没看到过这东西，满是不解的目光。徐吉茂对他说道："这是烟花，我们厂里过年发的。这个点燃后你拿着下面，里面会有彩色的图案冲出来，给你过年放。"

还有这样先进的东西，听起来比冲天炮好玩多了，高翔兴奋不已。回家后没等天黑就放了一支，白昼中只见一些暗淡的火花。等到晚上，天完全黑下来后，高翔点燃另一只，果然彩色的图案从中喷出来，高翔乐得忙叫大姐二姐过来观看，从来没有见过这种新鲜玩意啊！

大年初三，在税务局的胡建功跟在麻纺厂的高至春都回村里来了。胡建功开着三轮摩托车回来的，吸引了全村人的目光，风光不已。高至春虽没开摩托车回来，但他笔挺的西服、亮锃锃的皮鞋跟手中提着的包装精美的礼盒也让人羡慕，大家纷纷议论着他那套衣服的价钱，都说估计要几百块钱了！这些外面的人物在过年的时候基本都回来了，他们的一言一行给队里人开了见识，也给今后的日子留下了许多话题。

中月，免不了走亲戚，对于小孩来说这当然是件高兴的事。但这走亲戚，却让人看尽世态炎凉。当桌子坐不下，要等下一席的时候，同龄的孩子中，总是高翔跟两个姐姐被长辈安排吃下席；当孩子间有争执的时候，长辈总是不问缘由对着他怒目而视。不过这点不愉快很快过去了，直到他长大回想起来，才明白这里面的原因。

过了初八，年味稍稍淡下来，再等热闹就是中月十五了，到时候村里的舞龙会上家家户户的门。

徐通儿子赚了钱的消息在全村传开，胡建明儿子胡海通上徐通家，徐通赶紧把两个儿子喊了出来。

徐吉茂、徐吉盛还是穿着喇叭裤，一出来，胡海通说道："你们去了趟广州，搞得这么时髦。"

"喇叭裤在那边流行，你这大半年在屋里干什么了？"

"什么也没干，有事时帮帮忙，没事时就耍呗。"

"要不出了十五跟我们去广州，那边很多厂招人，钱好赚。"

"真的招人？工资真有那么高？"胡海通像是听到大新闻似的难以相信。

"当然，我们难道还哄你。"徐吉茂看着弟弟说道。

"那我回去跟我爸商量下。先不说那么远，马上要中月十五了，要不我们三个再叫上几个人搞一条龙到路上拦车去，估计可以搞不少钱。"

"哪里有龙？"徐吉茂问道，他倒不是想靠这个赚钱，他是闲着没事干不如找点事热闹热闹。

"在榨油厂那里啊，村里的龙船，舞龙舞狮的工具全在那里。"

徐通在一边听着，"你们舞龙搞着玩热闹这很好，不要借这个去搞钱，那是三教九流搞的。"

三个人应承着，当下就行动起来。

舞龙拦车当然不能在本地，他们一伙年轻人串到了邻村。被拦下的车虽然不高兴，但过年大多数司机还是会多多少少给一点。十五晚上，他们又舞着龙上每家每户的门，收获颇丰。

胡海通跟胡建明商量后，胡建明同意儿子去广州，对他来说，这是最好不过的事，他生怕儿子赖在家里游手好闲。

于是，中月十八，徐吉茂、徐吉盛、胡海通结伴出发，到市里上了去广州的车。他们走后，队里人还议论了好久，都说广东是金钱铺地，但上了年纪的人又大多不敢去那么远的地方。

九

一开始做皮蛋，每个月麻纺厂拿的货多，收入虽然拮据，但拮据表示并不匮乏，只要精打细算还是能过下去的，相比揭不开锅的日子，这也是一种满足啊！可是既然做皮蛋有利可图，不久做皮蛋的就不止王丽华一家了。他们也不是等着麻纺厂上门来收，常常都是自己送到厂里去。高至春虽然是厂里的职工，但并不直接管这一块。有人把皮蛋送到厂里，食堂负责采购的没有理由还上门去收。如此一来，王丽华每月的收入也越来越微薄。日子似乎每天都很难熬，白天黑夜轮转，时间还是飞快地被挂历一天天翻过去，恍然间已是三年。

三年过去，田野林地依旧是不变的面貌。日复一日，村里的大多数人家基本都没有起色，只有对面山坳的徐通家盖起了三间两层楼的楼房。村里人羡慕之余在闲谈中多是夸他两个儿子争气，不少堂客们还热心的要给他两个儿子做介绍。再有的家庭，上了年事的父母见儿子不务正业，又看着徐通新起的楼房，心里那个不是滋味啊。大多数的家庭像是春夏秋冬般往复，并没有多少变化。

三年过去，高玉兰已经在乡里的中学上初三，高春兰有一个学期学费交不上害怕老师天天点名就没去，于是耽搁了一个学期，现在跟高翔同上五年级。这过去的三年，高翔已习惯紧巴巴的日子。个子一年年的长高，他力气也大了许多，双抢或是挖土这种需要力气的活，他能更多地帮妈妈的忙。三年，随着时间的流逝，他越来越少想起父亲，只在山里砍柴或是摘茶籽时，看到父亲坟上稀疏的野草，这时他才一阵怅然。而当学校里填家庭成员的卡片发下来，高翔总怕同学看到父亲姓名栏写地“已故”那两个字，交卡片时他总是说帮同学交，拿上几个人的卡片好把自己的夹在中间。这几年里，让人欣慰的是学费总能凑合交上，他也不用为交不上学费而在学习上分心。

又是一年的春天，阴雨断断续续地下着。公路一片泥泞，坑坑洼洼处蓄满了浑水。山间野地的各种作物在雨水的滋润下长得绿油油的，茎干、叶面上的雨珠像珍珠般晶莹透亮，山顶雾气腾腾，似乎与云层连成了一片。

这天放学时飘着细雨，伞在高春兰那，但放学铃声一响，高翔、陈建平立马出了校门。前一年年级调整，把五六年级搬到了李家村的学校，高翔跟陈建平并不同路，出了校门就各走一方了。早上来学校时是同姐姐共伞来的，但放学同学多，如果同学看见他跟姐姐共伞——跟一个女生共伞，那第二天会被班里同学笑死的。为了保持自己的这点颜面，中午休息时他把伞给了姐姐，这样放学后他就不用等高春兰。

雨丝下高翔小跑着，细细的雨丝飘在身上还有些快意。十几分钟后到了村口，整个村庄一览无余。雨丝像是织成了线，天地间显得空濛。

细雨中，庄稼人戴着斗笠在田里忙乎着。高翔看到妈妈戴着斗笠在田里撒化肥，田犁过了，放好肥料再耙一遍就能插秧。下首的高量用锄头在田埂上挖开了个口，似乎要往田里放水，高翔看着有些奇怪，这不是在下雨吗，还放什么水？自家的田靠近马路边，高翔为了不让妈妈看到他，绕着山脚下的小路回了家。

高翔写着作业，雨丝慢慢停了下来。原本阴沉的天空变得亮堂，不一会儿，西南边的云层着上了色彩，看来明天会开天。写完作业后妈妈还在田里忙着，高翔把书包收拾好后喊上徐俊溜到后山玩去了。

徐俊比高翔小了一岁，差了一个年级，因此在学校里相处得少，但放学回家后两个人基本上是形影不离的好朋友，至少高翔是这么看的。徐俊爸爸徐福生跟徐钦的爸爸徐满军是亲兄弟，照理说起来徐俊应该跟徐钦、徐祝关系更亲密些，但因为徐福生跟徐满军父亲生前分家不匀，兄弟间本来就心有隔阂，再加上这几年来妯娌间的矛盾，彼此心里似乎都有点仇恨，两家基本上没有什么来往。高翔家因为跟徐俊是上下屋的邻舍，刘美凡跟王丽华又能说到一块儿，于是他们俩自然关系好一些。

长时间的雨水，山地上积了层厚厚的水汽，地面的落叶已被雨水沤软，踩上去就烂了。雨水的滋润下，许多树干上长出了一丛一丛的木耳。

“咱们先去竹山里看看笋子，再回来摘点木耳。”高翔跟徐俊说着。

几天没来竹山，笋子拔地而起，大的有一人多高，笋壳开始脱落并长出了枝丫；小的还被笋壳包裹着，笋尖上的水珠晶莹剔透，摇摇晃晃展示着生机。地表多处的泥土绽开了裂缝，这是笋子在蓄力破土而出。高翔看着地面，尽量不踩到泥土有裂缝的地方。

两人在山里来回转着，裤角很快淌湿了。

春天万物繁殖的季节，雏鸟的聒噪声不停地在山林里叫着。他们仰着头仔细搜寻着一个个树梢，看能不能掏几只小鸟。

树上的鸟窝倒是不少，但几乎都筑在树尖，爬树上去也难够着。何况刚下过雨，树干滑溜溜的，根本爬不上去，眼望着鸟窝没一点办法，他们在山里无奈地来回转着。不多久，时间过去了，高翔想着妈妈快回家了，他喊着徐俊去摘木耳，木耳摘完后开始往山下走。走到山口，只见妈妈还在田里弯着腰拔草，那估计还能玩一会儿，他们又转过身朝胡建军屋后面走去。

因为两个哥哥都是干部，胡建军无形中当然得到了好处，他家的房屋相对来说比其他人家大，屋柱上还挂着个大广播，在电视进村前他家是村里的中心。胡建军屋后有一丛粽叶，麻雀多在粽叶丛中筑巢，高翔哼着最近学校新学来的《团结就是力量》小跑着。

胡建军屋顶上的烟囱浓烟滚滚冒起，估计是开始做晚饭了。两人绕到屋后，一群麻雀忽地从粽叶丛中飞出来落到了屋顶上。每到端午节，很多人家都要来这摘粽叶，胡建军靠着这丛粽叶在队里做了不少人情。

春风吹拂着粽叶随风摇摆着。去年的老叶灰绿灰绿的，时节未到，新叶像包菜的菜心般卷在枝丫里，偶尔有几枝露出了一点黄绿的嫩芽。

徐俊拨弄着粽叶丛，里面鸟窝倒是有几个，但鸟窝里什么都没有，他不由得一阵懊恼。高翔看着西边的天空，光亮忽然被云层遮住，天色暗了不少，该回去了。

平常这个时候妈妈早就在地坪里喊他回去了，今天还没有喊，能不能再多玩一会儿？

胡建军屋顶上的烟淡了，看来晚饭做好了。

高翔、徐俊走到胡建军家的地坪里，他上三年级的女儿胡秀、上四年级的儿子胡成正在屋檐下写作业。

高翔看胡成桌子上放着圣斗士星矢的图片，对他说道："玩不玩图片？"高翔自己也带了些，他想着能不能赢胡成几张图片。

胡成见有人来跟他玩图片，放下笔准备开始玩。徐俊没带图片，高翔给了一半给他。三个人玩起来，但没玩几次，胡建军从灶屋里出来了。胡建军身上有种傲慢的冷漠，他见儿子不写作业在跟他们玩图片说道："胡成，你的作业写完了？"

"等会写，我输了十多张图片，等我赢回来就写。"

胡建军一听高翔、高俊赢了他儿子的图片说道："别跟高翔玩，他会带坏你的。徐俊，你也是，高翔他爸爸死了，没人管教，你怎么跟他一起玩，当心把你带坏了！"

胡成见他爸爸在旁边，接连犯规，本来该徐俊赢的，结果他不守规则他赢了。徐俊畏怯地看了眼胡建军，不敢作声。

"玩就好好玩，犯规不算。"高翔说道。

"哪里有犯规！"有爸爸在旁边撑腰，胡成一点也不害怕。

"刚刚明明你犯规了，该徐俊赢的！"高翔说着。

"哪里犯规了？输不起就别玩，大了几岁还跟他们玩，你看你像个什么样子！胡成，你们别跟高翔玩了，跟个二流子一样，输了就要赖！你跟徐俊两个玩，别理他！"

徐俊看一眼高翔，不知怎么办。

“徐俊，别理他，我们两个一起玩吧。”胡成从屋里拿出了遥控车。

“走，你走，别站我屋檐下！”胡建军走过来推着高翔。

“你这屋檐下有多了不起！”高翔不屑地说着走到了地坪里。

“徐俊，成成，你们两个人玩，这遥控车新上的电池，能玩很久。徐俊你晚上在这吃饭好了，还有蛋糕吃。”

遥控车对他们是个很大的诱惑，加上又还有蛋糕吃，徐俊抬起眼皮看了眼高翔后目光又收回去了。

高翔走到地坪里等着徐俊，胡成把玩具车的遥控器递到了徐俊面前。

徐俊看着遥控器，脸上露出了喜气。他又扭过头看着高翔，目光有些闪躲。

“嗯，给你，你拿着玩。”胡成说着。

徐俊又扭过头来看着高翔，表情有些不知怎么办才好的无奈。高翔看在眼里，徐俊的犹豫让他大感意外！

“给你，你拿着遥控器，我们一起玩。”胡成把遥控器塞到了徐俊手里。一瞬间，徐俊接过遥控器，立马转过了身。

“走，我们到后面玩去，不让他看。”胡成说着。

胡成拿起遥控车，徐俊跟在后面头也不回地快步走了进去。

一种言说不了的滋味在高翔心中升起！说不清是什么味道。高翔含着希望喊了声徐俊，徐俊像是没听到一样跟着胡成去屋后面玩了。

是背弃，是失望？来不及细想，像是一个一直跟他称兄道弟的队友忽然加入了对手那方，刚刚对他的维护显得滑稽可笑，而建立在这上面的感情更加是子虚乌有，只是自己单方面的认可。高翔心里很不是滋味，他满带着失望，往家走去。

今天时候不早了，妈妈怎么没有喊他回去，照往常早就发火了。难道妈妈对他失望了，还是等他回去再收拾他？今天出来转了半天没一点收获，回去还有可能挨餐打，又想着徐俊竟然为遥控车不跟他玩了，原来自己看重的友情是这么脆弱，高翔想着这些问题忐忑中进了家门。

屋里空荡荡的，灶里也没有生火。高翔站地坪里张望，没看到妈妈，只有高量弓着腰拔着田坎上的杂草。

妈妈了？姐姐了？她们去哪了？天都快黑了，她们怎么还不回来？在山里转了一圈，肚子有点饿了，但是灶里火都没有生，什么时候能吃晚饭？不满跟埋怨在高翔胸膛里升起来。

高翔搬把椅子坐到屋檐下，孤零零地等着妈妈跟姐姐。

夕阳透过云层回光返照放出它的光芒，但是不久落日的余晖也逐渐黯淡下去，空蒙的天空翻转着阴云。山黛影影绰绰，鸟儿扑棱着翅膀纷纷归巢。

高翔左顾右盼，今天队里怎么突然这么安静，担水的人都不见？这个时候一般都吃过了晚饭，上首的人家往常都会下来担几担水明早用，今天怎么一个人也没有？

天色越来越暗，即将而至的夜色催赶着高量起身回家了。

不久，从高量家里远远地传来叫骂声，并且时而伴着动人心魄的哀号，声音听起来像……

高翔立马跑到高量屋门口，地坪里围了一地坪的人，抽泣声、呜咽声从人堆中传出来。

担着空桶，嚼着闲话的人见高翔来了，连忙让出了道。高翔看到妈妈侧躺在地上，脸贴着地面，有气无力地哭着。大姐、二姐蹲在妈妈身边，眼角满是泪痕。

“妈妈手被高量打断了！”二姐说道。

高翔蹲下身看着妈妈痛苦的表情，愤怒、仇恨在胸腔熊熊燃烧起来，就这样欺负人吗！他强抑着将要涌出的泪水，泪水哽到了鼻腔，一股酸涩流入了心田。

高翔目光沉郁地望着高量，高量若无其事，端着饭碗，翘着二郎腿吃饭。

围观的人议论纷纷，莫衷一是。有人说道：“把你妈妈背回去吧，地面冰冷的，冷了。”

高翔进后山不久，王丽华把田里的草差不多拔完了。这时，高量拿把锄头说也不说在田垄上挖开了个口子，他打算要往田里放水。

山脚下大片梯田被公路分开，靠山脚下有条水渠可以引水灌溉。顺着马路边上也有条小沟，高量的田靠着公路，完全可以从公路边的小沟里引水。高量把王丽华的田垄挖开了个口子，他是想从山脚边的沟渠引水过来。

王丽华这几天整天忙在田里，田已经耙好了，化肥、农基肥耙田的时候都已撒过。现在高量把田垄挖开要从王丽华田里过水，肥水流到外人田，天底下有这样的事！

高量挖开跟王丽华搭界的田垄，水哗啦啦地往他田里流。他又背起锄头挖开了王丽华上面梯田的田垄，水很快流了进来。

王丽华见状，马上把自家田垄塞好，然后拿着锄头往上面的梯田走去。

高量见王丽华把田垄上的口子塞起了，扛起锄头又去挖。

"我田里刚撒了肥料，不能走水。"王丽华说着。

高量见王丽华没有畏怯，没有低三下四，冷笑一声，继续挖着。

"你这人有没有长耳朵，跟你说了田里刚刚放了肥料。"王丽华声音高起来。

"你这个泼妇，讲话给老子客气点！"高量说完弓下身把王丽华放在田垄上的杂草扔了过来。王丽华始料未及，杂草砸到脸上，脸上沾满了泥浆。

她指着高量骂道："你真是强盗，你爹怎么生了你们两个没良心的家伙。"

高量听王丽华骂起他哥高余跟他来，他把锄头一扔，跑过来推了王丽华一把。王丽华立足不稳，坐到了水田里。

王丽华手撑着马上站起来骂道："你这个婊子崽……"

声音刚出口，高量反扣着她右手，又使劲往上一掰，一声撕裂声，王丽华痛得哀号起来。

总得让这泼妇吸取点教训，见王丽华痛苦的表情，高量心满意足地松开手，又往田垄上挖口子去了。

高量开王丽华手后，王丽华想借势推他一把，然而右手松开后，怎么也使不上劲，整个手臂直直地垂着。

王丽华左手托着使不上劲的右手，摸到右手肘关节，关节撕裂开了，胳膊肘脱到了关节窝外面。痛疼难耐，泪水止不住地流下来！

命运是这样的坎坷艰难！生活的重担押在她身上，不管多苦，不管多累都没能压垮她，现在猛然间感到了自己的脆弱跟无力，生活的支柱、心理的防线跟手一样被打断了！

王丽华坐到田埑上痛哭起来，这几年来的艰难跟委屈化作泪水汹涌而出！上天怎么这么不公，生活再苦再累她也没有抱怨什么，怎么这样的苦日子还不让人从容，还要雪上加霜，让人过得如此寒心！

高量跟什么事也没有发生一样，挖开田埑继续往他田里放水。能有什么事了？最大的孩子才十几岁，家里又一贫如洗，能把老子怎么样！高量心里这样想着，反正什么事也不会有，他心安理得，不紧不慢地忙着田里的活。

天色渐渐阴下来，王丽华泪水都快哭干了。

也不知道在田埑上坐了多久，高玉兰、高春兰才发现妈妈不对劲，赶到了田埑上。

妈妈无力的眼神，不断的啜泣声让两个女儿不知如何是好，心里满是酸涩！两姐妹蹲着安慰着妈妈，但妈妈什么话也不说。等到拉妈妈的手，发现妈妈的手被打断了的时候，不由得悲从中来，悲怆盈溢于心，生活怎么会这么冷酷无情！

“妈妈，回家去。”两姐妹带着哭腔喊着妈妈。

高量望着两个不能把他怎么样的小孩，满不在乎，他点上烟快意的抽着。

“妈妈，回去，妈妈……”高玉兰、高春兰扯着妈妈的衣角喊着。

好久王丽华才抬起头看着两个女儿，“把我扶到高量屋里去，今朝死也要死在他屋里！”

高玉兰、高春兰扶着满身泥浆的母亲走得步履维艰，到大路上后两个女儿扶着妈妈要往回走，王丽华气得骂了她们几句，她们只好扶着妈妈往高量家走去。到高量家地坪上后，王丽华趴地上高声哭开了。

队里的人听到声音陆陆续续过来看这边发生了什么事情。见王丽华趴在地上，有人劝了几句，见无济于事也就没再劝，大家纷纷围拢起来看高量今天怎么处理这个事情。

天一点点黑严实了，天也凉了下来，地面已是冰冷，王丽华一直趴地上啜泣着。三个孩子都不知所措，该怎么办？他们只是在一边喊着妈妈回去，这样可以给早点妈妈换一身干净的衣服，估计妈妈肚子也饿了，还没吃饭了！

“妈妈，回家吃饭去。”高玉兰不知什么时候回家去把饭做好又过来了。

“不回，死也要死在他门上！”

人群里有人说：“先把她送医院去吧，去晚了怕是不好。”

高量冷笑一声坐到堂屋里去了。

夜更深，天也更寒了，人心倒是切合春寒的料峭。

“你们回去加件衣服。”王丽华有气无力地对儿女说。

“妈妈，回家吃饭去，妈妈……”三个孩子扯着妈妈的衣角，泪水掉在了王丽华身上。

王丽华心里一酸，不能让儿女在众人注目下落泪。她挽着儿女的手，哽咽着嗓子道：“扶妈妈起来。”

在三个孩子的搀扶下，王丽华站起身来迈开了步子。

围观的人见今天的戏似乎已经收场，纷纷散去。高量脸上洋溢着笑容，烟抽得格外得意。高翔看着他的神气，怒不可遏又毫无办法，他又一次感到了自己力量的微薄！那年跟爸爸一起栽树时爸爸说的话又在耳边响彻：“人没本事，会受人欺负，不要跟爸爸一样。你要好好读书，书读好了，才能出人头地！”他紧咬着牙关，不知下了什么决心。

妈妈躺到床上后，高玉兰又赶紧额外做了个辣椒萝卜炒腊肉。

高玉兰在床边喂着妈妈吃饭，王丽华腊肉一块都没动，随便吃了几口后侧身到床里边躺着了。

怎么办？手被打断了怎么办？今后的生活怎么办！高量看来是不会负责的，医药费又是一大笔钱，难关接踵而至！生活过得有心无力，日子怎么会这么难！明天在哪里？疼痛难耐，王丽华几乎快虚脱了。

三个孩子你看我，我看你，心生悲痛，但不知道怎么处理这个事情。

“高翔，你去找下立春伯伯，看他能不能给我们出点主意？”大姐说着。

高翔跑到高立春家门口，高立春问了他好几声，他才支支吾吾地把事情告诉他。

得知事情的原委后，高立春立马找到徐满军、高余，他们是正副队长，这种事当然负有责任。

高余想推脱不管，但徐满军看高立春的面子不好直接拒绝。

“把村里的三轮摩托车开来，先把王丽华送到卫生院吧。”

不久，徐满军开着三轮摩托车过来了。高玉兰陪着妈妈上了三轮摩托车坐在车斗里。

“弟弟妹妹你们在屋里守好屋。”高玉兰说着。

车子发动起来不久就消失在拐弯处。妈妈去了卫生院，事情总算不会更严重了吧！

十

第二天下午，高玉兰回家了。

“妈妈怎么样？”高春兰跟高翔急迫地问着。

“手接上了，但身上还有其他伤痛，医生说大概得住一两个月的院。”高玉兰心绪杂乱地说着。

“那你怎么回来了？你回来了谁打点妈妈？谁照顾她？”

“妈妈叫我回来读书，怕耽误了我的学习，我就回来了。妈妈说护士照顾她就可以了，不过我觉得护士肯定照顾不过来，得有家人陪着。我想着要回来一趟，得拿几套换洗的衣服，今晚再赶到卫生院去。”

“你跟老师请假了吗？”

“明天有时间写个假条给老师，反正学校离卫生院近。”

“那学习怎么办？”

“有时间自己看书吧。”

高玉兰拿上几套衣服马上去了卫生院。

妈妈的手接好了，心里的不安总算稍微平抚下来。只是晚上没电，上个月电费没有交，村里负责收电费的胡建军把电线掐断了。晚上点了好几天的煤油灯，本来想着过几天电费就会交上，但妈妈现在去了卫生院，什么时候能把电费交上？晚上什么时候能用电灯？没有妈妈跟大姐在家，煤油灯的火苗又照得不太亮，晚上高春兰、高翔有点害怕。本来这个月奶奶是在他们家吃轮供的，但近一段时间来奶奶身体不太好，高华华就把奶奶接到她家去了。本来想着奶奶还可以稍微照顾一下他们，现在也是不可能的。

周末，高春兰跟高翔结伴去卫生院看妈妈，妈妈右手绑着绷带，姐弟俩看得心痛。

“妈妈，什么时候可以出院回家？晚上睡觉怕。”高翔拉着妈妈的左手问道。

王丽华沉思了半晌，“二姐不是也在家吗？男子汉怕什么。”

“怕黑。”他趴到妈妈腿上不作声了，王丽华侧过脸沉默了许久。

“秧田里的秧应该长得差不多了，你们回去把薄膜揭掉。有什么不会做的问立春伯伯。差不多可以插田了，田已经耙好，放学写完作业后你们得去扯秧把田插了。妈妈手断了，不能劳动，只能辛苦你们了。”

傍晚时分，高春兰、高翔赶在夜色笼罩前回了家。

天一天比一天亮得早，太阳一天比一天升得高，秧床的薄膜揭掉已经一个星期。刚揭开时黄绿的秧床已经被春风吹荡得一片墨绿。

大多数人家已经开始插田，妈妈住院了，现在怎么办？以前他们只是妈妈的帮手，现在所有任务都落到他们身上。于是每天放学后高春兰、高翔立马脱掉鞋子，卷起裤角到田里扯秧插田。妈妈在家时高翔总要找各种理由偷懒，诸如脑壳痛、人不舒服啊，现在还能吗？

春天的温度还没有完全升起来，田里的水冰凉，不过时间久了也就适应了。高春兰、高翔每天放学后就往田里赶，他们总要等到弯月升上了山腰才拖着疲倦的身体起身回家。每天腰酸背痛，回去后作业都没有力气写。一个多星期后，总算把几亩田插完了。一个多星期站在水田里，小腿上浸出了层黄色的印记。两个小孩也能把田插完，生活的艰难看来是没有什么不能克服的。

妈妈跟大姐不在家的日子，高春兰把家操持了起来。她每天早早起来做好饭叫弟弟起来吃了一块上学，放学回来后，田里、土里各种各样的事她都操心着。虽然年纪还小，但显然已经承担起不属于她这个年龄应该承担的责任，生活啊，总是充满艰辛但又带着希望。

日子一天天过去，王丽华身体逐渐在复元，只是心灵上的重挫何时能够消去?

几年来独自一人负担整个家庭够艰辛了，每天都在为柴米油盐操劳，肩上的重担从来没有轻松过。生活虽然不容易，但艰难的日子也已习惯，日子再苦，儿女总有长大的一天，艰难困苦中也依稀能看到前方的希望。儿女都懂事，他们一天天地长大，也越来越能当她生活中的帮手。前几年他们那么小都熬过来了，现在的日子只会一天比一天好，生活总是向前的。原本生活设定在这个框架里，但高量把她手打断，也把她对这框架里生活的希望毁灭了!

几年来，大大小小的事都由她一个人扛着。每年双抢时的精疲力尽，每次开学前的彷徨焦躁，每到窘迫时担米去新桥河卖米的无可奈何。生活处处都是难关，难关中支撑她的是对儿女的责任，再难也得承受下来。儿女还小，在她所能承受的艰难困苦中给儿女们尽量好的生活。经济方面虽然时时捉襟见肘，但好歹从来没有让他们饿过肚子!日子每天都得咬紧牙关，每天都像在泥淖中跋涉，路途很远，但只要坚定脚步走下去，希望总是越来越近的。几年来她都在咬牙坚持，但高量这一次把她强撑起来的坚强动摇了。

生活竟是如此沉重，每一个脚步都攥足了全力还是走得力不从心!出院后怎么打算?回到村里，生活的艰难她能克服过来，但村人的倾轧真是寒心了，她一个妇女能有什么力量跟那些蛮不讲理的拳头对抗!出路在哪里?王丽华每天对着天花板沉思默想，前方的道路在哪里?

怎么办?如果没有其他出路，那就只有回到村里，回到村里过着既往的生活，受着欺负与凌辱。生活再苦再难她都能熬过来，但一想到高余、高量的跋扈，村里的冷漠就是阵阵寒意，燃起的一点微弱希望总在寒意中被扼杀。

回到村里的前景是显然的，不会饿肚子但也再难有多大的发展。儿女越来越大，虽说在生活中也越来越得力，但显然将来的开支只会一天比一天多。在村里守着那几亩地，钱从哪里来?女儿儿子要上学，将来他们长大了还得置办嫁妆，还得讨儿媳妇，都得要钱，总不能让儿女的人生大事办得比别人逊色！

这次手被高量打断，虽然队里送她到了卫生院，但医药费全是高立春垫付的。无权无势，高量看来是不会出这笔钱，也没有办法去哪里告他让他出这笔钱，拿他没有一点办法！两千多块钱可是一个很大的数字，如果只靠田地里的收入，那什么时候还得起？

到底怎么办？能不能去外面找点事做？徐通两个儿子不就在外面赚钱吗，只是他们去的广州太远，而回过头来一想到三个孩子，她又不敢再想下去。她出去了，谁照顾三个孩子，没个大人在家行吗？嫂子陈秀珍不大可能，他们的阿姨高华华更是不用想了，自那次老太太去找她要了点钱给三个孩子交学费后，之后过年过节再没上过他们家门！沾亲带故的人都依靠不上，别人还会帮忙吗？

日子一天天过去，医院里的账单数额越来越大，钱、钱、钱，再这样下去医院账单上的数字到猴年马月也还不上！虽然伤还没有痊愈，王丽华还是提早出了院。

回到家每天躺在床上休养，看到三个孩子忙里忙外总是带着歉意，自回到家后高玉兰一直都没有去学校。

这一个多月来，高玉兰一直在卫生院照顾妈妈。学校就在卫生院后面，有时她也能去听几节课，但自这断断续续地听课以来，明显落下了很多知识点。而在卫生院的每一天，每每看到妈妈愁眉不展，她也感到了几分生活的压力，每天增加的医疗费用的账单就是个直接的信号。她清楚得很，照家里现在的收入，何年何月才能还得上啊！

她已经十五岁了，当然要比弟弟妹妹更懂事一些。这几年来看着妈妈操劳，她很想给妈妈分担一点负担，但她能做什么了？除了家务及农忙时节外，什么都做不了。现在妈妈每天躺在床上，家里没有了支柱。她每天都在琢磨该怎么办，能做点什么。自妈妈出院后她就一直没有去学校，留在家里总能照顾妈妈。

“玉兰，你怎么又没有去上学？”

“我上学去了谁在屋里照顾你。”

女儿这样说，王丽华侧过身暗抹了眼泪。

妈妈久久地没有回应，高玉兰又说道：“我不喜欢读书，妈妈，不想读了。”

“谁叫你这么说的！”

“我是不喜欢读书，天天坐在教室坐不住。”

“不读书？当然得去读书，不读书能干嘛！”

不读书能干嘛？起码能多做点家务活，起码不用再花上学这个钱！高玉兰这样想着但说不出口。

“不喜欢读，坐教室太拘束人。”

“你还是得去上学，在家里能干什么，白白浪费时间，在学校好歹能学点知识。”

王丽华语气变得严厉，高玉兰没再说话。但接下来的日子她照样没有去学校，王丽华再三要她去学校，她总是默不作声，能不能用母亲的身份把她骂去学校？但女儿不去上学的原因她也猜得了一二，何况她也长大了，做娘的怎么能骂她了，生活让人如此心酸无奈！

哎，做母亲的没有给女儿提供一个好的条件，现在她不愿意去上学，怎么能骂得出口，王丽华决定得好好跟高玉兰谈谈。

“玉兰，我出院后你就一直没去学校，怎么回事？”

“我是真不想读书了，妈妈。”

“什么原因？不读书能干什么？”

“不喜欢读，前几天跟你说了的。”

“这是你真实的想法吗？你心里到底怎么想的说给妈妈听。”

高玉兰刚要开口，几滴热泪滑落了脸颊，她站起来快步走到房间里。泪水已经夺眶而出，为了不让妈妈看见，她趴在了床沿边上。

王丽华过来轻拍着她的肩膀。

“怎么回事，跟妈妈说说。”

高玉兰鼻腔火辣辣的，流淌着酸涩，她再也忍不住地放声哭了出来。

“妈妈，我不读了，让弟弟妹妹读。”高玉兰带着哭腔，泣不成声。

生活这样让人心酸难过，王丽华沉默了很久。

“弟弟妹妹读书跟你读书又不冲突，你读你的，他们读他们的。”

“我不读就不用花钱，你就轻松些，能给弟弟妹妹提供好一点的条件。”

怎么关心弟弟妹妹也会让人心痛跟无奈！

“妈妈是没有给你们好的条件，这都怪妈妈……”说着说着说不下去了。

“不怪妈妈，不怪妈妈……”高玉兰转过身拉住妈妈的手。

母女俩安慰着对方，泪水汹涌而出，好久情绪才稍微平伏下来。

“妈妈，我不读书了你也不用难过。我可以在家给你帮忙，给弟弟妹妹提供好一点的条件。他们把书读好了，将来有出息了，跟我读是一样的。我在家里总能给你帮点忙，你也不用跟以前一样那么辛苦，什么事都得一个人来做。”

女儿都这样说了，做娘的还能说什么。高玉兰就这样离开了校园，这个事在王丽华心中是一个长久的隐痛。

身体一天天恢复，被打断的手慢慢能够活动了。雨水跟光热一天天多起来。一眼望去，稻田里再看不到水面，禾苗青青翠翠，长势喜人。

王丽华不能劳动的这段时间里，田里土里的活都是三个孩子做的，也好，至少他们熟悉了农业生产，这个中的辛苦跟汗水也许会激励他们更加努力地学习吧。

时光在匆匆向前，岁月永远不会等待谁。到底怎么办？是守着家里的这点土地还是去外面闯闯，总是捉摸不定。

平心而论，在高量把她手打断之前，她已安于村里的日子。日子再苦，也已经习惯，辛苦是辛苦，但把三个孩子拉扯大是没有问题的。但自打手被高量打断后，生活的勇气一下子消失了，灰心、沮丧、难过，甚至有了畏怯，命运如此不公，村里的环境是这样令人心寒！每想到这些，总是一阵阵的惆怅跟茫然。前景是如此黯淡，是得做出改变的时候了！

守在村子里一辈子也不会有多大的发展，而村里人多靠拳头说话的风气，将来还不知道要受多少欺负，她怕了！何况窝在村子里，每年的收入就那么多，儿子学习成绩还好，是个读书的料，将来他要上高中、上大学怎么办？总不能不送他上学吧？如果他不上学将来怎么能有出息？他要是没有出息，难道那些应该让他知道的事永远锁在心里？就这样白白让所有的事情一笔勾销？这几年来，这有朝一日的希望给了她坚强。他长大后要是没出息，把那些事告诉他反倒会害了他，让他一辈子都背负着心理上的仇恨跟压力。因为经济原因玉兰主动不上学了，如果不能给春兰跟高翔提供好一点的条件，他们也跟玉兰一样想怎么办？如果不读书，他们走不出这个村庄，那将来是不是又得重复像他父亲那样受人欺负的老路？永远没有翻身的机会！玉兰不去学校了，如果她去外面找机会，玉兰在家应该可以照顾弟弟妹妹的。把三个孩子留在家里，做娘的总是不放心，但又有什么更好的办法！

怎么办？该怎么办？到底该怎么办！前方是未知的，但是当前的状况完全看不到前景，该何去何从？

每天都在考虑这些问题，但找不到出路，沉重的无助感总让人感到生活的无力！出路在哪里，要走出这个倾轧、闭塞的地方，只有往外面走。

外面的世界是个什么样子，外面的世界又是怎么运作的？想到这又有点胆怯。她熟悉的只是乡村的环境，外面的世界做买卖时偶尔去过几次，街头的高楼大厦，交错的马路让人找不到方向，常常随之而来的是压迫感，外面的世界恐怕也不是那么简单。

你是局限在既有的熟悉环境中重复着没有前景的日子，还是敢于走向华灯璀璨的城市去探索新的机会？前方是未知的，但也正因如此可能蕴含着无限可能。至于艰难困苦，几年来这么苦的日子都熬过来了，还有什么难关不能渡过吗？

也许生活中只有苦头是尝不尽的，但这都没有什么，苦头中总包含着先苦后甜的希望。拼搏、劳动，总会带来新的蓝图跟憧憬。不管以后会怎样，这都没有什么好说的。自己选择的路，鼓起了这个心，那就应该去尝试。果实与苦涩都要自己去争取、去品尝。海面不会一直风平浪静，世间的一帆风顺都是经历过风雨后的平静。不经过风吹雨打，也难有秋天成熟的果实。生活是这样的艰难不平，也许这是生活的生机跟朝气所在。只要勤奋努力，用一双劳作的手总能抓住生活的一点希望跟美好。

人生啊，总是让人畏怯，又让人期待！用劳动的双手坚强起来吧，风雨再多，如果风雨没有把人打败，那总会迎来风和日丽的晴天。

多天激烈的思想斗争之后，王丽华打定了主意要走出这里。前方一片茫然，去外面的世界找机会，她什么也不懂，最好是能有熟人引荐介绍。村里哪家有人在外面了？王丽华想到了高立春。

十一

高玉兰把李家村的赤脚医生李德喊来帮妈妈拆了绷带后，王丽华总算能稍微自在地活动了。几天后，她感觉自己基本上已经复元后就上了高立春的家门。

将近六月份，艳阳高照，大自然蓬勃地展现着生命力。围绕村庄的山野这个时候已是一片墨绿，稻田里禾苗青翠翠的，菜园的蔬菜长势喜人。

王丽华还没有走到高立春家门口，远远地就听见高立春堂客谢娇跟着录音机在唱《刘海砍樵》，声调跟气韵神似李谷一，只是少了人跟她对歌。

拐过弯，只见谢娇边唱歌边在菜园里挥着锄头松土除草。

“嫂子又除草啊，你真是闲不下来。”

谢娇见是王丽华说道：“我就是闲不下来了，不做事人不舒服。”

王丽华边说边走着到了高立春家的地坪。

“立春哥在家吗？”

“没了，今朝早上给他哥哥送鸭蛋去了，顺便还带了一纤维袋子菜。菜看着长，这豆角一个晚上就长长一大截，吃不完了。”

“立春哥今天回来吗？”

“应该会回来，不回来明天谁去看鸭子。”

高立春每年开春时都会买几百只鸭苗，现在长得蛮大了。不管天好天坏，高立春没事时总是拿根竹篙赶着鸭子在田里转，这样可以省饲料钱。眼红他的人说鸭子在田里会踩坏禾苗，其实照生态农业的观点看，鸭子在田里转，不但能吃掉害虫，还能踩掉碎枝烂叶，地地道道的生态立体农业。

高立春每天赶着鸭子在田里转悠，那赶鸭子的呼喊声时常在村庄里回荡，简直就是种艺术。今天他出去了，几百只鸭子在围栏里围着食槽嘎嘎嘎边争食边叫着。

高立春的产业除了几百只鸭子外，他家后面还有十多亩山，满山栽的都是橘子树，每到橘子快成熟的时候总要在橘园里拴两条狗，自己则时常待在山顶上的小房子里守着桔山。

高立春把农林家畜都弄得有模有样，他家的经济情况要比大多数人好也就不足为奇。

王丽华跟谢娇谈了会儿天后，谢娇问道：“今天来找他有什么事？”

王丽华犹豫了下还是说道：“你们屋里有人在外面，我想到外面找点事做，想找立春哥帮点忙。”

“你要去外面做事？儿女在屋里怎么办？这不大好吧？”

“他们能照顾自己了。”王丽华轻声说着，一阵酸楚涌上心头。

谢娇也理解王丽华的境地，一个妇女每年操劳在土地上，负担着三个孩子，多难啊！前两个月高量又把她手打断了，真是雪上加霜，在这村里哪有生活下去的勇气！

“这样啊，等他回来了你跟他讲咯，大概得下午三四点。”

王丽华回去后，她是打定了主意要去外面找事做。下午四点多，王丽华又过来了，这个时候高立春坐地坪里抽着烟。

“立春哥，你回来了。”

“嗯。”高立春起身了。

"堂客，泡杯茶来。"高立春朝屋里喊着，谢娇在堂屋里应了一声。

"你田里的禾苗长得还不错，你崽女插田的时候我看着还怕插不好，想不到他们做得还不错。"

"是还长得可以。"话刚说完，谢娇端着姜茶过来了。

她把姜茶递给王丽华道："老馆子，丽华来想找你看外面有没有什么事做，她想去外面做事，你问问你哥看看。"谢娇开口把她今天来的事说了出来，王丽华心里真是感谢她。

高立春看一眼老婆，又回过头看着王丽华，"你要出去做事？"

王丽华点了点头。

"你去外面做事崽女怎么办？"

"她大女儿都十五岁了，还不能照顾自己吗？"谢娇在旁边说着。

哎，总算是嫂子接应了这些难开口难回答的问题。

"你要出去找事做，昨天这个时候来跟我说就好了，今朝我刚好去了市里。"

"你明朝去供销社卖鸭蛋的时节打电话给你哥问问看，看他们厂里要不要人。"

"也是。"

"这样吧，丽华，你这个要求我不一定做得到。等明朝打了电话再跟你说好吧，我现在只能说尽力要我哥给你帮点忙。"

高立春这样说王丽华已经很感谢了。她已经打定主意，如果高立春哥哥高至春厂里没事做的话，她就自己出去找。她没出过远门，外面的世界对她是陌生的，所以最好还是有人介绍比较好一点。

六十年代，国家在农村招工，高至春那时候是村里少数几个的高中生，顺利招工走进了城市。他招在麻纺厂，从最初的学徒工干起，现在是厂里的技术骨干。招工到城里后，回家的次数一年比一年少，现在除了过年常常整年整年都难得回几趟村里。王丽华嫁到这十几年也没有见过几次面。

第二天一清早高立春提着一大篮子鸭蛋到了供销社。供销社算是村里的一个小中心，平常哪个人家里有点东西要拿出去卖又不想走远路的话，一般就提到供销社附近卖，这里人总是多一些。

高立春很快卖完了鸭蛋。他来到供销社的电话机旁拨通了高至春办公室的号码。

供销社的这部电话是村里唯一的一部电话，刚装好时村里放了好几挂爆竹庆贺。这东西对村里人来说是新鲜玩意儿，自此这部电话就连接了村里人跟外面亲戚朋友间的感情。身在外地的人先打个电话到供销社，跟供销社的人说找谁，并且约定再次打来电话的时间，然后由供销社的人专程去通知相关的人来供销社等电话。当然，供销社的人也不是白跑腿，被通知到的人总会给予相应的劳务费的。这部电话装好后越加吸引人，供销社生意也比之前红火多了，相比之下陈世宝那的生意就稍微少了些。不过有点不足的是电话信号不好，偶尔听筒里的声音听得不大清楚。

高立春拨了好几次终于接通了。

“老哥，听得清楚吗？”

高至春那边传来的声音很小。

“跟你说个事，你那麻纺厂还要人吗？”

“现在厂里效益不好，还要什么人咯。”

“这样的，我们队高冬九的堂客这几年吃了不少苦，能不能帮忙在麻纺厂找个岗位？你们不是麻纺厂吗，应该有她能做的事，这个忙你一定要帮了。”

“老弟啊，现在效益不好，不比以前。”

“你体谅下，这个忙能帮到就一定要帮，你操点心。”

高至春听弟弟口气硬朗，看来这个事分量不轻。

“好了，我只能尽力，但打不了包票。”

“嗯，有消息了回个电话，就这个号码，供销社的，你的电话机子上有显示吧？”

“有了。”

挂断电话，高立春提着篮子往回走，电话另一头的高至春开始思索该怎么办。

高至春在厂里工作三十几年了，刚进厂时虽然只是学徒，但显然那个时候的社会地位比现在高得多，那时候当个工人是很自豪的事。有一次换岗，上面有关部门要把他调到党校去他都不愿意，他要当工人，工人光荣。现在了，不要说党校，就是跟其他单位比起来也已经没有优势。那时候厂里红红火火，缝纫机踏板声就没有停过，厂里的产品一直都是供不应求，现在再没有以前的那个形势。

自一九九二年国家提出建立市场经济制度以来，社会上的产品日益丰富，各种商品如潮水般涌现，而麻纺厂还是以前计划经济的思维，产品单一，不注重美观设计，也不看重营销，这几年来明显感觉不如以前有销路。库房里时常积压着不少成衣，市场无路，最终靠政府采购才去了库存。过去工资不但月月准时发，每年还会涨一点，年底的奖金也不少。现在了，工资总是拖啊拖，几年都没涨了。而根据厂里的经济效益来发的奖金数额是越来越小。不知道这个困境什么时候能转过来？过去那么辉煌的企业什么时候能够恢复原有的活力？政府部门怎么不派一个能够与时俱进的厂长带领厂子走出困境？

据高至春观察，新任不久的厂长并无多少行动，估计只是把这个职位当作给履历镀金的过渡站吧。想到这，他有点心痛。这个厂里有着他的青春岁月，他不忍心看着付出多年汗水的厂子衰败下去。何况厂子效益关系到自己的切身利益，如果厂里领导再找不出一条路来，等他退休后能不能领到退休金都是问题。

今天他弟弟高立春给他打电话说要给高冬九堂客在厂里找个工作，正式有编的当然不用想，但就是合同工现在也招得少。厂里的效益大不如前，多少台缝纫机闲置着。要给她找个位子，这怎么找？

高至春感到一阵为难。但是照立春的口气，这件事很重要，怎么办？

在大茅坪村，村里人都羡慕他吃公家饭，还风传他在厂里做了多大多大的官，也怪自己的虚荣心，每年回家对众人的褒扬也不推却一下，现在怎么办？村里人认为自己在外面混得好，这事要办不成村里人会怎么说？无非两种：一种说他不讲情义；一种会说原来他混的也不怎么样，这么个小事也办不到。他又是爱面子的人，这两种说法会大大影响他在村里的形象。虽然他出来二三十年了，但心里总认为还是那个地方的人，根扎在那里，这两种说法他都接受不了。

村里人都认为他当了干部，其实他只是个技术骨干，这些年虽然和厂里的领导混了个脸熟，但要开口叫人办事那又是另外一回事！厂子不景气，现在还要找个额外的岗位，这真有点为难。好在人事处的曲劲松主任跟他关系还划得来，能不能跟曲主任说说好话？高至春琢磨着这个问题不知结果到底会如何。

“爸，上班去。”儿子高俊伟喊道。

高俊伟上的中专，他毕业的时候厂子正是红火的时候。虽说毕业包分配，但那时候要分到麻纺厂难度可大，得大学学历才能分配到厂里。为了把儿子的工作安插到麻纺厂，儿子刚进中专他就各方面开始着手活动，最后领导看在他是老员工的份上才开了这个口子。现在父子俩只是不在同一个厂区，做的都是同样的工作。

父子俩相跟着往厂区走，到了厂区才一左一右分开了。

高至春进了厂房，厂房里的缝纫机声音寥落，脚踏板踩得不缓不急。哎，这哪里是以前热火朝天的场面。以前一进厂房就埋头干活，时间不知不觉就过去了。现在了，待在厂房里熬时间，总是时不时地看手表。那个时候抱怨每天没有歇一口气的工夫，现在真的闲下来又怀念过去忙碌的日子。高至春不急不慢地做着手里的活，好不容易挨到了中午吃饭的时间。

说到吃饭，食堂里的伙食也跟过去不能比。过去是自助餐，想吃什么自己拿，菜式不少，应有尽有。现在是食堂师傅打菜，每次打菜师傅勺子总要抖几下，就这几下，高至春每次看得目瞪口呆，本来想吃的基本上都被师傅抖没了。不过这样也好，以前伙食太好总是节制不住，伙食差了之后他自然吃得少了，体重减了不少。到了他这个年纪，是格外关心身体健康的时候。今天他打上饭以后四处张望，总算看到了曲劲松，高至春端着饭坐了过去。

“曲主任，吃饭啊。”

曲劲松点着头并不多语。

高至春扒着饭琢磨着找哪个时机点好跟曲劲松提那个要求。这个时机很微妙，得像是忍了很多次都没提这次终于鼓起勇气提了，又得小心翼翼表现得像是为提了这样过分的要求不好意思，还得跟曲劲松的吃饭节奏、表情配合起来。高至春饭吃得心不在焉，心思全在把握这个时机点上。好几次曲劲松抬起头来他话到嘴边又溜了回去。眼看曲劲松饭就要吃完，这事能不能去办公室跟他谈？还是去办公室谈吧。

曲劲松先吃完就走了，高至春饭也不吃赶紧跟到了办公室。

“曲主任，要午休了吧？”

“刚吃了饭，坐会儿再休息。你喝茶吗？”

“不喝。”

曲劲松还是给他泡了杯茶。

高至春把茶杯捧在嘴边吹着热气来遮掩他的所思所想，有点不好意思开口，但不开口这事能办成吗？他犹豫再三，再拖下去局势只会更加微妙，好不容易跟来了办公室，得抓紧时间赶紧开口。

“曲主任，有个事想请你帮忙。”说完这句话全身不自在，手都不知道往哪放，以前在曲劲松面前从没有这样过，原来求人是这个感觉。

曲劲松看着茶杯道：“什么事？”

“这样的，我们村有个堂客们家庭条件困难，她男人过世好几年了，这几年来她一个人负担着三个孩子，每天起早贪黑，田里土里所有活都是她一个人操劳。这还不算，我们队里有几户人家恃强凌弱，见她家穷拿他们没办法，已经欺负过她好几次。前几个月她手又被人打断了。现在她都害怕在队里生活下去，想来市里找点事做。你看厂里能不能给安排个位子？”

“这啊，至春兄，这事难办了。你难道不知道厂里现在的情况吗？如果不是要和谐厂里气氛，最好是裁掉些员工减少开支。现在是没办法，年年效益不好，年年还得养着这么多人，你看现在上班多少人都是磨洋工。”

“曲主任，这个情况有点特殊。你看又不要正式员工岗位，她只要从土地上走出来就行。她这个情况真是不容易啊。曲主任，一个堂客们带三个孩子多么难，曲主任你就帮个忙，只要在厂里给她安排个事做就可以了。这么多年来你我都知根知底，除了我儿子进厂跟你提过要求，我什么时候还给你提过其他要求，这个忙你一定要帮了。”

曲劲松放下茶杯，听高至春的口气，这个事是得认真考虑一下。

“她能做什么事了，会踩缝纫机吗？”

“会的，就是不会也容易学了。”

“那这样，这几个月刚好有几个人到了退休年龄，本来是不需要再招人进来的，现在你有这个情况，那多安排个岗位就多安排个岗位吧。不过她肯定不是正式职工，工资福利跟正式员工不能比的，这个你得先跟她说清楚。照现在市面上的工价，一个月大概四百多块钱，你先跟她说说看愿不愿意做。”

“好了，谢谢曲主任。”

之后他们谈了些问题。从曲劲松办公室走出来，高至春压在心头的那块石头终于放下了。他赶紧把电话打到了村里的供销社，接电话的是胡建明的堂客范晓琪。高至春没叫范晓琪去通知高立春来接电话，他跟范晓琪说把消息通知到高立春就可以。当范晓琪听到王丽华将去市里麻纺厂去做事的时候猛吃了一惊，她有何能耐进麻纺厂？打电话的是高至春，马上各种原因她就窥得一二了。

挂断电话后，她还是觉得有点不可思议。王丽华去市里做事了，她作为村长的堂客，占据了村里多少堂客们羡慕的供销社岗位，现在王丽华将去市里做事，像是把她的风头抢去，她心里很是不快。

范晓琪没有立马去通知高立春，而是等着高立春来供销社卖鸭蛋时顺便跟他把这个消息说了。当高立春把这个消息带给王丽华时，王丽华心绪激动了好久才平伏下来，她终于可以走出这片土地，不再受这些人的欺负，并且生活的新希望似乎已经在跟她招手了！

十二

高立春带来的消息等于带来了新的希望，生活尽管冷酷，但在这让人难过的世态炎凉中总算还有一丝暖阳。生活是艰辛的，又是充满希望的。

得到高立春的消息后，王丽华开始做出行的准备。这几天来米已经在陈世宝那里打了两担，油也准备了满满的一缸，生活一两个月应该没有问题。虽然正值初夏，她特意到李家村找李德的堂客新弹了一床冬天盖的被子，出行在即，得给儿女备好基本的生活用品。田里、土里的农业生产他们大体上已经熟悉，但她还是特意交代了晚稻秧苗跟秋冬蔬菜的下种时节。她这一出去，不知什么时候回。如果错过一季的下种，那半个年头的收成就没有了，到时就得饿肚子！

能力范围之内能够做的都已经备妥，但以母亲的责任跟儿女的需求来说又远远地备不足够。但愿能以这个为起点，给他们开创出一个相对好的生活吧。但是临到出行，原本满怀着期盼的心情一下子低落下来。

几天来，言语中像是不经意间提及将要出去做事，儿女们也不表态，只是说到这个话题时都神情低落，默不作声。几年前也跟他们说过同样的话，那次要不是儿子箍住她的腿，恐怕就出去了吧！如果那次真的成行，这几年来生活会是怎样？

相比前几年想着出去的担心，现在相对少了些。那时候他们真的还很小，几年过去，毕竟是长大了点。这样想有点牵强，但能怎么办了。既然是两难，外面的世界也许会有新的希望，这希望不仅是她的，也是儿女们的啊。要不是再没有别的办法，做娘的怎么忍心把三个孩子留在家里。她这样想着，总算能给出行的决心多增添点砝码。再有不舍，那也得分出轻重。王丽华来回纠结，暂时把儿女留家里她出去打拼，这个决定做得也是不容易啊！

出行在即，得给儿女做几顿好吃的。除了过年过节，平常哪有这么多好吃的菜。但是三个孩子并没有多大的胃口，几天来妈妈有意无意地说要出去做事总是让他们不放心。爸爸刚去世时妈妈不就说过要出去找事做吗，那次好在高翔箍住了妈妈的腿央求才没有出去。那时他们小，妈妈心里当然是更舍不得。现在他们长大了些，而且如今在村里这么受人欺辱，妈妈怕是寒心了。妈妈出去了，他们怎么办？外面的世界又是个什么样子？妈妈口中说去麻纺厂做事是真的吗？记得几年前奶奶跟高翔说不要让妈妈出去，说怕妈妈出去了就不再回来，那么这一次了？这些接连而来的问题重重地压在了他们的心头。

几天来家里气氛沉闷，说话都是细声细气。王丽华看在心里，言说不了地难受。哎！是啊，她怎么舍得自己出去做事让三个孩子留在家里？但不这样又有什么办法，生活会让人两全？孩子们到底是怎么想的，得敞开心好好跟他们谈谈。

一天吃过晚饭后，一家人坐在房里看着《新闻联播》，下午回来后高春兰、高翔的作业已经写完了，晚上能看会儿电视。

王丽华琢磨了好久说道："玉兰，你把电视机声音调小一点。"

声音调小后又好几次的欲言又止，但问题总是要面对的。

"妈妈这些天来跟你们说要去市里麻纺厂做事，你们怎么想的？"

高玉兰、高春兰、高翔相互对视着都不作声，王丽华看着心里又是一阵难受。

"你们怎么想的直接说，说出来给妈妈听听。"

三个孩子交流着眼神还是都不作声，高玉兰、高春兰坐在一起，高春兰腿碰了好几次大姐的腿。

气氛变得沉重，电视机的声音倒像是比先前更大了。高玉兰想着怎么开口，妹妹暗示她好几次了，她最大，也应该由她来跟妈妈说。

“妈妈，你这次出去是去哪里做事？”表情像是问了不该问的问题一样为难。

“跟你们说了，立春伯伯的兄弟高至春在麻纺厂，就是每年过年穿着皮鞋西装回来的那个，他是我们这里出去的。这次就是他帮的忙，妈妈去市里的麻纺厂做事。”

王丽华声音落下去好久高春兰接着问道：“妈妈这次出去了什么时候回来？”

这一问把王丽华问住了，她还没有去厂里上班，怎么知道什么时候放假，什么时候回来。

她停了一会儿说道：“什么时候放假到厂里上班后才知道，大概一个月发了工资就能回吧，反正只要有时间妈妈就会回来看你们。”

就这点停顿的时间，三个孩子心里又不安了。什么时候回来妈妈还得想，心头上原本的疑惑交织得愈加严密。

电视机的声音依旧响着，他们间的话却没再接下去。

王丽华等了很久见他们都不说话又说道：“你们有什么担心跟疑虑，心里怎么想的尽管说出来，有什么要求也直接跟妈妈提。”

高翔忍耐了很久张口说道：“妈妈，你这次出去不会就不再回来了吧？”说完抠着手指低头看着地面。

高玉兰、高春兰瞟着妈妈，王丽华心里的酸涩翻腾起来，眼角滑落了几滴泪珠。

她抹了下眼泪说道：“妈妈怎么会不回来了。不回来还能看到你们吗？不回来还能听到你们叫妈妈吗？妈妈不会放下你们的，你们是妈妈的孩子，妈妈怎么会舍得不要你们……”声音哽咽，说着说着说不下去了。

情绪渲染着把氛围带得无比沉重。

“妈妈你别哭，你要出去就放心出去，我在家里照顾好弟弟妹妹。”高玉兰站起来蹲到妈妈身边拉着妈妈的手，泪水止不住地滚滚而下。

儿女低落的神情跟泪水都在挽留她，这一刻，王丽华真想放弃去麻纺厂的机会。留在家里，至少一家人聚在一起，不用彼此牵挂，这也是一种温暖啊！但这种情感上的考量能作为实际生活选择的依据吗？

心里难受但还是不得不说出口：“妈妈出去给咱们赚钱，赚了钱咱们家就能过好的生活，赚了钱腰杆就能挺得直了。你们在家里要懂事，春兰跟高翔要好好用心学习，你们俩是我们家的希望，你们不要辜负妈妈！”

她说到这停下来看着高翔说道：“高翔，将来还有很重大的事等着你去做，你一定要好好学习，将来有出息了妈妈就告诉你！要是你长大后没出息，那告诉你也没用，那妈妈会伤心的，那妈妈就不跟你说了，你也当妈妈从来没有说过这些话。”

“嗯，我会努力好好学习的。”高翔、高春兰应答着，泪水终究没有忍住，高翔赶紧起身到地坪里抹去眼角的泪水。等他再回到房间里时，电视机的声音又调到了原来的大小，妈妈、姐姐什么话也不说静静地看着电视，像是不曾发生过什么。

妈妈说等他有出息了告诉他什么重大的事，这到底是什么事？高翔对着电视机，很是纳闷。每次妈妈勉励他的时候总是这样说，到底是什么事？不能早点说吗？他正这样想着，思维被妈妈跟姐姐的谈话声打断了。

“你们奶奶要是从高华华家回来，到我们家来，你们去帮她提提东西，奶奶老了，家务事你们要尽可能地多做，不要等着奶奶伺候你们。”王丽华再三嘱咐着儿女。

高翔琢磨来琢磨去，妈妈说去麻纺厂做事是真的吗？是不是在哄他们？他找了个借口出了家门往高立春家走去。

高立春家的条件在村里算是阔气，高立春时不时帮他们的忙，高翔心里对他既敬佩又敬畏。

到他家门口时，高立春家门已经关了。高翔犹豫了一番还是鼓起勇气敲了门。

“是高翔啊，有什么事？进来坐。”高立春开门说着。

“伯伯，问你一件事。”

“你说。”

“我妈妈说你帮她在市里的麻纺厂找了个事，这是真的吗？”

“嗯，是啊，我都跟你妈妈说了。”高立春有点纳闷，当面跟她说了的事怎么还要儿子来问。

“哦，谢谢伯伯。”

“有什么事吗？”

“没什么事，我就过来问一下。”

高立春还没反应过来，高翔就小跑着回了家。

心里总算稍微踏实，妈妈是真的去麻纺厂做事。

就这样，王丽华跟儿女们商量好了出行的计划，出行的时间定在周末，这天不上学，一家人可以一块吃早饭。

星期天王丽华早早起来了。在菜园里把一天的菜摘回来后就等着儿女起来再做早饭。今天吃面，每人煎两个荷包蛋。

吃过早饭临到出行，要走出家门这步子突然变得格外沉重。明明知道这个时刻会到来，但真的到来的时候又是这么让人为难。原本一切的准备跟规划在这一刻都变得微不足道，对孩子们来说，没有一个大人在家，所有的准备都是不够，也是不公平的。看着儿女们不舍的面容，王丽华痛心不已。但是没有办法，生活本不是感情用事，得要有钱才有好的生活。

王丽华再三把家里的一切跟儿女交代清楚后提着几套换洗的衣服准备出发，临行她把身上不多的钱拿出五十块给高玉兰，家里万一要有个什么开支没钱不行啊！

妈妈走下地坪上的台阶，高翔赶紧从屋檐下走了出来。妈妈就要出去了，难过、不舍、担心、害怕混杂，从来没有过的感觉。妈妈在那个陌生的世界里能不能适应？工作会不会很辛苦？妈妈真的只要放假就会回来看他们吗？妈妈出去后他们三个在家怎么生活？晚上睡觉害怕怎么办？

“妈妈。”声音已是带着哭腔。

王丽华转过身看着儿子，酸楚止不住地涌上心来。

高翔走过来，满是央求跟不舍的神情。王丽华摸着儿子后脑勺，强抑着的泪水勉强控制住了。

高翔拉着妈妈的手，抬头看着她。

“妈妈，你出去了在外面注意安全，工作不要太辛苦。我在家里会听话，不会跟姐姐打架，你放心。妈妈，我们在家里等你回来，大姐、二姐跟我在家里等着你回来。”

说完转过身跑回了屋里，现在他大了几岁，不能跟上次那样箍着妈妈的大腿不让妈妈出去啊！

王丽华愣了会，儿子这番话让人温馨又难过。

“你们在家里不要捣乱，妈妈上一个月班发了工资就马上回来看你们。”

“那妈妈一个月后你一定要回来，我们等着你。”高翔说着。

“嗯，肯定的。”

她又一次叮嘱了高玉兰、高春兰后转过身迈开了脚步。

脚上像是绑了块大石头，每一步都走得格外地沉重，但每走一步又跟前面的希望拉近了距离。为了长远的希望，眼前的不舍只能暂时搁置。王丽华坚定了脚下的步子，只有她自己知道这每一步走得是多么艰难跟不舍！

高翔在里屋坐着，他不想看着妈妈离开的背影，但是过了一会儿又站到了地坪上。望着妈妈走远的背影，想要挽留但怎能挽留，家里的希望都寄托在妈妈身上，妈妈出去是为了给他们争一个好的生活。高翔黯然地看着妈妈远去的背影，好几次脚步迈出去但又折了回来。脚步一步步地拉远，妈妈的背影越来小，越来越小……

王丽华多次回头看站在地坪里的儿女，牵挂跟不舍，不知道她不在家的日子孩子们会如何。他们会听话吗？会好好学习不捣乱吗？田里、土里的农活他们干不干得过来？她能不能在油跟米吃完之前回来？如果油米吃完了她没回来，那孩子们怎么生活！所有所有的问题汇在一块，这是她肩上担负的责任。

走到山湾，再往前走就过了山湾，回头就看不到站在地坪里的儿女，王丽华转过身望着这生活了十几年的村庄，望着地坪里看着她的儿女，一时忍不住地热泪盈眶。她目光落在儿女身上停了一会儿，毅然转过身往前迈开了脚步。过了山湾，鹅卵石道路依旧不那么平坦，这脚下的道路似乎是延伸到无尽的远方。王丽华百感交集，泪水止不住地哗哗而下。留恋跟不舍得暂时放下来，等赚了钱回来，一家人相聚时总会是欢乐的笑脸吧。

她加快脚步走到供销社，在供销社地坪里没等多久去市里的班车就开过来了。王丽华扬着手，班车在供销社门口停了下来。上了车，班车载她去追求生活的希望跟前景。

三个孩子看着妈妈的身影转过了山湾，心里一下子空荡荡的。妈妈去麻纺厂做事会不会很辛苦？外面的世界妈妈能习惯吗？家里再没有大人可依靠，什么事都要他们自己负起责任，这未知的生活让人不由得畏怯！

高玉兰看着弟弟妹妹愁眉不展，她强打起精神扮着笑脸说道：“有大姐在家了，大姐能照顾你们，你们俩好好读书就是。”

高春兰、高翔转过身看着大姐，大姐跟他们年龄相差不了多少，但大姐这几句话给了他们一点生活的倚靠。正因为妈妈不在家，他们应该团结在一起好好生活，不要让妈妈为他们担心。

“弟弟、妹妹，你们赶紧写作业，写完作业后跟我去菜园里拔草去。”

三个孩子的情绪都还沉浸在对妈妈的想念中，但生活得向前看，他们不得不开始适应妈妈不在家里的生活。

十三

班车开动起来，车尾扬起厚厚的灰尘，马上要离开村庄去市里，让人激动又忐忑。她不在家的日子儿女们一日三餐会按时吃吗？衣服脏了谁洗？田里、土里的活干不干得过来？他们会跟她承诺的那样听话，在家里好好学习吗？想起这些，免不了担心。她将要去麻纺厂工作，麻纺厂是个什么环境，她能不能适应过来，这些都是问题。好在已经走出了这一步，而且方向也已经明朗，陌生总会变得熟悉，希望以麻纺厂为起点，就此给儿女们一个相对有保障的生活吧。

班车开得不急不慢，乘客时上时下，将近一个小时后到了市郊。道路两边的商店密集起来，人声纷扰嘈杂，小汽车时而鸣着尖锐的汽笛呼啸而过，城市繁华的影子在慢慢显现。这城市的繁华给人希望，但这繁华的背后又有多少汗水，只有辛勤劳动才能创造出城市的繁华。街道上的汽车多起来，班车的速度相应慢了许多。班车里多数人难得来一趟市里，到市里来对他们是一个大事，窗外的高楼跟穿梭的汽车看得人眼花缭乱，他们不由得议论纷纷。王丽华以前时常来市里做点小买卖，对车水马龙并不陌生。但城市的风光再一次出现在她眼前，她还是激动不已，这一次她不是来做买卖，而是要去麻纺厂上班，多么大的事啊！

班车慢悠悠地开在城市的街道上，左拐右拐，不久也到站了。

王丽华出了站，现在她要去麻纺厂，怎么走？出门前高立春跟她说过怎么走，坐什么车，现在出了站，城市交错的道路让她根本辨不出方向。

麻纺厂有多远，去哪里坐车，这些之前没有考虑过的问题现在都成了问题。

街道上开着的“慢慢游”、三轮车时而靠过来问她去哪，坐不坐车，她都没有搭理。她得先搞清楚麻纺厂在哪个方位，有多远才行。如果近的话打问着走过去就好。

问了几个人，有的说麻纺厂在缝纫机厂旁，有的说在七里桥那块，可是缝纫机厂跟七里桥又在哪里？又有人说麻纺厂不远，坐哪路公交车很快能到。问路倒是问出了众说纷纭的味道。

王丽华想着时间还早，先走着吧，边走边问说不定就到了。

每到一个路口就问人，然而得到的答案跟先前问的情况总是有所出入，再这样走下去真不知道能不能走对。这时恰好前面有一个公交车站，走过去看了站牌，先前听人说的缝纫机厂标识就在站牌上。她又问了几个人麻纺厂是不是在缝纫机厂旁边，得到肯定的答案后王丽华上了公交车。

麻纺厂说远不远，坐在公交车里却明显地感觉穿过了城市的中心地带。公交车过桥后，街道宽阔了许多，路面也更加干净整洁。街道两边的店面装潢得也愈加光彩，城市的繁华就在这些点滴中显现出来。

公交车开在城市的繁华地带，王丽华饱览了之前未曾见过的风光，二十多分钟后到缝纫机厂站下了车。

相比过桥时的高楼大厦，缝纫机厂下车后周围的房子低矮了很多，街道也不如之前整洁。不远处农田菜地依稀可见，显然这里是城市的边缘，到城郊了。这跟王丽华想象中的高楼大厦有点差距。

她打问着往麻纺厂走去，拐了几个弯后看到麻纺厂门口竖着的牌匾才安下心来。

门口的小门开着，王丽华直接走了进去。

“你找谁，请出示证件。”传达室的保安说着。

证件？王丽华愣了一下说道：“我来找人。”

“找谁？”

“高至春。”

保安拿起电话拨了号码。

“你叫什么名字？”

王丽华报上名字。

电话接通后说了几句就挂断了。

“你在门口稍等一会儿，你找的人马上就过来。”

王丽华退到门口没站多久，高至春就来了。高至春每年过年过节总会回去一两次，王丽华还是认得他的。说回来，这样一个吃国家粮的人，村里人人羡慕，平常是拿来教育孩子要好好读书的样板，怎么能不认识。

高至春走过来上下打量，他招工到市里后在村里待的时间少了，这十几年来嫁到村里的妇女他当然不是很熟悉。

“你就是王丽华吧？”

“是的。”

“我弟立春生怕我帮忙不帮到底，多次打电话拜托我要帮你的忙。”

“麻烦你了。”

“你身份证带了吧？”

王丽华拿出身份证。

“我带你去把手续办了。”

王丽华跟着高至春往人事科走去。一路上高至春跟她说，办手续就是签一个临时的劳动合同，这个待遇跟正式职工当然是不能比的，要她先有心理准备，到时不要有心理落差。

高至春把王丽华带到曲劲松办公室，曲劲松简单地问了几个问题后拿出份合同，签好字就办妥了相应的手续，王丽华分配的工作是织麻布，也就是踩缝纫机。

从曲劲松办公室出来，高至春又带着她去分配的寝室。寝室是上下铺的多人间，住的是厂里的单身职工或是家属不在身边的职工。

高至春跟在寝室里的职工介绍了王丽华后又带着她去厂里参观，王丽华跟着进了厂区，里面一长排一长排整齐的缝纫机让她大开了眼界。

偌大的厂区缝纫机的声音不停息地响着。女职工们穿着蓝色的工装，头上戴着帽子低头忙着手中的活儿。高至春带着她走了一圈，又交代了方方面面得注意的细节后就从厂区出来了。

“你是明天正式上班，今天你自己把生活用品去备一备吧。饭在食堂吃，等会我去帮你把饭票领来。”

高至春走后，王丽华站在厂区的空地，这是她将工作的地方，对这里的每一栋建筑，甚至一草一木她都感到了亲切。她满带着感情转了好几个圈，厂区的建筑灰暗单调，但对她来说，这个环境里有着她对生活的希望，单调灰蒙的厂区在她眼中不由得平添了几分色彩。

王丽华在厂里的小卖部备齐了生活用品后就回了寝室。寝室里四张上下铺床，可住八个人，但铺位空出了好几个，她把床铺铺好后，一阵铃声响起，厂区继而喧哗起来。

职工们纷纷从厂房里出来，人声一下子打破了先前的平静。在缝纫机前坐了好几个小时一句话都没说，现在这个时刻像是得到了解放般快乐。她们相互交谈着往食堂走去，是中午吃饭的时候了。这个时候王丽华也感觉有点饿，但刚听高至春说食堂凭饭票打饭，他会把饭票给她送过来，她只能在寝室里等着。

过了一会儿，穿着工服的几个女工先后回寝室了。王丽华赶忙站起来把自己介绍了一下，几个女工也没有说什么都忙着自己的事。下午还得上班，她们得赶紧把衣服洗好再休息一会儿，哪有时间顾及别人。不多久，寝室里的人都回来了。大家都忙完事情后，总算有时间说话了。

“你新来的啊？”

是在跟她说话，王丽华应了一声。

“你怎么来这厂里上班，现在效益不好，我还想着能不能换个单位。”

王丽华听着没有作声。

另一位女工接道：“许姐，你是有条件这么说，像我不在这里端着这个铁饭碗，难道要我去街头摆个小摊？有个单位起码有保障。”

“小刘，你来厂里才几年，你不知道厂里以前的日子多么好，现在一天不如一天！今天食堂里的伙食我都快吃不下。”

“许姐，你不说我也能感觉得来，以前怎么好我是没看到，但从进厂来这几年确实是感觉各方面都在走下坡路。”

“是啊，以前食堂伙食比现在好得多，餐餐吃鱼吃肉，天天换着花样，还是自助，随便吃。那个时候不是厂里职工的话，平常人一年都吃不了几次肉，你们说那生活条件多好，多优越，跟外面的差距又有多大。逢年过节又是发大桶的茶油，又是发大袋的墨鱼、大米，反正只要过年过节厂里都会发好多好多东西，经常堆在家里吃都吃不完，好多又转手送人了，那时候福利好得啊！你说现在可以比吗？每况愈下！我现在只求每个月的工资能按时拿到手就好，现在真的没得什么前景了。”

“我正是这个感觉。我第一年来妇女节发了两桶油，还有二三十块钱补贴。现在一年比一年少，今年过年还不知道发不发福利，我现在想着只要工资能按时发就给厂里烧高香了。”

“几桶油算什么，十多年前的时候，那时候厂里正是红火，就食堂里的伙食都吃得人红光满面。你想想那个时候很多单位吃饭都是问题，我们单位是自助，随便吃，福利什么的就不用说了。油、米、特产，一个人都提不回去，得我男人开着单位的车来装！”

“不晓得今年厂里销路如何？”

“好像不大好吧，你没看见仓库里积压了多少货。”

洞庭湖平原有着中国最大的麻产量，依托着这个资源优势，麻纺厂成为中国最大的麻纺织品生产厂商。立厂之初是计划经济时代，过去统购统销造就了厂子的辉煌。但随着近年来的市场化改革，麻纺厂并不是太适应，还是照着以前的思路经营，或者说没有进取的动力吧，产品单一，花色简单，又不注重市场营销，再加上领导体制束缚，激励机制不完善等问题，光景是每况愈下。

王丽华听着她们的对话，本来进厂的喜悦蒙上了层不知是真是假的疑惑。

女工们在床铺上躺了大概一个小时后就起来上班去了，一下子寝室里只剩下她一个人。她一直等着高至春给她拿饭票，现在还没吃饭。

没多久，王丽华听到有人在楼下叫她。走到阳台一看，是高至春。

“你下来拿下饭票。”高至春高声喊着。

王丽华下了楼，高至春把一叠饭票递了过来。

“其实饭票早就拿到了，只是大中午的，我也不大好在下面高声喊，打扰人休息，所以就等到了这个时候。现在食堂没饭了，你要饿了随便吃点吧，晚上是五点半开饭。”

“也不饿，我吃了点东西。”

“明天你就上班，上午是八点半到十二点，下午是两点到五点半。有时候业务忙的话晚上可能要加班，这加班一般都是你们这样的合同工负责，先跟你提个醒，到时不要跟那些有编制的正式职工比。”

“嗯。”

“你的工作是负责织麻布，分在你们寝室许朵朵那个组。她刚下来的时候我跟她说了要她多照顾你，生活上工作上你都不要操太多心，认真把分配给你的事做好就可以了。”

“多谢高大哥。”

“我们这厂，说起来在市里，其实这里到了城市的边缘。但是周末要去哪里也都还方便。”

“爸，你还在这了。下午不去办公室了吗？”

王丽华回过头，一个穿着工服的年轻小伙子走了过来。

“谁说我不上班，我这就过去。”

年轻人应了一声就走了。

“这我小子，高俊伟，这么大了也没有点出息，靠我在这厂里给他找了个位子。好吧，我上班去了，你回去休息一会儿，要不也到处转转，熟悉熟悉环境，明天上班千万不要迟到。”

“好的，谢谢高大哥。”

“不客气。”

高至春说完往办公楼走了。他是厂里的技术骨干，他的技术主要是负责维修设备，哪里出了故障才有他的用武之地，平常没事的时候就在办公室坐着。坐着干嘛了，看看报纸，喝喝茶，下下棋一天就过去了。

别人羡慕他的清闲，认为不用做事照样能拿工资是个好事，只有他自己体会得到这清闲的难受。时常也觉得该去找点事干，但能干什么？他都快退休的人，还能干什么？有时他看着墙上“劳动最光荣”的标语都觉得脸红。

他自己可以得过且过混日子混到退休，但儿子可不行啊。要是单位效益跟以前一样好那倒是无所谓，自党的十四大提出建立市场经济体制以来，政府对产品不再包销，得厂里自己去找销路，自此效益就一天不如一天。这几年时常工资都难发出，好在有市政府顶着才没出问题。怎么建立市场经济体制后厂里的日子反倒不好过了？儿子虽说已经成家不用他再负责，但他没点上进心可不是办法。高至春坐办公室没事不就看报纸嘛，据报纸上看来的新闻，有的企业亏损经营不下去，政府又不再给资金支持往往都进入了破产程序。一个厂子破产了，厂里工作了几十年的职工怎么办？将来的退休金去哪里领？这些都是问题。儿子不喜欢看书看报，干完手中那点活就吃喝玩乐，危机来了还不自知，这厂子将来要是经营再不能有点起色，那怎么办？到时候他去哪里吃饭？他还年轻，日子长着了。想到这，高至春总是免不了地忧心。

我们可以看看，这个在村里家家户户口中孩子们学习的榜样，在他的生活中烦恼似乎不比在村里种地的农民少，生活中的风光跟幸福也许都只是别人口中的形容词罢了，无论哪种职业，总是有各自的烦恼。

下午，王丽华又在厂子里转了几圈，厂区转熟之后又出了厂门，在周边的环境走了走。新鲜的环境自然给她新奇感，虽然中午听她们说福利什么不如以前，但对王丽华来说，能来这里工作还是很满足的，今后她每月可以拿工资，不管多少，儿女们的生活起码能有个基本的保障。

吃过晚饭后回到寝室，想起高大哥拜托了许大姐多照顾她，王丽华想着多跟她了解情况，但晚上天黑了也不见许大姐回寝室。

中午跟许大姐说话的小刘年龄比她小，王丽华跟她说起话来。

“许大姐怎么这么晚都没回寝室？”

“许大姐会住寝室？她是厂里的干部。她中午来寝室休息会儿而已，现在寝室不是有多的床位吗。许大姐家在市政府大院，她来这里上班基本上也是找个地方打发时间，领份工资而已。”

“哦。”许大姐的生活王丽华不敢想象。

当天晚上，王丽华想了很多。进麻纺厂，这在她的人生当中等于完全翻开了新的一页，兴奋得难以入眠。但当来麻纺厂所有的好处放到一边想起留在家中的儿女时，她就再也轻松不起来。这个点了，孩子们睡了没有？今天她第一天不在家，他们晚上怕不怕？他们现在睡了吗？没个大人在家晚上会不会有小偷？他们有没有把门窗关好？希望跟忧虑交汇，但愿自此生活会慢慢好起来吧。

十四

妈妈走过山湾消失在视野，三个孩子望着马路延伸的方向黯然地看了很久很久很久。

妈妈出去做事了，家里没有一个大人，但生活还是得继续，今后他们三个得自己照顾自己。做饭、洗衣、劈柴、担水，田里土里的农活都落到了他们身上，这些家务跟农活早已习惯，他们也不认为这有什么难的。但妈妈出去了，家里没有个大人，心理上没有半点依靠，这才是他们畏惧的真正所在！哎，对这样一个家庭，现在这个局面又有什么办法了！

三个孩子站在地坪里默然不语，好久高玉兰才打破了这个沉寂。

“弟弟妹妹，妈妈出去了就出去了，妈妈出去是给我们挣钱，有大姐在家，大姐会照顾好你们的。”

高春兰、高翔抬起眼皮看了眼大姐，心中的慌乱似乎有了点倚靠。

“你们赶紧写作业吧，学习上不要分了心，你们只管用心学习，家里有大姐了。”

妈妈出去了，家里的氛围跟节奏一下子变了。以前写作业常要妈妈督促，现在没人督促。妈妈出门前再三嘱咐他要好好学习，不能辜负妈妈的期望，高翔搬条凳子写作业，但心思久久地回不到书本上。过去老想着什么时候妈妈不在家可以偷偷懒，现在妈妈真的出去了，但还有偷懒的心情吗？

中午吃饭的时候大姐叫他去碗柜拿碗盛饭，他想也没想拿了四个碗，等盛好第三碗饭后才发现多拿了一个碗，一下子默然沉思了好久。生活已经发生了变化，这变化得慢慢去适应。

白天想着妈妈，想着妈妈什么时候能到市里，想着妈妈有没有在麻纺厂安定下来，这个滋味是他们以前没有过的，原来这就是思念母亲、依恋母亲的滋味！

夜晚来临后，妈妈不在家，晚上又停电了，煤油灯盏豆大的灯芯上的火苗驱散不了多少黑暗，三个孩子把门拴上坐在煤油灯旁，心中的害怕得表现得镇定自若来彼此鼓舞。洗漱好后，吹灭煤油灯上了床铺大睁着眼，门外稍微一点声响他们都会凝神屏息地竖着耳朵听着，外面是不是有贼？要是妈妈在家多好！这些以前从没有过的担心萦绕在心头，夜晚在忐忑跟不安中入眠。

第二天高翔醒得最晚，起床到灶屋，二姐在烧火，大姐炒着菜，早饭很快做好了。

“你们赶紧吃了饭去读书，虽然妈妈不在家，但你们只管安心读你们的书，姐姐在家里守屋，屋里的事姐姐会做好的。”高玉兰见高春兰还在收拾着家务说道。

吃过早饭后高春兰、高翔背着书包去学校，高玉兰留在家里负责把这个家操持起来，原来妈妈承担的角色现在落到了她身上。每天想着给弟弟妹妹做什么菜，做菜时得想着油能够少放就少放，妈妈说是一个月领了工资就回来，但万一要是一个月没有回来怎么办。未雨绸缪，不敢多放啊。以前身上有点零花钱总忍不住要去买零食吃，现在她身上有妈妈给的五十块钱，但这断不敢随便花出去，今后有个什么急事，全靠这五十块钱撑腰！

就这样，三个孩子开始了母亲不在家里的生活。高玉兰每天早早起来给弟弟妹妹做好早饭热在锅里，然后出去忙土里田里的农活了，常常等他们吃过早饭去学校后，她才回来随便吃一点，吃完早饭又马上得忙各种各样的杂事，要把一个家操持起来可不容易。

对高春兰、高翔，现在妈妈出去给他们挣钱去了，以前上课总还要讲小话，总是想着怎么能够轻松点、好玩点，现在上课却多了些沉重感，他们再没有想着玩跟偷懒的心思。尤其高翔，妈妈说的那几句话时常在脑海中浮现，他不得不每堂课都听得认认真真，回去后马上写作业，做完作业后赶紧帮着大姐干农活跟家务。生活的方方面面都要靠他们自己，只有辛勤的劳动，才能在艰难中争得生活的一点空间。

一开始他们只要闲下来总会时不时地想念妈妈。生活中有什么争执跟不懂的时候，他们总会说到要是妈妈的话会怎么做或者妈妈之前是怎么跟他们说的。本来这份思念都只是在各自的心里，但这样提到妈妈，三个孩子瞬间都不由得感伤，在这个氛围下，他们都不再言语，这个话头也就此打住。生活得往前看，心中的波动得克制着平息下去，妈妈不在身边的日子他们得慢慢去适应。

时间一天天过去，妈妈不在家的日子长了，生活教会你不得不开始渐渐习惯。习惯了盛饭时只拿三个碗，习惯了做事不懂时得自己拿主意去摸索，他们也习惯了夜晚时的害怕跟夜深人静时屋外把他们惊醒的声响……当一切都习惯之后，生活再难也能生存下去吧！也许正是经历了生活的艰难，才会对生活的美好跟希望愈加渴望。

慢慢地，他们言语中基本上避免提到妈妈，以免触碰到心中思念的那根心弦。这份感情只能藏在各自的心里独自体会，感伤难免会让人低落，只是生活最好是用朝气跟笑脸来面对每一天。高玉兰尽可能把每天的事情都安排得妥妥帖帖，尽量给弟弟妹妹营造一个跟妈妈在家里时没有多大区别的氛围。只要一家人同心同力团结在一起，劲往一处使，现在这个局面应该只是暂时的吧？他们总有一天会成长起来的。

上班、下班，每天穿着工作服在生产车间踩缝纫机，几天的新鲜感过后，王丽华开始习惯工厂的生活。看着别人踩缝纫机时觉得轻松，但当长时间坐在那里的时候滋味就不一样了。也许厂里的劳动强度跟在家里操持家务干农活相差不大，但是在厂里上班毕竟是带来了更多的希望，每个月月底能有一笔稳定的工资啊！

厂里的日子一天天过去，王丽华也慢慢开始察觉到厂里的一些情形。她们同寝室的许姐总是来得晚，走得早，但厂里的领导并不管她。刚开始她还跟同寝室的小刘问起，但不久也习惯了，看来住市政府大院的确实不一样，这也许是王丽华第一次感受到某种特权。还有个不能理解的，说起来都是厂里的职工，但是有一批职工总是能提早半个小时去吃饭，除了踩缝纫机之外，如果还有什么要干的活，那批能提前吃饭的员工都是不沾边，而不能提早吃饭的那批职工也不用吩咐，都主动去做了。这样的不解让王丽华迷惑了几天，但很快她知道了，原来这区别在有编制跟没编制，又突然记起第一天来的时候高至春就跟她说的，原来做同样的工作，付出了同样的汗水，但是还有这样的区别。

厂里的工作任务并不重，工作之余休息的时间算是不少。但是因为身份的差别，中间就有了对比。虽然闲暇时间不少，但总没有人会厌倦这份闲暇。这不重的工作任务下，有编制的职工休息的时间总是更长些。王丽华想着自己是什么背景，她没有资格跟别人比较。她刚来不久，得把工作认真做好，给领导们给同事们留下好印象。抱着这样的想法，工作她丝毫不敢怠慢，另外有什么杂事总是抢着做，这当然给她在老员工间留下了好印象。一些员工在她的感染下，本来老是等着别人去做的事也开始主动做了。人非草木，当你对人心怀善意时，别人总会感觉到，总会有相应的回馈吧！

白天黑夜在不断轮替，不知不觉将近一个月过去了。这一个月里，工作已经上了正轨，刚来时的新鲜感已经淡下去。虽然合同工比有编制的职工任务多，但也没有最初进厂时想象中的多么忙碌，工作有些单调，工作之余的时间免不了想家。这是她跟孩子们第一次长时间隔这么远，孩子们在家里生活还好吗？他们能不能照顾好自己？一日三餐有没有按时吃？自己不在家里，田里土里的农活他们会不会做，忙不忙得过来？春兰跟高翔有好好学习吗？这些老问题交织在心中，自然而然地多了牵挂。王丽华想着等这个月月底发了工资就回家看孩子们。

将到月底，离发工资的日子一天天地近，每天都多了期待。照进厂时签的劳动合同，一个月的工资有四百多块钱，四百多块钱跟之前的收入比起来那是不少了。照这样下去，一年有将近五千块钱收入，除掉开支，每年总还能存一点钱。这样下来儿女将来上高中、上大学的钱都能存出来。王丽华心里算着账，生活从来没有这么富有希望。这段时间她心情都好了很多。

这天，中午吃过饭回寝室休息，小刘跟许姐在聊着天。

“许姐，厂里这个月的销量怎么样？”

“好像没有什么起色。小刘，你要是有门路最好早点换个单位，现在的效益是一天不如一天，你还要结婚了，可不要因为工作单位妨碍了终身大事。”

小刘跟许姐都是可以早她半个小时去吃饭的，这会她们估计都已经休息好了。王丽华躺在床铺上闭着眼睛听着她们的谈话。

小刘等了一会儿说道：“没什么门路，进这个厂都是我爸找了多少关系才进来的。刚进来时还好，以为终于捧到铁饭碗了。这才几年，一下子就是这个情形。哎，我男朋友也不知道是因为在一起的时间长了没激情了还是怎么的，最近跟他说起婚事，都不怎么热心。”

“你有跟他说咱们厂的情况吗？”

“有时候回去会抱怨几句。”

“他是不是嫌你工资没有他拿得多，或者咱们厂的前景不如他的单位？”

“这个，这个那我不清楚了。”小刘支吾着。

“听我男人说现在厂里欠银行不知多少钱，现在银行在催账，这事都闹到市政府了，这次不知道市财政会不会兜底。我们这个月的工资又不知道会拖到几时发！”

听到这，王丽华精神集中起来。

“应该会兜底吧，这麻纺厂还不是政府的。企业、银行、政府本是一家人，虽然有点矛盾，在家里吵吵嘴，但应该还是会兜底的，难道还能真的撒手不管？我妈妈还催着我这个月交点钱给她，说是我准备办嫁妆。”

“那小刘你早点做好心理准备，我男人说这次情况复杂，问题不好解决。再休息会吧，下午还得磨几个小时洋工。”

“还是许姐的日子好，做不做事领导都不敢说你，我还不敢那么明目张胆地磨洋工。”

“我每天从市政府来这跑一趟也就是打发下时间，不然一个人待家里多无聊。给自己找点事干，也领份工资，共产党的钱，不领白不领。”

王丽华躺床铺上听了这番话，原本期盼的心情多了疑虑。政府办的麻纺厂还要拖欠工资，这不是她之前想象中公家单位的情况，许姐跟小刘是在开玩笑吧？接下来的日子，王丽华继续盼着月底发工资的那一天。

月底的日子临近，同事们脸色一个比一个难看，结合之前许姐跟小刘的谈话，王丽华也感觉到了什么。不久这个月的工资得延迟发的消息在同事们之间传播开来，大家纷纷抱怨。王丽华本想着拿到工资请两天假回家，现在什么时候能回家？想着出门前跟孩子们说的妈妈发了工资就回来看他们，现在一个月过去了，孩子们在翘首等待着她吧！如果她没按时回去，孩子们会怎么想？想到这，她不由一阵心痛。

到了本该发工资的日子发不出工资，这天大家上班都死气沉沉，怨气结在心里，只等着一个突破口好发泄出来。厂里工会的负责人马上过来说明情况，勉励大家好好工作，财务处会尽可能快地把工资发下来。之前听来的流言现在证实了，王丽华心情有点郁结，但又有什么办法。出门前跟孩子们说过一个月就回去看他们，现在工资没发，能空着手回去？一个月到了没回去，孩子们会不会担心？会不会以为妈妈不要他们了？如果他们这样想的话，会不会对生活失去信心，就此灰心丧气？想到这，王丽华才发现问题的严重性，这个月的工资什么时候发下来已是一个关乎生活希望的大问题。

原本带着生活的希望进厂，想不到现在照旧是难堪的局面。工资到底什么时候能够发？想着在家里等待的孩子，对钱的渴望从来没有这么迫切。原本上班还带着一份骄傲跟自豪，现在这个局面，职工们脸上都没有了之前的笑容，休息之余大家都在纷纷议论着厂里的形势。平常有编制的职工跟合同工比起来有不少的优越感，现在他们的摇头叹息自然比合同工们来得更为沉重。对他们来说，麻纺厂这个铁饭碗可是他们一辈子的依托，要是砸碎了怎么办？今后再去哪里找铁饭碗，再去哪里吃大锅饭？这么多年来寄生在麻纺厂，他们习惯了洋洋洒洒但又能有高工资、高福利的日子，万一厂子垮了，再有哪个单位会让他们寄生？他们多没有其他生存的技能，只有靠着麻纺厂这棵大树才有安全感啊！

自提出建立市场经济制度以来，社会的活力在一步步地激发。参与市场的各个主体都得根据市场形势作出相应的调整，自由竞争，优胜劣汰，从而提高资源的利用效率，为社会创造出更多的财富。麻纺厂因为固有体制机制的束缚，遭遇了前所未有的挑战跟危机！

十五

墙上的挂历每撕掉一张就离妈妈回家的日子近一天，三个孩子看着挂历上的日期倒数着妈妈回家的日子。每过一天，就离他们的期盼近一天，心情也就越来越不平静。妈妈出去快一个月了，马上就要回来！他们多希望能快点见到妈妈，每天都掐算着日子，这个期限总算要到了。当翻日历时发现满一个月的那天正好是月考后放假，这对高春兰跟高翔来说又增添了几分欣喜。

妈妈将要回来的日子一天天接近，高玉兰一天比一天忙碌起来。每天早早起来给弟弟妹妹做好早饭后就去忙田里土里的农活，田里的杂草、田垄上的杂草、菜园里的杂草都要除得干干净净。田里除草之后又撒了一次尿素，几天来禾苗明显长了很多。菜园里的草除过之后，她又忙着松土施肥，禾苗跟蔬菜都长得好，到时妈妈看到会夸她，妈妈会放心让她在家里照顾弟弟妹妹的。妈妈在外面给他们赚钱，不能让妈妈还担心着他们。每天起早贪黑累得腰酸背痛，田里土里的农活总算都做得像模像样了。

一天吃过晚饭后，电视里正播着歌唱点播，高玉兰说话了。

“你们俩最近学习怎么样，成绩没有退步吧？”

“还好吧。”高春兰、高翔先后说着。

“不能还好，得努力把学习搞好一点。妈妈月底就要回来了，你们不好好学习的话，妈妈问起来怎么说？”

大姐这句话触动了高春兰跟高翔，是啊，他们得好好学习，不然怎么对得起妈妈、对得起大姐！

在对妈妈的期盼中，高春兰、高翔作业写得越来越认真，字也写得更加工整，希望妈妈回来问起他们的学习情况时他们能自豪地说出来，等妈妈看到他们工整的作业时妈妈会夸奖他们。

在一个月将近的日子，他们三个把屋里好好打扫了一遍，家具跟窗户擦得干干净净。高玉兰还想着妈妈回来的那天去供销社买几个什么样的菜。那五十块钱一直没有花过，但妈妈出去了一个月回来当然要做几个好菜，他们满怀着期望等待着妈妈。

照妈妈出门时说的过一个月发了工资就回来看他们，一个月到期的这个日子终于盼来了。今天，是妈妈出去整整一个月的日子。一个月来，妈妈虽然不在家里，但家里还是有模有样。最开始时他们还很是慌张跟不适，现在一个月过去了，证明他们能照顾自己，他们能让妈妈放心，他们长大了。

妈妈从市里回来，估计到家的时间应该是中午，得准备一餐丰盛的午饭招待妈妈，高玉兰一大早就去了供销社。供销社早上聚集着村里大部分的买卖人，是最热闹的时候，当然也是商品跟货物最多的时候。

买好菜回来，等太阳把露水晒干后高玉兰又去菜园摘了好几样蔬菜。把菜掐好、切好之后，他们搬着凳子坐到屋檐下。此刻的等待是多么美好，三个孩子心里洋溢着欢喜，目光全都聚焦在转角的山湾。

太阳越来越高，初夏的天气有了几分炎热。阳光下，山野一片苍翠，碧绿的田野积蓄着蓬勃的生命力。他们张望着山湾，太阳一点点在往南边的山头移去，不知不觉快接近中午了。

“妈妈就快回了，我们先把饭煮好，等会儿妈妈回来就只要炒菜。”高玉兰说着淘米去了。

饭煮好后，他们又坐到了屋檐下。已接近中午，在田里忙着的人都回家休息了，远处的马路跟田野都难看到人影。都这个时候了，妈妈应该马上回来了，三个孩子期盼的心情越加强烈，妈妈很快就会到家，他们很快就能见到妈妈了！

时间一点点地过去，这个时段期盼的心情随着时间的推移变得越来越炽热，每多过一分钟，就离妈妈回家近一分钟。他们时不时地去看放在电视机旁的石英钟，时间的过去表示离他们的期望就更近。就这样，在时间的分秒中，三个孩子满含着期望远望着山湾的拐角。

太阳越来越高，不知不觉已是晌午。村里的人家屋顶上先前冒着的浓烟淡了下来，大概午饭都已经吃过了吧。这个时候，三个孩子肚子也有点饿了。

“大姐，妈妈应该快回来了，要不要先把菜炒好热锅里，妈妈回来就不用等，到时端出来就能吃。”

鱼跟肉已经在炉子上煮着，要炒的只有几个小菜。

“不用，小菜炒起来很快的，炒好了热锅里等会儿不好吃。”

高翔不再言语，炉子上煮着的鱼跟肉飘出来的香味忍不住让人嘴馋。

石英钟里的秒钟滴滴答答地响着，时间在分分秒秒中过去。不知过了哪一个时点后，先前满怀心喜的等待开始变得焦虑，都这个时间了，妈妈怎么还不回来？高玉兰进房间看石英钟，已过了下午两点。

“弟弟妹妹，你们肚子饿不饿，要是饿了姐姐先给你们炒几个小菜吃饭。”

“不饿，等妈妈回来一起吃。”高春兰、高翔几乎同时说着。

就这样，三个孩子坐在屋檐下继续张望着转角的山湾。随着时间的过去，心里的焦虑变得越来越强烈。妈妈在市里的工作怎么样？妈妈怎么这个时候还不回？妈妈在外面一切都还好吧？妈妈出门时说过一个月发了工资就回来看他们，怎么现在还没回？妈妈不会不要他们了，不再回来了吧？

太阳在往西边的山脚靠去，先前的期盼慢慢被慌乱跟不安取代。这点慌乱跟不安藏在三个孩子各自的心里，心里都很害怕，但又都不敢说出来。好在这一天并没有过去，阳光给世界照出来的这份明亮总算给人保留着一点希望。

“弟弟妹妹，你们在家里，我去路上看看，妈妈应该快回来了，我去供销社门口等妈妈去。”

“我也去。”高翔站起来说着。

“我也要去。”高春兰接口说道。

于是，高玉兰把炉子上热着的吊锅子端下来，把炉火熄灭了，又把正门拉上挂上了锁，三个孩子一行往供销社走去。

“妈妈没有赶在中午前回来，那妈妈估计是下午从市里动身，晚上能赶回来的。”高玉兰边走边跟弟弟妹妹说着。

“可能上午出发到车站没坐到车吧。”高春兰接口说道。

阳光下的影子拉得越来越长，光线已经没有了晌午的热度，一阵风吹来，凉爽爽的。山野跟田地在这初夏的季节是一片惹人欢喜的翠绿。十几分钟后，三个孩子走到了供销社。

供销社门口的公路连接着邻村，是跑市里的班车的必经之路，妈妈坐车回来肯定是在供销社这里下车。他们走到供销社门口，供销社地坪里的牌桌子边上围了好几圈人，胡建明堂客范晓琪站在柜台边神情悠然地嗑着瓜子。三个孩子站在供销社地坪里，张望着班车开来的方向。

公路上，时而开过的卡车跟拖拉机总是扬起厚厚的灰尘，道路两边稻田里的禾苗都沾上了一层厚厚的泥灰。为此，范晓琪总是会隔一段时间就往供销社前面的公路泼几瓢水，这几瓢水总算是止住了一部分的尘土。

三个孩子站在地坪里，只要是远处车子开过来的声音都会让他们激动，这份激动等车子出现在视野才发现是空欢喜了一场。每天跑市里的班车并不多，他们站在供销社门口，路上开过去的都是卡车、三轮车跟拖拉机。

范晓琪见他们站在地坪，边嗑着瓜子边走过来问道，“你们在这干嘛？”

按照村里大多数堂客们的标准，范晓琪的衣着是艳丽的，高翔看不惯这个堂客们的行为举止，对她有些排斥。猛然间又想起小时候妈妈跟他说的他在妈妈肚子里的时候村长胡建明要妈妈去把他引产，这个堂客们是胡建明堂客，想到这，高翔对她带有一份厌恶。

“妈妈说今天回来，我们等妈妈了。”高玉兰说着。

“都这个时候了。”范晓琪又看一眼挂墙上的钟接着说道，“现在都三点半钟了，顶多还有两趟回来的车。”

三个孩子没有接话。

范晓琪接着问道：“你们妈妈真去市里麻纺厂了？”

“嗯，去了一个月了，妈妈说……”

高玉兰还要接着说，看弟弟的眼色打住了。

范晓琪见他们不再说话，绕着牌桌看了一圈牌，又坐到了柜台里面。

满怀期盼等着妈妈回来，现在这点期盼全部寄托到了开回来的班车上。

大约半个小时过后，远处一辆班车车尾扬起厚厚的灰尘开了过来。这都什么时候了，妈妈应该就在这趟车上面，三个孩子低落的神情一下子振奋起来。班车载着他们的希望，越来越近，越来越近，这个时候，班车车尾扬起的灰尘也成了一道风景。

班车在供销社面前停下来，他们三个马上走到了车门边。

乘客上上下下，就是不见妈妈从车里下来。三个孩子急迫想见到妈妈的希望在散去，等售票员关上车门，妈妈没有在这趟班车上是确定无疑了，他们只得颓丧地走到供销社地坪里，心里是言说不了的苦涩跟失落。

弟弟妹妹愁眉苦脸，高玉兰振了振精神说道：“没关系，应该还有几趟车的，妈妈可能工作忙，回得晚一点而已，我们就等着吧。”

等着妈妈回来吃饭，他们中午饭也没吃，现在天都快黑了。

“你们饿不饿？”

没等弟弟妹妹回答，高玉兰进了供销社，再走过来时手里拿着两个法饼跟一包情人梅。

“肚子饿了吧，你们一人一个。”高翔率先接过法饼吃了起来，他肚子饿了好久了，只是没好意思跟姐姐说。

“妹妹，你的。”高玉兰递了过来。

“你的了？”

“我不饿，你们吃。”

高春兰接过来把法饼掰成了两半。

“一人一半。”高春兰递到了姐姐面前。

“你吃吧，我不饿。”高玉兰推脱着。

“我也不饿，我一半就够了。”

看着妹妹诚恳的脸色跟眼神，高玉兰把一半法饼接了过来，这个时候高翔的法饼已经吃完了。

他正要跟大姐说他肚子还饿，但看到二姐的法饼分成了两半，瞬间脸羞得通红。

“弟弟，你吃吧，姐姐肚子不饿。”大姐把半个法饼递了过来。

嘴馋得实在很想吃，但二姐都把法饼掰成两半给大姐一半，他已经不好意思，怎么还能吃二姐给大姐的。

“我不饿，你吃吧。”说完目光落到了大姐手中的情人梅上。

高玉兰看了眼手中的情人梅给了高翔，高翔数着情人梅的粒数，算出了平均数，这次他不能多吃了。

他们就这样站在供销社的地坪里，也不知过去了多久，反正围着看牌的人越来越少，太阳已经贴到了不远处的山尖上。

乡村公路上的车并不多，村里跑市里的车每天只有那么几趟，照刚刚范晓琪说的，应该还有一趟车的。从早晨盼到了傍晚，只要妈妈回来，就算回得晚一点，他们所有的期盼跟等待都是值得的。

太阳在沉落，田野里洒上了层金色的光辉，地坪里的那桌牌已经散了。不久薄暮笼罩，天虽然还未完全黑下来，但供销社已经拉亮了电灯。

“你们还在等啊？”范晓琪大声问着。

高玉兰有气无力地应了一声。

“今天还不晓得有没有车，按平常的情况应该还是有一趟的。”

听到这句话，三个孩子黯淡的心情还保有一点点希望。

夜色在渐渐笼罩，供销社亮着的灯火越加显得明亮。三个孩子站在夜色中，多天的期盼此刻给人的却是孤独跟失落。妈妈怎么还没回来？

今天还会回来吗？说好的一个月拿了工资就回来的，怎么说话不算话，不会真的不要我们了吧！想到这，高翔不由得害怕！妈妈如果不要我们了，不再回来了该怎么办！妈妈在麻纺厂过得怎么样，会不会是很辛苦没有时间回来？可能是因为妈妈工作太忙吧。强烈的危机感不得不让人往另外的方向想一想，好稍稍减轻心里的负担。

胡建明单车骑到地坪里下来了，他瞥了眼他们问道：“你们在干嘛？”

高玉兰回答了。

高翔看着胡建明，这个人就是当初拉妈妈去卫生院要把他引产的村长，这个时候高翔心里突然满是仇恨。借着夜色的掩护，他怒目注视着胡建明的背影，胡建明推着单车进店里去了。

夜色已很浓重，时而开过来的车辆的车灯照得人眼花。在习惯了失望地等待后，总算开过来一辆班车，三个孩子萎靡的精神一下子抖擞起来。

班车越来越近，车灯照花了眼，他们不得不往地坪里面退了几步。

等班车在供销社门口停下来，三个孩子快步走了上去。

好几个人下了车，但是就是不见妈妈下来。难道妈妈没有在这趟车上？

高翔正这样想着，陈建平妈妈刘楠挑着两个菜篮子下来了，刘楠今天担了一担菜瓜跟香瓜在市里卖完了。刘楠见他们三个在班车边像是等人，问道：“你们等谁了？”

“等妈妈。”高翔说道。他时常去陈建平家玩，对陈建平妈妈比较熟悉。

“你妈妈不在车上。”刘楠说着。

妈妈不在车上？等了一整天，这是最后一趟车了，妈妈不在车上。来不及多想，高翔没等乘客下完就挤上了车厢。

车厢里的灯没有开，借着供销社那边照过来的一点光线，车厢里朦朦胧胧。

“妈妈、妈妈……”高翔边喊着边往车厢里面走，但是并没有人接应。他走到车尾把每个人都仔仔细细看了，就是没有看到妈妈。

“找妈妈啊，你妈妈没有在这趟车上。”售票员说着。

“这是高冬九的崽吧？”有人说着。

“他爸爸死了，难道现在妈妈也出去不回来了吗？”又有人接口说着。

高翔听到这句话，心里一阵惊恐！

下车的乘客很快下完了，班车还要开往南山坡。

“下去吧，你妈妈没有在这车上，再不下去就开到南山坡去了。”

高翔愣了几秒下了车，两个姐姐看这个情形已经目光泛泪。

怎么办，现在天都黑了，妈妈还没有回来，这是今天最后一班车了。

范晓琪端着饭碗拿着椅子坐到了地坪里。

“你们妈妈没有在这车上吗？这是今天最后一趟车了，你们早点回去吧，都煞黑了。”

三个孩子望着公路延伸的方向没有作声。

等待了一个月，本来想着今天能见到妈妈，但是现在这一个月的希望跟等待落了空，心中是难言的滋味。

怎么办？都等了一整天。他们站在地坪里踟蹰着不知如何是好。满心等待着妈妈回来，现在却没有看到妈妈的身影，难过、担心。妈妈出门时说好的一个月回来，怎能说话不算数。

“你们还站这里啊，快点回去吧，今天没车了。”范晓琪又说着。

姐弟三个你看我，我看你，又都看着公路往市里延伸去的方向，沉默了会儿后高玉兰说道：“弟弟妹妹，都这么晚了，我们回吧，在家里等妈妈也是一样的。”

往回走的脚步是异常沉重，公路上偶尔响起汽车开过来的声音带给他们希望，但是汽车并没有在供销社门口停靠，这想象中的希望跟一股风一样飘过去了。

夜色已经完全笼罩下来，三个孩子心里满是伤心失落，他们相跟着在夜色中往家走去。一路上都在想着妈妈为什么没有回来，但又都没有开口，生怕开口说出来会把心里仅有的那点支撑打碎掉。

高翔跟在姐姐后面走着，等了一天却没有等到妈妈，这个感觉是从来没有过的，失落、想念、担心、怨恨……说不清是什么滋味，脑子里想着妈妈的样子，妈妈说话不算数，一股强烈的悲伤涌上心来。

“姐姐，妈妈怎么没有回来，不会真不要我们了吧？”

静谧的夜色中这句话像声惊雷，高玉兰、高春兰都告诫自己不要有这个想法，现在弟弟把这个问题抛了出来。她们相互看了一眼，但目光立马闪开了。

惊雷过后是长时间的沉默，他们照着先前的速度往家里走着。气氛这样压抑，高玉兰缓了缓后强忍着心里的难过，露着笑脸故作轻松地说道：“妈妈今天应该是有事脱不开身，说不定明天就回来了，再说今天也还没有过去。不管怎样，有姐姐在家，家里也还有钱，妈妈就算迟几天回来也没事的。”

高春兰、高翔若有所思地看了大姐一眼。

这时候，从后面传来了车的灯光，他们往后看了看靠边走着。

车子越来越近，很快开了过来。

在经过他们时，车突然停了下来。三个孩子回头看，原来是胡致富开的“慢慢游”。

“顺路，坐我车上吧，我带你们过去，懒得走了，天这么黑了。”

胡致富的“慢慢游”经常在村里的马路上跑，三个孩子对他的“慢慢游”还是很熟悉的。

“上来吧，反正顺路。”

“那我们就搭个便车吧。”高玉兰见胡致富这样热心跟弟弟妹妹说着。

于是三个人坐了上去，胡致富把他们送到了屋门口的马路上。

打开门，拉亮电灯，满怀着希望出门，现在却都神情黯然，无精打采。高玉兰坐了会儿后划着火柴在灶堂里生起了火。

“妹妹，你来烧火，我炒菜。”

几个小菜很快炒好了。

盛好饭后，高翔把菜端到了桌子上。高玉兰把上午吊锅子里煮的白干子煮鱼跟肉倒到了炒菜锅里。

“我们就吃小菜，鱼跟肉等着妈妈回来吃。天气热，在里面煮点酸豆角放的时间长一点。妹妹你再烧几灶火。”

高玉兰说完拿着碗揭开坛子拿出了小半碗酸豆角。

鱼煮酸豆角的气味飘荡在屋里馋得人流口水，但得等妈妈回来才能吃，妈妈什么时候能够回来了?

三个孩子无时无刻不在盼着妈妈能够早点回来。只有妈妈回来了，才能证明妈妈这次出去不是一走了之，妈妈还要他们，还爱他们，他们一家人还是抱在一块儿的!

十六

等着妈妈回来，每天的日子都像是变长了。高玉兰忙着家务跟农活的间隙，总是会时不时往转角的山湾张望。高春兰、高翔在学校里上课，在课本上看到“妈妈”这个词时总是一阵怅然。妈妈什么时候回来了？还回不回来？

《基督山伯爵》结尾的名言说人世间最大的智慧是希望跟等待，可是这不知道结果的希望跟等待，这中间难熬的滋味也只有等待的当事人能体会。希望？等待？希望跟等待？有没有希望？又要等待多久？在未知面前一片茫然，时间长了，茫然带给人的是无助跟失望。

妈妈出门前说好的日子没有回来，一开始的盼望一天比一天强烈，但是时间过去，这份强烈的盼望越来越蒙上了失望的色彩。在习惯了每天的失望之后，家里的气氛一天比一天低沉。

妈妈不知道到底还回不回，出门时准备了一个多月的米跟油，米缸现在快要见底，油剩得也不多了。要是米跟油都没有了，妈妈还不回来该怎么办？他们该怎么生活？高玉兰每天做饭看着越来越低的米缸跟油桶，时不时地心慌。炒菜的油可以少放点，但饭总不能少煮吧。高玉兰操持着这个家，这些生活的基本问题全落到了她身上。弟弟妹妹要上学，不能让他们为此分心。

每天都是精打细算，但米跟油总是一天比一天少。妈妈出门前给的五十块钱就那天买了两个法饼跟一包情人梅，剩下的这点钱能买多少油！高玉兰管不了这么多了，能买多少就是多少吧。油买回来后，身上只剩下打米的钱了。

习惯了等待的失望，但这失望之中也得多几分坚强。离妈妈说好回来的日子过去十多天了，不如朝好的方面想，妈妈是在忙着工作没有时间回来看他们吧。妈妈在给他们赚钱，他们应该牢记妈妈出门前的嘱咐，对生活充满希望，尽量把家营造得跟妈妈在家时一个样。希望给人信念，等待给人结果，在结果没有出来之前保持信念，看来人世间最大的智慧是希望跟等待也有几分道理。

油已经买了，米缸里的米一天天少，得去打一担米回来。高玉兰担不起一担谷，她等着周末弟弟妹妹不上学时，三个人用扁担轮换着抬一箩筐谷去陈世宝那打米。本来还担心他们个子不高，不能把谷倒到打米机里，但陈世宝不但帮他们把谷倒到打米机里，米打完后还帮他们用风车把米里的糠去掉了。生活虽然冷酷，但是也有人跟人的友爱，这点友爱像是寒冬中的一束阳光，总是给人带来温暖跟希望。

妈妈虽然没有如期回来，想念跟失落是免不了的。已是这样的情形，不如多抱一份希望，朝好的方面想，相信妈妈是因为工作忙，妈妈不会说话不算数的，妈妈有时间就会回来的。抱着这个信念，这也是支撑生活的信念，三个孩子得习惯妈妈不在身边的生活。时间拉长之后，他们相互之间总是避免提及妈妈，以免引起让人难过的感伤，对妈妈的想念都藏到了各自的心里，希望妈妈能早一点回来吧。

有一天，高翔放学回来走到村口，远远地看到村干部跟一个不认识的人站在他们家地坪里。今天是有什么事，村干部竟然上他们家门了。高翔一路带着疑问，不久就走到了家门口。

“你回来了啊。”村长胡建明说着。

高翔不知何解，村干部怎么会特意上他们家的门，照村长的口气，好像还是在特意等着他似的。他接应了一声，进屋里放下书包准备写作业。

“你等一会儿再写作业吧，曾主任有话跟你谈谈。”胡建明说着。

跟我有话谈，跟我有什么话谈？高翔很是纳闷，他从屋里走了出来。

“这是市里派下来的驻村干部曾主任，曾主任这次来你们家主要想了解一下你们的家庭情况及你跟你二姐的学习情况。”胡建明指着旁边一个戴着眼镜的年轻人说着。

高翔看着戴眼镜的年轻人，面貌和善，一脸的书生气，这是市里来的干部？看胡建明在他面前都是毕恭毕敬，高翔不由得对这个人有点敬畏。

“你是高翔吧，你妈妈怎么不在家？什么时候回来？”

“我是高翔，妈妈出去给我们赚钱了。”

“他爸爸去世几年了，这几年生活过得比较困难，没什么经济收入，他妈妈一个多月前去麻纺厂打工了，就留三个孩子在家。”胡建明一边说着。

“那他们这个情况你们村里有没有照顾一下，有没有跟政府反映反映？”

胡建明停了几秒说道：“曾主任，我懂的政策也不多。”

曾主任也没理胡建明，继续问道：“就你们三姐弟在家，你们能照顾好自己吗？”

“有大姐二姐了。”高翔轻声说着。

“那你们现在吃的穿的都有吧？”

“有，上个星期打了一箩筐米。”

“谁给你们打的？”

“我们自己用扁担抬过去的。”

曾主任看着胡建明，胡建明搓着手脸上带着窘笑。

“你学习怎么样？妈妈不在家有没有放松？”

“上课认真听着，老师布置的作业也按时完成了。”

“生活上学习上有什么困难吗？”

困难？对从小从困难中生活过来的人来说有什么困难不困难，困难已经习以为常，对这个问题高翔摇了摇头。

曾主任又问了些问题后叮嘱他要好好学习就走了。高翔也没有想着这是个什么事，搬着凳子开始写作业。

曾主任是区委组织部派到基层来挂职锻炼的，时间为期一年。这个挂职多是为了完善履历，为今后的晋升铺路。但对曾迪升来说，他是有事业心、有责任感的人，虽然确实是为了完善履历而来，但既然到了这里，能够做点事还是得做点事，为人民服务可不是一句口号，得脚踏实地去做啊。为此，来到村里几天，他已经把村里转了一遍，心里的问题也越来越多。

照理说，村里的每一块土地都种满了作物，没有一块闲地，田里山里都是满眼的翠绿，但是怎么村里就是富不起来？村里大多都是泥砖房，都改革开放这么久了，这个地方怎么没一点起色？区委组织部把他派到这里来挂职，他能不能想点办法，带领村民致富？这几天他大致了解了村里的生产形势，对村里的贫困户、五保老人也大致摸清楚底了。今天到高翔家来，就是为核实情况的。

曾迪升跟胡建明从高翔家出来后，又去几家五保户了解情况后往供销社走。

“这村里的贫困户跟五保户，你们村里有没有给予照顾？”

胡建明支支吾吾，“五保户国家有相关规定。但贫困户就没办法了，村里没这个钱，乡里也没有拨过钱下来。村里就算是有点钱，也得先把水渠修修。这几年，因为经费不够，水渠虽然年年修，但还是年年不畅通，为抢水，村民间时常闹意见。”

听到这，曾迪升紧皱了眉头，看来他不了解的情况还多着。

“村里都是好山好水，怎么就富不起来了？山上那么多树，干嘛用的，能卖钱吗？”

“卖什么钱，山里也没什么树，大多是蕨类植物，每年砍了做柴烧。”

“这么多山地不能带来经济效益，可惜啊。”曾迪升望着翠绿的山野，陷入了深思之中。他要在这里挂职一年，如果不做点事那就是浪费时间，虚掷光阴。但能做什么事？想来想去，他好歹是个硕士生，算个知识分子。村民之所以富裕不起来，恐怕还是因为知识不够，没有市场思维吧？想到这，他打下主意要给这里做点事了。虽然自己只在这里挂职一年，但要是在这一年里能有个好的规划，在一年里能给村民指出发家致富的方向，那这段经历也没有白过。拿了国家的工资，总要给国家做点事才不愧对那份工资吧。曾迪升跟着胡建明走到了供销社。

区里下派的挂职干部，胡建明当然不敢怠慢。他把供销社二楼的一间房收拾得干干净净让曾迪升住，曾迪升也是跟他们一块吃，这几天范晓琪接连做了好几天好菜。

回到供销社还没落座，范晓琪就端着两杯茶过来了。曾迪升、胡建明接过茶相对而坐，曾迪升喝了一口说道："像高翔这样的贫困家庭，父亲过世，母亲又不在家，我们当干部的要多操点心。还有高实华这样的五保户，我们更不应该忽视。"

胡建明从柜台拿了包精白沙打开，把烟递了过来。

"嗯，是了，无论是政策上还是道义上都应该多关心，只是村里这财务情况是有心无力，我读书不多，也不知道上面有没有相关的救助政策？我在乡政府是没听说过。"胡建明把这个问题抛了回来。

是啊，对这些情况有没有具体政策，曾迪升自己也拿不准。这种事找哪个部门，民政部？他也感到这问题棘手，要做点事不容易啊。

"村上的收入拿出来一点照顾一下他们不好吗？"

"这……村里的收入紧巴巴的，水渠还没有修。"胡建明支支吾吾地说着。

"村里像高翔这个情况的还有吗？"

"困难户有是有，但跟他们那样困难的倒是没有。"

"那高翔跟高春兰，村里给他们出一下学费好吗？最起码直到初中毕业。"

"这……曾主任，这个我当不了家，你要当这个家你当吧，等村里的干部到齐了，开个会跟他们都说一声。但村里哪有什么收入了，这实在是为难。"

听胡建明这样说，看来事情不好办，曾迪升想着能不能下次回家的时候跟在民政部门的老婆说说，看她那能不能想点办法，给予点照顾。

这样想着他又说道："村里这个情况，楼房都没有几个，外面好一点的村家家户户都是楼房，你们村干部一点都不作为吗？"胡建明自己住上了楼房，楼房是他骄傲的资本，要是人人都住上了楼房，他还能骄傲吗?

"我们这个村就是这个样子，没办法。"

"不能搞搞养殖业跟种植业？村里干部要多给村民想办法，要多惠农。"

胡建明挠着头发说道："我也没读多少书，上面有什么政策就执行。要我给村里想办法，怕没那个水平，怕把事情搞砸了。何况真要想做点事，让大家一起跟着我干，事情做成了还好，没做成的话那一辈子都会被人指着后背骂，这又何苦。事情做好了别人讲你几句好话而已，事情搞砸了一辈子都抬不起头。这个风险冒不起，还不如不做。我们村干部就算有什么好的想法，也不敢带着全村人一起干。"

两人又说了一会儿后吃饭了。吃过饭看了会儿电视，曾迪升上楼到胡建明给他安排的房间。躺在床铺上想着村里的泥砖房，又想着村民们劳苦的面容，心里十分不是滋味。他成长在城市，这番经验对他来说是新鲜的。以前只在书本上看到过对农村的描绘，现在他真实地感受到了农村的生活。作为对社会抱有热情，还想做一点事的下派干部，总不忍心熟视无睹。混日子是过一天，踏踏实实做事也是过一天，何不多做点事？曾迪升回想着村里的山丘跟田野，陷入了沉思之中。

村里之所以贫困，是因为没有经济来源。为什么没有经济来源？田里种的稻谷、山里的柴草树木自给自足是不错，可是完全没有转化为经济效益。怎么能开源，找一个或者几个收入口？照他的知识范围，得因地制宜种植经济作物，或者是办养殖场才能把土地的资源优势转化为经济优势。田里能不能不种水稻种别的经济作物？山里能不能种果树或者是其他值钱的名贵树种？想起来是可行的，曾迪升不由得一阵兴奋，但兴奋劲过后细想着具体的操作办法，才发现这个事情不是想的这么容易。想起来简单，但村民们会信服吗？会跟着去做吗？田里不种水稻种其他作物，吃的米哪里来？何况种其他经济作物也不是一蹴而就的。种植技术就算是有人手把手教，也得两三年才能学到家吧。山里种果树或者名贵树种，得把山重新挖一遍，等于是开荒。这得多少个工才能把山挖出来！可见，真要干点事，这前期的准备工作就是这样多，而一旦行动起来就没有退路了。这对村里来说是个大事业，恐怕得从长计议。曾迪升立马感到工作的困难程度。眼前的问题这么多，马上可以开展的还有吗？对了，村里的困难户跟五保户的情况他不是大致了解了吗，那么先给这些困难户跟五保户一点生活上的帮助，这应该马上可以办吧。开展作得需要钱，看来只能让老婆跟民政部门的领导说说好话，往这个地方拨一点款。既然到了这个地方，那就尽可能全心全意地为这里做点事情吧。曾迪升想着这些问题进入了梦乡。

接下来的两天，曾迪升还是在村里转悠着了解情况，并时不时地跟村民攀谈着，问他们有些什么困难，对生活有哪些想法，又旁敲侧击地说着田里不种水稻种其他经济作物行不行，把山开荒挖出来种果树或是其他名贵树种他们有何看法，村民们的反应大多是这个事情太大，不敢那么想。要改变几十年来的种植习惯，这需要魄力，真得慢慢来。曾迪升这样想着，眼前能做的工作显得越来越紧迫。其他的以后再议，当前给困难户跟五保户一些力所能及的帮助显得越发紧要。于是，曾迪升在周五的下午回了市里的家。

敲开门，他堂客陆露已经把晚饭做好了。

“你回来的真是时候，饭刚做好。在农村吃了不少苦吧？”他堂客热切地看着他说着。

“有什么苦吃，就到处转了转，当是农家乐。”

“哦哟，那也晒了几天太阳吧。”陆露看着曾迪升晒黑了的手臂说着。

休息了一会儿后，两人坐到了饭桌上。

边吃着饭，曾迪升把要求跟堂客提出来了。

“我下派的村里困难户不少，你们民政部门能不能拨点钱救助救助？不到村里看看，真的不知道竟然会困难到这个样子。有的孩子没父母在家，有的家庭炒菜油都不敢多放，有的五保老人现在还住着过去的茅草屋。我以前还老抱怨这不好那不好，了解了乡村的情况后想想生活就应该知足，像我们这样的日子算是不错了。”

“哦，现在知道要知足了吧。不过这个事得看领导，我一个办事员哪里能说得上话。”

“那你下周上班跟你们领导说说吧，要能帮村里做点事，我心里也稍微舒服一点。”

曾迪升周末在家里休息了两天又回到村里。几天后，他堂客打电话到了供销社。陆露在电话里对他说民政局领导同意拨一笔钱到村里，但条件是得有市里或者省里的媒体追踪报道，媒体报道的这个任务得由他负责联系。挂断电话后，曾迪升赶紧联系他在市里电视台的同学张耀辉。这些准备工作做好后，几天之后民政局的领导下乡慰问来了。

民政局领导到村里的前一天，村里的学校搞了次大扫除。民政局领导到学校后，校长把全校学生集中到操场。家庭困难的学生一一都上去领了一笔慰问金（这笔钱在摄像机拍完后都上交到各班班主任，用作以后的学费开支），市电视台的摄像人员把这一切摄下来准备在接下来的新闻里播出。高翔接过慰问金，虽然摄像机拍着让人不自在，但好歹有一笔钱，他心里还是开心的。民政局领导在学校发完慰问金后，又去探访五保户，电视台的工作人员扛着摄像机相跟着往五保户家走去。

记者扛着那么大的摄像机来村里拍新闻，村民在各家屋檐下看到这个阵势都觉得新鲜。有的没事的年轻人特意跑过来跟到摄像机前面，就为能在新闻里面露露脸。慰问完五保户后，相关的新闻素材也足够了，民政局跟电视台的人员上了车扬尘而去。

电视台来村里拍新闻，村里人津津乐道，这个话题好几天都没有平息下来。那几天，大多数的人家等六点一到天天守在电视机前看益阳新闻。等到第三天，益阳新闻里终于播出了这一段新闻，村里人看到电视里熟悉的人物跟村貌，激动不已。尤其那些在电视新闻里露了脸的人，甚至都有些飘飘然地认为自己成了一位什么大人物似的。

十七

王丽华出门前说一个月后领了工资就回家看孩子们，现在工资没有发，当然回去不了。可能她也没想到孩子们对母亲的期盼之情会是那么强烈。到了发工资的日子没领到工资，最初进厂时的热情被失望跟沮丧替代，这几天来，她心情灰暗。但有什么办法了，虽然是推迟发，但总是会发的吧？有一个希望在前面让人等待，来麻纺厂的意义总算还在。

工资不能按时发下来虽然已经不是第一次，但是不用说，到了这一天手里没拿到钱心里还是不是滋味。几天来，职工们情绪低落，抱怨跟不满，都在窃窃私语，有的退休职工更是找到厂长办公室去了。

“树人啊，这个月又是怎么回事，工资怎么又发不下来？职工们都在抱怨，说怎么厂子到了你们年轻一代手里倒是走了下坡路！”李国全推开厂长办公室说着。

王树人见以前的老领导李国全来了，忙站起来示意老领导坐，又赶紧倒了一杯茶放在座位边的茶几上。

李国全今年七十岁了，退休前担任麻纺厂的副厂长，那时候正是王树人的直接领导。王树人能坐上厂长这个位子，也多亏他的提拔跟保荐。现在老领导来了，王树人自然不好怠慢。

“怎么让您老上门来了，都怪我们工作没做好。”王树人搓着手不好意思地说着。

李国全喝了口茶接口说道：“现在是个什么情况？你想想十多年前我们那个领导班子把厂里经营得多好，那时候是全市的纳税大户，多红火。你跟我这么多年难道没学一点吗？现在是个什么情况，怎么一天不如一天，这个月的工资什么时候能发？好多同事要我来问问你，他们都等着工资买油买米了。”

“这个月贷款到期，银行正催着，厂里在想办法应付，工资只能迟一点发，厂里效益不好，我也没半点办法。”王树人话说得没一点底气。

“多少贷款了？”

“恐怕今年的销售额都还不起。”

“这么大的数字！”李国全吃了一惊，他叹了口气又接口说道：“你这个厂长怎么当的？现在经济一天天在发展，市场一天天繁荣起来，我们这个厂反倒不行了？这是什么原因？”

“老领导，现在政府不再统购统销，得自己找出路，不比以前。市场一开放，花样越来越多，竞争大，不是以前的情形。那个时候消费者只讲质量怎么样，市场上也没多少选择。现在五花八门，各式各样，对款式花色要求提高了，我们厂里又不重视这方面，销路打不开。”

王树人还算讲情义的，虽然他已经坐稳了厂长的位子，但对过去栽培过他的老领导还是保持着几分敬意。

“你们年轻人也要适应社会形势，作出相应的调整嘛。不然干嘛要你当领导，当领导不就是领导大家解决问题，为人民服务的吗？”

“我是想把厂子办好，但厂里的决策不是我一个人说了能算。我也不知道能当几年厂长，就算有好的想法，也不敢贸然施行。老领导，你也知道，常常是换一个书记换一个政策。我只是个副厂长，当不了家。”

李国全叹了口气，王树人的这几句话让他想起过去他做副厂长时所受的掣肘。是啊，一个领导一个政策，领导政策往往又是着眼于短期利益，在短期内取得政绩以便他进一步地提升。如果有幸有个领导作出长远规划，一旦这个领导离开厂子，接替的负责人常常又改弦更张。每个新任的领导都要标榜自己，突出自己的风格，反正麻纺厂不是他们自己的，长远的规划跟他们没有关系。他们多是把这里当成升官的跳板，看怎样能尽快跳到上一级去罢了。

就当前的这笔银行贷款，这是上一任厂长上任时贷的。当时刚上任就跟银行贷了一大笔钱用来修建厂房扩大产能。厂房盖得漂亮，麻纺厂的产能也成倍地扩大了，靠这点政绩，这位厂长成功地跳到上一级去了。只可惜不久后这扩大的产能生产出来的产品大多积存在库房里，而当前职工发不出工资的原因正是因为这笔贷款。

“现在企业负担重，不但销路不好，还得养这么多职工，照理说其实现在根本用不了这么多人，应该裁掉一些。一个厂子，职工应该是可进可出，现在的情况是职工有编制，都不好辞退。职工也想着这是个铁饭碗，旱涝保收，工作也没什么动力，天天混日子，磨洋工。也就是为了解决这个问题不得不招些合同工。合同工做事总还卖力一点。”

王树人说起这个情形，李国全叹着气不再言语。是啊，在当前市场经济体制下，麻纺厂体制的弊端本身制约着发展。本来市里有着全国最大的麻产量，这可是独一无二的资源优势，现在却沦落到工资都发不出来，这体制机制的弊端什么时候能够破除?

李国全又说了几句后就走了。

这李国全，没退休之前好歹也是厂里领导班子中的一员，退休后在年龄差不多的人中间他也是个核心人物。这个月的工资都等好几天了，老干部活动中心大家天天在念这个事，他为打探消息就来了王树人办公室。本来想打听到点消息好在老干部活动中心显摆，今天这一趟是失望了。失望之余，又看着麻纺厂大不如十几年前的热闹跟辉煌，心里突然有点感伤。难道麻纺厂的辉煌岁月跟他的青春岁月一样都一去不返，行将老朽吗？他在麻纺厂工作生活了大半辈子，对这个厂怀有感情啊。眼看着麻纺厂一天天衰败下去，心里很不是滋味。

这几天来高至春心里很是失落。王丽华是村里第一个经过他介绍进来上班的，本来想着给人帮了忙心里还有几分高兴，传到村里他也有面子。自己在厂里只是个普通职工，但在村里大家都以为他在外面享福，过去村里人的羡慕给自己脸上添了不少光啊。现在王丽华刚来就发不出工资，到时候她回去要是在村里说起他这个厂工资都发不出，那今后过年过节回去还能神气吗？也怪自己太好面子，平常都是精打细算，但过年过节回去带的总是贵重礼品。但要是厂里发不出工资这消息传回去，今后皮鞋、皮夹克穿得再好，带再多贵重的礼品回家能有底气吗？这段时间来，他都怕碰到王丽华。王丽华要问起工资的事，他能怎么说？哎，厂里一天不如一天，他倒是看得开一点，反正都快退休的人了，可是高俊伟才三十出头，这样下去怎么办？这小子现在还过得优哉游哉，没有一点危机意识，高至春心里着急，但又毫无办法，儿子都这么大了，总不好再去管教他！另外他弟高立春还多次跟他说，高敏敏跟高铁林初中毕业后要是没考上中专或高中，到时候想办法让他们进麻纺厂，他当时都是拍着胸口保证过的。现在这个情形，就算真找领导让他们进了麻纺厂又能怎么样？哎，他现在就盼着侄儿侄女能顺利升学，也好让他在亲戚朋友眼中的那点光环多保留段时间。

一天天地拖下去，职工们渐渐开始怨声载道。领导虽屡次在广播中喊话说会尽快发工资，但工资就是发不下来，职工们的怨气一天高似一天，一些退休的职工更是时不时来厂里转悠。终于，一天一个消息传到王树人办公室：麻纺厂职工打着横幅在市政府门口静坐要求发工资！

听到这个消息，王树人吓出了身冷汗。麻纺厂党委立即召开会议商讨怎么处置这个问题。当下最紧急的是得赶紧把横幅收起来，把聚集的人群疏散，绝对不能引起市政府的注意。

党委会议达成这个意见后立马往市政府门口赶去。

在麻纺厂领导干部赶往市政府门口的时候，市政府的警卫把门口群众聚集的消息已经上报到市长办公室。市长了解了大致的情况后指示麻纺厂领导赶紧给职工们做出承诺，尽快让聚集的群众解散。

麻纺厂相关领导赶到后，职工们先前的不满稍稍收敛。大家在厂里抬头不见低头见，总不能当着领导的面做得太过分。领导们赔着笑脸，一边又做着一定会尽快发工资的承诺。都是一个厂里的熟人，现在领导们又这么恭敬客气地说着好话，聚集的职工们把横幅收起来，不久就解散回厂了。这个事情暂时解决了，王树人一行人终于松了一口气。

职工们走后，厂领导们一个个愁眉苦脸，欠银行一屁股账还不上，这工资怎么发？他们坐着车刚回办公室，市政府的通知就到了厂里：麻纺厂主要领导去市政府开会，与会的人员名单当然少不了王树人。

厂领导们本以为这个事情快速解决了，想不到市政府还要为此召开会议，这下一个个蔫头耷脑，他们按照通知开会的时间到了市政府。

麻纺厂的负责人把今早群众聚集的原因大致说了以后，市长要求厂里提出解决问题的办法。厂里的领导们平时个个春风得意，现在跟市长开会言语谨慎了许多。市长问他们厂能不能顺利解决这个问题，厂领导你看我我看你，会场沉寂十多秒后王树人说话了。

“乔市长，我们厂欠银行一大笔贷款，这个月就要还，照今年的销售形势根本还不上，工资要准时发很困难。”

乔市长皱了皱眉头说道：“你们厂现在是个什么情况，你们都说说。”

接着厂里的领导们先后说了厂里面临的各种问题，大致总结来就是厂里生产的产品不适应市场需求，没有销路，产品积压，根本卖不出去。同时厂里的负担太重，在职吃闲饭的员工太多，但他们都有编制，不好解雇他们，厂里只好养着。既不能开源，又不能节流，银行现在天天催账，说再还不上就走司法程序，把当初贷款时抵押的土地拍卖出售，形势是火烧眉毛。

市政府领导听到这个情况，个个紧皱眉头，谁也不想让这个曾经辉煌一时的企业在自己任上倒闭。

“你们各位对这个问题有什么看法？大家都一一说说。”乔市长对与会的市领导说着。

“麻纺厂经营困难不是今天才出现的问题，前两年财政就补贴了多次。现在怎么办？几乎每年都是亏损。还是厂里的领导班子得下功夫经营。一个厂子，那么多员工，厂子的效益如何直接关系到职工们的饭碗，关系社会的稳定，不能想着有了什么问题就找政府，恐怕得厂里自己多下功夫，得有造血能力，而不是老想依靠政府输血。”赵书记说着。

麻纺厂在座的领导个个脸涨得通红，王树人本来想着银行催账催得实在没有办法时到市政府反映情况。虽然机构名称不同，但说回来政府、银行、企业都是一家人，左手欠右手的钱，还不是当家人一句话的事。现在看来这个想法有点不切实际。

市政府领导接连发表了看法，大致的意见是麻纺厂得自身想办法把问题解决，绝对不能再有群体性事件发生。

“你们厂里的领导班子都在，有没有信心解决好这个问题？”乔市长问道。

沉静了一会儿，王树人说话了，“乔市长，我们厂里经营困难也不是刚刚出现的事，这几年都在走下坡路。现在市场开放了，竞争越来越大，能不能把麻纺厂经营好，我们领导班子也不是全有把握。”

“怎么会经营不好了？刚你们不是把那些问题都说出来了吗？找到了原因，对症下药不就好了？”

“是找到了原因，但这药下不下去。那么多职工，能怎么安排？又不能让他们离职。”

乔市长想了想说道：“是啊，这体制积累的弊端一下子是难以消除。我们市政府也没有这个权力，还得看中央政府怎么改革。听说中央认为国企包袱太重，效率太低，将来改革的方向是要下岗分流，淘汰冗员，不知道什么时候能实行。国企，是国民经济的支柱，有过辉煌，但是现在市场开放了，如果还抱着以前的经营思维，那迟早会被市场淘汰。当今经济迅猛发展，但我们国企经营却是一年比一年困难，这怎么办！不能老是要政府财政支持，得盘活经营，增加造血能力。”

与会的人员又都发表了各自的看法。

“你们麻纺厂有什么要求，市政府能做的一定做到，你们都说说。”乔市长说着。

“现在银行催款催得急，员工的工资又都没有发，尤其工资这块，再拖下去怕是职工们又会来市政府静坐。市里的财政能不能紧急支援一下。”王树人支支吾吾地说着。

“市财政不是麻纺厂的提款机。全市所有的市属企业要都跟你们麻纺厂一样那怎么办，政府还办不办公！你们自己回去想想办法，尤其是要把职工的情绪安抚下来，绝对不能再让职工到政府门口聚集！”

散会后，麻纺厂领导们垂头丧气地回了厂里。今天职工在市政府门口聚集这个事给市领导留下了他们工作不力的印象，怕是对将来的提升有影响。本来朝好的方面想，既然引起市政府注意了可能解决一部分问题，结果什么也没有捞到。现在这情形是难啊难，干吗要搞市场经济，市场经济反倒日子不好过了，过去政府统购统销多好。领导们带着对过去的怀念惆怅不已。

银行一天天地催上门来，说是再不还款将要走司法途径。这个钱虽然不是领导们个人欠的钱，但要真的走司法途径，把厂里的土地拍卖掉，那厂子不就破产了？破产后自己的职位又在哪里？现在不求更进一步，只求能保住当前饭碗就好。在形势的逼迫下，厂领导们四处活动开来。

不用说，最重要的是获得市政府的支持，如果有市政府的支持，那所有问题都不是问题。

乔市长本来想着让麻纺厂领导们自己去想办法解决问题，现在看这个形势，政府再不出面麻纺厂可能会破产。一个曾经辉煌的企业在自己任上倒闭，这说起来也颜面无光。何况一个企业有那么多职工，如果破产了，这些职工怎么安置，他们都是有编制，都是国家的人啊。前段时间工资没发就到市政府门口聚集，要是麻纺厂破产了，他们没饭碗了，那会闹出什么样的事来？再到市政府聚集？到省里去反映情况？这些都是头痛的问题，市里不能再不管了。

于是，在乔市长的指示下，由市政府出面牵头，银行跟麻纺厂坐在了一起。市里的意见是银行减免部分贷款，另外的贷款由市财政代为偿还。另外市财政会给麻纺厂拨两个月的工资，希望麻纺厂就此能焕发活力，振兴起来。

这个情况最大的受益者是麻纺厂，既然是政府出面，银行方面也只能接受。于是，贷款这个问题暂时解决，厂里的职工工资也发下去了。

王丽华领到了四百多块钱工资，虽然发得迟了一点，但总算是发下来了。她心里想着还是国家的企业靠得住。

王丽华拿到工资后第一个念头就想着周末一天假可以回家。回家，回家，她出门一个多月了，孩子们在家里还好吧？她没有如期而回，这些天他们都在家里盼着她吧！

周末在等待中到来。天刚蒙蒙亮，王丽华就起来了。周六下班后给孩子们买了衣服，又买了些零食，做妈妈的总算是带着欣喜回家去了。王丽华提着两大袋子东西进了车站，坐上了回家的车。

车发动后，想着这一个多月来也不知孩子们生活过得怎么样？应该都还好吧？现在她在麻纺厂上班，总算每个月能有份稳定的收入。这份收入虽然不多，但好歹能给他们一个相对有保障的生活。有了这份保障，春兰、高翔要是好好读书的话，今后前景大着了。再难也应该把他们的书送出来，还有很多事情等着他们去做，想到这，王丽华情绪振奋了一些。

班车开过闹市，上了乡际公路。王丽华看着窗外碧绿的田野，思绪翩翩，生活虽然艰难，但艰难中总是带着希望的。

在外这一个多月，孩子们一切都还好吧？家里米跟油都还有吧？高春兰跟高翔有没有好好学习？王丽华急迫地想看到孩子们。

在供销社门口下车后，为快一点到家，王丽华叫上了胡致富的“慢慢游”，真是破天荒，这么几脚路还坐“慢慢游”。

“慢慢游”开过山湾之后，发动机的声响传到了村庄。这个时候，高玉兰、高春兰、高翔正在菜园里弯腰拔着杂草。

听到“慢慢游”发动机的声响，高翔直起腰来张望着。一般来说，队里不会有人坐“慢慢游”，坐“慢慢游”的一般是来队里人家做客的。

这是谁家来了客人？高翔目光跟着“慢慢游”移动着。

“慢慢游”开过山湾后又转到了前进组这条路上，看来是在税务局的胡建功回来了。

但“慢慢游”转到前进组这条路上以后，并没有往胡建功家那边开去，而是停到了自家门口。谁来了，高翔一阵纳闷。

等妈妈从“慢慢游”中出来，这个惊喜不知如何形容，这段时间来的担忧跟畏惧一下子散去了。妈妈终于回来了，妈妈没有抛弃他们，没有离他们而去，妈妈还要他们！

“姐姐，妈妈回来了，你们看？”

不等高玉兰、高春兰直起腰来，高翔飞快地往家里跑去。

十八

转眼间到了九月份，初秋的天气照常炎热，曾迪升来村里四个月了。四个月的时间里，他看到了禾苗长出了沉甸甸的稻穗，看到了菜园里蔬菜的季节更换，看到了双抢的繁忙跟劳累。这四个月来，村里大多数人都认识他了，他也更多地融入了村里的生活。农村生产的热火朝天跟村民流露的笑脸跟真情，相比机关单位的安逸平静让人充实又放松，他好久没有这样的感觉了，原来这才是生活的朝气蓬勃。

虽然他是下乡干部，但上面并没有量化的考核指标。当初之所以把他下放，完全是为了让他增加基层经验，完善履历。以前在机关上班每天还有领导看着，到了村里后村干部们都敬着他，他又没有什么具体的任务，也乐得自由自在，每天在村里做着考察，看着村里的问题跟村民们生活的艰辛。他能不能把诸如水渠维护这样的问题解决？又能不能在这一年的时间里给他们指出一条致富的道路？这四个月来，他一直考虑着这些问题，并且头脑里有了相应的思路。

靠山吃山，靠海吃海，解决问题跟发家致富都得把自然禀赋的优势发挥出来。曾迪升已经想好了，村里每个队基本上都有好几口水塘，每年开春时，每个队队长都去队员家收钱买些鱼苗回来养在水塘里，到了秋天的时候再把水塘放干，把鱼捞出来后每家每户按人数分，这是村里队里的大事。每年到这个时候，村里总要热闹段时间。但是水塘这样养鱼，总是有人去钓，因为是公家的，大家都不好去制止。所以每年春天鱼苗买了不少，但到秋天的时候也分不到多少鱼，大家之所以还是兴高采烈，完全图个热闹。曾迪升想着能不能把水塘承包出去，然后用承包的钱来修水渠。想着应该是可以的。另外对于发家致富，村里人没有多少知识，他们很少见识外面的世界，生产习惯都是因袭着祖辈，要致富先得有市场思维，根据市场需求来做相应的种植生产安排。这四个月来，曾迪升看书看报，每个周末又去农贸市场考察，对于市场需求有了大致了解。另外他还叫市里的农业科技人员来村里看了看，测量了土质。农科院的专家说村里的山地适合种冰糖柑，而稻田要是把水放干各种蔬菜都能种，说不定还能搭大棚种反季蔬菜。曾迪升又根据农科院给的平均产量跟当前市面上的价格做了翻计算，算下来，山里如果种冰糖柑的话，一亩山地产值能有五六千元，如果真照这个思路做起来，并且做成的话，那真的会乡村巨变。

这个思路出来后，曾迪升兴奋了好几天。想起来这个思路花点心思也不难得出，怎么村里就没有人这样做？也许大家习惯了既往的日子，即使经济不宽裕，但限于学识或者是风险承受能力等方面的原因，都困于既有的局面不能作出改变。也许有的人想到了这个方面，但大氛围是这样，要跟别人不同，万一失败了那不是被人笑话。因循着既往的习惯，大家日子都过得困难，但大家也都相安无事。知道出路跟希望在哪里，还能照着这个思路去做的寥寥无几，要做到知行合一看来确实是不容易。

思路有了，但怎么把工作开展起来？几天的兴奋过后，曾迪升想到这时，才发现事情并不是只要想好了就能做这么简单。怎么办？要做就得尽快行动起来，他只在这里挂职一年，得在这一年把思路落实下去，只要指明了方向，村干部带着村民朝这个方向努力，几年之后村里总会换一个面貌的。怎么样才能把自己的思想贯彻下去，让村民认可并自愿跟着这样做？曾迪升逢人就会说到自己的这个想法，为此，他要胡建明召集村干部跟各队队长开会商讨怎么样在村里把这个思路落实下去。

接到开会的通知后，村干部跟各队队长按通知的时间到了供销社。曾迪升把自己的想法说出来后，与会的人员个个大吃一惊，大家都没想到曾迪升要把事情做得这样大。会场一片沉默，真要按照曾迪升说的做，那需要多大的闯劲啊！

“刚我把我的思路说了，你们各位有什么看法，这个事情能做吗？”

大家你看我，我看你，都不说话。又沉静了一会儿，曾迪升说道：“胡村长，你对村里情况熟悉，村里人应该也都服你吧，你觉得我说的这个思路能干吗？村民们会认可会理解吗？”

胡建明露着笑脸说道：“只要能给村民带来好处，那村民当然是支持的了。”

“大家都习惯了现在的日子，这个事情这么大，万一没做成的话，那今后我们村干部个个都得看村民的脸色。这样的事做好了，讲你几句好话而已，要是没做好那会遭怪，别人会一辈子都记着我们。成事无功，败事摊责，实在划不来。”张秀琴说着。

几个队长接连说着泼凉水的话，看来这个事情确实不容易执行。是啊，全村的山都重新挖一遍种冰糖柑，这需要多少劳力才能挖得出，有时候想都不敢想，现在可不是跟以前搞集体可以调动全村的人力物力。田里不种水稻种大棚蔬菜，想起来是很简单，但种哪种蔬菜？有没有种植技术？即使菜种好了，要是没有销路怎么办？到时候吃饭都是问题。现在这个情况，大家虽然都不宽裕，但好歹吃穿不愁。要是照曾迪升说的这样一番折腾，失败了怎么办？到时候家家户户都去找政府吃救济吗？这一连串的问题从各位队长口中说出来，曾迪升没料到村干部、队干部都这么守成，要做点事情真难啊。不过反过来说，他们的担心也有道理。在会议召开前这些问题他也都思考过，也做过数据分析。只要村里下定决心全村的山都种冰糖柑，那就能形成规模效应，说不定还能创出品牌。现在每到秋冬，市场上卖的冰糖柑多是沅江那边过来的，村里要是能形成规模，那会没有市场？至于大棚蔬菜，大棚蔬菜面对的市场是市里跟省会，村里离省会并不远，一个多小时的车程而已，据初步调查，省会蔬菜批发市场很多菜是外省运过来的，本地产的成本更低又新鲜，会没有市场吗？这个事情看起来不容易，但也没有想象中的那么困难，至少理论上是可行的。至于村干部跟队长们的意见，也许他们一直生活在乡村，对外面世界的情况不了解，由此自然而然会有畏惧，这也在情理之中。他们的经济情况让他们冒不起风险，一旦失败衣食都难保，但是世界上又哪有那么多稳稳妥妥不担一点风险的好事！乡村的脱贫致富不容易啊。

大家先后发完言后，大多数的意见是不敢以村里的名义号召大家都去把山挖出来种冰糖柑，大棚蔬菜更不用说了。把山挖了种冰糖柑，要是没收成顶多是柴火的问题，在稻田种大棚蔬菜，要是没销路，到时候饭都没得吃的。虽然前方有一片好的前景，但因为经济情况的局限，他们连尝试的胆量都没有。

本以为这个提议会得到大多数人的拥护跟支持，想不到现在是这个局面，曾迪升有点受挫，想做点事原来这么难。

“这个事情我也不是空口胡说，大家也不要异口同声的不支持。我来村里四个月了，这几个月里我做了考察跟思考的，也请农科院的科研人员来做了调研。我们这里的山地是适合种冰糖柑的，只要大家同心协力拿出魄力一起干，我们这里就能形成规模，说不定还能创出自己的品牌。万事开头难，其实只要把山挖出来把树苗栽好就不用费太多力了，关键是开头。”

“曾主任，现在把山挖出来？村里的壮年劳动力能吃苦的基本上外出打工了，吃不了苦的你叫他们去开荒，他们会去？缺人手了。”

“都往外面跑，其实留在家里也能做番事业，何必奔走他乡。”曾迪升看着一边倒的局面不由得叹了口气，看来这个事情只能暂时搁置。

好不容易把村里队里的干部召集到一起开会，想不到是这个形势。本来想尽自己的一份力，给村里带来发家致富的希望，现在才知道要做事手脚是多难伸展开，自己只在这里挂职一年，能力排众议吗？想想都不可能。哎，说起来自己跟这里并没有多少渊源，只是挂职而已，又何必找这么多麻烦事。为什么不过得轻松点了？想到这有点泄气，说起来也只怪自己的职位不够高，能调动的资源太少。村里的干部虽然对自己客客气气，但这种礼貌不是上下级的那种依附关系，在这村里，他们多是把自己当个客人礼遇而已。平常都把他当市里下派干部来尊敬，现在真要做事的时候就是这个局面，一个客人能够喧宾夺主吗？想到这，曾迪升有点责备自己的这份热心。

虽然费力不讨好、自讨苦吃这样的想法免不了，但理智权衡下来，还是觉得不应该赌气，在他的能力范围之内还是要给村里做点事。

想起来第一个提议虽然前景广阔，但确实工程量大，而且也不是一时就能见效果。自己只在这挂职一年，如果贸然开了头，以后又没有人继续引导下去的话，那也劳民伤财。大事不敢做，但眼前的小事应该做一点吧。曾迪升想到了村里的水渠问题。

“好了，刚刚那个问题先放一放。你们村里水渠是怎么搞的，照理说，这个地方不缺水，怎么老见有人为争水闹意见？”

“水渠不畅通，人家又都不能让一让，好像谁让一下就输了似的，都不让步，那不就起争执。”胡建明说着。

“那我们想点办法把村里的水渠好好休整休整。”

“休整是该休整，但要钱了，哪里来得钱？要村民集资，谁乐意？”

“我看村里不是有好几口水塘吗，能不能把水塘承包出去，用承包的钱来把水渠好好休整一下？”

这个提议让村干部、队干部有了考虑的空间。也是，村里的水塘除了每年秋天每家能分几斤鱼外，再没有带来额外的收益。曾迪升的这个提议倒是不错。

“那恐怕只能从明年开始吧，现在塘里都还有一塘鱼。”

“嗯，承包期从明年开始，今年村里把消息放出去，谁要承包今年把钱交了，等秋收后我们用这笔钱好好把水渠休整下。”

于是，在一番商议下，把水塘承包出去，用承包的钱来休整水渠得到了通过。而先前把山挖出来栽冰糖柑，稻田里种大棚蔬菜这个提议再无人说起。曾迪升也感到了事情的难办，不过偶尔在跟村民的闲谈中他总还有意无意地说到这个事，村里人听着前景是很广阔，但真要花这么大的力气去做这个事都打退堂鼓了。

也不知道时间是怎么过去的，晚稻的稻穗已是黄灿灿地压弯了腰，到了秋收的时节了。秋收过后，晴空万里，晒过稻谷，把稻草晒干后摘完茶籽，又去山里把冬天的柴火准备好后就是农闲时期了。每年的这个时候，队里的人开始议论起今年塘里的鱼长得如何，每家每户大概又能分多少。

有一天，没等太阳攀上山腰驱散晨雾，高余、徐满军背着锄头踏着晨露到了水塘边。两人走到连着沟渠的堤岸，在堤岸上挖出了一个大口子，然后又在挖开的口子处挂上两层渔网后回去了。

太阳升起后，晨雾中朦胧的田野清朗起来，来到水井边洗衣服的堂客们发现水塘里的水在慢慢变浅，不知谁说了句“今天是不是要把塘里的水放干捉鱼”，这句话使原本弯腰搓洗衣服的堂客们都站立起来看着水塘，大家的情绪一下子被这话给点燃了，纷纷争论起今年春天放了多少鱼苗，这次一个人大概能分几斤鱼，今天又会是个热闹日子啊。刘美凡跟谢娇心情好得边搓衣服边哼起了歌。

水在慢慢变浅。中午过后，塘里的大鱼小鱼已经是隐约可见，时不时有鱼跃出水面，引得围在池塘边上的人阵阵欣喜跟惊叹。但这个时候，先前的出水口出不了水了。为了给塘里蓄水，出水口有一定的高度，并且砌了层水泥，现在这个水面高度只能用抽水机抽才能把水排出去。

不一会儿，徐满军跟陈世宝用扁担一前一后把柴油机抬过来了，胡建军则拿着抽水机、水管跟在后面。

到了水塘的出水口，陈世宝把设备安装好后发动柴油机，水马上从抽水管里喷了出来。

柴油机轰隆地响着，塘里的水一点点在变浅，两三个小时后，水终于抽得差不多了。大家都翘首盼望着，终于差不多可以捉鱼了。

在众人焦灼的等待中，徐满军来了。跟在身后的徐福生跟高余抬着渔网，围在水塘边的人的情绪再一次被点燃。大家都摩拳擦掌，跃跃欲试。

徐满军很快走到了岸边，这个时候水差不多可以见底，人们看着塘里的鱼纷纷议论。

“安静一下，我先说几句。”徐满军大着嗓门喊着，岸上的声音一下小了很多。

“我先说几句。”徐满军说到这又停下来扫视了一遍站在岸上的人。众人看着他欲言又止，都有点急不可耐。

徐满军看着大家望着他的焦躁神情，颇有点成就感，都等着他发号施令啊。他咽了口口水说道：“今年还是跟往年一样，队里先捉，差不多之后再通知大家，那时再捉到了才是自己的。”

“今年徐通那两个小子外出打工了，要不然就不用我来拉网了。”徐满军边说着边同高余等几个人把网撒了下去，等网拉上来，大大小小的鱼活蹦乱跳。

马上高立春、高正堂抬着个大水缸过来了。大家纷纷上去把网里的鱼捉起来放到水缸里。高余在不远不近的地方看着这边，他负责监督。

几网过后，能打上来的鱼愈来愈少，网基本上已经不起作用。

“大家下水到塘里去捉吧，捉到了扔到岸上来。”

马上岸边的人拿着鸡罩、筲箕、脸盆到了水塘里，水塘里一时人声鼎沸，气氛达到了高潮。

鱼在浑水中游串，大一点的鱼用鸡罩去罩，罩下去之后俯下身在水里摸，捉到的鱼一条条扔到了岸上，岸上的堂客们捡起扔上来的鱼放到了大水缸里。水塘里一下子下去了那么多人，先前的漏网之鱼惊得不时跃出水面，这跃出水面的大鱼每每都要引得岸上的人一声惊叹，然后水塘里的人拿着鸡罩赶忙往鱼落下去的地方去罩。尽管秋天的水已经有了凉意，大家身上都沾满了淤泥跟浑水，但在这个热闹的气氛下个个都是喜气洋洋。自从土地承包到户后，难得有一次集体性的活动能把这么多人聚到一块啊。一条条的鱼从塘里甩到了岸上弹跳着，岸上的堂客们跟小孩子赶忙把鱼捡起来放到了水缸里。

突然，人群中爆发一阵哄笑声。原来大好人徐福生罩住了一条大草鱼，他弯腰俯身在鸡罩里抓了半天也没有抓住。结果在他伸直腰卷袖口的时刻，鸡罩里的大草鱼夹带着淤泥从罩口冲出了水面，鱼尾巴打在了他的脸上，等于刚好扇了他一巴掌，隐隐约约有点痛。鱼尾巴上的淤泥粘在他脸上又画出了个大花脸，岸上的堂客们纷纷哈哈笑起来。夹在人群中的刘美凡见他成了大家的乐子，气得骂了徐福生几句。众人听着她的骂声，更加乐不可支，这给今天的热闹场合又增加了佐料。

徐福生在水塘里愣了几秒，周边的人免不了奚落了他几句。有人说他讨了个母老虎，把男子汉的脸面全丢光了。

“美凡，接住。”徐福生把一条大草鱼甩了上来，不偏不倚，正好落在刘美凡身前，刘美凡把大草鱼捉住，但是并没有放到水缸里。这条鱼很肥，得先提着，等会分鱼轮到他们家时去过下秤就好，这么大的鱼可不能让别人分走了。她在岸边扯了从草，搓成根草绳穿过鱼腮，提着回到了人群中。高余一边警惕地盯着她。

水塘里的淤泥有半脚深，水面越来越浅。十几个人在塘里来回捞着鱼，原本尚还清澈的水面已经一片浑黄。混水中摸鱼，不一会儿大鱼基本上没有了。

太阳垂到了山头，拉出了长长的人影。西边的云层染上了金黄的色彩。蓝天白云，天空清清朗朗，交叠着的云层层层涌动，变幻出各式各样的景致。夕阳挥洒着光辉照耀着刚刚收割不久的田地，麻雀在落日余晖中落到稻草垛上寻觅着谷子。青山中飘着黄叶，田野里的杂草开始变得枯黄，一切都在装饰着秋的季节。野外觅食的鸡鸭慢慢在回笼。一阵秋风吹过，起了凉意。

鸡罩把草鱼、鲢鱼捉得差不多后，徐满军喊道：“好了，现在开始大家下塘随意捉，捉到的都是自己的。”

于是，岸上站着的人纷纷下到了水塘里，淤泥中的沉渣泛起，水面从浑黄变成了灰黑。大鱼基本都捉完了，现在是筲箕派上用场的时候。高翔拿着筲箕在在水里捞着，不一会儿鲫鱼跟很多叫不出名的小鱼装满了半桶。

在堂客们跟小孩子在池塘里捞小鱼的时刻，队里的男人都围到了水缸边。徐满军已经叫人把陈世宝家的磅秤抬过来了。把鱼从水缸里拿出来放到箩筐里，一箩筐一箩筐地过完秤后，根据户口人数算出了每人分得的斤两。高翔是超生户，照规定要到十二岁才有户口，队里的这点权益现在他是没有的。

每家每户都在高余那登记，登记后徐满军、高正堂就开始给每家每户称鱼。因为奶奶的户口在他们家，高玉兰领到了四个人的鱼。陈世宝的哥哥陈世亮虽然在镇里开店，但户口还是在村里，陈世宝把陈世亮的那份鱼提了回去，他打算回去后叫陈建平提着送到学校去，但就是不知道婶子今天是回镇里了还是在学校办公室。

不久太阳完全落下去了，水塘里的淤泥间或露出了水面。拿着筲箕的人还是意犹未尽在浑水中捞着，甚至在淤泥中摸着，有的鱼就躲在淤泥里，何况淤泥中还有蚌壳跟铁螺，这些都是好东西。等夜幕降临时，高翔的水桶里已经是满满一桶。

秋夜加深了凉意，风突然吹来让人打起了冷颤。高翔提着水桶，拿着筲箕跑回了家。分了十几斤鱼，终于可以改善下生活了。

进了家门，好几条鱼已经抹上了盐，看来是要做腊鱼，本来想着能好好吃几餐的，现在看来不大可能，高翔眼神中带着失落。

“你赶紧去洗个澡，跟个泥人一样，水已经烧好了。”

这天晚上，各家各户的灶屋里都飘出了鱼香。在过年过节才能开荤的经济水平下，能痛痛快快地吃餐鱼那也是一个家庭的大事，说起来今天也算是队里的一个节庆日了。

高翔洗过澡出来，大姐二姐已经把晚饭做好，炉子上的蒸钵里是鱼煮白干子，香味飘在屋子里，馋得人胃口大开。

“我们三个就吃一条鱼，剩下的都做腊鱼等妈妈回来吃。”大姐说着。

天天都是吃小菜，好长时间没有开过荤了。白干子煮鱼，天大的美味，这餐晚饭高翔吃了三大碗米饭。

秋霜打过几次后，落叶乔木的树叶染得黄灿灿的，跟常绿乔木混杂，远看起来青山中间点缀着五彩斑斓。天气也真正开始冷起来了。几场秋风过后，落叶乔木枝头上的黄叶落尽，光秃秃的树叉显示着节气的转变。时光在流去，岁月在前行，白天黑夜的交替中积成了四季的轮换，四季轮换着带着岁月滚滚向前，这前进的时光中继续着我们生活的故事。

十九

岁月不居，时光如流，又是三年过去了。三年里，高春兰、高翔从小学上到了初三。

这三年里妈妈一直还在麻纺厂，工资虽然时常发得不及时，但是总还是有个盼望所在，这么大的企业，这么多员工工资拖的时间长了总会有各种各样的救助办法，任何一个市领导都不想让曾经辉煌的企业倒在自己的任上，当然更不希望因为长时间发不出工资影响社会稳定。靠着厂里领导的斡旋，麻纺厂虽然一直走下坡路，但这下坡的速度慢得让人只是能察觉，但还不至于急剧到让人有勇气立马作出改变的程度，时间长了，足够让人渐渐适应。在习惯了之后，生活本来的锐气在这样的氛围中一天天地消靡了。

拖欠工资已是常事，职工们也没有最开始的义愤填膺，大家相忍着在厂里上着班，都感觉前景茫茫，但又没有多少人敢作出改变。这种氛围中，王丽华时常忧心忡忡，但她有什么办法，她是个没读多少书的农村妇女，乡村跟麻纺厂基本上就是她所知道的世界。这三年来，偶尔下班后她也去市里转过，但以她既有的人生经验，似乎很难在这个她不熟悉的世界里找到机会。怎么办了？尽管麻纺厂前景黯淡，但也有“前景”这两个字！尽管工资基本上每个月都会拖延，但也只是拖延而不会不发啊！大家都知道形势一天比一天差，但都还寄望着什么时候上面能派个得力的厂长以扭转经营，又或者盼望着最终掀底牌的那一天来得迟一点，大多数人习惯了安逸稳定的日子，再没有多少魄力主动作出一点改变了！

对现在这个形势，高至春几乎整天再难有开朗的面容，没事时总是紧皱着眉头抽着闷烟。他自己倒是没事，反正他是快退休的人了，但俊伟才三十出头，这怎么办！也怪自己从小对他教育引导不力，让他养成了得过且过、不思进取的性格。现在危机当前，还是麻木不仁，将来厂子要是真的不能再经营下去，政府又不再扶持时怎么办，去哪里吃饭？高至春天天愁眉苦脸，可是儿子的性格已经是这样，还真拿他没有一点办法。

除了忧心儿子今后的日子外，这些天他又多了烦恼事。侄儿高铁林、侄女高敏敏初中毕业几年了，两人都没有考上中专，这一两年里高立春多次明说要他想办法给他们在麻纺厂找个职位，每次他都找借口说过段时间再说，现在都过去一两年了。前几天高立春又亲自跑到麻纺厂，说得赶紧给他们找个职位，不然待在家里没事干，不但队里人看笑话，还怕他们养成游手好闲的习惯。这一两年来除了农忙时期，高铁林不是去镇上打电游就是去供销社打牌，儿子大了，高立春看着心急但也没有多少管教的办法，再不给他找个事做怕他将来不务正业，做父亲的忧愁啊！于是，在麻纺厂给他找个职位显得越来越紧迫。

弟弟这个嘱托是不能推却的，但照麻纺厂现在的形势，真是心有余而力不足。前几年王丽华来麻纺厂，他还能跟人事处的曲劲松开口，现在厂里这个形势，人人自危，还能说得出口吗？两面为难，高至春急得不知如何是好。

自从招工到了市里后，自己回老家少了，对家庭的责任当然尽得也不多。父母健在的时候每年回去两三次，虽然回去钱跟礼品都没少带，但也再没多尽一点孝心。尤其父母亲病后，那些年都是弟弟赡养着父母，医药费的大头也是弟弟出了。想想立春在村里算是头脑灵活的，钱赚得比一般人多，但就因为父母的病，这么多年来赚的钱都买药了，说盖房子，说了十多年也没有盖起来。这些年来，弟弟付出了这么多，并且从来没有过一句抱怨。更何况他上学的那个时候，因为他的成绩稍比立春好，立春就把读书的机会让给了他。弟弟为自己付出了如此之多，现在给侄儿侄女在麻纺厂找个职位都办不到，这真叫人颜面无光，又深有愧疚！

怎么办？到底怎么办？这个难题找不到答案，前两天弟弟亲自来市里找他，难道自己就打个电话到供销社说这事办不到？要不要厚着脸皮去求曲劲松？哎，现在厂里这情形，曲劲松自己每天都愁眉不展，这样去找他，不是自己去碰钉子吗？更何况照厂里现在形势，把侄儿侄女招进来领不到工资这不是害了他们吗！实在没有办法了！这么多年来，弟弟跟自己提的唯一一个要求都做不到，高至春实在是抬不起头。国家的企业都靠不住，真不知道将来的社会会是怎么个形势。既然做不到，那这件事也不是打个电话回去三言两语就能解释清楚的。如果打个电话，恐怕立春认为他是在敷衍，没有尽力，兄弟间的感情都会受影响的。高至春想着什么时候找个时间亲自回去一趟跟弟弟好好解释，希望弟弟能理解他的难处，不要因此就心生意见，让兄弟间的感情产生隔阂。虽然明知这事情自己做不到，但这回去的时间也不能太早，不然弟弟怕是认为自己都没有尽力就推脱了。高至春在两个星期后回了大茅坪村。

家乡的山山水水映入眼帘，总是触动着回忆跟情绪。高至春在供销社下了车后，没有坐“慢慢游”，走在乡村的公路上，过往的许多事都在脑海里浮现出来。走过山湾后，前进组一览无余，队里有的人看到他回来，像是村里来了什么大人物似的跟家人说着。

从村际公路拐到往前进组的叉路上后，路上碰到的人基本上都是队里的人。但是高至春多年在外，他大概只记得跟他一样大的同龄人跟长辈，三十多年过去，长辈很多凋零了。走到队里，因为他是吃国家粮的，队里不论哪个年龄层的人基本都认识他，但他要看到张熟悉的面孔，就不容易了。路上很多人都跟他打着招呼，高至春带着笑脸又一边散着烟招呼着到了高立春家。

高立春刚把鸭子赶到鸭圈里，看哥哥回来了，看来之前拜托他的事有了眉目，心情一下子高涨了很多。不过既然事情已经办好，打个电话回来就好，干嘛还跑一趟，是不是回来还有其他事?

高立春把鸭圈围拢后，立马过来了。

“大哥，怎么这个时候回了，有什么事？之前拜托你的事搞好了吧，他们什么时候去厂里报到？”

“今年又喂了多少鸭子？”高至春支吾着说道。

“喂了四百。其实我一个人看不了这么多，想着高铁林帮点忙，但这家伙天天在外面逛，现在他又等着去麻纺厂上班，没帮手。我看这鸭子长大一点后能不能卖掉一两百，一个人真的看不了这么多。”

高立春看了看墙上的石英钟，已经是下午五点多了。大哥难得回来一次，马上得做晚饭，总得去买几个菜。

高立春准备去堂屋里推单车去供销社买菜，被高至春止住了。

“我买了鱼买了肉，不要再买了。”

高立春还是执意要去多买几个菜。

“别去了，现在趁只有你我俩，我有话跟你说。”高至春想着等会儿当着侄儿、侄女、弟媳妇的面那更不好开口，也更难解释清楚。

“麻纺厂的职位找好了吧，他们什么时候去报到？”

“老弟，我这次特意回来就是为跟你解释这个事。”高至春面露难色，但不得不说。

高立春听着有点纳闷。

高至春想了想，现在弟媳妇也不在，得赶紧说，亲兄弟也不必拐弯抹角了。他说道：“现在社会形势变了，我们厂效益一天比一天差，现在有点门路的都不会进麻纺厂，麻纺厂已是日薄西山了。”

高立春听着心里不是滋味，本来喜气洋洋的，心情一下子低落下来。

“老弟，不是老兄不尽力，现在厂里年年亏损，都是靠政府补助发工资，个个月都拖欠。进了厂了那是没有什么办法了，没进厂的话要有其他路子还是其他路子好，那麻纺厂将来还不知道怎么收场。现在的社会看来是再没有铁饭碗了，听说现在很多亏损的国企有些职工都已经下岗。侄儿侄女现在要是进了麻纺厂，过几年厂子搞不好就垮了，到时候他们要再找个职业那就更难，不如趁现在年纪还小，找个能够长久的职业，或者去学门手艺也好。”

这番话虽然是实实在在的话，但高至春说得很没底气，很不好意思。他一直是他们这个大家庭的骄傲，现在却这么点事都办不到。

“我们家就你在外面，哪里还有更好的路子！”高立春不满意了。

“哎，也是。这二三十年你给我们这个大家庭付出这么多，现在我连这点事都做不到，我也真的过意不去。不过老弟，这么多年来你就拜托了这个事，我要能做到当然会尽全力做到，难道自己家的人我还不出力吗？前几年你拜托我要给王丽华找个职位我都找了，何况铁林跟敏敏了。王丽华进厂时厂里已经是走下坡路，现在又过了几年，厂里的形势跟以前不能比。我们这些职工天天提心吊胆，不知道上面到底会怎么处理，搞不好会下岗分流。我下岗就下岗，高俊伟还年轻，他的出路还不知道在哪里。现在厂里根本不招人，我就是厂长也没办法！”

高立春听老兄这么说，看来儿子女儿真进不了麻纺厂，心里很不痛快，但想着老兄说的也是实话，他要能做到那肯定会做。看来他也是实在没有办法，何况这几年来确实时常听到老兄、王丽华说起麻纺厂拖欠工资，这已不是一天两天的事。哎，儿子女儿小的时候成绩不好也没有多督促，总想着等他们长大了进麻纺厂端个铁饭碗就好，想不到现在是这个情况。他们的出路在哪里？原本还抱着一个希望，现在在现实面前，抱有的希望已经粉碎，怎么办？

高铁林初中毕业时看着还小，就让他待在家里，农忙的时候能帮着干点活，农闲的时候时常就打电游打牌，据说还学会了上网。高立春看在心里着急，但总还有个年龄来安慰他，儿子还小，还只有十六七岁。现在一年年过去，马上快二十了，二十岁的人了还问父母要钱去打电游打牌，这成个什么样子！不过让高立春稍感欣慰的是儿子只是好玩，并没有加入黑社会，听说乡里混社会的老大李原跟他很熟，这不得不倍加警惕，做父亲的生怕儿子走错路啊！

高立春一辈子靠着勤劳跟比别人多一点的知识，日子在村里算是过得不错，一直以来也没有什么忧心事，因为哥哥高至春吃国家粮，无形中他的身份抬高了一层，他在队里是受人羡慕，受人尊敬的。现在儿女大了，本来应该是个好事，但现在社会的发展没有比给儿女找个去向更难的了。

照过去的社会，只要辛勤在土地上操劳，有吃有喝就是顶好的日子。现在了，吃喝是不愁，但又有几个年轻人愿意在土地上劳动，就算他们愿意劳动，就这几亩田也只有农忙时能全力干几天活，其他日子做什么？无所事事，游手好闲，拿他们怎么办？而且一辈子在土地上操劳的话，钱从哪里来？现在不是过去的社会了，过去是自给自足的经济，是比吃喝，现在吃喝不缺，比房子比电视机比单车甚至摩托车，这些东西都需要钱，但是钱从哪里来？

徐通那两个儿子出去得早，他们打工赚的钱早盖起了楼房，有了楼房，媳妇也娶了。徐通也是真正的没有一点负担了，农闲时出去做点小生意，日子就能过得很不错。过去队里人都羡慕他高立春，现在他高立春倒是羡慕起徐通来了，真是此一时彼一时。

“当今的社会发展变化得太快，我都看不清今后的形势。社会像是一天天变得精彩繁荣，但面对的压力似乎也一天天的大起来，真不知道是好事还是坏事？过去只要肚子吃饱了就是好日子，现在了，商品越来越多，摩托车、彩电各种各样，五花八门，其实没有摩托车跟彩电照样能过日子。为什么要为了那些东西把自己弄得那么累，都是人跟人比较的结果！”

高至春哀声感叹着，他这番话高立春听在耳朵里，不知道他说什么。这个时候谢娇从后面的菜园里掐了一篮子菜进了门，见高至春回来了，立马张罗着做晚饭。

就这样，高至春跟高立春把这个问题说明了。虽说是亲兄弟，但两人心里都有点不是滋味。高至春为没能给老弟帮这个忙愧疚，而高立春虽然理解大哥说的情况，但儿女的出路在哪里，他真的心焦。想着这个问题，堂客已经把米淘好放煤炉子上了。

“你去灶里准备烧火，菜马上洗好了。”谢娇喊着高立春。

饭已经在煤炉子上煮着了，等菜全部炒好，饭正好熟了。高立春把灶里的火点燃，把水烧热洗好锅后，谢娇把菜也洗好了。于是夫妇俩协作着炒起了菜。

炒菜的这点时间，高铁林、高敏敏先后回来了。

“敏敏，你把桌子抹一下，把炒好的菜端到桌子上去。”

“你去看看屋里还有酒吗？要没有了赶紧到陈世宝那去打半斤酒回。”高立春对铁林说着。

高铁林把仓底下的酒坛挪出来揭开，去年冬天出的酒还有几斤，高铁林就坐到地坪里抽烟去了。

菜炒好后，饭也熟了。高至春难得回来一次，桌子上的碟子摆满了一桌。

入座后，谢娇一边擦着汗一边说着：“大哥好不容易回来一次，今天还没准备什么菜，明天早点去镇里多买点菜回来。”

“这一桌子的菜还没菜啊，搞这么多吃不完。”高至春接口说着。

就这样，除了高至春跟高立春心里有事，他们三个都沉浸在高至春不期而回的喜悦中。

第二天吃过中饭高至春要动身去市里，高立春立马从菜园里掐了一大袋子菜。

“市里没有这么新鲜的菜，怕你提不动，只给你掐这么多。”

高至春提着菜起身往村口走，两兄弟边走边说走出去好远。

就这样，高至春心里的这块石头落地了，没能给弟弟做到这个事心有不安，但照弟弟的反应来看，兄弟俩的感情也应该没有因为这个事产生不可挽回的隔阂，本来这是高至春最大的顾忌，现在看来高立春能理解他，弟弟总算胸怀宽阔，高至春也有了几丝安慰。

二十

改革开放以来，经济快速发展，社会各个方面发生急剧的变化。过去城乡二元经济，城市跟乡村完全隔离，农民只能依附在土地上，大家都是耕种着几亩田，农闲时去外面做点小生意，家家户户的日子过得都差不多。现在改革了，城市已经敞开，户口虽然不能随便迁动，但劳动力的流动算是比较自由了。在以经济建设为核心的指导思想下，全国各地都兴起了经济建设的热潮。中国富余劳动力丰富，劳动力成本低，沿海地区引进的资金多半办的是劳动密集型企业，这些企业自然要求大量的劳动力才能运作起来。

社会变化日新月异，乡村里大多数人还是固守着家乡的土地。但每个地区总有几个在外面跑的人，这些人过年过节回来的衣着跟气派，让一直安居在乡村里的人蠢蠢欲动。外面的世界是个什么样子？外面的钱真的那么好赚吗？不管好赚不好赚，那些在外面打工的人每年回来的衣着跟置办的物品就足够让人羡慕，大茅坪村的徐通不就因为两个儿子徐吉茂跟徐吉盛去广州去得早盖起了楼房，这些显著的变化村民们看在眼里，心里都有点羡慕。但外面完全陌生的世界，去那么远的地方，如果没有人介绍，大多数人又都不敢贸然行动。

对高立春来说，儿子女儿进麻纺厂已成泡影，他们的出路在哪里？女儿再长大一些嫁出去就好了，但儿子怎么办，如果没有个正经的事业，怕他走偏了啊！在高至春回市里的当天晚上，高立春跟高铁林谈开了。

“你初中都毕业几年了，那时看着还小，现在这么大了，该找点事做了吧。”高立春说着。

“不是我不想找事做，我还想早点去做事了，不是一直等着进麻纺厂吗。伯伯这次回来怎么跟你说的，还要拖到什么时候？”

“麻纺厂现在效益不好，进去了也没有什么前途。”

谢娇在一边听着说道：“再没前途也比种田强吧，吃国家粮了，好歹有个单位依靠。”

高立春不想把哥哥厂里的困境说给谢娇听，他只是说道：“最好是靠自己的本事吃饭，天天等着别人帮忙得等到什么时候！”

“叫他伯伯帮帮忙怎么是别人了，大家都是一屋人。”谢娇说着。

高立春不想多费口舌说道：“麻纺厂是进不了了，厂里现在工资都发不出，你进去干嘛？”

“不会吧，谁跟你说的？”

“王丽华以前回来时常说起，你没听说？”

“拖欠的工资或迟或早总是会发的吧，有个单位总是好的。”

谢娇不依不饶，高立春说道：“王丽华都不知道还能在厂里待多久，现在叫他们进去待一段时间再出来？麻纺厂现在效益不行了，大哥这次回来就是跟我说这件事！”高立春声音大了起来。

“这点忙都帮不了，真到需要人的时候一个都靠不住，这个世界真的只能靠自己！”

“大哥是为了他们好，让他们早点找一个能长久的工作。麻纺厂现在形势不好，进去了也没前景。”

“平常一直听你说让铁林跟敏敏进麻纺厂，现在，哎，原来他昨天回来是给你这个信。这个事要办不到就早点通知，搞到现在，一直在等着，现在却说不行，耽误了几年时间，现在他们的出路在哪里？”

高铁林跟高敏敏在一边听着父母的对话，他们这个年纪当然懂得不能进麻纺厂对他们意味着什么！高敏敏长期以来一直希望能早点进麻纺厂好拿一份工资，麻纺厂嘛，踩踩缝纫机这正是女孩子适合的工作，现在这个梦破碎了。但是对高铁林来说，他听着倒是有点无所谓，初中毕业后混了几年，这几年等着去麻纺厂只是他的一个借口，他更想去外面的世界看看，只是父亲给了个安排让他等待，他也不大好忤逆父亲的意思。现在父母虽然争执的激烈，但对他来说是了然无事，进不进麻纺厂他基本上是无所谓。

“你们俩自己怎么想的，说出来给爸爸妈妈听听。”

“进不进麻纺厂我是无所谓啊，徐吉茂跟徐吉盛没进麻纺厂，他们家照样盖起了楼房。”高铁林说着。

他这个态度倒是让高立春跟谢娇意外，高立春还想着儿子会责怪自己之前空许诺言让他等待，听他这么说，还真不知道他心里对自己是怎么安排的。

“那你怎么打算了？有什么想法？是去做点生意还是去学门手艺？”

“徐吉茂跟徐吉盛在广州赚到钱都盖起了楼房，我也想去广州那边。”

“去广州你又能干吗，除了打工。”

“能赚到钱就好啊，管他干什么。”

儿子把打工看得这么轻淡，恐怕是因为没有尝过打工的滋味吧。

“你以为打工会轻松？”高立春想着儿子细皮嫩肉，从小农活都干得少，怎么能受得了打工那份苦。

“徐吉盛跟徐吉茂能做，我怎么不能做。他们当年去广州的时候还没有我这么大吧。”

高立春没料到儿子会这么说，之前老担心他不能吃苦，还怕他不走正道，现在他却说出了这种话，做父亲的对儿子还是了解不够啊！高立春心里想着，儿子都说出这种硬气话了，你有本事说这种话，那我也不必操太多心。有这个气势，那不论干哪一行，结果总都不会太差的。

“你真打算去广州？”谢娇问着。

“嗯，就去广州。”高铁林长这么大，一直没有去外面的世界看过。之前每次看到徐吉茂、徐吉盛回来时新潮的穿着，听他们讲起广州的花花世界，他对外面的世界充满了好奇跟想象。那个时候他年纪还小，现在总算长大了，能够独自出去闯荡了。这几年没事干时就是打电游、打牌，这样的生活他也腻了。他是刚升起的太阳，生活应该有属于他的希望跟精彩吧。

“你要去广州，具体怎么想的，又打算什么时候动身？”高立春问着。

“怎么打算？到了那边再看吧。能尽快就尽快去，反正待在家里也没事，闲得无聊。”

“敏敏你是怎么想的，现在麻纺厂也进不了了，要不你就在家里，跟你妈妈学着操持点家务，学学缝缝补补，再过两年给你做个介绍，嫁个好人家，女孩子嘛，最重要的还是看嫁得怎么样。”高立春说着。

听到给她做介绍嫁人，高敏敏羞红了脸。自己刚初中毕业没多久，怎么就谈到要嫁人？在她的脑子里，嫁人是遥不可及、远在天边的事情，恋爱都还没有谈过就谈嫁人！想不到在父亲眼里，再过个几年就要给她找人家，把她嫁出去。想起来，也是十七八岁了，十几年来的生活都局限在乡村，外面的世界是个什么样子，她还没有出去看过。照父亲的说法，等到了二十岁就会给她张罗着找人家，一辈子就这样匆匆定下来？都说少女情怀总是诗，怎么自己的生活都是柴米油盐。不行，自己的命运得自己来掌握，不能就等着父母来安排。她年纪还小，还有时间去做自己想做的事情，能不能跟哥哥一样去外面的世界看看？

“我也想跟哥哥去广州。”高敏敏轻声说着。

“你一个女孩子去广州干吗，外面的世界乱得很。”听到女儿要去广州，高立春倒是担心起来。在他的观念里，女孩子去外面陌生的世界那自然担心的事情多了。

“我就跟着哥哥，他做什么事我也做什么事。”高敏敏边说边看着高铁林，要他给自己说话。

兄妹俩的关系一直都不错，现在看着妹妹期盼的表情，高铁林说道：“两个人一起出去的话，相互也有个照应。”

“照什么应，你出去还要妹妹照顾你？敏敏你就听爸爸的，这几年在家里好好跟你妈妈学习操持家务，再过几年找个好人家就可以了。”

高敏敏听爸爸这样说，赌气站起来往房间走，进门后把房门掼得吱呀吱呀响。

高立春看这形势，不知道如何是好。女儿大了，她有自己的想法，做父亲的不能事事都替她做主，代她拿主意。

谢娇看女儿生气了，敏敏一直是她的心头肉，做母亲的从来没有让她受过半点委屈，赶紧起身追了过去。走到门边推门，门推不开，女儿把门栓上了。她边喊边敲，里面毫无回应，看来女儿真是生气了。

谢娇折回来坐到凳子上说道：“昨天叫你买几个灯泡回来，你买了没有？”

“你什么时候要我买灯泡了？”高立春脑子里毫无印象。

“你脑壳一天想些什么问题？叫你做的事什么时候能够记得住。”谢娇声音高了起来。

“你没叫我买嘛，你自己记错了吧。”高立春嗫嚅着。

谢娇确实没有跟高立春说买灯泡的事，只是刚因为高立春让女儿受委屈了，她想找点茬。

“还没跟你说，一件事都做不好。刚刚又让敏敏生气了，你到底哪一件事能做得让家里人满意？”

说到这，高立春终于是领会了。

“一心想在屋里当家，家又当不好，这一二十年来，你哪一件事做好了？”

不等高立春回答，谢娇又说道：“儿女都长大了，他们有什么想法都得尊重他们，他们有他们的思想跟生活，我们最好是给建议，不要替他们拿主意。”

就这样，高立春不得不认可了高敏敏的要求。

儿女们都要去广州，什么时候去？最好是广州那边有熟人照应，不然真不放心。

高立春想着，等过年时徐吉盛跟徐吉茂回来再去广州时，儿子女儿跟着他们一起去，但高铁林已经等不及了。高立春只得去找徐通，问得他两个儿子在广州的联系电话跟地址。去广州的票买好后，高立春电话打了过去，把儿子女儿到广州的时间说了，徐吉茂在电话中爽快地说他会去车站接他们。

就这样，高铁林、高敏敏带上家里给的几百块钱南下广州。以前常听广州的钱好赚，只有他们到了广州，进了工厂才知道这钱到底好不好赚，为赚到那点钱，为每年年底能在别人眼中的风风光光地回到家乡得付出多少汗水！不过劳动虽然艰辛，但也只有劳动才能让生活充满希望跟收获。

二十一

已是四月，大自然早已换上了春装，山野里长出的嫩叶黄绿黄绿的。一切都欣欣向荣，生机勃勃。泥土的清新伴着花香，混杂着汇成春的气息。稻田都已犁过耙过，只等着插秧了。

四月底的一个周末，高翔上午写完了作业，吃过中午饭后大姐跟二姐掐蒿子去了，他一个人在家里没事可干，有点无聊。阳光明媚，春风和煦，这么好的天气干点什么事去？

高翔琢磨来琢磨去拿出了门背后的钓杆。这钓杆是去年在竹山里找了好几天才找到的，找好竹子后又找借口骗了奶奶几块钱，在陈世宝小卖部买了鱼线、鱼钩跟浮标，钓杆就做好了。村里大多数的孩子做钓杆时都是在线上拴大小不一的两个鱼钩，而他拴的都是两个大鱼钩——看起来他是只准备钓大鱼的。

检查了钓杆后又赶紧拌了一点酒米，然后跑到后山挖了十几条蚯蚓后，他就扛着钓杆出发了。

正是晌午，阳光有点灼热，高翔出了门后又折回去戴上了斗笠，顺便还拿了一本书。现在走在青草覆盖、野花点缀的田垄上，如果从远处看，俨然是一个悠闲的垂钓者的身影。

队里的鱼塘被徐通承包了，当然不能再钓，高翔只得去他们家栽杉树的那个山脚下的小水库钓鱼。

经过徐祝、徐钦他们家门口时，他担心会受到他们的挑衅，快走了几步。

水库三面环山，堤坝上覆着层暗绿的青苔。水面像一面镜子，苍翠的树影倒映在水中显得水碧绿碧绿的。

高翔选定一块阳光照着的水面，春风吹拂的水面波纹来回起伏着，看起来波光粼粼。远处的水面上一群水鸟悠然地游着，高翔扔了块石头，水鸟受了惊吓，有的展翅飞到了树林里，有的一下子钻到了水里，之后在好远的距离才又重新露出水面。他看了会儿水鸟后，把一把酒米洒下去，很快就看到鱼儿在这块水面来回游串。

他把钓钩抛到洒了酒米的区域，又找了块大石头把钓杆压住后拿出书看了起来，书本里的故事马上使他入了迷。春风吹拂着枝头跟绿草，四周静悄悄的，只有偶尔的虫鸣跟鸟叫声。

不知过去了多久，突然一个女声打破了山林的寂静。

“嗨，鱼咬钩了。”一个普通话的女声嚷着。

高翔一惊，马上从书中的故事回到了现实之中。

他瞥了眼侧面的陈珍，站她旁边的女孩赶忙跑过去猛拉了钓杆，从她拉起的力度来看，鱼显然是咬住钩了。

高翔走过去接过钓杆缓缓把鱼拉到水面，一条大草鱼挣扎游串着。他用力迅速拉出水面，鱼在空中活蹦乱跳地摇晃。在阳光的照耀下，鱼鳞闪闪发光。

“好大的鱼啊。”又是刚才那个声音赞叹着。

高翔把鱼甩到山路上，草鱼蹦弹着沾满了泥土跟草屑。他捉住草鱼，食指勾住了鱼腮。

“你没带个桶装鱼吗？”

高翔侧过头看说话的女孩，她比陈珍矮了半个头，但是衣着更鲜亮一些，看起来年龄跟他差不多。

高翔没有搭理她，在路边扯一把杂草穿过鱼腮，又打了个结后把鱼挂到了树枝上。

“又钓了条大鱼。”陈珍说着。

“是啊，珍姐。你怎么来山里了？”珍姐是王老师的独生女，听说师范毕业了，现在在学校教书，高翔不由得多了几分敬畏，但是说话时还是瞟到了站陈珍边上的女生。

“这是我表妹，她叫……”

不等她说完，那女生抢着说道：“我叫程彩虹，表姐说带我来山里看看、转转，结果就转到这里了。”

高翔哦了一声。

“我们在山里采蘑菇，刚下过雨不久，蘑菇长得大。”陈珍边说边指着手里提着的篮子。

“采了这么多啊。”高翔看着篮子里诱人的大蘑菇，然后又发现她们裤腿上扎满了草刺。显然这是没有经验，去山里采蘑菇得穿牛仔裤草刺才扎不上。

“我们回去吧，快点回去把草刺拔了，时间越长越不好拔。”陈珍对程彩虹说着。

“你先回去吧，姐，我再看会钓鱼。”

“好，那你自己回，我还急着回去改作业、备课，先回了。你自己知道回吧？”

“知道了。”

“高翔，我表妹要是不知道走，你给她带下路。”陈珍说完挎着篮子走了。

高翔把钓钩抛到水里后余光瞟了几眼程彩虹，这个衣着洋气、充满活力的女生站在他身边，忽然感到有点不自在。他握着钓杆，目不转睛地看着浮标。本来想跟刚才那样用石头压住钓杆后去看书，但现在一举一动都像要经过深思熟虑似的。

“我影响到你了吗？”程彩虹轻声说着。

高翔紧握着钓杆，瞄了她一眼没有回答。

浮标突然往下沉了一下。

“鱼咬钩了。”

程彩虹虽然稍微放轻了声音，但高翔还是被惊了一下。等他反应过来要拉钓杆，浮标沉下去又浮了上来，之后好久都没有动静。高翔心里不由得埋怨程彩虹，刚刚鱼是在试钩，结果被她说话声吓跑了。

“刚刚你看的什么书？”

这女孩这么多嘴，但这个问题似乎也不能不回答。

“《木偶奇遇记》。”说完食指放在嘴边嘘了一声示意安静。

“这本书我看过，里面有句话说‘学习永远是不晚的，学习对人热情更是永远不晚的’。”

高翔没有料到她竟然已经把这书看完了。而且她说的前半句自己刚刚看到了，至于后半句，高翔突然感觉到程彩虹这句话是在针对他。

“你记性不错啊，前半句我也看到了，但是这书里有后半句吗？”

“你还真想看后半句？后半句是我编的。”

自己被一个女生说要学习待人热情，高翔脸有点泛红，想想自己刚刚那一股气，对女孩子也是不必要的。他尽量用客气的语调说道：“你喜欢看书？”

“嗯，差不多吧，没事时看看。”

“看书看得多，那你作文写得好咯。”他又没忍住了。

程彩虹听他略微带着嘲讽的口气问道：“你几年级了？”

几年级？她把自己当小孩！

高翔没好气地说道：“初三了。”

“那我们是同级。听你口气，好像你作文写得很好？能不能借我看看？”

高翔听她说要借他的作文看看，口气又不像开玩笑，这下他倒不好意思起来。

他打量着这个不相熟的女生，很快程彩虹含笑的嘴角透出的和善与亲切把高翔那股得意之情压下去了。

“写得不好。”

“是实话还是谦虚？”

这二选一的难题，高翔不知如何回答。

“看，翠鸟。”

高翔顺着程彩虹手指的方向望去，一只蓝绿色的翠鸟掠过淡绿色的水面后又腾空飞到山头的枝丫上去了。

“翠鸟捕到鱼了。”程彩虹兴高采烈地说着，脸庞上汗水浸着汗毛，显得生机蓬勃。

“这有什么激动的，时常可以见。”高翔从刚才的窘境中缓过来，不以为然地说。

“我在广州就没机会见，我知道翠鸟还是在课本上学的，今天第一次看到。”程彩虹似乎没有介意高翔口气中的不屑。

“那你没见的多着了。”高翔说话时一直看着浮标，表示轻视。

“你说话怎么这么冲？我介绍了自己，你还没有说你的名字了。说话也不看着人，没礼貌。”

这个女生说话这么直率，反倒把他的兴趣撩起来了。

“你从哪儿来的，地里长出来的吗？”

“你别管我从哪里来的，你这样说话真难相信我表姐还说你是好学生，成绩好！”

这话听在耳里多少有些不好意思，高翔见她生气了，自己开始那番戏谑的态度也有点不对。他说道：“我开玩笑的，你别生气，我叫高翔。”

“那我们是认识了，是朋友了。”

山风吹皱了水面，浮标在水中摇摆着。枝头随风舞动，发出沙沙的声响。程彩虹支起手把耳鬓边上迎风飘着的发丝掠到了耳后。

这个突然闯进来的女生，现在蹲在他身后看他钓鱼，高翔很不自在。虽然故作镇定，但是心猿意马，错过好几次拉钩的机会了。

“哥，去那边钓鱼去，那边鱼多。”

声音传过来，徐钦、徐祝提着铁罐拿着钓杆朝这边走了过来。这两个人过来了，高翔有点愤怒又有点心怯，他目不斜视地看着浮标。

“好狗不挡道，让开。”徐钦离着高翔十来步的距离大喊着。

他们今天两兄弟一起，好汉不吃眼前亏，高翔压着愤怒往岸边挪了下。

徐钦、徐祝从背后走过去，在离高翔十多米的地方坐下来准备放钩。

“这酒米是我洒的，你们不能在这里钓。”

“这水库又不是你家的，谁不能钓。”徐祝盛气凌人地涎笑着，把钓钩抛到了高翔的浮标旁边。

程彩虹手支着下巴看着他们的争执，既新鲜又好奇。

有女生在后面看着，自己至少不能失了面子。高翔咬着牙关忍着，浮标接连猛地往下探了几次。

“妈妈的，怎么不咬我们的钩？”徐钦大声说着，鱼受了惊吓，颤动的浮标一下子平稳下来。

声响对谁都不利，徐祝、徐钦安静下来，眼睛直愣愣地看着程彩虹。等程彩虹发现他们在注视着她，那逼人的目光把她脸臊红了。

高翔的浮标又在往下探，猛然沉到了水底，鱼应该上钩了，他正准备拉钩，砰然一声，徐祝把一块大石头扔到了水里。骤然的声响，高翔跟程彩虹吓了一跳。高翔用的是拉鱼的力气，但鱼已脱钩而去，结果拉起来的钓钩甩得很高，挂到了树枝上，高翔一脸懊丧。

徐钦、徐祝嘻嘻哈哈地笑着，表示高翔不能拿他们怎么办，同时为他们在女生面前出了风头而得意洋洋。

“走，我们去那边钓去。”徐祝、徐钦往一边挪了十几米。

水上的波纹平下来，刚刚这事有女生看着了！高翔拉着挂树枝上的钓钩，怎么也拉不下来。愤怒中忍不住了，他捡起块石头朝他们的浮标扔了过去。

“你干什么？你这没爹的杂种！”徐祝冲过来，徐钦紧跟其后。

他们两个身板比高翔高大些，但高翔开始的心怯没有了，他站起来怒目瞪着他们。

“怎么，想打架？”徐祝语气里表示不可置信，同时嬉笑地看着程彩虹。

“这个妞哪里来的？”徐祝涎笑着。

“嘴巴放干净一点。”高翔过来挡住了徐祝。

“你说什么了，关你屁事，让开，你这个杂种。”同时扬起手作势要打人。

程彩虹立马站起来拦到了中间，“不要打架。”

“打了又能把我们怎样？”徐钦轻蔑地笑着。

“你们要打架我就告老师，让老师处理你。”

“娘们打不过才去告老师。”

程彩虹看着徐钦，“我知道你在哪上学。你打了架，我肯定告老师，你不信就试试。”

“哥，我们钓鱼去。这没本事的杂种，竟然要一个女生撑腰。”

“今天就放这杂种一马吧。”

高翔张口要回骂过去，程彩虹使着眼色要他别说，高翔忍住了。

春日的阳光，宁静的山野，气氛全搅坏了，这鱼钓不下去了。

“我回去了。”高翔说着。

“我也回去，咱们顺路，一块走，我帮你提鱼吧。”

高翔拿上钓杆跟斗笠，程彩虹提着鱼，两人踏着山野，沐着春风静静地走着。山野一片寂静，脚下踩过的绿草跟碎叶发出细碎的沙沙声。

“刚才是你帮了我，还是我帮了你？”程彩虹侧过脸问。

“当然是你帮了我，你不是帮我提着鱼吗。”

“好像是你帮了我，他们冲我走过来，不过既然我帮了你，那你带我到处转转好不好，我想多看看山里的景色，我还没有好好转过了。”

“你姐带着你玩不是蛮好吗？”

“不，没意思。她比我大，老是用指挥跟教导的口气跟我说话，很不自在，跟她在一起拘谨得很。”

“你想去哪里玩？”

“就带我去山野里溜达吧，今大看到山野里很多不知名的小花，但我姐姐什么都不跟我说，一腔热情都被她压下去了。”

“哦。”

“就带我去山上看看映山花也好，你知道哪里有映山花吧？”

高翔没有接话，显然现在不能用开始那种漫不经心的态度来对待她。

“不作声那就是答应了。你的斗笠怎么不戴上，太阳这么大。”

高翔有点窘，在一个不认识的女生面前戴顶斗笠像什么了。

程彩虹又接口说道：“戴上斗笠坐在那里钓鱼，真的很像小学课本里画的渔翁。”

高翔不知道她这句话是在嘲笑他还是怎么的，被嘲讽的感觉占了上风，他脸猛然变得通红。

程彩虹也没注意到他情绪的变化接着说道：“你不戴给我戴，看我戴了是什么样子，我还从来没有戴过斗笠。”

哦，看来刚才她并没有嘲讽他的意思，高翔总算释然了。

高翔把斗笠给她说道：“你怎么跟电视里说话一样，你不会说我们这里的话吗？”

程彩虹戴上斗笠摆弄着，“我从小在广州长大，身边都是说粤语跟普通话。我爸这次让我转学回来，说让我把家乡话学会。你不用跟我说普通话，说家乡话就好。我戴斗笠好看吗，可惜我自己看不到是怎么个样子。”

接下来的谈话，高翔知道了程彩虹的妈妈跟王老师是亲姐妹，她这次转学回来是因为没有广州户口，将来不能在广州高考，所以早点回来适应湖南的教学。另外她爸爸说不会说家乡话就很难有故乡情节，大城市熙熙攘攘，但他们终究是这块土地上的人，还是希望她能把家乡话学会。她父母八十年代中期响应改革开放的春风到了广州，一开始过去在工厂没日没夜地打工，积了一点钱后开始在夜市摆摊，在夜市赚到钱后正式投身餐饮，现在在广州有好几家店面。

他们这样说着，不知不觉放慢了脚步，觉得有很多话要说，所以干脆坐到了一个小山丘上畅谈起来。

“你从小在广州长大，广州那边是个什么样子？我们这地方你习惯吗？”

“什么叫你们这地方，我也是这个地方的人。我虽然从小在广州长大，也听得懂粤语，但我可不认为我是广东人，我的根在家乡，在这里。”

一阵山风吹来，稍带了凉意。

“有点冷，回去吧。”

“时间过得真快，你看那橘黄色的云层多美，在广州都没有看到过。”程彩虹说着。

“还行吧。不过没有彩虹好看，夏天下暴雨后，天空时常会有彩虹，好看极了。”

高翔随口说出这句话，直到看到程彩虹脸红起来才突然反应过来她为何脸红，于是自己立马脸上发烫了。

程彩虹没有理会他，快步往山脚下走。

高翔拿上钓杆，提上鱼跟了上去，然而又不敢走太近。

到了岔路口，程彩虹停了下来。高翔踟蹰着步子，慢慢地走着。

“你什么时候带我去摘映山花？”程彩虹平静地说着，脸上的潮红已经退了下去。

“周六或者周日吧，哪天天气好就哪天去。”高翔说得很不自然。

“好，到时我去你家找你。”

说完转身往前走了。高翔看着她的背影，怔了好一会儿。

程彩虹回到学校，姑姑跟妈妈在食堂里忙着做饭，灶堂里的火映得脸通红。

“又去哪里野去了，帮我烧火。”她妈妈说着。

烧柴火的灶对她很新鲜，她坐到灶下烧起火来。

饭很快做好了，苔子菜、蒜苗炒肉、腊肉煮笋子。

边吃饭边闲扯着，她妈妈王芙蓉跟姐姐打问了村里很多事，说着说着就说到了王丽华。王丽华跟王芙蓉是小学同学，都是一个村的，两家住得也不远，做姑娘时时常在一块玩。说着王丽华，王秀梅自然也说到了高翔。程彩虹适时地把话插了进去。

“姑姑，高翔是不是爱打架，今天我看到他差点跟人打起来。对方两个人，还都比他高。”

几年前高翔跟高大齐打架的传闻在脑子里浮起来，王秀梅说道：“那孩子是个聪明相，现在家里没人管他，每天放学回来我都看他在外面跑，可考试起来还是一二名。村里同龄的孩子恐怕将来都比不过他的。高余、高量、徐满军家境稍微好了一点就欺负人，富贵而骄，自遗其咎，何况还没富贵了。他们以为在这村里拳头打得过人就行，在这穷乡僻壤也许有效，在外面的世界迟早会吃苦头。三十年河东，三十年河西，我们这村里今后恐怕还有的是故事。”

程彩虹像是全懂了，又像是完全没有懂，低头扒碗里的饭去了。

“等下你把带回来的零食给王丽华三个孩子送一点过去。”王芙蓉说着。

程彩虹办好入学手续后分在二班，跟高春兰同班。

手续办好后王芙蓉又得起身去广州，王秀梅送妹妹上了到市里的班车。汽车开动后，看着家乡的山山水水，王芙蓉离愁涌上心来。但有什么办法了，家乡要是有好的出路，谁想跑到外面去。经济发展使兄弟姐妹相隔天涯海角。

程彩虹已经上课五天了。当然，她今天出门上学时妈妈已经给她说了今天南下广州，从小没有离开过父母身边，但现在她不是小孩子，不能拖着妈妈的胳膊不让妈妈走，当然更不能哭着要妈妈。父母要她独立生活，把她当小大人，她怎能那么孩子气。她已经懂得克制并合理地表达自己的感情。

已经是第五天，刚开始的新鲜感已不是那么强烈，同学们对这个穿戴显得洋气的新同学也不那么好奇。但有个事情让她不满意，她回来是想把家乡话学会的，结果同学们怕她听不懂，都用普通话来对付她。

今天妈妈去广州了，只有等到放假才能跟父母团聚。下午不上课，搞大扫除。

同学们一阵忙乱过后，全校的纸屑垃圾都去了垃圾桶，窗明净几，教室里亮堂了很多。湿布擦过的黑板留着几条水痕。后墙的学习园地也整洁了很多，同学们洋溢在劳动后的愉快中。

不知谁拿了两副扑克放在课桌上，班里的同学心痒，但都畏于班主任的威严，没有人敢打。程彩虹刚来不久，还不太懂规矩，她吆喝几声，没人响应。这时高春兰说道：“找别的班的人过来打吧，自己班的肯定不敢打。”

“那你打吧？没关系，老师发现不了的，把你弟弟叫过来吧。”

程彩虹妈妈那天给他们送了好多零食，她又听高翔在她面前夸她，现在人家叫你玩，如果回绝她，那也不太好。高春兰说道：“如果三缺一，那我就补一个吧。”

“把你弟弟叫过来，我们再找一个人就行。”

高春兰跑到隔壁教室叫高翔，高翔一口回绝。但高春兰说到是程彩虹叫他去的时候，他犹豫了。

“三缺一。”程彩虹在教室外面喊着，高翔只好跟着姐姐去她们教室。

徐钦见高翔过来了，全身的劲都上来了。上次钓鱼没能收拾他，今天打牌终于有机会羞辱他了。他瞟了高翔一眼，坐到了程彩虹对面。

打的是升级，几圈下来高春兰跟高翔就赢了。徐钦觉得在女生面前丢了面子，程彩虹倒是在称赞高春兰他们打得好。

接下来的一轮，徐钦还是打得不如意，于是他耍起了伎俩，趁高翔跟高春兰没注意时换了好几次底牌。这样几次下来，终于赢了几回。

“这把又赢了，你们姐弟真是没用啊，打架打不过，连打牌都打不过我。”

高春兰、高翔没有理会，但接下来的一轮他们又输了。

“你看我们打得多好，他们俩真笨。”徐钦讨好着对程彩虹说着。

接下来，徐钦还是故伎重演。但这次正当他换牌的时候，程彩虹憋不住了，“又换牌，搞鬼有什么意思！想玩就认真点，别搞这些小名堂。”

被人揭穿了，徐钦面子搁不住了。

“老子不打了。”说完把牌往桌子上一拍，气冲冲地走开了，心里抱怨程彩虹不识相。

“他不打正好，我们三个人打关牌。”

徐钦出了教室，往班主任办公室走去。

没打到两圈，班主任到了教室后门。班主任的到来就像个消声器，同学们相互使着眼色，闹哄哄的教室一下子安静下来。但他们投入在牌桌上并没有发现，直到班主任走到旁边猛敲桌子，他们才从惊觉过来。

“老师，大扫除搞完了，我们就放松下。”程彩虹云淡风轻地说着，等看到高春兰脸色变了，才感觉到事情有点不对。

班主任原本对程彩虹情况还不太了了解，但现在竟然敢堂而皇之地在教室里打牌，看来这女生很有可能是在之前的学校表现不好才转学的。

班主任面色严厉地说道：“你这位新来的同学不要把我们班的风气带坏了。”

同学们都回到了自己的座位，班主任对程彩虹的初步印象就此形成，这一切得靠以后的考试成绩去洗刷，去证明。

这件事的处理结果是高春兰、程彩虹被罚抄课文十遍，并且负责班里一个星期的卫生。宣布这个决定时，徐钦捂着嘴，低着头闷声大笑着。

周六，清早下起了小雨，山里水汽蒸腾，雾蒙蒙的。今天摘映山花是摘不成了，带一个女生去摘映山花，想想都有点不自在，这也让高翔解脱了。

高春兰跟程彩虹因打牌共了患难，这使她们更亲近了。周六高春兰把程彩虹请到家里吃蒿子粑粑。

一天天的，程彩虹开始可以说家乡话了，她的腔调跟表情给同学们带来了很多欢乐。

初三年级每月一考，考后的成绩程彩虹进了前五名，对成绩好的同学老师总是偏爱的，这个名次让班主任对程彩虹的看法稍有改进。

二十二

中考马上来了，考试后意味着在一起学习了三年的班级就解散了。大家以后在哪上学，还上不上学，以后还会不会见面，这都不知道。当然，初三的学生不会想得那么深远，但班里还是充满了毕业前的气氛，同学们平常间的一些龃龉也随着毕业的临近消失了。本来关系不要好的说话多了，而那些好朋友则更加珍惜这即将离别的时光。

班里有女同学已经买了毕业赠言本，每个同学轮流在本子上写着毕业前的祝福。高翔已经写过好几本，想写得跟别人不一样，又有这么多同学要写，这个事情费了不少脑筋。

今天是最后一天聚在教室里，明天放假休息调整一天就考试了。

上午上课，大家还算平静。吃过午饭后，毕业班的教室沸腾起来，同学们热烈地谈着话，做着游戏，初中就要毕业，大家都沉浸在毕业的兴奋中。

高翔跟陈建平与班里的同学玩着游戏，高春兰、程彩虹过来喊他了。男同学见是隔壁班的女学生喊他，纷纷对着他哈哈大笑。高翔臊红着脸走出来了。

“有什么事？”程彩虹把一本包装精美的笔记本递到了眼前。

“给我写写毕业留言吧。”高翔接过笔记本，想了好久才把那不多的几句话写好。

中考结束后，初中同窗的情谊是散了。以后能不能聚在一块，还有没有见面的机会，那只能靠所谓的缘分。

高翔、高春兰考后感觉一般，考高中是淘汰性考试，考完后家里有点背景的基本上都会去找关系。王丽华为儿女能上好一点的学校，特意在麻纺厂请了两天假去高翔阿姨高华华家，看她能不能帮点忙。高华华在省重点中学教书，她丈夫又是学校的领导，现在侄儿侄女来了，这么一点事，这个忙应该帮吧？

高华华当然是带着笑脸招待了他们。王丽华也不拐弯抹角，她觉得也没有必要，直接把事情说了出来。

王丽华为侄儿侄女的升学而来，高华华立马想起了几年前母亲来她这里拿钱去给侄儿侄女交学费的那一幕，要是他们真到自己上班的学校来读，那今后要是有个需要钱的地方恐怕会跟自己脱不了干系。高华华这样想着说话吞吞吐吐，眼睛老是瞟着高翔跟高春兰，似乎他们在旁边不好开口。

“你们去楼上看电视吧，新买不久的彩电。”

王丽华察觉到了这点微妙，也跟着说道：“你们上去看电视吧。”

高翔、高春兰上了楼，电视机的声音传下楼来，高华华扯了番不相关的事后入了正题。

“王丽华，你这个家怎么当的？”

“怎么了？”王丽华一脸纳闷。

“你不懂事了。”

“我不懂事？怎么不懂事了？”

“他们都上完初中了，你还送他们上高中？你送不送得起！”

“也应该差不多，虽说钱很紧，但只要他们读我总会想办法。苦是苦一点，他们读书，做娘的总不能不送，得为他们的前途着想。”

高翔看了会儿电视觉得有点口渴，就下楼来倒茶。刚走下楼梯听到妈妈跟阿姨似乎在谈论自己，他突然不知怎么想的，躲到了门后细听着。

“你有必要把自己搞得这么辛苦？你太不会当家了。”

王丽华一脸纳闷。

高华华接着说道：“你想想，你把两个女儿嫁了，再用得来的聘礼给高翔讨个堂客，你做娘的就没有责任了，不要你花钱，说不定还能省出一点钱。”

“哦。”

“你送他们上学，不知道要花多少钱，这钱可能也不是你能供得起的。何况他们能不能读出去，能不能考上大学也是个问题。有时候没那天分，就不能逞强，认命吧！”

“那你怎么都送儿女读了高中还考了大学？”

“我们有那条件，你们没有。”

高华华缓了缓，“你早点让他们成家，你也不用辛苦，他们还得赡养你，你何必把自己搞得那么辛苦。等他们成家了，你也能早点享福，让他们孝敬你过几天清闲日子不好吗？”

王丽华大概知道高华华担忧的是什么了。

“你放心，你帮个忙让他们去你学校读，钱我肯定给足，他们也不会问你要一分钱，这个你放心。高冬九过世后，从来没求过你什么事，今天侄儿侄女都来了，这事你看能不能办到！”

提到高冬九，高华华感到了压力。她停了会儿叹口气说道：“不是办不到，我都是为你们好。你送他们读书的钱给高翔早点讨个堂客不好吗？读高中读三年，要是考不上不是竹篮打水一场空，白白浪费钱！你上楼看会儿电视吧，我准备做饭了。要是高冬九还在，他也会同意我这个说法的。”

看来高华华是不愿再多谈，等她起身到厨房后，王丽华满肚子委屈，几滴泪水突然滑了下来。

高翔躲在门背后听着这些话，心里不知是何滋味。原来他是这样被人看不起！原来只需阿姨去她学校讲几句话的举手之劳都不能施以援手，这还是他亲阿姨了！高翔又想起爸爸去世后这些年，过年过节阿姨从来没有上过他们家门，原来世界是这样势利冷漠！

他轻踮着脚步上了楼，刚刚听来的那些话在脑子里不时回放，这些话带着伤痛印在了心上，但也给性格上的强者蓬勃向上的动力。

中考成绩出来后，高春兰、高翔分数都还过得去，他们上了市里的高中，程彩虹、陈建平也不例外。

九月一号报到，半个月的军训后开始上课。初中时各个学校的好学生到了高中，大家就到了同一起跑线，老师并不会特别看重谁，这些初中的佼佼者都得有个心理上的适应过程。

原本在初中活跃的农村学生到了市里的陌生环境，一下子沉闷了很多。陈建平的家庭条件在农村是拔尖的，但在城市里，刚上课他就把自己弄得很尴尬。上课第一天陈建平特意打了摩丝梳了个分头，穿上了擦得雪亮的皮鞋，烫得笔挺的西裤跟衬衣去上课，但当他走进教室，几乎全班人都是嘲弄的眼光，好多同学看他这个派头忍不住大笑起来。陈建平一开始还不知何故，以前在初中这样穿不是显得很气派吗？他又看班里皮肤白净的市里同学的穿着，立马发现他是多么的不合时宜。就这样，他穿着皮鞋、西裤、衬衣臊了一上午，中午回寝室后才换了回来，头发上的摩丝也赶紧洗了。

高翔没有穿衬衣皮鞋的尴尬，但跟市里的同学不大能说得上话。市里的同学有些是方言夹杂着普通话，那口气似乎有着高人一等的优越，他不大能学得来，感觉不自在，但心里也不屑学他们说话的腔调。之前上小学跟初中时，虽然父亲去世，家里的经济条件不如其他同学让他没有信心，但由于他成绩好，一直以来都是课堂的中心，这给他弥补了不少自信。现在到了市里，老师并不关注他，于是上课经常听得漫不经心。

开学以来，军训结束后放了一天假，他们几个聚了一次。明显的，除了程彩虹没有多少变化，能照旧谈笑风生外，他们几个情绪都高涨不起来。以后的日子，大家没有分在同一个班，除非有什么特别事，相互间的联系也不如初中时多了。

一个月后，学校组织摸底考试，看这届新生水平怎么样，然后根据考试成绩来分班。考试的结果，他们几个人中只有程彩虹考进了次重点班。这样的结果，对老师当然是自然的，但在他们中间，高翔没有进重点班让他们大吃一惊，但吃惊之后又有什么用。高翔数学只有三十六分，班上倒数第二。分班后的周末，程彩虹约齐了人去外面吃饭。说是吃饭，其实想谈谈，相互之间鼓鼓劲。

周五下完课，三个人在操场等程彩虹，听说她是班干部，比较忙。

“怎么出去？”高春兰问着。

“等程彩虹来了再说吧，听说她在学生会当了干部。”陈建平说着。

不久程彩虹呼哧呼哧地跑来了。

高翔本来想要开个玩笑，但又觉得不是初中了，而且他现在这样落魄，在学校里没有一点位置，到了嘴边的玩笑又咽下去了。

“校门口门卫守着，怎么出去？”

“没问题，能出去的。”程彩虹不等他们说完打包票似的回答着。

“学生会干部带我们出去，那应当是没有问题的。”陈建平半认真的表情听起来不像是开玩笑。

“走，去外面吃饭去，一个月没有聚过了，我先去跟门卫说说好话。”

程彩虹快步溜进了门卫室，不一会儿就站在门口叫他们过去，门卫视而不见地让他们出去了。

一个月封闭的校园生活，出了校门，身心畅快了很多。

“果然是你有面子，这学校有你办不到的事吗？”高春兰说着。

“我才没有面子，是那两包白沙烟有面子。收了烟，好意思不让我们出来吗？我叫你们等着，是因为人过去多了，这么多人看着，门卫可能不会收的。只有我跟他知道，那才有安全感。你们要是都过去，那他怎么好意思。”

“你是学生会干部，是领导了。”高翔说着。

“你总算开口说话了。”程彩虹侧过身看了眼高翔，语气有些咄咄逼人。

“没有干部派头不敢说话！”

“你别理他，我们走我们的。”高春兰拉着程彩虹走到马路另一边去了。

于是两个女生聊着她们的话题走在前头，高翔跟陈建平聊着他们的兴趣跟在后面。

“今天我请客，咱们去哪里？”陈建平问着高翔。

“随意吧，没什么讲究的。”

陈建平边走边瞄着大大小小的饭馆，最后选了家干锅店。

菜上来后，又要了几瓶啤酒。陈建平给每人倒了一杯后举杯说道：“今天第一为我们聚在一起干杯，第二我们恭喜程彩虹进了重点班，并且还当了干部。”

程彩虹马上站起来说道：“为我们聚会干杯，那什么干部就算了。”

陈建平、高翔举杯一饮而尽，他们这个年纪还没有觉得酒好喝，只是在女生面前得表示出一种气概罢了。

饭吃得差不多了，大家随意扯了一番，最后还是扯到了学习上。三个人一致要程彩虹讲学习心得，怎么到了高中就她成绩最好了？大家开诚布公，依次都把自己的心里话说一说。

程彩虹三言两语说自己学习是比不过高翔的，初中都是他成绩好，她只是摆正心态，积极面对每一天罢了。

高春兰言简意赅，说她算是正常水平发挥，分班的情况在意料之中。她倒是想知道高翔怎么失常了。

轮到陈建平，开学那天他还打摩丝，但受了注目礼后就再没有打过，之前带的皮鞋、西裤、衬衣也都没有再穿过。

陈建平喝了几口酒，兴致上来了，说话也就没有多少顾忌。

“我嘛，我就说说实在话。我来市里上学不适应。就我以前穿的皮鞋、西裤在这里倒成了土气，大家都看着你，看得人脸红。班里那些市里的同学说话的方式我不习惯得很，说句话都得先在脑子里好好考虑一番。我学习可能比不过高翔，但应该也不会像这次摸底考试这么差。”

陈建平说到这里又倒了一杯啤酒喝了。

席面安静下来，大家想着陈建平说的话出了会儿神。

“轮到你了。”高春兰喊着高翔。

“对，我们倒是想听听。”程彩虹在一旁帮腔。

“我没有什么可说的，考砸了就考砸了。怪不得别人，都得自己承担。陈建平那想法我也有，但我总想别人来适应我，不是我去适应别人。慢慢调整心态吧，心态好了就没有问题了。”

那天下了晚自习，程彩虹跑到高翔教室给他一个塑料袋，也没说多话就走了。高翔愣了一下，打开袋子一看，袋子里面有几只苹果，还有张小纸条。小纸条？有什么话不能当面说吗？高翔赶紧打开小纸条。

高翔：

你好！

有志者，事竟成，破釜沉舟，百二秦关终属楚；

苦心人，天不负，卧薪尝胆，三千越甲可吞吴。

我很欣赏你，将上面的名言赠送给你，你会成功的，我支持你！你应该赶快调整心态，你应该比我们都强。你会有所出息的，会让同学老师刮目相看的。加油，希望你早点振作起来。

你不是喜欢看书吗，我会借几本书来给你看看的。

末尾没有署名，而是用水彩笔画了整齐的七条不同色彩的线条。

高翔看完这简短的几行字，内心一阵翻江倒海。在他没有什么信心的时候，还有人在关心他，鼓励他，他怎么能不激动、不感激了。一下子，他为白天跟她开的玩笑懊悔了。高翔情绪随着这封信有些振作起来。这是一封关爱人的信，自己应该珍惜。

高翔把纸条放到钱包的里层，这是他在不被人重视，在人生低谷时得来的关爱，多么珍贵啊！

但这封信能改变什么？今后在她面前尽量对她好？什么是对她好？自己有什么本事不辜负她的期许？

这样想着的时候，他又记起了中考后跟妈妈去阿姨家在门背后听到的那些话，每次在关键点时妈妈说的等他有出息后将要告诉他一些事。一方面被人如此看不起，一方面妈妈对他的期望又是那么大，两个问题都得自己有出息才能解决。但如果学习成绩不好，考不上好大学，怎么能有出息。这一刻，高翔已经咬着牙关要把成绩搞上去了！

新的班级分成后，重点班跟普通班，老师是区别对待的，何况是普通班里的差生。虽然大多数老师是好的，但总有的老师免不了要对着普通班的学生冷言冷语嘲讽着。这样引起学生更大的不满，课堂上也更加热闹。当然，有的老师是师德沦丧，学生老师都不把对方当一回事；有时候则是课堂纪律不好成了惯性，称职的老师上课，课堂也少不了喧哗。

这一天上生物课，生物老师是位刚毕业的女老师，敬业不必说，但上课总是显得生涩，压不住场面。

老师在讲台上多次强调纪律，但同学们依旧我行我素，说话说个不停。学生这么不听话，不一会儿，老师泪水一下子涌了出来。见老师哭了，教室里一下子肃静下来，女老师停了会儿也就接着讲课了。

这件事并没有过去，不知哪个班干部把情况反映到了班主任那里。班主任通过班干部了解情况后，最后确定包括高翔在内的六个人写检讨，并当着全班同学作出保证，然后把检讨书贴到课程表下，颇有以儆效尤的味道。

叫高翔做检讨，他上课是说了话，这并不是冤枉。但班里同学谁没有说话？怎么这么不公平！做检讨的名单应该是班干部提议上去的吧？而且做检讨的这几个人都是考试成绩排名靠后的，大概班干部认为把成绩不好的同学报上去，会让班主任更加信服！高翔这样想着感到的只是歧视跟不公，极不服气。

其他几个同学没有表示什么意见，检讨书明天早读之后要上讲台当着全班的面朗读，其他几个同学都把检讨书写好了。

第二天下早读后，班主任监场，一个个上讲台做检讨，高翔看这个形势，在全班同学面前不上去做检讨他还没有这个胆量，何况他还有话想说。匆忙之中，他赶紧把检讨书写好了。

前几个同学都是寥寥数语，很快就轮到高翔。

高翔从座位上站起来走上讲台，他清了清嗓子，尽量大声地念手中的纸条，“昨天全班那么多人说话，怎么只要我们六个做检讨，我觉得很不公平……”

说这话时觉得耳畔轰隆隆地响，自己觉得声音很大，但班主任跟同学听清楚了吗？

念完检讨后，他就站到了一边的课表下，用胶带把纸条贴在了课程表旁边。下课后，同学们纷纷围绕过来看，高翔那几句话马上在同学们中议论纷纷。他坐到座位上后，想着班主任这下不会轻易放过他了！但他也不后悔这样做，有什么后果都来吧！

一二节课，相比平常，效率还是不错。也许那不计后果的检讨书让他心无旁骛了。

一二节课后是课间操，班主任到教室门口要高翔留下，全班同学的目光齐刷刷地扫过来。终于来了！终于来了！

班里同学扭头看着他，有的是同情他，有的是幸灾乐祸，但在课间操音乐声的催促下，他们只得往操场走去。同学们都走后，教室里就只有高翔跟老师。该来的总来了！会有什么后果，本来还有点害怕，现在既然来了，那就来吧！高翔此刻倒是变成了什么都不在乎的态度！

出乎意料的是老师并没有高翔等待中的厉声责骂，她走到高翔旁边的座位坐下来，平声地说道："高翔，也许老师没有调查清楚，如果老师弄错了，给你造成了伤害，请你原谅，请你不要放心上，等下你自己把那检讨书撕下来。你跟我说说，咱们班的纪律为什么不好？"

这和风细雨把高翔等待挨骂的抗拒心理化解了。老师这么客气跟他说话，还问他的看法。高翔脑子里组织着语句，大致这样说道："纪律不好，当然有我们学生的问题，但我看老师应该也要负一部分责任。有的老师讲台上居高临下，看不起、轻视甚至是侮辱学生，我们普通班的学生就这样不受人待见吗？老师不但不尊重学生，还奚落、嘲讽学生，同学们当然对老师也没多少好感，纪律自然不好。"

接着又说了许多话，关涉到了成绩、家庭，但课间操很快结束了，同学们回到教室，老师也就走了。其中说了些鼓励高翔的话。

这次简短的谈话给高翔心里带来一阵暖流，不是每个老师都是冷漠的，不是每一个老师都是势利眼。高翔心里暗暗下了决心，班主任宽厚待人，自己就应该把她的这门课学好，不能让关心你的人失望。

在收到程彩虹的纸条后，程彩虹果然给他送了好些书来，这其中有《林肯传》、《胡适评传》、《富兰克林自传》、《克林顿传》等很多人物传记。从这些书里，他看到这些伟大人物在伟大之前也只是名不见经传的小人物，但是通过个人努力加上机缘巧合让他们伟大起来了。他也知道了很多伟大人物从小的生活环境并不比他好多少，富兰克林自学成才，林肯小时候家里很穷，朱镕基、克林顿是遗腹子，胡适父亲在胡适四岁时去世，这些小时候没有父亲的人也可以出人头地，他们那个年代的环境只会比他更困难，他们能在艰难困苦中奋发，能有所作为，自己为什么不行？某种程度上来说，从艰难困苦中走出来有更大的概率作出成绩来。跟他们那些大人物所面对的问题比起来，自己在学校里碰到的这点麻烦算什么！这些书强烈地影响了他。因为父亲过世早，家里经济条件不如别人引起的不自信被这些传记瓦解。环境再差，但是只要自己努力，任何人都可以过上自己期望中的生活。

看这些书当然是耗时间的，第二次月考高翔照样考得不如人意。但考试成绩出来，他没有第一次的淡漠跟颓废，他已暗暗下了决心要把成绩搞上去。对高中生来说，分到重点班是光荣的。好在重点班是开放的，全校八个班级，每次月考前五十名进重点班，也就是说每个月都有机会，大门一直都是敞开的。

下定决心后，高翔当然迫不及待地行动起来。此后，他上课听讲的效率提升起来。当然，开学时基础没打好，需要把前面的补上去。好在还是高中第一个学期，前面的内容补起来不是太多。就这样忙忙碌碌了一个月，月考又来了。

这一次月考的到来，高翔兴奋了很久，证明自己的机会终于来了。考过之后成绩公布，他考了全校八十六名，也就是说进了次重点班。那天搬课桌过去，程彩虹热情地把他介绍给班里的同学。

高翔一个月的时间从倒数跳到了次重点班，他们班的老师、同学大吃了一惊。有人私底下说他是不是作弊了，是不是偷了教务处的试卷。暗流涌动终是见不了天日。能够到次重点班，想来想去得感谢程彩虹给他看的那些人物传记让他树立了信心，当然也少不了班主任老师那次的鼓励。班主任的春风化雨让他感到了温暖，把他对立的情绪转了过来。当老师的对学生说的话会这么神奇，有时候一句话会成就一个人，有时候一句话又会摧毁一个人。

高翔冲进次重点班对他班上的同学是意外，但在他们四个人中间是情理中的事。他们都为他高兴，还特意去校外吃了一顿庆祝。

现在程彩虹跟高翔同班了，相互都在眼皮子底下。最开始认识程彩虹时把她当个能开玩笑的朋友。但从那次纸条后，他对她内心多了几分敬重，言行都开始中规中矩起来，这倒是让程彩虹有点不适应。有时她跟他开玩笑，他也是一本正经。

程彩虹过了十五岁，高春兰十六岁了，少女情怀总是梦，她们私底下有很多话说。尤其她们看了《Gone With the Wind》之后，对Rhett跟Ashely发生了激烈地讨论。当然，她们只是讨论，学习上的压力不会让她们有逾矩的行为。

高翔进了次重点班，身边都是强手，容不得人松一口气。何况他的目标是再进一步，原地踏步等于后退，这一切都得要高效率地学习。同在教室里，同是四十五分钟，为什么成绩有差异？大家智商恐怕都差不多，关键是注意力能不能集中的问题。高翔的成绩在进步，课堂上老师提出的问题时常会比其他同学反应得快，课余时间同学们有什么不会的都常来找他。

进了次重点班，高翔等于把憋在心里的那口气稍微缓了缓。跟程彩虹同班，他时刻注意自己的行为举止，生怕会让她失望不满。这是种美好的感觉，但也是种不自在的感觉。不贴切地说，如果把一个人看得很重，这里面包涵了太多的温情，自己如果做不到不但自责，而且会觉得有愧于人。高翔一番思考，等他期末考试考到五十名之内也许可以跟程彩虹有一墙之隔。

高翔这些微妙的心理，程彩虹当然窥探不到。她为高翔的进步高兴，这再一次证明只要心态调过来了他是行的。但自从他俩同班以后，高翔对她的态度那么不苟言笑又使她不习惯。她心里喜欢那个跟她说话带刺的高翔，那好比是语言的佐料，少了只会平淡无味，原来那些惹人生气的话也是有意思的。现在他跟她说话一本正经，她不习惯，但是学习上的压力让她没有太多时间来想这个问题。

高春兰学习一般，她从小活泼，当了班里的文娱委员，她跟同学们打成了一片，尤其跟坐他前面的男生张敬勤。张敬勤时常会扯一下她的头发，上课后她又在他背后贴纸条，这种幼稚的打闹当事人是其乐无穷的。有时，张敬勤课堂作业没做完就求高春兰帮他抄，在他的乞求之下高春兰偶尔也给他抄过几次。

陈建平还是跟以前一样，每天早上跑步，有空还打打球。他现在已换上牛仔裤、休闲衣、运动鞋，风度潇洒，常常让女生侧目。他学习当然也在进步，只是还没到一百名而已。

十二月的一场雨夹雪使人感到了真正的寒意。雪花在空中飘扬，然而不待落地就融化成了雨水。天阴沉沉的，白天上课教室里的灯都要全部打开。天寒地冻，窗户关得紧紧的，玻璃上蒙上了雾蒙蒙的水汽，有的学生还在玻璃上画图、写字，教室里坐久了脚就冻僵了。女学生课间跳绳、踢毽子来抵抗严寒，这样的天气持续一段时间，有的同学生起了冻疮。

学校伙食油水不多，身体摄入的热量自然不够，然而这些年轻人又正是长身体的时期，天寒地冻中这样的日子是难熬的。每天晚上回到寝室，被子摸上去是冰冷的潮润。为了让身体暖和起来，睡前得喝一杯开水暖暖身体。寝室是八人间，洗脸洗脚弄得寝室没有一块干的地方，这更加加重了潮气。条件好的同学买了豆奶、芝麻糊、麦片，睡前冲一包喝，那香气充溢着寝室，真是让人嘴馋。

雨雪交加的日子伴随来的是期末考试的临近。一个学期的紧张学习，同学们都等着放假。一个学期，月考家长可能不会太过问，但一个学期期末了，大家都想拿个好点的成绩回家，不然不要说寒假过不好，连过年都会过得不快乐的。压力之下，大家都冒着严寒起早贪黑，丝毫不敢松懈。教室里的景象是一只手在写写画画，另一只手揣在裤袋里。而写字的手冻红了，时常会在嘴边哈几口气继续低头写画着。这就是高中生活！

正当同学们潜心复习，憧憬着考后的假期时，学校突然出了通知，期末考试后休息两天再返校补半个月的课。补课，当然得交补课费。陈建平说要不是得让学生回去拿钱，恐怕两天假都不会放，多补两天就多交两天的钱。

这消息对高翔喜忧参半。喜的是他不必等到下个学期才能知道成绩，这段时间他学习效率很高，他有信心能进重点班，然而忧的是十五天的补课费。哎，二姐跟他加起来一个月的生活费，妈妈最少都给了六百，现在十五天补课费又得多少钱！妈妈压力本来就大，现在过年前又得交一笔钱，生活啊！

二十三

二零零三年年底，高春兰、高翔从学校回来了。麻纺厂过年放十天假，初八上班，在高春兰、高翔回来后的第二天王丽华也到家了，一家人在农历的年尾总算是团聚在一起。

马上将要过年，乡村的气氛看起来跟过去没有多少差别，但是生活的节奏像是快了很多。跟往年比起来，现在很少有人打糍粑，磨糯米浆做糯米粑粑，往年都要大张旗鼓地用茶油炸些糯米片跟红薯片，现在也少见了。大家照旧备着年货，但分量跟种类似乎没有以前多。也许是平常的生活在改善，也许是因为现代社会节奏越来越快，年照样过着，但气氛没有过去热烈隆重，心里的期盼也不如以前强烈了。

三十晚上王丽华做了几个菜，一家人算是吃了团圆饭。吃完饭四个人边嗑瓜子边看春节联欢晚会，零点转钟时，门外响起了鞭炮声，农历新年来了。

送旧迎新，旧的年关过去了，新年对有的人家是气象万新，然而对这个家庭依然是难熬的日子。新的一年儿女又升学了，负担也更重了。

高春兰、高翔上初中时，节约一点一天的生活费一块五毛钱就能解决。早上五毛钱买两个包子，中饭跟晚饭花五毛钱买份素菜就行，米饭是每个学生交米到学校，米饭不用花钱。农村孩子都是这样的伙食，大家也不觉得吃这样的饭就难堪，一个月五十块钱就能将就过，两个人上学一个月一百块钱。现在上高中，开销多了很多。

上高中，食堂里吃餐饭三四块钱不少，节约点的话三块钱吧，一天得十多块钱，两个人算下来一个月得六百多。每个月还要交补课费，儿女大了，爱面子了，不说比别人条件好，但总要跟大家差不多。如果吃的比别人差，穿的比别人差，对十五六岁敏感期的青少年，他在人群中怎么能有信心，怎么会有心情学习！

今年是初九开学，两个人的学费就一千多，再也不能拖欠学费。王丽华记得高春兰因欠学费被老师点名而不肯上学，那时候还是小学生就懂得自尊，现在十六七岁当然更爱面子。生活的重担啊！好在高翔进了重点班，给她争了口气。高春兰虽然在平行班，但多读点书总是好事，只要他们愿意读，王丽华算了笔账，加上前几年的存款，麻纺厂要是还能撑下去的话，供他们三年高中是可以供出来的。不过这也意味着再也存不下钱，不过这一点王丽华倒是想得开，先把人培养好就行，钱还不是人挣的。

生活看起来还好，但有个事到了该考虑的时候。大女儿玉兰过了二十岁了，既然没上学，那婚嫁的事就得开始操心。这几年认识的熟人朋友有热心做介绍的，有的男方来了没见高玉兰就问王丽华家底子有多少，王丽华当然如实说，对方听后基本都是敷衍几句就走了。富易妻，贵易交，这个道理看来在什么时代都是适应的。哎，王丽华有时候只能闷声叹气。

这样见了几个人后，王丽华找了个机会跟高玉兰直接把这个事情谈开了。

“玉兰，你看你年龄也不小了，是不是该找个人家了？”

高玉兰低头抠着手指头，不作声。妈妈头一回跟她谈这个事，她很是害羞。

“咱们也就这个条件，找好人家怕是难。得早一点看，再等年龄就等大了。”

"那妈妈你帮我看个人家。"说完脸臊得通红。

王丽华缓了缓，"你想找个什么样的人，什么条件的人？"

"咱们就不要提什么条件，人踏实本分就行。"

王丽华顿了顿，因为家里没钱让女儿对婚事抱这个态度，随之而来一阵难受。但难受又有什么用了，生活总是得按实际的原则来运行。哎，女儿这句话让人无奈中又有丝欣慰。

"妈妈没本事，委屈你了，妈妈对不起你……"说着说着说不下去了。

高玉兰拉住妈妈的手，"没有，妈妈为我们吃了那么多苦，要不是妈妈，我们这个家早就散了。"

"那地方远近了？你有什么要求？"

"地方远近，在哪都是过日子。还是地方近一点好，可以常回家看看。"

"如果那个人条件不好你也去？"

"只要人踏实，我都愿意，咱们也不讲什么条件，人踏实本分就好。"

王丽华大概知道女儿的要求了。按说嫁女儿不是讨儿媳妇，讨儿媳妇基本上只能找条件相当的，一般女方条件还要差一些。但嫁女儿是可以往上攀的，多少人家就盼着女儿嫁个好人家改变命运。女儿自己没有这样的想法，做娘的当然不会提。其实王丽华还担心高玉兰心里有那样的想法，攀个条件好的，娘家没一点家底，会受气、受委屈的。还是门当户对差不多的好，起码能相互尊重。生活背景相似，说话也能说到一块。两个人在一起过日子，还不是图个安乐。家财万贯里的空虚恐怕也不好受。

其实在王丽华跟女儿挑明这件事之前，做娘的早几年就开始准备嫁妆了。现在情况已经明朗，女儿的交际圈不大可能有自由恋爱，做娘的得完全把这个心操上。

王丽华把口信放出去之后，接二连三的人找上门来了。做媒是女人的第二职业，能有谈资，做成了还有一笔收入，这是多好的事。

中国当前的情况是男多女少，从来没有嫁不出去的女儿，只有娶不到老婆的光棍，未嫁的女儿可都是香饽饽。

王丽华的话放出去之后，接二连三亲近她的人就多了。有的堂客们说她介绍的人家又有钱又有势，对这样的说辞王丽华总是淡然一笑。等对方说完后，再礼节性地问几句后基本就没有下文再也难谈下去。时间在这一次次的对话中过去，慢慢地，慢慢地，这事大概也有些眉目了。

二零零一年，在以龙永图为首席代表的谈判团的斡旋下，中国终于加入了世贸组织。中国将在深度跟广度上更加融入世界经济，更多地参与世界分工。在融入世界经济的潮流中，中国各个领域的关税保护政策得渐渐地降低甚至取消，自由贸易能够更加充分地发挥一个国家的比较优势，从而创造更多的财富，降低关税甚至取消一部分领域的关税是大势所趋。

在关税保护政策逐步减弱的这段时间里，中国竞争力不强的企业得把握这个时期来提升竞争力，提高资源的利用效率，完善管理，注重创新，争取在关税完全降下来之前占领市场。在父母呵护下的孩子总是要独自去闯荡的。过了这个保护期，市场经济，公平竞争，优胜劣汰，在一个公平的竞争环境中，资源得到最有效的利用，人的聪明才智得到最大程度的开发。繁荣跟进步都由竞争而来，千百年来人类社会在竞争中淘洗，在竞争中社会潮流滚滚向前。

对中国这样一个人口众多的国家，照李嘉图的比较优势理论，中国的比较优势是劳动力多。在联产承包责任制落实后，每家每户的仓里都有余粮，然而除过农忙，大多数青壮年劳动力都是闲着，对生活的美好憧憬让这些人闲不下来，很多人纷纷外出找事做了。

改革开放以来，中国东南沿海经济蓬勃发展，大小工厂如雨后春笋拔地而起，这其中绝大部分是劳动密集型工厂。有的农村人走了一趟广东见了世面回来后，在村里吹得天花乱坠，说广东那边一个镇，就是一个村都要比我们市里的马路都要宽，楼也更高，那边的酒店多豪华，路上遍地名车……这自然引起那些没有去过广东的人更多的憧憬与好奇。这些听来的外面世界的繁华对他们有点天方夜谭的味道，虽然有憧憬跟好奇，但多数人还是没有那个胆量出去闯荡。

光阴一寸寸地过去，直到看到别的村往广州那边跑的人推倒泥砖房盖起了两层楼的楼房，这光景日月让人眼红，那些不相信外面精彩世界的人就再也坐不下去了，在家里守着这一亩三分地有什么出息，去外面打拼生活才有奔头，于是越来越多的人壮着胆子前往东南沿海，劳动力的自由流动给中国经济注入了新的动力。

二零零三年开学，高春兰、陈建平、程彩虹、高翔、张敬勤是高二下学期了。本来，进入高中第一天起就是为了高考考大学，但这个学期还有个具体的任务，那就是毕业会考。

这两年的高中，高春兰、高翔上学舒心多了。学费没有欠过，每月的伙食费跟同学们都差不多，只是他们俩都不怎么舍得花。有钱在身上，总是给人带来自信的，你们有的我也有，你们买的东西我也买得起——只要我愿意的话。他们每个月都会余下一些钱，口袋里的钱没有比别人少过，这足够保持体面了。

高翔在重点班排十几名，还算可以。程彩虹在次重点班名列前茅。陈建平跟高春兰成绩一般，上课下课时常跟同学打打闹闹。高春兰对课本的兴趣不大，但喜欢上了小说，尤其看了《飘》之后，给她的视野开拓了一片新天地，斯嘉丽面对困难时的坚强尤其震撼了她。

高春兰天性活泼，时常在教室里嘻嘻哈哈，看起来不像一个贫困家庭的姑娘。是的，当口袋里有钱，穿戴又都不逊于人的时候，大家就都没有什么不同。高春兰过了三个学期的快乐生活，现在高二下学期了，六月份毕业会考，考完意味着高中毕业，时间永远让人感到迫不及待。

前三个学期里，有好些同学相继没有再来学校，各种原因，大概经济因素排在第一吧。高翔、高春兰能上到高中，多么不容易！现在到了高二下学期，高春兰琢磨着自己是不是要作出点改变？

听妈妈说正在给大姐看人家，现在也忙着准备嫁妆，准备嫁妆就得花钱。大姐想推迟一两年结婚，弟弟妹妹还上学，她不结婚，还能帮忙操持家庭，结婚后那可就不一样了。但妈妈有她们那一辈的思想，女孩到了这个年龄就应该出嫁了，人家已经看好，现在婚事正在筹备中。

毕业会考后还上不上高三，参不参加高考，这个问题，开始萦绕在高春兰的心里。以前大姐还能在家里操劳，家中虽然没有余裕，但他们俩还是可以安心上学的。如果大姐结婚了，只有妈妈一个人赚钱。妈妈也不年轻了，头上都增添了白发，她一个人能供两人上学吗？再说了，自己现在的水平明年能考上好大学吗？恐怕有点难。这样想着她心里已经开始打退堂鼓。弟弟在重点班，重点班的学生按往年情况考大学应该是没有问题的。如果两个人都上学，到时候学费怎么办？有一次她翻到填志愿的书，看到大学学费都是五六千左右，甚至是更多，弟弟要是考上了大学拿不出学费怎么办？虽然听老师说大学里有助学贷款，但去贷款总不是件让人骄傲的事，去办贷款不知道要受多少白眼。如果大学老师在课堂上叫高翔去办助学贷款，高春兰不由想起小时候老师催学费时同学们齐刷刷扫过来的目光。想到这，她一阵心悸。这样一番思想斗争后，毕业会考考完后她不大想读了。不过现在还没有必要告诉家人跟同学，到时候他们自然就知道了。

这个学期以来，她还是跟以前一样跟同学打成一片，甚至话比以前更多了。听说毕业会考只是走过场，反正不上高三了，校园生活眼看就要结束，得好好过这剩下的学生时光。

高春兰作出不上高三这个决定，是她懂事知道体贴家里还是她冲动的想法？也许两种情况都有。就眼前的情况来说，看到家里经济困难，为了能让弟弟安心读书，她做姐姐的愿给弟弟出一份力，牺牲精神是可敬的。但她作出这个决定，对自己的人生会有何影响，这可能是她还没有想到的。当她仔细考虑这个问题时，不上学找什么事做，想起来才发现是一片茫然，好比孤身一人在无边无际的旷野，东南西北辨不出方向，夜幕又快要降临，慌得撒开腿跑，却不知道方向，也不知道目的地在哪里。当她真正开始考虑这个问题时，一下子比平常安静了许多。上课好几次老师喊她回答问题她都走神了，要不是张敬勤小声提醒，她大概还不会从沉思默想中回过神来。下课后同学跟她开玩笑打闹，她只是淡淡地笑笑，没有之前的那股热情跟兴致。

找什么事做？不读书了自己干什么？心里没有一点着落，而且毕业会考前也不能跟人商量，不过到时候总会有办法吧！

王丽华来麻纺厂五六年了。五六年里，工资虽然时常发得不及时，但总算还是没少过。靠着这点工资，儿女从小学上到高中。

五六年里，麻纺厂虽然一直走着下坡路，但总算没到坡底，厂里的职工生活还是有保障的。但今年以来，厂里的经营形势似乎是愈加困难，很多时候上班就是坐着聊天，同时一些传闻也在职工们中间传播开来。

有传闻说厂里经营困难，负债累累，将要裁员；又有传闻说新上任的市领导很重视麻纺厂，说是不知什么时候会来厂里调研。等厂里安排卫生大扫除时，这些传闻全部证实了。

新上任的市领导锐意开拓进取，多年亏损、经营不善的麻纺厂当然可以当作一个标杆。市领导考察麻纺厂后组织专家学者进行了一番论证，首当其冲的措施是淘汰冗员，王丽华这样的合同工是立马解聘的对象。

听到这个消息，从进厂就担心的问题现在摆到了眼前，儿女还在上着高中，在这个关键的时间点被解聘，接下来儿女的生活费跟学费怎么办？一想到这，真不知出路在哪里。听到这个消息后，王丽华好几天都寝食难安。怎么办？能不能找人想想办法？虽然她在厂里五六年了，但熟悉的人也只有高至春、许朵朵跟小刘，这几个人能帮上点忙吗？王丽华第一步自然是去找高至春。

见到高至春的面，她还没有开口高至春就先说话了。

“厂里的传闻你听说了吧？”

王丽华点了点头。

“哎，天天提心吊胆，这一天终于来了。不只是你们合同工会解聘，估计我们正式职工很多也会下岗，时间迟早的问题。我个人是看得开，就怕俊伟没有个着落，现在社会发展的方向真是把握不了。你要有其他办法，自己早点找个出路，现在这个形势人人自危，谁也难顾得上谁。”

高至春这么说，王丽华也不好再说要他想办法帮忙的话了。是啊，厂里的形势大家都看在眼里，谁都知道是怎么一回事，还能有办法吗？儿女都要上高三了，马上要考大学，这个时候丢掉工作，儿女的学费生活费从哪里来，这几年来习惯了的生活又一下子被打乱了！

回到寝室，许姐正嗑着瓜子。许朵朵看着王丽华低落的神情，大概也知道她为的什么事。

“听说要裁员了，你有什么打算吗？”

“没有，下一步都不知道再去哪里找份工作。”

“我倒是有个工作可以介绍，就是不知道你愿不愿意去。我弟弟在广州开了个小超市，想找一个信得过的人管理店里的员工，待遇不是太高，但我跟他说的话应该不会比麻纺厂的工资低。他在那边做生意，就想个本地可以依托的人过去帮忙。”

这像是突然出现了点希望，但广州那么远的地方，能去吗？王丽华犹豫着没有回答。

“我弟弟开的超市，你放心。你要觉得远一个人去不熟悉，我可以陪你去。我也想去广州好好玩玩，我跟我弟几年都不见了。”

许姐虽然不住寝室，但好歹也相处了五六年，她的话应该是信得过的。她都这么说了，那是可以好好考虑考虑的。

二十四

高玉兰独立门户了，意味着家里少了根支柱。妈妈为嫁妆花了不少钱，一切看来，以后的日子只会更为紧凑。

高中毕业会考近在眼前，据老师说，毕业会考会很严格，一科不及格就拿不到高中毕业证，而拿不到毕业证当然不能参加高考。这些消息使原本松散的学生紧张起来，早自习的朗读声都更大了。反正临近考试，学生们基本都忙碌起来。相反，这段时间老师更多的是布置自习，上课都是悠闲地在教室来回走着。

对于高翔他们这几个人，毕业会考当然不是问题，他们还是沉着地按着先前的步骤复习着。

高春兰已经作出决定，拿到毕业证后不再读了，当然现在这个决定还只在她心里，外人是不知道的。但是不上学后的出路在哪里，目前还不清楚。独自一人要在原野中走出一条路来，这要无畏的勇气。

身在校园时常觉得时光悠悠，但只要回过头看，时间总是飞快的过去了。

会考如期而至。进了考场才知道被老师描述的多严格多难的考试不过如此。“不过如此”四字，是努力后的超脱跟淡然，大概比尔·盖茨也会认为微软不过如此吧。

考完后正好是周末加端午节，学校早早宣布放三天假，真是破天荒，大概老师补课也补烦了，考前同学们都开始收拾好东西准备回家。

毕业会考最后一场，这是高春兰在学校的最后一场考试。这门考试并不难，考场里的同学陆陆续续交了卷，一个个喜气洋洋，考完后就放假，大家都赶着早点交卷好回家。

一个小时后，考场里只剩下几个人。这时，监考老师开始轮换着咳嗽。在咳嗽声的催迫下，几名同学起身交卷，高春兰回头看了下，整个考场就剩下三个考生。

对高春兰来说，这场考试的结束意味着高中生涯的结束。时刻在分秒钟过去，但愿时间能走得慢一点，让高中生涯能够多持续一段时间吧！即使以前的时间有所荒废，但现在这个时刻总是让人珍重，让人留恋的。好比不知珍惜的情人，到最后分别的时刻才知道留恋叹息。墙上的石英钟滴滴答答地转着圈带走分分秒秒，高春兰微皱着眉头又从头到尾仔细检查着。

“做完就交卷，只有你们三个人了，不要再想玩什么把戏。”两位监考老师被这三个考生耗在这里有点不耐烦。

听到这句话，另外两名考生把试卷前后翻看了一遍，又再次核对了准考证号后交了卷。现在，整个考场只剩下高春兰，时间还有半个小时，表框里的秒钟滴滴答答地响着，宁静中的声响让监考员愈加烦躁。高春兰左手扶着额头，沉着地检查着每一道题。

监考老师的声音再一次打破了沉静。

“平时不烧香，只你一个人了，没佛脚抱了，交卷吧。”

声音回荡在教室里，大热天的让人心寒！

高春兰抬头看了眼两位老师，这句话印在脑海里，足够她以后回想。

监考老师见她还是一动不动，于是佯装着看窗外，而余光全落在她身上：你想作弊，非得逮住你！

程彩虹在她考场外徘徊了好一阵子，她们约好一块走的。见高春兰心思还在试卷上，她也等得着急，题目根本不难，她怎么还不交卷，程彩虹忍不住敲了几下玻璃窗户。高春兰跟监考老师都朝她看过来了。

敲玻璃在监考老师看来是作弊的信号，监考老师那神情像是在轻蔑地说着：眼皮子底下还想搞鬼，这样目中无人！为一个考生耽误他们的时间，两位监考老师都希望能抓到高春兰实实在在的作弊证据。

程彩虹在催着她交试卷，高春兰当然领会了。墙上的石英钟到了十一点二十，离考试结束只有十分钟，她要平心静气地感受这剩余的校园时光。

程彩虹见她目光又落到了试卷上，就到旁边教室等她去了。在监考老师看来，他们的工作没有白做，又粉碎了一次作弊的图谋。

"平时不好好学，寄希望于考场发挥，那也得看谁监考。"监考老师说着。

高春兰听着这话不知是何滋味，她也没理会，目光继续留在试卷上。

不久，监考员等待的终考铃总算响起，高春兰交上试卷后走出教室，高中生涯就此画上了句号。

"题目不难啊，怎么做这么久？"程彩虹凑上来说。

"想多坐一会儿，检查了两遍。"

"你不怕热啊，热死了。听说端午节有龙船看，每个村出一条船在资江河里比赛。我一直没有看过龙船，这次我们去看看吧。"

烈日斜照下来，额头上冒出了汗珠子。走下楼后，高春兰不断地回望她们的教室，她即将跟校园里的一切告别，心里不由得惆怅跟感伤。

"咱们两个人去看龙船也没有意思，干脆把高翔他们几个也叫上吧，还有你们班的张敬勤。我说话你怎么没反应？"

高春兰迟钝地点了点头。

迎面走来班里的同学，她连忙换上笑脸跟人打着招呼。

"咱们先得跟他们几个说一声，不然回去了就联系不上了。"

"嗯，是。"高春兰沉思在她的忧思愁绪里，这是她在告别校园前跟朋友们的最后一次相聚，当然不能错过。

"那你去男生寝室楼下叫他们，这会儿他们估计都在收拾东西。"

高春兰、程彩虹快步走到了寝室。

门口楼管老头坐在椅子上悠然地抽着烟，寝室楼里传来音乐声，高谈阔论的欢笑声，大家都沉浸在考后回家的兴奋里。手脚快的学生拖着行李箱接二连三地从寝室里出来了。

“你看楼管还守着，好像怕我们女生溜进去似的。”程彩虹说着，“我们过去叫楼管去喊高翔。”

程彩虹请楼管去通知，楼管听了楼层后表示懒得爬楼梯，叫她们在下面喊就是。

“窗户都开着，听得到。”楼管说完抽上一口烟闭目养神了。

高春兰、程彩虹仰望着五楼，都在等着对方喊。

“你喊吧，你是喊你的弟弟，同学们不会笑的。”程彩虹说着。

第一声喊出去，楼里的男学生像是听到了集合的口令，纷纷凑到窗户边嘻嘻哈哈地看着她俩。

马上有同学起哄了：“高翔，高翔……”

在同学们的帮助下，高翔当然立马听到了，他赶紧从寝室楼里出来了。

于是他们就约好了端午节下午一点半在桥头会面。

“别忘了通知张敬勤。”程彩虹特别叮嘱道。

学校作为一个聚散之地，一放假就变得空荡荡的。他们几个人结伴而行，一路走到了汽车站。

车开在砂砾铺成的马路上扬起厚厚的灰尘，两车交会时，车里的乘客立马紧紧地捂住鼻子。已是农历五月，正是禾苗含苞吐穗的时节，满眼的稻田绿油油的，刚抽出的稻穗开着细碎的稻花。阳光雨露的滋润下，不久稻花就会凋落，稻穗随之一天天饱满起来。

夏天是大自然兴旺繁华的时节。车子不久就开到了镇上，虽是下午，但大后天是端午节，镇上赶集的人很多。夏季的瓜果蔬菜上市了，丰丰盈盈惹人喜欢。过节都要买点好吃好喝的，尤其是少不了包粽子那些材料：粽叶、麻绳、绿豆、红豆、糯米。端午节了，包粽子才有过节的气氛。

张敬勤在菜市场下了车，到家里还有好几里路，他下车后喊了辆摩托车。程彩虹本来要在镇上下车的，但陈建平说伯伯伯娘会回去过端午，要她直接去他们家，她就没下车。

汽车开到大茅坪村口，他们几个都下车了。此刻，太阳挂到了山尖，阳光辉映着照到路面，像是给马路铺了层金黄色的薄毯。傍晚了，微风吹来，给人带来一阵清爽。

菜园里的南瓜花、黄瓜花、辣椒花、冬瓜花似乎在结果之前争相斗艳。桔子树枝头的果实已经有拇指般大小。枇杷已经熟了，黄灿灿的掩在翠绿的树叶中。夕阳映染下的稻田盖上的那层光辉不足以遮盖稻田的苍翠，大地给绿色覆盖，万物蓬勃地生长着。

“还是家里好，空气的感觉都不一样。”高春兰说着。

“空气里有种难以捉摸的清香，又似乎有股淡淡的香甜，以前怎么没有觉得？”陈建平接口道。

“在市里待久了回来感觉当然不一样。”

走到岔路口，陈建平、程彩虹跟他们分别了。

经过高立春屋门口，他硬是塞给高春兰一挂粽子。

“我自己包的粽子，你们尝尝。”

高春兰不知如何言谢才好。

这时，高大齐背着书包走过，他瞟了眼高翔，扭过头快步走了。他小学降了一级，现在不知在哪个学校上高一。徐祝、徐钦两兄弟骑着单车过来，他俩看着高翔嘴角带着轻蔑。他们中专要毕业吧，高翔这样想着走到了家门口，徐俊在地坪上喊了他一声。

一段时间没人在家里，地坪里长出了杂草，高翔开了锁推开门，墙角结满了蜘蛛网，灶台上落满了灰尘，什么是尘封，什么是结网，他们姐弟俩算是目睹了。

周末端午节，程彩虹一大清早过来叫高翔、高春兰去吃粽子。到了陈建平家，王老师也在，这一下子让他们拘束了很多。

“快，趁热吃。这糯米是我外公去年插的晚稻，你们蘸点糖吃吧。”陈珍边说边从碗柜里端出了一小碗白砂糖。

“真好吃，香！”程彩虹边吃边说着。

“等下我跟婶子早点搞中饭吃，吃了你们好早点去看龙船。”王老师说着。

“阿姨去不去？”

“我就不去了，你们去吧。现在能组织一回龙船赛也不容易。”

吃过午饭，高春兰、程彩虹、高翔、陈建平在供销社门口集合了。陈珍要跟她的朋友一起去就没有同行。

“时间还早，我们走过去吧。”陈建平说着。

连日的烈日烤晒，沙石、泥土混杂的路面积了厚厚的尘土，走在路面上，鞋子上不久就沾满了灰尘。

端午节赛龙船，这在镇里是轰动性的活动，有好几年没有赛了吧。明显的，今天村里大部分人都提早吃了午饭，纷纷从小路汇到了公路上，路上的人流渐渐密集起来。

妇女多是牵着孩子戴着遮阳的草帽，十几岁的孩子则是相互打闹着赶往镇里。有的孩子受不了烈日，跑到田间摘下荷叶盖在头上，这对他们格外有趣。

越往前走，路上的人越来越多，这样的场合当然少不了卖各种小吃的商贩。有背着泡沫箱子在人群中穿梭着卖冰棒的，有挑着木桶卖豆腐脑的……吆喝声此起彼伏，路上好久没有这样热闹过了。

冰棒、豆腐脑就这两个简单的零食对孩子们是很大的诱惑，卖豆腐脑跟卖冰棒的人总是围了一群群的小孩。高翔看到一个四五岁的孩子拉着妈妈买了碗豆腐脑吃得津津有味，汗水都滴到了碗里也没有抬头，他妈妈站边上看着，他也没有问一句妈妈吃不吃，谁没有过类似的童年呢！人群汇在泥土路上，几乎踏得尘土飞扬。

这一切对广州长大的程彩虹是新鲜的。她左顾右盼、目不暇接，边走边欢乐地交谈着。高翔他们几个人也是好几年没有看过龙船，大家都情绪亢奋。还没有到桥头，张敬勤已经挥手吆喝了。

“一点多了，比赛两点半开始，我们先去堤上占个有利的位置。”

“嗯，大家都跟好了，不要被挤散了。万一挤散了，比赛结束后我们还是在桥头碰面。”

龙船前几天就下水了，间歇响起的锣鼓声刺激着人的情绪。堤岸上人群黑压压的，摩肩接踵，已经聚满了拥挤的人群。除了入耳的鼓声，什么也看不见，那些没占到好位置的人都急不可耐地想看看河里的龙船。有的孩子嚷着要看，父母就把他举过头顶，也不知道有没有看到。

“走，快走，我们得找个好位置，不然什么都看不到。”

五个人相跟着在人群中穿梭，走到长堤另一头人才少了些许。找来找去，他们总算占了一个较好的位置，河面一览无余。

连日的晴空，江水碧澄。阳光照到江面，折出粼粼波光。河面上有十几艘龙船，船头清一色装上了色彩艳丽的龙头，船尾当然装上了龙尾。比赛还有段时间才开始，桨手们蹲靠在仓位，随着鼓声的节奏划动着手中的船桨。

这些桨手都是每个村的壮年劳力，龙船比赛的输赢关系着整个村的面子，大家都很重视。哪个村要是赢了，那个村的妇女跟别的村的妇女讲话的气势都会高出一截。也因为这比赛重要，大茅坪村做龙船时给船刷了厚厚的桐油，刷了桐油可以防虫蛀，十几年来，龙船还跟新的一样。高翔看到有几艘龙船专门有人拿着个脸盆从船舱里往外面舀水，这一看就知道漏水了。

离比赛开始的时点越来越近，河两岸人群越来越密集。先前河里不成队形的龙船在慢慢靠近，好排成一排。比赛的时间在逼近，江上为头的组织者举起手中的红旗示意各村的龙船散开排齐。这时鼓声安静下来，每艘龙船都急忙抢占着自己认为有利的位置，赛程终点的裁判已经到位了。

排定位后，各艘船上的鼓手、桨手、舵手喧吼着壮着气势。堤岸上的气氛静下来，大家都盯着自己村里的那条龙船，心里那根弦绷得紧紧的。没有占到有利位置的人这会儿只能干着急了，现在堤岸上人多得脚步都难迈开，挤也挤不到视线好一点的位置了。

排齐队后，镇里的干部再一次举起了红旗，桨手们的目光都聚集到了红旗上。干部把红旗往下一挥，鞭炮声响起，鼓声大作，十几艘龙船齐刷刷地冲了出去。堤岸上的人情绪完全调动起来了，大家都为自己村的龙船加油鼓劲呐喊，一时人声鼎沸，激昂的鼓声传出去十多里，大家都沉浸在节日的喜庆中。

鼓手把鼓擂得震天响，桨手们咬紧牙关划着木桨，龙船快速前进，一段时间后稍稍拉开了距离。有艘龙船漏水落后了半个船身，结果舵手把船头靠到了前面领先的龙船上，于是临近的两个水手挥着桨互砍起来，又拉扯着一起掉到了河里。好在能上船的都是游泳好手，大家并不为此担心，比赛还是热烈地进行着。

鼓声响彻，十几里外的地方都听得到鼓声，这是一年中最热闹的时候，那些没有到河边的村民听到鼓声纷纷议论着龙船赛，同时又为没能赶到现场惋惜。

越到比赛激烈的时刻锣鼓声越是密集。经过一段距离后，龙船相互间拉开了身位，排在前头的五艘龙船愈加地想要争个先后，船上的鼓手用尽全力击着鼓，桨手们在鼓声的激励下又加快了划桨的节奏。赛龙船不仅得靠力量，另外掌舵摆尾的人也至关重要，一艘艘龙船在一船人的配合下在河面疾驰。

落后了一段距离的龙船基本上已经无心恋战，开始不紧不慢地划着，河面上只有领头的五艘龙船激烈地争夺着位置。

离终点线越来越近，锣鼓声也更加急促响亮，桨手们涨红着脸边大声喊着节奏边拼命地划着手中的木桨，最终排在前头的五艘轮船争先恐后地冲过了终点线，名次已经分明，一场激烈的角逐分出了胜负。河面上的锣鼓声稀朗下来，刚刚经过了紧张的比赛，桨手们都坐在船仓里稍事休息。

河两岸的乡镇都在河里赛龙船，一轮比赛过后，接下来还是一轮接着一轮的比赛，这让堤上的看客重温了久违的端午气氛。

正式比赛结束了，但今天的端午节可还没有过去。堤岸上的人并没有散去，河面上的龙船不一会儿后由桨手们商量着自行比起赛来。

就这样村跟村之间的龙船自行比了几次后，有的龙船靠到岸边来了。累了的桨手上去休息，想划龙船的年轻人纷纷挤上去试着划桨，这可是很大的乐趣。锣鼓声时而急促，时而悠扬，声音飘到方圆十里外，大家好久没有过过这么热闹的端午节了。

两三个小时后，基本上都已玩尽兴，桨手们坐在船仓里任龙船漂流着。比赛前五名镇里都有奖励，那五艘龙船靠了岸，一行人满带着光荣跟众人的艳羡领奖去了。高翔他们五个看着河面的龙船，都想一试身手，但是水性不好，只能作罢。他们坐在堤岸上，看着滔滔江水滚滚而去。

不知什么时候，斜阳染红了江面，龙船在江面随波逐流，时间也不早了，但桨手们并没有要靠岸的意思。堤上的人开始慢慢散去，先前喧哗的人声渐渐息落。

“咱们今天还去学校吗？”程彩虹问着。

“来不及了吧，现在兴致这么好，去学校可惜了。”高翔说着。

“我也不想去，反正我们都不同班，到时跟班主任说家长要我们过了节再去学校就行，明天上午赶过去吧。”张敬勤接口道。

“那大家就都不去了。”陈建平拿了主意。

高春兰正想着找个什么借口不去学校，现在他们这番话正好把她的顾虑打消了。但是她心里又马上浮起另一个问题，怎么跟张敬勤开口说心里一直纠结的这个事情。

“那就都不去了，晚上我请大家吃漫酒。”张敬勤接着说道。

“好，我们也不用跟他客气，跟他客气就是不给他面子。”高春兰故作声色地说着，她担心他们几个跟张敬勤不熟而推辞。

“张敬勤请我们吃漫酒，那我们在江边多坐一会儿，等天黑严了再去。”高春兰又提议道。

于是五个人坐在堤岸上闲聊起来，大家回忆了学校里的趣事，又大致评价了一番上课老师。江畔的微风吹拂下，初夏的天气凉爽爽的。

不知不觉，星光开始闪烁，清朗的弯月映到了江底，晚风带走白天的暑热，白天喧闹过的堤岸此刻只有滔滔的流水声。镇上昏黄的灯火亮起，江面的蚊虫聚集着向他们袭来，驱赶着他们向光亮处走去。

“走，吃漫酒去。”

走到了镇上的漫酒摊子，点了龙虾，两盘唆螺，一箱金秀啤酒，又加了几个卤菜。

小吃还没有上来，张敬勤开了啤酒每人倒了一杯。

“来，庆祝高中毕业，能交你们几个朋友高兴。”

大家都承让着喝酒，只有高春兰跟他嘻嘻哈哈。

几杯酒下肚后后，大家基本上就都相言无忌了。相互开着玩笑，欢乐中的时间过得飞快，不知不觉就是十一点多。

高春兰一直想着这个事情怎么跟张敬勤开口，明天，明天再说吧。

二十五

当天晚上，吃完漫酒后陈建平跟程彩虹商量着大家一起去了陈世亮的五金店，王秀梅老师住到镇上来了，她赶紧给他们开好床铺，一边又跟他们几个说了番勉励的话。

天蒙蒙亮后，他们就起床出门了。清晨的河面上飘着厚厚的水雾，空气沁人心脾，过渡的小船在晨雾中划向对岸。堤岸两边，早起的菜农摆出了长长的菜摊，早市就要繁忙起来。

“我们下去等车吧。”程彩虹说着。

五个人相随着往堤岸下的公路走，高春兰走在张敬勤旁边，但到了嘴边的话怎么也开不了口，但再不开口就要上车去学校了。

“你们在菜市场下面等着，我跟张敬勤去买早餐。”

高春兰往包子铺走，张敬勤听了她的话跟过去了。

从包子铺到菜市场这段距离，现在只有他们两个，没有时间犹豫了！

高春兰长吐一口气说道：“张敬勤，跟你说个事。”

“说。”张敬勤快步走着。

话到了嘴边又溜了回去，张敬勤没听到她说话，脚步慢下来扭过头看着她。再不能犹豫了，先前脑子里想的隐晦的措辞全闪到了一边，高春兰脱口而出道：“能借点钱给我吗？我急需要钱。”

张敬勤愣了一下，马上回过神来。

“你要多少？”

“两百。”

“两百我身上有，但给了你，我就没生活费了。你急不急？”

“今天就要。”

“那这样，我们晚点回学校，我回家问我妈妈要去。”

高春兰点了点头，又说道：“你先不要跟别人说，这是你我间的事。”

“嗯。”

包子买回来，张敬勤跟他们说自己忘了带东西要回去拿，叫他们先走。高春兰跟他同班，他们两个一起去拿东西。

等他们上车后，高春兰抱歉地说道：“给你添麻烦了。”

“同学还这么客气，你跟我开口是相信我，我还高兴了，咱们走吧。”

乡间公路两边的杂草叶上还带着露珠，早起的人开始做早饭，炊烟混着晨雾，不远的山脚下一片迷蒙。

“你这个月没生活费了吗？高翔有没有？没有的话我找借口跟我妈妈多要点。”

“他有。你这么放心？不怕我不还了？”开口的难堪过去，高春兰开了句玩笑。

“还不还得起，反正你跑不掉。”张敬勤嘿嘿笑着。

“我跑了，肯定让你找不到。”

该不该把真实情况告诉他？还是跟他说吧，借钱当然得让他知道钱拿着去做什么用，让人家来估量，看能不能借。何况，要是都不跟他说，那到时就没有人知道自己的去向了。

“我跟你借钱，因为我想去深圳，借路费。”

张敬勤一脸诧异地看着她，“你去深圳？去几天？不要去太久了，耽误学习，马上高三了。”

“我去深圳找工作，我不上学了。”

这个消息对张敬勤太突然。

“开玩笑吧！不上学了？干吗不上学？去深圳你能做什么事？你那边有熟人吗？”

“没有，但听说深圳工作好找，工资高。”高春兰言语中的坚定还是没有掩饰住心中的没有底气。

“你看我要去深圳，也不知道什么时候回来，这钱还能借吗？”

“你能不去深圳吗？这都高三了，马上高考了。”

“我真不想读了，一直想早点出去赚钱。”高春兰口气坚定。

张敬勤见她打定了主意，说道：“借钱让你一个人去深圳，我很不放心！但我不借的话，你又去找别人借，那我更过意不去了。你能不能不去？”

“张敬勤，我的家庭情况你也知道，我不想读了，我这个成绩也考不上什么好学校。”

离张敬勤家近了，张敬勤说道：“你就在这里等我吧，一大早带个女生回家，我妈妈会追问的。”

张敬勤拐上小道，高春兰在路边等着他。

多要两百块钱，这对学生来说不是小数目，家长会担心孩子要了钱去干吗的。虽然张敬勤家有钱，听说他爸爸还是包工头，但高春兰对张敬勤能不能跟他妈妈要到钱还是持怀疑态度。

张敬勤进屋里一会儿后就出来了，他妈妈跟在后面大声对他说着什么，张敬勤回头应了一声。

快走到大路上，张敬勤对高春兰使了个眼色，没搭理她就走过去了。高春兰知道，他妈妈这会儿还在地坪里看着他，他俩也只好装作不认识。要是被他妈妈看到一大早带个女生回来要钱，那他妈妈会怎么想啊！

他们间隔着距离走着，直到拐过了弯。

高春兰跟上去，张敬勤把钱递了过来。

“给你。”

高春兰接过来，是四百块钱。她忙把多的两百塞过去，张敬勤退得远远的。

“我只要两百，两百就够了，你再不接，我就不找你借了。”

“你就拿着吧，多带点钱好，深圳的工作还不知道到底好不好找，多带点钱总是好事，好像那边的消费水平也高，你以为是我们这里！你就听我的，拿着吧。”

听起来很有道理。确实，还是身上多带点钱好。但四百块钱对一个学生不是小数目，张敬勤怎么能跟她妈妈要到这么多钱。

“你怎么跟你妈妈说的，能要到四百？”

“我就跟我妈说补课费涨价了，就要了这么多。我妈大概也知道我可能骗她吧，但只要是学习上的要求，她都会满足我。”

高春兰的心弦被触动了，但她也只会以她的方式来表达，“你不怕我卷款逃了吗，那你就亏大了。”

张敬勤嘿嘿笑了。

“张敬勤，我去深圳你不要告诉别人，我等会儿跟我弟弟说我是去广州。”

“为什么？”

“我妈妈在广州那边做事，我就说去广州，免得高翔担心。”

张敬勤脸上的问号越来越大了。

“去我妈妈那里，虽然有个落脚点，但我妈妈肯定会要我回来读书的。如果跟她说因为经济原因不读了那会伤妈妈的心，索性我就不去广州，不让妈妈知道，直接去深圳。反正就一年时间高考了，我妈妈估计也是等高翔高考后才会回来。”

“跟高翔也是说去广州？”

“嗯，我跟他说去妈妈那，怕他担心我。我还没跟他说我不读书了，你一定要给我保密。”

张敬勤点了点头，不知说什么好，说什么了。某一瞬间，他不知道他把钱借给高春兰是不是对的。他跟他妈妈只要了两百块钱，但怕高春兰出门在外钱不够，从生活费中拿出两百块给她。现在高春兰这个情况，如果自己不借钱给她，她是不是就能留在学校里？到底哪一个选择对她来说好一点？

“你就不能不去吗？高三好好复习一年，也许就能考个好学校。”

“我弟弟肯定考上了，我要继续读的话，考不上倒是好事，那就只要交一个人的学费。两个人都考上，交不起学费的滋味你是不知道的！”

张敬勤不知说什么好，他犹豫了会儿说道：“那你什么时候动身？”

“尽快。我们村里好几个初中毕业就去广州那边找到了工作，我拿到毕业证就去，我等不起。”

看来自己是劝服不了她了。

“你去深圳，有什么事可以呼我，我把我BP机号抄给你。”他从书包里拿出纸跟笔，把BP机号码写给了她。

去市里的车开过来了，他们上了车，汽车载着高春兰去告别校园。

高春兰到学校后，去了班主任办公室，把上个月的补课费掏了出来。

“现在还没有收补课费，过几天再交。”班主任道。

“我不读了，今天就回家，先交了吧。”

班主任把钱接过去，点了点后说道：“怎么不读了，就一年高考了。”

“不想读了。毕业证什么时候发？”

多年的教学生涯，学生中途辍学班主任早已习惯，而且高春兰又不是那种前几名的成绩能为学校争光，班主任说了些客套话后高春兰就回寝室整理东西。收拾好东西后第四节课下课，今天她要给弟弟买一顿好饭，下课铃一响就跑到高翔教室门口候着。高翔埋头算着题目，等了好久才出来。

“有什么事？”高翔见姐姐在等着他。

“走，吃饭去。”

平时都是各吃各的，今天姐姐怎么会特意来等着他去吃饭？高翔有点不习惯。

“有事跟你说，走，边吃边说。”

在食堂高春兰点了三个炒菜端了过来。

“今天有喜事？还开这个洋荤。”

“先吃，吃完跟你说。”

高翔扒着饭，吃得津津有味。高春兰看在眼里，“尽管吃，不够了再去加一个。”

“那我多吃点。你今天是捡到钱了是吧？”

等他们吃完，食堂里只有寥寥的几个人了。

“有什么事，你说。”

“我等下就回家去了。”高春兰不忍心直说。

“回家？今天下午不上课？回家干什么？”

“我东西都收拾好了，书、被子、衣服全带回去。”

“带回去干嘛？”高翔愣了愣，不由得想到姐姐这个阵势是要……但他又害怕直接说出来，他接着问道，“你跟老师请假了？”

高春兰点了点头，在弟弟面前，她要表现得轻松点，但也应该跟弟弟说了。

“我不读了！”

高翔刚刚想到这个苗头，但这话真的从姐姐口里说出来，还是吃了一惊，心里很慌乱，但又不知怎么表达。

高春兰看在眼里，“成绩不好，不喜欢坐在教室里。你怎么这么严肃，像是多么大不了的事一样。”她试图用笑脸来冲淡这个话题的沉重。

“这都快高考了，只有一年了，加把劲能考上的。”高翔说着。

高春兰不知如何对弟弟说才能让他宽心。

“你真的不读了？读也只有一年了，努点力能考上的。”

“不了，不读了。”高春兰说得斩钉截铁，然而声调低沉。

“姐，你还是继续读，就一年高考了。”高翔犹豫着还是说道，“听老师说大学有助学贷款，只要考上了，到时候学费也不用太担心的。”

说着说着似乎有点哽咽了。

这个氛围让人温馨又难过。弟弟这样劝她，高春兰心里感到一阵温暖，但这种气氛不能再蔓延下去。她尽量平静地说道：“你不用说了，我不读了，我跟妈妈都已经说了，拿到毕业证就去广州。这是我跟妈妈早就商量好了的，只是没有跟你说。这两年我都没有认真学过，就为混张毕业证，现在总算毕业了。”高春兰像是若无其事地说着。

一波未平一波又起！刚刚说不读书了，现在又说要去广州，这一切急促地袭来，像是立于风雨飘摇中，又像是置身于翻滚的大浪中，想脱身出来，然而身乏力疲，高翔突然感到了脆弱。小时候家里没钱，但一家人总在一个屋檐下。现在长大了，大姐出嫁了，妈妈在广州，二姐也要去广州。广州，这个听着熟悉而陌生的世界让人不放心。一家人分隔得这么远，心中会有多少牵挂。外面繁华冷漠的世界能有她们的容身之所？高翔不由得想起爸爸去世后这些年来的生活，心里一阵酸涩。这事是二姐跟妈妈商量的，看来二姐也不是一时之气。而自己又能做什么了？至少现在没有力量去给家里做点什么。

“只有一年了，也不怕浪费这一年，说不定就考上了，考分有时候看阅卷人心情的。”高翔无力地说着。

“算了，坐教室是煎熬，我早就不想读了，现在终于解脱了。上次妈妈回来车费都留给我了，她还给了她上班附近店里同事的BP机号码，说到了广州呼那个号码，到时候那店里的同事会告诉她，她来车站接我。”高春兰把借来的钱、张敬勤写的BP机号码拿出来在高翔眼前晃了晃。

这两个“铁证”拿出来，看来事情再不能更改了。

“那去之前先给妈妈说一声。”

“这是别人的号码，还是少麻烦别人，到了广州再联系。”

“食堂要关门了。”食堂里的工作人员催促着。

“我东西都收拾好了，今天把东西送回去。你到寝室楼下等着我，送我出校门吧。”

高春兰、高翔走出食堂，耀眼的阳光照得人眼花。高翔在寝室楼下没有等多久，高春兰寝室的同学帮她把行李提了下来，相互间说了几句保重的话之后，同学就上去了。

高春兰、高翔一前一后走到了门卫室。

离愁别绪，高春兰抑制不住的泪水涌了出来，泪珠滑过脸颊，融在了汗水里。

“弟弟，你要好好学习，姐姐相信你，你一定可以考个好学校。学习之余，你吃好、睡好、休息好，知道吗？”高春兰嘱咐着。

“姐姐去广州你不要担心，妈妈会来接我。你也不要难过，不要牵挂，我们一家人都是好好的，只是分隔了一点距离而已。我们都是为了生活，为了尽一份责任，你的责任是要把书读好，一定要记住。二姐跟妈妈不在身边，有什么事去找大姐，知道吗？”

高翔用手背擦了擦眼眶，点了点头。

“姐姐，你去外面注意安全，听说外面乱，骗子多，不要跟不认识的人说话。在外面凡事小心，多个心眼。”高翔像是经历了世故般。

“姐姐知道了，我长这么大还没有吃过亏。姐姐身上还有多余的钱，给你二十块。”高春兰把钱塞进了他口袋。

“你第一次出远门，身上多带点钱，有个什么事也不会心慌。”高翔把姐姐塞过来的钱往她手里推。

“姐姐给你的，拿着。”高春兰口气不容回绝。

“你回寝室休息会儿，我回去了。”

高春兰提起行李，迈开沉重的脚步恋恋不舍地走出了校门，她和这里的一切告别了，生活的旅程将走上另一条未知的轨道，泪水汹涌着淌过了脸颊。不舍、留恋，这样的滥情应该快刀斩乱麻，她在心里跟自己说着得控制这种柔弱的心理。生活就是这样，既然没有留在学校的资本，那就爽快地离开吧。除了校园，这个世界上还有很多立足之地的。

高翔目光一直留在姐姐身上，到拐角处，姐姐转过身跟他挥了挥手。

就此，高春兰一步一步远离了学校，就此踏上了社会这条大道，等待她的将是一条什么样的道路?

二姐要去广州，高翔下午上课精力完全没有集中起来，他总是不放心。然而一想到二姐说的“每个人对家庭尽一份责任，你现在要好好学习”时，他只得把这些担心暂时放下，把精力投入到高三的战场中。

生活的希望跟精彩也许在于未来的无限可能跟人们的各司其职。

二十六

高春兰在地理书上学到：广东在湖南南边，位于沿海，夏天有海风吹来，没有湖南炎热。她带了几套夏天的衣服、身份证、毕业证，坐上了去深圳的大巴。这个未知的世界让人期待，但也让人心有畏惧，但又有什么办法，这一切都是生活的一部分吧！

学校里少了个学生，校园生活照常，一棵大树会因为少了一片树叶而有所不同吗？你又不是学校前几名，学校不需要你撑面子，走留随意。除过自己的饭碗，谁还有余暇顾及他人。

地球的自转带来白天跟黑夜的交替，时间在这不停地转动中过去了。少年成长了，老年则更衰老了，只有田间地头的四季，永远不变地轮回着。生活每一天都是新的，急剧的变化让人回想过去，让人为这新的变化感念，为生活的馈赠而激动人心。

高三开学后不久，冬季征兵开始了。入伍当兵，是很多年轻人的选择。当然，有些人连第一关视力检查都过不了。

儿子大了，学习成绩又不拔尖，陈世宝不得不忧心儿子的出路。他记得高翔堂叔高志远一直在兰州军区服役，能不能靠这点乡邻关系让儿子去部队里发展？高志远自九四年那次回来休假后又将近十年没回了，应该有一定的级别了吧？在跟儿子表明这个意思后，陈建平满口答应，于是他又找到高正堂，得知了高志远的地址跟电话号码，一番沟通后高志远说可以照顾照顾，于是冬季征兵工作开展后陈建平报了名，并且顺利地通过了相关体检。体检过后，他通知了学校里的好朋友，大家聚在一起为他饯行。高翔回想起一起上小学时的日子，尤其那个阴雨天跟他赛跑的情景，一下子又想起了父亲，十年过去了，父亲去世十年了。那个时候他才七岁半，现在他长大了，时光啊！十年里，他们长大了，长大了都得面对生活的选择，孩提时再亲密的伙伴也不得不面临分别。陈建平通过体检后不久就入伍了，高翔想着这个小时候的好朋友，既为他高兴，又担心他吃不了部队里的苦头。

这天考完月考，考完月考放两天假，同学们都回去后，高翔坐在床铺上发怔。二姐去广州快一个月了，不晓得她现在怎么样？妈妈接到她了没有？二姐说找好工作后给他写信，这一个月来，一下课就往学校的收发室跑，他生怕别人把信拿错了，但一个月都杳无音信。从书本上得来的印象，广州是个大地方，外面人生地不熟的，如果工作没有着落，身上钱又不多，那会让人发慌的，真不知姐姐工作找得怎么样了！

这种心情如何描述了，在以信件传达信息的年代里，亲人出了远门，但是许诺的信又久久没有收到，等待消息的人当然不会平静。

高翔躺在床铺上，肚子咕咕叫的声音呼唤他走向校外。一放假，学校食堂就关了，只能去外面吃饭。

吃过饭后，他不想马上回寝室。在这里读了两年书，还没有好好在学校周边转过，高翔绕小道走到了学校的后面。

这座城市依江而建，校园刚好建在江湾里。在水运为主的时期，市政府都建在江边，后来随着公路、铁路的兴起，市政府才搬离了。

秋日的暖阳和煦地照在人身上，带给人慵懒的气息。站在堤畔望去，江面上的大小船只来来回回航运着。

秋季是枯水期，水位下降了一些。久晴未雨，江水碧绿碧绿的。黄绿的水草缠绕着依水势的急缓来回漂荡。远处江面上的白鹭滑翔着划过天空，落在了江边的树林中。

高翔在堤岸上坐了下来。这几年来的防洪工程，靠江内侧的地方都砌上了石板，石板跟石板的缝隙间杂草顽强地生长着。堤岸下面的平地种着秋冬蔬菜，有的地里刚播不久的种子已经长出了嫩苗。这乡村的景象让高翔想起过去的日子。眼下的生活当然要比小时候缺吃少穿的日子强得多，但现在的日子好像也不比以前的日子温暖。就现在来说吧，放假了同学们都有个归宿，而他了，他能回哪里？当然，这不是说他要责怪妈妈、姐姐，妈妈在外面奔波是为了给他们一个好的生活。二姐了，她说不读了是跟妈妈商量了的，但分明看得出二姐对校园的不舍。校园生活也许枯燥，但比起为生活奔走的艰辛，这又算得了什么！学习可能是最轻松的事了。何况校园里还有这么多可亲可爱的朋友。大姐了，大姐家是不敢去了，姐姐跟姐夫太热情，对他太好，每次去都要做一大桌子菜，回学校还硬给他口袋里塞钱。高翔知道他们办喜酒为体面花了不少钱，听说还欠了债，这种情况下高翔实在不好意思拿姐姐姐夫的钱。但是不拿，他们又硬要塞给他，不拿他们还生气。别人对你不好，你不再想上那个门；有人对你太好，又不好意思上那个门。受了盛情又不知什么时候能有回报，多么不好意思。

目前的现状，大姐有个安定的家，妈妈跟二姐在广州，不知她们怎么样？小时候再苦再难一家人总在一起，现在却离得这么远，见面都是奢望。这也许是生活的代价，也是成长的代价，是社会发展的代价。虽然留恋童年，但人不可能留在童年。童年时家人相聚让人回味，然而童年所受的歧视跟白眼是让人不堪负荷的。如果停留在那个年代，那就永远比别人低人一等抬不起头。时光的流逝带来社会的进步，也给人带来出人头地的希望。

小时候的同龄人，徐俊、徐钦上了中专，徐满军说上中专比上高中好，好歹学了门技术，上高中要是考不上大学，那是白上。现在他们应该毕业了，也不知在哪里工作。高大齐上的高中，应该高二了，但也不知道在哪个学校。

江面上吹来一阵风，稍有了凉意。高翔站起身来，转身往学校走着。

回到学校，夜幕已经降临，寝室楼里亮起了几盏灯，看来没有回家的不止他一个人。以往这个时间教室明亮的灯光被黑暗取代，大概同学们现在都在家里围着桌子跟家人吃饭吧，而他只有孤灯相伴。

农历八月初，高翔有一天做完课间操回教室，程彩虹过来找他了。

“这么忙，下课时间还在写作业。”程彩虹神秘兮兮地笑着。

进入高三以来，大家都忙各自的学习，很少在一起聚了。

“有什么事，好久不见你。”

程彩虹把一封信交到他手上，“想不到你朋友多啊，这封信是从深圳寄过来的。我问你个数学题。”

二姐刚去广州的那一个月，高翔每天做完操都要去收发室看信，但总没有看到二姐的信，他还想着是不是别人拿错了信。现在这封信是谁寄来的，怎么邮戳上显示是深圳？

高翔把信封翻过来，信封上的字体明显是二姐写的。邮戳上的日期是半个月前的，寄信的地址是深圳龙华。

高翔赶紧把信拆开，信里夹着十块钱，姐姐只写了寥寥数语。大意是她到了广州，跟妈妈说深圳机会多就去了深圳，工作已经找好了，在一家电子厂上班，工作也还轻松，伙食也不错，一切都好，叫他不要挂念，好好学习。

高翔把信逐字逐句地在心里默念着，就那几句话都差不多能背下来。真好，姐姐的信终于收到了，她在深圳安定下来了，总算不用担心了。

“谁写的信？”

“我姐，你要问什么题目？”

“高春兰不是在广州吗？哎，她不上学了也没跟我说一声。”

“信上说她到了深圳。”

走廊上的同学看他们交头接耳，纷纷打趣着。

这封信给了高翔一颗定心丸，妈妈姐姐虽然在广东，但知道她们都好着，心总算可以安定了。

很快，中秋节一天天临近，学生的心也一天天浮起来，都开始掐算着离中秋节的日子。

放假前一天，王丽华到了学校。在广州待了几个月，儿女没人管，趁着中秋节她请了一个星期的假回来看儿女，更主要的是回来给他们送生活费。

王丽华在高翔教室外面等到了第八节课下课。

母子相见，一时激动得不知说什么好。

“妈妈，怎么回来了？”

“放了一个星期的假，回来给你们生活费。你二姐在哪个班，叫上她我们一块儿回去。”

“二姐，二姐不是在深圳吗？”高翔愕然了。

“什么深圳？她不在学校？”王丽华表情中带着惊慌。

“二姐考完会考，拿到毕业证后就去广州找你了。”

母子俩面面相觑，一时都弄不清楚对方在说什么。

“二姐说她跟你商量好了，拿到毕业证后去广州找你。”

“她一个人去了广州？”

“嗯。她说她去广州找了你，跟你商量后去了深圳。”高翔把收到的信拿出来给妈妈看。

“她可没有跟我商量会考后去广州，她更没有去广州找过我！”

到底是怎么回事，母子俩急得脸色苍白。

一个女孩子，无依无靠，身上还没多少钱，她现在到底是什么情况？

“你姐出去带了钱吗？”

“当时我看到有四百多，说是你给她的车费。”

“就带了个车费？”

“嗯，我看到的是四百多。刚那封信是从深圳龙华寄来的，信封上有地址。”

“你把信封拿过来给我看。”

当天晚上，王丽华给高翔留了三个月的生活费，又赶着去了趟高玉兰家。第二天是中秋节，但她第二天一大早带上信封上的地址坐上了去深圳的车。高翔要跟着去找二姐，被她狠狠训斥了一顿才骂回去。车开动后，她的心一直都没有平静下来。

二姐竟然没有去广州，妈妈也完全不知晓她没读书了。她现在在深圳龙华上班，想起来，哎，二姐不读书的缘故已经一清二楚。从深圳寄过来的信是二姐的笔迹，她应该好着吧？高翔不由得对家人抱着深深的歉意！

二十七

拿到毕业证的第二天一大早，高春兰提着几套夏衣到了市里。去深圳坐火车还是坐汽车？她还是先去了火车站。

火车站售票窗口排出了长长的队伍，轮到高春兰时，当天去深圳的票没有了。她犹豫着是不是要买后面几天的票，但在售票员跟后排乘客的催促下，没来得及想清楚就从售票窗口让开了。她站在旁边想了几分钟，如果今天不出发住哪里？到学校寝室跟同学们挤一挤还是可以的，但她不想这个样子踏进校园，也不想看到同学，那里的生活只会勾起她的伤心跟不舍。今天的火车票没有了，那就坐汽车去吧。

高春兰又往汽车站赶去，汽车站有十点半的大巴车，票价一百多块钱，高春兰买完票后身上还有两百多块钱。

十点左右，大巴车进站了。　上车，车厢里的浊气让人反胃。

“师傅，几个小时到深圳？”

“十多个小时吧。”

“这窗户能开一下吗？透透气。”

“开不了，密封的，这是空调车。”

一点新鲜空气都进不来，这十多个小时的车程让人畏惧。

高春兰下车买了点小吃，特意要了几个塑料袋，她怕会晕车呕吐。

十点半车开动了，车厢里只坐了十来个人，看来还得在路上拉客。

要拉客，那就不能走高速，大巴车颠簸在村际公路上行驶着，临近中午，车厢里只多了一个乘客。大巴车接着开到一个镇上，司机嚷嚷着叫他们下车。大家莫名其妙，经不住司机的吆喝只好下了车。

“你们把票给我，这车不去深圳，今天客太少了。”

高春兰疲惫的神经马上警惕起来。不去深圳，那在这个陌生的地方怎么办？

乘客们都跟司机争议着。

“你们在这路边等会儿，会有过路车的。你们把票给我，我把钱退给你们。”

第一次碰到这样的事，又没独自出过远门，身上又没有多少钱，你会心慌的！高春兰不知怎么办才好。

“把票给我，我把钱退给你们。”司机声音大了起来。

“你们不给我就走了，你们拿着这票去车站找说法也麻烦。”

同车有人把车票给了司机，司机倒也全额退还了票款。

高春兰见其他人都退了票，她再不退，司机就要开车走了。等她把一百多块钱拿在手里，不知道接下来怎么办，往哪里走。车已经开出一个多小时了，这个从未出过远门的姑娘不由得有点害怕。

她打问着同行的人怎么办，有人说到别的地方去坐车，她当然不敢跟着去。另外又有人说在路边等着吧，应该有车的。高春兰将信将疑，忐忑不安地看着同在路边等着的几个人，他们应该不是坏人吧？好在大约过了半个钟头后，真的有大巴车开过来了。高春兰再次上车后，心里的惊慌才慢慢退下去。

这车就剩下几个空铺，车厢里不透气，乘客有的仰躺着微酣，有的嚼着槟榔打发时间。高春兰害怕自己会晕车，最好是睡一觉，睡着了就不会晕了。然而用睡觉来抵抗晕车只是个鸵鸟政策，糊弄了自己。高春兰只觉得头昏脑涨，昏昏沉沉中还得保持警惕，口袋里的钱可不能丢了，这可是她到深圳后的所有依靠！

大巴车一路颠簸着前行，高春兰只觉得胃里翻腾起来，第一股涌到喉咙的酸水给吞咽了下去。她尽量抑制着晕车的不适，然而第一股涌上来的酸水好比是发洪水时第一个拍到岸上的浪头，只是拉开了序幕，汹涌的波涛在蓄势待发。不一会儿，再次涌上来的酸水再也控制不住了，高春兰连忙坐起来吐在了塑料袋里，车厢里随之有了股味道，旁边好几个人异样的目光纷纷扫过来。

吐完后，感觉胃都翻空了，人又昏昏沉沉，这滋味真是难受。突然间又想起小时候父亲带他们三姐弟去市里卖箩筐时坐车的感受，这勾起的回忆让人心酸难过。她拿纸巾擦了擦嘴角，侧身对着窗户。窗外的景色不断后退，离家乡是越来越远了。

不知什么时候，疲倦把她带入了睡眠，醒来时窗外已经是灯火通明。

“这里是花都，快到广州了。”车厢内有人说着。

广州，妈妈在广州，快到广州了。高春兰擦了擦眼角，头还是晕的，胃又感觉很不舒服，这个时候想吐，但已经是干呕了，肚子里的食物早已经全吐完了。她勉强打着精神，看着灯火辉煌的窗外。

快到广州了，妈妈在广州，她要多看这个城市几眼，说不定妈妈就在眼力所及的某盏灯火下。一时，窗外的灯光、楼宇，甚至行人、汽车都给她一种亲切感。

大巴车一直行驶在灯火通明中，像是乡村跟城市没有了距离的间隔。这大概就是繁华的大地方吧，高春兰心里想着。

车不知什么时候到了广州市，当然更不知道什么时候离开了广州，不久之后窗外的灯火已被黑暗取代，大巴车司机嚷了起来：“深圳快到了，睡觉的不要睡得太死。”

“师傅，到龙华吗？到龙华喊一声。”有人说着。

接下来，每到灯火亮一点的地方就有人下车，高春兰听车厢里的人交谈着说龙华工厂多，工作好找。龙华是什么地方？她在心里纳闷着。

问邻座的人，邻座的人跟她说龙华是深圳的一个镇。高春兰头脑里想着她是要到深圳，但是她对深圳又没有更多的了解。前面车停了好几次，下去了好几个人。现在车已经开在深圳境内，她该在哪里下车，一时捉摸不定。在哪里下车了？在哪里下车都是个未知的环境，现在要知道的是在哪个地方下车方便住宿，方便找工作。

高春兰打问着邻座，邻座说得含糊，只是说看你找什么工作了，深圳工作机会多。至于住宿，有钱还怕没地方住吗？

“前面就是龙华了，到龙华的准备下车。”司机喊着。

司机喊完这句话，很多人都开始准备拿行李。自己到哪里下车？高春兰急得不知如何是好，她只想着她是要到深圳，没料到去深圳的大巴还有这么多地方可以下车，现在有了选择反而让人心慌。

她又问旁边的人龙华工作好不好找，得到的是比较肯定的答案。车厢里大部分人都在做着下车的准备，大概这个地方应该是中心地带，那就在这里下车吧。

车在龙华停下来，这里比之前下的人都要多。高春兰从车上下来，明显地感到了温差。下车的人在街边聊了几句后，有人接的被人接走了，没人接的自己拦下摩托车也走了。刚下车的一行人已经散去，昏暗的路灯下只有高春兰孤零零的身影。

完全陌生的环境，只不过跟之前想象中的深圳相比，这里的楼并不高，街道也不像想象中的宽敞光洁，整个环境倒像家乡的城市。街上灯光并不明亮，行人寥落，偶尔开过的摩托车发动机的声响在夜色中轰隆着。

早上上车时吃了早饭，车上晕车，吃的东西都吐掉了。现在下车来，总算脱离了车厢内沉闷的环境，头脑也稍微清醒，但是一天没有吃东西，身体没有多少力量。

昏暗中三三两两的人走过，边走边侧目看着她，高春兰心里一阵发怵，但这个时候她是不能露出半点畏怯的。她装作若无其事地迈着脚步，身边走过去的人不时回头张望着她。

看来这里的治安可能不大好，得赶紧找个落脚点住下来。往哪边走？街道四通八达。走哪个方向？无依无靠又无所寄托，高春兰只能往灯火明亮处走着，灯光亮的地方总能让人稍微心安。

一路走过去，街道上的人密集起来，但是晚上住哪里？一路走过来，并没有看到住宿的地方。她身上只有两百多块钱，能住哪里？深圳的住宿是什么价格？这一切的难题向她抛来，她才刚刚上完高二，十七八岁的姑娘在夜色中独自立身在陌生的街头。

南国的天气，节气上前一只脚已迈进了初秋，另一只脚还留在夏日中。白昼的阳光没有夏日的炙热，但靠海的地理位置，温度还滞留在夏天。街上的人单衣薄裳，对比家里的秋意来，中国真是幅员辽阔。高春兰边走边思索着去哪里过夜，陌生的街头，未曾踏过的土地，下一个路口是哪里？下一个转角是什么地方？街上交错走过的人来不及看一眼对方，都是脚步匆匆。

高春兰惶恐中保有的那点镇定使她还没有完全慌了神。她一边留意着马路两边的店面，一边琢磨着要不要住店，身上只有这么点钱，在没找到工作以前，花一分少一分，她对深圳人生地不熟，得有钱才能有所保障。钱花出去了，要是工作没找到怎么办？她敢住店吗！

前面一对老头老太拿着碗罐在阴暗处乞讨着，这么大年纪了还不能老有所依，看得人心里不是滋味。但她又能做什么了？她身上只有那点钱，她有资本打发人家五毛、一块吗？原来拿出五毛、一块也需要魄力！在经过老头老太的时候，她不得不加快了脚步。

长长的街道，不知走了多久，也不知走出了多远，街上的人少了，门面都开始关门，高春兰一天没有吃饭，又晕了一天的车，现在已是身心力乏，先找个地方先歇一歇吧。

她在一个超市的台阶上坐下，一天没有吃东西，她差点都忘了上车前买了点吃的。高春兰从背包里拿出饼干刚吃了几块，角落里端着个铁罐的老太太走了过来。老太太穿着长衣长裤，衣服上沾满了厚厚污垢，面色黧黑，头发上满是草屑。

老太太也不说话，站在她前面摇晃着手中的铁碗。高春兰来不及思考自己的行为，她把饼干放到地上，百米冲刺般地跑开了。跑开一段距离后停下脚步回头，老太太拿着饼干又坐到了角落里，难道这老太太就这样露宿街头？无依无靠，无家可归的流浪者，只有跟天地日月、风霜雨露相伴！

高春兰沿着街道迈着疲倦的步子，不知道走了多长时间，街头安静下来了，偶尔开过的车呼啸着奔驰而过，在夜空中显得格外刺耳。

如果高翔在身边，两个人有个依靠，说不定在街上坐一个晚上就过去了。但她一个女生，就算有这个想法，那也鼓不起这个胆量。如果在一个熟悉的环境，她或许还敢。自己刚到深圳，什么都不知深浅，断不能贸然行事。高春兰捏着口袋里薄薄的两百多块钱，这可是她的全部依靠！

夜不知不觉变深了，也不知走了多远，但脚下的步子愈加变得沉重。

宾馆、酒店的霓虹灯炫目地闪烁着吸引着夜行的人。有的人睡在舒适的宾馆里失眠，而有的却找不到一张可以安睡的床。这么大的城市找不到一个栖身之所，生活啊！

宾馆、酒店根本不敢进去打问，小旅店昏暗的招牌让人自然地想到安全问题。总不能这样一直走下去，不如找个灯光亮的地方坐着，坐一个晚上，五六个小时后也就天亮了。

困意不跟人商量一阵阵袭来，原来还有比小时候长时间吃没放油的菜更难受的滋味。高春兰朝着灯光通亮处走去，大十字路口中央高耸的光束照向四方，好远的距离都被照得亮堂堂的。路口周围的商店关门了，但招牌里的灯管依旧亮着。高春兰在商店前的台阶坐下来，看来今晚不得不在这坐一晚上了。

长距离的路途耗尽了体力。深夜，孤身一人坐在跟灯光相伴的街头，像是被世界遗弃了。陌生的街头总让人不安，如果这个夜晚没有把她打倒，等明天的太阳升起后她只会变得更加坚强。高春兰咬紧牙关，心中的那份警惕不敢丝毫放松，坐一会儿就好了，坐一会儿天就亮了，天亮了找到工作就能好好休息了，她在心里对自己说着。但是睡意席卷而来，她双手箍着小腿，下巴贴在膝盖上告诫自己只是趴着绝对不能睡着，但还是睡着了。短暂的入眠后，街道上开过的汽车的声响又立马把她惊醒。她揉了揉眼睛，刚刚自己竟然睡着了！强烈的自责跟自悔涌上心头，怎么能这样大意，这样掉以轻心！千万不能睡着了！绝对不能在街头睡着！她站起来在台阶上来回走了几圈，身心疲倦，走也走不动了，她只得在台阶上又坐了下来。

坐着容易睡着，怎么办？有了，脑子里想事就不会睡着了。

于是，她想起了小时候的生活，想起了爸爸去世时的场景，想起了高余把他们家水泥墙破坏的情景，又想起了高量把妈妈手打断时的嚣张。这些场景之后，又想起了校园里跟同学们的朝夕相处。这会儿妈妈、姐姐、弟弟都在熟睡中吧，想到这她脸上展开了一丝笑容……

思绪一下子活跃起来，她来深圳干吗？如果没有路口中央的灯光照出的光亮，她该怎么办？如果在深圳有什么难处，她一个人又怎么能够对付？生活把所有的重担都抛给了她，她能担当住这份责任吗？高春兰突然想起了她看过的《飘》，书里斯佳丽在面对艰难时的那段誓言一下子让她激情澎湃：“As God is my witness,as God is my witness,the Yankees aren’t going to lick me。I’m going to live through this,and when is over,I’m never going to be hungry again。No,nor any of my folks。If I have to steal or kill,as God is my witness,I’m never going to be hungry again。”斯佳丽这个人物形象一下子给她精神上无穷的动力，苦难有什么可怕的，没有困难是一双勤劳的双手不能够征服的。我可以在深圳立下足来的，我一定可以给弟弟赚到学费，我一定可以让妈妈过上好日子，我们家一定会在众人面前扬眉吐气，一定会有一片广阔的天地的……高春兰心里默念这些话语，困意被这股激情驱散，全身突然充满了力量。她索性又站起来在灯光下来回踱起了步子，来来回回不知多少次，突然路中间的灯熄灭了。

周围的环境一下子黑呼呼的，是路灯坏了？好在商家店铺招牌的灯光让这黑暗还不是那么的浓重。现在几点了，怎么路灯突然不亮了？马上她看到，不单是中间的大灯灭了，整条路上的灯都灭了。这个时候，突然有人从黑暗中走过来，高春兰赶忙避到了一边，天还有多久亮？

其实，路灯熄灭了，这正是黎明前的黑暗。高春兰在黑暗中没有站多久，不一会儿夜色渐渐开始退去，东边的天空泛出了鱼肚白，街道上慢慢开始喧扰起来，时而有晨练的人迈着矫健的步子奔跑在街道上。

一个晚上就过去了，想不到时间过得这么快！她一个女生竟然在陌生的街头过了一个晚上。现在天亮了，这是她到深圳来的第一个白天。夜晚灯光笼罩的城市在白昼下终于清晰了。高春兰环顾四周，周围并没有之前想象的大城市的高楼跟光鲜，这就是深圳？

她没时间考虑这么多，赶紧买上两个馒头吃了，今天她的任务是得把工作找到。

虽然一夜未眠，但借着清早清朗的空气跟刚到深圳的兴奋劲，夜晚的倦意似乎暂时藏了起来，高春兰似乎都觉得已经恢复了体力。不过她已经在街上坐了一个晚上，今天恐怕不行了，得赶快找到工作，她不辨方向地快步走起来。

一路上电线杆、墙上到处都贴着招聘启示，上面写的待遇也算不错，不过一个高中生，就算没有多少社会阅历，但基本的防备心还是有的。找工作，当然得去正规渠道找。

清晨很快过去，朝霞染红了东方的云层。街上一群一群的男男女女穿着统一的服装从各个方向走到了一块，高春兰看到他们的衣服上都印着某某厂几个字，想不到一个厂就有这么多员工，在街上排出了一条长队。他们这是去哪里上班，高春兰跟着人流走着。

本来高春兰觉得自己才十七八岁就出来找工作，刚刚又在街头过了一晚，这给她某种程度上的骄傲跟自豪——她是不怕困难的！但当她跟上前面的队伍，很多穿着统一工装的人面孔看起来比她还要稚嫩，本来应该是朝气蓬勃的年龄，但她看到的是一张张面无表情、毫无生机的脸。他们的工作到底是干什么，让他们的朝气这么早就凋零？本来是该在教室读书的年纪，现在却在工厂打工。看着他们的面孔，已被生活压得毫无热情与欢乐，高春兰心里一怵，今后她不会也是同样的神情吧？

上班时间过后，街上又空荡起来。眼前的景象跟之前电视里看到的深圳完全不一样，这里是深圳吗？她有点怀疑。高春兰现在还没有分清楚深圳跟龙华的区别。

龙华镇聚集了大量的工厂，这里需要大量廉价的劳动力来从事生产第一线最繁重、最单调的工作。生产线上常常是重复几个动作，整天跟机器人一般。劳动强度消磨了青春的活力，城市的繁华背后有他们多少汗水！

高春兰刚从校园出来，对外面的世界根本不了解，深圳的工作怎么找？她一路走过去，好几次碰到有人摆着张桌子，上面写着“招聘”两个大字。她上去问有什么要求，得到的答复是什么要求也不要，填个表就有人带着过去上班，这容易得让人怀疑。她不敢冒这个险，一个人人生地不熟填个表就跟别人走，那不是有点傻。

她一路走着，时间不知不觉到了中午。早上那点朝气已给太阳晒蔫，昨晚上没有睡觉，现在疲倦又冒出来了，肚子也饿了，得赶紧吃点东西然后尽快把工作找到。高春兰望着街边的餐馆，餐馆是不敢进去的。现在她真后悔早上没有多买几个馒头，便宜又饱肚子，现在怎么办？身心困乏又焦虑不安，白天已经过去一半，工作还没半点眉目，得找到什么时候？前方是一片茫然，往后又没有退路，生活逼着你要勇往直前！

天下有白享的福，天下没有白受的苦，但愿经过生活的历练，今后她会有个好的发展吧。

白天已经过去一大半，肚子又在咕咕地叫，今天要是找不到工作住哪里？难道又在街头过一晚上？昨天晚上虽然挺了过来，但如果今天要是还在街头过一晚上，想想心都慌了，她怕了！她再也没有精力跟魄力在街头坐一个晚上。怎么办？身上就这点钱，这点钱保有的希望让人不敢轻易花出去。

太阳高照，南国的晌午闷热难耐，高春兰已疲惫不堪，先得买点吃的，吃什么好？她突然想起了昨天晚上放在台阶上的饼干，当时要是自己拿着，现在吃几块饼干也好，怎么会一时心软？路边快餐店的油烟呛得人直打喷嚏，能不能去快餐店打几小时工然后管餐饭？马上，她又为自己这个想法笑了。吃了这顿饭接下来怎么办？晚上住哪里？住宿、吃饭，这两个对别人不是问题的问题，现在对她是天大的问题。

口袋里的钱不敢花出去，肚子又饿，没有力气怎么去找工作？高春兰摸着口袋里的钱鼓起勇气进了快餐店。

菜单扫下来，价格都不中她的意，但都已经坐下来了，这个时候也不好意思出去。高春兰扫视了菜单点了个最便宜的素菜。快餐店就菜算钱，饭随便吃，虽然这钱花得不情愿，但估计晚饭可以省下来了。

吃过饭出来，身体恢复了些力气，前路茫茫，再这样走下去得走到什么时候，时间逼迫着她！

“小姑娘！”前面一个中年妇女捂着肚子喊着走了过来，高春兰惊得退了几步。

“小姑娘，别怕，我是好人。”中年妇女捂着肚子，话说得有气无力。这副可怜相高春兰不好意思不理她。

“小姑娘，我的钱包被人扒了，你在外面要当心啊，扒手多。”

中年妇女停下来，从口袋里掏出个黑呼呼的东西，说道：“小姑娘，我钱包被扒了，两天没吃饭，这是我儿子给我的BP机，没买多久的。”

手中的东西跟张敬勤的BP机样子看起来差不多，张敬勤那个好几百块钱了。

“小姑娘，我这BP机差不多是新的，八十块钱给你，我两天没吃饭了，实在没有办法！”

高春兰刚刚还尝着饥饿的滋味，现在这个人的神情让她有点同情。

“你要没吃饭，我给你两块钱，你去买几个馒头吃吧。这BP机我买不起，我没有那么多钱。”

中年妇女闪过一丝失望的表情。

“我的钱还要帮我过几天。”高春兰边说边掏出两块钱，她自己吃餐饭刚刚也只花了四块钱。

“小姑娘，我不要你的钱，你这么好心，我碰上好人了，七十块钱给你，你去当铺当了起码值一百多块钱，现在我也找不到当铺。”中年妇女边说边把手中的BP机伸过来给高春兰看。

张敬勤说他那个BP机好几百块钱买的，现在这个才七十块钱，当然不贵。而且这个人看来真是饿得走途无路，将心要把BP机卖了，自己接下手来，找当铺当了不就可以了？这个生意看起来可以做。

“你刚说八十块钱那就八十块钱吧，不能亏了你，这机子是好的吗？”

中年妇女指给高春兰看，时间、日期，外壳背后还有厂家的标签，看起来跟张敬勤的一模一样。

高春兰掏出八十块钱，BP机就进了她的口袋。

中年妇女说几句客气话就转身走了，高春兰只是觉得她的脚步比之前快了很多。

高春兰揣着BP机，虽然少了八十块钱，但BP机值好几百，找个当铺当掉，总能当一两百块钱，想不到有这种好事找上门来。

她还没走开几步，先前那个中年妇女又走了回来，难道她反悔了？

中年妇女走到她身边说道：“小姑娘，那BP机有点旧，我也用了一段时间了，不能拿你这么多钱，退给你二十。”边说边把钱递了过来。

高春兰接着钱还没反应过来，中年妇女又接着说道：“小姑娘，第一次出门吧，外面骗子多，不要轻易相信别人，凡事都要有提防心。不好意思，我实在是没钱了，不然也不会走这一步。”说完快步往街道另一头走去。

高春兰拿着钱愣了愣，不知道她这番话是什么意思。

太阳已经没有晌午的热度，工作还没有半点眉目，不由得让人心急火燎。

拐过一个街角，前方拥挤着人群。正门口边上竖着一个牌子：某某职业介绍所。高春兰走到前头，前头三个人摆着三张桌子。排队的人填张信息表，然后交钱给那三个人，那三个人开个票据后拿到票据的人站到了一边。

职业介绍所，看来是介绍工作的。高春兰问着旁边的人，得到肯定的答案走了过去。

“交了介绍费就送我们进厂是吧？”旁边有人问着。

“当然，交了介绍费，给你开个收据，等下巴士来了凭收据上车，巴士会把你们送到厂里。”

问话者带着不安的神情交了钱，拿到收据站一边等车去了。

这里站了这么多人，这总不可能是骗子吧？但是这个介绍费要五十块钱，太贵了！先自己找一找，如果天黑前没有找到再来这里。

高春兰穿过惶惶无助的人群，这些人都像是惊弓之鸟，有人靠近他们会立马警惕起来，也许他们也是刚来深圳，原本的纯真跟热情在这陌生的城市都得武装起来。

走出去好远，尽管招工的小广告不少，但总是不能让人放心。高春兰折转身往职业介绍所走，但再次走到职业介绍所时天快黑了，职业介绍所已经关了门，先前拥挤的场地一片空旷。

怎么办？夜幕又要降临了！高春兰看着穿梭而过的行人，他们都有各自的目的地，自己去哪里？明明置身闹市，她却无所依靠，该怎么办？往哪边走？

黑夜马上就要降临，难道真的又要露宿街头？这种滋味她怕了！

她在一栋高楼的台阶上坐下，目光无助，累得只想睡觉。她一边告诫着自己不能睡着，但是身心疲乏，很快睡着了。

城市的灯光亮起，各色的霓虹灯耀眼的光芒装饰着这个城市。马路上车流穿梭不停，街道上的小摊小贩出摊占据了街道。

一阵风吹来，高春兰惊醒了。怎么又睡着了！睡了多久？现在是在哪里？高春兰惊得出了身冷汗，直到看到职业介绍所那几个字她才安心下来。

今天太累了，再也撑不下去了！不管了，今天一定得找个地方好好睡一晚。

酒店、宾馆是不敢去的，她明白自己身上有多少钱，只能去那种能还价的小旅馆。白天还没有在意，现在晚上的灯光亮起，小旅馆的招牌在夜色中也算显眼。

高春兰走进一家旅店，里面灯光昏暗，给人不安全的感觉。但是老板娘已经出来招呼她了，而她也没有更多力气再找来找去。

“住店吗？要单人间还是多人间？”

“单间。”

“单间三十。”

“招牌上不是写着有十块、五块的床位吗？”

“那是多人间。”

“能不能带我去看看？”

老板娘领着高春兰到多人间，多人间里面的灯光晦暗，靠墙壁两边摆着四个三层铺，中间的空地摆满了行李袋，看来这里住的都是些没有着落的人。

“就这样的，五块钱一个床铺。”

高春兰随老板退了出来。

“老板，里面住的都是些什么人？”

“小姑娘，你放心，我都有她们的身份证，没问题，打算住吗？”

见高春兰犹豫又说道：“要住就早点定下来，再晚点估计就没床铺了。”

高春兰犹豫着说道：“那先住一晚上吧。”

交过钱后，高春兰进到宿舍，她爬到了三层铺的最上铺，上铺总应该安全一点。昏暗的灯光下思绪活跃，但最后疲惫战胜了心中的忐忑，她睡着了。

醒来时不知道是什么时候，往下面一看，昨天晚上房里的行李袋一个也不见了。她拿出昨天得来的BP机，已是上午十一点。怎么会睡到这个时候！

高春兰匆忙起了床，洗漱好后赶紧往职业介绍所走去。

二十八

邓小平在中国的南海边画了一个圈，深圳就雨后春笋般地崛起了。这个新兴城市，是中国改革开放的前哨。当年改革的春风最早吹到这里，春风吹了二十多年后，依托沿海，靠近港澳的区位优势，再加上政府的政策支持，深圳已是南国最瞩目的城市，俨然成为了一个大的经济中心。这里有深圳证券交易所，高科技产业园，声色犬马的娱乐产业，国际大都市该有的应有尽有，当然更少不了大量的制造业。依托特区的优势，政策上的优惠吸引了国内、国外投资者在这里大量投资设厂，深圳繁华光鲜的中心城区之外到处都是各种各样的厂房。

农村土地承包到户后，过去束缚在土地上的劳动力解放出来了。一个家庭，除了农忙时期所有劳动力能派上用场外，农闲的时候很少有事可做。有的家庭会搞点副业，但是一般来说，副业一年也赚不了多少钱。土地承包到户前为吃饭发愁，承包到户后大多数人又为钱发愁。愁是愁，但生活的出路在哪，还是得个人自己寻找。

“改革开放”这个词在《新闻联播》里经常听到，广大农民并不陌生，但改革对他们意味着什么，这些土地上的劳动者最深切感受的只是土地承包到户。具体还有哪些改革，以及这些改革对他们的生活有什么影响，这是他们所不了解，更不能前瞻的。

最先嗅到改革气息的是那些跑过广东的。新闻里经常谈改革开放，跑了趟广东，眼见为实，去过的人都发现广东的钱好赚，工资比家里高了很多。于是那些胆大、不安分的农民纷纷来到这块热土上来讨生活。慢慢地，南下广东成了全国各地区人们口头的热词，当时时髦的说法叫“下海”。如今二十多年过去了，据人们口头上的舆论，当年南下的第一代创业者大多都已发家。徐通两个儿子早几年不也南下广州打工并盖起了楼房吗！

先到的人尝到了改革开放的甜头，再纷拥而至的人机会就没有最开始时那么好了。谁在改革开放的第一个浪头站住了脚，掘取到了第一桶金，展现在他面前的完全是另一条人生道路。一个人的崛起往往会带动一个家族，甚至是一个地方的崛起。而那些错过了第一个时机的人，要么依旧守在土地上耕耘，要么就是进了工厂与流水线相伴。对改革开放之后出生的这一代，深圳留给他们的机会基本上只有工厂流水线上的各种职位。

高春兰上了职业介绍所的大巴，疲惫惊慌的心暂时安宁下来。拥挤的车厢里多是稚气未脱、神情低落的面孔，也许是太疲劳了，对生活太无力了，这么多人的车厢里静静的，很多人可能都是刚来深圳，累得说话的力气也没有吧。

车停下来后，大家蜂拥着下了车。

“快排好队。”散乱的人群立马排出了长龙，大家都想往前面挤，但在带队人员的注视下规矩了。

“你们这要多少人？”职业介绍所的人问工厂负责人。

“三十个。”

听到这里只要三十个人，高春兰立马从队伍里侧出身看前面的人数，按她现在排队的位置，肯定是三十之外。她身上钱不多了，现在这个工厂要人得赶紧把握机会，后面不知道还会等到什么时候。怎么能把握住这个机会？来不及多想，在职业介绍所负责人转过身之后，她立马从队里出来，一路跑过去，耳边都是骂骂咧咧的声音。跑到靠前的位置后，站队的人见她想插进来，目光含着敌意，同时向前挪着脚步。管不了这么多了，在白眼跟鄙视中高春兰硬是挤了进去，挤进去后，职业介绍所负责人正好转过身，在她后面的人也不好再表示什么。

“排好队，排好队。”职业介绍所的负责人喊着。

一个个点人数，高春兰当然在三十个之内。那个排三十一号的小男孩一脸失落，高春兰余光瞟着他，满是愧疚。生活的困境让一个遵纪守法的好孩子变成了个不讲道德的人。

“好了，没点到的再上车，去下一个厂看要不要人。”

排在后面的一个个唉声叹气，大家都是第一次来深圳，不然也不会要靠职业介绍所介绍工作。来深圳坐了很久的车，心神困乏，他们已经经不起车子的颠簸，好多人不习惯大巴车里的气味，恶心得都快要吐了。不论工资高低，条件如何，现在最迫切的是找个地方安定下来，能有个床铺好好休息休息。但是没办法，生活的重压推着他们拖着沉重的身体又上了大巴车。高春兰看着开动的大巴车，对自己插队得来的机会既庆幸又愧疚。

工厂负责人叫他们填了表，又核对了身份证及毕业证后带他们去寝室。负责人还特别强调：同省的人不能住同一间寝室。高春兰后来才知道不让同一个地方的人住一块儿，是因为怕他们结成团伙闹事。

负责人把高春兰带到寝室，寝室摆了四个床架，双层铺。四个下铺都垫着凉席、薄被，上铺全都空着。高春兰拿张报纸把灰尘擦拭掉，现在终于有个栖身之所了。

中午在厂里食堂吃过饭回寝室，室友们都回来了，高春兰热情地跟她们打着招呼，但室友们都只是淡淡地应了一声。是啊，对这些有了阅历的人，初始的热情在社会的历练中淡漠了。对高春兰来说，她们四个是她进寝室的第一批室友，但对她们四个来说，寝室里进进出出多少批人了。既然是跟住旅店一样，何必要保持热情，做进一步的了解！生活总有最实际的原则。

高春兰在楼道里拿了床垫子在水龙头下冲洗，这时厂里的广播响起：“今天新到的员工下午两点半下来集合。”高春兰把垫子洗好放到阳台上，就等着两点半的到来。

下铺的四个人都躺着闭目微酣着，高春兰想搭话但鼓不起勇气。

不久，一个人出去了，另外两个人也先后走了，高春兰纳闷她们不午休吗，中午太阳那么大去哪里？

“小姑娘，第一次出来做事吗？”下铺一个人总算说话了。

高春兰心头一热，“嗯，是第一次出来做事。”

这回答之后又是一阵沉默，看来下铺的那个人并没有要把话继续说下去的意思。

“怎么称呼你？她们三个中午不休息，出去干吗了？”

“上班啊，哪有时间给你休息。”

“你们没有在一块儿上班吗？”高春兰本来想问她怎么不去上班，但想着可能会不礼貌就换了说辞。

“我们不在一块儿，同一个车间上班的不能住同一个寝室。管理层怕同一车间的人待一起时间长了容易结伙，所以每个寝室都是不同车间的人，这样容易管理。这工厂生活，天天对着冷冰冰的流水线，下班回寝室想找人说话也说不上，大家都不知根知底，能说什么了。你跟人搭话，别人还得提防着你。”

高春兰等着她继续说下去，那人又停住了。

“我叫高春兰，第一次出门做事，希望你能多指教。”

“也没什么可指教的，自己聪明一点，灵活一点吧。重要东西随身带着，外面不认识的人少说话。”

“你叫什么名字，怎么称呼？”

“上班时间到了，上班去了。”下铺的大姐像是没有听见高春兰的话一样走了。

这人是怎么一回事，刚提醒了她几句又不说话了。以后的日子过久了，高春兰才明白这个人是个善良的人，但她并不想跟自己深入了解。

两点半高春兰到了集合处，吃了顿午饭又休息了会儿，大家的神色都好了很多。座位虽然是贴着坐，但都不怎么说话。

负责人神气地站在前头宣布这次开会是向他们讲明工厂里的规章制度，大家基本上都是第一次出来做事，都认真地听着。

前面厂里的规定讲完后，负责人提了提嗓音说道：“这里你们听仔细了，按国家政策，我们厂的工资是十一块钱一天，工作时间是八小时。另外加班的话有加班费，你们自己算算八小时十一块钱的话一小时是多少钱。”

“一块多。”下面有人说着。

“一块多少？”负责人停了下又说道，“是一块三毛七。所以加班也是一块三毛七一个小时。工资月底发，上班不足一个月的积到下个月发。你们一个月上多少小时的班就能拿多少票子。加班一般是自愿，上班不能懈怠，有人监督的。千万不能无故旷工，旷工不但不发工资，还要罚款，你们可记住了！一般说起来，我们厂的职工平均工作时间是十一个小时，一个月能拿五百四十多块钱，这比你们在农村的收入高多了。”

负责人顿了顿接着说道：“你们最好规规矩矩在厂里上班，少去外面瞎逛。你们都是外地人，要暂住证的，没暂住证上街，警察随时都会把你带走，到时就得掏钱才能出来，都记清楚了。”

负责人吞了口烟接着说道：“你们要出去转的就把暂住证办好，一个暂住证两百五十块钱，但是暂住证只在一个镇有效，如果去了别的镇，被抓了那照样是要罚款的。罚款一次是两百五十块，你们自己想想看划不划得来。另外，我们厂是九个月的试用期，过了试用期之后工资跟补贴都会相应地提高一点……”

会后把人手分了组，由组长带着去参观厂房，熟悉生产流程，接下来是三天见习上岗。

高春兰跟坐在下面的大多数人一样听到每天上十一个小时班，一个月能拿五百四十块钱还是满足的。他们还不知道每天十一小时班是什么劳动强度，心里都盘算着一个月五百四，那一年就是六千多块钱，好多钱啊。她甚至在心里比划着这笔钱有多厚。在学校时看大学的招生手册，大学学费一般在四五千左右。这样算下来，她工作一年，弟弟上大学的学费就赚到了。突然间她对厂子的感情亲切起来，这里有着生活的希望！

高春兰跟另外九个女生分在一组，组长带着她们经过轰鸣的厂区，好几个人禁不住捂住了耳朵。

“你们捂什么耳朵，上班就是在这里面上，现在你们在外面还受不了？把这点娇气收起来。”组长不温不火地说着。

高春兰看着里面的工人忙着手中的活，里面的轰鸣声太大，相互间交流都要借助手势。

高春兰将要上班的厂房差不多有一个足球场那么大，厂房的屋顶高高的，流水线履带上的女工机械地重复着那几个动作。

“你们的工作很简单，不管你们是高中生、初中生还是中专生都没有问题，反正就那几个简单操作，一下子学会了。不过速度要快，如果流水线上的产品有积压，一处跟不上流程，那么整条生产线的节奏都会被打乱，这样会罚钱的，你们不要掉以轻心。另外了，虽然就那几个简单操作，但你们也得认真做好，做出来的产品次品率太高是要扣工资的。”

十个新手绕着厂房走了一圈后，又都分别站到女工边细看她们是怎么操作的。生产线上就那几个动作，确实很容易学，但麻烦在于一天站流水线边重复简单动作，容易心生厌倦，不过现在她们都还没有想到这点。

出了厂房，十个人心里都轻轻松松，都想着这工作简单。只有等她们自己站到那里上班之后，才知道那是什么滋味。

三天的见习时间很快过去了。这两天里，她们虽不用动手，但站在那里看上一天，那感觉并不会比干一天活轻松多少，但真正的艰难显然也还没有到来。

第四天，新招的员工都上班了。

这天高春兰一大早就起来了。洗漱完毕，吃过早饭后离上班时间还有半小时，她对自己的表现还比较满意。

进了厂房，组长宣布各项纪律及注意事项，其中一条规定是上厕所不能超过五分钟，而且一个上午不能超过两次。新来的员工都没把这些规定当一回事，开始了第一天的工作。

一条流水线上有三道工序，流水线的履带在设置好的时间里缓缓前进着。干活的人在元件到下一个工序前得把自己这道工序完成，如果前面没有完成，那下一个工序就没法继续，整条流水线的生产就打乱了。

高春兰负责流水线上第一道工序：给电子元件装螺丝。

前几天看着别人干时觉得觉得简单、轻松，现在真正自己做起来，时间久了才发现这工作并不轻松，甚至比双抢都更累。

首先流水线高度不大合理，总是要弓着腰才行；二是流水线履带缓缓前进，手旋着螺丝时脚还得跟着履带走，根本没有一丝松懈的机会，很快就腰酸背痛了。

高春兰俯着腰飞快地转着螺丝，一个得以安好，来不及伸个懒腰，履带上下一个电子元件又到了眼前。不管怎样，得赶紧动手，不然下一道工序就要被耽搁。高春兰现在才知道为什么上厕所的时间都要限定在五分钟之内。几个新员工去了趟厕所，回来履带上的电子元件积了好几个，组长在一边脸色已经不好看了。

在厂里，组长负责给工人记工时，如果工人做得不好，组长可以不给这个工人报工时，那这班就白上了。组长的谩骂，工人们得跟羔羊一样听着。有权力的地方就会有威严，组长那点权力足够手下的工人巴结讨好。

整个上午，高春兰怕流水线上积的电子元件多硬是只去了一趟厕所，好不容易熬到十二点，总算可以缓口气了。

午饭时间加午休一共一个小时，下午一点就开始上班。食堂里吃饭跟比赛似的，伙食虽不好，但大家都是飞快地吃着，吃完了好回寝室躺一会儿！上午站了那么久，如果不休息一下，下午的班就没法上。

这一天下来，简单重复的工作让人筋疲力尽。这些新手从流水线上下来，前几天的朝气跟笑脸马上烟消云散。工作看起来简单，但真的只有亲自上阵才知道到底是怎么一回事。好比看别人挑担子吧，只有担子压到你肩上才会知道那份沉重；又好比看划龙船吧，只有自己拿桨划几下才知道那需要多么大的臂力。

下班时组长分配晚上七点到十点的加班名额，被点到的都是老员工，新人一个也没有。高春兰看着那些老员工疲惫的脸，本来想着加班她们会不情愿，但事实是被点到了名的都显得欣喜，那些没被点到的老员工倒是一脸失落。

这些外地奔波来的打工者，他们最大的心愿都是想多赚点钱，只要开工资，再苦再累他们也能够承受。他们之所以能承受这份艰苦，背后都是对家庭的一份责任。三小时的加班有四块一毛多钱。一个月要是不加班，那就少了一百二三十块钱。

在厂里交货任务不是特别急的时候，能不能加班、加多少班这名额由组长来定，所以谁跟组长关系好就能得到加班名额，谁要是得罪了组长，你就拿着每天八小时的基本工资吧。

高春兰这组有三十多号人，组长大概三十多岁，留着八字须，脸颊肉呼呼的，整天眯着眼睛，嘴角上带着似有似无的笑。他一天的任务就是负责监督女工，保障车间生产线的正常运转，一个月能多拿一百多块钱的职位费，这在工人中间是个肥缺。手下哪些人让他高兴了，他就让她们加班，那些不谙世事的新女工，让她们慢慢体会吧。

高春兰从厂房里出来，全身像散了架一般。流水线上那几个简单的动作单调乏味，以前双抢再累也没有这样的感觉。农村的土地是那么广阔丰富，流水线上只有狭小的空间跟冰冷的电子元件。

深圳在东南沿海，地方时大概比北京时间要快一点，虽是下午五点，但暮色已经开始笼罩了。

晚上不能加班去哪？干嘛去？高春兰边走向食堂边想着。今天是第一天上班，不能加班少了四块多钱，但她还没有老员工那么失落，工作才刚刚开始，她得慢慢去适应。

高春兰拿着饭票打了饭，前两天吃起来还有点多的饭菜今天不够，菜里也没有什么油水，炒菜跟煮菜的味道差不多，还想吃点东西，但又得花钱，想了想还是算了。

回到寝室，下铺的四个人都躺在床铺上，有了前几天的经历，高春兰现在不敢贸然开口。寝室里有五个人，但是静悄悄的。

快到七点的时候，下铺的四个起身出去了，高春兰当然知道她们是加班去了。明天我也加班去，她在心里跟自己说着。

时钟指到七点，厂房里的机器轰隆隆地响彻起来。高春兰从床铺上下来，时间还早，她想去外面看看。

寝室二楼是乒乓球室跟桌球室，都是免费，里面闹哄哄的。男生多是光着膀子边打桌球边跟女生调侃着。这简单的场所在单调冰冷的厂里热火朝天。

台球桌跟乒乓球桌人挤得满满的，高春兰来到轰鸣的厂房外头，透过窗户，里面的工人似乎已经习惯了轰鸣的噪声，各自在自己的岗位上忙碌着。

这一个晚上，高春兰走遍了每一个厂区。一个产品的问世就是在这些厂区间分工协作完成的，哪一个环节出了纰漏，那造出来的就是不合格品。

第二天中午下班后，高春兰找组长说自己想加班，组长眼睛眯成一条缝不置可否，只是说叫她吃过晚饭后早点到他办公室来一趟。

吃过晚饭，高春兰赶到组长办公室，组长悠闲地抽着烟，显然是在候着。

“把门带上。”组长边说边坐直了。

“你坐，你想加班，你能给我什么好处？”组长捋着胡子说着。

高春兰愣了愣说道：“发了工资请你抽烟。”

组长沉默了半晌，低声说道：“我也不要你的烟，小姑娘，你如果把我哄开心了，你也不用加班，工时我照样给你计，我还给你买漂亮衣服，你想要什么就有什么。”

“那你有什么需要帮忙的？”高春兰一头雾水，又有些胆怯。

“你不用做什么，听我的话就好。”组长涎笑着起身站起来向她走过来。

高春兰慌忙站起来退到了墙角。

“小姑娘，听我的话，我不会让你吃亏的。”组长一步步地逼了过来。

“你不要过来。”

“小姑娘，我看你模样不错，看上你了。你跟我，不说吃香喝辣，在厂里肯定不会有人敢欺负你，主管我都熟。你加不加班甚至上不上班都可以给你报工时。”组长边说边把双手支到了墙角，高春兰瑟缩着颤抖起来。

“怎么样，你想想。”

“你不要这样，这里是办公室。”说话时身子往下一弓，从墙角里钻了出来。

“小姑娘，我也知道心急吃不了热豆腐，你回去想想，想通了过来找我。组里这么多女的，我看得上你也是你的光荣！”

高春兰从办公室里退出来，逃命似的跑到黑暗处，心里的委屈、难过、愤慨涌上来，像是自己做了什么丢脸事一样羞愧，她真想大哭一场。但是哭有什么用，她尽量把声音压下来，泪水也只能偷偷地流。

接下来的日子组长若无其事，高春兰神情恍惚了好几天，只要别人的目光落到她身上，她就想着组长那天说的话是不是被她们听到了，她们会不会在背后议论她。几天都在这个情绪中，流水线上的次品率自然上升了。

一连十多天，高春兰都在惶恐跟心悸中，十多天都没加到班，少拿四十多块钱啊。她想换个车间，怎么换？找主管，刚进来培训时强调纪律就说了不能越级反映问题，怎么办？跟组长说换车间是不可能的，组长不让加班就没机会加班，自己能争这口气对他不理不睬吗？能不能圆滑点。高春兰心里琢磨着，生活逼迫她即使面对狰狞的面孔，也要学会用笑脸去逢迎！

在高春兰细声细气地跟组长说过几次话后，总算能加班了。组长自认为这是她服软的表现，他愿意等待，愿意在她身上多点耐心。

日子一天天过去，枯燥的工作磨练人的意志。生活从来不是鲜花跟掌声，生活是沉重的劳动。每天工作忙不过来，累得没有一点精力想一想流水线之外的问题，每天回去贴着床铺就睡着了，都没有时间想到家人。高春兰忽然想起离家这么多天也没报个信，弟弟在学校会着急会担心的。

高春兰趁着吃饭的间隙回到寝室掏出培训时买的纸笔写起了信。时间紧凑，她也不能多写，大致写了下近况就匆匆收笔了，写好后她在信纸里夹了十块钱，多的不敢夹。小时候，期望之外的五块、十块能给人带来多么大的惊喜啊！

十几天下来，高春兰这组有新员工受不了工作的负荷，干不下去了。组长的态度很鲜明，干不下去就走人吧，但你要发工资那是不可能的，工资得干满一个月才能发。你不服气，找主管、厂长、经理、老板，他们也都是这个回答。你再不甘心，你去劳动部门投诉，看看你自己经不经得起折腾。

有几个人已经几天没上班了，她们几天来就守在财务处办公室要工资。对于管理人员来说，绝对要干满一个月才能开工资。一个月都不做满，开了这个先河，那今后还得了，以后怎么管理，那些天真的人还在无谓地浪费自己的时间。

对厂里来说，生产线上的员工爱走就走，走了可以马上重新招人。流水线的工作没有多少技术含量，随时可以找人替代。这些人干个十几天走了也不是什么坏事，反正拿不到工资，给厂里白干，有时高层管理者还巴不得你走。最后那几个干不下去的人卷着铺盖走了。走的时候高春兰问她们去哪，她们说工厂太累，去找个轻松点的工作。她们走后的第二天，流水线上的位子又被新的面孔填补了。

高春兰加班后，一天工作十三个小时，十三个小时都是在重复做那几个简单动作，单调、枯燥，但有什么办法，在她目前所了解的社会里，工厂里有给弟弟赚学费的希望，想到这，每每快撑不下去不想干了的时候，她总是咬紧牙关挺了下来。对她来说，她虽然没有多么远大的向往，目前的工作她也只是看作一个过渡，等供完弟弟上学她就不干了，到时候再找其他出路吧。现在再苦再累又有什么，只要还有明天的希望。

每天沉重的劳动后，回到寝室有时候连洗澡的力气也没有。劳累之后没有精力考虑任何上班之外的事情，甚至都没有精力顾及时间跟日期。不知不觉中，快到中秋节了。

月底就是中秋节，厂长大概发了仁心，新员工没干满一个月按工时计算也发工资，那些新入职的员工本来还为八月十五没钱发愁，现在这个消息终于使他们沉闷的脸上挂上了点笑容。

高春兰下班后到财务室排队领工资，她工作了四十天，她自己算了算，基本工资加上加班费将近七百块钱。拿到了钱的人脚步都轻快了许多，一个月的艰苦劳动，就是为了月底的这几张票子。

当财会人员把高春兰的工资发到她手里，薄薄的纸币的分量却是沉甸甸的。这是她来深圳挣到的第一笔钱，她可以自立了，更重要的是弟弟的学费有了来源。现在钱虽然不多，但积少成多，集腋成裘，一年下来也够他上学了。

回到寝室，寝室里一个人也没有，又都刚领了工资，大多数人都出去转了，也只有这个时候才能放松放松。

她洗过昨天的衣服，然后去食堂吃了晚饭。

快过节，食堂油水多了些，但偌大的食堂并没有几个人。平常吃喝舍不得花钱，苦了一个月，这些再节省的人也忍不住要去外面改善下生活。

吃过饭，高春兰也没事可做，她出了工厂到了街道上。

每到月底，对厂里的人来说就是过节，这些离乡背井的人纷纷走到了街上。街道上的人流随着夜色的加深，越来越稠密起来。小摊小贩占据了大部分街道，人流愈加显得拥挤。

高春兰舍不得花钱，各种诱人的商品、小吃她只当作视而不见。她怕迷路，一直顺着人流直走着，但走出一段距离后，人流慢慢稀散了。

月底就是中秋节，明月高挂，身在异乡，免不了思念家人。

“你怎么走路的，撞到我了！”对面走过来一个男子撞到了高春兰身上，接着是玻璃管破碎的声音。

“对不起，对不起。”高春兰慌忙道歉。

“对不起就没事啦？你把我的玻璃瓶撞碎了，值几百块钱了。你说怎么办，赔钱吧！”男的拿着根破碎的玻璃管恶狠狠地说。

高春兰情绪立马镇定下来，看来这不是简单的相撞。她看到后面不远处还站着两个男的看着这边，跃跃欲试又不敢过来，大概他们是新手。

“赔钱。”对面男的要过来扯她的衣领。

没有时间考虑，高春兰迅猛地踹了那人一脚，那人哎呦一声弯下腰后，高春兰掉转头飞奔起来。后面突然像是响起了急促的脚步声，恐慌中她用尽全力奔跑着。不知道跑了多远，直到灯火通亮起来她才停了下来，这时已是汗流浃背。她回过头看了看，还好那几个人没有追上来。高春兰轻拍着胸口，稍缓了气，刚刚那个情景回想起来太可怕了！

灯光依旧耀眼，人流穿梭不息，但这一切都像是中间隔着透明镜，把她与这点繁华隔开。

二十九

也不知跑了多远，反正全身乏力，高春兰脚步慢了下来。

快过中秋节了，她走近商店买了五个月饼，自己一个，舍友们的也不少。

时间不早了，该回去了。高春兰心里想着。

对面走来十多个穿警服的人，他们走过来的方向，人群马上往各个方向散开了。高春兰还没有反应过来是怎么回事，穿警服的已经站到她面前。

"你哪里人？"高春兰被拦住了。

"湖南人。"她赶忙说道。

"把暂住证拿出来！"穿警服的厉声说着。

"你们别站在旁边看，快去一个个盘问。收入怎么样，全看今天晚上了。"穿警服的对旁边站着的几个穿警服的说着。

什么是暂住证？高春兰头脑里没有这个概念。

"没暂住证。"穿警服的人的口气令人生畏，高春兰怯怯地回答着。

“没暂住证跟我们到所里去坐坐。”穿警服的人边说边呵呵笑着，拉着高春兰的胳膊往旁边停着的面包车走，高春兰这时才反应过来为什么刚刚他们走过来时街上的人立马跑开了。现在被穿警服的人拉着胳膊，疑问马上又来了，他们是真警察吗？真警察怎么会是这样，还不能在街上自由自在地走了？不会是黑社会的混混吧？想到这，她恐慌不已，手臂挣扎着，但怎么也甩不开，就挣扎的这几下，穿警服的人把她的手拉得更紧了。

“给我老实点！再想跑把你扣起来！”是厉声喝斥的声音。

穿警服的拖着她往边上的面包车上走，是不是遇到劫匪了？长这么大从来没有这样惊恐过！心惊胆战又无丝毫办法，前面的面包车不知有多么大的危险？拉着她的到底是什么人？为什么街上都不能走了？他们会把她怎样？巨大的恐惧感袭来！他们到底会把她怎么样？这一刻，高春兰突然后悔独自来到深圳，走在街上被人拽着无法脱身，他们会把自己怎么办，天下竟有这么可怕的事情！

另外几个穿着警服的也都拦住了行人，在高春兰被拖着往面包车上走的时候，几个穿警服的也拉着拦住的人往车子这边走着，看来还不止她一个人。如果不止她一个人的话，黑帮的劫匪应该不可能这么嚣张吧？那几个被拉住的人神色没有过多的慌张，看来应该是真警察，高春兰勉强安慰着自己！

穿警服的人把她拉到了面包车边。

“进去吧，去我们所里坐坐。”口气趾高气昂，边说边把她往面包车里推。

绝对不能上车！车上一个人都没有，谁知道到底是什么情况！谁知道他们是不是劫匪！

高春兰在穿警服的人松开手推她的瞬间一闪身站到了车边。她看到另外几个穿警服的都拉着人走过来了。

“都上车去，都上车去。”穿警服的吆喝着。

被拉过来的人无奈地上了面包车，高春兰见他们神态还比较镇定，那么这些穿警服的人应该是真警察吧，而且他们应该也不是第一次面对这样的情况。

“我有暂住证。”被拉着的一个妇女大声嚷着，穿警服的也不管她，继续把她拖过来。

“她有暂住证？那就让她拿出来看看。”边上一个穿警服的对另一个说道。

“有你就拿出来。”拉着那个妇女的人高声说着。

妇女从包里翻出暂住证，递给了穿警服的人。

穿警服的接过来瞄了一下，“你这个是假的。”说完把那小本子一手扔得远远的。

“我的是真的，在你们派出所办的！派出所还能办出假证？”妇女要过去捡被扔掉的暂住证，但被狠狠地拉住了。

“办假证，跟我们到派出所把情况说清楚！”穿警服的把妇女推上了面包车。那妇女挣扎着，但车门已经被拉上了。

高春兰挤在车厢里，这些被拉过来的人开始神情还有点气愤，但很快是一副木然的表情。

“这一车满了，再把车开到前面那个路口去，把另外一辆车也要装满，今天收入不错。就等着他们发工资的这天。”穿警服的在车外面喜气洋洋地说着。

在下一个路口两辆面包车又停了下来，他们下车后街上的行人又是慌忙散开，但最终另一辆面包车上也塞满了人。两辆面包车一前一后相跟着在派出所门口停了下来。高春兰看着“派出所”那几个字，真的是到了派出所，穿警服的应该是真警察，她悬着的心终于放了下来。

警察们逐一登记了他们的姓名跟籍贯后，把他们分到了三楼的两个办公室，办公室里本来有凳子，但警察搬出去了。警察告知他们，有单位的跟单位联系，叫单位来人保出去，没有单位的罚款两百五十块，早交钱早出去，所里只管喝水，不管吃饭。

两百五十块钱是什么概念，工厂里每天十三个小时的班，一个月才五百四十多块钱，两百五十块钱差不多是半个月的血汗。高春兰刚准备回厂，结果莫名其妙地被带到了派出所。另外被带来的那些人，他们也都有自己的目的地，可能是回家，可能是去聚会，如果他们没有按时出现在该出现的地方，等待的人会牵挂的。高春兰身在异乡，孤身一人不会有人为她担心，想不到这也是个好处。警察打乱了他们的生活，把这些从不相识的人聚到了一起。

现在，高春兰倚靠在墙角，细细回想着刚刚的暴风骤雨。

刚买了月饼走在橘黄的灯光下时，心里还盈满了愉悦之情。虽然开始跑得人心慌，但毕竟快中秋节了。她还想着这几个月饼能不能把寝室的坚冰融化一点……然而，她还没反应过来是怎么回事就被穿警服的带上了车。

带她上车的是些什么人，怎么一脸的匪气。刚开始她还想着是不是乔装的警察，走在人这么多的街上竟然能被绑架！高春兰不敢想下去，那一刻心里的恐惧真不知该怎么形容。

如果你身处山谷，突然山摇地动，山崩地裂了，岩石不断地滚落下来，你是什么感觉？如果你倚阑观海，猛烈的狂风带来了海啸，波涛翻滚着要将你吞噬，你会做何反应？如果你立身在休眠的火山顶，遽然之间火山苏醒了，喷出的岩浆到了高空，下一刻要将你埋葬，你会心系何处？感悟人生？怀念过去？

那一刻，高春兰几乎都认为是遇到劫匪了，好在面包车上的人越来越多，人多总是壮胆的。面包车发动后，没有蒙眼、没有捆绑等电影里看到的情节，其他人也没有多么惊慌失措，高春兰的心才找到了点依靠。

面包车开过空旷的大街，两边昏暗的路灯间歇照射着，灯光亮堂时悬着的心会稍松懈下来，而当开到灯光昏暗处，心里就不由得打起鼓来，像是怕开进无底的黑暗深渊。直到车停下来，“派出所”那几个大字出现在眼前，胸膛中跟沸水般翻滚的惊恐才稍稍平静，被关进派出所，应该是安全的了。

现在，人身安全应该没有问题，但是罚款两百五十块，显然大家都不想掏这笔钱，两百五十块可是大钱啊！

高春兰听到有人在抱怨自己运气背，上个月被抓了一次今天刚发了工资又被抓了。另一个人似乎要耍油条，直说：“让他们关啊，我就不信他们能把我饿死。”

这些口头上的戏词谑语听来除了罚钱，并不是一件多么严重的事。

不过对这些外来的打工者，钱是他们的心血，他们赚的是血汗钱，一罚就把半个月的工资罚没了，谁会甘心。

如果不是被关在一起听了这些“闲言碎语”，那高春兰会马上交了罚款，毕竟这是正规的派出所，交钱放人应该能保障的。但现在看这些被关的人，大家都是先挨着，没有人主动去交罚款。于是高春兰跟着他们蹲在墙角，在派出所过了第一个晚上。

第二天一大早，警察催促着交钱，交了钱，顺便把暂住证也办了。大家都说身上没钱，要打电话到单位或者家里，于是在警察的监督下，一个个依次打电话。

高春兰看着他们一个个打电话，虽同是异乡人，但他们在这紧要关头还是有依靠的，那些人打电话时那种热切的口吻，只是衬托着自己的无依无靠。怎么办？等下轮到她时，她把电话打给谁？

高春兰突然想起进厂培训那几天主管不是说有什么事可以打保卫科电话吗？因为是第一次出门，她把保卫科的电话记得牢牢的。好，等下就打保卫科的电话。

轮到高春兰，她拿起话筒虚张声势地说着，在外人听来，跟她说话的是熟人，而真实的情况是电话那头的冷淡让人心凉。高春兰神态自若地放下电话，对警察说熟人一时赶不过来，得两三天。

“过两三天也没有问题，但不能抱侥幸心理，三天后不交罚款就送到惠州去做苦工，你们自己看着办。”警察凶狠地扫视了每一个人后把门一掼就出去了。

另外的几个人叽叽喳喳议论起来了，甚至有人说趁他们中午休息的时候逃出去，其余的人惊诧地听着。说话的人卖了个关子，停顿了一会儿说：“中午趁他们休息时我们从窗户跳出去。”边说边站到窗边探望着地势。

“这是三楼，跳下去搞不好腿都会摔断。”有人说着。

“我不是第一次被抓，不是第一次跳，先攀着墙壁往下滑，实在攀不住了就跳下去。”

“万一被发现了怎么办？”

“你以为他们那么尽职吗？中午他们打盹去了。至于万一，我根本没有想，先逃再说，被抓了认命，大不了送到惠州去做三个月苦力。我是舍不得出这两百五十块钱，这钱可是孩子一个学期的学费跟生活费！我一个朋友他们夫妻两人租房，有天晚上查暂住证的来了，结果他们俩在窗边吊了根绳子，从五楼攀着绳子滑了下来。哎，深圳的钱你们以为好赚吗！我们这些外地人累死累活还备受歧视！”

“两百五十块钱，每天干十几个小时，半个月才有两百五十块钱，血汗钱啊！如果我家里只有我一个人，那钱是身外之物，我就交了出去再赚。但有父母妻儿，两百五十块是我儿子的生活费跟学费。一个父亲供不起儿子上学，那能叫父亲吗？为了这个，我只得冒险，至于万一被抓住，那我是不敢想的。为了儿子能安心上学，我也得冒这个险。”

太阳升到了前面的高楼，阳光透过窗户照进来，不一会儿警察传唤了一个妇女，那妇女像是来了救星，高人一等地看了他们一眼出去了。

“这女人有熟人保她，昨晚我看你们一个个神色慌张，而她一点事也没有的样子就知道了。”

这话说完，几个人倚在窗口看着那妇女出了派出所扬长而去。

接着，又有人相继被传唤出去，这些人大多是有家属跟亲人在深圳，交了罚款出了派出所。来领人的与被领的出了派出所门马上就吵起来，女的责怪男的来晚了，男的责怪女的一天在街上乱跑，两百五十块钱说没就没了。

临近中午，办公室还剩七个人，这时警察过来了，“你们交了罚款出去吃饭吧，肚子不饿吗？一上午没吃东西。你们想拖着不交钱这是不可能的，你们是刚来深圳还不知道行情吧，你们看那些懂事的人都知道早点交了早点回去，反正赖也赖不掉。现在交还来得及，不交我们就下班了，下午三点上班。等下肚子饿了，想交也得等到下午三点。我们抓了这么多人，从来没有熬过一天的，何不早交了去吃饭？”警察见没人理就吹着口哨走了。

深圳是热带海洋气候，历书上虽已是秋季，但太阳偏爱纬度低的地区，给这些地方留下了更多的光热。

晌午，开始那个说要跳窗的人贴着门听了会外面的动静后打开了窗户，高春兰还没反应过来，他就翻出了窗户。在攀着往下滑时手力不支扑通一声落到了地面，落地后捂着肚子面色痛苦地站起来。这时候，门外钥匙开门的声响起。

快跑。高春兰心里喊着。

警察立马把门打开了。

“怎么少了一个人？我们都已经算好账了的，难道又要少收入两百五十块？”

警察见窗户打开了气冲冲地走到窗边看见那人蹲在地上，立马对着对讲机喊道：“有人跑了，有人跑了，过来追捕。”

跳下去的那个人听到警察的喊着，他挣扎着站起来，但是脚步蹒跚，步子迈得极为艰难，没过几分钟，警察们就把他逮回来了。警察们高声咒骂着把他关进了另一个房里，高春兰这边听着铁门掼得哐当作响。

警察又回到这边，“他就是你们的榜样，跑掉再次被抓住的处两倍以上罚款，要不就去惠州做三个月苦力，看你们还敢不敢跑！你们早点交了回去吧，不要再打开溜的主意，这是哪里，会让你们随便开溜吗？”

旁边有两个人看这情形赶紧把钱交到了警察手中。

“交了罚款就给你们办上暂住证，我们也是依法办事，跟我过来。”

警察走了几步回过头来看着高春兰，“你不交吗？早交早解放。不要再等到明天了，跑不掉的。”

没有多少时间留给高春兰思考，在警察把门带上要上锁的时候，高春兰冲过去猛拍着门喊道：“开门，开门。”

“怎么啦？”警察把门推开一个间隙咆哮着。

“我交，我交。”哽咽的嗓音满是无奈。

“昨天交了昨晚就回去了，下次吸取教训，既然被抓了就赶紧交钱。在派出所拖时间，以为拖时间罚款就会给你们打折吗，我们这里的生意全是实价，下次吸取教训！”

交了钱，暂住证很快办好了。

“这你的暂住证，暂住证只在一个镇有效，有效期是一年，到期了最好自己按时来补办。”警察说着。

出了派出所，顿时觉得天地宽大了许多，两百五十块钱让她重获了自由，难怪说自由最宝贵！

烈日当空，高春兰走在滚烫的马路上，想着刚才跳窗的那个人，他什么时候能出来？他儿子的学费还有吗？如果因为罚款而交不起学费而辍学，那他这一次因为没暂住证被派出所抓住罚款，就影响一代人的命运。高春兰在路边买了三个馒头边吃边走到了寝室。

下铺四个人都在，但都不言语。一会儿，一个小姑娘提着脸盆跟水桶进来了，看来又来新人了。

小姑娘表情瑟瑟缩缩，左右张望着不敢说话，手中提着的水桶跟脸盆不知放哪里好。下铺躺床铺休息的四个人侧过身看了她一眼又转过去了。

“姐姐，这的水桶跟脸盆能跟你们放一块儿吗？我能住哪一张床？”是小女孩稚嫩的声音。

无人回应。

沉静了十多秒后，高春兰坐起来说道：“可以放一块，上铺还有三个床铺，你自己喜欢哪个床铺就是哪个床铺。”

小女孩抬起眼皮看着她，满是感激的目光。

就这样，在之后不多的日子里，高春兰跟这小女孩建立了友谊，这个小女孩叫小轩，初中刚毕业就出来了。

帮小轩安置好床铺后，高春兰爬上床铺倒头就睡着了。醒来时间已不早，晚上得跟组长申请加晚班，把罚掉的钱挣回来。之前加班每天工作十三个小时，其实能再多加一个小时班做到十四个小时的。一天二十四个小时，除掉八小时睡觉的时间，还有两个小时休息了。一天多加一个小时班就多一块三毛七，一个月有快四十二块钱，六个月下来就有两百四十多块，到时候今天的罚款也算勉强能补齐，这样原本给弟弟存学费的计划就没有打乱，一想到弟弟，高春兰突然想念起家来。

妈妈、姐姐、弟弟都还好着吧？不知高翔学习怎么样，有没有更进一步？他是家里的希望，明年他就上大学了，一定不能让他为钱发愁，自己现在再辛苦也是值得的，只要能给他一个好的条件。

高春兰在食堂吃过饭，差不多就到上班的时间。六点到十二点，六个小时的加班！

等上工的钟声敲响，机器喧哗起来，人声马上淹没在机器的轰隆声中。人力耗尽在冰冷的机器上，艰辛跟凄凉铸就了深圳的繁华！

三十

生产淡季时加班由组长调控，为了赚钱，没有不想加班的工人。大家都是离乡背井，不多赚几个钱，那还图什么？为了能加到班，工人们当然得讨好组长。

高春兰能加班是什么原因她心里当然清楚，她想过换车间，但换车间得由组长跟主管申请，很难办的。

组长多次暗示，高春兰只当不懂搪塞过去。

对于组长来说，流水线上的女孩见得多了，他是有耐心的。

但三番两次的提示，高春兰竟然毫无表示，这样下去，她没半点付出，倒是给了她这么多加班机会，太划不来，组长决定得早点揭开底牌！

一天， 高春兰吃过晚饭后，组长叫她去了办公室。

“我对你的那点意思到底懂不懂？”

“什么意思？”高春兰压着火气平静地说着。

“天天给你加班的机会，你感谢过我吗？你知道多少人想加班，凭什么轮到你？”

“谢谢组长照顾，我一定把工作做好。”

“你知道我照顾了你就好，明人不说暗话，今天下班跟我走，哦，你根本不要上班，我照样给你计工时，这总可以了吧？你要再不满意，我给你点钱也是可以的。”

“还要上班，被领导发现问题就大了。”

“领导怎么会管这事了，你放心，我就是领导，晚上跟我走吧。”组长边说边涎笑着。

“快上班了，我先去准备下。”高春兰转身往门口走。

“你站住，我还有话说。”

高春兰转过身来。

“我说话你不懂吗？今天晚上别上班了，就陪我，陪我照样给你计工时。这难道不好吗？”

高春兰压抑的火气一触即发，但她还是忍住了，她默不作声地往外面走。

“你等会儿，你架子还端得挺大，你到底怎么想的？你可知道多少人想巴结我都没有机会？”组长是奚落的口气。

高春兰推开门小跑着走了。

“你跑，你跑，忘恩负义的东西，老子会给你好看的！”

高春兰出了办公室到流水线，心情久久地平静不下来。组长说的那些话，像是自己做了见不得人的事一样羞愧难当。

晚上下班回到寝室，虽然很累，但怎么也睡不着。今天这个事，组长以后会怎么对付她？今后还有加班的机会吗？一切一切的问题扑过来，生活是这么的不轻松。

果然，没过几天，组长跟上面打报告说高春兰工作不负责，次品率高，建议立马辞退她。高春兰收到辞退通知时正在上班，照组长的意思是立即叫她走人。高春兰只得结算了工资，带上不足道的行李出了厂子。

走出厂子，她一再回头望着她工作的地方，这里是她踏入社会的第一站，虽然今天离开了，但这里的一切都给她的生活打下了烙印：轰鸣的厂房，不停息的流水线，统一的工服。虽然人与人之间关系冷淡，但走出这个厂，她发现自己还有些感情维系在这里，这是她在外初尝艰苦的地方，这里是她踏进社会的纪念堂。

平常各自忙着，离开也没有一句告别，是啊，住旅社还要讲感情吗？

但是高春兰想到了小轩。小轩第一天来，自己招呼了她，现在看来，这不知是对小轩好还是不好。不过她离开这个厂，那应该跟小轩说一声的。

高春兰又折回去等到了中午。她跟小轩说被厂里辞退了，但她还是会在深圳找工作，等工作安定下来后有时间就会过来看她。两人简单地聊了几句后，小轩不舍地把她送出了厂门。

自己接待了小轩由此相互间取得了信任，她也是第一次出远门，寝室的冷漠高春兰见识到了。但因为她而使小轩一开始并没有感受到冷漠，如果她认为人与人的关系就像她们这样，那以后她在外面遇上骗子怎么办？岂不是会轻易上当？冷漠比热情更能锻炼人的生存能力。

高春兰漫无目的地走在大街上，今天找工作是来不及了，相比刚来深圳时的惶恐，现在地方比较熟悉，她可以稍微从容。虽然因为暂住证被罚了两百五十块，但身上也还有几百块钱，五块钱一晚的多人宿舍也住过，再没有什么好怕的。

黄昏时分，夕阳在高耸的大楼上抹上层金光，城市愈加显得富丽繁华。人流、车流汇聚在街道，奔向各自的港湾。高春兰被人群裹挟着往前走，攒动的身影多是落寞的脸。

“抢劫，抢劫。”是妇女尖厉的喊叫声。熙攘的人群往声音传过来的方向看去，一个骑着摩托车的青年拽着女士包快速前进着。

“帮我拦一下他，帮我拦一下。”一个妇女哀求着喊着。

无人上前，人群聚到一边倒是给抢劫者让出了一条路。

“快报警。”有人对妇女说。

又有人说：“报警有什么用，经常有人被抢，哪里查得过来。”

很快，人群又流动起来，先前那幕立马遗忘在人的记忆里。光阴仓促，人来人往，在这快节奏的社会里，只要不是发生在自己身上的事，立马就被人抛之脑后了。

高春兰走出了好远，不久灯火灿烂起来。五彩的霓虹灯闪烁着耀花了眼。各色激光扫在地上，流光溢彩，城市像是金银砌成的似的。

“麻辣烫，吃麻辣烫吧。”走过麻辣烫摊位，老板总是问着。同样大小、亮度的招牌在老家是那么夺人眼球，但在这灯火辉煌的深圳，却显得黯淡、寒酸。

麻辣烫的摊位几乎坐满了人。纸屑、酒瓶、竹签一片狼藉。在学校时女同学喜欢溜出来吃麻辣烫，现在独自回味这个味道，高春兰坐定后，腾腾的蒸汽冒进鼻腔，是久违了的气味。

忽然，对面高楼外墙的饰灯亮起来，照得这边也亮堂了许多，紧跟着外墙的灯又急骤闪烁着，忽明忽暗。高春兰望过去，是华天大酒店的招牌。酒店门口停满了高档小汽车，透过玻璃墙，里面陈设奢华，高春兰再回头看着锅里的麻辣烫，麻辣烫再也引不起她的胃口了！

那晚，高春兰在五块钱一晚的公共宿舍思考了很多，杂七杂八，理不清头绪。但挥之不去的是她老想着那大酒店里住着的是些什么样的人？酒店内部的陈设是什么样子？是什么造成了这人跟人处境的差别？怎么样才能改变命运，怎样才能往上走？知识？勤劳？智慧？

高春兰带着疑问进入了睡眠。第二天她进了家电子厂，工资一样，工作内容也一样，只是工厂的名字变了。

岁月不待人，四时相催迫，没过几天，中秋节就到了。那晚的月亮特别明亮，明月寄遥思，高春兰站在寝室的窗前，妈妈、姐姐、弟弟他们也在看月亮吧？

王丽华听高翔说高春兰去广州找她去了，做娘的惊出了身冷汗。但又不能在高翔面前表现出来，儿子高三了，不能分心。王丽华强抑着心里的恐慌，和声细气地问着考虑到的所有问题。一开始，她担心女儿在外面被人骗了，那边治安那么差，一个从来没出过远门的女孩，到了广东何去何从？直到高翔把收到的信拿出来给她看后，她紧绷的那根心弦才稍稍放松。好，既然写信回来了，那说明她人身安全没有问题。信封上有寄信人地址，那就照着这个地址去找她。高三开学才两个多月，再回来读也还来得及。

王丽华在大女儿家吃过早饭就急忙动身去了深圳。高翔把妈妈送到公路边等班车，一边不停地嘱咐着妈妈。

去市里的车卷起黄尘开过来，王丽华拦下车上去了。车开动后，车轮卷起的灰尘顺着公路扬起了长长的一线。

对高翔来说，以前什么事都是妈妈嘱咐他，今天轮到他嘱咐妈妈了，这微妙的变化是成长吗？

第二天住宿生得到学校上晚自习，高翔吃过午饭提着大小包去学校，包里有大姐买的豆奶跟麦片，以后下晚自习回寝室再也不用只闻别人慷慨出来的气味了！

王丽华上车后想了很多问题。大女儿成家了，女婿人也踏实，二女儿、儿子明年高考，再苦上四年把他们供出来，做娘的力就尽到头了，往后的发展就全看他们自己。生活的艰难眼看就要过去，乌云终将散尽，阳光迟早会透出来的，晴空看起来为期不远。现在，她揣着高春兰的地址，找到春兰叫她回来读书，不能半途而废。

在深圳出了站，茫茫人海，身心疲乏。但王丽华不是第一次来大城市，广州她早见识过了，深圳的高楼大厦、车水马龙并不让人心慌。虽然整个世界都是陌生的脸，但只要你口袋里有钱，你就能去你想去的地方，就能买到笑脸并差使人。

王丽华的急迫不容她去找地铁，她有气魄地拦下辆出租车，出租车快速地开往纸条上写的地址。

二十多分钟后，车停在了信封上写的工厂前。

终于到了，王丽华不安的心稍稍平静下来。

进厂里要胸牌，王丽华被保安拦在了外面。她撒了个慌，保安让她进去了。

现在是上班时间，转动的机器传来尖锐刺耳的轰鸣声。机床激烈地振动，墙上粉刷的石灰不断地抖落下来。透过玻璃，厂房里的工人在喧嚣的环境中默默做着手中的活。声音震耳欲聋，而他们没有任何防护装备，耳罩都没有。这就是春兰工作的工厂！春兰在哪个车间？王丽华突然有点痛心，她打问到了人事科。

“她刚刚辞职不久。”工作人员翻着记录说着。

“我找的是高春兰，请你再帮我看看。”王丽华尽量平和地说着。

工作人员查看了一遍，“没错，十多天前她辞职了。”

这几个字跟密集的针刺到了人身上，但又没有力气拔出来。春兰去哪了？怎么辞职了？

“那你知道她辞职后去哪里吗？”

“不知道，厂里因为吃不了苦辞职的很多，我们不可能一个个地问。”

“她之前是住哪个寝室，她室友也许知道。”

王丽华找到高春兰之前住的寝室。现在正是上班时间，寝室里没有人，王丽华等着，分分秒秒都是那么漫长。

等了好久才到了下班时间，几个人走过来进了寝室。

“我是高春兰妈妈，你们知道她辞职后去哪个厂吗？”

“不清楚，我们不熟，她来的时间不长。”

“你们知道谁跟她熟吗？”

寝室里安静下来，几个人都靠着床铺准备小寐。

长时间的平静，王丽华所有的希望都寄托在她们身上。谁没有母亲了，有个人看不下去了说道：“你坐会儿吧，那个跟她熟的女孩还没回，等她回了你可以问她，你等会吧。”

这句话像灶堂里的火星，总算燃起一点希望了。

三十一

这个社会有人醉生梦死，有人步履维艰；有人欢歌，有人落泪。同样的时段，有人觉得是朝夕须臾，有人认为是时光悠悠。有人悲秋，有人伤春。其实从哲学家的角度看，日出何喜，日落又何悲了？

王丽华在寝室里候着，这段时间长得像是跨越了历史的长河。

中午下铺的四人要上班去，王丽华赶忙从寝室里退了出来。

“你就坐寝室吧，里面没值钱的东西，重要的东西我们都随身带着。”总算有人说话了。

不久，那个中午加班的女孩子回寝室了。王丽华粗略地介绍了自己。既然是高春兰母亲，小轩心底里把她当客人来招呼。

“你吃过中午饭了没有？没吃的话我带你吃饭去。”

王丽华心头一暖，说道：“吃过了，早吃过了。你跟高春兰熟吗？”

“嗯，我第一次出门，来到这厂里，她关照了我，我心里把她当我的姐姐。”

“她起先在这厂里，怎么辞职了？”

“这厂最近业务量小，加班得有关系，不加班就拿不到多少工资，她就辞了。”

“那你知道她去哪了吗？”

“不清楚，春兰姐说过她再找家厂子，如果有时间了，她会过来找我。”

“那是说你也不知道她去哪了？”

小轩点了点头。

本来怀有的希望像是沉入了深海，她不由得叹了口气，深圳这么大，找她，从何找起？

这点微妙的变化小轩看在眼里，她不解春兰姐妈妈为何跑这么远来找她。

“阿姨，你找春兰姐有什么急事，跑这么远。”

王丽华把高春兰瞒着她退学跑来打工赚钱告诉了她，说完后，两人都沉默了。对王丽华，一方面对高春兰擅自做主不顾自己前途来打工气愤，另一方面仔细想来，女儿之所以不上学恐怕也是为了减轻她的负担，瞒着她是怕她不同意吧！这时候，生活的温情对人似乎也是种惩罚。

对小轩来说，春兰姐跟她说家里没钱出来打工，她也没料到春兰姐竟然是自己偷偷跑出来的，这些零碎的情节来不及做什么分析，但情感上已经触动了她。

“阿姨，春兰姐应该就在附近的厂里上班，她说她有空会过来找我的，要不你在这里住几天，说不好哪一天她就过来了。我知道你现在没见到她人，担心她的安全，你不用担心，春兰姐不会有事的。她办了暂住证，警察不会抓她。哦，对了，阿姨，春兰姐肯定在附近哪家厂里，她罚款后办了暂住证，暂住证只在一个镇有效，春兰姐肯定还在龙华镇。”小轩作出这个判断，情绪打起来了很多。

“警察罚她款了？为的什么事？”王丽华紧张起来。

“阿姨，不要紧的，没什么事。没有暂住证被警察抓住就得罚钱。像你没有暂住证，在街上要是被警察盘问拿不出暂住证，那也得罚钱。”

王丽华没有听得太明白。但看小轩的表情，这不是个严重的事。

“什么是暂住证？”

“外地人都要办的证，跟户口差不多，暂住证就是外地人暂时住在深圳，只有本地人不用办。”

小轩这个解释让王丽华心情稍微安稳。但这番话也让她进也不是，退也不是。没暂住证在街上碰到警察就会被罚款，罚一次款两百五十块钱，快半个月的工资，这个风险是不好担的。难道不去找春兰，真的在这里等着她过来？万一她忙得没时间，那得等到什么时候。

“在这里等不是办法，你有暂住证吗？能不能借我？”王丽华知道自己说话过分了，又补充道，“我上街的时候你借给我，我押两百五十块钱给你，证要是没还给你，你就不用给我钱。”

“阿姨说什么了。春兰姐帮过我，你说的这个都是应该的。你不说我也会提出来了。但有什么话说什么话，你别生气，我没暂住证，我舍不得花那么多钱去办暂住证，平常几乎不出厂子。这春兰姐也知道的。但你要借暂住证的话，我们寝室两个人有，但我跟她们也不是很熟，我看你把钱押给她们，再每天出点使用费，这样她们应该就会同意。”

“好的，那你帮我跟她们说说。时候不早了，明天我过来找你拿暂住证，如果高春兰来找你了，叫她在厂里等我。”王丽华准备起身，时候不早了。

“阿姨去哪？找好住的地方了？”

“没，时间也不早了，趁天还没黑，先去找个落脚的地方。”

“阿姨可以住我们寝室，上铺都空着。”

“寝室可以住吗？会不会有人查？”

“一般情况下是不会有人查的。”

“不会带累你吧？”

两人互相谈着话，小轩都忘了休息，上班时间又到了。

第二天，王丽华拿着借来的暂住证逐个工厂打问着，这也开启了她碰壁跟灰心丧气的一段日子。

高春兰进厂后，这个厂订单多，交货任务大，全体工人两班倒，一周轮换一次。基本工资每个厂都差不多，都是执行深圳市最低工资标准，每个人是没有多少差异的。月底钱是多是少，全在加班。正常工作时间八小时，这部分时间得到的是基本工资，加班时间额外再算。

白班晚班两班倒，一个班十二个小时。人每隔十二小时一换，机器基本上没停过。高春兰刚进厂，先上一个白班后轮换到晚班。

对高春兰来说，先前那厂每天能加班五个小时，一天上十三小时班，这里两班倒反倒只有十二个小时了，每天少了一块三毛七。工作两天后，她壮着胆子问组长能不能再加两个小时班，组长好奇地看着她，两班倒很少有人要求要再加班。

“一天都十二个小时了，你还嫌不累 ？”

“累是累，可得赚钱。”高春兰接着又给组长说好话，希望能有这个机会。

“既然这样，现在我们交货任务也重，你就多加两个小时吧，但要保证产品质量，次品要是太多要扣钱的。”

以后，在接下来的日子里，每天上完十二小时的班之后，同班的工人拖着疲倦的身体回去睡觉，高春兰还在流水线上额外加两小时班。流水线占据了她的青春时光，一个个元件把她手磨粗糙了。除过吃饭、睡觉，再没有时间精力来考虑一点点事情。每天清早进厂区，出来时已是星月高挂。

工厂流水线上的工作也许不需要多少文化知识，却要极大的吃苦耐劳的精神，这种高强度的劳动，软弱的人一天也干不下来。当我们看到市场里各种各样工艺美观的产品时，是否会想到工人背后的艰辛。新闻时常报导中国对外贸易额屡创新高，有谁会想到厂房里的廉价工人，他们默无声息，注定是被遗忘的对象，鲜花、荣誉永远是属于台上那些人的。

广东沿海地区，大大小小的厂房是城市繁华的后盾跟源泉。如果要饮水思源，这些厂房每年生产多少产品，这些产品又上缴多少利税，给城市创造多少价值，而这些价值的直接创造者是厂房里白班晚班倒的工人。

当代中国，农村人口占大多数，一般的观点认为人口多是国家的负担，但农村人口从来不是国家的负担。农村户口不要国家发工资，也没有医疗保障、社会保险，吃的喝的都是自己种出来的，一年的公粮、购粮还交了不少，对国家尽了义务，完全并没有增加国家的负担。

中国改革是从农村开始的，农村生产力的解放是中国腾飞最重要的因素。之后又是农村大量富余劳动力源源不断地进入工厂，才有中国日新月异的发展，才造就了中国发展的奇迹。那些外出谋生的人，在农村的广阔土地上锤炼了他们吃苦耐劳的品性，只有他们能胜任流水线上高强度的工作。

这些生产线上的工人，小的十四五岁，年龄大一点的三十多岁，改革开放二十多年来，第一代的打工者已被淘汰出局，当他们献出火热的青春岁月后，结局是黯然地回到出发的地方。新兴的城市容不下上了年纪的人。生产线上的工人多是初中刚毕业的少男少女，本应是享受家庭温馨和校园欢乐的年纪，但各种各样的原因使他们汇聚到了工厂里。在他们尚未成熟的年龄直接面对社会最底层的艰辛，他们的人生一开始就格外沉重。

一周过去了。第一周高春兰上的是白班，早上八点到晚上八点。吃饭、上厕所的时间都要严格控制，反正就算组长不监督，流水线上输送的产品也会催促你，要是积压多了影响下一个环节，那就等着扣工资吧。为了少上厕所，工厂里的员工都是饭不能吃太饱，水能不喝就不喝，除了空气不能打折扣外，其他一切都得从简。整天跟机器人一样重复那几个简单、紧凑的动作。前两天她只上十二小时班，回到寝室，澡都不想洗。虽然独在他乡，生活的沉重跟忙碌甚至让你没有时间跟精力去感受孤独。

从第三天起，上完十二小时班后，高春兰再额外加班两个小时。同班的工人神情黯然地走回寝室，高春兰短暂地歇息后继续在流水线上工作着。

接班的工人都就位后，流水线的履带再次流动起来，高春兰回到岗位，长时间重复那几个简单动作对人体力跟意志力是巨大的考验。厂里灯火通明，黑夜被灯火撕得粉碎，工人们在厂房里时常都分不清白天跟黑夜。

时间在持续的轰鸣声中过去，时间在流水线履带的流动中流逝。熟悉的工人已经不需要钟表计时，只要数着履带上送了多少元件，时间就能大概推算出来。

十点半两个小时班到了，这天的工资拿到手，像是战胜了艰难险阻般，一天的倦容此刻总会带上点笑脸。回寝室歇息一晚上恢复体力，第二天才有上班的力气，生活没有白白赠予与恩惠！

一周的时间过去了，这一周里，早上进厂区时是朝霞染红的蓝天，出厂房时见到的是昏黄的路灯。两班一周倒，下个星期高春兰上夜班，时间是晚上八点半到早上八点半。对于在厂里习惯了的工人，白班、夜班对他们基本上没有太多区别。不管白班夜班，除了有补充第二天上班所需体力的睡眠时间外，再没有一点多余的时间。厂里机器轰鸣，灯火通亮，根本不用分白天跟晚上。

两周休息一天，这一天休息还算八小时的工资，是厂里给工人的大福利。不做事而能领到钱，哎，这也真是发了菩萨心。上了两周班的工人休息，但工厂的生产并不会停下来，休息时间是交错开的，对工厂来说，机器不停地运转带来的就是利润，时间就是金钱。

对大多数人来说，两周一休，这一天多是在床铺上躺着。十四天的劳筋伤骨才等来一天休息时间，好好躺在床铺上舒缓疲劳比什么都要重要。高春兰那天下了晚班后睡到了第二天清早。同寝室的人醒来了还舍不得起来，高春兰洗漱过后决定去外面看看，反正暂住证有了，再没有什么好怕的。

清晨的大街行人寥落，整个城市像在昨夜的酣睡中没有苏醒，街道上的卷闸门大都严合着，一天的繁忙跟热闹还在积蓄，这是城市生活的前奏。

天空刚刚褪去夜的黑衣裳，像是给雨水冲洗过或是清风拂拭过般蓝莹莹的，轻风卷着云层飘荡，变幻出各种各样的模样。朝阳还深藏在云层中，天空是蓝天白云的纯净。

高春兰在大街上缓缓地走着，来深圳这么久，她还没这样从容地走在大街上过。

街道上的各种商店一个接着一个，但那些地方的价格自然树起了壁垒，走在大街上才是她能享有的自由。

她顺着街道走着，突然冒出来个想法，何不去找小轩了？离开那个厂的时候跟她说了有时间就去找她的，这都半个月了，好，就去找小轩，虽然她要上班，但寝室门不锁的，可以在寝室等她。

打定这个主意，她心情开朗了许多，这是她在深圳唯一说得上话的朋友啊！

太阳露出了半张脸，把四周的云层染成一片酡红。阳光还没有晌午的热度，照在身上暖洋洋的。慢慢地，街上的行人多了起来，城市要开始一天的喧嚣了。

高春兰在人缝中穿行着，半个月来，眼前都是冰冷灰暗的流水线，现在走在街上，一切对她都是新鲜的，总算她还没有脱离社会。

这次去小轩那里是客人，不能空着手去。高春兰买上了香蕉、苹果往她先前工作的厂子走去。

王丽华在龙华镇找了一个星期，这一个星期，算她运气好，虽被警察盘问，但暂住证拿出来后警察就没继续查看。龙华听起来只是个镇，但一个镇的地盘并不小。

王丽华逐个工厂打问着。有时候保安会应承几声，而有的时候，人家根本都不理你。这样两天下来，跟人打问都要勇气。

既然很难进工厂打问，那就在外面候着吧。王丽华发现上下班时工人常进出厂房，这个时候盯着人一个一个地仔细辨认就好。于是她打问到一些工厂的上下班时间，然后站在门口一个个地辨认。

两天过去毫无收获，她不知如何是好。

去找吧，茫茫人海，从何找起。不去找吧，又怎能放心。

从小轩的说法来看，春兰的安全是没有问题的。春兰上了高中，之前在这厂里上了一个多月班，基本的社会经验是有的。但这次来是要她回去读书的，高考只有几个月了，时间耽误不起。

今天，当高春兰往先前上班的工厂走的时候，王丽华起床洗漱了。她得赶在工人上班前到还没有去过的工厂门口等着。在高春兰到工厂前，王丽华已经走在大街上了。

在这上班的三十多天里，高春兰跟保安混了个脸熟，保安让她进去了。

已是上班时间，厂区是熟悉的轰鸣声。工人们已经各就其位，高春兰再次踏进了她来深圳的第一个工作地。

这个厂是她来深圳的第一站，自然在高春兰的人生里打下了印记。高春兰前一段时间是带着不愉快离开的，现在再次来到厂区，看着灰墙黑瓦，厂区的一切还算熟悉。她来到以前住的寝室，寝室还是原来的摆设，只是多开了个铺，看来她走后又有人搬进来了。

现在寝室里的人都去上班了，高春兰躺到小轩的床铺上，细细回想着来深圳这段时间所经历的一切……

好不容易等到中午下班铃响起，蜂拥的人群从厂房走向食堂，人群中，高春兰看到小轩了。小轩最后一个回寝室。

春兰姐竟然在寝室，小轩真是没有想到。

“春兰姐，你可来了！”小轩双手握着高春兰的手，激动得不知如何是好。

“嗯，我今天第一次放假，说过来看你的，就来了。我现在还是在电子厂。”

“可把你等来了，阿姨找你一个星期了！”

“哪个阿姨找我？”

“你妈妈，王丽华阿姨。”小轩用揭开谜底的口气说。

“我妈妈来了？”这消息高春兰琢磨不过来，妈妈怎么来深圳了！

“你骗我吧，我妈在广州，她又不知道我来了深圳，就算来了能找到你这里？你跟我开玩笑吧，小轩？”突然又想着刚刚小轩都说出妈妈的名字了，这不可能是开玩笑。

“春兰姐，我还骗你吗？你看，阿姨的衣服挂窗台上了。阿姨说你是瞒着她来深圳的，她八月十五回家才知道。”

妈妈真的来深圳了，高春兰瞬间有点不知所措。妈妈来干吗？要她回去？妈妈会不会责备她擅自作出这样的决定。刚刚开始赚钱，现在回去的话，明年弟弟上大学的学费怎么办？纷乱的思绪使她理不出个头绪来。

“我妈妈有跟你说为什么来找我，找我干嘛吗？”

“阿姨担心你的安全，说你没去上学都没有跟她说，说是要劝你回去上学。春兰姐，你妈妈可真好，我要是有个这么关心我的妈妈多好。从小到大，父母从来没有重视过我。”

“那我妈妈现在去哪里了？”

“去各个厂找你去了吧。”

接着小轩把这一个星期以来王丽华怎么找她说了一遍。

“阿姨找得好心急，还好我说你安全没有什么问题才稍微放了点心。”

“小轩，我要回厂了，我不能见我妈妈。我怕她骂我，怕她要我回去，我真不敢面对她！我妈妈回来后，你就跟她说我一切都好着，叫她早点回广州，不要担心我。”高春兰有点慌张地说着，同时作势转身要走。

小轩一把拦住她，“春兰姐，阿姨这么远来找你，都找你找了一个星期，你现在来了躲着她，太说不过去了。你不知道阿姨找不到你的话会多着急，会难过的！”

小轩拉着高春兰的手坐到了床边。

“春兰姐，我知道你是怕阿姨叫你回去，其实现在回去复习也来得及。但你要是实在不想回去讲道理，我想是讲得通的，阿姨应该也不是不通情理的人。你要躲着不见她，阿姨会伤心的。女儿在哪个地方都不知道，你叫她怎么能放心。我说宽心话起不了作用，她见到你自然就放心了。”

“而且阿姨还说再找不到你的话准备报警，你看这有必要吗？”

高春兰沉默了一会儿说道：“小轩，我妈妈如果硬是要我回去读书的话，你可要帮我说话。”

“春兰姐，回去读书也是个好的选择，我是想上学，家里也不支持。”说着声音低了下来。

下午上班时间快到了，对厂里的工人来说，上班是比天大的事，旷工、请假、迟到都会影响月底的工资，寝室里其他几个人都起身走了。

“小轩，你上班去吧，别迟到了。”

“春兰姐，你就待在寝室等着，不要走，好不好？不然我就不去上班，陪着你。”

"好的，好，我一定不走，就待在寝室。"

"春兰姐这么说了，那我就相信你。"小轩带着疑虑又带着期盼看着高春兰上班去了。

妈妈竟然找到深圳来了，这是妈妈疼她爱她，但这份感情似乎又是自己现在所不能接受的。等会见到妈妈说什么好？妈妈要是坚持让她回去，她又该如何解释？高春兰一下午都在想着这些问题，问题的答案又在哪里？

下午小轩下班回来，王丽华还没有回来。

"春兰姐，你现在知道阿姨每天找你有多累了吧，每天都是一大早就出去了。"

夜幕降了下来，街道上又是灯火通明，工厂里上晚班的时间到了。在工人们往厂区走去的这几分钟里，王丽华目不转睛地辨认着如织的人流，有好多次看到相似的面孔，她带着欣喜走近，走近却让她失望。这一周来，她已经失望很多次了。

现在，她走在街道上，不断地问着自己，一个星期过去了，龙华虽只是个镇，但这个镇工厂林立，得找到什么时候？就算找遍所有工厂，如果时机点没对上，那也很难碰上春兰。何况时间长了，学校的课一天天在上，时间长了耽误的课程就愈加的多。

工人们进厂后，街道上就没有什么人了。长灯伴着孤影，王丽华缓步往回走着，今天又没有找到，春兰啊，你在哪里？

王丽华往回走时，高春兰不断地看BP机时间。

这个月小轩工作的这个厂里没接到订单，晚上不用加班。对这个初中女生来说，不加班也好，从校园到工厂要有个过渡时期。八小时的班也许是她们承受的极限。

"小轩，我妈妈平常都是什么时候回？"

"不一定，那得看阿姨走出去了多远吧。"

妈妈现在还没有回来，刚开始还想着躲避妈妈，不想见妈妈，现在这么晚了还不见妈妈，高春兰不免有点担心。

"小轩，我们去门口等吧。"

习惯了加班的人不加班还不知道干什么，这突然多出来的几个小时何处打发？厂里桌球室、乒乓球室早已人满为患。另外一些找不到寄托的人纷纷从寝室出来往外走，寝室的分配及对人的防备心，他们多是形单影只，出了厂门散往网吧、游戏厅，繁华的城市再没有多余的场合能让他们融入。

王丽华走得不缓不急，总是带着希望，街上走着的每一个人，她的目光都没有漏过，然而却没有看到她希望的身影，走近的人让她失落，然而每一个远处看不清的身影又带给她希望。即使这远处的希望走近后破灭了，但在下一个路口还有下一个身影啊！她还是怀抱着最初的那份期待寻找着。

一步一步地，王丽华往小轩的工厂走着，这也是一步一步地向高春兰走来。王丽华每走一步，她们间的距离就近一步。

前面就是小轩上班的工厂，王丽华的心终于放松下来。春兰要是到了这一块，那肯定会去找小轩的。

路灯下两个身影一前一后迎面跑了过来，王丽华避到一边给奔跑的人让出一条宽道。

身影越来越近，奔跑的脚步声越来越大。这两个身影不朝让出来的宽道一侧跑，倒是向她这边冲了过来。王丽华心里打起鼓来……

两个身影一步步地在逼近，王丽华心跳得更厉害了。

“妈妈，妈妈。”

声音是前面传过来的。像春兰的声音！是春兰的声音！是不是听错了？王丽华收住脚步，左右张望。

跑着的两个身影越来越近，在灯火跟树影间交错，朦朦胧胧有点看不清楚。

“妈妈。”这一次声音大了很多，明显是从对面传过来的。是春兰的声音，王丽华仔细一看，春兰跑在前面，小轩跟在后面朝着她跑过来。

马上，高春兰站到了王丽华面前，母女俩激动得不知道说什么好。

“妈妈，你怎么跑来了？”高春兰心潮起伏，看着妈妈的倦容一阵心痛。

“来找你啊，可把你等到了。”王丽华忍不住溢出了泪水。

“你怎么不说一声就跑出来了？”语气轻柔又带着责备。

高春兰像小时候犯了错一样拉着妈妈的胳膊往妈妈身上靠。

“不要哭，哭花了脸多不好看。”

她们就这样站了很久，像是阔别了岁月后的重逢。

“阿姨，春兰姐，咱们吃饭去。”

这句话打破了王丽华、高春兰相对而视的宁静。

王丽华扬起手揩着高春兰脸色的泪渍说道：“不要哭，妈妈见到你就放心了。”

这一个动作突然让高春兰想起童年受了什么委屈后妈妈的抚爱跟安慰。

三个人来到一家还像样的餐馆，小轩抢着点了两个招牌菜。席间小轩尽可能说着话，让气氛不至于过于沉重。

吃过饭，她们回了寝室。

熄灯后，兴奋得久久平静不下来。

第二天小轩上班去后，王丽华跟高春兰谈了很多。王丽华再三要求高春兰回去读书，但高春兰说她不想读，不爱读书，她只想赚钱。

女大不由娘，王丽华见女儿决心已定，做娘的也再没有办法，勉励了她几句后泪水滂沱而下……

三十二

时光荏苒，经冬历春，又是一年的阳春三月。阳光明媚，骀荡的春风缓缓拂绿大千世界，青草蓄势勃发，绿芽缀满了枝头，早归的燕子已在田野里展翅滑翔。

轰隆隆的春雷唤醒了沉眠了一冬的大地，春雨过后沟渠里的流水哗啦啦地流淌着，像是吟唱着远去的歌谣。沉寂了一冬的山野大地又繁忙起来。下菜籽，塞沟渠往田里灌水，跑供销社买春耕的种子跟化肥，农村广阔的大地再次忙碌起来。

刚过正月初八，高三年级就开学了。上学期期末高翔进入了前十名，程彩虹在次重点班是头几名，张敬勤在平行班优哉游哉，他的强项是玩乐跟交朋友，对书本始终打不起多少兴趣。

高三下学期，是黎明前的黑暗，这埋首书堆的生活，各种滋味都只有自己去品尝评判。走过高三年级教室的走廊，可以看到上课时学生们都面色凝重地望着黑板，下课十分钟又都埋头在草稿纸上比比画画，空余、闲暇对他们都已成了奢侈。高考是无烟的战场，分秒必争啊！如果你看到某个同学会心一笑，那肯定是不懂的问题弄明白了，要不就是攻克了某一道难题。分数高低、知识点的掌握情况是他们情绪上仅有的佐料。

时间在一笔一划中过去，每个人桌子上的草稿纸都叠得厚厚的，他们的世界只有教室、书本，自然的晴雨、春天万物的复苏都与他们相去甚远。但临近植树节前这几天，教室里一扫沉闷，开始活跃起来。

照学校往年的传统，高三年级在植树节前后会选一个晴好的天气去植物园郊游。进入三月份以来，学生们的心都骚动起来，当然学习是没有耽误的，只是三月里多了个盼望。

进入三月份以来，烟雾般细碎的毛毛雨随风飘着，天地间水汽腾腾，像是深秋清晨的浓雾般给天地造出一片朦胧。这样的天气，打伞完全是多余，雨中漫步有额外的诗意。毛毛细雨顺风飘着，落在头发上、衣裳上凝成一个个的小水珠，但是轻轻一抖就抖落了。只是对高三教室里的学生，他们没有空闲来领略这种意境，他们只感到连绵的春雨使书本、纸张都潮了。十多天后，春雨似乎下累了，才停了下来。

笼罩多日的水汽消散，天空一下子明亮了许多。到傍晚时，西边出现了一片红霞，看来接下来有几个晴好的日子。

不知哪个同学听来了消息，说是天气如果转好学校马上就会组织春游，这个话题把教室里的沉闷一扫而尽，同学们难得开始交流学习之外的话题。

果然第二天第四节课下课后学校广播响起了通知："高三年级的同学注意了，学校决定明天组织高三同学去植物园踏春，今天下午不上课，大家抓紧时间准备好明日烧烤的食材……"虽然广播还在继续，但已经没有人听了，教室里响起了长久的欢呼声，终于可以出去放松放松了。

高翔走出教室准备去吃饭，程彩虹站在他们教室门口。高三以来各自都忙着自己的事，一下子感觉生疏了很多。

"我那边还差几个人，你分好组了没有，要不到我这组来。"程彩虹红润的脸蛋挂着满面的笑容。

"好了，那就跟你一组。"他又接口说道，"那把张敬勤也喊上吧，好久没有聚了。"

“也好，那你去通知他。”

下午两点，程彩虹、高翔、张敬勤跟另外几个同学去超市把烧烤的食材买好了。

第二天一大早坐上学校安排好的大巴车到了植物园。

从车上下来，虽然出了太阳，但踩在泥土路上还是软软的，能印出鞋印。各班班主任把学生召集到一块，把各种事项交代清楚后就解散了。各组的同学提着大包小包往烧烤区走去。同学们兴致勃勃地走在泥土路上，先到可以占个位置好一点的烧烤台。

进入植物园，人流淹没在葱茏的树木之间，常绿乔木长出了黄绿色的嫩叶，落叶乔木光秃秃的枝丫上有了星星点点的浅绿。山野里叫不出名的野花结满了蓓蕾。他们没走多远就到了烧烤区。

选定烧烤台后，又从店家拿来了调料跟木炭，一切都准备妥当了。虽然对于烧烤大家都是新手，但从街头巷尾耳濡目染得来的经验，大家都想显显身手，烤出来的烧烤还都挺有口味。临近中午时，太阳高照，烧烤区已是杯盘狼藉。有的同学围在一起打起了扑克，有的三三两两在园内散开了，既然到了植物园，那当然要到处走走看看。

张敬勤坐着打升级，程彩虹提议去走走，张敬勤没有理会，高翔跟程彩虹还有另外几个同学结伴走了。高翔兴致勃勃地走在前头，但没走多远回过头一看，身后只有程彩虹一个人了。

“你走这么快，别人都跟不上，他们掉队了。”

“哦，那就慢一点走。”高翔停住脚步，等程彩虹跟上来。

他们就这样并肩走着，左顾右盼，边说边往山上走去。

到了山顶，视野一下子开阔了。登高望远，水库被山环绕，水面跟镜子似的映出山的倒影。微风吹拂着水面，涟漪层层推进着直到远处。阳光照着大片水面，波光耀眼。野鸭、水鸟在水面游弋、飞翔。钓鱼人戴着草帽，目光凝视着浮标。向阳的山坡上各种各样的山花张开了蓓蕾，开始慢慢开放。

程彩虹、高翔领略着大好的湖光山色，天地间似乎只有他俩，他们远离了尘世，人群、喧嚣、高考都暂时远去了……

起了一阵风，程彩虹鬓角的头发随风扬起，青春的身姿愈加显得绰约多姿。

“景色不错，那边的映山花开了，你看。”良久，程彩虹像从沉醉中苏醒过来般轻声说着。

高翔顺着她手指的方向望去，杂树丛中几枝映山红迎风开放，刚舒展开的花瓣随风摇摆，似乎已经退却了娇嫩。

“好几年没有看到映山花了。”

“花好漂亮，春天真是到了。”程彩虹笑意盈盈。

“喂，高翔，能不能帮我去摘几枝映山花。”

山坡上杂树丛生，枝丫在空中盘结，高翔弓着腰进了树林。偶然碰到枝丫，去年冬天的枯叶哗哗落到了头上。高翔踏开藤蔓跟葛刺，好不容易才摘到了映山花。

淡淡的清香缭绕在他身边，高翔捧着映山红快步从树丛中走了出来。

“给你。”高翔把花递了过去。

程彩虹的脸色突然稍稍有了红晕，她接过映山花凑到鼻子下深吸了一口气。

“有股淡淡的清香。”

“嗯。”

“你看，这几朵花开得多么热烈，另外几朵还是含苞待放。”

“嗯，也许它们属于不同的时节。你看这漫山遍野的，有的花已经凋落，有的却刚绽放，它们像是在承接着一种接力赛，直至春去夏来。”

“嗯，没有花朵的春天不是春天。”

“我们把这花摘下来，是不是不好？它本应在枝头绽放的。”

“不会的，映山花不结果的吧，我拿回去把花插在水瓶里，每天换水，它们全部都会开放。这样我们并没有阻断它的使命，只是把春色移到了寝室窗台。”

“这束映山花等了好几年了，你还记得吗？”程彩虹侧过脸看着高翔。

“什么几年了？”高翔一头雾水。

“初三那年春天，你答应带我去看映山花的，一直没去……”

程彩虹絮絮叨叨地说着，他们谈了映山花，谈了学习的情况及想报考的学校。

浮云起来遮住了大半个太阳，天色阴沉了许多。

“有点冷了，我们下去吧。”高翔站起身来向程彩虹伸出了手，程彩虹拉着他的胳膊蹦了起来。

一个男生跟一个女生走在一块，手里还拿着一束花，这会吸引多少人的目光。好在高三年级人多，快到集合时间了，同学们从各条小路走到大道上，很快汇集成了一股人流。

赶在夜幕降临前，大巴车把学生们拉回了学校，玩乐过后又是劳累，好在今天不用上晚自习。

高翔回到寝室后还沉溺在映山花上，一会儿他把这事想得很严重，一会儿又开脱地想全没事儿。最后又经过一番逻辑推理证明，这确实不是个事。接下来的日子得埋头复习，三月份了，高考还远吗！

程彩虹回到学校买了罐头，吃完罐头后把瓶子装满水来插花。在她细心地呵护下，不久花蕾逐个逐个地渐渐开放。当山野的映山花凋尽后，程彩虹的寝室里还藏着几丝春色。

阳春三月，阳光和煦。山川、田野都换上了春装。山花烂漫，处处都是春的气息。

春耕时期，虽然大部分的青壮年劳力外出了，但村子里上了一定年纪的老农不会放下祖传的饭碗。春天来了，那就得开始耕地，不动手这一年吃什么！

农村虽没有往日的热闹，但农活各家都不少地做着。只是少了帮手，上了年纪的老农腰弯得更低了。

徐通今春更加地忙碌，除过春耕外，他现在整天整夜挥着锄头把靠公路的凹里的软泥挖出来。一开始队里人以为他挖鱼塘，但直到看到他把砖运回来后才恍然大悟，原来他要盖房子。但大家还是不怎么信服，他两个儿子在外面打工，楼房早都盖好了，现在还盖什么房子？村里人当面不说，背后都议论开了。反正山乡旮旯里除过农活外没什么事，大家乐意找一点话题来消遣。徐通把地基定下来后，众人的好奇心才压了下去。

一个月后，徐通盖起了两间小平房，住山脚下的人家看着这田野中的红砖房倒是新奇了一阵，因春耕要忙着插田，徐通插完田后又忙着里外粉刷了一遍，总算看起来像个房子。大家都纳闷他都已经盖了楼房了，现在盖个小平房干什么？

小平房盖好后，徐通并没有把家什往小平房搬，而是一天天地跑批发部。每天都要带些零食跟杂货回来，一开始人们心里都暗笑他起个小平房难道还要办住屋酒，但随着案板上的货物越来越多，队里人才明白徐通这是要开小卖部了。于是很多人又开始感慨，自己脑子不灵活啊，家里没一点收入，像徐通一样开个小卖部好歹能把柴米油盐挣出来吧，可惜现在已经慢了一步。

果然，货进齐后徐通就跟组里人说他要搞个小卖部，今后大家买东西不用跑供销社，也不用跑到陈世宝那里去了。这条新闻立马在队里传播开了，尤其那些小孩子，天天要在他店门口踟蹰半天。

货物备齐后，大家都翘盼着开张，这天说不定可以好好热闹一下，不说办酒，茶食总有吃的。但徐通把货备齐后并不急，他翻着黄历，要挑一个好日子开张。

徐通一边选着良辰吉日，一边考虑着实际中的种种因素。比如开张那天最好是个晴天，再就是那天人要多，最好是星期天，星期天学校不上课，小孩子多那才热闹。

天气一直是绵绵细雨，历书上最近是好日子，但这雨就是停不下来，而且星期天也难挑。晚开张一天就少赚一天的钱，开张要趁早，徐通把时间选在最近的周末。

星期天清晨，细雨总算停了下来，但水汽并没有消散，天地间还是一片朦胧。

一大早，队里的孩子跟堂客们就站在地坪里往这边张望，堂客们喜欢热闹，小孩子听大人说今天会发糖吃，个个跟期盼过年一般。

上午十点半，天空明朗了些，白云像是挂在了山尖上。堂客们开始叽叽喳喳地议论：“看来要出太阳了。”久雨放晴，有人心里想着，老天爷给徐通面子啊，看来这店会赚不少钱。

第一束阳光冲出云层，徐通心里笑开了花，脸上的皱纹给笑容挤得更深了，今天真的是个好日子！

毛勤勤正忙着准备茶食，有油炸糯米片、米泡、红薯片、姜丝、姜糖、姜茶，她儿媳妇伍珺一手抱着孙女也一边忙碌着。

徐通把各种茶点看了一遍，觉得准备得比较妥当了。

“你去把爆竹拿出来。”徐通吆喝着堂客。

毛勤勤把爆竹、打火机拿出来给了他。

“再多烧几壶开水。”

“都烧了几壶了，烧那么干嘛。”

“你这个蠢货，人家上门来总要泡杯茶，开水不要多准备几壶吗？”

毛勤勤喊着儿媳妇烧开水去了。

“你把碟子里的茶食少放一点，摆那么多放桌子上，别人几把就抓完了。碟子里少放点，吃完了再加，这也显得我们大方。”

太阳越来越高，队里的妇女、小孩都到了徐通小卖部门前。徐通把爆竹挂到树上，打火机点燃了引线，噼啪噼啪的爆竹声宣告着小卖部开张了。大家都对徐通说着吉利话，徐通笑嘻嘻地跟人招呼，叫他们进来坐，吃茶食。

这样火热了好几个小时，直到要做中午饭这些人才回了家。热闹过后，队里也就平静下来。

第一天开张，大家都愿意给个面子在这小卖部买点东西，一天下来挣了三十多块钱，徐通跟堂客笑得嘴都合不拢了。

接下来的日子生意当然冷清了许多，但队里人要买个什么东西基本上还是在这里买，但也做不了多少生意。

徐通琢磨着怎么办，怎么拉拢人气。他在供销社看到供销社摆了两桌牌，打牌的看牌的从来都不少。于是他也在店里摆上了牌桌，果然，自成摆上牌桌后队里想要消遣的人就不用四处找人了，大家约定俗成都往小卖部跑，小卖部慢慢地成了队里的中心。

生活在发生着急剧的变化，农村里大多数青壮年外出谋生了。那些在外面打拼的年轻人，他们多是在产业链的最低端卖着自己的力气，年轻力壮时可以在城市栖身下来，但无力气可卖时他们的出路在哪里？他们已经习惯了城市的灯光，多少人过年回家这几天晚上村里一片漆黑都不适应。外面的世界是灯红酒绿，但这个世界是属于他们吗？农村里种地都是他们的父辈，等他们的父辈老去时，谁去种地？大家都觉得在城市生活好，回来种地丢面子，但是生活会跟你讲面子吗？城市耗尽人的青春之后，恐怕又会把人推回去！

三十三

时代的巨轮滚滚向前，邓小平提出二十世纪末生产总值翻番的目标已经实现，新的时期国家又提出十年之内国民生产总值要再翻一番，这是个激荡人心的时代。根据经济学的“七十定律”，每年国内生产总值增长率达到百分之七的话十年就能翻一番，中国正以前所未有的速度走向世界舞台。

这些大的目标具体到每一个省市，最重要的是加速城镇化的进程，加快农村富余劳动力的转移。招商引资、投资设厂成了各级政府最紧迫的工作。具体到每一个人，追求好的生活是每个人的愿景，只要人手不闲下来，就能增加收入，又为国家社会创造财富。十年翻一番，是依靠每个人的辛勤劳动来实现的。亚当·斯密在《国富论》中阐述“无形的手”时，论述了追求个人利益能够促进社会利益。经济的发展，国家的崛起跟每个人的劳动息息相关。我们常羡慕台面上那些光环人物，说他们做了多少多少贡献，我们当然不能否认他们的贡献，但更不应该忽视广大的劳动者，正是底层最庞大的劳动群体打下的基石，那几个光环人物才能站在顶端。

中国像一艘扬帆起航的轮船，只有底层踏实了，船吃水深了，才能更好地远航，也更加地经得起风浪。

进入新世纪，城市建设的步伐骤然加快，城郊结合部大多数建筑都写上了大大的“拆”字。挖土机喧吼着“开疆扩土”，把旧宅夷为了平地，不久之后一栋栋的高楼拔地而起。城市化的进程改变了城郊的面貌，也改变了很多人记忆中的故乡。

正是大规模城市建设，大规模的引资办厂，乡村大量的富余劳动力找到了另外的谋生之路，多少人就此参与到了城市化进程的伟大建设之中。城市在人们挥洒的汗水中日渐繁荣，人们扛着时代的巨轮负重前行着。

高春兰来深圳已经几个月了。几个月来，流水线忙碌、枯燥的工作几乎让人忘了人生还有憧憬跟乐趣，日复一日，青春的朝气跟光彩都被流水线上的产品带走了。上白班时早晨太阳升起来进厂区，晚上下班出来厂区已是灯火昏暗。上夜班，吃过晚饭在夜幕中进去，下班出来时已是第二天清晨。

对他们来说，虽然有白斑、夜班的说法，但他们的生活基本上已不分白天黑夜。反正厂房里灯火通亮，是白天还是晚上又有什么关系，厂房以外的生活又不属于他们。

高春兰因暂住证被罚掉两百五十块钱，每天八个小时班后，其他工人再加五个小时班，她加六个小时班，这样每天多上一个小时，一个小时一块三毛七，她花了快六个月终于把罚掉的两百五十块钱补回来了。六个月后重新恢复到每天加班五小时，终于可以稍稍松一口气。

工厂里的日子，眼前是一成不变的流水线，耳边是不停的轰鸣声，刚进厂的基本上受不了，但受不了又如何，时间长了总会让你习惯的。

对高春兰来说，她心里把账算得清清楚楚：正常上班八小时十一块钱一天，加班费一块三毛七一小时，每个月加一百五十个小时班，月底可拿到将近五百四十块钱，十个月就是五千四。那时候弟弟的学费就差不多了。工厂里食堂是收钱打饭，但月底的时候会按每天四块钱的伙食费给予补贴。米饭五毛钱一份，素菜有五毛的，有一块的，荤菜则一律是两块。高春兰掐着指头算着，早餐五毛钱两个馒头，中午多是打两个素菜，晚上常是打一个素菜，喝一大碗免费汤。一天的预算不超过四块钱。她想着如果每个月从牙缝里把每天四块钱的补贴省一点出来，如果一天省一块，一个月就是三十，一年就是三百六了。

每次吃饭，很多人都好奇地看着她，一天工作十三个小时，如果吃不好，怎么有力气在流水线边站十三个小时。对大多数工人，一天四块钱的伙食补贴根本不够，食堂大菜盆里的肉块馋人。即使这样，舍得花钱的人也只敢打一个荤菜，再吃不饱喝汤去吧，免费汤倒是喝不完的。

每天吃饭，食堂里总充斥着各种抱怨声。但众人即使再不满意，每个人的餐盘里都不会有剩菜剩饭。不好吃？往下咽就是，吃饭只是为了生存，为了保持干活的体力。

高春兰每次打好饭都坐在靠边的桌子上吃。长期吃素菜，劳动负荷又那么大，人消瘦了。让人难受的是看到菜盆里零星的肉块，总想去打一份，但理智控制下的脚步每次都是走开了。一份荤菜两块钱了！

同寝室的人谈不上什么交流，高春兰每次打完饭孤零零地坐在角落里。在这个时间段，常常有个看起来比她大的女工隔着张桌子相对坐着。尽管她们没说一句话，但眼神的交流使她们成为了熟人。

一天中午高春兰低头吃着饭，斜对面一个人坐了下来。她抬头一看，正是经常隔着桌子坐她对面的那个人。

女同事笑呵呵坐下来，高春兰倒不知说什么，只是抿着嘴笑。

“你天天吃这伙食？吃这么清淡身体吃得消吗？”女同事边说边咬着馒头。

“够了，我饭量不大。”高春兰轻松地说着。

“你不上班那可能够了，一天站十三个小时怎么受得了！这厂子别看月底每天补四块钱伙食费，但也真是吝啬！厂里是没出事才敢这样。我以前进的一个厂里也是不包吃，月底补贴点钱，来厂里打工的基本都是些苦孩子，为了省钱，他们都舍不得吃，结果一个初中刚刚毕业的女孩上班时昏倒了。小姑娘在外面做事，一定要吃饱，不要把身体搞垮了。”

高春兰听着，她没做表示，只是淡淡地笑着。

女同事说完后起身了，再走过来时手里拿着个鸡腿。

“给你的，你吃。”说完放到了高春兰饭盒里。

高春兰惊得不知如何是好，这位同事请她吃鸡腿！真是出乎意料，想不到在这淡漠的人群中会有这样的一份关爱，她猛然感到一阵鼻酸，什么话也说不出来。说什么好了？有人对她好，她一下子不知所措！

“你慢慢吃吧，我先走了，小姑娘要学会照顾自己。”高春兰看着同事的背影出了食堂。

在这冰凉的世界里还有个人关注你，高春兰鼻腔火辣辣的。但这不是流泪的场合，她用纸巾揩着盈眶的泪水，但泪水还是不争气地夺眶而出。

以后，高春兰跟这个女同事常在食堂相遇。她们搭起了话，高春兰知道这位女同事叫张小月，甘肃人，出来打工七八年了。看起来比她大了一轮，实际上也才二十四岁。以后，如果没有碰上小月姐，高春兰还是只打素菜吃，但只要跟小月姐一起，她也会打上一份荤菜。慢慢地，两个人建立了某种程度上的友谊。

又是半个月过去了，明天休息一天。高春兰从厂房里走出来，暂时解脱了。半个月的劳动盼来这一天，疲倦写在脸上，纵使如此，这难得的一天休息还是让人的脸面稍微舒展开了。

明天干什么？高春兰根本顾不上去考虑明天干什么，下班后吃了饭只想好好睡一觉，睡足了再说。

她打好菜正准备吃，张小月端着饭盒走了过来。

小月姐还没坐下来就指着她的菜说：“你吃这么省？”边说边把她打的一份好菜往高春兰饭碗里夹。

“明天准备干嘛？”张小月问着。

“没什么打算，人生地不熟的，睡足了可能在周围转转吧。”

“你看过海吗？”

“没。”高春兰只在书本上看到过海。

“明天我想去海边散散心，要不我们一块儿去？”

看海！高春兰当然知道深圳靠海，但“海”这个字在她心里很遥远。来深圳这么久，她还没有心情跟余暇想到去看海。

“好啊，我还没见过海了。”

“那好，明天早上七点出发。你起得来吗？我到门口等你。”张小月找到了同伴，显得有点兴奋。

“不过你不要对深圳的海期望有多高，我们主要是去散散心。对了，你有暂住证吗？”

“有。”

“那好，明天记得带上暂住证。我们外地人不带暂住证在外面走，抓到就要罚款。”

第二天一早，高春兰、张小月上了公交车，半个小时后到了海边。

清晨，海面上的薄雾还未散去，轮船跟远山看起来朦朦胧胧。大海不像之前想象得一望无际，不知道是心情低落还是怎么的，高春兰并没有第一次见到大海的兴奋。

两人相跟着走在松软的沙滩上听着海涛。

“你看，海水浑黄浑黄的，大概是污染严重。”张小月指着打上来的波浪。

高春兰凝望着海的远处点了点头。

“春兰，你才十七八岁吧，你怎么一个人来深圳打工？”张小月盘弄着捡起的贝壳说着。

“家里经济困难，没办法。”高春兰不想多说，她又问道，“小月姐，你怎么出来打工，你出来几年了？”

“我出来八九了年。今年二十四，想起来十六岁就进厂了。这八九年没日没夜地上班，我累了，岁月的痕迹过早地爬上了面容。像你第一次叫我大姐，虽然我才二十四，我自己也没有觉得诧异，我是没有二十四岁的光彩，显老。你看我们厂里很多十四五岁的小孩子，本来该是父母呵护的年龄，可他们就出来讨生活了，独自承担风雨，他们到我这个年纪恐怕也会是一张显老的脸。哎，不说这个了，自己的日子都过不好。跟你说，我今年过年回家后不再来深圳了。”

“小月姐要回家？”

“嗯，年底回家。”

“春兰，我把你当朋友，我真想把我的故事找个人说说，不说说心里不痛快。今天你就当我的听众吧，喜欢也好，不喜欢也罢，我都要塞给你。”

“好了，小月姐你尽管说，你有故事就都讲给我听听，我很好奇。”

“我家在甘肃农村，在当地算小康之家。我有个姐姐，但我们感情并不好。那个时候计划生育政策已经实行，但农村第一个孩子要是女孩的话还可以生二胎。我爸妈把姐当掌上明珠，怀着我的时候当然希望是个男孩，但我让他们失望了。从我记事的年纪起，我姐吃得比我好，穿得比我好，有了争执总是我的错，我从小在歧视跟轻蔑中长大。这一方面摧残了我的心灵，一方面也强健了我的心灵。像我还敢一个人来深圳，我姐那点威风只能在家里使使。哎，不过说回来，要不是计划生育政策，这么多年，我爸妈也不会把没生个男孩的气发在我身上吧。”

张小月停下来一会儿回过头说道：“你不会看不起我吧？”

“怎么会了，小月姐。”

“五年前我姐出嫁，我爸妈疼爱她，把一辈子的积蓄都给她办了嫁妆。结果轮到我订婚时，他们跟我说什么也拿不出来，要不你就直接嫁过去，你自己要面子，要嫁妆的话自己去挣。于是办了订婚酒的当晚，我没跟任何人说就一个人跑出来了。”

张小月声音哽咽起来，泪水盈眶。高春兰赶忙掏出纸巾递给她。

“让你见笑了。那天下午我跟未婚夫说我父母没给我准备嫁妆，我问他怎么办？本来以为他会安慰我，谁知道他说没有嫁妆那他家就不给聘礼。呵呵，我一听就急了，掉过头就走了。现在我问我自己爱不爱他，我想还是有点爱的，不然为什么还会想到他了？现在算起来五年过去了，五年来我每年存五千块钱，也有两万多了。你知道，两万在我们那算大钱，我要回去结婚了。”

说完，满是泪渍的脸舒展开来，像是雨过天晴，然而又马上乌云密布了。

“当然，这只是我一厢情愿的想法，我是以我自己感情的深浅来推测别人，我是想着既然我会想他，他应该也会想我吧……谁知道了，说不好他早结婚了。”

张小月瞟一眼高春兰，高春兰手支着下巴静静地听着。

“今年年底我就回家，这次回去总算不用看父母脸色。如果他没有结婚，我就一万办嫁妆，一万留作私房钱，将来有个需要用钱的时候，也不用去求谁。”

“小月姐，我插一句话，你未婚夫当初对不起你，你还嫁他？”

“我还会想着他，我想他也会想着我吧，毕竟我们有过感情。我没有嫁妆会丢他的脸，他不高兴是正常的。好像是他负了我，我怎么还说话护着他了！”

“如果他结婚了那怎么办？”高春兰忍不住反问一句，这对一个抱着希望的人有点残忍。

“那能怎么办，再找个人，爱情当不了饭吃，二十四岁在我们那不小了，我耽搁不起。”说完目光都黯淡了，高春兰这时候才知道她不该这么追问她。

“春兰，我的故事就是这样。能说说你的事吗？”

“我的事？”高春兰理了理思绪，大致把自己的成长过程说了说。

“那你比我好，虽然小时候比起来我的生活比你好些，但你们姐弟感情好，你比我幸福。我多想能有姐姐的关爱啊，可这不可能。”

“我比你幸福？”高春兰没料到有人会说自己比她幸福。虽然妈妈、姐姐、弟弟是她心灵上的依靠，想起他们时时带给人温馨，但在她看来这一切都是自然的。父母子女之间距离怎么会那么远？

“真的，春兰，我好羡慕你。如果我跟我姐的关系能有你们姐弟关系那么好该多好。我有时想着回去给姐姐带点礼物，但具体带什么我就不知道了。从小到大我们交流不多，各自的喜好都不了解。而且如果照我们小时候的关系，她冷漠地对我，如果我再给她带礼物回去，会不会认为我是在巴结她、讨好她？她会不会认为我这举动包含着什么用心？其实有时我真想做点什么来融解相互间的坚冰，但总是怕过分的热情最终会伤了自己的面子。”

堆积的云层渐渐散开，天空逐渐露出了淡蓝的色彩。海面的水汽已经消散，近海停泊的轮船跟远山的轮廓都清晰可见了。出海归来的小渔船上的柴油机轰隆隆响着驶向海岸。沙滩上市声响起，人越来越多了。

“来深圳第一次，第一次看到这么一望无际的海。我们甘肃那小山沟里，四面都是大山。当然，西北的山一片荒漠，基本上都是光秃秃的。想不到今天面对大海，前方的视野是这么的宽阔。我在深圳四年了，这地方不会留我下来，我也不想留下来。这里虽然是高楼大厦，但我还是觉得家乡的小山沟好，想起来都亲切。”张小月像是在自言自语，高春兰默默地听着。

“你看，深圳的街头很少看到上了年纪的人，这是一个年轻人的城市，年轻人在这里出卖他们壮年的力气，当他们年老力衰时那就再也不能在这城市生存，他们的出路还是回到原来的地方。我在这里四年，就看到不少年轻时出来打工的工友上了年纪后都黯然地回去了。我自己了，我还好，我二十四岁，现在离开流水线还不是太晚。我至少还有时间跟精力享受生活的朝气跟热情，工厂里的日子太灰暗了。我寝室有个大姐，十八岁出来打工，今年三十五，出来十七年了，两个儿子一直都是老家婆婆带着，一年就过年回去才能见到，她说回去后儿子都不认识她，叫他们喊妈妈像是逼着他们才喊。将来我要有了孩子，我一定要让孩子在我身边，我要让他们长大后有妈妈童年陪伴的记忆。那个大姐长年在流水线操劳，可能都不知道外面的社会怎么运作的了。”

“有次我问她怎么不改行，结果她说现在改行来不及了，她都习惯了流水线边上的繁忙跟噪音！”

“习惯！习惯！对困境的习惯表示了对命运的无奈跟屈从。如果一个人习惯了某种生活而不再有点不甘心，那他一生基本就定了。我看再等几年，那位大姐会被厂里辞退的，以她的年龄也不大可能重新再找工作，她只能回到老家守着以前的土地。”

“身边有太多这样的人，这位大姐还是好的，她的钱都存下来了，你看我们厂有的男员工快四十岁了也没娶个老婆，都是挣一分花一分，牛马般地操劳，似乎只是为了发工资后那几天的快乐，青春虚掷掉了，往后的日子会是苍白的。”

张小月目光从海面上收回来望着高春兰，“我逻辑混乱，说了这么多，你没有烦吧？”

张小月的这番话给高春兰打开了一扇窗，生活又多了个视角，是啊，这几个月没日没夜地上班，她都快要说已经习惯了！

“没有了，我还想听小月姐更多故事。”

“我没故事了，今年年底终于可以告别深圳，一去不返了。想不到一去不返还是个有积极意义的词！”

“小月姐回去做什么事？”

“先回去结婚，嫁得好的话是我的福气，嫁得不好就自己养活自己。不管怎样我都要开个小店，其实自己做小生意不一定比工厂赚得少，还没有这么累。最起码是跟人打交道，而不是在流水线天天跟机器相伴，自己都变成只会那几个简单动作的机器了！”

不知不觉，太阳升上了天空。浑黄的海水给阳光照耀，海面时而折射出亮光。抬头远望，码头上停着装满集装箱的大型货车。工人、起吊机忙碌着把车里的集装箱往货轮上运。

“中国的出口量、贸易额又增加了。”高春兰不经意地说着。

“你是高中生，你目光应该看远一点。工厂普工这条路走下去迟早是穷途末路。你不可能永远十八岁，一旦你上了年纪，习惯了就脱离了社会，那时候想改变也会力不从心。工厂里工人多你一个不多，少你一个不少，每个人都只是一颗螺丝钉，生了锈随便就能换掉。这样的位置是不会有什么发展的，就算升到线长、组长管几十号人那又怎么样？你今年十八岁，照你的说法给弟弟挣学费，大学是四年吧，四年后二十二岁，二十二岁还可以选择人生，但四年里思维千万不要只局限在厂里。休息时多出来走走，多看看外面的世界，工厂之外的蓝天也是一番别致的风景。”

中国经济的腾飞、中国在国际上的话语权是多少人的血汗铸成的，产业工人没日没夜地劳动给中国经济腾飞打下了最坚实的根基。

海风吹来，带来淡淡的凉意，榕树、桉树枝条随风舞动着。

高春兰、张小月起身在沙滩上往回走着。

时间刚过十一点，如果现在就回厂里，那一天的假期就结束了。还有大半天，大好的时光，去哪里了？花钱的地方不想去，两人商量了会儿也没有商量出个所以然。

“你来深圳都去哪里转了？”

“没去哪里转，就在两个工厂周围转了几次。”

“这么说你都根本没有出去走过。”

高春兰点了点头。

“钱这么难赚，花钱的地方我们去不起，要不我们坐公交车看看深圳城市的风光，坐到终点站，然后再坐回来。”

上了公交车，道路两边的厂房往后退去，没过几站车上人就挤得满满的了。公交车开出一段时间，窗外的建筑像是跨越了气候带的植被一样发生着替代跟变换。先前密集灰白的厂房渐渐被耸立的高楼取代。马路两边的青草绿油油地勃发着生机，各种鲜花夹杂开放着，到处五彩缤纷。马路上冲洗得纤尘不染，大量的高档小汽车在马路上奔驰……

工厂之外原来是这样的世界，城市的风光原来可以有这般景象，这跟上车时龙华镇的面貌真有天壤之别。

“小月姐，城市风光不错，今天没有白坐公交车。”

“这里才是市里，龙华只是个镇，是深圳的农村。”

高春兰现在才知道尘土飞扬的龙华原来并不能说就是深圳，现在她才明白什么是现代大城市的面貌。

公交车到终点站后，她们又投了一次钱坐了回来。

下车后高春兰突然想起很长时间没有见到小轩了，于是她让张小月先回厂，她去看小轩。

小轩还是原来的寝室，两人相见有几分激动，只是小轩的面色少了刚来时的光泽。

晚上小轩要加班，高春兰坐了会儿就出来了，分别时双方都说要常到对方那去看看。

时间在日夜操劳中过去，时间在流水线上跟流水一样永不复回。一个月五百四十多块钱，存折上的数字有多少，过去的时间就能推算出来了。高春兰时常用存折上的数字来除每月工资，于是四个月过去了，五个月过去了，六个月过去了……存折上的数字越来越大。

不知不觉，街道上商店的橱窗贴上了各种各样的迎新贺词，很多广告牌也打出了迎接新年的标语，霓虹灯闪烁得更加明亮。

元旦这一天，牛马般劳动了一年的工人在新年的第一天终于可以歇息一天。这虽然是个好事，但休息的这一天似乎只为了新一年的劳动积蓄体力，生活就是这样往返重复，让人赞叹，又让人无可奈何！

这一天，食堂里的饭菜免费，老板特意要食堂多备了几个菜，又准备了啤酒，这厂长还算有点人情味。这些离乡背井的人，终于可以放开吃一顿。

过完元旦，不久就要过年了。厂里的生产进入了一年来最紧张的时刻。一方面过年肯定得放十来天假，这十来天的任务得在这段时间里赶出来；二来了，有的工人过年回去就不再来了，到时候招工也是麻烦。招普工也还容易，但要熟练上手那也得十几天。所以年前的这段时间，龙华各个厂房的灯火彻夜通亮，加班加点，人换了一批又一批，流水线总在不停地运转。对于工人，再苦再累只要有钱，他们也没什么好抱怨的，谁不想多拿几张票子回去过年啊！

进入农历二十，年关将近，在外漂泊一年，回家的日子一天天在逼近。厂里工人的心一天天浮躁起来，流水线上的次品率也上升了，组长、线长多次提醒警告都难有效果。

一天上完十三小时班后，来不及歇口气就赶往火车站买票，火车票提前七天预售，买到票心里的那块大石头就放下了。没买到票的个个心急如焚，再买不到票，过年就只能留在厂里，家里的孩子跟长辈都在盼着他们回家过年了。

火车站人山人海，各种方言夹杂。售票窗口排出了长长的队伍。从着装来看，绝大部分都是外来打工者，他们提着大包小包的行李，疲倦了垫张报纸靠墙坐下来，有的甚至直接躺在了地上。要看中国社会的全貌，以小窥大，看看火车站足矣。

这天下班后，张小月来找高春兰去火车站买票。

“买什么票？”

“回去的车票啊。”

“这么早就买？”

“这还早，提前七天预售，一趟车的票几分钟就卖完了。你出门时间不长不知道是吧？”

高春兰跟张小月到火车站，拥挤的人群让高春兰大吃一惊。平常没日没夜地上班，想不到买个回家的票也这么困难。

进了售票厅，张小月买的车次窗口还没售票，但已经排出了两条并列的长龙。

排了两个多小时终于差不多轮到张小月。

“你要买到哪里的票？”张小月问高春兰。

在排队的时候，高春兰知道了票价一百多块钱，一来一回就将近三百。每天上十三个小时班，要半个多月才有三百块钱，何况弟弟的学费还没有赚够，只能做多的打算，如果到时候少了这三百块钱，又得为难。

“我先不买，我可能坐汽车。”高春兰慌忙说着。这时候，她已经盘算着把车费省下来，在深圳过年了。

过了农历二十四，也就是小年，厂里开始结工资，领上工资的人提着大包小包喜气洋洋地走出了厂房。一年的重负终于到了头，家，他们要回家了！在外拼搏一年就是为了年底能带着钱回家啊！

日子一天天过去，厂里的工人一天天减少，但还没有停工。只要厂里有人，就不会停工。对没有回去的人，停工也没有地方去。上一天班拿钱还实在。

农历二十九，这天厂里再没有喧吼的机器声了。平静的厂区甚至让人不适应。停工后，厂里的食堂也停了，这意味着到明年开工之前的伙食得自己想办法解决。没有回去的人赶着去市场准备各种吃的。高春兰寝室只剩她一个人，到底回不回去？一个人在外地过年，想想都凄凉。

考虑再三，她还是打消了回家的念头，能省钱就省点钱吧！

张小月是下午的车，她这一次回去就不会再来了。高春兰为她脱离了工厂这个环境欣慰，又为她们的离别惋惜，有可能今后都不会再见了！

高春兰帮张小月提着行李到了火车站广场。

人声喧哗，到处都碰碰搡搡。肩上扛着大包小包的乘客拥挤着朝候车室走去。

高春兰、张小月在广场的墙角下挤得了一点空间。两个人面对面站着，感情澎湃却不知说什么好。

张小月拉着高春兰的手，“春兰，这次回去，今后可能都见不到面了，但我心里时常会想起你的，我也期望你有个好的将来。工厂打工不是长久之计，把你弟弟供出来后赶紧再找另外的路……”

张小月说了很多，车站广播播报着即将检票的车次。

“春兰，我回去了，希望我们今生还有机会再见。”说完把她家的地址写在纸上给了高春兰。

马上将要检票，张小月快步进了站，高春兰看着她的背影，直到消失在人海。

回到工厂，寝室楼只有零落的几个人，高春兰赶紧在小商店买了些吃的，回来走过楼道时听到了低声的啜泣声。

是她听错了？她寻着声音传过来的方向走去，确定是女孩的哭声。

高春兰轻敲着门，里面的小女孩像是害怕人知道，马上不哭了。

高春兰接着又敲了几下，门才打开了。

女孩看样子十五六岁，脸上泪水还没有擦干。高春兰介绍了自己，又问她为什么哭，是不是被人欺负了。

女孩看着她突然哇地哭了出来。

“去火车站买票，回家的票没有了。我一个人在这里过年，我想家，想爸爸妈妈！”边说边嚎啕起来。

高春兰拍着她的后背，又说了些安慰话，小女孩才慢慢平静下来。两人约定一块儿过年。

大年三十，深圳还是阳光和煦，暖风吹拂，但街道、厂区已是一片冷清。这座之前喧扰的城市似乎一下子变成了空城，也许只有无家可归或是买不到票的人会留在这里吧。

傍晚，厂区里能听到外面稀稀疏疏的鞭炮声。

高春兰跟新认识的小女孩小文奢侈地吃了方便面、火腿肠、鸡蛋、面包，这就是她们的年夜饭了。

吃过饭，她们到寝室二楼。二楼的电视机、台球桌吸引着厂里没有回家的人，大概有十几个人吧。现在，即将播的春节联欢晚会成了他们共同的守候。

大家带着自己买的零食放到一块跟众人分享，这一次的相聚，在异乡显得格外可贵。

春晚的节目总算给了他们带来了点欢乐，看完春晚后各自孤零零地回了空荡荡的寝室，在这个时候更加地体会到了家乡的意义。高春兰躺在床铺上想着妈妈、姐姐、弟弟，几滴泪水滑到了脸颊。生活啊，为了省钱都不能回家过年，这就是生活！这样的日子什么时候能有所改变！

大年初一艳阳高照，天气暖和到甚至都不能穿罩衣。家乡的年味是围着火炉烤火，深圳的艳阳跟暖风带给人的是初夏的感觉，异乡的年味都是不同的。高春兰跟小文一起去深圳出名的地方转了转，年就这样过去了。

几天后，厂长、经理归来，厂区的机器又喧吼着运转起来。

三十四

这个年一家人头一次没聚在一块。中国经济的发展使越来越多的人离开了家乡。本来期望着过年能聚上几天，但这几天的愿望都没能实现。

王丽华在广州抽不出空，高翔在大姐高玉兰家过的年。妈妈跟二姐都没有回，高翔跟大姐愈加感到这相聚的难得。随着时间的流逝，各人都有各人的事，相聚的时间只怕会越来越少。有时我们会怀念童年的相伴，但成长起来独自面对一片天地又是儿时的梦想，人的矛盾啊！

时光匆匆，太阳直射点又回到了北半球，太阳高度角越来越大。天气一天天炎热起来，高考一天天临近了！奋战高考的学生们在进行着最后的冲刺，十多年的学习迎来了最关键的一场考试！

进入六月，大半年的紧张慢慢松弛下来。大的知识架构已经形成，临考前的这几天就梳理些知识细节。

考前两天停课了，老师交代好一切，当学生们走出教室时，他们此刻还不会意识到高中课堂生涯就此结束了。

高翔、张敬勤、程彩虹一块吃了顿饭，相互说了许多鼓劲的话。

吃完饭后张敬勤还得回去一趟，高翔跟程彩虹结伴回学校。

“你准备考什么学校，学什么专业？”程彩虹问着。

“不知道，还没想了。你呢？”

“我爸妈叫我考个师范就好，但我对当老师不敢兴趣，我尊敬老师，但我想学其他专业，比如法学，小语种，工商管理之类的。”

“真好，你还有明确的方向，我考后再看吧。”

“那你准备报哪里的学校？”

“不知道。你了，你想报哪里的学校？”

“你都不知道我怎么知道，难道我们就只是高中校友？”

高翔没有接话。

高考两天，三年的高中都是为了迎接这两天。踏进考场，两天一下子过去了，背了三年的重担终于卸了下去。

考后是班级聚会，吃饭、唱歌，分别在即，大家都格外珍惜这相聚的时光。时间一去不返，在教室里时无时无刻不盼望着快点考完，但当走出考场，两三天短暂的兴奋后又怅然若失，生活没有长久的满足跟欢欣。欢聚过后就只有等待着分数公布的日子。

高翔在大姐家待了几天想回家去看看。当他走在公路上，过去这十多年的生活一一在脑海里浮现出来。

他马上要满十八岁，父亲去世整整十年了！十年，想不到也是这样匆匆。

过去十年的生活不断地在脑海中放映出来：双抢时他们姐弟三个跟妈妈抬打稻机的艰辛；妈妈不在家，他们三姐弟用扁担抬着箩筐去打米的日子；徐祝在学校里把他的饭抢走，并在全班同学面前把他的饭盒摔在地上的场景；跟高大齐打架，徐钦、徐祝两兄弟在他面前嚣张跋扈的嘴脸；更忘不了他在别人的白眼下低头的日子……

十年过去了，十年，他从儿童成长成了青年，过去这些辛酸的记忆牢牢地融入了他的血液里，也许将会伴随一生。妈妈时常说等他有出息了有些话要告诉他，要是没出息的话就不跟他说了。这次高考感觉考得还可以，这能算有出息了吗？这次妈妈应该把要跟他说的那些事告诉他吧？

村里还是儿时的模样，十年过去了都没几家盖新房子。村子里比以前安静多了，但过去那么多事就那么灰飞烟灭了吗？高翔走到山脚下的拐弯处，路边淙淙的溪水冲击着岩石，流水依旧哗哗地响着。

走过山脚，村庄一览无余。山丘环抱中的稻田一片翠绿，禾苗已经抽穗了。各家各户敞着大门忙着各自的事。高翔只是过年没有回来，现在走在路上却像是阔别了很久重新回到故乡，对这片土地，原来是有着这么深的感情！

一个身影迎面走来，越来越近，远远地看着有点熟悉。

哦，是高大齐。高大齐背着书包，手里提着一袋子衣服，显然是去学校。

高翔平和的心情一下子翻搅起来。两个人的距离越来越近，显然都看见了对方，但目光都直视前方，对对方视若无睹。

擦肩而过的瞬间，高翔扭过头，目光落在高大齐脸上。同一时刻，高大齐像是得到了感应似的转过来，这一瞬间，两人的目光相遇了。高大齐抬起眼皮瞟了眼高翔，立马又直视着前方，加快脚步往前走去。

村庄显得宁静，甚至能听到风吹稻穗的沙沙声，但两个人的心中恐怕是掀起了惊涛骇浪，久久地平静不下来！

高翔走了段距离回过头看，高大齐的身影走远了。他边走边默想着什么，想了什么自己也说不清楚，直到一声公鸡的啼鸣惊破了村庄的宁静，他才回过神来。

高翔走到家门口，大半年没有回来，地坪里跟台阶上的石缝里长出了杂草，鸡冠花、指甲花、蝴蝶花都在开放，时而有蝴蝶绕着花朵飞舞着。

门上挂着的锁已经锈迹斑斑，高翔费了好大的劲才把锁打开。木门吱吱呀呀向两边墙靠去，阳光照进屋里，老鼠立马跑到暗处的角落。地面上坑洼处留着屋顶漏水的痕迹，灶台上落满了灰尘，灶火旮旯里蜘蛛结出了张张大网……

高翔在每间屋里看了看后退了出来。这是他成长的地方，有着幸福跟苦难的印记，现在一家人都在外打拼，什么时候能够一起再回到这个家？

高翔锁上门到了杉树林，一切如故，只有日渐粗壮的树干在衡量着岁月的流逝。看着这一山的杉树，他不由得又想起了那个阴雨天跟父亲一起种这些树的情景，父亲说的那句“将来这树长大了，给你讨堂客做家什”似乎又在耳际响彻，时光啊，是这么的让人感怀！

下山来，山脚下的人家吃中午饭了。留守在家的老人、堂客们端着饭碗聚到一块边吃边聊着。

经过徐钦屋门口，徐钦翻着白眼，嘴角带着轻蔑的笑看着他。

“这是我们村那个没有爹的杂种”这句话在脑海里浮现起来，高翔怒目回视了过去。

“你这个杂种还敢给老子瞪眼？”徐钦边说边吹起了口哨。马上一条黑狗摇着尾巴从屋里跑了出来。

“小黑，去咬他。”徐钦指着高翔做着冲的动作。

黑狗得到指令立马向高翔冲过来。

高翔俯身捡起几块大石头瞄准朝黑狗砸了过去，黑狗惨叫几声退了回去。

“敢打老子的狗，给老子记着！”徐钦吼起来，但他没敢冲上来，多少老人、堂客们看着了。

高翔走到金盘山，过去山脚下稀疏的竹子长得越来越繁密，树干一年比一年粗壮挺拔，枝干遮挡了阳光，小时候浓密的蕨类植物越来越稀散了。

高翔走到父亲的坟前沉思了很久，过去生活的回忆潮水般涌来，一时让人不能自已。他拔着坟上的野草，父亲去世十年了！

从山里下来，走在路上，这个地方有着苦难的记忆，但内心依旧对这块土地有着深沉的依恋！

一个多月后，高考成绩公布了。除了张敬勤不尽如人意外，程彩虹、高翔都是正常发挥。程彩虹见他们相差的分数，也就没再问高翔报什么学校。填过志愿后，张敬勤说大家今后怕是难有相聚的机会，他好好请大家吃一顿。席间他们又各自聊了对生活的憧憬跟展望，张敬勤说到这个问题有点愁眉不展，最近他父亲包的工程亏本了，他的志愿填的几个专科学校，不知该怎么办！程彩虹从广州回来三年多，这三年多她都没有回过广州，填过志愿后她就要回广州，她填的都是广东的学校，录取通知书的地址写的也是广州的地址。看来，随着高考志愿的填完，大家各有方向，今后见面的机会真的少了。

吃完饭后一起去江边走了走，滔滔江水奔腾向前，永不回头。临到告别，大家情绪都有点低落，他们相互送了纪念礼物后就各回各家了。

虽然分数不低，但等待录取通知书的日子还是人心惶惶，让人焦急的。另外高考后这段时间没有事做，高翔开始思考生活，思考学费的来源，自己能不能找点事做赚点钱。但他又能干什么？想到这个问题，常常寝食难安。

怎么办？高翔思前想后，总不能闲着，得想办法挣点钱，挣不到学费，生活费总可以挣点吧。只是做什么事好？

他突然想起那天吃完饭去江边散步，堤岸上很多人摆着地摊卖各种小饰物，他能不能去摆地摊？想了一番后，他很快打定了这个主意。

妈妈每个月给的生活费他还剩了些，本钱是有的。他又花了两个晚上去堤岸上转了转，夏天晚上堤上人挺多的，摆地摊的也不少，看样子生意都还可以，只是得时刻留意着城管。大致了解市场行情后，高翔去批发市场进了些小饰品，小饰品重量轻方便提，城管要是追来了提起来就能跑，进好货后当天晚上就开始摆地摊了。

一开始讨价还价还很不习惯，但几单生意后就好了。十多天下来扣掉所有开支赚了两百多块钱。

但是就在他得意的时候，区里下达了整治沿江风光带脏乱差的通知，也就是说，今后地摊一律不能摆了。以前跟城管捉迷藏被抓到了顶多没收货物，现在的新政策是被抓到后还要处货物价值十倍的罚款，堤岸上基本再没有人敢摆，高翔自然也不会有这个胆量。

地摊不能摆，开学的时间还很长，再去干点什么？

技术性的活他干不了，那么就只有卖力气了。

之前在批发市场进货时看到很多物流公司招人，不知道现在还招不招，高翔带着这个希望又去了批发市场。

批发市场的物流公司多是寄大件物品，需要搬运工。高翔在那一排物流公司徘徊了好久。烈日下，搬运工粗壮的胳膊晒得黑黝黝的，胳膊上豆大的汗珠跟被雨淋了一般。马上快到中午，得赶紧找家快递公司。他走到了正忙着往车上送货的公司前。

“你们这边招人吗？”

门面里的一个妇女上下打量着他，“招啊。”妇女操着外地口音说着。

“工资怎么算？”

“十五块钱一天，包吃包住。”

妇女看了他身份证，又登记了他的名字后说道：“那你现在上工吧，今天算半天工钱。我们这里有活来了就干，没活干就休息，这会儿干完活吃中午饭。”

正往车上搬的是一箱子一箱子的货物，也不知道里面是什么。高翔看着箱子双手刚好能抱住，以为没有多重，结果第一次用力箱子根本都没动，咬紧牙关才抱了起来。货物太重，双手也不能久抱，只得弓着腰把箱子放到了膝盖上。

“你这样不对，这样不好搬，晃来晃去，箱子里面的货物还容易搞坏。把箱子递给我，你蹲下，我给你放肩上。”旁边一位师傅说着。他们都是放在肩上扛上去的。

当帮忙的师傅把箱子放到高翔肩上，他只感觉像块沉重的石头压住了他，压得他直不起腰来。他膝盖贴着地面撑着，才勉强把身体支撑住了。

货已经到了肩上，其他的工作人员都是咬着牙一箱子一箱子地扛上了卡车，你怎么办？别人能扛得上去，你这样磨蹭，被人看着好意思！

肩上的重量快要把人压着贴到地面，高翔呼吸变得急促起来。小时候挑过担子，但从来没有感觉到这么沉重过。没有太多的时间给他磨蹭，卡车上放好箱子的工人走下来了，他再不把箱子扛起来走就碍着后面的人了。

高翔只得咬紧牙关，用尽全力站了起来。站起来的时候，关节咯咯地响了好几声。他稳了稳身子，迈出了第一步。每迈一步，身体都在跟肩上的负荷做着顽强的斗争。

你就这样不堪重负？别人能干你却干不了！你的条件比别人好吗？

把男子汉的气概拿出来！第一个箱子就要打退堂鼓不是让人笑话？还想不想干！

高翔就这样自我勉励着把箱子扛上了卡车。当箱子从肩上放下后，他真是明白了“如释重负”这个词形容的是什么感觉！

能扛过第一个箱子后面的也就不怕了，刚看他身份证的妇女目光没再落在他身上，算是通过了对他的考核。

把所有箱子扛完大概花了半个小时，正是中午温度最高的时候，高翔大汗淋漓，肩膀都酸了。

吃过午饭没活干，暂时可以休息会儿，工友们拉拉杂杂谈了起来。

“看你的样子是学生？”有人跟他说话。

高翔点了点头。

“还是学生好，像我们没知识，只能卖力气，什么时候没力气了就再赚不到钱。”一个粗壮的大汉说着。

“你是放暑假了找点事做？”不等高翔回答，大汉又接着说道，“到这当搬运工锻炼锻炼也好，在这里吃了苦才知道要好好学习。这个暑假来了不少学生，但都干不了三天就走了。小伙子你不要怕累，你顶多累三天就会走的。”

高翔想反驳，但大汉起身抽烟去了，似乎高翔这样的反驳他看得多了。

这天下午，高翔得知了这个物流公司老板是安徽人，给他做事的都是老乡。他们说话的诚恳让高翔对安全的顾虑稍微放松了下来。晚上睡觉的时候，还是有些担心，好在下午又来了两个学生，跟他年龄差不多，算是有了同伴。直到第二天醒来，周围一切都好，高翔才对安全问题放了心。

三天下来，高翔肩膀压肿了，手也被箱子划出了好几个口子，全身酸痛，像是散了架一样。是继续干了还是就此走人？走的话能走到哪里去？这里包吃包住，环境也熟悉了，如果去别的地方就一定能比这里好吗？闲着的时候他在批发市场打看过了，市场很多店面招人，但基本上都是招搬运工，这家跟那家不会有多少差别，有必要换吗？如果怕累的话，这怎么能算是理由。那天下午来的两个学生已经走了一个，另一个正在犹豫不决，高翔劝着他留了下来。

这天吃着晚饭，工友们边吃边聊了起来。

“多吃菜，不容易啊，今年干满了三天还没有走的学生就你们两个。小伙子能吃苦，能吃苦耐劳前途大着了，以后不得了！”

一桌子人七嘴八舌地说着，高翔跟另外的同伴成了话题的中心。

炎热的夏天坐着不动都是汗流浃背，更不用说还得扛重物。每天挥汗如雨，肩膀上皮都晒脱了，高翔变黑变壮了，手上磨破的皮长上了厚茧，他已是一个结结实实的搬运工模样。

物流公司是客户来了货就得把货搬到卡车上去，搬完就休息，干活干得快，休息的时间就长，这样也没有人偷懒，反正干完就休息，不干完就一直干吧。有一天深更半夜到了货，老板半夜把他们喊起来卸货，这个时候困意加着肩上的重负，原来还有这样一种感觉存在。

每天都是干重活，从来没有过这么好的胃口。好在老板还算可以，知道吃得不好就没力气干活，伙食搞得相当不错。

时间在一天天过去，在过去的时间里，高翔不但身体更壮了，还去掉了不少生涩。没事的时候能跟那帮工友们说说笑笑，干活时工友们一般让他们两个学生干稍微轻松点的活，在这里也感到了点人情之暖。但也正因为这样，高翔跟那个同伴干活更加卖力了。工友们上了年纪都能干，他们俩年纪轻轻怎么好意思专干轻活。

广东靠海，白天温度上升得慢，晚上又有海风吹拂，夏天没有湖南的炎热。

夜幕下的广州灯光耀眼。人流、车流穿梭不息，灯光造成的璀璨夜景照得人眼花缭乱。夜幕刚笼罩不久，一天的夜市开始热闹起来。

街头小巷人群密密麻麻，处处挤得水泄不通。摊点小贩在这个时节占据了大部分街道。

王丽华来到广州有几年了，广州是大城市，外地人多，超市生意火爆，她的工作是负责监督超市里的工作人员。

去年她去深圳找高春兰，高春兰不肯回去读书刺伤了她的心。今年过年前生意忙，老板没空买票，到年底再去买时，票早卖完了。她也不得不在广州过年。

时间一眨眼就到八月份，不知道儿子考得怎么样，又被什么学校录取了，他是全家的希望跟支柱，王丽华时常想着这些问题。

这几年打工，除过供儿女上学的开支后，她没存下多少钱，听说大学学费贵，不知他会学什么专业。前几天，她打电话到高玉兰队里，玉兰告诉她高翔考上大学了，这大概是这么多年来最高兴的一天！好，儿子考上了大学，做娘的心里那块石头可以放下去了。接连而来的是学费、生活费的问题。只有一个月就开学了，怎么办？等快开学时回去找人借吧。

八月份，高春兰在深圳一年了。

一年的时间基本是在流水线跟寝室度过，每天十三个小时的班，除过睡觉跟吃饭还能有其他时间吗？生活啊，有的人闲暇太多备感无聊，而有的人能有喘口气的休息时间也是奢侈。

每天十三个小时的班，一个月拿快五百四十块钱。九个月试用期后每个月多发五十元，除却日常开支，存折里有快七千块。

这一年里，除过写了那封报平安的信，她没怎么跟家人联系。反正姐姐跟弟弟都以为她跟妈妈在广州也不会担心，而且她也确实没有时间写信，打电话，每天回去倒头就睡了。姐姐跟弟弟没什么可操心的，她现在最关心的是弟弟考了哪个大学，又学什么专业。学校一般是九月份开学，高春兰打算八月底回去一趟，不知妈妈怎么计划的？

三十五

时间一天天过去，已快到九月份了。

自从到物流公司做搬运工后，高翔基本没有休息日。

一个多月的时间里，他已经适应了这种高负荷的搬运工生活，胳膊粗壮了，腰杆也更有力了，体力劳动让他有了些男子汉的粗犷气概。

这天刚吃过中饭，从南京来了一车货，这就没得休息时间了，吃完饭就得干。卸货卸得汗如雨下，这车货是小物件，几个人在卡车上扔，下面的人接住递给一边的人搬过去码好。

刚吃过饭，太阳很大，高翔感于这些天来工友们的关爱，抢着上了卡车，在太阳底下往下扔货，晌午的太阳晒得人皮肤痛，汗水早已浸湿了衣服。

“你下来到荫处来接，我上去扔吧。”一个老汉说着。

“不用，不用，没一点事，你在下面接就好。”

老汉摇了摇头也就没坚持了。

中午大多数人午睡了，嘈杂的批发市场声音小了很多。

高翔挥着手擦着脸上的汗水，干完就能休息，尽管汗水都流到了眼睛里，他也管不了那么多，还是把一箱子一箱子的货往下扔着。阳光下一片灿烂，屋荫下像是暗了很多。

“高翔。”侧面有人在喊他。是不是听错了？高翔没有搭理继续扔着。

“高翔，下来。”这次声音大了很多，是大姐的声音。大姐怎么来了，天这么热。

高翔顺着声音传过来的方向看过去，妈妈姐姐走了过来。妈妈回来了！这太突然了！

“我家人来了，先下去一下。”他对下面接货的人说着。

高翔跳下车，跑到妈妈跟姐姐面前，激动得不知说什么好。

“衣服都汗湿了，这么大的太阳会晒脱皮的。”王丽华说着。

“平常这个时候都在午睡，这刚刚来了一车货就忙着了。”

“走，回去。”王丽华摸着儿子手上的茧说着。

“还有几天开学，还能干几天。”

“走，回去，回去休息几天。”王丽华口气不容再商量。

高翔呐呐地说道：“那你们等会儿，等我卸完这一车货。”高翔又上了烈日下的卡车。

卸完货后找老板结账。

老板边算着账边说着：“你这个儿子不简单，能在我们这吃这么长时间的苦。这个暑假来了二十几个学生，基本上都是干不了三天就走了，他能干下来，小伙子能吃苦啊！”

老板边说着边把工钱结给了他。

高翔拿着钱，这是他靠自己的力气赚的钱，感谢生活，只要辛勤劳动，总会有所收获的。

高翔拿着钱去宿舍整理东西，想不到这么快一个多月就过去了。刚开始的时候只是觉得辛苦，但要咬牙坚持下来，现在要离开这个环境却还带着一份感情。但是妈妈跟姐姐等着他了，没有时间让他留恋。

“各位大叔，我回去了。”

“好了，小伙子以后放假要是找事，可以再来，我们都欢迎你。”

高翔提着一袋子衣服出门，几个老汉把他送到了门口。

高翔下了楼，跟在妈妈姐姐后面，一时不知说什么好。

经过一个副食店，高翔停下来说道：“妈妈，等会儿，我买点东西。”

高翔从店里出来拿着三瓶水，还买了四包云烟。

“你还学会抽烟了？这可不是好事。”妈妈是惊讶的口气。

“不是我抽，你们在这等会儿。”

高翔快步走回了宿舍，几个老汉以为他忘了拿东西。

“忘记拿什么了？”

“大叔，给你们每人买了包烟。”高翔把烟放到了他们床头。

“小伙子这么客气。”老汉推辞着。

“这些天多谢你们照顾，你们睡，我回去了。”

“再坐会儿吧。”

“不了，有人等着。”

几个老汉起来又把他送到了门口。

对高翔来说，来这里干搬运工恐怕不会再有下次，这一个多月，几个老汉基本上不大让他做重活，他心里是感激他们的，这个世界上也不是处处都是冷冰冰的。他这次回去，恐怕今后再也难来这里，今后可能面都见不上了。老汉们基本上都五十多岁了还干着重活，等到他们年纪再大一点再去做什么了？生活真是不容易！高翔现在也没有什么力量，只得给他们每人买一包烟来表示心中的这份情感。

妈妈这次回来是给他准备学费的，但妈妈只有三千多块钱，光学费还差两千，更不要说其他开支。拿到录取通知书后，里面诸多的资料高翔都仔细看了，最大的收获是得知家庭贫困的学生可凭贫困证明申请贷款。妈妈准备的钱不够，也不用找别人借，开个贫困证明去学校贷款吧，这样妈妈负担就没这么重了。

王丽华跟儿子说明情况后高翔是这么想的。

“贷款，贷款是要还的，还要出利息。还是妈妈找人去借点，你考上了大学，妈妈学费都没给你准备好，妈妈过意不去。”

“别这么说，妈妈带大我们已经不容易了。我去村里开个证明就好，妈妈不要再操心。”

“妈妈找你姐夫借点。”

“不了，妈妈，他们结婚花了那么多钱还没还完账，开不了这口的。能去学校贷款就行，反正学是能够上的。”

因为高翔将要上大学，一年多的分离终于有了这点相聚的时光。

虽然一直为钱发愁，但也正是这种艰辛的生活加强了感情的纽带。

开学在即，高翔得抓紧时间置办东西，办理户口等手续。东西倒是没有什么准备的，买个行李箱就够了。最重要的是去胡建明那里开贫困证明，到时候可以办助学贷款。再就是去派出所办理一下户口，他没有把户口签到学校，只办了农转非，他成长在这里，把户口迁出去心里感觉别扭，这里才是他的家乡。这些事情安排好之后，为了能早点到学校把助学贷款贷下来，他买了提前三天的票。

月尾在一天天靠近，节气上已经立秋了。秋老虎正是一年最热的时候，知了还在枝头高歌鸣唱着。

高春兰此刻在回家的列车上，这是她第一次坐火车，上车后情绪激动了好久。离家一年多，一年前她借了张敬勤四百块钱去深圳，现在回来她带着存折回来了，上面有七千多块钱啊！

列车一路向前，高春兰心潮一直都没有平伏下来。今天可以到家了，只有漂泊在外的人才能理解归心似箭的那种急迫。

高春兰下火车后坐上了去汽车站的公交车，车窗外熟悉的街道把她带到了往事的回忆中。去年她就是坐这趟公交车来火车站的，可是那天没有票，她只得改坐汽车。今天她从深圳回来了，深圳这一年，每天最少十三个小时班，跟机器人一样重复做着那几个简单动作，有时候她都忘了还有工厂之外的世界。

家乡的空气呼吸起来都是亲切的。家乡，是一个人永远的归宿，家乡的土地总是让人深深眷恋。

高春兰突然回来了，这等于在平静的海面打起了一个浪花，一家人还没反应过来是怎么一回事，他们就团聚了。一开始相见还有点面面相觑的感觉，一年多，他们的变化都太大了。

妈妈似乎又增添了白发，高翔是晒得黑黑的，不过身体倒是强壮了很多，高春兰整天在工厂里，脸色也不如过去有生气。生活的沉重总在一些细节中反映出来。

“姐，你这次放几天假？过年都不回，我们都盼着你了。”

“七天假，过年没买到票回不来，你想我了？”高春兰笑着说，她要用这种爽朗的笑容表示深圳厂里的工作也不是多么辛苦。

“在深圳那边怎么样？你是做什么工作？累不累？”

“还好吧，工厂里每天八小时，一个月发将近八百块钱，也不怎么累，就重复几个简单的动作。”

“真不累吗？看你瘦了。”

“减肥啊，一天吃得比较少，你没发现这是苗条吗，难道要我长成个胖子。”高春兰捂着嘴干笑了几声。

第一天，一家人欢欢乐乐，想不到在八月底一家人倒是聚齐了。

第二天吃过中饭，高春兰与妈妈拉开了话。

“妈妈，弟弟的学费准备的怎么样？”

“我备了三千多，本来想着去借点把钱凑齐，但他说不要了，借钱得看人脸色，录取通知书上说开贫困证明可以去学校申请贷款。”

“那他开好了吗？”

“开了，都放行李箱里了。”

“妈妈，你别让弟弟去贷款，我存了快七千块钱，你下午取出来存到他学校寄来的存折上去。学费、生活费都应该够了。”

高春兰把存折给妈妈继续说道：“你别说这钱是我的，就说你给他存的。”

王丽华打开存折看了看，“这是你一年存的钱？”

“不是了，我有两个折子，另一个上面还有两千多。”

王丽华合上存折叹了口气，“妈妈对不起你们，没把你供出来，现在高翔学费还要你出钱。”

“妈妈别这么说，你把我们带大就不容易了。”

王丽华停了一会儿，“这钱给高翔我不反对，但你自己去给他。这是你赚的钱，你给他，他不会有什么心理负担。如果有，那也只会让他知道钱来得不容易。”

“还是你给他好，妈妈。”

“不，你自己给他，这是你的血汗钱。据我所知广州工厂里的工资很低的，钱不好赚，深圳估计也没有那么轻松。我不能把你这份心转到我身上，这是你们姐弟的事，你自己去吧。”

高春兰没有接话。

“听说你开了贫困证明？”

“嗯。”

“拿出来给我看看。”

“在箱子里，懒得翻，翻出来又要找半天。”

“拿出来给我看看，看你怎么写的。”

高春兰再三要求，高翔推却不过，打开箱子把贫困证明拿了出来。

高春兰接过来浏览了一下，“把自己写得这么可怜，什么揭不开锅，吃救济，这写得太煽情了，太不真实吧！”

“写可怜点贷款估计会好批一点。”

“你不怕别人看不起你？我们家也没这么可怜！”高春兰嘴快说出了这句话，高翔脸色立马变了。

“有什么看得起看不起的，能贷到款就好，没本钱去讲究别人的目光！”说完转过身背对着姐姐，心里只是酸涩。

高春兰走过来拍着他的肩膀，“弟弟，你别伤心，别难过，姐姐说错话了。我们根本不用开这贫困证明，贫困证明是让人屈辱的。我们家有钱，妈妈跟姐姐早把你的学费生活费准备好了。”

高春兰把存折拿了出来。

“哪有这么多钱？”高翔看着存折上的数字说道。

“妈妈跟姐姐赚的，钱的问题你不要担心，你好好学习就好，妈妈跟姐姐是你坚实的后盾。”

“你的钱是你的，不能用你的。”

“你拿着，二姐这次回来专门给你送学费的，你好好学习，不要辜负妈妈跟姐姐对你的期望就行。”

高翔还是推脱着不要。

“拿着，再不拿姐姐要生气了！”高春兰把存折强塞到了高翔手中。

“姐姐的钱跟妈妈的钱是一样的，我们是一家人，好好学习，你的责任是争取作出点成绩来。”

“学费、生活费都有了。贫困证明以后也用不着，干脆烧了，我们已经脱贫了！”高春兰用打火机点燃纸条，瞬间火光把这张贫困证明化为了灰烬。

“弟弟，你安心读书就好，其他问题都不要想。这四年大学，家里不会让你担心学费、生活费的，你不要操心，要把知识学好、学牢。”

高翔除了接受姐姐的存折，把她的话牢记在心外，还能说什么了！说什么都是多余，他在内心里深深感谢这些至亲至爱的人。

“你几号去学校？”

“三号，本来是六号开学的……”

“要家里送吗？”

“不用，现在也买不到票了。”

“那也好，你在外注意安全，凡事小心。”

“嗯。”

“对了，张敬勤考哪里了？”

“他考得不理想，可能不会读了吧。”

高春兰心里有点失落。

“其他人了？”

高翔又跟她说了程彩虹跟陈建平的情况。

现在自己考上大学了，学费生活费也有了，应该没有要担心的事了。十多年来一直萦绕在心头的疑问现在可以解开了吧。

一天吃过饭后，等屋里只有他跟妈妈，高翔问道：“妈妈，小时候你经常跟我说，等我有出息了你会告诉我一些事情，现在我考上大学了，算是有出息了吧！到底是什么事情要告诉我？现在可以说了吧。”

一瞬间，王丽华面色变得凝重，现在是不是把她知晓的一点事告诉儿子的时候？

马上她又想到，考上大学确实是值得骄傲的一件事，但跟儿子说这些她也不是很确定的事，儿子知道了今后能安心努力读书吗？现在告诉他，除了增加他心理上的负担，又能干什么！现在恐怕还不是时候。

“你考上了大学，妈妈为你骄傲，你是有点出息了，但现在你又有什么力量？那些事情现在还不能跟你说，而且妈妈对那些事也不是很确定，得跟你堂叔叔高志远当面确定才行。你上了大学，还是好好努力，争取作出成绩来，等时机成熟了，妈妈自然会跟你说的。”

妈妈还是不肯跟他说，这都十多年了，到底是什么事情要等这么多年？到底他要取得什么样的成就才算是有出息，才能达到妈妈心里设定的标准？高翔对这个疑问愈加地好奇。

几天后，一家人送高翔到了火车站，临行前再三叮嘱他注意安全，好好学习，到了学校打电话回来。

高翔带着家人的嘱咐跟期望上了火车，随着成长，每个人都要扮演好自己的那个角色，一家人分隔得越来越远，但愿这分离只是短暂的，等在外面蓄满了力量，一家人又会团聚在一起，又会回到家乡的土地吧。高翔进了大学，展翅高翔，会有他的一片天地吗？

三十六

乘务员吹响了哨子后，不久列车就开动了，车轮撞击着铁轨的声音慢慢急促起来。这是高翔第一次离开家乡，他一边带着对家乡的留恋一边又憧憬着外面的世界，但他完全没有高春兰第一次去深圳时的那种心情，其实这心情怎么会一样了！高春兰去深圳前途茫茫，什么都是未知，身上就那么点钱；高翔是去学校，钱的问题更是不用担心。

坐在火车上，他思绪漂浮，十几年来，他终于取得了让人认可的一点成绩。小时候的那些事情总在头脑里闪现，这次进了大学，他一定要做点成绩出来。虽然现在他对大学的环境还没有半点了解，但据平常看新闻，大学不是只要把成绩搞好就行的，得多方面的发展。他又想到了陈建平、程彩虹，陈建平在部队估计会很辛苦吧，程彩虹了，听说她上了深圳大学，也不知深圳那边是一番什么样的景象。随着成长，原本亲密的朋友现在相隔了天南海北。

经过一个夜晚的车程到了西安。他之所以买了提前三天的票，是想早点来好办贷款，所以车站并没有迎新人员，高翔打问着坐上了到学校的公交车。到学校后经过一番折腾后入住了寝室，他是寝室里第一个到的。

第二天刚吃过早饭辅导员来找高翔，辅导员交代了事情后最说：“报到注册后第二天开始军训，但学校不统一发军训服，你来得早，看到便宜的军训服就赶紧买上，反正就只穿十几天。到时候给同学们也介绍介绍。”

辅导员说完就走了。

高翔听到这个消息，学校也太不尽职了吧，军训服都没备好。没有办法，那只有自己去买。

这种服装一般去批发市场买便宜，他在小卖部买上地图，又仔细查看了公交线路后动身去了市里。

一个小时的颠簸让他尽览了城市的风光，下车后打问了半天总算走到了批发市场。

批发市场商品各式各样、琳琅满目，但军训服找了半天才找到。批发市场做生意最主要的是走量，自己就买一套，高翔琢磨着怎么能够让价钱低一点。

“老板，这个军装拿一百套多少钱？”

老板等了好久终于等来了顾客，站起来说道：“一百套的话两千五给你。”

“那就是二十五块钱一套，给我拿一套吧。”二十五块钱一套再不好还价了。

“你这个尕娃，真会开玩笑，一百套是那个价，一套的话四十五块钱。”

“那也差得太多吧。”

“一套的话就这个价，你到哪里都是这个价。要不你拿一百套吧，拿一百套还能少点。”

“老板，少点，学生没钱了。”

“最少四十二，再不能少了。”

时间还早，不如多转转再说。

“好了，我去买点别的东西再过来，价钱再少点吧，老板。”

“你去别的店子问问就知道我这贵不贵。”

高翔在批发市场转了两圈，卖军训服的有好几处，问下来价格比之前那家还略高，这样就知道了行情，他又回到了打问的第一家那里。

老板见他又来了说道：“尕娃，我说了我这里价钱最便宜。”

高翔拿着这套军训服回到学校，全身跟散架了似的，这一趟光坐公交车的时间都花了快三个小时，总算把问题解决了。

下午躺在床上，脑子里突然冒出来一个念头：全校这么多新生，人生地不熟地跑这么远去买军训服？突然他想到了个主意，不知道行不行得通，思考一番后情不自禁地笑出来了，这真是个好机会！

他马上跑到辅导员办公室，“老师，只是我们学院不发军训服，还是全校都不发，都是自己买？”

“全校都不发，都是自己买。听说去年采购的收了回扣，一套军训服都快两百，后来学生举报，学校今年就没集中准备，让学生自己去买。”

“哦，好的，谢谢老师。”

“后天上午报到注册，有时间到财务处把学费交了。”辅导员不忘说。

高翔从辅导员办公室出来，又跑到学校超市、小卖部转了一圈，所有店里都没有卖军训服的。现在这个情况，那这个事情可以做了！

学校不发军训服，但军训每个人都要一套，这是很大的市场！他能不能去批发市场批一些过来卖？想到这，他又惊又喜。高翔立马把这个生意盘算了一下。今天买的军训服四十二块钱，加上坐车的八块钱是五十块钱成本，人还累得要死。那能不能批发过来卖五十块一套？看起来他们多出了几块钱，但不用花三个小时坐车。再便宜点，卖四十五总是可以的。服装店老板说批一百套以上是二十五一套，这里面的差价有二十。如果批得更多，那价格应该会更低，新生有五千多人了！想到这里，他已经觉得这事可以做了。马上他又琢磨着万一卖不出去怎么办？能不能跟服装店老板商量货没卖完的话包退货？考虑好这些问题后，高翔激动不已地上了去市里的公交车。

又一次回到那个店，店老板根本不记得他。

“老板，拿一百套多少钱？”

"两千五？"

"能不能再少点？"

"诚心要的话两千四，再不能少了。"

"那一千套多少钱？"

店老板打量下他，"开玩笑吧，一千套，一千套干吗？在工地上穿吗，买这多？一千套的话给你二十二一套。"

看来这接近底价了。

高翔又跟店老板商量提货的办法，他说工地上具体需要多少套还不清楚，要是不要这么多到时再退给他，老板答应了。

开学在即，明天应该有很多新生来学校，只是如果今天把衣服运回去还要找地方存放。高翔又跟店老板商量好明天一大早来拿货，并要店老板帮忙联系好货运车，这么大一笔生意，老板都一一答应了。

回去的路上，高翔心都飘起来了。但是下车后，马上一个想法冒上了心头：这个生意会不会有其他人做？这样一想又有一点风险，好在卖不完店老板包退，那也就没什么了。

已是傍晚，落日的余晖把校园的草地染上层光辉，晚风吹来，驱散了夏末的余热。蓝天下漂浮着朵朵白云，多么好的时节啊。

在室内蛰伏了一天的学生纷纷走到室外，校园里一时人群涌动，欢乐喧哗。

高翔吃过晚饭又绕着校园转了两圈，他得熟悉校园，明天好开展生意。直到暮色四合，灯光亮起，他才疲惫地回了寝室。明天，一切都在明天！

第二天天刚蒙蒙亮，高翔起床洗漱好后赶往批发市场，一切都很顺利。只是付钱的时候忽然有点心慌，他从来没有拿过这么多钱，如果军训服没有卖完老板不退钱怎么办？时间紧凑，他也来不及细想这些问题。店老板联系好的货车载着军训服到了校园。

到了学校，高翔指挥货车开到了各个小卖部门口。他马上跟店主谈好：军训服放小卖部卖，价格为五十块钱一套，每卖一套店家拿五块钱，店家允然同意了。于是七个商店放了两百套，剩下的三百套高翔摆到了新生宿舍门口。

太阳渐渐升起，晨雾不久就被晨光驱散。今天新生报到，到处挂满了迎新横幅。各个院系都已在体育场摆好桌椅板凳迎接新生。

高翔叫货车司机给他看货，他跑到打印室打印了好几张大广告语：“军训服，便宜卖，五十块钱一套。”把这打印的广告贴到货车上，立马吸引了很多人的目光。现在他站在一堆军训服后面，根本看不出他是大一新生。

校园里广播、音乐声没停过，沉浸在迎新的喜庆中。学生三五成群地走过，一开始高翔还很不好意思，心里琢磨的吆喝声怎么也喊不出来。

“有人过来了要招呼人过来看。”司机在旁边说着。

高翔应了一声，但是好久还是没有开口。

“你这怎么做生意！我来帮你吆喝几声。”

在货车司机吆喝声的感染下，高翔终于也跟着喊起来了。

“过来看一看，瞧一瞧，军训服便宜卖。”一边喊还一边打着过来看的手势，生意人的派头已经出来了。这很快吸引了学生们的注意。

校园里的人越来越多，不少新生在家长的陪同下进了寝室，但军训还有几天才开始，他们并不着急。高翔一上午卖出了七八套，一套赚二十八块，几百块钱了。过了中午，货车司机说他临时有事开着车先回去了。

转机出现在下午。上午报了到的新生在校园里转了转后，当然会想到要买军训服。五十块钱一套，对刚进大学花着父母钱的新生来说不算多，高翔的地摊一下子围满了人，吃过午饭一两个小时立马卖出了一百多套。高翔又跑到其他小卖部一看，都快卖完了，看来今天五百套是不够卖的。

高翔马上把还没有卖完的放到一家商店，带上刚收到的货款打出租车直接到了批发市场。他想拿一千套，但钱还差了点，他把身份证押给店老板后，店老板才同意。出租车又拉着这一车的货开往学校，高翔想着现在他身上再没有钱了，学费全搭进去了，这样一想，又有点心慌，但想着中午过后火爆的生意，心才稍稍安抚下去。

下午三四点，新生绝大部分都到了学校，新生们也不怎么讲价，军训服卖得越来越快。但是高翔忽然发现有几辆面包车开到新生寝室门口，也是卖军训服，看来生意不止是他一家在做。高翔又仔细看着面包车，有一个是开始给他运货的，原来是他！不管怎么，心里总是有点不爽快！但也来不及多想，他立马招呼起生意来。一千套在傍晚时分卖完了。

虽然有两个竞争对手，但显然不是所有新生都已经买了军训服。高翔趁着夜色又打出租车到了批发市场，又拿了一千套后回到学校，摆摊摆到寝室关门，才把军训服扛回了寝室，这一天卖了两千多套。

回到寝室，室友们都来了。第二天，室友们帮着他把军训服搬到新生宿舍门口，还帮着他分开摆了几个点。这样忙碌了三天，后来算下来，总共卖出了将近四千套。每套赚二十几块钱，高翔一下子赚了将近八万！

八万！是八万啊！从来没有拿过这么多钱，不要说拿了，想都没有想过八万块钱，这在小时候炒菜都没油放的日子怎么能想象！幸亏高考暑假后他摆过地摊，让他有了商业意识。幸亏车票买得早，早来学校了解了这个消息，不然这个机会根本都轮不到他。

有了八万块钱，高翔一下子觉得自己不比任何人差，甚至还觉得自己比别人高了一截。室友纷纷佩服他有生意头脑，看起来高翔再也不会是之前在校园的形象了。

大学有了个好的开始，今后会怎么样了？

三十七

军训过后休息了几天就上课了，大学生活也就正式开始。虽然九月份还没有过去，但北方的秋来得早，风一吹来，不时有黄叶开始飘落。

开学上课，高翔几乎成了班上的明星。大家都奇怪这个摆摊卖军训服的人怎么成了同学，短暂地不解后只有由衷得佩服了。有人给高翔算账，即使只赚五块钱一套那也是一大笔钱。于是佩服衍生出来的羡慕跟嫉妒在一些同学心里蔓延，但在女学生眼中，高翔就是个强人，金钱跟相貌历来能得到异性的青睐，何况他们还是同龄人。

人一的课程有高等数学、政治经济学、计算机、英语、思想政治教育、体育等，课表上的空隙倒是排得蛮充实，但上了一两星期的课之后，新生们就没有新鲜感了。

对新生来说，十几年来第一次脱离了父母的管束，完全自己管自己自由自在。高翔包围在这样的气氛里，有点飘飘然。身边氛围如此，七月份拿到录取通知书时那刻想着好好学习的决心已经抛之脑后，何况他身上还有钱，学习上完全松懈了下来。钱给人带来信心跟朋友，这是他上学这么多年来最畅快的时期。

大学生活相对于高中，课堂之外有许多活动。校园里天天一片欢腾，火热的青春加上喧嚣的环境，对大一新生来说都是诱人的。尤其走在校园的高年级情侣，常常引得人侧目而视。躁动的青春，男男女女心里都萌动着情愫，这个话题基本上也是每晚熄灯后卧谈的核心。

高翔寝室里有两个人已经开始约会，每天晚上约会回来之后电话打个不停，熄灯之后都在谈论着他们追求的女生，这让旁边听着的人很是羡慕。

恋爱，对那些没有身处其中的人是多么带有憧憬的一个词。在一边听着别人讲恋爱的经验跟快乐，这好比是饿着肚子站在酒店玻璃橱窗外看着里面的人在享用佳肴，那很不是滋味。每天听着那两个人长谈阔论，高翔有时会陷入莫名地惆怅跟沉思。

有时候他会想到程彩虹，对往事的回忆总是让他怀念。过往的细节连续在脑海中回放：那次钓鱼，那次端午节看龙船，那次植物园给她摘映山花……现在她在大学过得怎么样？有没有谈恋爱？以她的风华跟光芒，应该会有不少追求者的。想到这，高翔总是有着淡淡的失落。

有时他又觉得不应该这样看待他跟程彩虹，他们是同学、朋友，年少的友谊是宝贵的，他怎么可以这样想入非非！理智上的自省跟家庭的差距不断地警示着他。在这样每天的自悔跟希望中，随着时间的过去，好比一滴墨水滴在了水里，慢慢地会消逝到无色无形。生活不能靠回味来过日子，随着时光的流逝，过去的一切终会淡漠的。生活在不断前进，在前行的路途中从来不缺着色添彩的元素。

高翔因为卖军训服跟人混了脸熟，又经同学们的口耳相传，在学校里也有了点名气。在那些不了解的人看来，他还带着某些神秘感，这些都给他带来了好处。就学生会跟社团联合会纳新来说吧，这两个组织是新生眼中的香饽饽，大家挤破头都想加入。高翔不能免俗，也填了份报名表，本来不抱什么希望，但没料到最后竟然真成了学生会跟社团联合会的成员。

进了学生会跟社联，原本富余的时间被各种任务跟活动填充，学生会每周有例会，社联外联部得拉赞助，每到周末就往市里跑，生活一下子忙碌起来。

加入这两个组织，高翔心里充满了快乐跟满足，学校多少人报名，才招了几个啊！开学还没多久，学生会跟社联的光辉在新生眼中还没有褪去。就高翔来说，自己学院要办个什么活动，院学生会的人还来找他要校学生会帮忙。一切的一切，他成了红人，生活从来没有如此顺心跟惬意。

一个周末，社联全体成员召集会议，会议的内容是社联要举办新生歌手大赛。社长把这个意思反映到团委后，团委的老师表示支持这个活动，这可以繁荣校园文化。最后说到活动经费，团委只出一半，另外一半学社联得去拉赞助解决。

虽然心里早有准备，社长听团委老师这么说心里还是不开心。于是社长召集会议，最后拉赞助这个任务落到了外联部。一到周末，外联部的所有成员就得行动起来。

外联部有十来个成员，相互之间并不怎么熟悉。到市里后，部长把十个人分成五个小组分散行动，高翔与一个叫马雪君的女生分在一组。

分好组后，部长交代了方方面面的问题跟技巧后分头行动了。

高翔跟马雪君一路上没说什么话。照部长的交代，凡是大一点的品牌店都要进去试试机会。拉赞助虽然没有强派任务，但是拉到了会有提成，将来在社联晋升也更有资本，所以还是有点动力的。

高翔在一家体育用品店前停下来。

“马雪君，我们进去看看吧。”

马雪君对着他点了点头说道：“我口才不好，进去后你跟店老板说。”

“我口才也不好。”高翔说着。

“听说你开学前就卖过军训服，你肯定行的，反正你比我会说。”

这一天下来，除了进第一家体育用品店有点不好意思，觉得抹不开面子外，之后表现还算过得去。有几家品牌店都表示出合作的意愿，进一步的合作得与学校团委协商办相关手续。可以说高翔、马雪君这组出色地完成了任务。赞助事宜确定下来后按既往的规定，拉到赞助人员提成百分之二十，马雪君、高翔每人分得了五百多块钱。拉完赞助后两人见面的次数就少了，基本上社联开会才能见到。

一天下午，上完高等数学刚回寝室，高翔的小灵通响了。

“喂，你好。”

“你好。”听筒里传来的是女声。

“你是？”

“我是马雪君。”

“有什么事？社联又要开会吗？”

“跟你打电话就只能有公事？”

电话里的声音停下来，高翔明显不好接话。

好在马雪君马上说道：“今天有时间吗，有空请你吃个饭。”

这太突然了，想起来两人并不是太熟悉，贸然拒绝肯定是不礼貌的，但直接说好那也不自在。

“有什么事？”

“有事，很重要的事，得当面跟你说。”

“那好吧。”

马雪君说了时间、地点就挂了电话。

这突然的邀约，一下子让高翔心神不宁。有什么事？她干吗要请吃饭？就他们两个人吗？想到这，他又把马雪君的话仔细回想了一遍，应该说她算漂亮女生，只是自己之前一直想的是程彩虹，没有把她放心上。

原本宁静的下午给打乱，高翔想着自己得做点什么准备。虽然她说请吃饭，但最好还是自己付钱。钱是不能少带的。他马上跑去自动取款机取了一笔钱。下午，高翔按约定的时间到了马雪君约定的地点，马雪君已经在门口等着他了。

“没料到你比我来得早。”

“我做东，当然得早点来。咱们坐楼上靠窗的位子去。”

坐定后，服务员拿来了菜单。

“你点想吃的，点贵的，我难得大方一次，你把握机会。”她笑盈盈地说着。

高翔不知道她是在开玩笑还是认真的，勉强笑了笑。他写了一个菜，就把菜谱推到了马雪君面前。

“我想吃的已经点了，你点你想吃的。”

“你怎么就点了一个菜，替我省钱吗？多点几个。你喜欢吃什么？”

“客随主便，你点什么就吃什么，我不挑的。”

“那可不行，得点你喜欢吃的。”

似乎是盛情难却，高翔又说了一道菜。两个人点了三菜一汤，这足够了。

席间马雪君谈笑风生，高翔原本想着的拘谨跟不自在三言两语就化解了。据马雪君说，她请吃饭是因为高翔让她在社联拿到了赞助的提成。说是荣誉她得了，但钱可不能全得，所以请高翔吃饭。高翔知道了她是陕西人，计算机专业。后来高翔抢着要结账，马雪君硬是不肯，他也只能作罢，想着下次有机会回请她一次就好。吃完饭出来夜幕已经降临，清朗的天空可见稀疏的小明星。

学校大门定时关门，过了时间点后得出示证件才能进去，他们踩着时间点进了校园。

马路上三三两两的人群慢悠悠地踱着步子，高翔随着马雪君的步伐慢慢地走着，走了好长一段距离一句话也没说，高翔有点尴尬。说什么了？总要说点什么才好，但真的又想不出说什么。

“你晚上还有事吧，我送你回去。”他觉得礼貌上应该这么说。

“没事，还早了。我们去那边坐一会儿。”马雪君目光含笑，指着草地上的座椅。

高翔突然发现这个情景似乎还在表示着什么，原本就不平静的心愈加掀起了波澜。

他们在草地上的长条椅上坐下来，在夜色的掩护下去掉了很多生疏。但是也只是坐着，谁也不说话。高翔搓着手看着草地，马雪君偷瞄了他几眼，心里纳闷这个卖军训服、能拉赞助的人这会儿怎么会这么羞涩！她犹豫了几番，打开了话匣子。

“你好厉害啊，军训时就做起了生意。这样说来，我的军训服说不定还是在你那里买的。之后你又进了学生会、社联，好佩服你的！”

高翔不知说什么好，礼貌性地笑了笑说道：“也就那样了。”

“我军训服应该是在你那里买的，说实话，你赚了我多少钱？”

高翔摸不准这是她的直爽还是在开玩笑，不好接话。

好在马雪君这话像是并不需要答案，她不等高翔回答又说道：“大部分新生都在你那买的军训服吧，你都成了学校名人。想不到在社联外联部遇到你，拉赞助还能分到同一组。”

她停了下又说道：“幸好分在同一组，不然我就拿不到这笔提成，今天的晚饭也吃不成了。”

月亮挂在了天空，夜幕已经完全笼罩了大地。校园暗处地角落里总有男女在搂搂抱抱，触景生情，看得人不免心有所羡。

高翔本来有点局促，但慢慢地也就放开了，于是天南地北地谈了起来。也不知过去了多久，直到夜有了凉意，他们才发现时间的流逝。

“有点凉了。”马雪君说着。

“是啊。”

“今天回去吧，改天再聊。”

“我送你回寝室。”

“怎么时间过得这么快，我们还没说多久，我还有好多话想说。”

夜风吹起带来她的发香，随风飘起的长发撩到高翔脸上，孕育着难以捉摸的气氛。校园的灯光更加暗淡了，夜色中高翔的胆子似乎大了些。

“想不到夜色这样美。”马雪君仰头看着星空说着。

夜深人静，跟一个姑娘坐在一条长椅上，这是高翔不曾有过的经历，让他兴奋又紧张。但心底又有个声音认为是自己想得太多，太狭隘，都大学了，男女同学这样交往不是很正常吗？不一定就带着其他什么意思。他刚从他们的谈话中得知马雪君是干部家庭出身，怎么会看得上他，这样想着心里就轻松多了。

“不早了，我送你回去。”

“好吧，今天第一次跟男生坐到这么晚，第一次有男生送我回宿舍。”马雪君看着他说。

高翔听着这话，又看着她的神情，刚刚平静下来的心情又一次泛起了波澜。他停了几秒，也不知说什么好，嘴里冒出来句：“快走吧，不然等会儿寝室都关门了。”

他们走在灯光与暗影中，一路上再没有说什么话，可各自的心潮却掀起了狂风巨浪，也许双方都是第一次有这个感觉。

走得不急不慢，但也到了寝室门口，可是寝室门已经关了！

“怎么办？”马雪君摊开双手表示有点无奈。

“敲门，阿姨会来开的。”

高翔敲了一会儿，宿管阿姨过来把门打开了。

“你住几楼？”高翔突然问着。

“三楼。”

“明天你有空吗？”高翔说出这话感到很不好意思。

“还有这么多话说啊。”阿姨在旁边说着，然后又转过身对着高翔说道，“小伙子，以后把女朋友早点送回来，今后再晚了我就不开门了。”

这句话使他俩满脸通红。

“明天有事吗？”

“明天你要有时间我们去人民公园玩玩吧。”

“好啊，明天联系。”

“好了，好了，有话明天说。”阿姨喊着。

在阿姨的催促下，马雪君进了寝室楼，高翔回想着今晚的每一幕回了寝室。

马雪君回了寝室，匆匆洗漱就躺床上了。

躺在床铺上，她回想今天晚上的事情，跟高翔这几个小时的相处是新鲜的。她没料到一个口耳相传的人在她面前会显得生涩，相比那些从容的滑头，这似乎更合她的心思。

高翔回去后，心情久久平静不下来。今天发生的事有点突然，一个女生请他吃饭，吃完饭又坐到寝室关门了才回来，真是不可思议！小时候看电视里的男男女女在夜色中约会，想不到今天轮到他了。纷纷杂杂的思绪盘结，好晚才睡着。第二天醒来时太阳照进了窗台。

就这样，高翔跟马雪君很快确立了恋爱关系。一块儿吃饭，一块儿上课，每天陶醉在二人世界里。高翔甚至专门买了辆自行车，就为载着马雪君在校园里逛，他们是注目的一对。

萌动情愫的男女，总是会把自己最好的一面展现给对方，他们每天都沉浸在爱情的甘露里。校园里迎新活动一场接着一场，篮球赛、歌唱比赛、演讲比赛……种种场合都留下了他们的身影。

不久，期中考试的日期临近了。据老师说，期中考试跟平时考勤占总成绩的百分之三十，学生们不敢过于怠慢期中考试。于是图书馆跟自习室就有了他们的身影。

期中考试过后已是十一月中旬。一天早上醒来，地上铺了层薄雪，才十一月份就下雪了，对南方人当然有点新奇。

这天中午吃过饭高翔躺床铺上准备休息，班长来了寝室。

“高翔，你的信。”

“放桌上吧。”

班长放下信就走了。

谁给他写的信？他想了想从床铺上下来，信封上是熟悉的字体。哎，这段时间只顾自己潇洒，都把家人忘了。

信是姐姐写来的，高翔迫不及待地把信打开了。

亲爱的弟弟：

你好！

不知不觉转眼又两个月过去了，你现在还好吗？现在天气变冷了，你有没有多穿衣服？一个人在外面，万事都要多加小心，要学会照顾自己。我们一家人都不在一块儿，家里人都很想念你，都牵挂你。你在学校生活了几个月了，对学校的生活还适应吗？学习有没有感到辛苦？你是我们家的骄傲，我这个姐姐有你这样的弟弟感到开心。

跟妈妈、大姐打电话，她们都好，你不用担心。家里要是有什么事，姐姐会告诉你的——我们家的顶梁柱。

一时半会也不知说些什么，你要用心读书，知道吗？北方冷，你要多穿衣服，不要冻着了。下个月发了工资，姐姐给你买件羽绒衣寄过去。先就这样。想你，弟弟。

姐姐

11月15日

高翔默念着看完了信，心里酸酸的、暖暖的。开学以来，给妈妈姐姐就打了两三次电话。自恋爱后，更是很少想到家人。这几个月他过得太得意了！

他没敢把小灵通号码告诉妈妈跟姐姐，他怕妈妈跟姐姐认为大学开支大，更怕妈妈姐姐认为他胡乱花钱，不能让她们不放心。有好几次，电话打到寝室里找他，他也没有放心上。

现在捧着这封信，回想起对家人的疏忽，自己真不是东西！还好，妈妈姐姐都好着，一想起她们的辛苦，心里马上难受起来。妈妈姐姐都惦记着你，盼你好好读书，你有吗？高翔突然感觉自己有点无地自容！

这天他没有跟马雪君一块去吃晚饭，他得好好想想大学生活该怎么过，自己又该走什么样的路。

现在的生活跟拿到录取通知书时下的决心完全不一样了，那时候还想着勤工俭学，是因为开学赚了钱改变了自己？读书，读书还不是为了找个好工作赚钱。何况大学的课堂他已经领教过了，将来找工作学习成绩的分量也不是太重。而他暂时也没有要深造的想法，该怎么规划生活？

姐姐要他好好读书是希望他有个好的将来，他就算不把时间全花在书本上，那也不应该浪费时间，该找点事做好好锻炼自己的能力。除了卖军训服，还有什么门路了？

三十八

十一月，北方已是寒风凛冽，但南方的秋意还不怎么浓厚。博大的中国，南方还是艳阳高照，北方已是冰雪连天。中国经济飞速发展，国内生产总值迅猛增长，多少欢笑、多少眼泪、多少汗水铸就了中国经济的辉煌。

农村青壮年劳动力大部分都离乡背井到东南沿海去了，乡村里越发显得安静。这些农村出来的青壮年劳动力从事什么工作？有经商才能的可能会盘下一个门面做生意，但对于大部分人来说，他们都只有进工厂这条路。当我们拿着最新款的手机，当我们在空调房里躲避夏日的炎热时，我们是否会想起这些给我们生活带来便利的工业品的制造工人在流水线上的艰辛？

之所以不得不远赴他乡，都是为了谋一个生计，一年中往往也只有过年才能回家几天。长久在外，对家人、家乡的思念是他们解不开的心结。

城市在不断发展，座座高楼拔地而起，街道上的汽车越来越多，夜晚的灯光日益璀璨，处处都是繁华跟喧嚣。但大茅坪这个村庄不依时代的潮流，像世外桃源般地保持着过去生活的节奏跟面貌。

金秋时节，虽然早晚有了凉意，但中午的温度还是适宜的。秋天是个多彩的季节，山林里落叶乔木的树叶被秋霜染得色彩斑斓，稻田里金黄的稻穗已是沉甸甸的，马上就能收割了。

青壮年劳动力多已外出务工，双抢时村里再也没有以前热火朝天的场面，也难得再听到踩打稻机的声音，这几年国家加大了对农机的补贴，多数农活由机耕犁跟收割机来完成。这样上了年纪的庄稼人一般也能把这活干下来，这当然节省了不少的时间跟力气。打回来谷后，把谷跟稻草晒干，一年主要的农事就做完了。

胡建明打完稻谷后，村里的一件事情不得不提上了讨论的议程。是这样的，十多年来，村里的年轻人不断地外出务工，常年只在年头年尾在家里待几天。很多年轻人都已经婚嫁了，多数孩子带在身边，有的则是留在家里给爷爷奶奶带着。这样一来，村里的小学本来一班有三四十个学生，现在因为人口外流，一个年级常常只有十多个人。十多号人的班级，每个科目也得配一个老师，偌大的教室里显得空荡荡的，学生没有上课的感觉，老师对着十多个学生上课，也没有往日的氛围，校园里再没有了往年热闹喧哗的场面，气氛一年比一年冷清。以前课间操学生能站满整个操场，现在整个学校都只有稀稀落落的三四十个人。

一个年级只有十来个学生，但老师和学校相关的配套措施一点都不能少，按人数平均下来，这办学的成本当然是很高了。

王老师离退休年龄还有几年，以前一下课觉得学生多太吵，现在学生真的少了，又怀念过去的热闹。这一两年来，时常听人说学校要合并，学校合并了，那班级也会合并，到时候老师怎么安置？王老师本来还忧心着这个问题，但不久前她女儿陈珍因教学出色调到了市里的高中，而她也快到退休年龄，学校合不合并也就释然了。这几年来班上的学生越来越少，人太少也不像个班级，合并后把原来学校的教育资源集中起来，说不定能提高教学质量。

学校合并这个事几年来一直在村里传播着，但也没有个具体的说法，村里大多数学龄儿童都在父母务工的地方上学，所以学校合并这个传闻关心的人并不多，但徐通跟毛勤勤就不一样了。

徐通两个儿子外出打工出去得早，在队里最早盖起了楼房，楼房盖好后又娶上了媳妇，现在孙子五岁，孙女六岁，分别上幼儿班跟一年级，所以学校合不合并，时刻牵动着他们的心。

孙子跟孙女出生后，大媳妇把女儿带到一岁多一点后，跟着徐吉茂去广州打工了，每年年底才回来待个十来天。二媳妇倒是在家里带着孩子，操持着家务。也因为二媳妇的勤快，让徐通跟毛勤勤的负担轻了一点。孙子孙女正是上学的年龄，村里的学校到底合不合并对徐通来说就是一件最重大的事了。

客观的形势是村里的学校没有多少学生，不但大茅坪村学生少，每个村的学校学生都少，学校的合并显得很有必要。不利的方面是，如果学校合并了，那孩子们上学就远了。大茅坪村的校舍本来是建得不错的，但前几年在南山坡村盖了希望小学，教学楼是好几层的楼房。如果合并学校的话，当然是把学生都集中到希望小学去上课，只是大茅坪村的孩子上学就远了。也是因为这个原因，虽然多次听说学校要合并，但胡建明并不热心，他好歹是村长，得为村里争福利，给村里争到了福利，那也是给自己赚到了面子，说明他比别的村长强啊。

对胡建明来说，这几年来学校合并这个事情一直都在提，但他并不热心，合并还是不合并，关他什么事，反正他又得不到什么好处。真是要合并的话，估计是合并到希望小学去，到时候村里孩子上学远了，怕被说闲话啊。但最近市里有个木材商人刘厚辉去他家里走了几趟，他马上对这个事情热心起来。

事情是这样的，大茅坪山多，山多的话自然木材就多。这个木材商人早就看中了这个地方的木材，一直想办个木材加工厂，但苦在没有办厂子的地方。一个偶然的机会，木材商人听说学校可能要合并，于是就看中了大茅坪村的学校。要是学校合并了，那么大面积的操场跟两排教学楼足够办木材厂。于是木材商人找了胡建明商量，说是请他推动学校合并，学校合并后希望能把学校承包给他或者是卖给他，当然许诺给胡建明不少好处。

有了木材商人承诺的好处，胡建明对这个事立马热心起来。他先是跑到乡里跟乡政府汇报了一番学校的情况，在乡政府跟区里教育部门的协调下，果然邻近几个村的小学都合并到了南山坡的希望小学。在胡建明的运作下，大茅坪村的学校直接卖给了木材商人。所卖的钱按村里的人数平分，那些孩子在外面上学的分到了钱都有几分喜庆，但对徐通跟毛勤勤来说，他们的孙子孙女本来上学只有一两里路，现在要去南山坡上学那有十多里路，怎么办！这已经不是他一个人的问题，这是大多数留守儿童上学的问题。

对徐通来说，十几岁起就做泥瓦匠，靠这门手艺，再加上闲时在外面做些小生意，他家的光景在村里是不错的。两个儿子初中毕业后虽然游手好闲了几年，但好在弟弟徐达在广州家具厂做事，也就把他两个儿子带到广州打工去了。两个儿子还算争气，打工赚到的钱也没有乱花，他们出去几年就把楼房盖起来了，紧接着媳妇也讨了，两个儿子都成了家，做父母的负担也没有了。他还开着小卖部，多多少少总是有点生意。说起来徐通的日子比一般人过得要轻松，但随着孙子孙女一天天长大，他的忧虑也一天多似一天。

孙子孙女越来越大，但是大儿子跟大媳妇常年不在家，孙女天天跟爷爷奶奶在一起，教育就是个问题。记得徐吉茂跟徐吉盛小时候他们爷爷奶奶老是宠着他们，溺爱着他们，自己做父亲的时不时地会给他们的爷爷奶奶提个醒，但是说来说去，再怎么说，徐通父母口头上接应的话总是落实不到行动上。当时觉得父母不可理喻，不应该纵容他们，不应该他们要什么就给什么，现在轮到自己做爷爷了，每当孙子孙女提什么要求时，他理智上知道应该给他们定下规矩，但一看孙子孙女调皮可爱的笑脸，又爷爷奶奶叫个不停时，总是抗拒不了他们接连而至的一连串不合理要求。明知这样对孙子孙女成长不好，但好比抽鸦片烟的人，拒绝不了眼前的这点快乐。

另外了，孙子孙女虽然差了一岁，但都上学了。在课本跟课堂里，老师时常会说到爸爸妈妈，并要小朋友说各自跟爸爸妈妈的故事。也许是老师提这样的问题时孙子孙女没有回答好被老师批评了吧，反正自从上学之后，孙女回来后时常会问到她的爸爸妈妈去哪了，为什么课本里那些孩子都有爸爸妈妈陪伴，她却没有。这些问题在徐通心里形成了一个结，不知怎么才能解开。

孙子孙女之前在村里上学，只有一两里路，走路也只要十多分钟。他们自己就能到学校。但是现在大茅坪村的学校被合并了，得去南山坡上学，这十几里路，徐通不得不每天骑着单车送他们去，下午要赶在放学前到学校门口等着孙子孙女。孙子孙女接回来后又得监督着他们写作业。但当爷爷奶奶的在孙子孙女面前没有多少威严，常常都是边玩边做，很多时候都是徐通把答案直接告诉他们。明知道这样做不对，但又总是拒绝不了孙子孙女的撒娇，这真是个大问题。都说‘三岁看小，七岁看老’，孙子孙女的起步教育要是没有做好，将来怎么办？如果因为忙着赚钱忽视了孩子的教育，他们不能成才，那赚再多的钱又有什么用！在孩子成长的年龄一年到头都难看到爸爸妈妈，将来他们长大后，会不会觉得童年缺少父母的陪伴而有所遗憾？爷爷奶奶虽然从心底里疼爱孙子孙女，但毕竟还是跟父母不一样，爷爷奶奶的怀抱哪有父亲母亲的怀抱温暖了。毛勤勤心疼着孙子孙女，只怪两个儿子为什么一定要去那么远的地方。为此，她还跟徐通争起来了。

“真不知道吉茂跟吉盛怎么想的，跑那么远，一年到头都难得回来一回，难道只有广州有钱赚？”

“这也是没办法，广州那边机会多一点吧。”

“孙子孙女我带着也没什么怨言，但爸爸妈妈的角色我们再怎么样也是替代不了的，这对孙子孙女不公平。”毛勤勤时常看教育电视台的节目，耳濡目染之下也吸收了一点电视里谈的教育方法。

徐通听着不知说什么话好了。

“他们长年在外，这也出去快十多年了，难道打算一辈子在广州打工？现在他们也成家了，回来找点什么事做，就算收入比广州那边少一点，但总能把儿女带在身边。”

“他们有他们的想法吧。”

“反正我看要我们俩给他们带孩子，不能再这样下去了。”

“他们不回，我们不带着还能怎么办，难道把孙子孙女送到广州去吗？”

“下回他们打电话回来，就跟他们说不给他们带孩子了，叫他们自己回来带，看他们怎么办！”

一来担心孙子孙女的教育问题，二来两个儿子长年在外，她做母亲的有时也想得慌。以前是为赚钱盖房子讨堂客，现在他们都成家了，没这个压力了，回来找点事做，就算少赚点钱也比在外面漂泊要好。

就这样，下一次徐吉茂跟徐吉盛打电话回来时，毛勤勤在电话里毫不客气地说不给他们带孩子了，叫他们自己想办法，是把孩子接到广州去，还是他们回来在家里找点事做把孩子带在身边，让他们自己看着办。徐吉盛跟徐吉茂听到妈妈的这个态度，几年来的犹豫不决得好好考虑，是时候确定个方向，好好拿主意了。

他们都已过了三十，在厂里打工的话还能打几年？这样长年漂泊在外，什么时候是个尽头？他们已经过了青春年少的岁月，得为今后好好打算。手头的这份工作虽然辛苦但早已习惯，他们也习惯了广州夜晚拥挤的街道跟炫目的灯光，现在要他们作出改变，他们能做什么？

妈妈说不给他们带孩子了，把孩子接到广州来吗？虽然在广州打工比在家乡打工工资高，但孩子要来广州的话，那广州的开支也高，这样还不如回去找点事做。但回去能做什么事？他们已经习惯了城市的热闹跟灯光，难道回到家里守着那几亩土地？虽然他们是从那个地方出来的人，但现在要他们回到那个地方守着土地，心理上总是有或多或少的抗拒。这十多年来，每年只有过年才在家里待几天，而且每次都是来去匆匆，原本的家乡这十多年里只是个客栈。这十多年来，他们都没有再扛过锄头，更没有下过稻田，农业生产的时节跟流程都已生疏，现在回去还能适应农业生产吗？

城市高楼鳞次栉比，人群喧哗，街道整洁，灯光璀璨，每次年底回去，面对乡村的田野跟山丘，村里的寂静，乡间雨后泥泞的马路以及夜晚的宁静跟黑暗时，总是有不适应的感觉。尤其每次回家，手机时常没有信号，这对习惯了网络的他们来说，每年回家就是跟外面的花花世界断了联系，那几天总是煎熬。虽然在城市里他们地位并不高，但在陌生的城市，并没有人情的羁绊，更没有相互间的攀比，每个人都在忙着自己的生活，身边也不会有什么闲言碎语，把自己手中的工作做好就行。你过得怎么样，又赚了多少钱，没人关心，生活也算过得自由自在。只是结婚后这几年来，年龄渐长，又想着留在家里的孩子，这才使他们多了顾虑跟对家乡的想念。

孩子五六岁了，也都知道事了，要是他们长大后童年的记忆里没有父母亲，那对孩子们是多不公平。孩子留在老家，固然方便了他们在广州工作，但对孩子的想念及每次过年回家孩子对他们的冷漠，让他们对眼前漂泊异乡的生活愈加挣扎。

一年在外，下班后总是想着孩子，自从有孩子以后，给家里的电话都打得勤多了。但电话不是解决问题的办法，孩子一年年地长大，但是跟孩子的感情一年年地生疏，做父母的心里真不是滋味。但能怎么办了！

他们出来十多年了，这些年来村里的青壮年只有从乡村走到城市的，还没有见到谁出来打工后又回去种地，自己不说回去种地，如果真回去的话能做什么事？这十多年来都在工厂里打工，会做的事也就手下的这点活，如果回去能干什么？十多年的打工生涯，除了厂子里的环境，似乎跟外面的世界已经脱节。外面精彩的世界是怎么运作的？不在厂里打工回去又能做什么？徐吉茂、徐吉盛两兄弟想着这些问题时不时地陷入了忧愁。

怎么办？前几年想着房子盖好了，老婆也娶上了，生活不会再有多少烦心事，想不到现在这个事似乎比以前所有事都来得紧迫，该怎么办？

母亲说不给他们带孩子似乎已经是下了通牒，想想母亲的性格，应该也不是说着好玩，他们得认真考虑。是啊，孩子整年整年地让父母带，父母亲想做点自己的事也做不了，这对父母也不公平。想到这，兄弟俩不由得有点愧疚。父母亲辛辛苦苦把他们带大，现在他们上了年纪还在田里地里操劳，做儿子的不但没有回报父母，还给父母增添负担。

这几年来，每次过年回家，母亲总是劝说他俩回来找点事做，不要跑那么远的地方。但是他们习惯了广州的街道，回来重新找事做得面对全新的环境，他们一直没有这个魄力。现在母亲说不再给他们带孩子，这也是他们得仔细考虑作出决定的时候了。

哎，今年过年回去再说吧。

三十九

秋收过后，田里的水排干了。这个时候正是晒稻草的好时期。每天中午都会有人翻晒着稻草。稻草容易点燃，作为灶堂的引火源是少不了的。把稻草晒干后，屋里放得下的就全搬回了屋里。屋里放不下的就把稻草在田里码成了一个个的稻草垛。各家各户也忙着在地坪里翻晒着打回来的稻谷。谷晒干后用风车去掉秕谷、碎叶就能入仓,一年最主要的农忙也就过去了。

春华秋实，秋天是收获的季节，也是色彩缤纷的季节。染上色彩的落叶乔木跟常绿乔木交错着构成幅绚丽的图景，村庄依旧是那么悠然。

连续晴好的日子后天空落下了薄雨，随着雨丝，秋的凉意也来了。

这个时候，村里留守的妇女们一般到市里的槟榔厂打几个月工，只是今年不一样，槟榔厂只招长期工，妇女们也就没事可干，只能在屋里打牌消遣。

一天，徐满军堂客马佳佳在供销社打完牌起身回去，南山坡的李芳把她叫住了。

“今天手气不错吧，赢了好多？”

“一般，全靠大家照顾。”

“我看你有财运，想不想多赢一点？”

“天都黑了，明天有空再打吧。”

“等下。”李芳边说边从提着的口袋里拿出几张红色的纸递了过来。

“这是什么？”

“六合彩的码报，你可以看看，码报看懂了你买码包中，一比四十的比例。”

马佳佳之前对买码有所耳闻，但码报还是第一次看到。

“这好中不咯？”

“还可以，在我这下注的基本上都赚了蛮多。你想想，一比四十的比例，你四十次只要中一次就不会亏，买四十次你还不能中一次吗，肯定不止中一次。”

听着像是这么回事。

“这怎么买的了？”

“我是我们村的业务员，我们村都在我这里下注。我根据下注的情况再把数据报上去，第二天要是中了过几天奖金就来了。”

“哦，那你觉得这期会出哪个号码？”

“一般没有绝对的把握，得多下几个号。”

“你大概觉得了？”

李芳把她研究码报的结论说了出来。

“要不你买几注玩玩，反正今天打牌赢了钱。”

“这真的好中吗？”

“买一次就中这不敢打包票，不过长期买的话一般都会赚。你看我这件衣服就是靠这个赚钱买的了。”

马佳佳看着李芳的新衣有点心动。

“再跟你说，买这个可以发财，另外做这个业务也能赚钱。跟我一样我们村都在我这下注。你们村还没发展起来吧，你多去宣传宣传，让人在你这下单，你可以抽水。”

“这码报干什么用的？”

“码报就是为下注提供信息的，码报里会暗示下一期出的号码，当然你得会看才看得出。慢慢看吧，一开始我也看不懂，后来看多了积累了经验就懂了。”

“你给几张我回去看看。买的话就在你这下注吗？多少钱一注？”

李芳给了几张码报给马佳佳。

“随便你下注，都是一比四十的比例。要是中了下一块钱就得四十块钱，下一百块钱就有四千块钱。”

“那我买几块钱试试，你觉得这期会出哪个号？”

马佳佳根据李芳的建议买了五块钱。

就这样，马佳佳就此进入了地下六合彩这个圈子，一段时间后她还真成了大茅坪的业务员。于是地下六合彩在村里快速蔓延开来。

日子本来就有点无聊，一开始大家多是抱着打发时间玩一玩的心态下注，慢慢地，买码成了妇女们日常的谈资，她们时常聚到徐通的小卖部交流经验，这里面当然有我们熟悉的姚红喜、刘美凡、陈秀珍等人。伍珺看着小卖部，耳濡目染之下，她对六合彩也一天天熟悉起来。

马佳佳忙于写单，给上线交钱，一天比一天忙碌，反倒没有时间去钻研码报。而当业务员抽成的百分比并不高，有一次她跟李芳把村民投注的钱交到上线后，向李芳抱怨道：“这事费力不讨好，跑来跑去，还拿不到多少钱，还弄得我自己没有时间看码报。”

李芳淡然地说道：“嫂子，做下去，现在你还没有悟出来，时间长了就知道了，这里面的利润高着了。”

她停下又说道：“一个号码你要是觉得不能中，那干吗要买了，买了也是白买，但不能太过分。我现在自己都不下单，就靠这个收入也不错。”

李芳的话马佳佳没有立马听明白，等走在回去的路上边走边琢磨时才像是若有所悟。那句“我现在不下单了收入也不错”听起来朦朦胧胧，不下单只有那点抽水怎么能收入不错？细想下去，她又想到前面那句“如果一个号码不能中，那干吗要买了”，这下她像是突然醒悟了！原来这里面还有这个门道，只是这样做好吗？有没有风险？

明白了李芳的意思后她并没有马上行动。她有点害怕，想着自己有这样的念头，良心上也有点过意不去。但时间长了，绝大多数的下单确实没中，没中那钱等于打了水漂。想着李芳做了这么久了也没有出问题，于是她的胆子也大了。时常五块十块的吃单，但她也并没有完全放得开，她胆子还没有那么大，只是根据自己对码报的研究吃那些想象中不可能中的单。

很快临近年底，徐通在外面做买卖回来了。徐通听堂客说起村里开始买码，又想起他在外面看到好多地方墙上都有“坚决打击地下六合彩”这种标语，不由一阵心忧。

“买码是赌博，犯法了。”

“村里人没几个不买，犯什么法？”毛勤勤反驳着。

然后又接着说道：“听媳妇说她买了几次，赚了几百块钱。”

“伍珺买码了？”

“村里堂客们天天在店子里谈买码，她能不买吗。”

马佳佳屋门口越来越门庭若市，她的胆子也一天天大起来。

没过几天，徐满军回来了。一开始了解到这个事还有几分责备马佳佳的意思，但当马佳佳把赚的钱拿出来后就没再作声了。

马佳佳完全成了六合彩经纪人，照她自己的经验，每天在她这下单不中的多，中的人少，索性她自己不再下单。她现在整天照着码报研究哪些号码不大可能中，而好把村里买这个号的人的钱都放到自己口袋里。

刚开始，她还是诚惶诚恐，拿钱拿得心里不安，像是刚下水游泳的人感到全身冷飕飕的不自在。但随着时间长了后，在水里泡久了也就习惯了，她成了个娴熟水性的人，开始畅怀地伸展手脚，击水遨游。

于是自六合彩在村里兴盛起来后，闲时耕锄的身影少了，菜园里的杂草比以往都要繁密，村民见面开口闭口谈的都是六合彩，有的甚至为码报上一句话的不同理解争得面红耳赤。

对于村里出现的这个现象，我们该怎么评价？把这些人视为不法之徒吗？责备农民的落后意识，还是应该探讨里面深层次的问题。

据了解，地下六合彩不只在农村猖獗，城市的角角落落也有它的身影。看来这是有深层的社会经济原因的。

照通常的价值判断，参与赌博是不好的。但村里那些持有好品德的人为何在地下六合彩面前把持不住了？原因说来有几点，第一是村里人文化水平不高，对六合彩本身分辨不清；第二个是法制观念淡泊，就算有的人认识到有点赌博性质，但他们基本上不会想到这还犯法。人人都在买，公安能抓谁了？第三，最根本的原因还是经济，越穷的地区，参与地下六合彩的人愈多足以说明这点。经济学上的分析可能认为穷的地方民风懒散，更多的想不劳而获。笔者不敢这么粗暴地给一个地区的人下结论，而应该更多地从社会经济原因来考察。穷的地方，人们的文化水平可能相对低，由于各种原因，他们挣钱的机会更少。所以当有个听起来可以赚钱的六合彩时，受他们的文化水平及经济能力所限，他们参与的愿望自然要强烈一些。

这个问题的解决一方面需要公安机关的严格执法，加强打击力度，另一方面最根本的解决之法是发展经济，创造更多的就业岗位，提高人们的收入水平。当每个人的生活都有一个美好的生活蓝图时，谁还会沾地下六合彩?

马佳佳的业务越来越能上手，在她这里下注的人越来越多。业务量越来越大，但买六合彩，不中的人永远比中的人多。每天这么多的钱白白交给了上家，却没见过几次中的号码，时间长了，马佳佳的胆子越来越大。

一共四十多个号码，每次就一个能中，中了的话是翻四十倍，也就是赚三十九倍。马佳佳上过高中的，她学过概率，照这个概率，她完完全全可以把人们在她这里下注的钱截下来。从概率上来说，她应该是稳赚不赔，这样她就相当于做了个小庄家，只是她不能掌握中奖的号码。照常识推算，地下六合彩的开奖应该是统计了当天的下注情况后才开奖，这样庄家才能稳赚不赔。

时间一天天过去，业务一天天熟悉，不中的人永远比中的人多得多。而正因为中奖的稀缺性，要是哪个村民中了的话往往会成为新闻传遍全村。明明中奖的希望渺茫，但照这一传播，人人都想着自己是下一个中的。中了的人想着这钱好赚，不但把中的钱投进去，有的还把存款都取了出来。没中的总是抱着四十分之几的概率想着一定要把本翻回来，一些输的太多的人气急败坏，已经不求能赚到钱，只求能回本。大家都赌得眼红，这种情况下，马佳佳的业务越来越兴盛。

之前她起了那个念头，但一直都不敢拿太多。但数学概率知识给她很大的底气，何况不知什么时候也不知从哪里听来，外村有不少人吃单都发财了。

一开始只敢零星地吃几个小单。几个小单够几天的生活费，如果真要是中的了话，这钱自己也赔得起。吃小单风平浪静，这给了她安全感。随着时间拉长，她的胃口当然也是越来越大，吃单的数额也越来越多。她想着这样长期吃单的话，就算真有人中了，到时候这钱她也是能出得起的。于是从今以后，凡是在她这里下注的，她根据自己研究的码报，把自己认为不大可能中的大部分单都吃掉了。

马佳佳从数学概率上做了分析，又长期研究码报，很长一段时间都没有出纰漏。但既然是吃单，那总会遇到被吃了的单会中的情况，关键就是不知道这一天什么时候来。而且她的概率推算只在大样本下才能够成立，小样本的情况可大不一样。

一个月后，开拖拉机在建筑工地上拉砖的高量回村了。人们口耳相传，几个月前有人在马佳佳那里中了多少多少，高量也蠢蠢欲动。

他以前听说过六合彩，但一直没有买过。现在队里这么多人买，而且还真有人中了，于是他没事时也研究起了码报。一两个月下来，对码报上的各种暗语自认为相当有心得。可惜的是他连续看中了好几期，但就是没有买，要是买了，那一个晚上就翻了四十倍啊！

抱着这个心理，高量开始了买码生涯。一开始买码就进入了个怪圈：自己没有买时看码报看得准，但自从买了后，怎么看都不准了。几次不中之后，心里越发着急。本来是闹着好玩投了点小钱，接二连三的失利让他越来越想把本翻回来。好，把本弄回来就好，弄回来就收手。

四十几个号码买四十次总会中一次吧？前面越是不中，高量后面下的注越来越大，总会中一次的，只要中一次，前面输的一次全回来了。

高量在队里人高马大，高余又是他哥，一开始马佳佳是不敢吃他的单的。但见他老是不中，开始的那点谨慎她也放下去了。你高量的单就不能吃？你能比别人高明？你还不是一样傻。自此之后，只要她觉得不会中的号码，不管是谁下的单，她都敢吃。几个月下来，收入倒是颇丰。

高量前面越是不中，后面下的注就越来越大。开奖号码躲都躲不过他。有次他下了两百元，马佳佳照样把单吃了，但开奖的结果正是这个号码！

当马佳佳得知这个号码中奖后，心凉了一截，这可怎么办！心里打着鼓，但事已至此，该怎么办？两百块钱的注四十倍是八千块钱，自己吃单吃了这么长时间也没赚这么多，现在怎么办？只怪马佳佳高中数学没学好，算概率得是大样本才能成立，她就一个村能那样算嘛，可见学好知识是多么的重要。

怎么办？得知开出来的号码后，她的心再也平静不下来。八千块钱啊，怎么出得起？要不跟高量私下里去谈，把自己这段时间以来吃单的钱全部给他，叫他不要在村里说他中了八千，就此息事宁人。这个主意不错，虽然自己白干了，但总算没有亏本，但高量会干吗？照他的脾气，他明明中了会吃这个亏？这里面差不少的钱了！这样想这条路根本走不通。那怎么办，还有什么别的办法？要不自己一走了之？但又能走到哪里去？回娘家，想到这个念头她自己都笑了，她现在都带孙子了，还跑回娘家？家里的一切谁来照顾。何况依高量的性格，他不会是吃亏的人，只怕上门找不到她，真的会闹到娘家门上去。哎，这真是没有办法啊！

第二天一大早，高量的拖拉机冒着黑烟轰隆隆地开出了村子。开到工地上后一直在装砖，直到中午才停下来。

吃过午饭，他见旁边有个小伙了在看码报，他拍了下小伙了肩膀，“你也买码啊，下期会出哪个？”

“有闲钱时就买买，上期出的三十号，本来我看中了的，因为身上没零钱就没买。哎，真是没有财运！”

小伙子满带着惋惜说着，高量慵懒的神情立马精神起来。

“你说上期出的多少号？”

“三十号啊。”

“你听谁说的？”

“码报上公布的。”

高量凑过去一看，果然上期出的是三十号。

“太好的，老子终于中了一次！”今天这个工不上了，回去拿钱去。高量跟包工头请好假后又开着拖拉机回去了。

拖拉机的声音再一次在村里响起，吸引了队里人的目光。高量出去一趟一般要十天半个月才会回，今天上午才出去，怎么现在就回了！

高量只把拖拉机开到屋门口后往马佳佳家走去。中了奖的事他不想跟村里人说，免得大家要他请客，这个钱完全没必要花。

两天来都在煎熬中过去，马佳佳希望高量忘了这个事，或者是没有看到码报上公布的中奖号。这种想法当然不切实际，高量找上门来了。

“马大姐，我上一期中了啊。”高量走到了她家门口，高声说着，表情是极度的得意，看得马佳佳心慌。她想溜开，但已经晚了。

马佳佳赔笑道：“上期出的多少号，我都没看。”

“三十号啊。”

“哦，上一期你下了三十号吗？”

“当然，我就是下的三十号。”

说到这，马佳佳脑海里突然闪现个念头，这真是急中生智。

她说道：“你下了三十号？我怎么没印象，我去看看记账本。”

这两天来一直找不到一个理由，现在突然闪出来了。

她翻着记账本说道：“没有啊，你不是买的三十啊，你买的三十八号。”边说边用笔在零下面加了一个圈。

高量一脸气愤，“明明买的三十号你说三十八，把本子给我看看。”

马佳佳递过去，高量看着那个数字怒不可遏！

“你是怎么搞的，明明上次跟你说买三十号，你怎么搞错了？”

“没有吧，我明明听你说买二十八，你记错了吧？中奖不要心急，迟早会中的。这次不中下次也会中。”

一时高量还真有点犹豫，难道真的是自己说错了？他又回忆了当时的情景，自己明明买的三十号。

“马大姐，你不要装糊涂。上期我明明买的三十号，当时好几个人在旁边了。”

“哦，不会吧。如果你说的三十号，那我不会听错啊。是不是你口误说错了？”

“我说错了？我是三岁小孩吗？你是不是想独吞了我的奖金？”

这句话把马佳佳吓到了。她调整了表情像是若无其事地说道：“高量，你什么意思？我是那样的人吗？都在一个村生活这么多年。”

“上期我买了两百块钱的三十号，按四十倍算是八千块钱。在你这里买的，你也讨点彩头，我拿七千九百五十，五十给你。这够意思了吧。”

马佳佳想笑，但是自己坑了人她还是笑不出来。说实在话，前两天不知怎么来应付，今天自己的这个反应很好，就说他不是买的三十号。

“高量，是你记错了吧，要不就是你当时说错了，不然我怎么给你报的是三十八。这个中奖机会以后还有了。”

高量火冒三丈，但又不敢完全发作，他对徐满军还有点忌惮。

“马大姐，你别开玩笑了，八千块钱了！”

“高量，你不是报的三十号，怎么有八千块钱了？”

“我说马大姐，你就不要装糊涂了。明明报的三十号，你现在说三十八。是不是只要有人中了你就改号码？”

“你怎么这么说了，高量，都在这里过日子，这抬头不见低头见的，说话总要有点分寸！”马佳佳佯装怒了。

“你把我的奖金吞了要我跟你讲分寸！”

“老天爷作证，我要是吞了你的奖金不得好死。”她确实没有吞高量的奖金，她吞的是高量的本金，所以这个一向拜菩萨的人敢这么说。

怎么办？掏了那么多钱买码，本来想着总有回本的一天，回本了就不买了。上期明明报的三十号，现在马佳佳竟然说他报的是三十八号。高量真想像那年打王丽华一样把马佳佳打一顿。但有徐满军了，摄于这点他不敢动手。中了奖说号码报错了，有这个道理？真是拿她没有办法。自己一个人不敢对她怎么样，但队里人村里人总能吧，只要人多了，看她怎么办。

“马大姐，我真的报的三十号，你把奖金拿出来吧，我多分一点给你也可以。”

“你不要强词夺理，明明报的三十八号，都要跟你一样，那村里人的钱不都我马佳佳一个人吞了？”

这个说法高量也无法反驳，他记得自己确实是买的三十号。怎么办？要不要去派出所报案？一想到在外村看到的那些打击地下六合彩的标语，他才想起这本身是个犯法的事，这还没处说理了。

一辈子从来没有碰到这样棘手的问题。自己举不出证据，又不能报案，这怎么办？难道真的拿马佳佳没办法？

“马大姐，我这奖金分你一点，或者更多也可以，你不要这样。

“高量，你有什么奖金了，你记错了。”

“真的是我记错了？”

“嗯。”

“马大姐，你真的没说假话吗？你要这么肯定，我想其他办法去，大不了去派出所报案。”

说到报案，马佳佳还是紧张了一下。

“我卖你买，我们是一样了。”

高量再没有办法了。

“马大姐，你这样赖账那就怪不得我了。”说完转身就走。

他还能把我怎么样，马佳佳心想着，本来一场前所未有的危机凭她的临场反应就给解决了。

高量本来不想把自己中了奖的事跟队里人说，但现在马佳佳竟然说他报错号码了，自己明明买的是三十号，马佳佳这是想一人独吞他的奖金。这事又不能报案，怎么办？

高量走到徐通小卖部里说道：“上期老子买码中了，今天请你们喝酒。”

马上有人问：“买了好多？”

高量伸出四个手指头。

“四十啊？”有人是试探性的口气。

“四百。”高量声音高了很多。

马上就有人在旁边替他算这次中了多少钱。

“有一万六了，哎呀，不得了，你几年都不用做事了。”

“是一万六。你们中了吗？你们买的哪个号？”

“我们就是没有你这个财运。”旁边几个看牌的人满是歆羡地说着。那个神情又羡慕，又嫉妒，不知是什么滋味。

“走吧，跟我去马佳佳家领奖金去。”

小卖部的人听他中了这么大的奖，纷纷放下牌相跟着往马佳佳家走去。

一路上大家议论着，原本在屋里的人看这队伍浩浩荡荡，纷纷过来一探究竟。得知高量中了奖要请客，纷纷加入了队伍。

马佳佳家在山坳里，这会还不知道一大队人朝她家走来。当人群出现在她屋门口时，她一时还没有反应过来。

几个走在前面的老头子说道：“大妹子，恭喜你啊，就你这里有财运，恭喜恭喜。”

恭喜什么？马佳佳纳闷不好意思问出来，怎么这么多人都到她家来了。当她在人群中看到高量也走了过来，才明白过来这是怎么一回事。来了这么多人，怎么办？这些人都是在她这里下注的老熟人，难道他们都知道自己吃了他们的单？一种难言的羞愧跟害怕涌了上来。这么多人莫非是来找麻烦的？她真想溜进去把门栓上或者在门上挂一把锁溜走，但这来不及了。

“哎呀，还是高量眼光好，有胆量啊，真的几年不要做事了。”一个人说着，旁边的人都应和着。

“大妹子，把这奖金给高量吧，他说请我们喝酒。”

这些说话的老头子比她高了一个辈分，马住住从屋里搬出了几条椅子让他们坐。

“你们先坐，我进去泡茶。高量，你来帮我端茶。”

高量跟了进去，马佳佳说道：“怎么这么多人跟你来了？”

“我就想要回我的奖金，你独吞，这不可能。马大姐，你快点把奖金给我我就走人，你不给，今天看怎么收场。明明我报的三十号，你现在却说报错了，谁信你，你要独吞我的钱，我也只能这样。”

马佳佳差点急哭了，“高量，我给你真的报的是三十八号。”说完感觉腿都软了。

“我才不信了。反正我报的三十号，今天我就要钱。”

马佳佳看这形势是躲不过去了，不如先缓一缓。

她说道：“就算中了也要等总部打钱过来，没有这么快的。”

“不对啊，以前中了第二天钱不就到账了吗？”

“以前那些中的数额都小，你这个不一样啊，钱到了我给你送过去，你改天再请他们客吧，其实有什么好请的。你先把他们打发走，就说钱还得等几天。你去照我的做，不然你这奖金真的没了，反正我就一口咬定你报错了号。你先让他们回去，等会儿没人注意了你再过来。”

在这个威胁下，高量妥协了。

时间过去了一会儿，不好再待屋里不出去，高量端着茶托出来了。

“钱什么时候能到手里？这是我们村的大喜事，得放爆竹庆祝了。”

有人三言两语地说着。

高量心里好气又好笑，钱还没有到手，倒是要先请客了。

“马大姐说总部的钱没有这么快，得等几天啊。大家先回去吧，等奖金到了我再请客。”

众人听他这样一说，大都失去了兴致。有人认为高量这种人会请客，真是异想天开，怪自己上了他的当。

高量回了家，在地坪里站了一会儿后看没人注意又去了马佳佳家。

马佳佳这个时候真正感到了问题的棘手，哎，怪自己一时贪心，这个问题躲是躲不过去的了。好在这种事高量不敢去报案，她总还可以聊以自慰。

怎么办？说号码报错了糊弄不过高量，他刚刚都把那么多人引过来了，刚刚他要是说吃了他的单的话，那些长期在她这里下注的人会做何反应，她都不敢想下去。这个伶俐的堂客们再没有一点办法，看来只有如实说了，给他一点钱，同时希望他不要把这个事情说出去。

马佳佳把事情的缘由跟高量如实说了出来，高量怒目圆睁，如果徐满军不是队长，他早就动手打人了。

“我不管你怎么回事，反正我买了两百块钱得翻四十倍。”

“高量，我们把这屋卖了也卖不到那么多钱。”

“这样，这次是我马佳佳对不起你。我还是补偿你，我现在存了三千块钱，全部给你。这个事也只有你我知道，你也不要再跟别的人说。”

“八千块钱你给我三千？马大姐啊，这是什么世界。”

“那我再没有办法了，只有这点能力。要不你去公安局报案吧，我们两个人都会被抓去。现在你起码还能得三千块钱，以前的本总回来了，多少人血本无归了！以后你还是不要买了，我也准备洗手。”

八千块钱结果只拿到了三千，是不是那五千被马佳佳吞了？高量又琢磨一番，直到马佳佳拿出她吃单的证据后才勉强信了。认了吧不甘心，不认吧，搞到派出所一分钱也拿不到。

“好吧，那你给我三千。”

“钱给你了，你不能跟村里人说。你还要说你只买了一百，说四百是吹牛的，这样别人就不会认为你有多少钱。这三千块钱拿着日常开销，别人也不会惦记。”

已是最坏的情况下的最好结果，高量答应下来，但心里还是不甘。

几天后，马佳佳去信用社把三千块钱取了出来，吃了这么长时间的单，最终还是吐了出来。

高量拿到这三千块钱后，对想象中没有到手的钱愈加不平。马佳佳太可恶了！不能让她过得这么舒服。于是，在跟队里人的闲谈中，他总时不时地会说到哪个村有人吃单的事。队里的人听得次数多了，那些经常买又长期没有中的人心里都起了疑虑，大家立马从窃窃私语到纷纷议论。

一天下午，很多人围在小卖部里聊着天，聊着聊着，就聊到了这个买码的问题。有的老头子说自己期期买了都没中过。有人问他是不是不看码报。老头子说码报字那么小，他看还得戴副老花镜，没看过，中了马佳佳会通知的，但运气就是这么差，从来都没中过。

从这个话，又有人切换到了这段时间来的吃单。马佳佳自高量那个事件后没再吃单，可是下单的不争气，没中这也怪不了她。一行人说到别的村如何如何吃单最后被发现揪出来怎么怎么办，最后的话题聚集到了马佳佳身上。

“是不是马佳佳吃了我们的单了？”不知谁把这话说出来了。

“我们要不要去讨个明白？”

“好。”众人回应着。

在群体的情绪下，一行人气势汹汹地朝马佳佳家走去。到了家门口，几个看不惯马佳佳的堂客们挂着笑脸直接说开了。

“马大姐，你是不是吃单了？”

“听说别的村经常吃单。”

这么多人，马佳佳有点心慌，她尽量和气地应付着。

“到底有没有吃单？”几个火气很盛的年轻人质问着。

“听说上次高量的单就被吃了，后来没有给他那么多钱。”

这个事让人记起那次擦肩而过的请客，有的人已经是义愤填膺。

局势在快速变化，有几个堂客们破口骂了出来。

“妈妈的，真不要脸！”

“你才不要脸了，你这个婊子！”

一人一句，混乱中推搡起来。

于是，马佳佳跟几个堂客们又是抓脸，又是扯头发，打了起来。大家看形势不对，有的愣住了。但有几个小混混唯恐天下不乱也跟着起哄。有人要去劝架，有人要争执着去算账，事态马上扩大，形势得不到控制。

慌乱中有人喊：“快把村长喊过来，快。”

又有人赶着去小卖部打了110。

场面已经混乱不堪，马佳佳跟那几个拉扯的堂客这会儿都躺在地上相互咒骂着。

警笛声在村里响起，哪里出了事？没在现场的人纷纷纳闷。直到警车开到马佳佳家的那条小路后，大家才恍然大悟。

于是不知情况的人都纷纷跟了过去。

警察把争斗拉扯的人一个个都拖上了警车。

警车开走后众人又议论了一番就散了。

这件事的处理结果是：马佳佳作为组织者，唆使人参与六合彩，拘留一个月，罚款三千元；参与斗殴的拘留十天。

同时，市里下发通知要各个乡镇严厉打击地下六合彩，这个案件被乡里列为典型案件。杨林坳乡政府召开会议部署了相关工作。会上胡建明作为大茅坪的村长，村里出了群体事件，严重失职，对其作出留职查看的处分。

会议散后，胡建明像是霜打了的野草一下子弯下了腰。他心里嘀咕着好事沾不上边，倒霉的事总能落到自己头上。自己不求高升，但求坐稳这个位子都这么麻烦，真是仕途多舛。

胡建明拖着沉重的步子回了家。两个月后，上面又派来了任务，他施展手脚的机会又来了。

四十

六合彩事件后，供销社的墙上多了两条打击地下六合彩的标语，但村里愈加安静了。以前勾起人热情的六合彩钱打了水漂。有的人还进了派出所，大家都再没有什么兴致，以前见面就谈码报的景象一去不回。

留守在村里的大部分人都遭到了很大的打击。买码这个事中不中先放一边，但起码有共同语言，聚在一块儿有谈资，现在没事时又只能打打牌了。

当时中国正处于社会结构快速发展变化的时期，有人搭上了这趟现代化的列车，有的人因为各种各样的原因没能跟得上，这是整个社会的问题。这些留在乡村里的农民在社会的快速发展中没有找到自己最合适的位置，在农业生产之余没有其他机会，于是农闲时就买起了码，这能不能说就是品格有所瑕疵？

道德上的苛求似乎有些不近人情。在生活的道路上每个人都有可能稍微走偏一点，但我们也不能就此下结论。知错能改、迷途知返那也是好品格啊！我们不妨当个娱乐事件来看待他们这次冒失，他们依旧是土地上勤劳朴实的劳动者。

冬去春来，随着时间的流逝，先前那点糊涂事被时间涤荡地淡漠了。大多数人不怎么想起那件事，村里又回到了过去的气氛。

第一个春来的标志是溪边光秃秃的柳树上冒出了绿芽。不久燕子飞回来了，每家每户的屋檐下多了叽叽喳喳的燕子声，新来的燕子还忙着衔泥筑巢。几场春雨后，河水涨起来了，流水哗啦啦地唱着春天的歌曲流向远方。天一放晴，山花开始招展，很快就迎来了色彩斑斓的季节。天空高朗澄澈，蓝天下缀着的白云悠悠地飘着。草木滋荣生长，日益繁盛。在这希望的田野里，蜻蜓、蝴蝶、蜜蜂在黄灿灿的油菜花中飞舞着。一切的一切，构成了一幅春的图画。

这个时节，稻田里都灌满了水。勤快的人家已经把地犁过一遍，准备插田了。

村长胡建明的农活还没有开工，这几天在乡政府开会，他着实抬不起头。六合彩事件的影响还没有完全过去，有时候想想都脸红。往常开会，轮到他发言时总是满含激情，这次轮到他，三言两语就说完了。这次开会第一个是落实搞好春耕生产；第二个也是重要的一个，各村负责人把村里每家每户的田地、山林面积重新丈量并上报，据说这是中央的精神，马虎不得。

春天的暖阳照耀着田野山川，胡建明此刻坐在地坪里晒太阳。阳光下他脸上的皱纹愈加显得多显得深，他已不再年轻。

这几年来体力明显感觉不如以前，但他的气势并没有减多少。现在村里事情虽然不多，但大学生要转户口，上面有个什么事情总还是得先通过他，走在村里，他还是受人尊敬的。

去年因为六合彩事件让他消沉了几天，好在小儿子在发改委，估计也是看儿子的面子才保留了职位，要不搞不好这么大年纪被开除那脸面往哪搁啊。看着外面的世界飞速地变化，有时候他也想这已不是他的时代了。

现在他坐在太阳下盘点着家里大大小小的事，总体来说他对自己的大家庭还是满意的。大儿子做了农民自己也没什么亏欠他的，自己尽了做父亲的力。大女儿天性活泼，嫁在城郊也还不错。他最中意的小儿子，小时候溺爱得不得了，还担心他成不了事，没想到考大学只有他最厉害。

太阳懒洋洋地从东边升起，草叶上的露珠在晨光中显得晶莹剔透。阳光下，山间的雾气升腾着慢慢消散，久雨过后，终于迎来了晴好的天气。

胡建明今天鸡叫第一遍就起床了。他掀开被窝时，老伴还在熟睡中。他不由得感慨儿女一点都不可靠，长大了就飞走了，回不回来还得看他们高不高兴，还是堂客好，一辈子都在一起。

起床后，刷牙，洗脸，又把昨晚的剩饭剩菜热了吃完就出门了。

天刚蒙蒙亮，村庄笼罩在淡墨色的曙色中，田野里静悄悄的，只有间或的虫鸣声。

胡建明穿上草鞋，拿了把稻草沿着公路走着。走过山湾，他拐上了田垄，雨水昨天才停，田埂上的草叶湿漉漉的，马上把裤角淌湿了。

胡建明顾不上这么多，他从上衣口袋里拿出一支烟，边抽边加快了脚步。今天他是赶早来扯秧的，一日之计在于晨啊！

他在秧田前停下来，脱下草鞋卷起了裤角。

他弓着腰把手伸到秧田里，秧田里的水有点冰凉。四月份刚刚过去，温度也没升上来，他不由得打了个冷颤。

他咬了咬牙关，一脚踏进了秧田里。比起手刚才探到的温度，脚踩下去感觉更凉，他嘘了一口气，把稻草放水里泡着，就弯腰扯起了秧。如今有的农户早都是抛秧了，但胡建明觉得那是懒人的做法，抛秧抛得乱七八糟，到时候很不好收割。扯不到几个秧，他腰杆就酸了，他低头强忍着，继续着他的劳作。

墨色的天空越来越淡，云层渐渐变得明朗起来。村庄有了稀稀拉拉的人声，胡建明已经扯了几十个秧。

“妈妈的。”胡建明突然感到腿上有点痒，那只脚从田里抬起来，一条蚂蝗吸在他腿上。他弯腰把附在小腿上吸血的蚂蝗扯出来，用力扯成了两段。稻田里干活，蚂蝗是常见的，往往腿上痒的时候就有可能是蚂蝗。胡建明骂了几句又弯下腰扯秧了。

高立春担着一担蔬菜走在路上，他也是天没亮就起来在菜园里把这担菜摘好了。他看到胡建明弓身扯着秧，隔得远远地拉起话来。

“这么早起来扯秧，水不冷啊，何不搞抛秧。”

胡建明抬起头见是高立春，“抛秧那是懒人做的事，抛得东倒西歪，反倒费力。”

“还是你这把老骨头硬扎，舍得干。”

“你担了好多斤菜？”

“七八十斤吧。”

“那你今天又能割斤把肉、买斤把酒回来潇洒了。”

“你有空没，要不一起打平伙，我请客也没得问题。”

“有空再说吧。”

高立春担着菜走过去了。胡建明直到把今天插田的秧扯够了才起身回家。

他在沟渠里把腿上的泥巴洗掉后回了家，这时他堂客已把早饭做好热锅里了。

刚刚从田里回来，得休息一会儿吃饭。现在他坐在太阳下，又想起了乡镇府下达的任务，去年刚刚才免了农业税，怎么今年又要申报稻田、山林的面积？这里面是不是有什么名堂？左思右想，好像不是他这个村长能领悟的。农业税都已经免了，还有必要再次丈量面积上报？他边抽烟边思索着，天下恐怕没有不要交皇粮的好事，这是千百年来亘古不变的道理。之前上面开了回洋荤，取消农业税，只怕现在上面反悔了，得重新丈量面积再上报，上报后再重新征收农业税。他这样琢磨着，为自己的洞察先机嘿嘿笑了出来。哎呀，上面有什么心思我都懂了。之前之所以免税，那时候肯定是因为怕收税而少报面积，现在不收税了，没必要少报面积，但这面积报上去之后肯定又得收税。上面的政策制定者聪明啊，胡建明不由得意地感叹着。他懂的问题不比上面那些人少，可惜没有张文凭，要不他也不至于窝在这个村里，空有一身才能却没有施展的空间。

在这样的自满中，他有些失落。大学生小王去年底回去了，大学生村官基层服务两年考研、考公务员都有优惠政策。他当时看不起他们，口中说为农村服务，其实还不是来给自己镀金，跟来村里支教的大学生一样，一个个来到村里只觉得好玩。听他们说大学生支教都是有关系的学生才能去支教，有支教的经历，保研、就业能占的便宜太多。他虽然看不起这样的人，但扪心自问，如果是他，他又跟他们有什么区别。

现在觉得自己洞破了天机，却没有在人面前显摆的机会，这真是不爽快。要是小王还在就好，当场村里可以开个讨论会，看谁的思路清晰，谁有道理。小王虽然是个大学生，但比经历的世事，比社会经验，怎么比得过自己！自己不比大学生差，社会这本大书他们还没读几页了！就这次将要上报面积的事，跟他们把道理分析一番，他们肯定得心服口服，这无形中又增加了自己的威望。好，插完田就在村里组织开会，虽然小王不在，不能在大学生面前出风头，好歹能镇镇村里的其他干部，为买码的事，他们都有点不把自己放眼里了。他瞥一眼正在喂鸡的堂客，哎，跟她说这种事她是不会有兴趣的，永远就知道家里那点长短。

“吃饭，再不吃放锅里都会冷掉。”他堂客喊着。

“急什么，没看到我在想问题啊，目不识丁，想跟你说话又怕你听不懂。平常老说我有事不跟你讲，我问你有的事跟你说了你听的懂不！”

“你今天是吃了火药吧，老子熏天，不吃饭是吧，好，我倒猪圈里喂猪去。”

胡建明慌忙站起来，他这个堂客可是言出必行的。他连忙赔笑道：“你这人就是较真儿，脾气大。没听儿子叫我们要和睦点，有脾气到外面去发。我就去吃饭，跟你开个玩笑你都没听懂。”

“我一个堂客们还只能在屋里有点脾气，外面发脾气，谁理我了。只有你会回我的嘴，骂我几句，我心里也舒服。”

胡建明在村里虽有点威严，但在自己堂客面前经常灰头土脸，他堂客那点泼辣劲把他治得服服帖帖。他时常在心里感慨，真是一物降一物。又想起年轻时他堂客可是村里一枝花，只怪自己贪慕美色，看中了她的外貌迫不及待地娶上门，小时候有妈妈管着，结果讨了这个堂客，长大了有个堂客管着。想起小时候爷爷那句话：“明明长大后怕是会怕堂客。”还真被爷爷说准了。

插完田后，上报田地、山林面积提上了日程。这个事乡政府分派到村里，得村里具体负责实施，怎么实施了，当然得开会来讨论。

村委会干部到齐后，胡建明传达了乡政府的意思后，大家开始讨论对这个事情有什么看法，具体怎么实施。

张秀琴说道："我没有什么别的看法，上面分派下来的任务我们照着做就是，跟着政策走。"

徐满军接口道："我看是瞎折腾，丈量面积干吗？面积大家不都心里有数吗，这有什么意思，吃了饭没事干是吧。不过，既然上面来了任务，我们还是得完成。"

其他几个干部没作声。胡建明看看陈世宝，"世宝，你看怎么办？"

"上面怎么说的就怎么办吧。"

哦，胡建明一阵心喜，原来他们都没看出上面这政策里的名堂，这村里还真只有他高明一等。

"那这个事具体怎么实施，我看是把各队的队长召来，把任务分派下去，让他们自己丈量然后把数据报上来。"

"其实村里的地都是按人口分的，每家每户的人数乘一下平均面积不就好了，何必再去量了，浪费人力。"陈世宝说着。

"这样听起来是简单，不过还是得丈量下，村里的地十几年没量过了。"张秀琴说着。

"把任务分配到各队，要是量少了量多了怎么办？"

"是啊，就算主观上没有多报少报的意愿，但丈量不精确怎么办？"

"所以得叫队长负起责来，有误差也不怕了。大学生小王不是说误差在合理范围之内就可以接受吗。我倒是要问问你们，前两年刚取消了农业税，现在怎么又要上报土地面积？这里面的目的是什么？"胡建明说着。

"大概是为了摸清全国土地、山林的面积。"

"嗯，应该是这样，这么大的国家，总要清楚自己的家底。"

"也是了，这么些年来，占稻田起屋的多，这次丈量是为摸清底，好制定相应的政策吧。"

“我们这点水平，讨论国家政策干嘛。上面来了吩咐，照着做就是。我们考虑得再多也不会多发一分钱，何必瞎操这个心。操国家领导的心，拿着村干部的钱，我看这没必要。”徐满军目光瞥到一边，表示对讨论不感兴趣。

胡建明见他们的意见这么浅薄，难怪村长不是他们。就你们这点能耐，怪不得都只是我的副手。他心里这样想着，嘴上说道：“你们这点意见都很好，都说得对。但我有一点我的看法，我讲讲，有什么不对的还请你们批评指正。”

他目光在每个人脸上扫了下说道：“依我的经验，前几年取消农业税就是为今天这个事。当时取消农业税我就想，自古以来哪有不收农业税的事，依我看，国家早几年就想丈量土地，却先来了个免除农业税，这步棋走得高明啊。”胡建明说到这停了下来。

“怎么高明？我们倒是看不出来。”张秀琴问道，她这句话也把其他几个人拉到了跟她同一水平。

胡建明缓了缓道：“你们想一想，要是前几年收农业税时叫我们丈量土地，上报面积能得到准确的数字吗？那样只会少报。所以先来个免除农业税，再来丈量土地，一般人认为反正不用收税就会如实报上去，但等真报上去后，恐怕……”

“恐怕什么？难道报上去之后又开始收税？”张秀琴又忍不住说了。

借别人的嘴，说自己的话。如果大家不同意，那也不是他说出来的。如果大家同意，那话也是他引出来的，只要他附和称是，功劳还是在他身上。从这点看，胡建明真是运筹帷幄的战略家。他也不再言语，看其他几个人是什么态度。

“张主任说得有道理了。”徐满军说着。陈世宝没有表态。

“既然大家都是这个想法，我们当村干部的也给村里谋点福利，也不辜负村民投我们的那一票。”

“怎么谋？”徐满军问。

“少报一点面积不就是了，将来可以少交税。”

“你在讲笑话了，要是出了问题怎么办？我先申明，你们要这样做出了问题与我无关。”

“也不是我们要这样做，我们把道理跟村民讲通，看他们自己的意愿咯。”

“胡村长可能想得是没错，但做了这个事，得好处的是村里人，万一要是出了什么事，可得我们负责，这折本生意你们要做你们做。”徐满军接着说着。

这些发言胡建明听在耳里，许多他没有考虑的问题都被他们说出来了。这个时刻，他总算感受到了什么是集思广益。就算自己水平低点也无妨，大领导他没见过，但他们乡的乡长是老相识。人家能做乡长并不是乡长本身比他高明，而是能给乡长出主意的人水平高一点而已。给我一个班子，我也能做乡长了！

现在看来这个意见不能统一，而且他们确实说出了其中的利弊风险，村长这时得拿主意了。

“依我看，都是同村人，当然得为村里人谋利益，不然村民会背后指着骂我们了。但我们也不能全担责任，这个满军跟我想的一样。如果我们明目张胆地少报面积，要是出了问题，上面查起来责任都得我们担，这事不能办。我倒是有个办法，既能给村里谋福，又不用担责任。”

胡建明停下来，好几年没有开会开得这么痛快了。原来所谓领导就是把别人好的想法归纳为自己的，自己领悟的真是晚。

他喝了口茶说道：“我看这么办，我们把丈量任务分派到各队，让他们自己丈量，自己报数据。同时了，我们村里几个干部时不时聊天透露点风声，这样报面积就由村民自己决定。如果出了问题，顶多是我们工作不细致；如果没出问题，功劳是我们的，到时候村民都会感激我们的。”

这次会议后，土地、山林丈量任务分派到了各队，同时村民不知从哪儿听到的消息，核定土地面积是为征税做准备。大部分的人都少报了面积，但像陈世宝一样平常喜欢看书看报的没有少报。陈世宝根据看新闻得来的经验，现在政府都说要明晰产权，土地丈量应该是往这方面走。村里根据各队上报的数据整合，上报到了乡里。总算给村里做了件实事，胡建明走路都走得脚下生风。

这个任务完成后村里又没有事做了。此时已经接近六月，田里的禾苗青青翠翠，长势喜人。菜园里的黄瓜、豆角、菜瓜、香瓜都在开花挂果。晴空下的蓝天万里无云，环绕村庄的山丘在这盛夏的季节愈加显得苍翠。时而飞过的白鹭依旧守候着村庄。村里没有了往常的热闹，只有老人、妇女、儿童依旧守候着这片土地生活着。岁月的年轮翻滚着向前，时代的潮流激荡着，在这日新月异的世界里，村子里还是保有过去的面貌，给那些在外打拼的人长久的牵挂。家乡啊，是一个人心中永远的情愫。

在这里我们得交代一下上报田地、山林面积的后续情况。

第二年开春，胡建明去乡里开会，这次会上他格外难堪。会上的任务主要是根据去年报的面积、位置下发土地、山林的承包证书，证上标注的土地面积承包权三十年不变。另外据乡长陈红军说如今国家提的政策是工业反哺农业，即由过去的农业补贴工业转为工业补贴农业，以促进我国经济的健康、持续发展，缩小贫富差距。具体的政策是：国家根据上报的土地面积下发补贴，那当然是地多的补贴多，地少的补贴少。胡建明听到这话，头都抬不起来。

他提着几袋子的证件回了村，又通知各队队长领了下发到户。至于土地补贴的政策，他暂时不敢说。

很快，那些关心时政天天看《新闻联播》的村民得知了这一消息。国家将给每亩地补贴多少多少钱的新闻在村里传开，这时候，那些少报了面积的痛心不已。去年是谁说的国家会根据土地面积征税，这个说法找不到源头，总算没让胡建明成为众矢之的。不过在参加了那次会议的几个村干部，都在心里对他暗笑不已。这时胡建明想起了大学生小王，要是小王在，当时问问他国家的政策走向，可能就不会犯这么大的错误，还是要多看书看报啊！

四十一

十二月，蒙古西伯利亚的寒流带来了冬雪。星星点点的雪花飘落下来，枯黄的草地上不久就有了层薄雪。山川大地被雪花慢慢覆盖，天地间银装素裹。雪停后，北方的骄阳重新照耀着大地，户外温度很低，但是阳光明媚。

下雪后几天，高翔收到了高春兰寄来的包裹。里面不仅有羽绒衣，还有羽绒裤。高翔试着羽绒裤，大概姐姐被天气预报里零下十几度的说法吓坏了。其实北方天气干燥，室内又有暖气，冬天比南方似乎还温暖。姐姐这样把他放在心上，除了努力上进将来好报答姐姐，还能做什么了！

期中考试过后，紧张的情绪稍稍缓和下来。至此，大学生活到底是个什么样子都已熟悉。也许，无论在哪里，在什么岗位，大家都是为了一个饭碗，所以当有所失望时这样想就够了。

想象中多么神圣的大学也是一群为了饭碗的老师组成的。在那里混日子的都是大多数，上课敷衍挨时间，同时不断强调纪律，不准干这，不准干那，生怕学生给他们惹上麻烦。新生的生机跟活力在这样的环境中消蚀着。

对高翔来说，高中憧憬的大学不再有最开始的分量，大学生活甚至时常让人感到空虚、迷茫。每天上课下课，期末考试考及格，这样规规矩矩过四年拿毕业证走向社会，但是走上社会找工作又能做什么？照新闻媒体的报道来看，大学生就业情况并不理想，工资也不高。即使是进了什么好单位，端个铁饭碗，但在单位一辈子战战兢兢、诚惶诚恐地仰人鼻息又有什么意思。运气好，碰上个赏识你的领导还好，要是跟领导脾气不对，那一辈子都是小职员。自己一生的起伏被别人把握在手里，这让人有点不甘。如果一辈子都做个卑微的人，又怎么能扬眉吐气，让人看得起，又怎么能一扫过去的屈辱，又怎么能达到妈妈口中的有出息的标准？

怎么能摆脱这个社会设定好的框架？

上大学前觉得进了大学就是跃进了龙门，但现实并非如此。大学这块跳板能让人跳多高还是全看自己。生活啊，有时在别人看来是上了一个台阶，但对自己，只是从池塘里游到了大海，眼界固然是开阔了，但是也得承受更大的波涛跟风浪。

怎么办？大学生这么多，要不要考个研究生？据听来的消息，很多研究生就是在三年中发表几篇似是而非的文章，拿个毕业证。研究生毕业工作当然会好找些，但研究生得读三年。难道还要姐姐多供三年？即使是研究生毕业也是找工作，照样在一个单位蹉跎岁月，以至于泯灭自己的初衷跟热情，这是自己想要的？何况进了单位，自己的性格能让人赏识？高翔可不是不想笑时能笑得出来的人！家里、村里都认为上了大学会有番大出息了，但实际情况是这样，怎么办？

有时候，他会跟马雪君谈起这点想法，但马雪君只认为他是杞人忧天。男女相恋在过了最初的追求阶段后，展现得才是真实的自我。也许说话没有顾忌的坦诚才能长久，也许说话没有顾忌会让一段感情破裂。同样一个舞台，会有什么样的效果，那也得看舞台上的表演者相互间是否搭得上节奏。

高翔、马雪君的关系从最开始相互爱慕阶段转到了热恋。双方都揭掉了面纱，打得火热，但偶尔也有些磕磕碰碰，现在他们在对方面前展现的都是生活中真实的自我。

时间在白天黑夜中过去。这天有些阴冷，下午上完课后高翔有点感冒就回了寝室，不久小灵通响了。

“谁？”

“我啊。”是马雪君的声音。

“有什么事？”

“咱们早点吃晚饭去。”

“这么早吃？我不饿。”

“快点，去晚了就没了。”

“好，你先来我寝室。”

很快马雪君到了高翔寝室。

马雪君第一次进高翔寝室，每个角落都打量着。

“你用洗发膏啊，还有这肥皂？”

“是啊，怎么了？”

“洗发膏农村人用的，小时候我去乡下亲戚家，就是用这种洗发膏。”

高翔瞬间涨红了脸，“哦，你不用啊？”

“我都是用高档洗发水，这洗发膏送给我都不要，我给扔了买新的。”

“别扔，这不是我的。我的洗发水用完了就用一下室友的洗发膏。”高翔情急之下说着。

没等高翔回应，马雪君就把洗发膏扔到了簸箕里。

“你干吗了，好好的扔了干嘛，这是室友的了。”高翔不开心了。

“你们寝室还有这种乡巴佬！”口气居高临下地带着嘲讽。

“你捡起来吧，是室友的了。”

马雪君看在眼里，捡了起来。

高翔转过身，看到她那张不知是轻视还是鄙视的脸，一时间触动了他的情绪。

“我们乡巴佬就喜欢用这种低档的洗发膏，没你们干部小姐那么高级。”

“你还乡巴佬，别低调了。反应这么大干嘛，快点，不然饺子快没了。”

不知是出于什么心里，高翔有意拖延了一会儿。出门时，夜幕挂下来了。

“晚饭就要晚吃，这么急干吗？”

“怕饺子没了。”

“没了就没了，吃别的不行啊！真是矫情！”

“今天是冬至。”

“哪一天不都一样。”

“冬至要吃饺子，吃了饺子不冻耳朵。”

“冬至吃饺子，我怎么没听过？这个新鲜节目什么时候出来的？”高翔有点轻蔑地笑说着。

“是中国人就都过冬至，冬至就是要吃饺子。”马雪君急了。

“那我不是中国人？我怎么没听过过什么冬至，还要吃饺子？”高翔满是嘲讽的口气。

果然，进了几家拉面馆，饺子都卖完了。看来这还真有吃饺子的习俗，这对高翔是个新鲜事。两人最后吃的盖浇饭，马雪君满脸愠色。

吃过饭出来，校园里亮起了灯光，寒风呼啸着灌入脖颈，冷飕飕的。

“我送你回寝室。”

“不劳驾你。”她撇开高翔快步走着。

“我说你今天怎么了？”

“托你的福，长这么大，这是我第一次在冬至没有吃到饺子。”

“饺子天天能吃，明天带你吃。”

“今天是今天，明天是明天，明天又不是冬至。都是你，明明叫你快点的。”

马雪君把脾气发到高翔身上，他本来不痛快的心情又泛起来了。

“吃个屁的饺子，今天不吃会死啊。冬至吃饺子，我怎么没听过，这是你们家的陋习吧！”高翔有点口不择言。

“你说什么？冬至吃饺子是陋习？我看你这人真是没见识！”

“呵呵，我有见识了。还吃饺子不冻耳朵，用你们的话说是叫扯淡吧？”高翔胜利地笑着。

高翔话没说完马雪君就跑到前面去了，他心里一肚子火，没去追她。

这是他们间第一次争吵，几天后当然是和好了。在冷静地理智分析下，这不过是习俗不同而已，但往后他们彼此之间越来越小心翼翼。

高翔习惯吃饭，马雪君喜欢吃面。以后每次吃饭都要问对方想吃什么，有时双方都想迁就对方，结果闹得很不自在。吃饭都吃得不自在，这怎么办？

期末考试结束，宣告了一个学期的结束。妈妈跟二姐都在广东，高翔去了大姐高玉兰家。在大姐家过了新年，没出正月十五，他又坐上火车到了学校。

这个寒假，他想了很多，跟马雪君到底该怎么维系？自己毕业后的出路又在哪里？

正式开学后，对许多同学来说，上课成了可有可无的事。从上个学期的经验来看，大学考试就那么回事，学生怕不及格，老师也怕学生不及格，所以最终还是会及格的。当然，也不是所有老师、学生都是这样，杂草丛中还有鲜花了，何况是大学校园。虽然大氛围如此，但总有自律的学生，总有勤勉的老师。

这学期开了五门课，说实话，高翔是想好好学习的。好不容易考进大学，想不到是这个样子，混四年拿个毕业证找工作，这有点虚掷人生。但是不如此，另外的路又在哪里。

上课后，其他课程仍然是在讲台上照本宣科地自娱自乐，但证券投资学的李老师吸引了高翔的注意。

据说大学上课点名也是一部分教学内容，很多老师就算书本上的内容少讲点，点名这个环节也少不了。李老师一开始就是给高翔这个印象。

那天下午，高翔赶到阶梯教室时已经打过上课铃了。他从后门进了教室，一个人坐在空荡荡的后排，跟前面的同学隔了四五排位子。正在点名的李老师停下来看着他严厉地说道：“下次早点来，坐到前面一点！”因为是大课，一百多号人齐刷刷地扭过头看着高翔哄地笑了出来。高翔红着脸极不情愿地挪到了前面。

点完名，没到的自然在李老师的名单册上做了记号。学生们等着上课，这时李老师走下讲台数起了人数。

“你们把每一排都坐满。来，后面的同学，前面有很多空位，坐前面来。”李老师是命令的口气。

每一排坐满后，李老师点着数了行数，又数了每行的座位数后勃然大怒：“刚点名只少了三个人，现在行乘列少了十多个人，你们谁代人答到了？再点一次，这次先前叫人答到的下次课来跟我说明情况！”

学生们轻嘘了一声。李老师又点了次名，这次没人再敢替人答到，没到的人全查出来了。

这个事件给高翔留下的印象是这老师刻板、迂腐、不近人情。讲课开始后，高翔听也不听，自己翻着书。

因为李老师的点名法，几乎再没有人敢不上他的课，高翔当然也不例外。但是几堂课下来，李老师讲的课把他吸引住了。在李老师严厉的面孔下，有一颗热情、关怀人的心。

譬如说吧，照高翔的经验，大多数老师都是照本宣科，至于有没有人听，是在睡觉还是在干其他事都是不管的。只要人到齐了，督导抓不到自己的小辫子就好，学生爱干嘛就干嘛。

而李老师讲课热情洋溢，还喜欢提问跟学生探讨。有学生趴桌子上睡觉，他会停下来叫旁边的同学把睡觉的同学叫醒来，然后说一句：“我虽然不一定讲得多好，但上课还是认真听听吧，晚上早点休息，不要熬太晚。”

也许有些同学跟高翔有同样的感受，越来越多的同学下课找李老师聊天了。

有一次讲到证券投资应该是投机还是坚持价值投资，李老师把话题说开了。

“据我个人经验，我觉得无论做人做事投机取巧都是不可为的。当然，这只是我个人的一点意见，你们可以保留自己的看法。就股票来说，平常人们说的‘炒股’的这个‘炒’字就是个投机词汇，表示翻来覆去地进出。今天买，明天卖，如果是抱着这种心态，就算前面赚了，最后也会栽跟头的。就个人经验来说，找准时机，坚持价值投资，一般是会有所收益的。投资者本来就应该分享公司成长带来的收益，而投机者了，就算短期赚了钱，那也不是他们应该得的。在证券市场，投机者负责提供流动性，投资者负责赚钱，买股票跟结交人一样，要看准了在别人发迹之前结交，等别人发达了你再靠过去，这有用吗？股票涨起来了你再跟进，多半赔钱的就是你。你们除了学好教材外，我还推荐你们去看两本书，一本是彼得·林奇的《彼得·林奇的成功投资》，一本是查理·芒格的《穷查理宝典》，这两本书你们好好看看。现代社会，证券投资是社会的必然趋势，你们应该好好把这门课学好。你们大学里，要做点自己喜欢又有意义的事，不要荒废时光，浪费光阴。”

这些话高翔听着很有些感触，从来没有老师课堂上这样鼓励过学生，心里对李老师竖起来的篱笆在一点点地敞开。

渐渐地，李老师的课成了他最喜欢上的课，上课有时会主动回答问题，课后的作业也不抄了，原来一个好的老师会让学生产生额外的学习动力。高翔想起有的老师在讲台上斥责学生不听课，而不反思自己的教学，大概老师当学生时都相信“天下没有不好的学生，只有教不好的老师”这句话，但等自己当了老师后，天下就只有不好的学生了。

有几次，高翔总想跟李老师聊点什么，但聊什么了，好几次下课在走廊碰到都是欲言又止。

想说点什么，但又不知从何说起。他在你心中是个高大的形象，只能隔着距离崇拜他。如果对人是这种心态，那恐怕是把他当作精神标杆，虽然心向往之，但相互之间很难有人紧密的关系。

有一次下课后，李老师在走廊里来回散步，高翔想过去说几句话。说什么了？对了，不是快期中考试了吗，就问老师期中考试怎么考吧。

高翔走了过去，“李老师，期中考试怎么考？”高翔有点不自在地说。

“期中考试开卷考，布置下来你们回去做，考试只是个形式，你不要把眼光都盯着考试，最重要的是你们自己学到知识。”

显然李老师的口气以为他只是关心怎么考试的学生，侧过身又跟其他同学说话去了。

尽管老师可能对他的印象不佳，但高翔第一次感到上课还有点意思，也有兢兢业业、爱岗敬业的老师，因为李老师，他把证券投资学这门课程踏踏实实学了。

大学里的课程比较轻松，高翔于是开始想着怎么赚钱，毕竟大学有四年，卖军训服的那点钱算起来应该够用，但人总还要有前进的动力。有时，他甚至想能不能早点赚到钱好让妈妈、姐姐不再那么辛苦。他从报纸上的描述大概知道在工厂上班是个什么滋味。这些问题萦绕在脑海，他不时想起富兰克林在《穷理查智慧书》中写的那句话："口袋空的人腰杆挺不直！"人生所有追求中经济追求是永远的中心！

既然暂时没有什么项目，那就找找兼职做吧。高翔在广告栏形形色色的兼职信息中筛选着，相比起来，家教轻松，收入还较高。

按照查来的电话号码打过去，对方并不是家长，而是要高翔去某某寝室谈。到了电话中说的寝室后，那人开门见山说："我这里有个家教名额，最近比较忙，挤不出时间，想转手。"

高翔把自己的情况说了一遍后说道："这个家教在哪里？你把地址、电话给我，我一定用心教好的。"

那人说道："同学，这个家教我带了很久了，收入也可以。你看我们班里好多同学找家教我也没有给他们，熟人不好意思开口，你多少意思一点。"

"那我请你吃个饭。"

"饭就不必了，照行情一个家教介绍费是一百二。"

高翔敏感地发现这里面可能有什么名堂。

"你只有这个家教，还是有很多的名额，我同学也在找家教。"

"还有两个名额。"

"哦，你是专门给人介绍家教是不是？"

"可以这么说。"

高翔大概知道这个人是家教中介，他找了个托词说是需要再考虑就先走了。

介绍一个家教赚一百二十块钱，介绍十个那就能赚一千两百块钱。这里面商机巨大，只是家教信息从哪里来？高翔突然想到报纸上时常看到的关于家教的广告。

对了，应该是在报纸上登能提供家教的广告，然后找家教的家长就会打电话过来，有了这个家教信息，就能介绍给别人，从而在这里面赚中介费。

思路一下子理顺，高翔兴奋地哼起了小调。

很快，他到报社问得了登广告的行情，按照登广告的价钱核算下来后，就把登广告的合同签了下来。不过他没敢签太长时间，只签了两个月先看看效果如何。

自此，高翔就做上了家教中介生意，唯一的成本是登报的费用。第一个月扣掉广告的费用后赚了一千多，看起来形势喜人。

高翔在搞定家教这个事后并没有就此停下来。去年作为新生开学时不少人来寝室推销英语报，说是可以帮助过四六级。他当时也去应聘过推销员，把这里面的情形也搞清楚了。当时英语报订一份出去业务员赚八块钱，而如果跟报社直接合作的话，订出去一份英语报的话报社给十六元。也就是说去年那个招他们去推销报纸的人只要他们推销出去一份，他就直接赚八块钱。这个钱还比较好赚，新生是最主要的市场。新生刚进大学，一般都还有强烈的学习动力，加上懂得又不多，对四六级也不怎么了解，业务员嘴巴随便会说一点报纸就能轻易地订出去。去年他一个人不都订出去三十多份嘛。

高翔开始千方百计地搜集信息，得来的情况是去年在他们寝室推销的英语报的代理权被大三的人拿走了，他要开展业务的话只能跟其他英语报合作。高翔在图书馆报刊自习室里的英语报上查得了几个英文报纸的联系方式，电话打过去简单地谈了谈后，他就去了有意向的报社。根据经济学上学来的道理，得施行多品牌战略完全占有市场，完全占有市场之后，这个市场就不会再有新的进入者。高翔最终跟三个报社把业务谈了下来，也就是说，等着新生开学时他将雇人去推销订报，他有三个不同的报，还不能把学校里的大部分市场占领吗？

西安每年的大学新生有好几万人，十个人中有一个人定的话，那也有几千个人的市场，何况应该还不止。放暑假后，为了把这个事情打理好，高翔没有回家。他把西安的高校都跑熟了。开学前一个月，他在学校贴广告招募业务员，业务员很快找到了，高翔给他们定下的薪酬是订出去一份报纸给九块钱提成。

时间过得飞快，大二开学后一个月，报纸订出去了七千多份，家教介绍两百多个，这中间能赚多少钱！他从来没有拿过这么多钱。

忙碌过后，总算可以稍微清闲，前段时间因为忙碌冷淡了马雪君，高翔打算周末好好补上前段时间对她的疏忽。

周六，到了市里的火锅店，菜上齐了。

马雪君边吃边说道："你这次赚了多少钱？你这么有经济头脑，你们家做什么大生意的？"

"我们家种地，不做生意。"

"不可能，农民家庭哪能有你这么好的经济头脑，不可能！"

"我们家确实是种地的。"

"哎呀，你这个人真没意思，你们家干吗的就不能说吗，我又不是图你们家有钱才跟你在一起的。"

"我都跟你说了你还不信。"

"你太低调了，我知道你低调，但要在我面前这么低调吗？我又不会告诉别人你们家做什么大生意的，我还怕同学说我势利，是看中你的钱了。我怎么会跟人说。"

高翔心里有点不舒服，不过没表现出来。

"农村里怎么会出你这样精明的人，农村人可憨了。"她又指着窗外推着三轮车卖红薯、玉米的大妈说道，"你看，这大妈就是标准的农村里出来的，头脑不会转圈，一辈子只会推个三轮车，一辈子都低人一等。"马雪君为自己找到了例证兴奋地说着。

高翔很不愉快，这是难言的屈辱。他本来以为自己比以前强大多了，想不到被马雪君这几句话说得不堪一击，心里很是愤怒但似乎又不敢直接表露出来。

他定了定神情说道："跟你开玩笑的了，我妈妈当到副处级干部下海经商了，耳濡目染，我才有这点经济头脑。"

"我就说，我就知道你不是从农村出来的，农村的学生看穿着打扮就能看得出来，土气得很。学校里这么多人，就你脑子灵活。农村来的那些学生看样子就知道，只会抱着书啃，呆头呆脑，四年后也难找到工作。”

“说得也是。你怎么对农村人这么了解，还有优越感？”

“我家以前请过一个保姆就是农村的，她们只能干这种下等活，而且还干不好，常在我家偷吃偷喝。”

“那是你们家亏待她了吧？”

“怎么亏待了，保姆是下人，当然生活水准不能跟我们比，给她吃饱就可以了，难道还让她跟我们同桌！”

“哦，你家有钱啊，还请得起保姆。”

“不比你们家。我爸现在是个副处级干部，工资外的油水比较多。可是我爸做事没魄力，天天在家里抱怨在单位怎么怎么被人倾轧，就是不敢辞职。他也只能靠着单位混吃混喝，跟你妈妈不能比。”

“这是不是偷吃偷拿了？”

“这个不算吧，哪个单位不是这样了。”

“你上次不是说幸亏抄到了班长的试卷才没有挂科，你们那班长不就是陕北农村的吗？你这样说农村人，不怕她不高兴？”

“这有啥了。我跟你说，上次考试给我抄的班长，平常我都不搭理她。考前我发现自己没复习好，想起来她对我有用，于是请她吃了个饭，就这点小利把她收买了。农村学生见识少，贪图小利。”

“你怎么不认为人家是看中跟你的同学感情，或者心软不好意思拒绝你？”

“谈什么感情，都是利益交换，她吃了我的饭当然得给我抄。”

“你得抄她的，那看来她还是比你聪明。”

“我不过是没有复习而已。”

“吃菜，都煮烂了。”高翔打住这个话题，让他们相互间留一点余地吧。

“你喜欢吃啥，我夹给你。”马雪君殷勤地说着。

她给高翔夹了满满一碗菜。

“你别光顾着吃，咱们很长时间没有聊了。你这个学期还去学生会值班吗？”

“规定是要去，但我不想去了，太无聊。”

“我看你还是去，学生会快换届了，你应该可以升上去的。你又赚了钱，多去打点下团委的老师，打点好了，说不定你大三就有可能当学生会主席。”

“你这么高兴，好像我已经是学生会主席。”

“你可以朝那个方向努力，搞定团委的老师就好了。你当了主席，我也有面子。”

“哦？”

“这么冷淡，热情点嘛，人家是为了你好。”

“嗯。”

“等会吃完饭，去步行街我给你买套成熟点的衣服，你这样子像个高中生。你老在外面跑，得穿得正式一点，这样别人看你才像个办事的人，团委的老师也会更看中你的。”

这几句话似乎像是黑板刷，把高翔先前对她形成的那些印象擦模糊了。

“你还喜欢吃什么菜，再加几个菜吧。”高翔说着。

“够了，够了。”

“是不是太辣了？”

“不辣，我喜欢吃辣子。你喜欢的我都喜欢。”

“我是喜欢吃辣椒！等下去步行街，你喜欢什么，我买给你。”高翔捏着她的手说。

“哪有你这样问的，女孩子的心思要你猜。”

“我猜不到。”

“你真要喜欢我，真要是在意我就猜得到，猜不到就是不喜欢我。”马雪君调皮地说着。

“你现在看起来才像个女生。”

“什么叫像！”她像是撒娇噘起了嘴。

在步行街，马雪君自己也不看什么东西，而是拉着高翔逛遍了男装店，衣服试了一件又一件。销售员忙来忙去，最后又没买，高翔很是不安。

“这件太小，你再给我多拿几个款式来试试。”马雪君指着高翔刚试上的衣服高声使唤着销售员。

销售员进里面拿衣服后，高翔说道：“你对人说话不能客气点，要跟指挥用人一样？”

“我怎么了？这是她们的工作。花钱还不能花得开心啊。”

“这件已经蛮好了，再试也是一个样。”

“多试几套，反正时间早。”

“试来试去，多麻烦别人！”

最后，衣服总算是买好了。高翔坚持要给她买点什么，但她说什么都不要。高翔拉着她去女装店，她说赚了钱不要乱花，赚钱不易。

有时候我们看到一个人的左脸，有时候看到一个人的右脸，只看到单一侧脸时，要下评价跟判断是单一的，也是容易的。但当看到一个人完整的面相，该怎么评价？是瑕不掩瑜，是败絮其中？这怎么好说！

高翔、马雪君提前一站下了车。

落日的余晖照耀着山川大地，白云在蓝天下舒展飘荡着。

“你看，蓝天多美。”高翔兴奋地对她说着。

前方开过来一辆奔驰，马雪君像是没听到高翔的话说道：“你看，这奔驰多拉风。”

高翔看着远处的蓝天山峦，视线并没有收回来。

奔驰车飞驰而去，扬起的灰尘呛得马雪君咳嗽了好几声。

“这破学校，路都不好好修修，还是泥土路。”

“你怎么不说车开得太快，我们农……”高翔停了会儿又接着说道，“乡下就是这种路。”

“乡下穷呗，路都修不好。”

进校园后，高翔借口有急事没有送她回寝室。

这一天的心情翻滚起伏着，时而畅快，时而低落，转换的频率时常让人意想不到。

回到寝室后，高翔第一次感觉到了心结这个东西。马雪君就像个打紧的结难以解开。她是好是坏，恐怕也不能这么评价。她喜欢他吗？从她的眼神看来应该是喜欢的。但她跟自己是一类人吗？肯定不是。那该怎么办？

一时间，他想起了程彩虹。对，程彩虹，她过得怎么样，她还好吗？

四十二

每天工作十几个小时，每天都被机器运转的轰鸣声包围，每天下班后躺在床上马上睡着，每天都在灯光刺目的厂房里，生活不分白天跟黑夜。每天的思维都被流水线上的零部件占据，似乎是切断了外界的联系，人与人之间的感情交流好像也已经绝缘。每天都像生活在孤岛，每天都是筋疲力尽。每天吃饭蓄积的体力都耗在流水线上，每天都像蓄电的机器人重复着那几个简单动作，每个日子都是腰酸背痛，每分每秒都洒下了汗水与心酸。积日成周，积周成月，积月成年，高春兰在工厂工作两年了。

现在的她跟两年前相比，重负荷的劳动使她少了些青春的光彩，汗水冲刷掉了原本的学生气，千千万万的工人中，她看起来与大家没有多少区别。头发刚过耳根，穿着蓝色的工服，每天活动的范围局限在厂区，外面的繁华、喧扰都与他们无关。他们甚至都不知道社会上称他们为厂妹、厂哥。

两年里，高春兰从普工提升到了线长。相对普工流水线上的零件组合，线长的责任是负责一条生产线的顺畅运行。流水生产线个个环节紧密衔接，一个环节出了问题，一个工人进度跟不上，整条生产线就无法运转。高春兰负责监督、保障、维护流水生产线的顺畅运行。

相比普工在岗位上机械重复地动作，线长的自由度大得多，还有点小权力。每天上工由线长考核上报，普工一般不敢得罪线长，得罪了线长不给报工时，那就等于白干了。工作时，普工要离开岗位，比如说去厕所，得向线长报告，线长批准后才能去。线长最重要的任务是控制生产线的次品率，次品率如果太高，就可能完不成一天的任务，到时就得额外加班。

进厂打工的人来自天南海北，一般来说文化水平也不高，线长从工作时间较长的普工中选出来。有些线长自己做普工时被当牛马使唤，一朝自己做了线长，生产线上的普工就成了他的出气筒，吆喝、辱骂、喝斥。在多数普工印象中，线长多是缺了点人性的得志小人。

高春兰从普工升到线长，做普工时少不了被吆喝，那种滋味恐怕一辈子都忘不了。现在自己做了线长，该如何管理？看别的线长凶巴巴地对待普工，普工也不敢怎么违抗，效仿他们？但要自己对人凶，于性格来说是凶不出来的。从感情上来说，自己知道被人凶的感觉不好受，难道自己有点小权力了就要耍威风吗？

自己不愿凶别人，但没个严肃的态度，别人会不会服你管，会听你的话吗？虽有这样的顾虑，高春兰线长上任后，还是尝试着跟生产线上的普工和善相处。

她对人的态度是客气的，一开始线上的工人还有些不适应，高春兰也担心流水线上的任务能不能按时完成。但事实证明，你尊重别人，别人反过来也会尊重你，高春兰甚至还和几个人交上了朋友。

日子一天天地过着，每天的劳累几乎让你没有精力去考虑工作之外的事。人困在厂里，思维几乎也禁锢在厂里。生活的沉重跟艰辛，使人只能操心眼前谋生的行当，来不及也没有间隙去做一点未来的规划，更不可能对今后的生活有所畅想。

通常，高春兰踏踏实实地上着班，但在偶然片刻的清闲时间，或者是看着生产线上四五十岁的叔叔阿姨还是做着普工时，她总会思考着什么。我的出路在哪里？难道我要跟他们一样四五十岁了还与流水线为伍？难道这就是我的生活，这就是我的命运？生活抛给她一连串的疑问号。

就目前来说，她上班是为了给弟弟赚学费。大学四年，她在厂里打工是能够把弟弟供出来的。弟弟书读出来了，那也是做姐姐的光彩，只是过去的青春岁月难再回头。

弟弟上大二了，再有两年就毕业，两年后还在厂里打工吗？高春兰想到这一阵惊心，打工，她都打怕了！两年后会是什么样的日子？找个人嫁了？嫁的会是怎样一个人？生活不是一成不变，而是有着太多的随机性，除了超级强者，大多数人一生的命运只是别人函数中的因变量，不是自己能够决定的。人生扑朔迷离又有点无可奈何。

上个月厂里没发工资，等工资发下来，高翔的学费、生活费就够了。开学前一个星期给他打了个电话，电话中他说他有钱，不用给他寄，他是怕自己赚钱辛苦才这么说的吧。已经开学一段时间，他肯定在为学费着急，过几天工资发下来就去存到卡里。

今天放假，天气晴好，可以去程彩虹校园转转。再不出去转转，真的会忘了工厂之外的世界。

按上班的时间起了床，高春兰洗漱好后出了厂门。此时，黑夜退去不久，城市在黎明的亮光中开始显露一天的繁忙。街道上的人流还不多，人们步履匆匆，奔向各自的目的地。

高春兰走到公交站台，坐公交车可以直达程彩虹学校，她去过好几次了。

她坐在靠窗的位子，手倚着铁栏杆侧望着窗外的城市。高楼大厦鳞次栉比，人群、车流穿梭不息。开过几站，公交车上的人就满了。人们一脸朝气，开始一天的生活。

不久，高春兰下了车，下车后走几百米就是深圳大学。虽不是第一次来，但当她走向深圳大学校门，心里还是一如既往地泛起层层涟漪。校园的生活多么美好啊，可惜不是属于她的。

高春兰穿过教学楼，穿过体育场，前面就是女生寝室了。

她会不会来太早，程彩虹有可能还没起来，先打个电话问问吧。上次来程彩虹给了她小灵通号码，她还没有打过。

高春兰在小卖部电话机上拨了号码，电话嘟了好一阵才接通。电话中程彩虹说她早起了，她在体育场打球，要高春兰在小卖部等着，她马上过来。

挂了电话，程彩虹很快赶到了。

“你来得真早，今天不用上班？”程彩虹喘着气说着。

“嗯，一个月的假攒下来，休三天。”

“那好，那你今天可以在我这住，咱们好好聊聊，前几次太匆忙了。”

“你吃早饭没，我在打球，你饿不饿，要不打会儿球再来吃早饭。”

“我不饿，跟你打球去。”

体育场，早起的学生在挥洒着汗水，高春兰、程彩虹走到篮球场，男生们的目光纷纷扫视过来。

“我是习惯了，脸皮也厚了，人家看你，那说明你长得好看。”程彩虹嘻嘻哈哈地说着。

高春兰摸了摸脸，“我们去哪打，你的球了？”

程彩虹指着最里面的球场，一个男生背着她们在投篮。

虽然高春兰对男女同学的交往看得很平常，但程彩虹这么早出来跟男生打球，她恋爱了？高春兰不及细想，她们已经走近了。

程彩虹指着男生说：“他跟我同届不同专业，学计算机的，叫陈白云。”

陈白云挥着手算是跟高春兰打了招呼。

“这是我高中同学，高春兰。”程彩虹大声说着。

“好了，再打会儿我们吃饭去吧。”

打完球，三人去食堂吃了早饭。

“今天同学来了，不能跟你出去了。”程彩虹边吃边说。

陈白云一脸失落，“那改天，下一周吧。”

他们的一言一笑中包含着某种感情，高春兰体察到了。

吃过早饭，陈白云一个人怏怏地回了寝室。

“走，先去我寝室坐会儿，我再带你去学校好好转转，前几次都太匆忙了。”

寝室休憩后，程彩虹带着高春兰徜徉在美丽的校园，秋日的暖阳已经升起，和风吹来驱走稍微的燠热。校园草木葱茏，绿荫匝地，学生们三两成群，言谈欢笑着。

“你看，学校的景色还可以吧。”

“嗯咯，很好看。”

“节气上是秋天，但深圳四季并不分明，少了点秋的味道。”

“刚才那男生是你男朋友？”

“谈不上是男朋友，追我蛮久了，对我也不错，我还在考虑了。你刚也看到了，怎么样？给我把把关。”

“我可没有经验。”

“不会吧，你都把《飘》看了好几遍的。”

“现在是没有那个情怀了。”言语间有点淡淡地失落。

“厂里工作怎么样？你还准备做多久？”

“还不清楚，看吧。”

阳光灿烂，你无法想象每天在刺目的照明灯下伴着轰隆隆的机器声之余还能体会走在阳光下吹着清风的感觉。能够走在宁静的校园，这已经是一种幸福生活。只有体验过最不堪的底层生活，才会有这样的感叹吧。每天能自由自在地散散步也是让人期盼的。

高春兰想去图书馆看看。

图书馆刷卡进，没带卡的输学号，程彩虹把卡给高春兰，自己输了一个同学的学号进了图书馆。

第一次进图书馆的人，那一架架的书会给她逼人的气势。

高春兰心潮澎湃地绕着书架走着，这一次，她真是激动万分。

“我们取本书坐那边去看吧。”程彩虹说着。

两人各拿了几本书坐了下来。

高春兰翻着书，心情久久平静不下来。离开学校后，她两年没好好看过书了。她看了会儿抬起头，周围坐的都是学生，而她了，虽然坐在这里，身在其中却不能融入其中，校园离她远了。她突然想到了高翔。大概弟弟经常会去图书馆看书吧，他是不会让自己失望的。

看书看到了中午，吃过饭，下午两人一起逛街，晚上回来说了许多话，似乎她们又回到了高中时亲密无间的日子。

第二天下午，程彩虹送高春兰去坐车。

“你有什么打算，在厂里打工不是长久之计。”

“高翔在上学，我们家的情况你也知道，我把他大学供出来再说。”

“你这么好的姐姐，天底下都难找。”

高春兰笑了笑，“高翔是不会让我失望的，我这个弟弟也是天下难找的好弟弟。”

“有兄弟姐妹真好，我独生女都不知道兄弟姐妹间的那种感情。如果你需要钱，可以找我，我父母在广州，我随时可以找他们要的。”

“行，不跟你客气，需要时一定找你。”

一周后，厂里发下来工资，高春兰找了个时间把七千块钱汇给了高翔。七千块钱是她一年每天工作十几个小时的血汗钱。当工作人员把汇款凭证递给她，高春兰长舒了一口气，弟弟不用为学费担心，可以安心好好学习了！

上班时间催促着，她没有多少时间沉浸在自我的思绪中，汇完钱后立马回了轰隆的厂房。

四十三

下课铃响了，阶梯教室里的学生恢复了活力跟生机。

下课铃宛如一剂兴奋剂，上课再让人无精打采，下课铃一响总会让人活跃起来。

教授费尽口舌换来课堂的死气沉沉，下课铃声倒是让人欢呼雀跃，教授轻叹了口气。好在教书几十年，见多识广，早就习以为常了。

宣布下课后，学生谈笑着鱼贯而出。

高翔、马雪君在众人走后才起身。马雪君下午没有课，就跟高翔一块来上课了。

“咱去哪吃，吃了去图书馆坐会儿吧。”

“中午吃米还是吃面？”

“你想吃什么？”

“看你想吃啥，我是随便的。”

“你想吃什么就吃什么？”

“你决定，等会儿你又不高兴。”

“还是你定，我随便吃什么。”

“那就吃米吧。”

吃个饭还这么麻烦，高翔很不痛快。

“吃米，生米能吃吗？还是吃面吧，你们北方人喜欢吃的。”

两人走到中央广场，班长李明拿着个包裹走来。

“高翔，邮局有你的汇款单。快去，快下班了。”

汇款单？谁给我汇款？高翔琢磨着。

“谁给你汇的？报社的钱不是早就收到了吗？”马雪君一边说着。

高翔到了邮局把身份证给了工作人员。

“马上取现吗？”

“你先把单子给我。”

工作人员把汇款单给了高翔。

汇款人：高春兰，汇款金额：柒仟圆整，附加留言：好好学习，我们家的顶梁柱。

一股辛辣的滋味哽上了喉头，高翔好久没有这个感觉了，一时他为自己放纵了学习感到愧疚。姐姐不比他大多少，这样支持他学习。哎，自己有好好学习吗？

高翔愈加感到姐姐不读高三是在成全他，不但成全了他，还把他上大学的重担扛在了肩上。照一般的家庭，姐姐这如花的年龄应该也在大学校园，但她现在为了自己在工厂过着没日没夜的生活。哎，这对她太难了，太对不起姐姐了！这样想着不知不觉眼眶湿润了。

“谁给你汇的钱，眼睫毛都湿了，这钱你拿得这么感恩戴德？”马雪君要把高翔刚刚对她吃米吃面的奚落找回来。

高翔拿着汇款单到另一个柜台，“麻烦你把钱取出来存到卡里。”

“七千块全存吗？”

“是的。”

邮电局出来，高翔久久不能释怀。他审视生活的目光不由得严肃起来。过去这段日子，虽然英语报、家教给他带来不少收入，但他的生活是散漫的，对生活的态度是不认真的。尤其在学习上混日子，而且竟然还谈起了恋爱。如果姐姐知道他现在这个样子，会不会对他失望？如果她对自己失望了，那该怎么办！

照姐姐说的在厂里打工并不累，伙食也好，但从报纸上看来的消息，说东南沿海的工厂都是血汗工厂，想起来肯定不会轻松，姐姐那么说不过是在让他宽心，让他不要有心理包袱。

姐姐当初辍学去打工为自己赚学费，为了不让他有心理负担还说是她自己不想读。感情汹涌起来，高翔想跟人说点什么，可是跟谁说了？

“一路上不说话，又赚了七千，你真厉害。”

“我有话想跟你说。”

“你说。”

高翔欲言又止。

他犹豫了好久还是说道：“跟你说个事，心里堵得慌。”

“你说，耳朵正闲着了。”

“我姐在深圳，我想请一周假去看她。”

“深圳这么远，放假不就见面了吗？”

“我有点事，紧急的事，要去找她？”

“那你就去。什么紧急的事？”

“我得给她几万块钱。”

“送几万块钱去，这是借还是……”

“是我姐，当然是给她。”

马雪君涣散的精神马上警惕起来，“你姐在深圳干吗了，需要这么多钱？”

“在，在，她在上大学啊……”

“上大学你给她这么多钱干啥？你是直接给她？”

“嗯。”

“有句话我不知道该不该说，亲兄弟明算账，这是老话，我劝你考虑考虑。”

“亲兄弟，明算账？”

“嗯，我看我爸跟他们兄弟都是算得清清楚楚的，免得有什么扯不清。你可想好了，我看完全不必要。”

高翔想跟她解释什么，但怎么说了？马雪君对农村、对农民的看法使他害怕把自己完整地呈现在她面前。有时候他也会想，也不知道她的这点骄傲感从何而来，看问题是这个眼界。心里时常对她带着鄙视，只是她的容貌跟青春气息还吸引着他。

把自己的背景完整地告诉她，这会让两个人都尴尬难堪的。但不告诉她，两人今后怎么相处？当初她问他家是干什么的时候，为什么不直接说了？不对，记得他是说了的，是她不信，认为他是在开玩笑。为套她的话又胡诌了一番说辞，结果也许是把她对事情的见解套出来了，但自己也更加不敢表露真实。不过也有可能她说的只是些情绪性的话，并不一定就真的是她对事情的看法。生活啊，一个地方出了差错虽不至于处处错位，但以后总要处处小心，处心积虑是咎由自取。

怎么办？怎么跟她说？要说服她吗？如果不在乎她那完全不用考虑她的意见。问题已经出来了，一方面对她有种种不好的情绪，一方面又被她的美丽漂亮所迷恋。从她的眼神中来看，她应该是对自己有感情的。

该怎么办？高翔突然想起小时候手里抓的毛栗子，手被刺扎破了，但还是不舍得把毛栗子扔掉，里面有果实了。

人生是这么犹豫纠结。

把过去都隐去，跟她讲兄弟姐妹之情能说服她？大概是不能的，她不是说她父母都是明算账。何况她是独生女，从来没有体会过兄弟姐妹间的感情。上次问到他爸妈怎么不给她生个兄弟姐妹，她说才不要了，有个兄弟姐妹就要分掉她一半财产，跟她说这些她是不能领会的。

怎么办？谁是谁非？生活的准则从来没有唯一的标准，是各自不同的生活经历造成对事情不同的看法，也许本身并没有什么对错的区别，更不能用对错来评判。你能用多少千克来衡量台灯的产量吗？

高翔开始客观评价他跟马雪君的差别来。

从一般的家庭来说，亲兄弟明算账是符合世俗标准的，多少兄弟为钱闹翻，甚至还大打出手。要处理好关系，先得处理好金钱上的关系。马雪君在她的成长背景、生活经历中有这样的看法，也是情理之中，不可苛责。但自己，从小在艰苦中长大，儿时的苦难坚固了相互间的纽带。过去的日子，从小在冷言冷语中长大，相互间的依靠结成了深厚的情感，各食其利在他们间根本就不存在，没有团结友爱，那就是一盘散沙，风一来就吹散了。没有根基漂浮，又能漂多远？

显而易见，姐姐是为他放弃了学业。为了让他安心读书，还瞒着他去深圳打工给他挣学费。人生的底线应该是有情有义，姐姐已经付出这么多，自己还不回馈吗？

高翔已经打定决心。

“你说的我刚想了，我们姐弟间的感情是你所不了解的，你就不要发表什么意见了。”

“你还是要直接把钱给你姐？如果你一定要给她，得写张借条。”

高翔很不高兴，“你没体会过兄弟姐妹间的感情，真是可悲！”

“刚刚吃饭还有说有笑的，这会儿你是吃火药了？我这样跟你说是为我自己吗？我是为了你。我花了你多少钱，我没要你的钱吧？我是为你好，也就我这样的人才跟你说，别人谁管你。你的钱是你的，就算将来我们结了婚，那也是婚前财产，与我无关。”

马雪君把头别到了一边。

“呵呵，谢谢你为我好，让你操心了，少了兄弟姐妹，感情缺失啊。”

“你说谁了，我可没想跟你吵架。”

“这事我已经想好，你不用再说了。”

“我劝你多考虑……别的男生对女朋友的话言听计从，只有你最有性格。”

“好了。”高翔声音粗暴地说着。

“你吼什么，对我这个态度，我父母都没有这样跟我凶过。你行啊，对女生吼，有本事啊！”

“你去做你父母的宝贝女儿吧。”

高翔站起来扬长而去。

都是人，怎么对事情的看法却有这么大差别。两个人刚刚走近时，生怕身上任何一点瑕疵会把相互的距离拉远，于是藏着、掖着，有不同意见也隐忍着、附和着，尽可能展现自己光彩的一面。两个人关系确定后，先前的谨慎退去，才发现先前认识的那个人是经过乔装打扮的。而我们往往对自己过于从宽，对对方又过分苛求，好比说一瓶矿泉水是假的，因为兑了水。

遮掩与谎言从来不是解决问题之道，但又有谁能完全敞开心扉。

高翔起身后，马雪君还不知道今天说错了什么话得罪了他。这顿饭像风和日丽的日子下起了风雪，让她无所适从。

自己为他考虑跟他说道理，他反过来把脾气发在她身上，天下有这样的委屈！他是个什么样的人？短时间的情绪波动能有这么大？我说写个借条有错吗？我身边人都是这样做的。文化差异？也许他们根本不是同一条路上的人。好比一个信基督教，一个信伊斯兰教，两个不同信仰的人，能说谁对谁错，能谈到一块吗？

马雪君感到有点累了。

几天后，高翔写了封信给高春兰，信上写上了他的小灵通号码，但他没敢说是他的，而是说寝室的公用电话，他怕姐姐担心他乱花钱。

几天后，高春兰打电话来问高翔钱收到没有，高翔正好把去深圳的时间跟她说了。高春兰问他来深圳干吗，他含糊地搪塞过去，当然，他没有忘记告诉二姐他新办的手机号码。小灵通不能漫游，高翔特意买了个手机，几天后他上了南下的火车。

列车难得的有空余座位，倚着车窗，窗外的景色层次迭进，辽阔的中国，从北到南，窗外的植被景观跨越了几个气候带。

高翔坐在列车里，心情悠然又带着激动，跟姐姐一年多不见了，他想着见面的情形，忍不住陶然。

广东，从小听大人说下海去广东，广东是个什么样子？看报纸上面说，广东沿海是世界工厂，到底有多发达？高翔虽然跑过一些大城市，但对广州、深圳这些小时候听来的遥远地方，有着难以言说的感情。之前一直在脑子里想象，现在终于将要到这些儿时就常常听说的地方去了。那时候人们口耳相传，谈到广州、深圳时的向往之情历历在目，深圳多么多么繁华，深圳夜晚的灯光比我们这的阴天还要明亮，一个镇上的高级酒店比我们一个市还要多……这些纷纷扰扰的记忆碎片回放着勾起他童年的记忆。

一天一夜的行程，列车已经驶入广东境内，在经过湖南时，窗外的山卯、稻田一下子变得亲切了，就是故乡的山山水水，哺养了一代代的故乡人。高翔像是阔别了家乡的游子，过门而不入，心里涌起种说不明的感情。现在，列车开过了花都，马上到广州了。

车内的乘客有点坐不住了，纷纷站起来翘首盼望。高翔跟旁边的乘客闲聊着打问去深圳的大巴，没错，他们说的跟自己查的相符，出站往右走在省站坐车。

经过长途跋涉，列车在临近广州时减缓了速度。钢轮撞击的铿锵声节奏变得明显。窗外是晴好的天气，太阳还没有落山，夕阳辉映下的广州像是镀了层金光。

从车厢里走出来，一阵热浪迎面而来，西安都快冬天了，这里还是夏天。他出了检票口，快步跑到火车站广场，这是他小时候经常听说的地方，高翔心里翻腾着，他想欢笑，他想飞奔，他想跳跳，他想张开双手拥抱这个城市，他激动得想和人拉拉话……

熙攘的人群川流不息，偌大的世界里任何人都可能只是不足道的尘埃。高翔没有欢呼，也没有跳跃，他怕他的行为惊扰到了这个繁忙的世界。他只是站立着静心感受着内心汹涌澎湃的激流，这里是他小时候时常听说的地方，火车站上“统一祖国、振兴中华”那几个大字看得人热血沸腾。

人群不断地从身前穿过，谁也没有余暇去留意谁。高翔在广场上走了个来回后，往右边的省站走去。

排队买票，排队上车，很快高翔上了去深圳龙华的大巴车。上车之前高春兰给他打来了电话，今天她刚好上晚班，她就在龙华下车的地方等他。

落日余晖中，巴士开出了省站，开过繁闹的市区后上了高速公路。阳光的光亮开始被云层缓缓隐去，天地渐渐被越来越浓重的夜色笼罩，不久外面就亮起了星星点点的灯光。透过玻璃窗，高翔看着高速公路上奔驰的车辆，看着远处疏落的星光，心情久久没有平静下来。他生怕会下错车，跟司机讲了好几遍到龙华叫他下车。

疲惫把高翔高涨的情绪降伏下来，他倚着靠背，闭目微酣。巴士载着这一车的人，冲破夜色的封锁，疾驰在高速路上……

巴士颠簸了一下，高翔从浅眠中震醒，他揉了揉眼睛，外面的灯光繁密起来。

不多久，司机喊道：“快到龙华了，到龙华的准备下车。”

就到了龙华？高翔急切地看着窗外，窗外的灯光并不璀璨，没有高耸的大楼，街道也不宽阔整洁，楼房的外墙显得斑驳，街道两侧停满了摩托车、三轮车，这就是深圳！整个感觉像是个县城的布局。

高翔来不及多想，巴士停了下来。

下车的人走向四方，橘黄的路灯下只剩下他一个人，好几辆摩托车过来问他要不要坐车。

姐姐在哪？他前后左右看了一圈。

手机响了起来。

“到了没有？”

“嗯。”

“在哪？”

“司机说到龙华站了，叫我们下车。”

“你边上有什么明显的建筑？”

“对面有个加油站。”

“好的，你等会儿，我马上到。”

很快，一辆摩托车开过来停在加油站边。后座下来个女生，是姐姐，是姐姐！昏暗的灯光下，是姐姐亲切熟悉的身影。高翔高喊一声，高春兰看过来，两个人急切地向对方走去。

四十四

自去年高翔大学开学分别后，想不到此刻他们会重逢在深圳的街头。姐弟俩都有点不敢相信，他们互相看着对方，噗哧一声笑了出来。

“我都不敢相信你真的来了。坐车累了吧，我先带你去吃饭。”

“还好，这就是深圳啊，怎么跟县城似的。”

“这只是龙华镇，这里是工业区，不算市里。”

高翔算是明白了一点。

“你不上课跑来深圳干吗？”

“跑来看你。”

“我有什么好看的，是来看程彩虹的吧？”

“不是，不是，我都没怎么跟她联系过。”姐姐只是随口开了个玩笑，高翔自己都不清楚他为何要极力地否认，脸还发热了。好在在昏暗的灯光下，高春兰并没有太注意他的神情。

“她好像谈恋爱了，上次我去她学校看到她跟人一起打球。”

高翔哦了一声，他跟程彩虹并没有什么，但听到她谈恋爱了，心里怎么会不痛快了？

他来深圳不是为这个事来的，高翔整理下思绪，“你在什么厂上班，一天几个小时？”

“电子厂，一天八小时。”

“工资了，工资多少？”

“工资还可以，我存了点钱。”

“上班辛苦不辛苦？”

“那要看什么岗位，我的岗位还轻松。”

“真的吗？怎么看你好疲惫似的？”

“有吗？昨晚没睡好，都是你，想着你来太激动了。”

两人走到家小饭馆，点过菜后高翔决定把话题直接摊开了说。

“姐姐，我这次来深圳是劝你回去，打工不是长久之计。我知道打工很辛苦，很累的，你刚刚说的那些话只是故作轻松。”

高春兰心里的某根心弦被触动了，姐弟相见的兴奋中瞬间带上了感动跟低落。

她缓了缓说道：“回去能干什么，回去能有什么出路，你还上着大学了。”言语间有点无可奈何。

她接着说道：“其实也没有什么辛苦的。就我们这样的条件，这点苦还是吃得下的。”

语气有些无能为力，又带着几分倔强。

“我知道，但总要找一条更好的路。工厂里挺摧残人的，整天对着生产线，没一点时间精力想厂外的事情，时间长了，人都变得冰冷、麻木，会的只是流水线上那几个简单的动作，甚至把厂外的世界都忘了。”高翔根据从报纸上看来的新闻说着。

高春兰淡淡一笑，“你刚来，我正开心了，说这些干吗。看不起你姐姐了？菜端过来了，吃饭。”说着给高翔盛了一大碗饭。

吃饭的时候，高春兰大部分时间都在看高翔吃，她在厂里吃过了。看高翔吃得狼吞虎咽，她琢磨着是不是给他的生活费少了，在学校吃得太差？

她没想到他们会在深圳碰面，弟弟还是特意跑来。据他刚才说的，他是来劝自己回去，不让她在工厂打工。他怎么这么不切实际，不打工哪里有钱，没有钱又怎么给他交学费。但弟弟能说出这个话，他是体谅到了自己的辛苦，高春兰心里稍有安慰。

高春兰沉浸在无限地感慨中，时光匆匆，他们都长大了，弟弟上了大学，再有两年就毕业了。而她了，是别人眼中瞧不起的厂妹，两年之后的事不敢想象，但两年内的任务就是咬牙把弟弟的书供出来。工厂里苦是苦，但又能去哪里找赚钱的门道。人总是在生活的逼迫下各归其位，又有几个人能够称心如意！

吃过饭，她得安排弟弟住宿。

住哪里？街道上各种低价旅店在昏暗的灯光下显得残破不堪。要是自己住，那倒无所谓，只要便宜就好。刚来深圳时，不都住过五块钱一晚的公共宿舍嘛。但弟弟来了，得让他住得好一点。高春兰选了个看起来还过得去的宾馆。

带弟弟入住宾馆后，姐弟俩一年多不见，当然有许多话说。

高春兰拉拉杂杂问了高翔许多大学的情况，虽然高翔一开始就说大学不是想象中的那么回事，但大致来说，他还是拣好的方面说，谈了自己生活中的趣事、经历等，只是他没敢说谈爱了。

待高翔觉得说得差不多了，他又回到了吃饭时打断的话题。

“姐，我来是劝你回去的，不要在厂里打工了。报纸上都说中国有大量的廉价劳动力，工厂里的工人就是廉价劳动力的代表。干着最累的活，拿着最少的钱，而且什么保障也没有。年富力强时把力气都花在流水线上，等你上了年纪就把你辞退。既不负责一个人成长的开支，也不负责一个人年老后的保障，多少年轻人的青春挥洒在这里，每座华丽的大楼，每盏炫目的霓虹灯都有他们的血汗，但是谁会记得他们？”

“嗯，你说的是大问题，这是社会的规则，你改变不了就得适应。千千万万的人在这里打拼，少你一个不少，多你一个不多，别人能够吃下的苦，我也能够，你二姐不比别人差劲。”

“姐，我知道，拿了高中毕业证后你就不读书，你当时说跟妈妈商量好了，你自己不想读。其实你是怕妈妈负担不了两个人读书，你把这机会让给了我。去年开学前你把学费送到家，这个学期又把学费生活费寄给我，你为我做得太多了。长久下去不是办法，是时候结束了，你得为自己打算，不能因为我而把自己耽误了。”

高春兰听弟弟这样说着动了感情，一时不知说什么好。弟弟能这样想，说明他懂事了，自己付出再多那也是值得的。只要他有出息，做姐姐的再苦再累也是情愿。只是弟弟这样想，他会不会有心理上的负担？高春兰敏感地想到了这个问题。

她指着高翔眼眶溢出的泪水笑说道："看你，男子汉还流眼泪了，要不干脆哭一个！"

"你不要想太多，这是姐姐应该做的。我们每个人都有对家庭的责任。你的责任就是好好读书，争取有点出息。我跟妈妈的责任就是保障你读书，不让你为钱发愁。我们是再也不能被人看不起，再也不能被人踩脚底下，你要努力，不要有心理上的负担。这是姐姐的责任，谁叫你是我弟弟了。如果你是我哥哥，你也会这样做的。我们每个人把自己的角色做好，我们家就有希望了。"

高春兰尽量平静地说着，心里既有种酸涩，但也夹杂着丝丝的欣喜。

"姐，你说的我都懂，也记在心里了。但我看你还是不能再在工厂打工了。你现在年龄还不大，再等两年，如果天天待在工厂的话，思维都会僵化，所以趁现在找机会学个一技之长还来得及。告诉你，你这个弟弟在学校还有点能耐，我赚了十多万了。我大学的学费、生活费都够了。而且今后每天差不多都可以有收入，钱是不用担心了。我这次来深圳，就是劝你回去。你不用担心钱，我现在有十多万，先给你五万，你拿着去学门手艺或是做点生意，你要想的话，还可以复习参加高考了。"

高春兰听得目瞪口呆。十多万？弟弟一下子挣了十多万？哪里有这么好赚的钱，他是哄她吧！

"你这钱怎么挣的？"高春兰目光带着严厉。

高翔便把挣钱的门道说了一遍，高春兰听得将信将疑，但基本上是信了。她相信她的弟弟不会走歪路，更不会这样来骗她。

十多万！一年挣十多万，这在高春兰看来是天文数字。工厂里累死累活加班，一天工作十三个小时，一年都不足一万。人啊，还是要靠头脑赚钱，靠体力赚钱那是卖苦力，厂里工人的基本工资都只是深圳市法定的最低工资，哎！

干着最苦最累的活，还最被人看不起，鲜花跟掌声从来无缘，也许这是社会的问题。

两人又絮絮叨叨说了许多，高春兰在晚班工人下班前回了工厂寝室。她已经请好明天的假，明天叫上程彩虹，他们三个好好聚聚。

第二天，天光微明，高春兰已洗漱好了。此刻她正对着镜子梳妆着。自从在厂里上班后，几乎就没有照过镜子。今天她尽量把自己梳妆的像那么一回事。

今天是周六，正好程彩虹也不用上课。自她来深圳后，三个人就没有在一起聚过。想到这，她又想起了张敬勤、陈建平，听高翔说张敬勤高考失利，没上大学，现在也不知道他在干嘛。陈建平则是入伍当了兵。短短一两年时间，原本的同学就走向了各自的生活。时光把人聚在一起，时光又把人分散开来。聚散离合，也许是人生永恒的主题。

不久太阳升起来，又是个晴好的日子。工人们都开始进车间上班，各种机器都已启动，轰隆隆地响着。高春兰今天不用上班，总算可以脱离那几乎是震耳欲聋的机器运转声。今天是多么好的日子啊！

她敲房门时，高翔已经起来了，他正伏在窗边看昨夜没有看清楚的深圳。昨晚夜色中斑驳的墙壁在白昼中一片灰白，路面上泥沙极多，三轮车、摩托车穿梭，确实像家乡的县城。

“两个人也没有什么意思，你跟程彩虹也很久没见了，我们去她学校找她吧。”

“你有她电话吗？先打个电话通知她一声。”高翔掏出了手机。

“你是真赚钱了，都用上手机了！”

高春兰打过去电话，程彩虹早晨打完球正和陈白云吃饭。听到高翔要来她学校，她半天没反应过来。电话挂断后，她又打过来问高春兰是不是开玩笑。

“没开玩笑，这手机号码就是他的。”

“那你让他说话。”

高翔接过电话，突然间有点紧张。

程彩虹听到他的声音又惊又喜。

“真的是你啊，那你们过来，我在校门口等你们。”

挂断电话后，她对陈白云说道：“今天不能跟你去爬南山了，高中同学过来找我。”

“刚看你接电话那么开心，跟我在一起你都没有这么高兴过，来的是男同学还是女同学？”

“男同学，也有女同学，两个同学啦。”程彩虹有点不好意思地说着。上周陈白云约好出去玩没有去成，这周又说得好好的，现在临时又不能去，她有点抱歉。

程彩虹语言上的支吾在陈白云看来是心虚，在遮掩着什么，他心里一阵暗笑，但又想着两人的关系还没有到那个程度。

“那你的意思今天又去不成了？”

“嗯，同学来了。”

“程彩虹，你玩我啊。上周说得好好的没去成改到这周，这周你又有事，你不想去就直接说，不要吊人胃口，别人的时间也是时间。别以为就只有你一个人有事，我的时间也有安排的！”

这番话说得管彩虹有点委屈，自己并不是成心为之，虽然是自己不好，但有严重到要中伤她的程度吗？她都不想辩解了。

陈白云见程彩虹不再解释，好比一块石头扔在棉花堆里，没击起一点声响。他有点懊丧，看来程彩虹是完全不把他当一回事。刚刚他说那几句话无非是想要她重视自己，但她连丝毫解释的意思都没有。他又想起刚才她接电话时那种发自内心的笑容，平常约她时怎么看不到？原本以为她是矜持，看来真是自作多情。

陈白云心里种种不满，他见程彩虹不做辩解，好比赛场上旗鼓相当的对手不还手，让自己惊讶，让自己心灰意冷。不过他好歹是大学生，内心再不满也不能失了风度。

“我讲话讲得不对的地方你别介意，你同学来找你了，你快点去吧。”说完起身回寝室了。

本来是隔着浓雾的朦胧关系，今天这番话像是把雾气吹散了，就他们那点涉世未深的人生经验，都认为就此看清了对方。

程彩虹没多想，匆匆回了寝室，对着镜子换了一套又一套衣服还是不满意，今天是怎么回事？

赶在高春兰、高翔之前，她到了校门口。

公交车从工业区开到了市区，窗外的街道跟建筑形象地说明了这一切。

“再过几站就是深圳大学。”高春兰说着。

“多远？”

“就在前面。”

马上就要见到程彩虹，高翔像是将要上台领奖的人还没有做好心理准备，欣喜、盼望又紧张。

很快，到了深圳大学校门。

“我们在这里等着，给她打个电话吧。”高春兰说着。

校门口，人流如织，进进出出的人群喧扰着。高春兰电话还未拨过去，高翔看着程彩虹像是闪着光辉而来。

程彩虹越走越近，越走越近，脸上绽放着光彩的笑容。

“你们没等多久吧，我就在校门那边站着了。”

“没，刚下车。”

“你怎么跑深圳来了？”程彩虹满是诧异。

“来深圳玩玩。”

“你都不上课？”

“上课好无聊啊。”

“嘿，这是我们高中的好同学说的话。”

程彩虹对着高春兰说着。三个人哈哈笑了出来。

“进我学校转转，好好说说话，一年多快两年不见了。”

“今天先不去学校，他第一次来深圳，咱们去世界之窗玩玩吧。”

“世界之窗？也好，我也还没去过。我去取点钱。”

“不用，我带了。”

“对，不用，我弟弟带了钱。”

程彩虹用夸张到不可置信的表情，“真的假的，别请我们一次回学校没钱了。”

在马雪君面前，在她眼里总认为高翔是多么阔绰、多么有钱，把高翔捧到那个位置。高翔在那个位置上也许虚荣，但随之而来的更多的是遮遮掩掩，言语也愈加谨慎小心。程彩虹对自己知根知底，这种朋友间的玩笑只会增加彼此的亲切感。

“不会，我弟赚了钱，你没看到他都买手机了。”

“看来你确实是我们三个中最阔的，那走吧。”

经过一番公交车的颠簸，三个人到了世界之窗。

程彩虹、高春兰说笑着走在前头，高翔相跟着稍微拉开了距离，这真是欢乐的时刻。

虽已入秋，但南国的深圳并没有多少秋意。天空高朗，白云、彩霞在淡蓝的天幕下变幻着飘荡，迎面的清风拂来，吹动着缕缕发梢。城市的建筑风格各异，展示着特区的特别。街道一尘不染，车流有序地行进着。花坛里花团锦簇，叫不出名的花儿在开放。泥土上青草茂盛，显示着勃勃生机。棕榈树、榕树夹道耸立，繁密的枝叶在空中像是结成了网。阳光透过枝叶的缝隙洒下来，在路面留下了稀散的光点。街道上的行人穿戴时髦，展示着特区的开放跟潮流。

高翔跟在她们身边走着，陌生的街景，未曾见过的棕榈树、榕树都让他新奇。他不断地张望，身心被喜悦与新鲜的激流包围。

是啊，自小他就是灰头土脸，那个时候想的是怎么吃好、穿好、学习好，怎么能走出小山村，怎么摆脱依附土地的生活，谁知道现在他跟高春兰、程彩虹行走在都市的大街，他还有钱请她们去玩，他不比街上走着的任何人差。高翔的思绪回到了高中时去的植物园，那个时候在程彩虹面前还有点畏缩，摘一把映山花都臊得满脸通红。现在看着她的倩影，心里像灌了蜜糖，嘴角不由得扬起了笑容。

“你在后面干吗，走快点。”

高翔脚步跟了上去。

程彩虹瞟他一眼，“我看你在后面闷着笑，你笑什么了？”

“我看你们的背影赏心悦目。”

“你什么意思，什么叫背影赏心悦目，他这是在骂我们了。”高春兰对程彩虹说着。

“总算我们的背影还是比别人悦目，姑且就当好话听吧。”

三人嘻嘻哈哈买票进了世界之窗。

世界之窗异域风情的建筑，各种各样的游乐设施让人开了眼界。三个人兴致勃勃地转了一圈，后来高春兰提议去玩游乐设施，几次下来，人就乏了。高翔不懂那些人怎么看起来玩得那么欢乐，很多项目人都吓死，不知道这快乐从哪里来，真是花钱买难受。他们并没有在世界之窗逗留多久，太阳当空，把人群驱赶到了荫处。

吃过午饭，程彩虹带着他们畅游校园，林林总总，说了许多话。

第二天，高春兰继续请了假，人事主管部门都忍不住问这个月月满工的线长这几天是有什么事。高春兰当然舍不得请假，但弟弟来了，得陪他好好转转，工作只能暂时搁一搁。

星期天，程彩虹也有空，于是三个人去了海边，吹着海风，看着海景，尝遍了广东各种有名的小吃。

高翔找时间把五万块钱转到了高春兰卡里。吃过小吃后，程彩虹坚持要跟高春兰、高翔去宾馆多聊会儿，但这样折返很不顺路。高春兰坚决没让她跟他们去龙华，两人把她送上公交车后再搭车到了厂区。

明天高翔回校，姐弟俩总要多说会儿话。高春兰一开始并不相信弟弟赚了那么多钱，但当看到转账凭条后不得不信了，继而来之的是担心这钱是怎么赚到的。高翔费了好大力气才跟她解释清楚可以那么赚钱。姐弟俩说了很多话，在高翔的再三劝说下高春兰接受了弟弟的意见，拿着这点钱回去找找别的出路。

总有说不完的话，你一言我一语，聊到了深夜。

第二天，高春兰买上一大袋子零食送弟弟上了到广州的汽车。

车开动后，直到消失在视野她才转身回了厂区。

心里有千言万语却不知从何说起，感情的暖流让人身体微微颤抖。她料不到弟弟会来深圳看她，还给她留下这么多钱，生活变化得让人措手不及！

现在走在大街上，身边的行人穿梭不停，高春兰觉得自己是这个世界上最幸福的人，她甚至都想高声喊出来，整个世界像是张开了臂膀对着她微笑，世界像是着上了色彩，显得绚丽多姿。之前厂区无日无夜的灰暗日子可以告别了，白天她又能够生活在阳光下，夜晚也能仰望星空，这是多么珍贵的自由啊。

汽车开动后，高翔才有空闲来细细体会内心的感受。现在他也能担当起一部分责任，能为家里做点事了。这次来深圳，姐姐终于可以离开工厂，可以重新选择她今后的生活。对于生活，他们也有选择的权利了！

汽车快速行驶着，高翔思绪平静下来后，他又想起了程彩虹跟马雪君，她们都很漂亮，但性格又是那么的不同，心理上做着比较，一想到现状，不由得一声叹息。

不知怎么的，突然间高余、高量、高大齐、徐钦兄弟等等人物在脑海中闪现出来，一时勾起了万千的情绪。高翔紧咬牙关，在心里默念着：老子从小就憋了一口气，一定要把这口气吐出来！生活的道路，你将何去何从？

四十五

两个月后，十二月中旬，两个女生下了公交车，提着包裹走向火车站广场。

这是她们第一次同时来深圳火车站，广场就在对面，但不能直接过去。她们把各种标识看了好久才清楚怎么走。穿地下通道，左拐右拐终于到了火车站广场。

两个女生面对面拉着手，在说着什么。看来她们并不是一同乘车，其中有个人是来送行的。

她们年龄相仿，个头也差不多，只是有一个脸上多了生活的印记显得稍微成熟，而另一个言笑举止中更多地表现出这个年龄段的女生应有的天真烂漫。

“十几个小时的车，带零食了吧？”

“带了。”

“嗨，你从工厂辞职回家，我应该高兴，但怎么也有点儿伤感了，以后在深圳又少了个交心的朋友。”

“放心，都大二了，你又不是广东人，毕业了就回来吧。”

“你跟高翔说了吧，你再不回去他都生气了，最近他时常发短信叫我劝你早点回去。”

“他发短信就只有这一点事？这段时间他可没怎么联系我呢。”

“那还能有什么事？”姑娘忸怩着说。

“跟你打球的陈白云了？”

“白云与彩虹，一吹就散。”

“那是深圳的海风太大了。”

两人同时笑了出来。

离开车的时间很近了。

“彩虹，我进站了。”

“好的，春兰。车上注意安全，一路顺风。”

进了候车室的门，高春兰转过身，程彩虹还在广场站着看着她，她们不舍地挥了挥手，时间催促着高春兰赶往检票口。

送罢高春兰，程彩虹上了公交车。现在她有些失落，高春兰回家了，在这里少了个朋友，陈白云最近又闹得她不开心，生活总是不能尽她人意。

列车开动后，高楼大厦往后退去，高春兰眼眶含满了泪水。这里有她两年的青春。两年里，没有了白天黑夜的概念；两年里，轰鸣的厂房没有过一刻的安宁……现在想起来，这两年真不知道怎么熬过来的。深圳，看似一座新兴的现代化城市，但在那些明亮的霓虹灯后，又有多少辛酸的身影。有多少人跟螺丝钉一样给这城市添砖加瓦，但城市是否就此会容纳他们？高春兰记得刚来时让人胆战心惊的暂住证，她在这里挥洒了两年的青春后，现在回家了，深圳总像是张开怀抱拥抱每一个人的青春，但又不会挽留任何一个人，城市的钢筋水泥筑出的是隔阂跟冷漠。

火车行驶在夜色中，在湖南迎来了朝霞。一夜的劳累，但归途总是让人欢心的，就要到终点站了。

不一会儿，火车停了下来。高春兰随着人群出了站，她回来了！

站在火车站广场，一时情绪激昂。她离开家乡两年了，现在又站在家乡的土地上，呼吸着家乡的空气，这种阔别归来的感觉，只有在外漂泊的人才能深切地感受，也只有到了外面，才能感受“家乡”两个字的厚重。

高春兰情不自禁地多望了几眼火车站上面的那两个字：“益阳”。此刻被乡音围绕，心里说不出的感动。

她迈开步子，快步走向了公交车。

家里几年没人住，她只能去大姐家。

等高春兰走到姐姐家门口，姐姐姐夫正拿着刷把洗红薯，小外甥拿个皮球在地坪里玩着。

“大姐。”

高玉兰抬起头见是妹妹回来了，又惊又喜，她赶紧揩干手迎了过来，一手接过了高春兰手中提着的包裹。

“姐夫洗红薯啊？”

“嗯，是了。”郭军接口说着。

小外甥看来了不认识的人，站到一边去了，他有点怕生。

“盛盛，叫阿姨。”高玉兰说着。盛盛理也不理，直到高春兰从包裹里拿出零食跟玩具逗他才勉强喊了声阿姨。

“大姐，你洗这么多红薯干吗？”高春兰看大姐手冻得通红。

“这几天天色好，明天又有大霜，多做点红薯片。”

“准备做好多？”

“今年土里挖了几担红薯，天气好的话多做几锅。”

“天气冷，水冰凉的，何不少搞点，自己又吃不了这么多。”

“也不冷，井里的水比塘里的水还是暖和些。”

“你姐真是勤快，我说少搞点，她硬是要多搞点，我说的都不听。前几天做辣椒萝卜，我也说不要搞太多，她不信，结果后来坛子都装不下，现在都还有好多还挂在竹篙上面。”郭军现在可以跟人抱怨下高玉兰了。

“你姐夫最爱吃的辣椒萝卜，又生怕我费力，你看我会信他的少做点吗？”

“那你姐还是蛮勤快，甜酒、腊八豆子、腊肉、腊鱼样样都不少，味口还不错。”

“我啊，我不勤快，我只晓得自己要吃就自己动手。”

“明朝的红薯片多放点剁辣椒，你姨妹子爱吃辣的。”

“姨妹子爱吃，那是得多放点。”

三人说说笑笑，高春兰休息了会儿也帮着洗起了红薯。

晚上，大姐做了一桌子的菜，好久没吃过这么多乡味，高春兰多吃了两碗饭。

吃过晚饭后，她从箱子里翻出张褶皱的小纸条，又把纸条上的数字重新抄了一遍。就这几个数字，是这两年来常想起的事情，这个心结终于可以了结了。

第二天早上帮大姐做好红薯片后，高春兰出门了。

昨夜星空晴朗，降了场大霜。田野稻田里的草垛、大地覆有植被的地方白茫茫的。高春兰刚从深圳回来，这巨大的温差愈加让她感到寒冷。她哈着气走着，不一会儿额头上的发丝被晨雾粘湿了。

今天她要去完成一件事，这件事在她脑子里想了两年了。两年里，劳累的工作让她没有精力去想工厂之外的问题，但这件事时常地在脑海中浮现，总是心有所念。

高春兰不急不慢地走着，人一活动开，身体就会发热，她额头上冒着微汗，脸被白霜冻得红扑扑的。

今天这么早动身，是赶着去镇上。从大姐家到镇上得走将近一个小时。本来是有车坐，但她乐意走路。在深圳待了两年，天天看到的是灰白的厂房，偶尔休假出了工厂也是高楼大厦，家乡田野的风光两年不见了，走路正好可以好好饱览家乡深秋的景色。

东方的天空涌上层酡红，不久阳光就穿透云层照了出来。薄雾回避着光线，慢慢消散，天地间开始变得明亮。先前草垛、枯草上白茫茫的霜在阳光的照耀下融化，现在看上去湿漉漉的。早起做生意的买卖人，肩上挑着沉重的担子压得扁担吱呀吱呀地响，他们走着快步，好在集市占一个好点的位置。

高春兰走到镇上已是九点。小镇两边的街道摆满了菜摊、水果摊、杂货摊……街面上碎菜叶满地，人们来回走动寻找着自己要买的东西。吆喝声、还价声纷纷杂杂，这是小镇一天最热闹的时候。

高春兰走到街头相对僻静处，她要打电话。

她掏出昨夜抄的一排数字进了家批发部。

“我要打个电话。”高春兰对店老板说着。

店老板示意电话在一边，自己打就是。

高春兰照着纸条上的号码拨过去，按键的时候激动得手都抖了起来，拨完后像是心头上的一块石头落了地。

其实她不是打电话，她拨的是BP机号码。现在她得等在电话边，等那边打过来。

“妹子啊，现在哪个还用BP机，先把钱付一下。”

高春兰守在电话机边，她也不知道那边什么时候会打过来。这样站人家店门口，别人还要做生意，站久了也不好意思。于是她在店里挑了几样能用得上的东西，这样站在这里等电话总多一点底气。店老板见她懂味，从里头搬出条椅子给她。

银色BP机在床头柜震了几下平静下来，灰黑的屏幕上闪烁着一排数字。不久，有人在水房洗漱后回到了房间。

他正对着镜子，双手把分头梳理得大约像那么一回事。其实工作以来，他镜子照得很少了，有时甚至都无暇顾及仪表。这一年里，他从一个刚出校门什么都不懂的高中生，慢慢走上了电子产品生意这条路，开店以来，跟形形色色的人打交道，人情练达，都快成生意老手。只是年纪相对还小，大一点的生意别人总要上下打量他一番。

他穿上外套，铺好被子，准备去批发城。

因为做生意得打电话，他早用上了手机，BP机以前还时髦能别在腰上显摆，现在早落伍了，基本上当手表用，看个时间而已。

他拍了拍裤带，看有没有忘拿什么东西，BP机还在床头柜上，他拿上BP机出了门。

店开在电子批发市场，电子产品市场不同菜市场要赶早，电子市场上午开门晚一些，生意主要在下午。他骑上摩托车，向批发市场开去。

太阳虽已经升起来，但骑在摩托车上，迎面的风往脖颈里灌还是冷飕飕的，他减慢了速度。

裤兜里的BP机像是在震动，他没在意，目不斜视地盯着前方。

又像是震了几下，接下来的这几下还震得特别强烈。

他靠边把摩托车停下来，BP机又震动起来。拿出来一看，不是闹钟在响，他都很长时间没用BP机联系过人了，放着手机不打，打什么BP机，他心里有点不痛快。

哦，他拍了下脑袋，脑子里突然电光火石般的一亮，谁会呼他的BP机？应该是她吧，对，应该是高春兰吧，脑子里闪现出两年前他抄给她BP机号码的景象来。

张敬勤看号码，竟然是本地号码，她难道回来了？会是她吗？不会是她吧？他赶忙用手机照着号码拨了过去……

高春兰在批发部等了很久，守着电话，电话就是不响。

“你要不再呼一次，呼一次有的人以为别人乱呼的，呼两次那就表示真有事了。”店老板建议道。

于是高春兰又呼了一次，现在电话响起了。

“喂。”高春兰不知怎么的有点紧张。

“喂。”那边是试探性的声音。

不等高春兰接话，电话那边又说道：“你是高春兰吧？”

虽然已经两年不曾来往，但听到那个“喂”字，高春兰还是感到了久违的熟悉。她刚要开口，他抢先说了。

“是我，你是张敬勤吧？”高春兰瞬间的情感像火山般喷发了，她跟张敬勤通上话了。

“是我，张敬勤。”他按捺着激动尽量平静地说。

“你回来了？我看你呼我的号码是本地的。”

“昨天回的。你今天有空吗？没事的话咱们碰个面。”

“有空，有空。”

“你在哪里，在哪碰面方便？”

“你在哪里，要不我们在校门口见吧？”

“我在镇上，那可能要晚点，还得搭车。”

“好，那先就这样。”

挂了电话，两人一时都难以平静下来。今天是个什么日子，两年不见的同学将要见面，但又没有多余的时间分条缕析地感受内心的激流。

高春兰在镇上等了一会儿上了班车。

今天得去见高春兰，店是不能开了。要见女同学，总要回去好好把自己收拾一番。

一个小时后，张敬勤穿戴一新到了校门口。不知为什么，到校门口总是怕碰见以前的任课老师，哎，老师要是问起他现在在干吗，他怎么说啊！

他把摩托车停在校门口对面，在期盼中等待着高春兰到来。

张敬勤到校门口时，高春兰也从班车上下来了。

两年多不见的好同学赶赴约定的地点，急不可待的心情是显然的。在走往校园的老路上，如果背个书包，大概有人会认为她还是高中生吧。但是她离开学校两年了，重新走在这条熟悉的旧路上，勾起了她许多情绪跟回忆。

地球自转带来白天黑夜的轮替，地球公转又带来年月的流逝。时光总是停不住，也留不住。日复一日，年复一年，时间带走了童稚，带走了青春岁月。

也许走向社会，经历过社会的磨练，会更加怀念校园生活的美好。人就是这样，身在其中不以为然，过去之后又回想缅怀。

两年工厂生活挺过来了，校园的日子还历历在目，现在走近校园，但校园生活永远地远去了。

相近情怯！在过去的熟悉中感到了生疏，在习以为常的薄情寡义中忽然有了深情厚意，让人出乎意料，受宠若惊。想要走近，又不敢走近，两年过去，学校还是原来的样子吗？要碰到认识的老师又怎么办？

高春兰克制着情感上的波澜，尽可能平静地往校门口走着。

当高春兰走近的身影出现在视野，张敬勤不知觉地笑开了怀，但没有时间让他长久地驻留在此刻的情绪里。他发动摩托车，心急火燎地朝高春兰开去。

迎面的风吹起他的头发，似乎又多添了几分潇洒。

前面的身影越来越近，高春兰的脸庞已清晰可见。他拧了油门，发动机轰鸣着，车轮加快了速度，扬起的灰尘随风而散。

摩托车在近距离时减缓了速度。

高春兰根本没有留意马路上的摩托车，当张敬勤把摩托车开到她面前时，她有点不相信自己的眼睛。

张敬勤笑嘻嘻地跟她打着招呼，高春兰相对一笑。

“你到了多久？”

“刚到。你几时回的？”张敬勤边说边从头到脚打量着她。

“昨天回的。”

“昨天回的今天就联系我，真够意思。”

“其他同学都不在，只有你在益阳？”高春兰一本正经地说。

“高考后他们都是远走高飞，只有我没飞起来。”张敬勤语气低落。

高春兰察觉到了他的这点失意，说道：“开个玩笑，总不至于不能开玩笑吧。我不是比你更不如，你都开上摩托车了，估计是同学中第一个开上的。”

高春兰丰富的表情感染了他，张敬勤笑了笑。

“怎么样，去学校里转转吗？”

“不去，在门口看看就好，我怕进去了被老师认出来，他们要是问我在干吗我该怎么说？”

“认出来了又怎么样？”

“一事无成，不好意思。”

“上来吧，坐后面，我带着你到校门口打个来回。”

现在一个女同学坐在自己的摩托车后座上，这多像是带着女朋友在兜风。张敬勤抿嘴一笑，发动了摩托车。

摩托车开得并不快，但也很快到了。

“真不要进校园看看？”张敬勤问着。

“不了，你开慢点，我看看校门就好。”

下课铃响了，学生成群结队地从教学楼里出来，蜂拥着往食堂走去。这场景多么熟悉。

“咱们走吧，不然真会碰到老师，老师来了。”

几个老师相跟着往校门口走来。

张敬勤立马开动了摩托车，开出去好远的距离才慢了下来。

“其实真想跟老师好好聊聊，但又很不好意思。”

“嗯，谁叫我们两个没出息。”

“有没有出息不是高考能决定的，很多成功的人从事的工作跟上不上大学关系并不大。我们现在去哪里？你肚子饿不饿，要不先去吃饭？”

“不饿，我们去江边看看吧。”

两年过去，江岸两边一座座的高楼正在拔地而起。初冬江水回落了，江水清澈碧澄，微风吹拂着涌起层层波纹。远望着金光闪闪，船只来回穿梭着。江畔两侧的野草枯大都枯萎了。

张敬勤载着高春兰在堤岸上慢慢地行驶着。

“往这个方向走，我们是不是离太阳越来越近？”

“理论上如此，太阳是恒星，地球绕着太阳转的。”

“那我们就一直朝那个方向开，太阳会给我们更多的温暖。”

从一个桥头开到了另一个桥头，张敬勤才掉头开了回来。

已是吃中饭的时间，快餐店炒菜的辣椒味呛得人打喷嚏。街道小巷里踩着三轮车卖甜酒、糯米浆的吆喝声此起彼伏。

“咱们吃饭去吧。”

“嗯，我请你，你想吃什么？”

“你刚回来，怎么要你请，我请你。”是男子汉不容反驳的口气。

“你忘了，你是债权人，今天叫你过来是还钱给你的。你借钱给我，让我也回个人情。再说，我回家乡了，准备在益阳找事做，也算讨个好兆头。不要跟我争了，你请了我们那么多次，让我也请你一次。”

说实话，关于钱的事，张敬勤根本就没放心上。当时高春兰开口跟她借钱，他是想帮她这个朋友，之后就完全没想起过这个事情。现在高春兰说要还钱给他，他倒是有点不自在。张敬勤打算跟她开个玩笑来化解化解。

“这是什么时候的事，我记得我只放高利贷的，我给你放过吗？”

“利息我算不出来，等会点菜你就尽管点贵的吧，反正由你，谁叫你是债主。”高春兰像是当真了。

人有时候会把玩笑话严肃对待，有时候又把严肃的问题当成玩笑。

或许这是因为个人内心敏感的东西不同。

张敬勤慢悠悠地开在街道上，最后选了家看起来还不错的特色菜馆。

点过菜，高春兰从包里拿出支派克笔，两个小贝壳。

“这是送给你的。”

张敬勤刚平静下去的情绪又高涨起来。

他把贝壳放到耳边说道：“听说这样可以听到海的声音。呃，我真像是听到了。”

他夸张的表情把高春兰逗乐了。

“深圳的海怎么样？风景好看吗？”

张敬勤开始喋喋不休地追问着高春兰在深圳的种种见识，但他尽量回避着没有提到工厂的生活。

边吃边聊，肚子差不多吃饱了，但两人间的话语像是说不完。

高春兰在深圳到底过得怎么样，一开始他不大想问，但借着兴致，话还是脱口而出了。

“你这两年在深圳工作辛苦吗？”

“今天我们说了这么多，都没说到这个问题。我是在深圳龙华区工厂里打工。在那边，进厂的女的叫厂妹，男的叫厂哥。深圳是很繁华，但繁华与这些在工厂里打工的人无关，繁华是属于有钱人的。不是说深圳设置了什么壁垒，砌了围墙，不让你走到繁华的市区。而是本身的身份跟经济实力使你与繁华拉出了鸿沟。我刚去时走在街上时不时要被查暂住证，这样上街还有心情体会繁华吗？何况到了市区，置身高楼大厦和金碧辉煌的商场之间，干瘪瘪的口袋让你怎么去繁华？别人说在深圳开了眼界，确实我是开了眼界。走在商场里，什么东西都只能看看。你没那个实力，什么都与你无关。你的价值跟意义就在于衬托什么，或者是做繁华的背景吧。打工的日子太辛苦，没日没夜，那些有钱人怎么会想到社会上还有这样一种生活。除了睡觉就是在厂里上班，每个月的工作时间有三百四十多个小时……”

高春兰诉说着，张敬勤听来像是在听她诉说苦难一般。

“那你回来有什么打算？”

“我现在攒了点钱，等明年看能不能做点什么吧。”

“也好，要是钱不够跟我说，小额的我还是能想办法的。”

“我还没还你钱了。”高春兰掏出四百块，“利息我就不给了，给了你也不好意思收，也不让你为难。”

张敬勤接过钱，哈哈笑了起来。

四十六

东南到西北，跨越了气候带，跨越了时区。自东往西，列车把一天天的白昼拉得长了许多。高翔坐在火车里，骚动的心久久平息不下来。

深圳之行，虽然姐姐没有马上回去，但基本的任务还是完成了。男子汉能为家里做点事，有力量回报家人对你的付出，这种由之而来的感觉是任何其他事都不能比拟、替代的。“你是我们家的顶梁柱”，顶梁柱就应该把一个家撑起来！现在他开始做了一点，将来还要做得更多。

高翔望着窗外，思索着生活的点点滴滴，程彩虹的身影再也挥之不去。她的一笑一颦，她的着装，她的马尾辫，她那些亲切的玩笑都不停地在脑海闪现。有时令他愉快，有时他又责备自己想得太多，虚无缥缈，思想越界，过分了！

要遏制漫无边际的想法，不管怎么样告诫自己，但心里的念头总是不知不觉就飘到程彩虹那里去了，好像她是个磁场，对他具有无穷的吸引力。

有时思绪在程彩虹那里停留太久，他会猛然“醒悟”过来，继而想到马雪君。这样的情况让他纠结难熬，他甚至怀疑是不是自己品格有问题，哪个人品端正、用情专一的人会这样胡思乱想？也许在人生的某一个阶段，每个人都会有这样的思想徘徊。

他和马雪君一如既往地交往着。一块儿上课，一块儿吃饭，一块儿散步，尽量克制着自己那些“激烈”的想法和言论，谨慎地、小心翼翼地和她相处着，做什么事都尽量以她的偏好为重，万事都迁就她，免得她不开心。他在深圳看了篇李敖的文章，谈论要不要试探人，李敖引了许多的例证来说明即使是金玉其外，也不要试探，不要捅破，金玉其外也是漂亮的，甚至是金光闪闪的。由李敖的文章，他也不再设话题上的陷阱去套她，为什么要了解一个漂亮女人的内心，她对事情的看法了？漂漂亮亮难道不够充当魅力的足够资本吗？

高翔尽量约束着自己的言行，尽量让马雪君开心满意的时候，马雪君也做着同样的事。她不再心直口快，不再直接表示自己的喜好，而是小心翼翼地根据高翔的喜好来作出他喜欢的姿态。

虽然两个人都在尽力维系他们之间的感情，但这种不成熟的方式，这种克制隐忍的方式，这种情感历练不够的幼稚让人更加身心疲惫。可能因为他们涉世未深，感情上有过碰撞，两个人都有所忌惮，于是收起棱角，尽量不要刺疼到对方，但他们没有想到，收敛棱角的时候也关闭了他们自己的心。

凭着青春的激情走到一起，但能走多远全在相处的艺术，感情不是吹毛求疵，不是遮遮掩掩，而在于包容。过多的矫饰克制只会消磨感情本身应有的快乐。何况克制、矫饰本身就是对天性的压制，长期压缩的弹簧，总有要向外伸展的力量。

一天下午，天色阴沉，西北风肆虐地呼啸着，白杨树树干被西北风刮得簌簌作响，高翔到马雪君寝室楼下等她一块儿去吃饭，马雪君很快下来了。

她轻淡地笑着捏了捏高翔手臂道：“天气冷，吹这么大风，多穿件衣服，看把你冻的，没有等太久吧，接到你电话我马上就下来了。周末有时间去市里给你买件衣服。”

这几句话就像件厚羽绒衣穿在身上，高翔全身暖暖的。

“你想去哪吃，带你吃好吃的去。”为她刚刚那几句话，高翔想好好回馈她。

“随便，你想去哪吃咱们就去哪吃。”

自高翔从深圳回来后，每次挑吃饭的地方，两人都不直接说，而是想着迁就对方，让对方做主，结果是双方的退让让他们常常走到哪里就进了哪家饭馆。这种刻意的以对方为中心，结果是两人都不痛快。

“随便，那我们就吃随便吧。你好长时间都没在我面前痛快地表示过一次态度了！”高翔说着。

马雪君听他这样说，有点委屈，她快走了几步。

高翔追上去拉着她的胳膊，“你想去哪吃，我带你去，我不挑的，你想吃啥就吃啥。”他甚至都用啥来代替了本来习惯说的什么。

看来他是不会表明态度，马雪君振作着精神说：“咱们咋挑个吃饭的地方都弄得这么累，去湘菜馆吧。”

高翔见她说得有点勉强，“算了，算了，你不喜欢吃辣的，还是去拉面馆吧，我今天挺想吃拉面的，咱们还可以点几个西北菜。”

在刻意地讨好跟迎合中一切都弄僵了，结果常常都是不欢而散。人与人交往，最简单有效的是你怎么想的就怎么说，不要让人猜，但谁又知道你说的就是本来的真实意思。你已经翻出了底牌，但对方认为你还藏着什么，这其中的误会就难消释了。

信息不对称使男女间充满了神秘跟浪漫，信息不对称又让人产生龃龉跟误解。而当两个人分开时，基本都是自认为了解了对方，看透了对方。真是因为不了解在一起，因为了解才分开。男女感情的纷纭，也许都是雾里看花。

高翔带着期望等她，马雪君欣喜地下楼，但见面的结果是这么让人心累。每次回到寝室后回想相处时的点滴，检讨着自己哪句话说得不合适，甚至用数学般的逻辑推理推敲对方的每一个神情，把所有的细枝末节都放到显微镜下放大，却没找到根源。彼此间感情要有了裂缝，恐怕是再难弥合上了。

每到寝室门口，高翔都要变换好几次表情，同学们不是来看你脸色的，一切都得关在心里自己消化。他尽量和颜悦色地跟室友交谈，跟着他们的氛围作出适当的呼应，只有在大家都安静下来的时候才能想自己的一点事。这时候他常常想起在深圳的程彩虹，也许只有她能排解自己心里的涣散跟忧愁。

这样的揣摩多半是空想，翻出她的号码拨过去没通就赶紧挂断，编好的短信改来改去，逐字斟酌却又犹豫不决。想说的话很多，但编好的短信在自我审查后往往只剩下“你在干吗”四字。鼓起勇气发过去后盼望着她的回应，本来只有分分秒秒的间隔，但在他感觉是漫长的等待，时间都走慢了。渐渐地，他们间的联络自然而然地多了起来。他们本来就是同学，有这个前提为基础，相对容易找到话说。

从一开始的字斟句酌到慢慢地随性发挥。一日三餐、新闻笑话都成了他们短信的内容，有共同的话题，同一个笑话都能笑出来，也许这是交谈的基础，他们间的话题越来越纵深广阔。

有时候，他会收到她毫无内涵的短信：“今天下雨了，鞋都湿了；刚上课老师没点名，真没想到……”高翔有时候想到她又不知道说什么时，时常会发条空白短信过去，等她的问号过来，他又说是按错了。

他们就这样频繁地联系着，直到月底打话费清单时才恍然大悟，什么是“言多必失”！

每天跟程彩虹联系的时候也得天天面对马雪君。慢慢地，他们间的关系也有了微妙的变化。

两人走在一块，距离拉得越来越远。原来的谨慎小心被沉默跟各怀心思取代，但他们也不表示什么，各自忍耐着等着对方靠近，隔阂越来越大。

这时候，双方谁也不激烈地表示什么，他们还是跟情侣一样一块吃饭，一块散步，一块上自习，形式还是这个形式，但好比过了节气的蔬菜瓜果，再也不是原来的那个味。心不在焉又心猿意马！他们像在情感的河流中游着，但情感的阀门已经关闭，河水越来越浅，越来越浅，渐渐露出了嶙峋的怪石跟河床的鹅卵石，情感的河流快干涸了，他们从河里站起来，退到了各自的岸上，中间就此横隔着河床的距离。

日子一天天过去，彼此的希望都从殷切变得渺茫。最初心里翻滚起伏的苦水慢慢在稀释、消耗，生活变得平稳，甚至都有些寡淡了。

有几次，高翔想心平气和地跟她谈谈，话还没出口，马雪君打断道："快期末考了，现在别谈，以后再说吧。"

期末考前一周，图书馆、自习室坐满了人。很多学生一个学期的课程就在这一星期内攻克。除了证券投资学不用突击，其他科目高翔照着老师结课前划的重点狠背。只要这一周的时间抓紧了，平常又没有缺太多课，一般及格是没有问题的。

考完后，终于完成了一个任务。开学时从五湖四海汇到学校，放假又从学校回到各自的家乡，人生就是场来回地奔波。高翔、马雪君约在奶茶屋，要了两杯奶茶，他们安然地坐了下来。

"考得怎么样？"

"能过吧。"

"只过可不能拿奖学金，更不能评优评先。"

"让别人去拿吧，我不在意这个。"

"那是你有钱，我就不能不在意。分数高不仅跟奖学金、评优评先挂钩，将来保研、找工作都有关系。我还想着找些关系多弄几个证书到时好加分，下个学期开学得给团委的老师送点礼。"

以前听她说这样的话高翔很排斥很反感，这个时候他倒是对她多了几分理解跟宽容之心。每个人都有自己为人处世的方法，你总不能把自己的规矩套到别人身上。他只是发现原来他们之间的差别真的很大，这不是谁是谁非，而是价值观不同吧。

奶茶屋柔和的彩灯渲染的气氛有点暧昧，马雪君喝着奶茶，好几次欲言又止。

"今天我们好好谈谈。"

"你说我们怎么办，是不是到了做个了结的时候。"

"嗯，都这么长时间了，都可以比较平静理智地处理吧。"

"其实，开始我们也有许多的甜蜜，但后来不知怎么的，我也不知道是做错了什么事，还是说错了什么话，有时你的态度变得太快，我都适应不过来。如果我做错了啥，说错了啥，你多包涵一下，我动机不坏，都是为你，为我们着想。"

"我知道，我们间有问题，问题多在我身上。我自身缺陷太多，敏感，又不接纳人的意见，刚愎自用，我从不敢在你面前表露真实的自我，我说的话都是经过乔装打扮的，我不够真诚，让你受气了，你也多担待一点。”

“那我们这算是分手了？”

高翔沉默了许久，“我配不上你，我们打止吧，拖久了对你不公平。我们不合适。如果你看得起，以后希望也不要当作不认识，做个朋友还是可以的。”

高翔停下来望着马雪君，生怕会伤害到她。

“你这么说，我没想到此刻我是这样的平静。其实刚开始有这个念头的时候，我很难受。于是我想尽量维护什么，那段时间我很不自在，都不是我自己了。总怕说错话、做错了事惹你不开心，怕你对我有看法，什么事都想让你满意。我那段时间都在做这样的努力，可是我们间还是不投机，没默契，看不透对方的心。本来想努力磨合，但事与愿违，我们越走距离越远了！也许这不是你我的问题，只是我们没有遇到那个跟自己匹配的人。”

“嗯，你说得对。平常看到情侣分手，哭哭闹闹，想不到我们这样的平静。平静也好，至少我们都已想清楚，可以放下了。每个人都是独特的，一段感情的失败并不能否定自己。电脑软件间还有兼容不兼容的问题，你我也只是没遇到那个跟自己志趣爱好融洽的人。”

他们又回忆了许多，又把过去争执的小事拿出来对质，这样一番对质后双方说得最多的是：你当时要是直接说，我就不会那么说了。

“那次我真的想请你去吃好的，结果你扭捏着不说，我以为你不屑，或是在生气。”

“不是我不说，我就想着你做主，你想吃什么就吃什么，我无所谓的。哎……”

“总之，我们都不能理解对方，在一起好像合不上节拍，节奏永远跟不上，也许我们都有更适合的人。”

“今晚上还是送我到寝室楼下吧。”

事已至此，再多的苛责也是无济于事，既然节奏没有合拍过，过去的这段旋律就谱不成一首曲子。现在再指出之前没合上的时点，还于事有补？生活在不断前行，错过的风景可以回望，可是也再回不去了。

局面已是如此，马雪君也不想再多说。拿得起，放得下，是人生的豁达跟智慧。

西北的晴夜格外冷肃，淡墨色的夜空中星月发着朦胧清冷的光，处处影影绰绰，高翔、马雪君相跟着往寝室走着。

“以后我们再难得在星月辉映的夜色中同行。说实话，今天把一切都坦白，说明了，把那层关系掐断，像是脱掉了一件厚重的湿衣裳，浑身轻快多了。”

“你能这样想，那是最好不过。纠结不如洒脱，淡然处之起码是乐观超脱的态度。”

“真希望你早点遇到那个跟你契合的人。有过一次经历，就多了一份经验，知道自己要的是啥，以后碰到对的人好好珍惜人家。”

“你也是啊。你心襟开阔，愿你也早点找到那个如意的人。”

“其实现在分手，背后那些闲言碎语终于可以止住了。好多人都说我看中你的钱，现在终于可以证明了，不过想不到是拿分手来证明！”

“我啊，我穷小子，没钱，真的。”

“你看，你现在还装蒜，现在我还能图你什么？”

被人戴了顶伸手摸不到的高帽，此时的气氛看来说什么都像自己在隐瞒，在开玩笑，索性他什么也不说了。

很快到了寝室楼下。

“我上去了，拜拜。”马雪君微笑着挥手，小步跑进了寝室。

高翔在楼下徘徊了一会儿才离去，想不到他们的关系处理得这样利落冷静。虽然就此结束了感情，但内心里他对马雪君还是有几分尊敬的。虽然两人有些格格不入，但好比是走在两条不同道路上的人，没有走在一起也不能说谁就错了。

刺骨的寒风催促着脚步。自己是个穷小子，却被人当成了有钱人。忽然间，童年的记忆浮现出来。那些嚣张跋扈的面孔，那些势利、厚此薄彼的嘴脸，父亲去世后高余对着他满面的笑脸，高量把妈妈手打断的场景，过去他人的那些冷言冷语、冷漠歧视全聚心头。

高翔鼻根有点发酸，心里的酸涩涌上来，鼻腔里火辣辣的。他停下脚步，仰望着夜空，回溯着苦难的童年，泪水盈满了眼眶。

上大学来，这一年多的得意让他恢复了信心，但生活上也变得懈怠、自满。有时候他甚至忘记了过去的日子，沉浸在别人虚幻的羡慕跟夸耀中。不去拼搏，不去努力，不再有更高的向往，人说小富即安，你还没有小富了！

检讨大学以来的生活，总得来说不算失败，但明显应该还有更大的空间。自从英语报、家教业务办妥后，他就再没有做什么，成天得过且过，难道就这样混下去？难道对现状就满意了？过去那些无情的面孔刺激着他，你不应该就此满足！老子一定要比他们都强，老子一定要做那个最有出息、最有本事的！老子一定要出人头地，骑到他们头上去！

顶着寒风，高翔快步回了寝室。

四十七

翻过年坎，已是二零零六年。冬去春来，田野山林渐渐换上了愈来愈浓重的春装。花朵缤纷，枝叶繁茂，春雨浇灌的大地一片鲜绿。河水涨了，温度升了，青蛙开始叫了。母鸡领着孵出不久的小鸡在山野里觅食。老鹰偶尔滑翔在天空，这个时候母鸡总会咯咯叫起来，小鸡听到母鸡的声音总会立马藏到母鸡的翅膀下去。

在大姐家过完年，高春兰到了市里。出门前她再三叮嘱姐姐如果需要钱跟她说，高玉兰应承着，其实除去结婚时欠下的账外，现在生活并没有太多开支，但是妹妹有这份心还是让她感动。

高春兰到了市里，从深圳回来之后，她一直想自己能做什么，身上有五万块钱能干什么，想来想去，一直没有打定主意。置身闹市，她免不了彷徨，下一步在哪里，往哪个方向走，当下最主要的是先找地方住下来。

既然是来市里找机会的，就得做长期打算，住宾馆酒店肯定划不来，得找房子租住下来。第一天，她在居民区穿梭，到下午终于找了个单间。房租谈好后，房东马上换了一把新锁，换过锁后，她拿上钥匙出门，把基本的生活用品置办好了。

现在，她在家乡的城市住了下来，但能做什么事？她能在这扎下根来吗？

能干什么？五万块钱本钱好像可以做点生意，但又能做什么生意？真做生意，自己一个人能照顾得过来？

高春兰思索着她的出路，有些迷茫。生活的道路要靠自己独自闯荡，这对一个女生有些太难。但现在处在这样的位置，没有依靠，没有援手，没有退路，又能怎样选择？与其畏畏缩缩，还不如潇洒地向前走去。她有过些社会阅历，也能吃苦，深圳工厂那样高强度的班都能上下来，现在眼前的这点迷茫算得了什么！再怎么不济，身上有钱，总不会饿肚子，没有什么好怕的。

有时她又想，做生意是她仅有的出路？她不能干点别的。像她这个年龄，如果不辍学，那她现在应该是在大学校园。高春兰想起程彩虹漂亮的校园，不由得叹了口气。已经走上了社会，再回校园已是不大可能。

思想上这样认同，但内心又有种强烈地渴望，她想回到校园或者至少再学点什么东西，但怎么回学校，学什么，一切都无从说起。

要进学校，得上补习班考大学。高中的课本离开手两三年了，再上补习班等于上新课，根本跟不上，她也没有青春能耗得起。权衡之下只得把这个念头暂时放下。当前做生意是她唯一的选择，但做什么生意？接下来的日子，高春兰每天在商场转着，到处打探，慢慢地也就有了自己的思路。

菜市场的生意每天得起早贪黑，一个人肯定干不了。杂货店、五金店杂七杂八的东西，她自己也弄不明白。餐馆、小吃店似乎也不是一个人能招呼过来的。最后盘算下来，她能做的大概只剩服装店。服装店盘下一个门面，进一次货就能卖一段时间，看起来行得通。虽然她还不知道去哪进货，进货又有些什么门道，盘一个门面要花多少钱，这些都得自己摸索。打定这个主意后，她就开始起早贪黑忙碌起来了。

首先是找门面，虽然时常看到门面转让的广告，但总得对比几家，掏钱的事大意不得。门面的大小、位置，租金、人流量这些全要考虑，只要人流量大，就算贵一点也值得。

高春兰开始打探门面，想象中她以为那些转让的门面只要出租金就能拿下，但打听下来把人吓了一跳，那些转让的门面还要笔转让费，这笔钱数额还不小。一开始她以为只是个别店主要价高，但几天的奔波之后才知道收转让费是行情，没有哪一个不要。租金每月几百块钱，转让费常常要一两万，她不得不慎重考虑了。如果一招不慎，投进去的钱打了水漂怎么办？

高春兰开始犹豫踌躇。有时候她会想，难怪很多人愿意跟着别人干拿份工资，自己做老板什么事都得担风险。

之前她在工厂里工作了两年多，对做生意基本上没有概念，而且她也从来没有一次花出去过一两万，现在想着开店的成本，把一两万块钱掏给别人，想想都舍不得，心里不由得敲起了退堂鼓。

当什么都一无所知又没有人依靠时，做任何事情都得下巨大的决心。对别的人可能是老生常谈，但对一个新手来说，她做的是一番开创性的事业，高春兰的顾虑是情有可原的。

畏惧而不敢下决心，但不做生意又能干吗？打工？打工都打怕了。自己开店固然是有风险，但赚多少都是自己的。你是宁愿被别人支配使唤还是自己对自己负责，自己做老板？

形势逼迫人，与其赚别人的下眼钱，不如自己去拼搏一番。

一番思想斗争之后，高春兰打定决心着手行动起来。

一开始跟人谈价钱还抹不开脸面，但谈多了就熟练了，谈生意得分毫必争，她也摆出一副十足的生意人面孔来。

多日的搜寻对比，店铺总算定了下来。谈下价格后，高春兰又加了两百，转手的店主就把服装生意的门道一一跟她说了，事情总算有了眉目。门面是带货转，高春兰盘下店铺后直接开张营业。

先前的店主是卖女装，这也决定了高春兰经营的方向。

开张后，生活忙碌起来。一个多月下来，营业额有三千多，高春兰估摸着按百分之二三十的利润率算，应该可以赚一千块左右，这让她知道了店面的盈利能力，算下来再扣掉其他开支，一个月应该赚了五六百块钱。

五六百块钱虽然不多，却给了高春兰继续把生意做下去的信心。这一个月卖的别人的剩货，如果进货进得好，生意一定会越来越好。

进什么货是她提前考虑的问题。她开始考虑自己这个年龄段女生的喜好，她开始观察街上女生着装潮流。闲一点的时候她会在商场里转着看看别人进了哪些货，怎么样让自己的货有特色、受欢迎，这方面她下了不少的心思。

第二个月下来，高春兰掌握了些讨价还价的技巧，营业额比先前增加了三四百元。这时，先前盘下来的存货卖得差不多了，进货已经摆在她面前。

照先前店主说的，是在广州进货。为不耽误时间，高春兰提早几天买了晚上出发第二天早上到广州的票。这样到广州后直接到批发市场，一上午进好货，再坐晚上的车回来，这样就只会耽误一天。

几天后，下班锁了店铺，高春兰去了火车站。

夜幕中的火车站灯火明亮，广场蜂拥，人们提着大包、小包走向候车室安检口。

进站候车，上车晚上八点多，去广州的火车开动了，准点到达广州的时间是第二天早上六点。

高春兰买的坐票，白天在店里操劳了一天，现在坐在位子上身心疲惫，马上犯起困来。但她又不敢安心地犯困，怕睡着后钱不安全。她身上带着现金，广州人生地不熟，为省时间，就把现金带身上了。

火车在夜色中前行，车厢里来回的叫卖声不曾停歇，白天太累了，高春兰还是睡着了。这睡眠并不踏实，但也断断续续地串联着。

不知什么时候，高春兰总算感觉自己恢复了精力。拉开窗帘，窗外是朦胧的世界，东边地平线的鱼肚白稀释着夜的浓重，天地间灰蒙蒙的。这个时候，根本看不出今天天气的好坏，希望是个晴天吧。

天色越来越亮，不久东方的云彩挂在了天边，看起来不会下雨，高春兰舒了一口气。

六点左右，火车停靠在广州站台。高春兰出了站先去买今天晚上回去的票，坐票是没有了，她买了站票后打车去了广州服装批发城。

时间虽然还早，但批发城的店大多数都开着。全国各地的商贩都来这里批发服装，市场巨大，批发城的店多是通宵营业，灯光几乎都不曾熄过。

高春兰走进去，各式各样的服装让她眼花缭乱。服装简单说起来只有男装、女装、童装三种，但其中的款式、色泽、价格却千差万别，高春兰寻着女装店打问着。

她的总原则是款式新、质量好、价格低。单要符合某一条是容易的，但三个条件都满足，就得费一番周折。

高春兰打问了十几家后，大概了解了行情。

昨天白天做了一天生意，晚上火车上睡得又不踏实，走了几趟后就累了。但时候还早，多找找可能能以更低的价格拿到更好的货。高春兰拖着沉重的脚步继续打问着。

批发市场楼房林立，街巷拐来拐去，很难找到开始走过来的路。高春兰在市场里转着，人越来越多，各种口音混杂，天南地北的人汇到这里，这个贸易集散地牵涉许多人的生活。

忙碌的时间总是匆匆而过，不知不觉太阳高挂在了天顶，已是晌午，高春兰把货进好了。

这个时候人又累又渴，肚子也开始咕咕叫。广州温度高，汗水沁湿了后背，她吃了几块自带的饼干填了填肚子。

跑一趟广州不容易，得尽可能多带货。各种款式跟尺码的服装大包小包堆了一堆，装进大袋子后足足有一人高。怎么办，这么大的袋子怎么搬？

还好，批发城里各种装货的三轮车多，高春兰叫上辆三轮车载着去了火车站。

到火车站门口后，进站上车这一段路只能靠自己了。

袋子套了两层，她把竖着的袋子打翻在地，扯着一个角拖起来。

这样是稍微省了力气，但她马上发现这样拖下去袋子会磨破。她又把袋子竖起来，双手抱着，同时一只脚垫在袋子下面慢慢往进站口挪去。

炙热的阳光照耀着大地，身边的人群川流不息。高春兰咬着牙关挪着袋子，时间不过几分钟，但她已汗流浃背，脸上晒得红扑扑的。

每一步都走得极为艰难，但总算走到了进站口。这个时候人已经精疲力尽了。

进火车站得安检，这么大一个袋子是过不了安检设备的。

高春兰把已被汗水粘湿的头发纳到耳后，走过去向安检员说明情况。

安检员听她说完，“不安检肯定是不行的，你可以把大袋子打开，一小袋一小袋地过安检。”

“实在不行，我来帮你。”

看来是通融不得。把大袋子打开，一小袋一小袋地通过安检，这得多折腾人！

从安检员的立场看来不能打折扣，高春兰只得在一边把大袋子里的小袋子一一拿出来。

安检员也算言而有信，在一边帮她。

高春兰一边往外拿着，一边默数着袋数，她怕丢啊。

小袋子全部拿出来后，照安检员的意思，他在这边把一个个的小袋子放到履带上去，高春兰到另一头去拿货。

高春兰将信将疑，拿着大袋子进了站。

一个个的小袋子从履带上传过来，高春兰赶忙装进大袋子，最后数下来，一个也没少，终于放下心来！

不等她把大袋子系好，穿着货运制服的工作人员走了过来。

“靓妹，这么大的袋子要不要托运？”

“托运什么时候可以到？”她试探着问着。

“一个星期之内吧。”工作人员用广东腔的普通话说着。

一个星期才到，那会耽误一个星期的生意，这划不来。

“你还是托运了吧，这么多货看你一个人搬着不轻松啊。”

“算了，不用托运了。”

工作人员悻悻地走开了。

货随人走回去马上就能做生意，高春兰还是按先前的办法双手抱着大袋子，一只脚垫在下面挪向候车室。虽然候车室在一层，但广州站是大站，她拐来拐去，挪了好久才到候车室。

晚上八点多的车，现在才六点多一点，可以休息会儿了。

候车室商店里琳琅满目的商品让肚子饿了的人垂涎欲滴。进完货后她身上还有几百块钱，现在真想好好吃一顿饭。她看了看饭菜的价格，还是作罢了，高春兰就坐着等到了八点钟。

本来以为买的是始发站的车票能够提早半小时上车，离半小时的开车时间近了后才发现是趟过路车，这也就是说从检票到上车的时间只有十分钟左右。

检票口的门打开后，人群拥挤着奔向站台。高春兰本来站在靠前的位置，但她带着那么大的袋子，在人群中根本走不动，很快她就落在最后面。带着这么多货物，走得步履维艰。上车的时间很紧凑，她要是赶不上怎么办？想到这，她立马心慌起来。

她尽快地挪着袋子往前走，用尽了全力，但脚步依旧那么缓慢！

挪过一段长长的距离，下了台阶，总算到了站台，这个时候列车员吹起了口哨。火车长长的，高春兰的车厢差不多在最后头，她心急火燎，她把袋子打翻在地，拖着一个角尽量快地走，这时她不能考虑这样拖着会不会把衣服磨坏了。

列车员吹起的口哨声越来越急促，高春兰被口哨声催得已是气喘吁吁，她虽用尽了全力，但货物太重，再怎么也快不了。

站台上再没有乘客，车门边上站的好几个列车员已经上车，高春兰看在眼里，心急如焚，难道她赶不上车了？

突然一阵风从她身边掠过，两个小伙子跑到了前头，原来她后面还有人没上车，可是现在也跑到前面去了。

两个小伙子朝后面看了几眼，突然又转身跑了过来。

“要帮忙吗？你是在哪节车厢？”

这两个人染着黄头发，还戴着耳钉，高春兰本能地有了警惕。但时间来不及了，何况即使到了车厢，她一个人怎么能把这袋子搬上去！

她再顾不得多想说道：“十八号车厢。”

两个小伙子抬着袋子快步走着，高春兰紧跟着生怕他们就此据为己有。

到了十八号车厢，两个小伙子又一前一后把袋子抬上去放在车厢跟车厢的间隔里。

“就给你放这里了，车厢里搬不进去，也放不了。”两个小伙子说完就往另一头车厢走了，高春兰还没来得及说声谢谢。

这短短的几十秒时间，从一开始对人的不信任到这会儿对人的感谢，高春兰心里起了不小的波澜。

火车上虽没有空座，但并不拥挤，高春兰倚着椅背站着。

劳累了一天，她只得蹲一会再站一会交替来舒缓疲劳，这个时候能有个座位是多么大的渴望啊！

一个多小时后，火车停靠在站台，旁边一位乘客起身拿行李，站着的人像觊觎着一块肥肉，都想坐过来，但高春兰更近些。

等列车再次开动，高春兰还没坐一会儿，刚边上站着的一个男子走了过来。

“你的票了，你怎么坐这里？把你的票拿出来看看。”这人高声地唬着她。

高春兰看了眼这人没有理。

“你的票了，没票就起来。”这人的口气越来越硬。

这穷凶极恶的嘴脸使高春兰恼了，“我的票为何要给你看，这位子要是你的，你把票拿出来看看。”

“是我先问你的了，没票就起来吧。”边说边扯着她的衣服要拉她起来。

“放开，你再动手我就叫乘警。”高春兰声音也大了，邻座的乘客纷纷侧目而视，离得远点的乘客纷纷站起来看这边发生了什么。

听到叫乘警，那人不再争辩，赶紧走到另一节车厢去了。

一夜的车程，又是一夜的疲倦。一整天没休息，人困乏得不行。但坐座位上却不敢睡，每到一个站高春兰总要起身看着袋子。

第二天刚蒙蒙亮，到了益阳。

高春兰挪着袋子出了站，叫上辆三轮车把货运到了商场，这个时候商场还没有开门。

她在街头吃了碗米粉，稍稍恢复了体力。终于把货进回来了，今天还能做一天生意，她挂满疲倦的脸上露出了笑容……

四十八

生意慢慢走上了正轨，一个月下来，高春兰的营业额有四千多。由于她的热情、和善、真诚跟笑脸，再加上价格上的优势，慢慢地就有了回头客，甚至有的顾客在别的店里看上了什么衣服委托她下次带货回来。生活过得忙忙碌碌，在一个轨道里运行着。

商场上午九点开门，下午六点关门，除却营业时间，下班后还有大量的空闲。这点时间有时候去网吧坐一会儿，有时候一个人在街上走到灯火阑珊，生活平静安详但又有些单调。有时候她会想，这就是以后的生活吗？照现在的样子来看，生意还好，比工厂轻松多了，照目前的形势，前景还很大。相比以前的生活，这样的日子应该知足了，但她内心总在渴望着什么。

生活的顺利马上带来了新的需求跟不满，难道一辈子就这样了？不能把生活过得更有色彩一点？她想把业余的时间利用起来。

看电视吧，这固然是一个乐趣，但时常长了总觉得是在荒废时间，电视里又能学到什么！得找点有乐趣，又能有所收获的。到底干什么？她想到了高考，想到了大学。

于是她给程彩虹打电话问她学的专业都开了什么课，用了哪些教材。程彩虹听了她的想法后表示书不用她操心，她会在学校买好寄给她。程彩虹的专业是管理学，她给高春兰寄了《管理学》、《经济学原理》，她还在信中说一个学期开了八九门课，但真正实用的就这两门，把这两本书看完，也就上完了大一。

在城外遥望着城里，因为陌生，会产生神秘感跟崇敬心，高春兰虽然去过深圳大学好几次，但她并不是大学生的身份，她对大学生是有敬畏心的。尽管程彩虹是老朋友，她还是将信将疑，认为程彩虹把大学学习说得这样简单是在安慰她。

收到程彩虹寄来的书后，每天回去后她总会看一两小时的书。想象中大学课程是多么多么难，她是带着忐忑跟不安翻开那两本书的。几天下来，就像新手进了门，消除新奇之后一切都坦然了。照程彩虹寄的这两本书，看起来完全没有问题，每本书每天看十几面，一段时间后就看得差不多了。

就这点内容，给她打开了一扇窗。《管理学》主要是教人怎么驾驭下属，她不怎么看重，她更加喜欢的是经济学。以前的印象好像做企业家是穷凶极恶的事，但经济学说赚钱是给人提供了产品跟服务，创造了社会财富才能赚到钱。另一个让她豁然开朗的是李嘉图的比较优势理论，以前看新闻说中国每年出口多少多少商品，她时常想产品干吗要出口，留着自己国家用不好吗？再退一步说，把工作时间缩短一点，让工人轻松一点，不生产那么多产品不就好了？为什么要生产那么多产品给别国用？这个疑问等她看到比较优势理论才解决。各国生产自己有比较优势的产品，这样用同样的时间，能创造出更多的财富。通过贸易，各国可以更好地满足本国对商品的需求，这不由得让她想起深圳那些专门从事出口贸易的工厂。

这些经济学的入门原理，带给高春兰思想上强烈的冲击，甚至直接影响了她看事物的观点，这让她更加认识到了知识的重要性。原来知识不是挂在嘴边的陈词，也不是束之高阁的装饰品，而是跟生活息息相关的。

她涉猎的范围越来越广，经济学、管理学、文学、法律都在她阅读的范围。当然她看这些书谈不上什么钻研，更多的是满足一点好奇心跟求知欲，这些书籍极大地开阔了人的视野。

很长一段时间，高春兰都是白天忙生意，晚上忙看书。时间长了，常常会碰到前一本书中没解决的疑问在另外一本书中得到了相应的解答，这时候真是感觉到了什么是触类旁通。碰到这样的时刻，她常常是会心一笑，这种成就感旁人是不能理解的，也难跟人形容，大概只有有相同经历的人才会心领神会吧。

白天忙在店里，晚上忙在书里，生活过得忙碌而充实。

五月，梅雨季节。绵绵的细雨随风飘洒着，雨雾笼罩着大地，天地间朦朦胧胧。天像是漏了一个洞，雨水长久地停不下来。好久，天终于放晴了，人们换上短衣短裤配合着夏天的到来。

久违的阳光耀得人眼花，视野好久没有这样明亮过。在这样晴好的日子里，街上的人多了起来，逛街、溜达，半个月的阴雨天把人都憋坏了。

这天，商场里的人多了很多，高春兰比平常多做了好几单生意。今天她格外高兴，下班从商场里走出来时都哼起了小调。

虽已六点，户外的阳光依旧明媚，初夏的温度还没有完全升起来，照在人身上暖呼呼的。

高春兰沿街慢步走着，阳光这么好，她不想这么早就回去，好久没散心了，她漫无目的地沿街走着。

自过完年来市里，三个月过去了。上班时还好，下班回去后一个说话的人都没有，今天她特别想找人拉拉话。

找谁？高中同学基本上都上大学去了，即使有在本地上的，也没有联系方式，想来想去她想到了张敬勤。

她从钱包中找出张敬勤去年写给她的手机号码，在公共电话亭打了过去。

这个电话两个人都很激动，但又不能长谈。他们约定了地点后，会面的地点定在江边。

挂了电话，高春兰坐上公交车到了江边，这时张敬勤还没有过来。

连日的雨水，江水黄浑浑的。水面涨高了，江畔的水草只看得到草尖。堤岸上新修了廊亭、座椅，还种上了不少的花花草草，沿江的风光是越来越漂亮了。

高春兰找了个廊亭坐了下来。这时西边的天空一片酡红，晚霞变化着装点着蓝天。迎面的微风吹来，吹起缕缕的发丝。远望着，对岸的城市显得平静，渔舟唱晚，江面上的小筏子来回划着。小筏子上的鸬鹚时而潜下水，时而又振翅跳上小筏子，大概是捕到鱼了吧。

高春兰看了一会儿，张敬勤骑着摩托车来了。

几个月没见面，双方像不认识似的打量了一番。高春兰惊奇的是几个月不见，张敬勤更多的有了男子汉的气概，头发剪短了，面孔也越发显得坚毅，身材看上去也结实了很多。在张敬勤的眼里，高春兰今天的穿着让他像是发现了个新世界。他对她的印象还留在学校里，今天高春兰的这身打扮让他觉得新奇。其实她也不过是穿了条连衣裙而已。这好比看惯了黑白电视机的人忽然看到了彩电，既新鲜又激动，虽然还是看的同一个台，但色彩缤纷的彩电把眼都晃花了。张敬勤调整着心理上的距离，打算跟她开开玩笑。

“好久不见你，叫我过来有什么好事？”

“听这话好像你多忙似的。好事没有，不过也没坏事，就想叫你出来聊聊天，请你吃个饭。”高春兰爽朗地说。

不等张敬勤开口，她又加了一句：“你来得这么晚，不是怕我又跟你借钱吧？”

后面这句话像是要给他定罪似的，他嘴角浮起了笑容，“你跟我借钱我有什么怕的，你能开口，那是看得起我。说正经的，请我吃饭，你赚钱了？在哪里发财？”

“在哪里发财”这句打招呼的乡韵带着无穷的意味，高春兰想笑，但忍住了。

“你说话怎么打岔，重头不重尾。我真是找你借钱，找你借钱才请你吃饭，有点像请君入瓮！”

张敬勤本来想开玩笑调侃她一番，现在形势却反过来了。

夕阳渐渐地往下沉落，白云彩霞镶嵌在蓝天，这傍晚的时刻，远望去，天空与大地在远方连成了一块。晚风习习，是初夏的好时光。

坐了会儿后，他们站起来沿堤走着。

“你的生意怎么样？”

“一般吧，还行。”

“我倒是想跟你讨教点做生意的经验，做生意有哪些讲究？”

“当然是诚实守信。平常说的无商不奸，这是粗浅的看法。生意又不是只做一次，你坑了顾客一次还会有下次吗？没有人是傻子，所以得守信。那天说到这个问题，一个同学跟我说‘无商不奸’这个词最初是‘无商不尖’，是那个尖角的尖。古时候卖米，总要满到升子顶上冒出一个尖，是足秤的意思，所以出了‘无商不尖’这个词，这个词也是做生意的原则。现在不知怎么的，说出口的基本上都是无商不奸了！”

“听你这么说，我又长知识了。你有这么深的内涵，真是看不出啊。”

“你不取笑我就不开心是不是？”张敬勤有点无奈地说道。

“你了，你发财了吧，这新裙子吧？”

“好看吗？”高春兰扯着裙摆期盼地看着他。

“我能说不好看吗？”张敬勤故作严肃地说道。

“不好看就不好看呗。”高春兰高涨的情绪一下子低落了。

“裙子穿在你身上那当然是好看的。”

“哦。”

“讲真的，你现在在干嘛？”

“跟你一样，做生意呢，服装生意。”

“你店开在哪里？”

“新世界商场。”

“你一个人开的？”

“对啊。”

“进货也自己去进吗？”

“嗯，我都跑过两次广州了。”

做生意有多难张敬勤是知道的，高春兰还是女生，一个女生把店开起来不容易啊！

虽然从没觉得高春兰柔弱，但她独自开店还是觉得有点不可置信。

他目不转睛地看着她，也不知道是怜惜还是敬佩，都忘了收回他的目光。

“有你这样盯着人看的？”

“你生意怎么样？”

“刚起步，算过得去。”

现在听到她做生意刚起步，先前高春兰说的找他借钱他也不知道是真的还是在跟他开玩笑，对朋友的关心他还是忍不住说了出来：“不管怎样，如果有什么困难，跟我说，我一定鼎力相助。”

高春兰心里受着感动，但她不想让气氛这么严肃，她半开玩笑说道：“好的，我有什么麻烦一定不忘你，你有什么好事也不要忘了我。”

张敬勤嘿嘿笑了出来。

城市的灯光已经亮起，堤岸上拿着棕叶扇歇凉的人多起来，夜幕在缓缓笼罩，蚊虫借着将近的夜色开始袭人。

灯火通透处，堤岸上的空阔地摆满了漫酒摊，这是人们休闲的好出处。高春兰跟张敬勤找了位子坐了下来。

“今天我请你，喜欢吃什么只管点。”

“我知道是你请客，声音小点，不然别人怎么看我。等下我先付钱，回去后你再给我。”张敬勤轻声说着。

“有女生请你，是你有面子，你有实力啊。”

张敬勤挥挥手表示不认同。

高春兰有些好气又有些好笑地答应了他的提议。

烧烤、卤味端上来，全是高春兰喜欢的，不知他是有意点的还是凑巧碰上了。两人就着啤酒吃了起来。

等结过账，已是九点多了。

“上来，你住哪，我送你。”张敬勤发动了摩托车。

“你这个样子像个混社会的二流子。”

“二流子就二流子，你上不上来，不上来就走路回吧。”张敬勤边说边加着油门，发动机轰隆作响，像绷紧的箭一样将要离弦而去。

高春兰还不想走路回，她坐上了后座。

虽只有九点多，但这小城的街道已显得空旷，摩托车一路开着，划破了夜的宁静。

七拐八拐，在高春兰的指挥下，摩托车开到了出租房下面。

不等高春兰下来，张敬勤说道：“你住这里，这里条件不好。”

“要什么条件，便宜就好。”

“要我送你上去吗？”

“不用，我把钱给你。”高春兰拉开提包掏钱。

“你快上去吧。”没等高春兰反应过来，他的摩托车已经开了出去。

高春兰追了几步，看着摩托车消失在拐角。

这一天，打破了往日的平静。回到屋里，她没有心思看书，心里翻腾的热浪让人激动，她照起了镜子，镜中的自己面色红润，焕发着朝气。她又凝视了很久，像是在挑剔什么，像是镜中是个陌生人要仔细辨认。心中的愉悦久久地平静不下来，像是平静的水面投进了石块，涟漪层层叠叠难以停息。

四十九

天气一天天热起来，太阳像个火盆挂在头顶。枝头上的知了不停歇地鸣叫着，像是在唱着夏日的赞歌。天气极不稳定，晴朗的午后时常阴云密布，继而雷电交加，大雨倾盆。短暂的暴雨过后，暑气稍有消散，天空愈加明丽，往往会有个凉爽的午后。夜晚星月辉映的时候，人们吃过晚饭结伴在户外歇凉，谈天说地往往要到深更半夜，这是夏天的日子啊！

高春兰的生意稳中有升，最近的日子，生活又给她加进了新的酵素，这就是每天下班后她都有个愉快的等待。

自上一个月张敬勤送她到楼下后，在接下来的日子，不管天好天坏，每到下班走出商场时她时常会碰到张敬勤。这样的碰面虽然双方表情上都觉得意外，但心里都藏着不可道明的欣喜。一开始，张敬勤说是办事经过这里，既然凑巧碰上了，那就一块儿去吃个饭。这个邀请高春兰当然是欣然接受，这偶然是多么难得啊！

但接下来，隔三岔五，高春兰总还是会“偶然”在商场门口碰到张敬勤，既然他说是碰巧，那她也不好说什么。跟朋友相见是种快乐，但她隐约觉得这碰巧的次数也太多了。

再接下来，张敬勤在商场门口出现的概率从巡逻变成了站哨，高春兰原本坦荡随性的心态受到了冲击。但女孩子的羞涩跟内敛使她不能表示什么，既然张敬勤说是偶然，那当然就是偶然。

一个多月来，高春兰坐着他的摩托车吃遍了大街小巷的饭馆。吃过饭，他们总要去公园或是江边上坐坐走走，稍晚一点张敬勤再送她回去，这差不多成了一种生活习惯。有几次下班出商场没看到他，高春兰还有点怅然。但她也不站在商场门口，而是隔着十几米盯着，如果他来了，她就装作刚好走过来，这样就看不出她在等他。这样的表演有过好几次了。

回到屋里后，她总免不了对自己的表演有一番追问。这是在掩饰什么，还是在期许什么？她自己也分不清。其实怎么能分得清了，你能分清河水跟溪水的区别吗？高春兰自然不会想得这么透彻，她以女孩子的心思掂量着这一切。

今天，下班的时间快到了。高春兰已把东西整理好，这会她正对着试衣镜照镜子，近来镜子是照得越来越多了。

她出了商场，没有看到张敬勤，就返回去十多米静静地候着。

时间在钟表中流逝，钟表不停地走着，十几分钟过去了，张敬勤还没有出现，他今天会不会不来了？高春兰有点着急。

是继续等下去还是马上就走，继续等下去很容易让他知道自己是在候着他，怎么办？

高春兰心里挣扎着拿下主意：走吧，不等了。

她出了商场，又放慢了脚步，走过去之后还不断地回头张望，但是那熟悉的摩托车就是没有来。突然间她有点失落，今天张敬勤干吗去了？所有的思绪都集中在这个问题上，像是脱离了喧扰的城市。

她突然又想，要是等会儿他来了自己不在怎么办，那不是让他白跑一趟？现在折回去吗？不，她在心里又急忙否认，还是打个电话吧。

高春兰赶忙进了公共电话亭，拨通了号码。

“你在干吗？”

“在店里啊。”张敬勤的声音有点低沉。

“我下班了，你那有二十瓦的灯泡吗？”高春兰说着。

“这个没有。”张敬勤看来不想多说话。

这个电话有点自作多情，高春兰脸霎时红了。

“你很忙？”电话那头是长久的沉默。

“你忙你的吧，拜拜。”

高春兰将要挂上电话的那刻，话筒里传来急促的声音：“等下，你等一下。”

她拿起话筒放到耳边静候着。

“你在听吗？如果你有时间，我想见你。”

低沉的语气中含着请求，高春兰一时间很不习惯，这不是平常的张敬勤。他今天怎么了？是不是有什么事？

“有空了。”

“那你现在在哪里，我过来找你。”

十几分钟后，张敬勤开着摩托车载着高春兰开往江边。在这个小城，没有其他更好的地方散心。

摩托车在老地方停下来，张敬勤把车锁上了。

“我们往那边走。”他指着沉落中的夕阳说。

高春兰看着他的神情，今天他怕是有什么不开心的事。

“怎么不说话，板着个脸，叫我过来看你脸色啊。”

夕阳贴到了山尖，阳光斜洒到江面上，像是染上了层色彩。对岸的建筑物上的大玻璃在夕阳的照耀下看起来金光闪闪。江畔吹起了风，吹散了夏日的燥热。

他们沉默着慢步走着，好久高春兰忍不住打破了这份平静。

“你怎么不说话，有什么心事？”

张敬勤看了她一眼，欲言又止。

“有什么心事说出来听听，你说想见我，我不信你这么说话算数，就真的只见见我，话都不说一句。你这么老实，我还真不信！”高春兰略带着玩笑说着。

张敬勤稍微舒展了面容，想笑，但扬起的嘴角马上抿住了。

也许一切的坚强都可能不堪一击，一切的风光背后都有苦涩的故事，一个转身的笑脸可能眼角会含着泪花。生活有阳光，有风暴，酸甜苦辣都是生活的滋味，也许这也是某种程度上的多姿多彩。

“咱们找个地方坐坐。”张敬勤开口了。

“那边。”高春兰指着水文观测台。

等他们坐定下来，夕阳即将落到地平线之下，满天的霞光色彩斑斓。江畔的水草随风摇晃，江水滔滔，不停息地奔腾向前。

“今天叫你过来，不耽误你的事吧？”

“你还来这套。”

“其实叫你出来也没什么事，就想找个人说说话。”张敬勤有点吞吞吐吐。

“看你今天好像不开心，有心事？有什么事你就说说吧。”

“是我爸的事。”他脸别了过去。

高春兰没有追问，看起来他似乎有难言之隐。

张敬勤停了会儿，一连串的话如泉水般汩汩冒了出来。

“是我爸的事，也不能单说是我爸的事，是我们家的事。三年前，就你去深圳的前段时间。你知道，我家的经济条件算可以。但就在那一年，家里的经济支柱坍塌了。我家原本经济条件之所以还不错，就因为我爸喜欢在外面跑，后来跑成了包工头。我记得小学起，我穿的衣服要比别的孩子好，玩具也比别人多，零花钱更不用说了。街坊邻居、亲戚朋友对我都要比对别的孩子亲热。那时候过年过节，多少人上我家的门。我从小是在众人的夸赞中长大的，这也让我有些飘飘然，不大懂人情世故，不懂得察言观色，有时候很自我。我从小就不缺钱，从来都是衣来伸手、饭来张口，花钱也是大手大脚，我妈对我的要求几乎从来都不拒绝，我真像个心肝宝贝一样被他们宠着、呵护着。这说起来事无巨细，你听烦了吧。”

“没，我刚听到兴头上，你往详细里说。”

“我的童年跟少年是在温室里过来的，有点不食人间烟火，直到三年前！”张敬勤声调低下来，他的神情像是突然间告别了少年的纯真年代。

“直到三年前，生活把我推到了前线的战场。三年前，我爸借贷承包了一个工程，本来想着可以大赚一笔，但最后工程验收的时候因偷工减料没有达标，于是整个工程就不能回款。如果是自己掏的钱赔了也就赔了，我爸之所以能够拿下那个工程，是借钱给了很多领导好处才拿下来的。工程通不过验收，又花钱跑了很多部门都无济于事，那年这方面管得很严。以前我爸觉得世界上没有什么事他办不到，但就这个事把他之前所有的成绩都否定了。那些天我爸愁得啊，每天唉声叹气，几个月时间头发都白了很多。”

“一开始，债主们还顾着我爸以往的面子，或者是等着工程通过验收就没上门来催。后来发现通过验收无望，他们就接二连三地找上门来。那时候刚好放了寒假，一切都发生在我眼皮子底下。”

“债主上门来，刚开始说话还客气，我爸也尽可能地招待。几次上门都没拿到钱后，他们就开始出言不逊，甚至指着鼻子骂人了。我爸一把年纪了还受这个屈辱，但他也不回嘴，他只是默默地抽烟。我在一边看不下去，就到以前来往多的亲戚朋友去借，结果我认为能够借到钱的亲戚朋友没有几个人借，过去见到我那种巴结的嘴脸一下子冷若冰霜。患难见真情，这是我人生中学来的第一堂课。以前对我的那些笑脸原来是这样的。狐朋狗友真的是阴影，你在阳光之下时他们才会出现。”

“债主天天坐在我家里，我爸整天眉头紧锁，我在一边看得心痛。我妈了，时常一个人躲在楼上哭。家里的氛围让人一夜之间成长起来！”

“债主天天坐在家里不走，他们看我爸真是拿不出钱，有几个胆大的在我家翻箱倒柜，亏我身体结实，那几个动手的尝了我的拳头后就不敢翻了，但他们还是天天上门来。我看这样下去，我爸会被他们逼出病来，于是我就跟他们谈。谈什么了，父债子还，我跟他们谈我爸欠的钱由我来还，把我爸写的纸条撕了，我来写，一共五十多万债吧。承诺连本带息在八年内还清。借条写下后，他们也信守了诺言，没有再找上门，我爸妈终于松了一口气。”

“背着五十多万的债，这是我人生的第一笔财富！”

“通过这个事，我看到人在风光时、在高峰时所看不到的东西，只有你跌下来了，你才能看透世间社会的百态。在低潮时能扶你一把的才算朋友，平常那些阿谀奉承的酒肉之徒，只是给人生增加了污点！”

“写下借条后，我成天心思开始琢磨怎么还这笔钱。指望我爸是不现实的，这次打击把他的锐气磨尽了，他都五十几的人了，还能翻起几朵浪花。这是我人生一次重大挑战！”

“高三第二个学期开学前，我爸拉着我的手叫我好好读书，争取考个好大学，他说给我藏了四万块做我四年大学的费用，我想他这样说是在逼我，学费都准备好了，你再考不上好意思吗？这种情况下，我爸还给我留着上学的钱，那一刻我鼻根火辣辣的，这是我从来没有过的感觉，第一次知道了感动是什么滋味！虽然我爸再三嘱咐，但对上学，我没什么心思了。再上四年大学，怎么还得起那五十多万！于是上课我成天想着怎么赚钱，你知道我高二时成绩有起色，照那时的情况考个二本应该是可以的，可结果出来只是个专科，我当然理直气壮地不去上了。我就跟我爸商量着去做点什么事，最后我爸说他尽最大能力把他能够拿得出的钱给我，让我自己去闯，拿到钱后，我左思右想，最后选择开现在这个电子产品店。”

张敬勤咽了口唾沫，高春兰把水递给了他。

“你听累了吧，白开水一样平淡的事。”

“我听着了，你接着说。”

“我开店开了两年多，这两年还了五六万。今天有个人闹到店里来，逼着我提前还钱，在店里吵了起来，搞得我一下午生意都没做。”

“难怪你开始声音那么低沉，我还以为你感冒了。”

“我还有很多故事，你听不听？”

“我听，你说。”

张敬勤继续说着人情冷暖的点点滴滴，这三年多里，一个高中生独自挑起生活的重担，这中间有多少的雨雪冰霜，恐怕是难以说尽的，心酸跟不易才是生活不会缺失的滋味！

高春兰被触动了，这是她第一次知道张敬勤风风火火的外表下的内心世界，突然间甚至有点怜惜他。不知什么时候，她像个哥们儿似的拍着他的肩膀给他鼓了鼓劲。

月亮升到了头顶，星星闪烁着在天空移动，堤岸上有人放起了孔明灯。时候不早了，歇凉的人开始渐渐散去。一阵风吹来，稍带了凉意。

“有点凉了吧？”

“还好。”

“怎么不知不觉你就讲了很长时间，你困了吗？”

“咱们回去吧。”

张敬勤把高春兰拉了起来。

“腿都蹲麻了。”高春兰边伸展着边拍着自己的腿。

张敬勤等了会儿道：“好了吧，走，我送你回去。”

五十

自那次买码吃单所造成的轰动性事件后，大茅坪久久都未归附平静。吃单引起的群体性事件虽然马上解决了，但由这个事件所引起的话题长久都没有平息。村里看起来平静，但在人心里、在闲谈碎语中总是堂客们笑骂的话题。平静的水面底下总是潜藏着暗流啊！

那段时间，马佳佳家门都不敢出，生怕跟村里人觌面。碰上在她这里买过码的她没脸见人家，碰到其他人免不了地会被人在背后指指点点。她尽可能地待在家里，只期望时间能早点冲淡人们对这个事件的印象。其实，时间已经过去蛮久，恐怕没有多少人放在心上了。

现在，正值初夏，阳光慷慨地带来了光热，大自然在夏日骄阳的抚爱下生机勃勃。瓜果蔬菜看着长，禾苗抽出的稻穗开满了惹人心喜的稻花。夜幕一降临，水稻就开始灌浆了。

壮年劳动力大多外出了，相比以前村里少了许多人声。偶尔的鸡鸣狗吠于是包涵了更多的意义。公鸡啼鸣是某个时点到了，狗吠那肯定是村里来生人了，这时家家户户的老弱妇孺都会站到地坪里张望半天，是哪家回来人了，心里都期盼着自家的亲人回来啊。

外面的世界喧嚣，日新月异，村里像跟外界切断了联系的世外桃源，依旧保持着原来的面貌，依旧传承着原来的生活方式。费孝通写《乡土中国》，对乡间的中国文化做了些阐释。有人的地方才有文化，中国经济结构的快速变迁，城市化的加速推进，乡村人口涌向城市，如果他们在城市扎下根来，是不是意味着乡村文明的终结，这是时代的进步吗？我们该惋惜还是欣喜？个中滋味如何评判？

也许有点值得欣慰的是大茅坪村远离了城市，照城市的发展来看，几乎也不会扩展到这里。相比城郊建设得热火朝天，这里虽然很多人外出务工了，但他们每每回来，看到的依旧是面貌不变的故乡。

一个阳光明媚的上午，一辆小车停在胡建明家门口，村里人不用看就知道是他在市里当官的儿子回来了。没错，就是在市发改委的胡万才。

胡万才自上大学后回村里的时间就少了。上四年大学，寒暑假能在家一段时间，参加工作后村里人难得见他的踪影，他一年顶多回来个两三次。

回来的次数少，不表示他对这个地方就没感情。一来是因为工作忙，二来是小时候一块长大的玩伴大多外出了，他回村里好多面孔都不再熟悉，碰到十多岁的孩子还把他当外地人。这里的山山水水还是儿时的模样，但很少碰到小时候熟悉的人。每次回市里，他都带着惜别之情，要不是父母在这里，恐怕他真的再难回来吧。

今天他开着公车回来给胡建明过生日的。本来他要父母去市里过，胡建明不愿去，做儿子的当然只能顺应父亲，他就请假回了。

胡万才的堂客、儿子从小车里出来提着大生日蛋糕和各种包装精美的补品，吸引了好多人的目光。胡建明站在地坪里边抽着烟笑着，这个时候他等于享受着全村人的注目礼，大多数人家都在心里暗暗羡慕他。

胡万才在众人的注视中走进了自家的门。

胡建明不等孙子放下提的东西，一把抱起了他，长满胡茬的脸贴到孙子脸上，扎得小孙子挣扎着要下来。但胡建明偏不，好像这是他多大的乐趣似的，爷孙俩闹得不可开交。

“你叫声爷爷不就放你下来了。”胡万才一边帮母亲掐菜一边说着，同时眼光示意着堂客去烧火，但他堂客别过脸当没看见，她怕烧火弄脏了她衣服。

“不叫，他用胡子扎我，我不叫。”小孙子不买这个见面不多的爷爷的账。

“叫声爷爷就放你下去，你再不叫我继续用胡子扎你。”

孙子脸被他胡子痒痒得有点气急败坏。

“不叫，就是不叫。”口气是越来越不高兴。

胡建明又逗了孙子几次，孙子毫不领情，他心里有点难过，这个村里威风的村长拿自己孙子没一点办法。他把孙子放下来进屋里拿了几颗糖果，可孙子还是理也不理他。

怪不了孙子啊，一年到头都见不了几面，怎么会有多深的感情。好几次儿子叫他去市里住上一段时间，但琢磨再三还是没去。市里房子小，又没熟人，儿媳妇也不好说话，一天关在屋里坐牢一样。出去在机关大院转吗，自己一个农民模样，会不会说错话，搞不好还丢儿子的面子，就这样他就没去。今天儿子三口回来给他过生日，甭提多高兴了。他甚至想着一年能不能过两次生日，一次老历，一次公历，这样一年就能多见儿孙一次。

如今这政策真是不懂，计划生育执行了这么多年还在执行。以前计划生育抓得紧的时候他做了不少的工作，现在他想儿孙满堂才发现原来这个政策把他自己卡住了。哎，这政策什么时候能够改一改？儿子要是没正式工作多生几个罚钱就算了，但儿子是公职人员，超生肯定会开除公职。哎，真想不到一直得意的胡建明心头上也会有为难事。这个问题一直萦绕心头，不知道答案在哪里。

胡万才帮着母亲烧火炒菜，他堂客端着干娘倒给她的姜茶悠然地喝着，胡万才再怎么对她使眼色，她都当作没看见，这太不像话了，在父母面前还摆架子。胡万才忍不住说道：“堂客，帮妈妈去把菜洗了。”

竟然要我去洗菜！刘程程心里幽怨着。平常在家里都是她指挥胡万才，但今天他父母看着了，刘程程立马接话道：“你不说我也知道了，不要你吩咐。妈妈泡的姜茶真好喝，我想着喝完茶就去洗。”

胡万才妈妈听媳妇这么听儿子的话，还顺带夸了她的姜茶，心里高兴得不得了，儿子还是一家之主，由他说了算。

中午时分，一桌子菜做好了。

父子俩先干了一杯就边说边开吃了。胡万才妈妈生怕怠慢了儿媳妇，而且儿媳妇刚刚还给她帮了不少忙，再三叫她吃这个吃那个。想起来也还欣慰，虽然感觉儿媳妇有点不可接近，但好歹对她还是客气，不像别人家的对干娘指手画脚。

胡建明喝了几口酒，话匣子就打开了。

“万才，我说你怎么不多生几个孩子，一个孩子孤单啊，玩伴都没有。”

“爸，你还是村长了，你不知道政策？”

“哎，是啊。也不知道这政策什么时候能改一下。”

“等政策调过来估计生育年龄也过去了。”

胡建明又是一阵叹息，他就想着多抱孙子。

“爸，我跟你说个事，前段时间发改委开会，可能新修的铁路经过我们村。”

“嗯。”胡建明举起了酒杯。

“你怎么只吃小菜，腊鱼腊肉都是我亲自做的，多吃点，在市里可难得吃到。”他母亲接口说着。

刘程程不知怎么的嗯了一声又瞟了眼胡万才。

“在市里伙食好了，肚里油水太多得慢点吃。”

“我做的菜难道味口不好吗，会比市里的差？”

刘程程低头对着碗，胡万才赶紧说道：“都好吃了。”

刘程程一边照顾着儿子吃饭，她自己是再没有多少胃口了。

“爸，我跟你说铁路可能要经过我们村。”

“怎么了？”

“爸，你还是村长了，反应这么慢。”

“怎么了？”

“铁路可能会经过我们村里。”

“那又如何？”

“爸，铁路要经过村里，路线经过的地方就会有钱。”

胡建明这才有点醒悟！

“程程怎么低着个头不吃菜了？”胡万才母亲问道。

“妈，你不用管她，她自己会夹菜的，自己家里又不是外面。”

刘程程想着胡万才说句维护她的话，他却把自己晾在一边，心里的火气越来越大。但这不是在他们那个小家里，她得先忍着。

“你少说几句话她自己会吃的，饭桌上还要多嘴多舌。”

“哦，我说句话都不能说，叫她吃菜不应该？”

“你前面说了什么话？”

“我只有一句话都不说那你高兴了。”

父母起了口角，胡万三赶紧举杯敬酒。

胡万才母亲刚想对着儿子数落一番胡建明，突然发现刘程程在场，断不能让儿媳妇学了她的样，她就暂时忍住了。

一杯酒下肚后，喝酒、吃菜的节奏都慢了下来。胡建明情绪高涨，话越来越多，父子俩天南地北地谈开了。

“你刚说什么？铁路经过我们村？”

“嗯，大致是这样，地方出地，铁路部门出钱。”

“啊呀，那不得了啊。估计你出了不少力吧。”

“嗯。有可能还会在我们这建个小站，我尽量在市里争取。”

“那就太好了，你一定要争取到啊，以后去市里看孙子就方便了，我们村将来不知道要沾你多少光。”胡建明边说边想着他又有在村里夸口的机会，有点洋洋得意。

刘程程看不惯他们父子一唱一和，低头吃着菜像是不经意说道：“就他这个级别还能争取到在这村里设个站，起码还得再升三级。”

胡万才觉得脸上发烫了，好在喝了酒可以掩饰。

儿媳妇当着他的面这样说儿子，胡建明很是不爽快。儿媳妇好像是随意一说，但个中的意味明显看出来了。他看了儿子几眼，想不到儿子竟然毫无反抗的表示。

“我们说话你们一边听着就是，在有些地方，女的吃饭都不能上桌子的。”

这句话把她心里的那点骄傲跟不屑全杀下去了。刘程程不再言语，低头扒着饭。

“一个家庭，总要有点规矩。男主外女主内，不是说女的是贤内助吗，内助就是助手的意思，到底谁是一家之主，要讲规矩。”

这句话明明白白地是说给她听的，心里恼怒又不能发作，这真难为了刘程程。

“爸，咱说咱们的话题。”胡万才看着刘程程不再作声，知道她不高兴了，再不把话题打住，回去有脸色看。

“女人最重要的责任是协助一家之主把家里搞好，你看这么多年，万才妈妈协作我协作得多好，正是她的付出才把万才培养了出来。女人啊，千万不要只盯着那些鸡毛蒜皮，要心怀大度……”胡建明想再说下去，看着儿子的窘色勉强打住了。

万才妈妈也要抗议，但胡建明是在教训儿媳妇要听儿子的话，也就没说了。

父子俩把话题重归于铁路。话题的核心是既然铁路要通过村里，那就会有补偿款。而补偿款的多少是根据地里的作物跟土地上的建筑来衡量。但路线具体在哪里，这得等工程队来勘测了才知道，这是问题的核心所在。

比起儿子买的那些补品，修铁路这个消息更像是份寿礼。铁路要经过村里，上面的人总不能把村干部晾在一边吧。本来长久闲赋使他早有了退隐之意，现在想起来，这个想法真是荒唐。占着位子又不要花成本，干吗要让贤了？何况除了他还有其他贤吗？至少他自己是这么想的。位子一旦让出去，就跟泼出去的水一样，再也收不回来了。虽说现在村里的事越来越少，但只要有个事，那肯定绕不过村干部，现在不就证明了吗。名位还是得把持住，胡建明边抽烟边思索着。

吃过午饭，胡万才坐了会儿起身回市里。儿子在机关上班，耽误不得，胡建明也不强留，他跟老伴相偕着把他们送到了马路上。

“爸妈，你们照顾好自己，我有时间再回来看你们。你们有空就来市里玩玩。”

刘程程什么话也不说抱着儿子坐到了车里。

“路路，跟爷爷奶奶说再见。”边说边对刘程程使着眼色。

刘程程拗不过，挤出笑脸说道：“来，路路跟爷爷奶奶说再见。爸妈，我们回市里了，你们要照顾好自己啊。”

儿媳妇难得说这样一句话，万才妈妈想着这儿媳妇总算还懂事。

“爸妈，你们回去吧。”胡万才也坐到了车里。

“万才，男子汉是一家之主，得担起责任来啊，被女流之辈差使，这不像话，不要乱了我们的家风，工作上生活上都是如此，小刘你也得懂点事。”

“知道了，你们回去吧。”胡万才说着

“你尽管开车，我跟你妈站这里目送你们。”

胡万才的车刚起步不远，刘程程面色立马变了。胡万才瞟了几眼堂客的脸色，当作没看懂，面不改色地开着车，到家后又有一番风暴！

铁路从村里通过的消息让胡建明久久平静不下来。这是多大的事啊，恐怕只有联产承包责任制可以相比。既然铁路要通过村里，总要找村干部商量。哎，好久没开过会了，当个村长也是徒有虚名，现在机会终于来了，胡建明不由得长吁了一口气。

现在这个消息只有自己知道，是藏着掖着还是把风声放出去显得他有能耐，胡建明很难定下主意来。

藏着掖着吧，好比锦衣夜行，穿了好衣服别人却不知道，这滋味也不好受。虽说“闷声发大财”，但胡建明还没有那么超凡脱俗。

把风声放出去，这么大的消息村里肯定会沸腾起来。但这消息又不是板上钉钉的事，万一有什么变化那不是让人看笑话。这一刻胡建明体会到了拥有“秘密消息”的难受，好比一个穿了件破衣逛商场的富翁没有服务员搭理献媚的不畅快。

最后他总结：拥有秘密不是难受的，难受的是这秘密没人来猜。但为了稳妥起见，他终究还是把那点虚荣心压了下去，等有了眉目再说吧。

一个月后，两辆黑色小轿车停在了供销社门口，吸引了不少人的目光。车里下来七八个人从村头走到了村尾，一路上议论着地形地貌，胡建明看在眼里，听在心里，儿子说的修铁路的事看来是真的。他立马回家给儿子打了电话，胡万才那边说是开始勘测路线了，但具体路线还没有定下来。谈到可能的补偿问题，补偿款按征地面积跟地上的作物和建筑核算，胡建明期盼的事终于快来了。

几个月后，他特意跑到市里问得了具体线路，很幸运，线路还真经过他的一块地，然而再看下去，很不幸，线路更多地经过了徐满军、高余的地。胡建明看在眼里，真恨不得他是设计师把线路从徐满军、高余的地里转过去。这样想着很是爽快，但他能改得了线路图吗？图纸拿在手里，就因为经过了徐满军、高余的地，本来的快意荡然无存。线路怎么会经过他们的地了，真搞不懂！他们得拿多少补偿款！真是心头之恨。

怎么办？胡建明愁眉不展，哎，怎么办，能怎么办了，好在图纸在他手里，他们并不知道。如果他们不知道，就不会在地里建什么、再多种什么，就凭现在地里的那点作物，那是拿不了多少补偿款的。有了，村里会通铁路这个事只有我知道，我谁也不告诉，到时候拿钱最多的还是我，就凭他们地里现在的那点作物能有几个钱。有个儿子在政府部门真是好啊。

第二天，胡建明就从乡里的砖厂开始拖运砖块了。他谋划好了，就在线路通过的地里盖猪圈，到时拆掉得补贴很多钱。

把砖运了过来后，请谁来帮忙盖，这也是个难题。现在不比以前了，村里劳动力少了，请谁？想来想去想了几个人手后还是不够，得把徐满军、高余也请上，只能这样了。

这天把砖买好后回到家里，老伴一脸的愠色。

“你买那么多砖干吗了？”

“起几个猪圈。”

“那么远起什么猪圈？那方便喂猪吗？”

“你不要管。”

“我不要管？那土里栽的菜怎么办，起了猪圈，到时你就吃光饭吧。”

“我做事什么时候出过差错，你不要管。”胡建明想跟老伴把铁路的事说出来，但马上打住了。让她知道了，她这张嘴可管不住的，到时村里知道了，那高余、徐满军也会行动起来的，他们要行动起来，这补偿款不知要差多少。

“还我不要管，不晓得起了猪圈还有没有菜吃，到乡里去买着吃？你真有钱。”

胡建明不想听她啰嗦，“我说了起猪圈就起猪圈，我总比你看得远一点，你不要再多嘴。”

她老伴心里不痛快，但有什么办法了，几十年来都是胡建明当家。

砖运来后，胡建明马上开工了。帮忙的人都不解胡建明为什么要起猪圈，甚至还有人在心里暗笑他。高余、徐满军当然也不列外。猪圈起好后，胡建明又把徐通喊来帮忙粉刷，大功终于告成。不用说，凭这些猪圈，他肯定将是村里拿补偿款最多的。

一段时间后，村里见胡建明猪圈起好后又没养猪，纷纷笑他活这么多年这点事都不懂，起好了才知道不好喂猪。对这些胡建明置之不理，他根本都不屑。

时间很快地翻过了年坎，过完年，又一年的春耕将要开始。

胡建明等着上面的征地通知，久久地没有等来。但铁路将从村里通过的消息还是慢慢传开了。人们半信半疑，纷纷带着异样的眼光看着胡建明盖的那几个猪圈。

越来越多的人开始谈论铁路，有些人似乎也有点恍然大悟到要做点什么，得知道铁路的线路啊。于是大家有事没事纷纷上胡建明的家门来，都想从他这里套得具体的线路。

说出来不甘心，不说又备感压力。正是这个时候，市里相关部门下乡来了，铁路线路马上公布，各家的补贴按土地上作物跟建筑折算，胡建明终于等来了这一天。就他的地里盖了猪圈，其他人家基本上都是菜地跟水稻，现在他们要种个什么也来不及了。胡建明心里虽然有点过意不去，但他将拿到村里最大数额的补偿款这点快乐把那点过意不去盖下去了。村里人看着他起的猪圈，原来他去年就知道了却不跟村里说，大家对他恨得咬牙切齿，平常村里有什么好处总是他得的最多，现在套政府补贴又不要让他少得一点点利益都不告诉村里人，村里人对他也真是心寒。

市里的工作人员当天公布路线后，当天就记下了路上的作物跟建筑的经济价值，基本上都是农田菜地，只有胡建明起了猪圈。胡建明心里那个得意啊。

几个月后，施工队进村了，看来补偿款将要发下来了。施工队动工后，村民发现有点不对劲，施工的并没有打路基，而是在规划的线路上隔着十几米建起了一个个的柱子，打听下来，原来这个线路是高架桥，就柱子占了地，照这样算下来，全村的柱子也占不了多少地。

施工队把所有柱子的位置选定后，按照每个柱子占的面积报了上去。这样上报的结果是补偿都缩水了。而施工队选下的柱子刚好跨过了胡建明的猪圈。胡建明知道这个消息后被打击得几乎一蹶不振，猪圈花了不少钱，本来想着赚一笔的，现在却什么也没赚到。难堪的是本来想一个人得尽好处，也没管村里人会怎么看他，现在他们会怎么看他了？哎，都在看他的笑话吧！但是他又自我安慰到还好他当时没有把这消息放出去，要是人人在线路上盖点什么，现在又是高架桥，让他们赔了本，那村里人不把他恨死，现在他们顶多笑笑他想吃独食没吃成罢了。

五十一

时间已是二零零七年秋，胡建明卸任村长了。高量本想当个村长好显威风，但显然现在的村长在人们的眼中已经不如过去有分量。一来村里的人很多都外出讨生活了，平常人烟少了很多，如果不是特意上门，很难打得到照面。这村长的威风又去哪里耍了。二来，前几年稻田跟山林分别颁发了土地承包经营权证跟山林证，过去村民为土地起纠纷得找村干部裁决，现在有了这两个证件，村民间的矛盾自然少了。现在只有每年八月拿到大学录取通知书的学生为迁户口才会上村干部的门，门庭冷落，看来是个历史潮流。这些过去的能人面对这个形势，心有不甘但又无能为力。他们在村里威风惯了，但又没有去外面世界闯荡的本事，心中的失落可想而知。高量刚当上村长时以为今后在村里大权独揽，人人都得对他点头哈腰，想不到什么事都没有沾上。没沾上事就没有别人对他的恭敬跟现实的利益，他只能在心里怪胡建明把村里的集体财产都处置得差不多了。

当村长以来，除了拿村长那点微薄的工资，他还是开着拖拉机在各个村运砖运沙，十几年来，拖拉机已是锈迹斑斑。这个靠拳头跟力气说话的高量，外面的世界每天都在变化，他只能窝在乡村操守着他的旧业，那些留守在土地上的人让他这个村长总算还有点存在感。时代在匆匆向前，这些裹足不前的人隔绝了外部世界，落在了时代的后头。

年轻人大都外出了，只有在过年那几天，乡村里的气氛才能恢复到以前的样子。过去人走得多的田垄跟山间小路基本都是踩得光滑平整的，现在大多是野草丛生。原来山坡上的菜地现在多已荒芜，很多人家田里只种一季甚至都不种田了。社会的发展带动着生产生活方式的变化，在乡村留下了深刻的痕迹。

高量开着拖拉机在镇里运砖运沙到处跑，朋友虽然不多，但毕竟认识他的人还是比较多。这天他拖着一车沙在路上跑着，镇上的于杰把他拦住了。

于杰是木材商人刘厚辉的表兄，刘厚辉把大茅坪村的学校买下来后办起了木材加工厂，这几年生意兴盛，惹得人眼红。于杰之前也一直想办个木材加工厂，苦于找不到地方，没有任何一个村的村长会跟胡建明一样把学校贱卖。最近于杰一个在省里的远房亲戚回来，聊天时说到如今办养殖场有效益，养殖场达到一定规模后政府还会给予相应的补贴。言语间不断暗示，只要养殖场的规模出来了，什么都不养都能骗到国家补贴。这几句话把于杰沉寂已久的事业心又煽起来了。

在哪里办养殖场？既然要一定的规模，那就需要一定的土地面积，到哪个村可以腾出一大块地方来办养殖场？于杰抱着这个心思上了好几个村的村干部的门，村干部们都表示要腾出这么大的面积难做到。今天在路上碰到开拖拉机的高量，他早就听说高量已经做了大茅坪村的村长，于是就把他的拖拉机拦住了。

“往哪里运沙？”于杰问着。

“李家村的刘三要起屋，运几车沙。”

“这运一车沙能赚几角钱？你当个村长，不用这官位赚钱，这是捡了芝麻丢了西瓜。”于杰边说边拿出根烟递了过来。

高量接过烟点燃，不知于杰有何高见。

“我想办个大一点的养殖场，不晓得你们村里能不能帮点忙？”

“要多大的面积？”

“二三十亩吧。”

“这面积有点大，估计难得腾出来。”

“不是要田，山地也可以。我是打算办养鸡场。”

“山里办什么养鸡场，散养的话一个个都会跑掉。”

“也不是散养，准备把山推平，然后盖鸡圈圈养。”

“这村里没有这么大一块地方。”

“所以要你村长帮忙。”

于杰边说边想着大茅坪村的地形地貌，一会儿后说道：“金鳖山那山坳就是块好地方，山脚下还有个水塘，水源也有，正好搞养殖。”

“村里人估计不愿意把山腾出来吧。”

“又不是白白要他们把山腾出来，我出钱跟他们租。不过了，还是要你村长多做点工作，把价钱跟他们谈低一点。”

“这事不好做，得罪人。”

“不要你白帮忙咯。”接着于杰又说了高量要是帮他做到这个事将会给予的相应好处。

“这个事情恐怕办不到，山里那么多树，光那些树的钱都下不得地。外面征地都是几百上千块钱一亩，土地上的作物也得补很多钱的。”

“所以要你村长多帮忙，多做工作。尽量做到只要出租金，租金也压低一点，你帮我的忙，我不得亏待你。”

于杰又说了番话后有人在旁边喊着打牌。

“拜托了，这个忙一定要帮。帮我把这个事搞定，将来你入股也是可以的。”

高量重新开动拖拉机后，脑子里想起这个问题来。

金鳖山那山坳里没有住人家，要把山腾出来办养殖场，只要把山里的树砍了，把山推平盖鸡圈就行。难处在把树砍掉、把山推平得户主同意！他又想着那片山的归属人，一会儿嘴角浮现了笑影。

金鳖山那片山属于五户人家：他哥高余一块，开“慢慢游”的胡致富一块，五保老人高实华一块，王丽华家一块，再就是山坳那边外村不知名的一户人家一块。

他哥高余当然好商量。胡致富开了十几年“慢慢游”，堂客都没讨，没一点本事，这个人也容易解决。高实华是五保户，孤寡老人，要他把山腾出来那也是几句话的事。至于王丽华那块山，高冬九去世十多年了，现在家里一个人都没有，也应该不是问题，他们敢不同意？另外山坳那边那户人家，只要把自己村里这几户的工作做到位了，那户人家也不得不同意。

高量这样想着，拖拉机开得顺心多了。

这天回来后，高量就上了高余的门。

“哥，有个赚钱的机会来了。”

“什么事？”

高量把金鳌山的山腾出来给于杰办养鸡场的情况说了出来，高余听到这个消息，久违的失落终于找到了存在感。这几年村里什么事都没有，没事就没有人把他高余当个人物，几年来备受冷漠，他甚至都想着要不要把承包出去的鱼塘收回来，这样每年他还能指挥指挥村里的人。现在终于有事他能插得上脚了。

“你叫他们把山腾出来，恐怕得有补偿。”高余说着。

“当然，于杰说给租金。”

“给多少租金，满山都是树，得多少钱！”

“照说确实得不少钱，但于杰说了，看我们村干部怎么做工作，工作做得好，我们的好处也少不了。”

“那我要好好跟他们谈谈价钱。”

“哥，你的账先不用算，于杰敢亏待你吗！现在的核心是如何把另外四家的山腾出来。”

高余盘算着山坳里那片山的户主：胡致富、高实华、王丽华，还有一家是山坳那边的，如果自己队里的这三家都同意，山坳那边那家的山是夹在中间，大家都同意了，他也不得不同意。

要胡致富、高实华把山腾出来应该是毫无问题。王丽华那块山也应该没有什么问题，不过现在她儿女大了，儿子还上大学了，这不得不让他稍有顾虑。不过他又想着王丽华家都没有一个人在屋里，这就不用问他们的意见了，先把他们的山腾出来，再把租金给他们就可以了。

高余这样考虑着把想法跟高量说了，兄弟俩好久没有这样地会然一笑。

在高量跟高余达成一致后，第二天于杰又特意找上门来了。于杰开出的计划是：山地租金一百块钱一亩，至于山里的树木，都由各家自己砍了，自己不砍的话叫他表哥的木材加工厂来砍也可以。树砍完后再用推土机把山推平盖鸡圈。

“山里的树木柴火没一点补偿，租金才一百块一亩，这工作难做。”高余为抬抬自己的分量说着。

“所以麻烦你们这两个村里的能人多出点力，事情做成之后大家都有好处。你那点山我出五百块钱一年一亩，山里的树木当然也会给补偿的，这数额只会多不会少。关键是你们帮忙把其他几家的工作做到位。”

“那我尽量，我的面子他们应该还是买的。”高余这样说着，心里舒服多了，队里要做个事还是绕不开他啊。

高量把这个安排通知到胡致富、高实华时，两个人都感觉有些不对劲，但又讲不出问题在哪里。这两个没有见过外面世界又经历过公社运动的人，村长这个头衔在他们眼中是有一定威严的，两个人都含含糊糊地应许了。

于是很快的，于杰要在金鳌山办养殖场的消息在村里传播开来，山里树木的处理跟每年的租金也成了村里人议论的话题。

高实华老人时常想着这个问题，他虽然读书不多，但平常还看点报纸，这个事情到底是怎么一回事，划不划得来，他心中的疑问一天多似一天。这天他去井里担水，碰到了在井边洗菜的高立春。

“您老身体好，现在还自己担水喝。”高立春说着。

高实华老人把水桶放下，坐到井边的台阶上，又从外衣口袋里拿出包着的烟丝跟剪好的小纸片卷了一支烟。

高实华抽了几口烟后说道：“立春，高量、高余说要把山里的树砍了把山推平包给别人办养殖场，这个事能做吗？”

“一山的树都砍光，以后砍柴都少个地方。”高立春不温不火地说着。

“也是。把树砍光，把山推平，山推平后又恢复不了原来的样子，也不晓得养鸡场能办几年。”

高实华老人这样说着，他一个年迈的老人，又没有子女依靠，他又有什么力量去拒绝。人生在世这么多年，社会动荡变迁，逆来顺受，他几乎都麻木了。现在暮年晚景再来一次，他那饱经坎坷的人生经历似乎已经习以为常。

“金鳌山那边多少面积推平建鸡圈？”

“我们队高余、胡致富、王丽华，还有一块是山那边一户人家的。”

“要把山全部推平？”

“听于老板是这么说的。”

“租金这么少，你们同意？何况还要把山推平。山推平之后可不能恢复了，谁知道这养殖场又能办几年。”

“嗯，我也是这么想的。不知高余怎么个看法，照现在这条件他应该也不会答应吧。”

“他们兄弟估计一条心。”

“那就请他去跟于老板交涉，其他的不说，这租金至少要涨一点。”

“你跟胡致富口最好是紧一点。这个高量，这么大的事也不征求你们的意见，你跟胡致富还通知了一声，王丽华家没人在屋里，王丽华会同意吗？高冬九的坟还在那山里。”

“那不晓得他们两弟兄怎么考虑的。”

“前几年不是发了山林证，山林证证明那山是你的，没有你的同意，谁也不能动。”

道理上是这么说，但这些没有受过多少教育的人基本上没有法律维权意识跟产权意识，基本上村干部怎么吩咐他们就怎么做。

高实华把水担回去后，叫上胡致富去高余家。

走到高余屋门口，只见他堂客姚红喜在地坪里撒谷喂鸡。

“高队长在屋里吗？”胡致富问着。

“去山里砍树去了。”姚红喜说完转身回屋里了。

高实华跟胡致富又往金鳖山走去。

走到山口，高余带着刘厚辉派来的人已经把山里的树砍得差不多了。

高实华、胡致富走过去，高余正拖着一根树往山下走。

“你们也来山里了，什么时候动手砍树？刘老板厂里的人也过来了，要不今天一块儿砍掉，懒得再约时间。”

“高队长，这租金是不是太便宜了一点，把一山的树都砍掉，一点补偿都没有，还要自己卖，这太划不来。”

“有什么划不划的来的，要是于老板不在这办养殖场，这么多山没有一分钱收入，现在好歹一年一亩一百块钱租金，总还有点钱，哪里划不来？这账你们不会算吗？”

“我听别的村的山租出去都不是这个价。”胡致富接着说。

“别的村是别的村，每个地方不一样。这个项目是我老弟跟于老板讲了很多好话，于老板才愿意把养殖场办在这的，想着这样一年我们总能多几百块钱收入。我老弟也是看我的山地在这里才争取的，不然关他什么事。咱们的山地在一块儿，每家一年都能多几百块钱，这多好的事啊。”

两人听高余这么说，接不上话了。

好久胡致富说道：“把山里的树砍光，一点补偿都没有，我在外面听政府征地，地上的树跟作物都有补偿。租我们的山，还要自己把树砍光，山还要推平，山推平后面积可跟之前不一样，现在田里有补贴，将来要是山里也有补贴的话这面积不就小了！”

“是啊，总感觉哪里不对劲。高队长，虽然你老弟本意是好的，但现在看这个事搞不得，长远来看大家都划不来。”

高余想着高量跟于杰商量好了的好处费说道：“我当了这么多年的队长，吃亏的事我会干吗？我现在一山的树都快砍光了，信我的，不得错。晚砍不如早砍，你们自己不动手，刘老板喊几个人来给你们砍就是。”

高余口气强硬起来，高实华、胡致富立刻不敢说话了。

高余见他们不吭声了，把拖下来的树码好后又往山上走去。

“高冬九的坟还在山里，估计王丽华不会同意。”高实华在高余走过他身前时说道。

高余回过头看了他一眼，轻淡地说道：“坟在那有什么问题，把坟迁了就是。”

胡致富见这形势，看来他们是再没办法阻挡，心里感到窝囊，但又不敢跟高余、高量兄弟翻脸。他想了想说道：“高队长，要是实在没有办法硬是要办养殖场的话，你代表我们跟于老板谈谈，帮我们把租金提高点，再就是一山的树都砍光，总要点补偿，请你帮我们出点力，租金高一点，补贴多一点，我们分一点给你也好，总比好处全给于老板得了好，你讲的话于老板总会给面子的。”

胡致富这个态度高余很满意，虽说现在队里村里的事少了，但有什么事还是他当家。这两个懦弱的人，面对这样的局面，他们实在也没有气魄自己给自己主张权利。

“好了，能争取尽量争取咯。你们的树什么时候砍，要不今天砍了直接运到刘老板的木材厂去。”

刘厚辉出的价比外面低，高实华说道：“那不急，过几天再说吧。我侄儿子要起屋，可能要树。他要的话我总不好卖了。”

“那也好，反正秋天天气好，也不急。”

就这样，这两个人垂头丧气地转过身，唉声叹气地往回走了。

心里不满意，但又不敢跟高余、高量起冲突，他们对高余、高量口中的于老板更是有种畏惧。在他们看来，能办这么大养殖厂的那得是多大的老板，他们有本事不答应吗？如果他们没有本事，那王丽华了？可惜他们家没人在，要不就算不能把局势扭转，但总能多一点谈判的砝码。对了，王丽华的大女儿不是嫁在邻村吗，何不去告诉她？胡致富这样想着，从金盤山出来后立马往高玉兰家走去。

胡致富带给高玉兰的消息是高量要在山里办养殖场，并且要把山推平，说高量要他来通知她找个地方把她父亲的坟迁走。高玉兰听到这个消息惊得不知所措。

把父亲的坟迁走，把自己家的山推平，这是谁出的主意？这世界还有没有天理，说都没说一声就给别人拿主意，天下还有这样的事！但一想到高余、高量的蛮横，她又感到自己的无力，现在妈妈、弟弟、妹妹都不在家，怎么办？难道父亲的坟都守不住？一时心里又慌又怕。

如果今天不是胡致富来通知她，高余把山推平了她都不知道。这个货色也太嚣张、太霸道、太目中无人了！现在家里只有她知道这个事情，她得负起责来。

郭军最近去外面跑生意去了，高玉兰把孩子送到嫂子家，关好门往高量家走去。

高量家的狗见来了生人，狂吠起来，高玉兰捡了跟小木棍走到了高量家的地坪，这时高量正在灶屋里炒着菜。他听到狗叫，出来看了眼，看来的是高玉兰，理也没理又进去了。

“听说你要把我们的山租出去？”

“那山是你的吗？你现在是水口村的人。”

“那你通知我妈妈吗？”

“通知不上，反正通知不通知都是一样的搞法。”

“你有什么资格给我们当家？”

“我是为你们好。山租出去一百块钱一亩，总比现在一分钱都没有好。”

“要把山推平？”

“于老板是这么说的，不然怎么盖鸡圈。”

“我爸爸的坟在山里。”

“坟你找个地方迁走吧，我还正想通知你。”高量轻淡地说。

“我们家没一个人同意，你这个事恐怕做不成！”

“这村里集体决定的事，还由得你当家！”高量冷笑着。

“我先喊应你，我们的山绝对不能动！”

“这事不是我一个人决定，是经过了村里讨论的。”高量抬出了村里的名义。

这个人口气这么蛮横，自己一个人看来是没有办法。

从高量家出来，十多年前妈妈手被他打断伏在冰冷的地上哭泣的场景在脑子里闪现出来，现在高量还是这样欺负人！

她走到金鳌山的山里，高余那片山的树已经砍光了，跟他们山搭界的那块山里的竹子也已全被砍倒，看来很快就会砍到他们山里来。她走到半山腰，看着父亲的坟，父亲去世十几年了，现在父亲的坟都受到了威胁，而自己竟然这样无力，悲怆、疼悔、自责盈溢于心，久久消散不去。现在该怎么办？形势这样火急，得赶紧把这个事情告诉妈妈，告诉弟弟妹妹。

高春兰、高翔听到高余、高量做主要把他们的山租出去，把爸爸的坟迁走，把山推平租给人盖养鸡场，怒火跟仇恨在心里蔓延开来，这两个人现在还是这样不把他们家放在眼里。

怎么办？谁能给老子做主把山租给别人，还要把爸爸的坟迁走！天底下竟然还有这样的事。小时候屈辱的记忆瞬间浮上心来，现在都长大了还要受人欺负，高翔怒火中烧。高余、高量是有何本事能这么猖狂，高翔不由得一阵冷笑！为了办养殖场，竟然连父亲的坟都不放眼里。如果不是胡致富告诉了大姐，那会是怎样的形势？如果高量、高余真把父亲的坟迁走，或者都不迁把山推平了，那自己该如何回敬他们！这个时候，高翔突然感到自己力量的微薄，高余、高量敢这样做事，还不是没有把他放在眼里，一时间，从来没有像现在这么渴望出人头地。十几年过去了，他虽然还没有足够强大，但高余、高量还是原来的样子，可是老子已经不是小时候的样子了。什么是时过境迁！高翔立马拨了二姐的电话。

“大姐跟你说了高余、高量要把我们的山承包出去，要把爸爸的坟迁走吗？”

“嗯，大姐刚刚给我打了电话。”

“那你赶紧回去，大姐一个人说话不顶用，我们家的山绝对不租出去，爸爸的坟绝对不能动！”

“好，我这就回去。”

“嗯，你赶紧回去把局面缓一缓，我马上买票回来。”

“耽误学习吧，我一个人回去应该能把问题解决。”

“不会耽误，我倒是要回来看看高余、高量有何本事！”

挂断电话后，高翔马上打电话订上了机票，虽说二姐马上就回去，但事情到底会如何发展，恐怕高余、高量不会把二姐放眼里。他是家里的男子汉，这种事当然得由他来面对。

高春兰赶紧给张敬勤打电话，叫他立马开摩托车把她送回去。张敬勤听高春兰口气那么急，接到电话后马上关了店门来接她。

“什么事这么急？”

“我们村里的村干部都没通知一声要把我们的山租出去，还要把我爸爸的坟迁走！”

“有这种事？”

“嗯，我们村里这两个人仗着有点力气，经常干蛮不讲理的事。”

“那要不要我喊几个人一起去。”

“先不用吧，我弟弟刚打电话说他明天就能赶回来。”

“那么远的。”想到这个事情的重要性，高翔确实应该回来，张敬勤也就没再作声。

高春兰、张敬勤赶回去后上了高余、高量的门，高余、高量照样没把他们俩看在眼里，不为所动，好在明天高翔就回来了，时间总还来得及。

第二天下午，飞机落地在省城。高翔坐上大巴车后思绪飘扬，他都大学快毕业了，高余、高量还这样欺人太甚，他们还以为能在村里威风一辈子？还好，自己的力量现在虽然不是很强，但至少有反击的能力。他身上有钱，有钱总能做点什么，就算是请打手，也要把那块山地保留下来。那块山里有父亲的坟，有父亲种的树，那里有他对土地的眷恋，有着关于父亲的回忆，是他在外面时思念的一块土地！

到了市里后，高翔跟高春兰、张敬勤会面了。

“你昨天回去他们怎么表态的？”

“他们对我理都不理，我们该怎么办？”

“走，我们赶紧回去。”

三个人在供销社下了车，秋天的原野色彩斑斓，又回到家乡的土地了，但是高翔来不及体验心中的那份感受，他们在乡间的公路上快步走着，很快就走过了山湾。

房子还是之前的样子，但是在城市里看惯了高楼大厦，泥砖房亲切中带着寒酸。

走到高量、高余的屋门口，仇恨的怒火在心里燃烧起来，高翔紧咬牙关，拳头捏得紧紧的。但是他们都不在家。

三个人赶忙往山里走去，果然高余、高量跟几个不认识的人在山里砍树，高实华、胡致富站在旁边看着，怒容中带着不甘跟无奈。

他们见高翔回来了，瞬间神态像是饱含了希望，高翔迈着坚定的步子，快步走了过来。

“高翔回来了。”胡致富说着。

高余、高量立马转过身，高翔神情严肃地走了过来。高翔不是小孩子了，眼前走过来的这个小伙子让高余、高量很不适应，一下子不知如何是好。但很快，高余的表情调整到位了，他转过身，又砍起树来。

在高翔走过去的时候，高实华、胡致富向他走了过来。走近后，两个人不分先后地说着把山租出去划不来的话，高翔神情缓和下来，带着笑脸应承着，很快就走到了山脚。

“你们这是干什么？谁批准了你们砍的？”高翔面色凝重地大声说着。

高量、高余同时转过身来，脸上照样是过去猖狂的神情。

“村里决定要在这办个养殖场，得把这块山腾出来。你回来了正好，找个地方把坟迁走，我们正好懒得费力。再不迁走，到时推平了别怪我们。”高量倨傲地说着。

“经过我同意没有！”

“你同不同意都是这个搞法，这经过村里的讨论。我现在通知你一声，山里的树砍完之后山要推平，你得抓紧时间迁坟。”

“老子可没有同意把山租出去，你这样干犯法，当心坐牢！”

高量、高余不以为然地冷笑了。

这说话的时刻，刘厚辉木材厂里的那几个砍树的帮手停了下来，大家都看着这边。

“胡致富、高实华能让你们当傻子，你们能唬得他们俩，老子可不傻，这山是有山林证的，老子不同意谁也不能动。”

高余、高量照样是轻蔑的微笑。

“高大齐现在在哪里读书？不知道他在外面能不能保得住自己？”

高翔像是随口说着。

这时，高余抬起眼皮正视了他，似乎还握紧了拳头，脚步往前走了两步，但停住了。

“三十年河东，三十年河西，现在已经十几年过去了，不是以前的世界了，认清形势！把我们地坪上的水泥戳烂，这账还算不算，什么时候算？把我妈妈手打断，这是个什么账？现在没经过老子的同意，又要把山推平，还要迁坟，这谁出的主意？”高翔怒火中带着仇恨，但又尽量语气平稳地说着。

“张敬勤，你在市里认得多少人？喊几十个人过来。”

“李原在市里混得特别开，我就给他打电话。”

之前从来没有跟高冬九的儿子说过话，以为他会跟他父亲一样老实，现在这个形势，第一次面对面的较量，显然估计错了。

“你们先歇会儿。”高余对刘厚辉木材厂那几个帮工说着。

“砍了多少竹子，砍了多少树，全部给我归原。不归原的话，于公侵犯个人财产，这跟偷跟抢没区别，这是犯法的；二于私的话，你们想想怎么收场，这个村里现在有几个人能跟我比，想清楚了，把形势估计准确！”

高翔口气强硬，高余、高量这才感觉到他的气势。

“是这样，在这山里办养殖场是村里的决定，也不是我们兄弟要跟你们为难。要嫌租金少了，我老弟再跟于老板商量，看能不能提高一点。”

“不管租金多少都不租，话就讲在这里。”

村里从来没有人用这个口气跟他们说过话，高余、高量面面相觑，但总不能就此失去在村里几十年的威风，旁边还有人看着了。

“不要给脸不要脸了！”高余说着。

“张敬勤，你电话打通吗？”

“通了，李原说他就带人赶过来。”

“你们继续砍树吧，看这个事情怎么收场！我们先回去。”

高翔说完，转过身迈开了脚步。高量作势要冲上去，但被高余拉住了。

他们就一直站着，等到高翔的身影消失在拐角，高余喊道：“我们先不砍了，今天早点回去吃饭。”

当天下午，李原带着十几个人来到了村里，高余、高量在村里虽然蛮横，但见到这个阵势还是害怕。高翔再次上门，高余、高量不得不表态不再动他们家的山。

得到这几句话，高翔终于把那座山保住了，把父亲的坟保住了！他终于能做点事，别人再也不能忽视他了。对高余、高量来说，这是他们第一次的挫败，生活的剧情已经开始转换节奏。

基督山伯爵？也许高翔今后就是基督山伯爵！

五十二

很快放寒假了，高翔又回来了。回来的第一件事去了金鳌山的山里，高余、高量没敢再动那片山。他在父亲坟前站了一会儿，又在山里走了一圈，这片土地时时刻刻都在触动着情绪。从山里出来后，他在队里转了一圈，又去家里看了看，之后到市里。年关将近，服装店、电子产品店生意红火，他总能给姐姐、给张敬勤帮一点忙。劳动让人辛苦，劳动也让人有所收获。

很快将近年底，妈妈从广州打电话回来说今年一家人回去过年。自十多年前妈妈出来后，这些年没有在家里团圆过，对妈妈这个提议，他们都很兴奋、期待。

屋里长时间没有住人。过完小年后，高翔就起身从市里回来了。他得把卫生搞好，得把年货备齐。

从班车上下来，过去热闹的供销社安静了许多，货架上的商品零落，墙壁显得斑驳。高翔看到范晓琪坐在柜台里闭目养神，显然，随着时光的流逝，这个村里穿着打扮时髦的妇女身上也增添了岁月的痕迹。高翔望着宁静的田野跟青山，这里是家乡，家乡啊，他又回来了！

走过供销社，学校两排红砖房就在眼前。操场上的篮球架不见了，取而代之的是一堆堆的木材，学校什么时候没有办了？

走到操场，操场上积了层厚厚的木屑，远望去教室窗户上的玻璃很多都破了。他走过操场，上了台阶，到了过去上课的教室面前。印象中宽敞明亮的教室现在感觉是如此的狭窄阴暗，是今天天气不好，还是他感觉不对？教室里没有一张课桌，堆满了木材。高翔走进去，黑板上满是尘垢，太久太久没有人擦黑板了。

他从教室走出来，走上了第二排教学楼，这个时候，两个搬木材的人警惕地看着他。

"你来干吗，有事吗？"

"没其他事，这过去的学校，回来看看。"

搬木材的人没有接话。

"这木材厂办了几年了？现在村里的孩子去哪里上学？"

"办了两三年了，现在都去南山坡的希望小学上学。"

高翔从教学楼的一头走到了另一头，时光流逝，就连学校也不是过去的样子了！

从学校出来，经过操场边上的枫树，小时候双手抱都抱不住的枫树现在看起来也不是十分粗壮，小时候的感觉再也不在了。

走在公路上，公路两边稻田里一茬茬的稻草根展示着一年的劳作跟收获。远望去，山脚下有的人家盖起了楼房，看来生活还是在往好里过。他目光停在陈建平家的房子上，他们家房门紧闭，自从陈建平当兵之后，他们联系就很少了，不知道他现在过得怎样，今后的生活是怎么规划的？

他又走到靠溪水的一边，溪水照样清可见底，只是冬天水量小了很多，鱼儿依旧在溪水中来回游串，时隐时现。高翔弯腰捡起块小石头扔下去，惊起的水花把小鱼吓得立马藏进了水草，直到水纹平下来，才又重新从水草中游了出来。

走过山湾，前进组一览无余，现在真是踩在家乡的土地上了，高翔惊讶地看到，徐俊家盖起了三间平房，上次回来还没见盖，怎么速度这么快！看来他这几年赚钱了。他目光落到自家的房子上，房子还是之前的样子，现在他回来了。

过去生活的点点滴滴交错着席卷而来，原来他对这里有着一份厚重的感情。高翔扫视着山脚下的人家、青山跟田野，这里有着过去的苦难，但感情上也永远依恋着这个地方。

迎面走过来两个人，是理发匠刘三跟开“慢慢游”的胡致富。将近年底，刘三还是跟过去一样提着理发工具箱走乡过县给人理发，只是乡村里出去务工的人越来越多，每年年底的收入也是一年比一年少。这几年摩托车、小车越来越多，“慢慢游”基本没有生意，胡致富现在已经不开“慢慢游”了，他琢磨着买个三轮车或者是面包车去跑点什么业务。

在跟他们擦肩而过时，高翔跟胡致富打了个招呼，胡致富报以笑脸回应就走过身了。高翔听到李三问胡致富这是谁，胡致富立马把高翔九月份回来把山保住这个事跟他说了起来。

走到往队里去的岔路，水井边围满了洗衣、洗菜的人，他们见高翔回来了，一脸的惊诧。高翔大致打了招呼后，转过弯就到了家门口。

长时间没有人居住，地坪上杂草丛生，从台阶走上地坪，过去被高余戳烂的水泥墙依旧触目惊心，这一刻，高翔不由得紧咬了牙关。他往徐俊家望去，他家门窗紧闭，门上贴了好几个大红的喜字，看来房子起好后他们办酒了。

走到门口，门上挂着的锁锈迹斑斑，高翔把钥匙插进去左右搅动，好久才把锁打开了。

虽是晴日，门窗紧闭之下，屋子里光线暗淡。长久没有通气，屋里的空气有些浑浊。高翔把门窗全部打开，清风吹进来，不久屋里的空气清新了。他把屋子的各个角落都看了看，到处落满了尘埃。他马上拿起扁担跟水桶到了井边，把扁担跟水桶洗干净后，把水担回来擦起门窗来。

下午三四点的时候，摩托车发动机的声响轰隆隆地响着传过来。高翔走到地坪里，只见徐俊开着摩托车，后面带着个女的，这女的是谁？

他不由得又往前走了几步。

很快摩托车开到了门口，徐俊往高翔这边瞟了一眼，踩着油门加速冲上了他家的地坪。

好几年没有见徐俊了，虽然过去不愉快的记忆并没有忘掉，但对儿时的友谊，高翔心里还是有几分珍重的。他走到徐俊家门口，徐俊先把摩托车后座上绑着的东西接下来搬进去了。旁边站着的女的也不作声，高翔看着门上贴着的喜字，难道?

在他不敢往下想的这刻，徐俊从屋里出来了。

“翔哥什么时候回的？”徐俊边说着边掏出烟来。

“放假后就回了益阳，今天上午到的屋里。”

高翔说话的时候，徐俊把烟递了过来，他们之间都可以敬烟了。

高翔接过烟，目光询问着这女的是谁。

“这我堂客，十二月刚结的婚，在厂里打工认识的。”

他都结婚了，结婚都没有跟他说一声，高翔心里忽然很不是滋味。但这个情绪显然暂时不能扩散，他赶忙说道：“那恭喜了，恭喜啊，时间过得快啊，你都结婚了！”

“没办法，父母催着，说早点结婚好。”

“嗯，是早点结婚好，是早点好了。”小时候的相言无忌现在都难找到词汇。

“来给我掐菜搞晚饭。”徐俊堂客在屋里喊着。

徐俊做着无奈的表情，进屋里去了。

高翔愣了愣，立马走了回来。

徐俊都结婚了！刚刚心里的那股热情被他的轻淡熄灭。虽然自上高中后见得少了，但心里总还惦记着小时候的朋友，今日再见想不到距离这么疏远。他结婚竟然QQ都没有发个消息！对过去留恋？对现在的距离惋惜？也许这意味着他们告别年少纯真的年龄了。

屋里的卫生搞好，地坪里的杂草拔掉后，高翔提着墨鱼跟从学校带回来的特产往伯父高正堂家走去。自妈妈出去后，奶奶一直都在伯父家，他们这边再没有尽过赡养义务，他得去看看奶奶。

一路上，过去踩得平整的小路两边长满了杂草，过去路边上整齐的菜地现在多已荒芜，只是树木倒是愈加葱茏了。

高翔走到伯父屋门口，伯父礼貌性地跟他打了个招呼。

“奶奶了？”

“在里面。”

高翔走进奶奶的房间，奶奶拿着针线正缝着什么。

“奶奶。”高翔提高声音喊着。

奶奶抬起头，又擦了擦眼睛，像是在人群中辨认某一个人一样看着高翔。好几秒过去，奶奶放下手中的针线，颤颤巍巍地站起来，一把握住了高翔的手。

“这是翔伢子吧，好几年没有看到你了。”奶奶边说边紧捏着他的手，同时上下打量着他。

高翔把提着的东西放到了奶奶床头柜上。

“你还买什么东西，你还有几年毕业？”

“还有一个学期毕业，明年就毕业了。”高翔大声重复了几遍。、

“我们屋里也出了大学生，这么多人，就你最有出息。”

高翔扶着奶奶坐下来，奶奶满头银发，慈祥的面容带着由衷的笑脸，大概很长时间没有这样开怀了。

奶奶逐一问着高翔学习上，生活上的各种细碎问题，高翔恭恭敬敬回答着，不过也不知道奶奶到底有没有听清楚。

夜幕开始降临，天空变得昏沉，时间不早了。

高翔拿出几百块钱塞到奶奶口袋里，奶奶忙说道：“你还没毕业，拿什么钱！你读书奶奶都没能力支持你，奶奶怎么好意思要你的钱。”边说边把口袋里的钱拿出来往高翔手里递。

“给你过年的。”高翔推辞着站起身来。

奶奶还是执意不要他的钱，高翔只得从屋里出来，到了地坪。奶奶连忙迈着小步子，赶到了屋檐下。

“来，不要你的钱，你自己拿着去读书。”边说边要从屋檐下下来。

“孙子给你的就拿着，别搞得摔跤了。”伯父一边说着。

“我先回去了，这钱给你过年的。”高翔边说边快步往回走，奶奶一直在屋檐下看着他的背影。

回到屋里，高翔想起小时候妈妈说奶奶不爱他们，有次晚上在房间

里洗完脚他脚搭在凳子上拦着奶奶不让奶奶过去，奶奶最后擦着眼泪转身坐了回去；又想起那次妈妈要出去，奶奶担心妈妈不要他们了，出去后不再回来，提个煤油瓶专门到学校去等他叮嘱他这个事，之后又把打煤油跟买雪花净剩的钱全给了他。这些往事齐聚心头，愧疚忏悔中似乎又带着点点温暖，人的感情啊！

搞好卫生后，高翔又把过年这段时间所需的柴火买好了，再之后就是准备年货。二姐打电话回来，说他只要买菜就行，其他零食她会准备好，又特意叮嘱他要是勤快的话，做点糯米粑粑是最好不过。

接下来的日子，高翔在新桥河镇上转悠着备着各种年货，不宽的街道上人群熙熙攘攘，菜市场热闹的吆喝声是过去跟妈妈一起来办年货的情景，这是小时候的记忆了。只是过去他们买什么都要精打细算，现在这点开支总不要再三考虑。

备好年货后，高翔提着浸好了的糯米去供销社磨糯米浆。在他的记忆里，糯米浆是用石磨磨出来的，但到了供销社，现在都是用机子打，这当然节省了排队的时间。一切都准备好后，就等着妈妈、大姐、二姐、姐夫回来过年了。

农历二十八，妈妈、大姐、二姐、姐夫一起回来了。十多年过去了，他们又在过年的时候团聚在家乡的土地，只是时间等得太久了！好在他们每个人都做好了家庭中相应的角色，生活的前景朝气蓬勃。

村里在外务工的人相继回来了，平静了一年的乡村一天天恢复了过去的热闹。这热闹当中最让人震惊的是徐吉茂、徐祝开着小车回来了。两辆小车吸引了所有人的目光。于是，队里人的话题纷纷落到了这两辆小车上，有羡慕的，有嫉妒的。在这些不懂车的人看来，只有发了大财才买得起小车。徐吉茂、徐祝在众人的羡慕中，说话的声音都高了几分。大家辛辛苦苦奔波了一年，这一年里混得怎么样，赚了多少钱，在年底一定要在亲戚朋友中亮亮成绩，摩托车、小车无疑是最好显摆的物件。

一年到头，村里终于恢复了过往的气氛。

农历二十九，过年吃的喝的都准备好了，劳累了一年的人们个个洋溢着笑脸，盼着新年的到来。

三十晚上，家家户户灯火通亮，家庭主妇们在灶屋里忙得不可开交。暂时不用做事的人围着火炉打牌、聊天、看电视，一年中只有现在这个时候可以安心地放松放松。人们都沉浸在欢声笑语里，为了年底的团聚，一年中再苦再累也是值得的。

妈妈、大姐、二姐忙着做菜，高翔根本没有插手的机会，他也乐得边看电视边逗小外甥玩着。自爸爸去世后，那些年过年家里气氛都很压抑，现在总算有了笑脸。

初一吃过早饭，三姐弟去爸爸坟山里放了爆竹。跟小时候比起来，爸爸坟上的浅草愈加繁密，坟边上的树更加粗壮，爸爸过世十四年了。

过了初一，妈妈开始安排着走亲戚的行程。谈到走亲戚，三姐弟的情绪立马低落下来，过去所受的冷漠跟白眼在脑海中浮现，生活啊，有些事情一旦打上了印记，一辈子都抹不去了！

正月，大家都是欢欢喜喜，一年的负担都在这个时候放了下来。人们洋溢在过年的喜庆中，也只有这短暂的时光不要去为生活忧虑。大家相互串着门，长时间没有见面的人也在这个时候得以聚首，大家聊着天，打着牌，只有在年底，才有沟通联系感情的机会。

欢乐的时间总是过得飞快。到初六，有的人就要出门了。到初八，大部分人都得回到自己的工作岗位。高春兰初八得开门去做生意，马上又要回到生活的正轨，于是初七晚上妈妈又做了一桌子菜。

饭吃到差不多的时候，王丽华突然声音低沉地说道："十几年过去了，想不到十几年一眨眼就过去了。"

这句话勾起他们的回忆，三姐弟神情瞬间低落下来，王丽华已经泪水盈眶。

她擦了擦眼角，停了一会儿后接着说道："十几年过去了，你们爸爸过世十几年了，那时候你们那么小，过去那么困难的日子总算熬过来了。"

高翔回忆着过往的岁月，苦涩中带着欣慰。在时代的潮流里，他们家没有沉落下去，现在还满怀着希望！他们总算有一点力量，有个有朝一日可以期盼！

三姐弟交流着眼神，但都不说话，过去生活的滋味在心里泛起，历经艰辛跟苦难，现在他们成长起来了。

“现在你们长大了，各自的方向也明确了，妈妈也不用再操太多心，总算是看到希望了。”

“全辛苦妈妈了，要没有妈妈，哪里会有今天。”高玉兰声音带着哽咽。

空气中传递着情绪，但这个时候显然不是悲伤落泪的时刻。

“你们看，你们长大了，又有各自的前景，高余、高量也不得不有所顾忌了。”

说到高余、高量，一股怒火在心里燃起，过去的回忆恐怕不会这么轻易过去!

“玉兰跟春兰我是不用操什么心了。高翔，你是我们家的男子汉，虽说读了大学，但有些事不是上了大学就能做到的。你要好好努力，争取有出息，力争做出点名堂出来。等你有出息了，妈妈还有些事要告诉你，这都十几年过去了！”

妈妈到底是有什么事要告诉他，这句话都说了多少遍了!

“妈妈是有什么事要告诉我，现在不能说？”

“等时候到了妈妈自然会告诉你的，现在还不是时候。”

到底是什么事，这个疑问已经十几年了，妈妈还是不说，高翔有点受挫。脑子里萦绕着这个问题，搞不清楚为什么一定要自己有出息了再说！要达到什么程度才能符合妈妈口中的有出息?

第二天吃过早饭，把家里收拾好后一家人出门了。高玉兰一家三口回家，高春兰、高翔跟妈妈到了市里。妈妈是今天晚上去广州的火车，他们俩去送妈妈。另外已经初八，是时候开门做生意了。高翔也快开学了，开学之前还有几天能帮姐姐打理下生意。于是过完年，短暂相聚后，一家人又都回到了各自的岗位。

正月一天天地过去，随着日子的过去，村里在外务工的人或迟或早又都离开了乡村回到了工作岗位，村里十几天的热闹后又重归了平静。乡村的逐渐凋敝宁静跟城市日益的繁华喧嚣生动地阐释着中国经济结构转型及城乡社会的变迁。每个人的生活汇成时代的洪流，人们在时代的浪潮中奋力拼搏。

五十三

二零零八年转瞬而来，中国又拉开了新的序幕，翻滚的年轮滚滚向前。时代在飞跃着前进，生活日新月异，人们朝气蓬勃地挂着笑脸盼望着八月份的到来。八月八号，奥运会将在北京开幕啊！

自二零零一年申奥成功以来，中国人民翘首盼望的奥运会终于快来了。这七年来，中国政府跟中国人民为奥运会做了诸多的筹备工作。现在这样一场盛会终究来了。好比下种后培育了七年的种苗，总算迎来了开花结果的时节。全国人民都沉浸在迎接奥运的喜庆中，能够举办这样一场体育盛会，让中国在国际舞台上长舒了一口气。

在国内，奥运成了新闻报导的核心词汇。在国际上，关于北京奥运的点点滴滴都是各家国际媒体争相报导的新闻素材。一时，北京成了世界关注的中心，中国再一次在国际舞台上展现其光辉形象。近代历史的包袱过于沉重，现在中国人民又一步步地在世界民族之林中站立起来。

个人的生活尽管各不相同，有的已经有所成就，有的还在艰苦打拼，但在国家法律法规创造出的好环境下，在市场经济制度下，机会均等、自由选择，每个人的人力资本都能得到最大可能地发挥，“怀才不遇”已成了一个历史词汇。只要肯努力，有本事，总会崭露头角。正如领导人说的：每个人都有人生出彩的机会，每个人都有梦想成真的机会。中国又一次迈开了强健的步伐。

一切的道路都不是完完全全的坦途，在中国的前进中也免不了偶然会有些不平顺。三月份拉萨出了事情，五月份汶川发生了地震，中国政府都果断采取了措施。这些事件让人难过，但中国这艘巨轮依旧是乘风破浪稳步前行。

零八年是中国的奥运之年，对高翔来说，也是他的毕业之年。刚入校时觉得四年遥不可及，可真到眼前又只能感慨时光的飞逝。第一次踏进校园的场景还历历在目，现在将近毕业离开了。

不过也好，终于要毕业了。毕业后走上社会，他要把整个家庭扛在肩上，他要给妈妈、给姐姐、给程彩虹创造一个美好的生活。

寒假后回到校园，签了工作的同学安心准备论文，没签工作的又是找工作，又是写论文，常常焦躁不安。高翔上个学期忙着跑业务没参加招聘会，目前为止一份简历也没投，毕业在即，他要怎么选择，一时让人举棋不定！

找个工作过日复一日的生活，这当然是好的，相比小时候炒菜都不敢多放油的日子，这样的生活已是天翻地覆，应该知足了。但自己的性格适合坐办公室，适合受人差遣吗？他最讨厌受人管束，最讨厌唯唯诺诺看人眼色，最讨厌见风使舵、阿谀谄媚，那种氛围太让人难受。到底该怎么办？社会潮流滚滚而来，裹挟其中，你要与众不同，别人会怎么看你？一时让人备感压力！高翔再三斟酌，他该做什么，该怎么选择？

左右为难又犹豫不决，屈从现实找个稳定的工作也能过日子，这个想法多少次地席卷而来，但这不是他想要的生活！好多次在将要向现实妥协时内心里有个声音总在不停地呼唤：我该去做点别的事，我应该努力奋发，我应该出类拔萃，我应该做点事业出来成就自己、奉献社会。我成长于这片土地，我应该尽可能地回馈这片土地。如果因我的努力而让家人，甚至让更多的人生活得更加美好，这多么好啊，也许这才是人生最大的意义！

这样想着一时让人情绪激昂，但平静下来真要按自己的想法去做又是另外一回事。好在小时候的苦日子磨练了意志，下定决心的事一定会坚持到底，与众不同需要魄力跟胆识。

同学们都在谈论工作，还没签下来的同学四处奔波，周围的环境跟自己格格不入，心里再强悍，偶然的压力也是免不了的。好在这几年做各种生意还算得心应手，他还有些经济实力来保障自己的这个想法，“金钱能捍卫你的自由”这句话是多么的深刻。

下定决心后，高翔就把心思全放到毕业论文上。至于毕业后具体做什么事，到时再考虑吧。

时间总是如期而至，时间又如流水一样永不回头，很快到五月份了。程彩虹的毕业论文已经定稿。她工作已经签下来了，论文是六月初答辩，有整整一个月的空余时间。同学们相偕着毕业旅行，程彩虹想着她没去过高翔学校，刚好可以去玩玩。高翔得知程彩虹将要来他学校，没有比这更开心的事。

一个多星期的游玩后，先前的兴致淡了下来，生活重归了平淡，也有时间去想一想生活的实际问题。刚到高翔学校时，问他工作签哪了，他一点也不着急的样子，她也没放心上，但这几天妈妈打电话过来好几次都问到了他的工作，她不知如何回答，再也不好搪塞过去。这个时候她才知道工作的重要性，总得给家人一个说法，不然父母怎么会同意他俩。

好几次的试探高翔都是心不在焉，一副轻淡的表情，程彩虹觉得应该敞开跟他好好谈谈。

一大中午吃过饭后他们坐在树下休憩，程彩虹犹豫再三，还是把话说了出来。

“快毕业了，你有什么打算，怎么还不找工作？真不知道你是怎么想的。”程彩虹轻皱着眉头。

“不是跟你说好几次了。”高翔不耐烦地从草地上扯了根草捏着。说实话，不找工作自己单干偶尔想起来也有点心虚，只不过他尽量不去考虑这个问题，到时候总会有办法的。程彩虹这一问让他有点恼火。

他这个态度让她很不满意。

“你还不去找工作，我爸妈问起来我怎么说？”

“如实说呗。”

“你到底想干什么？”口气有点责问的味道了。

高翔把手中的草叶扔掉板着面孔道：“我也不知道，马上就要毕业，我还什么着落都没有，有时我也心慌。现在你怕了吧，我会成为你的累赘，让你没面子，让你丢脸的。”

“我才不怕了，看到底谁是谁的累赘，我就缠着你不放手，想这样甩掉我，没门！”程彩虹缓了缓口气。

高翔没有心情跟她开玩笑，没有作声。

程彩虹接口说道：“心慌就着手准备，国企、公务员不都蛮好的。”

“我不喜欢，习惯不了。我不想给人打下手干些琐碎的事，不想看人脸色相机而动，更适应不了职场的虚与委蛇。我想自己做点事，真正靠自己本事，靠自己努力能做成的事，而不是把精力花在逢迎所谓上级的意图、喜好上。”

“你想做事，你不知道做事多难，说起来容易做起来难。你不要太天真，这世界没那么简单，很现实的。国企、公务员起码稳定。”程彩虹极力推销她的观点。

“现实？什么是现实？没有本事、贪图安逸的人才会屈从于所谓现实！”高翔不屑的语气中有了愠怒。

“你这副样子，这个调调，好像你很有本事，已经把事做成了似的！”

高翔突然感到很不舒服，这是他第一次感到他们间存在着价值认同的差别，就像马雪君在他面前形容某个同学穿着像农民一样让他难受。他轻淡地瞟了她一眼，不以为然地冷笑道：“现实？稳定？不思进取有什么出息？人，最可怕的是庸碌一生，稳定到一辈子都黯淡无光！”

“你冷笑什么？就算我说得不对，你反驳就是。我今天问你，是想从你这里得个答案跟父母交差。我以我认为对的方式为你好，你不甘人后，想发光发亮，那你想好干什么了吗？”

“走着瞧吧，天地如此广阔，老子一定要干出一番名堂来……”高翔凝望着高远的蓝天，牙关咬得铮铮作响。

2013年5月起意于宁波职业技术学院，动笔于厦大海韵公寓8栋，完成于中南大学。